JN391500

몽테 크리스토 백작 Ⅲ

알렉상드르 뒤마

일신서적출판사

□ 주요인물

에드몽 단테스 메르세데스의 약혼자이며 모렐 상회 파라온 호의 일등 항해사로서 19세라는 젊은 나이로 선장이 되려다 이를 시기하는 무리들에 의해 14년간이나 이프 성에 갇히나 우연히 친하게 된 파리아 신부로부터 지식을 얻게 되고 보물에 대한 비밀을 알게 된다. 그후 극적인 탈출에 성공, 몽테 크리스토 백작이라는 이름으로 세상에 등장하여 통쾌한 복수극을 펼친다.

메르세데스 카탈로니아 마을의 아름다운 여인으로 단테스의 약혼녀였지만 단테스의 변고로 페르낭과 결혼하게 된다. 알베르 드 모르셀의 어머니.

당그랄 모렐 상회 파라온 호의 경리 담당자. 모렐 선주의 추천으로 은행에 서기로 들어가 부자가 된다.

페르낭 메르세데스를 짝사랑한 나머지 단테스를 어이없는 중죄인으로 만든 당사자. 그리스 왕 알리 파샤의 시종 일을 맡다가 이를 배반하고 백작의 지위에 오른다.

카도루스 단테스의 부친과 같은 집에 살았던 양복점 주인. 한때 여인숙의 주인이 되지만 살인죄로 들통 감옥에 갇힌다.

프랑츠 데피네 빌포르의 아버지 노아트리에로부터 데피네 장군 암살 사건에 관한 전모를 듣고 바랑티느와 파혼하다.

바랑티느 빌포르와 상 메랑 후작의 딸 르네와의 사이에서 태어난 어여쁜 아가씨.

막시밀리안 모렐의 아들로 알제리아 기병 대위. 바랑티느와 서로 사랑하는 사이

빌포르 마르세이유의 검사 대리이며 노와트리에의 아들. 자신의 야심 때문에 단테스를 희생시킨 이기주의자. 후일 검찰 총장이 된다.

모렐 모렐 부자상회의 선주. 단테스를 물심양면으로 도우고자 애쓴다.

파리아 신부 이탈리아의 학자. 미치광이로 잘못 인식되나 단테스에게 몽테 크리스토 섬에 대한 비밀을 유언으로 남긴다.

차 례

79. 자니나 통신 —— 7
80. 레모네이드 —— 31
81. 고 발 —— 46
82. 빵집의 은신처 —— 53
83. 밤 도 둑 —— 77
84. 신 의 손 —— 95
85. 보 상 —— 104
86. 여 행 —— 113
87. 심 판 —— 128
88. 도 전 —— 146
89. 모 욕 —— 156
90. 밤 —— 169
91. 결 투 —— 181
92. 어머니와 아들 —— 198
93. 자 결 —— 206
94. 바랑티느 —— 218
95. 고 백 —— 228
96. 아버지와 딸 —— 244
97. 결혼 계약서 —— 256
98. 벨기에 가도 —— 270
99. 종과 병의 여관 —— 278

100. 법　　률──294
101. 유　　령──307
102. 로크스타──317
103. 바랑티느──324
104. 막시밀리안──332
105. 당그랄의 서명──344
106. 페르 라세즈의 묘지──359
107. 분　　배──377
108. 사자 우리──397
109. 재 판 관──407
110. 중죄 재판──419
111. 기 소 장──427
112. 속　　죄──436
113. 출　　발──447
114. 과　　거──465
115. 페 피 노──483
116. 루이지 반파의 식단표──496
117. 사　　면──505
118. 10월 5일──513
■ 감상과 해설──533
■ 연　　보──544

79. 자니나 통신

　노와르티에의 방을 나올 때의 프랑츠는 비틀거리며 완전히 이성을 잃고 있어서 바랑티느조차도 불쌍하게 생각했을 정도였다.
　빌포르는 두서너 마디 종잡을 수 없는 말을 남겼을 뿐 서재로 도망쳐 버렸으며 그로부터 2시간 뒤 다음과 같은 편지를 받았다.

　오늘 아침 밝혀진 사실로 미루어 노와르티에 드 빌포르 씨는 이미 그 가족과 프랑츠 데피네 일가와의 혼담을 성사시키려는 생각은 하지 않을 것으로 압니다. 프랑츠 데피네는 빌포르 씨가 오늘 아침의 이야기에서 있었던 사건을 알고 있으면서도 미리 알려 주지 않았던 데 대해 몹시 불쾌하게 생각하고 있습니다.

　이때의, 완전히 나가 떨어진 빌포르 씨의 모습을 본다면 그가 이러한 사태를 예측하고 있었다고는 아무도 생각하지 않을 것이다. 실상, 그도 자기의 아버지가 솔직 대담하다고 할까 무모하다고 할까, 설마 그런 이야기를 하리라고는 생각조차 못 했던 것이다.
　확실히 노와르티에 노인은 자식의 의견 따위는 전적으로 무시하고 있었기 때문에 그때까지 단 한 번도 빌포르에게 일의 자초지종을 설명해 주려고 생각한 적이 없었다.
　그래서 빌포르도 케넬 장군, 또는 데피네 남작——즉 하나는 스스로가 내세운 이름이고 다른 하나는 남으로부터 받은 이름이어서 그 어느 것을 부르든 그것은 각자의 자유이지만——이 살해된 것은 암살에 의한 것이지 정정당당한 결투에 의한 것은 아니라고 여태껏 믿고 있었던 것이다.

지금까지 무척 은근한 태도를 보여오던 청년에게서 이렇게 혹독한 편지를 받게 된 것은 빌포르처럼 자존심이 강한 남자로서는 정말 참기 어려운 일이었다.

그가 서재로 도망쳐 들어가자 곧 부인이 뒤따라 들어왔다.

프랑츠가 노와르티에 노인에게 불려가서 방에서 나간 것은 일동을 몹시 놀라게 했고 그 때문에 공증인 및 입회인과 함께 뒤에 남게 된 빌포르 부인의 입장은 시간이 갈수록 난처하게 되었다.

그래서 빌포르 부인은 마음을 다져먹고 형편을 보고 오겠다면서 방에서 나온 것이었다.

빌포르 씨는 단지, 자기와 노와르티에 노인, 그리고 데피네 씨가 함께 의논한 결과 바랑티느와 프랑츠의 혼담은 깨기로 했다고만 말했다.

그러나 이것은 기다리고 있는 사람들에게는 도저히 보고할 수 없는 것이었다. 그래서 빌포르 부인은 객실로 돌아와서, 의논이 막 시작된 참에 노와르티에 노인이 뇌졸중의 발작 같은 것을 일으켰기 때문에 계약은 자연히 며칠 동안 연기되게 되었다고만 보고했다.

이 보고는 전혀 사실무근이었음에도 불구하고 기이하게도 비슷한 불행이 두 번이나 잇따라 일어난 뒤였던 만큼 그 말을 들은 사람들은 모두 놀라서 얼굴을 마주보며, 아무 말도 하지 않고 돌아갔다.

이러는 동안에 바랑티느는 기쁘면서도 한편으로는 무서워져서, 이제는 아무래도 끊을 수 없다고 생각하고 있던 사슬을 이렇게 단 일격으로 끊어준 무력한 노인에게 입맞춤으로 고마움을 표시하고 조금 쉬기 위해 방으로 내려갔으면 좋겠다고 부탁했다. 노와르티에 노인은 그렇게 해도 좋다고 눈으로 신호했다.

그러나 노인의 방에서 나오자 바랑티느는 자기의 방으로 돌아가지 않고 복도를 건너 작은 출입구로 해서 마당으로 뛰쳐나갔다. 여러가지 사건이 잇따라 일어나는 동안에도 어떤 남모르는 불안으로 그녀의 가슴은 끊임없이 죄어들고 있었던 것이다. 마치 저 라마무아의 루시 약혼 때의 레이븐즈우드 경(스코트의 소설 《라마무아의 신부》의 등장 인물)처럼 막시밀리안 모렐이 새파래진 무서운 얼굴을 하고 금세라도 뛰쳐나오는 것은 아닌가 하고 겁을 먹고 있었던 것이다.

실상 그녀는 마침 좋은 때에 울타리 쪽으로 온 것이었다. 아까 프랑츠가 빌포르 씨와 함께 묘지에서 나가는 것을 목격한 막시밀리안은 이제부터 무슨 일이 일어나려 하는가를 짐작하고 그 뒤를 밟아왔다. 그리고 프랑츠가 빌포르 저에 들어갔는가 했더니 다시 나와서 이번에는 알베르와 샤토 루노를 데리고 들어가는 것을 보았다. 그에게 있어서 이미 의심의 여지는 없었다.

그래서 그는 어떤 일이 일어나도 좋다는 각오를 정하고 게다가 잠시라도 자유로워질 기회가 있으면 바랑티느가 자기에게로 달려올 것이 틀림없다고 확신하면서 울타리 안의 땅으로 뛰어든 것이었다.

그것은 틀린 생각이 아니었다. 판자에 바싹 대고 있는 그의 눈에 아니나다를까 바랑티느의 모습이 나타나는 것이 보였다. 그녀는 여느 때처럼 조심하는 모습은 전혀 보이지 않고 곧바로 울타리 쪽으로 달려왔다.

그녀를 한 번 보자 막시밀리안은 첫눈에 안심을 했다. 그녀의 말을 한마디 듣자 그는 뛸 듯이 기뻤다.

「살았어요, 우리들!」하고 바랑티느가 말했다.

「살았다고요?」하고 모렐은 그러한 행운이 믿어지지 않아 되풀이 말했다. 「하지만 누구 덕분에 살게 된 겁니까?」

「할아버지 덕분이에요. 아아, 할아버지를 사랑해 주세요, 네? 모렐 씨!」

모렐은 노인을 진심으로 사랑할 것을 맹세했다. 그에게는 그러한 맹세를 하는 것이 아무것도 아니었다. 왜냐하면 이때 그는 노인을 친구로서 아버지로서 사랑하는 것만으로는 아직 부족해서 하느님 같은 존재로서 숭배하고 있었기 때문이다.

「하지만 대체 어떻게 그런 일이 가능했지요?」하고 모렐이 물었다. 「할아버지는 어떤 상상할 수 없는 수단을 사용했단 말입니까?」

바랑티느는 저도 모르게 입을 열어 자초지종을 이야기하려고 했다. 그러나 이 사건 뒤에는 단지 할아버지만 관계된 문제가 아닌 무서운 비밀이 숨겨져 있다는 것을 생각했다.

「나중에」하고 그녀는 말했다. 「모든 것을 이야기할게요.」

「나중이라면 언제?」

「당신의 부인이 되었을 때.」

이 말을 듣자 모렐은 그저 거기에 따를 수밖에 없었다. 그래서 그는 지금 알게 된 것만으로 만족하고 오늘은 우선 이것만으로 충분하다고 납득했다. 그러면서도 그는 내일밤 다시 만나 주겠다는 약속을 바랑티느에게서 받아 내기 전에는 한사코 물러가려고 하지 않았다.

바랑티느는 모렐이 원하는 대로 약속을 했다. 이제 그녀의 눈에는 모든 것이 일변하고 있었다. 확실히 한 시간쯤 전에 프랑츠와 결혼하지 않아도 될지 모른다고 생각하고 있을 때의 기분보다 어쩌면 막시밀리안과 결혼하게 될지도 모른다고 생각하는 지금의 기분이 훨씬 홀가분했다.

그러고 있는 동안에 빌포르 부인이 노와르티에 노인의 방을 방문하고 있었다.

노와르티에는 언제나 그녀를 맞이할 때에 드러내 보이는 그 어둡고 무서운 눈초리로 부인을 뚫어지게 바라보았다.

「저어」하고 부인은 노인을 향해서 말했다. 「바랑티느의 혼담이 깨진 것은 말씀드릴 필요도 없겠지요. 그 파혼은 이 방에서 일어난 일이니까.」

노와르티에는 아무런 표정도 나타내지 않았다.

「하지만」하고 빌포르 부인은 계속했다. 「아버님은 모르고 계실지도 모르지만 저는 이 혼담에는 쭉 반대해왔어요. 이 얘기는 제 의사에 반해서 진행되고 있었던 거예요.」

노인은 설명을 요구하는 것처럼 물끄러미 며느리의 얼굴을 쳐다보았다.

「그래서 아버님께서 반대하신다는 것을 저도 잘 알고 있던 이 혼담이 깨진 이상, 저는 아버님에게 남편이나 바랑티느가 말씀드릴 수 없는 일을 부탁 드리려고 왔어요.」

노와르티에의 눈이 그 부탁이란 무엇인가 하고 물었다.

「저는」하고 빌포르 부인은 계속했다. 「이러한 부탁을 드릴 수 있는 자격을 가진 유일한 사람으로서——왜냐하면 저만이 그것 때문에 아무런 이익도 얻지 않는 유일한 사람이니까요——저 바랑티느에게 아버님의 총애를, 아니 총애라고는 하지 않겠습니다, 그애는 언제나 총애를 받고 있으니까요, 모쪼록 아버님의 재산을 물려 주십사 하고 부탁드리러 왔습니다.」

노인의 눈은 한동안 망설이고 있었다. 분명히 그는 그러한 부탁의 동기가 무엇인가를 탐색하고 있었으나 그것을 밝혀낼 수가 없었던 것이다.

「아버님」하고 빌포르 부인은 말했다. 「아버님의 의향도 지금 말씀드린 부탁과 일치한다고 생각해도 좋겠습니까?」

「좋다.」하고 노와르티에가 끄덕였다.

「그렇다면 아버님」하고 빌포르 부인은 말했다. 「저는 고마움과 기쁜 마음을 안고 물러가겠습니다.」

그렇게 말하고 부인은 노와르티에에게 가볍게 인사를 하고 방에서 나갔다.

실제로 바로 다음날, 노와르티에는 공증인을 불러오게 했다. 최초의 유언서는 파기되고 새로운 유언서가 작성되었다. 노인은 단 하나, 바랑티느가 자기의 옆에서 격리되지 않는다는 조건으로 전재산을 그녀에게 유증한 것이다.

그래서 세간에서는, 상 메랑 후작 내외의 유산 상속인인데다 할아버지의 총애를 되찾은 빌포르 양에게는 이제 삼십만 프랑 가까운 연수입이 들어오게 되었다고 계산하는 사람도 있었다.

빌포르 가에서 이 혼담이 파기되고 있을 때 모르셀 백작은 당그랄의 부탁을 받은 몽테 크리스토의 방문을 받았다. 그래서 그는 당그랄에게 경의를 표하려고 육군중장의 예복에 온갖 훈장을 다 달고 가장 고급스러운 말을 골라 마차에 달게 했다.

이렇게 아름답게 차려입은 그는 쇼세 당탱 거리로 가서 당그랄에게 안내하도록 부탁했다. 당그랄은 마침 월말 장부를 정리하고 있는 중이었다.

요즘 한동안 당그랄 씨가 기분이 좋을 때 만나려고 생각했다면 이것은 적당한 기회라고는 할 수 없었다.

그래서 이 옛 친구의 얼굴을 보자 당그랄은 그야말로 의젓한 모습을 하고 팔걸이의자에 몸을 젖혔다.

평상시에는 딱딱한 모르셀이 오늘은 그야말로 상냥하고 붙임성있는 태도를 꾸미고 있었다. 그래서 그는 자기가 이야기를 꺼내면 기꺼이 받아들여지리라고 거의 확신하고 외교적인 언사는 일체 생략하고 단도직입적으로 말을 꺼냈다.

「남작」하고 그는 말했다. 「이렇게 찾아왔습니다. 꽤 오랫동안 우리는 예전에 한 약속의 언저리를 서성거리고 있었습니다만……..」

모르셀은 이러한 말을 듣는다면 은행가가 얼굴에 웃음을 띨 것이라고 기대하고 있었다. 상대가 이런 언짢은 표정을 하고 있는 것은 자기가 너무 오랫동안 격조했기 때문일 것이라고 생각했던 것이다. 그러나 예측과는 달리, 거의 믿어지지 않는 일이지만 상대방의 얼굴은 점점 더 무표정해지고 냉담해졌다.

그래서 모르셀은 모처럼 시작한 말을 도중에 중단할 수밖에 없었다.

「약속이라니요, 백작?」하고 은행가는 상대가 하려는 말의 뜻을 잘 모르겠다는 듯이 물었다.

「아니!」하고 백작은 말했다. 「당신은 형식주의자로군요. 당신의 말을 듣고 의식(儀式)은 모두 예법에 따르지 않으면 안 된다는 것을 상기했습니다. 아니, 괜찮습니다. 용서하십시오. 여하튼 내게는 아들이 하나밖에 없고 그 아들을 결혼시키는 것은 처음이니까 아직 견습중인 셈입니다. 그럼 어디 한 번 해봅시다.」

그렇게 말하고 모르셀은 억지로 미소를 지으면서 일어나 당그랄에게 경례를 하고 나서 이렇게 말했다.

「남작, 소생의 아들 알베르 드 모르셀 자작의 아내로서 따님 으제니 당그랄 양을 맞아들였으면 합니다.」

그러나 당그랄은 모르셀의 예측에 반해 그 말을 호의로써 맞이하기는커녕 미간을 찡그리고, 선 채로 있는 백작에게 의자를 권하려고조차 하지 않았다.

「백작」하고 그는 말했다. 「대답을 하기 전에 잠시 생각할 여유를 주셨으면 합니다만.」

「생각을 하시다니요?」하고 점점 더 놀라서 모르셀이 말했다. 「이 혼담을 처음 의논하고 나서 그럭저럭 8년이나 되었는데 아직도 생각할 여유가 더 필요하단 말씀입니까?」

「백작」하고 당그랄은 말했다. 「매일 이런저런 일이 일어나므로 충분히 생각했던 일도 새삼스럽게 다시 생각하지 않으면 안 되니까요.」

「그것은 무슨 뜻입니까?」하고 모르셀은 물었다. 「말씀하시는 것을 나로서는 통 이해할 수가 없습니다만.」

「즉, 2주일 전부터 여러가지로 사정이 달라져서 말입니다…….」

「실례입니다만」하고 모르셀은 말했다. 「이것은 연극입니까, 연극이 아닙니까, 대체 어느 쪽입니까?」

「아니, 연극이라니요?」

「네, 그래요. 일의 자초지종을 분명히 하십시다!」
「그것 참 좋은 말씀입니다.」
「당신은 몽테 크리스토 백작을 만나셨지요?」
「가끔 만나고 있습니다.」하고 당그랄은 가슴 장식을 흔들어대면서 말했다. 「그분은 친구이니까요.」
「그래서 최근에 백작을 만나셨을 때 백작에게 내가 결혼문제에 대해서 자주 잊어버리고 결심을 못 내리고 있다고 말씀하셨습니까?」
「그래요.」
「그래서 이렇게 찾아온 것입니다. 나는 잊지도 않았고 결심을 못 내리고 있는 것도 아닙니다. 보시다시피 약속을 이행해 주십사 하고 이렇게 찾아오지 않았습니까?」
당그랄은 대답을 하지 않았다.
「생각이 그렇게 갑자기 달라졌습니까?」하고 모르셀은 덧붙였다. 「그렇지 않으면 단지 나에게 창피를 주고서 기뻐하려는 생각으로 이렇게 부탁을 하러 오게 만드신 겁니까?」
당그랄은 처음과 같은 투로 이야기를 계속해가다가는 오히려 자기에게 불리한 결과가 올는지도 모른다고 생각했다.
「백작」하고 그는 말했다. 「나의 신중한 태도에 놀라신 것도 무리는 아닙니다. 그것은 나도 압니다. 그렇기 때문에 누구보다도 내가 마음 아파하고 있다는 것을 믿어 주십시오. 부득이한 사정 때문에 신중할 수밖에 없다는 것을 믿어 주세요.」
「무책임한 말씀 같군요!」하고 백작은 말했다. 「지나가는 다른 사람 같으면 그것으로 만족할는지 모르겠지만 이 모르셀 백작은 지나가는 제3자와는 다릅니다. 그러한 내가 일부러 찾아와서 약속 이행을 부탁하는데도 상대방이 그 약속을 지키지 않겠다고 한다면 즉각 그 자리에서 그 이유를 설명해 달라고 요구할 정도의 권리는 있을 것입니다.」
당그랄은 비겁한 사나이였다. 그러나 남들에게 그렇게 보여지는 것은 싫었다. 모르셀의 지금의 말투가 그에게는 부아가 났다.
「그러니까 나에게는 확실한 이유가 없는 것이 아닙니다.」하고 그는 반박했다.

「그건 무슨 뜻이지요?」

「나에게는 분명한 이유가 있다는 뜻입니다. 하지만 말씀드리기 거북한 성질의 이야기라서요.」

「그렇다고 해서」하고 모르셀은 말했다. 「아시겠지만 아무 말씀도 듣지 않고 이대로 물러갈 수는 없습니다. 어쨌거나 한 가지 일만은 분명한 것 같군요. 즉 당신은 우리집과의 혼담을 거절하고 계시다는 겁니다.」

「아니」하고 당그랄은 말했다. 「다만 결심을 유보하고 있다는 것뿐입니다.」

「하지만 설마 내가 당신의 변덕에 네 그렇습니까 하고 순순히 따르고 당신의 기분이 좋아질 때까지 무작정 기다릴 것이라고는 생각하지 않으실 테죠?」

「그렇다면 백작, 기다려 주실 수 없다면 우리의 이 이야기는 없었던 것으로 하는 것이 어떻습니까?」

백작은 오만하고 흥분하기 쉬운 타고난 성질 때문에 금세라도 폭발할 듯한 화를 입술을 꽉 깨물면서 가까스로 참았다. 그러나 이러한 경우 우스꽝스럽게 보이는 것은 자기 쪽이라는 것을 깨달은 그는 객실 문을 향해 걸어가기 시작했으나 문득 생각을 달리하고 되돌아섰다.

작은 그늘이 그의 이마를 가로지르며, 상처받은 자존심이라기보다 오히려 막연한 불안의 흔적을 거기에 남기고 스쳐갔다.

「이봐요, 당그랄 씨.」하고 그는 말했다. 「우리는 꽤 오랫동안 사귀어왔습니다. 그러니까 서로 좀더 상대를 이해해 줘도 좋으리라고 생각하는데요. 당신은 나에게 설명을 해주지 않으면 안 돼요. 우리 아들놈이 대체 무슨 실수를 했기에 당신의 호의를 잃게 되었는지 최소한 그것만이라도 설명을 해주세요.」

「그것은 아드님 개인에 관계된 것은 아닙니다. 나로서 말씀드릴 수 있는 것은 그것뿐입니다.」하고 당그랄은 모르셀이 태도를 누그러뜨린 것을 보고 또다시 거만한 태도로 돌아가서 말했다.

「그럼 누구와 관계된 것입니까?」하고 모르셀은 목소리를 높여서 창백한 얼굴로 물었다.

당그랄은 그 언제보다도 자신에 찬 눈길로 그러한 상대의 모습을 하나도 빼놓지 않고 물끄러미 바라보았다.

「더 이상 설명드리지 않는 것을 오히려 고맙게 여기셔야 하리라고 생각하는데요?」

아마 노여움을 가까스로 참고 있는 것이리라, 모르셀은 전신을 와들와들 떨고 있었다.

「나에게는 권리가 있습니다.」 하고 그는 필사적으로 스스로를 억제하면서 대답했다. 「나로서는 어떤 일이 있어도 설명을 들을 권리가 있습니다. 당신은 나의 아내에게 무슨 결함이라도 있다고 생각하고 계신 겁니까? 내 재산이 부족하다고 여기시는 겁니까? 아니면 내 정치상의 견해가 당신과 다르다고 해서……」

「그런 일은 없습니다.」 하고 당그랄은 말했다. 「만일 그렇다면 잘못은 내게 있는 셈이 됩니다. 그러한 일은 모두 알고서 약속했던 거니까요.

하지만 이제 더 이상 묻지 말아 주세요. 나로서는 뜻밖에도 당신에게 이러한 자기반성을 하게 해서 정말 송구스럽게 생각하고 있으니까요. 뭐, 이쯤에서 그만두는 것이 어떻습니까? 파혼도 약혼의 성립도 아닌 그 중간쯤인 연기로 해둡시다. 뭐, 굳이 서두를 것은 없으니까요!

딸애는 아직도 열일곱, 아드님은 스물한 살. 연기하고 있는 동안에 시간은 흘러가고 동시에 여러가지 일이 일어나겠지요. 전날에는 분명하지 않았던 일이 다음날에는 명명백백해지는 수도 흔히 있으니까요. 그런 식으로 때로는 아무리 지독한 중상이라도 하룻새에 소멸되고 마는 법도 있으니까요.」

「중상이라고 하셨지요?」 하고 얼굴이 새파래진 모르셀이 소리질렀다. 「나를 중상하는 일당이 있다는 말입니까?」

「백작, 일을 너무 분명히 밝히는 것은 그만두는 것이 어떻습니까?」

「아니 그럼, 거절을 당하고도 그대로 얌전하게 물러가란 말씀입니까?」

「이것은 내가 더욱 괴로운 일입니다. 그렇고말고요, 당신보다도 내가 더욱 괴로운 거예요. 왜냐하면 나는 댁과의 혼담을 명예롭게 생각하고 있었으니까요. 게다가 파혼이 되면 어떤 경우에도 남자보다는 여자 쪽이 더 타격을 받게 되니까요.」

「아니, 알았습니다. 이야기는 이제 그만합시다.」 하고 모르셀은 말했다.

그리고 분노한 나머지 장갑을 마구 구겨쥔 채 방에서 나갔다.

당그랄은 모르셀이 약속이 취소된 것은 자기 탓이 아닌가 라고는 단 한 번도 묻지 않았다는 것을 깨달았다.

그날 밤 그는 몇몇 친구들과 함께 여러가지 이야기를 했다. 그리고 그러는 동안 내내 여자 방에 들어앉아 있던 안드레아가 맨 나중에 은행가의 집에서 나갔다.

다음날 눈을 뜨자마자 당그랄은 신문을 가져오라고 명령했다. 곧 신문이 도착하자 그는 서너 가지 신문을 옆으로 젖혀 놓고 〈안파르시알〉 지를 손에 들었다.

그것은 보샹이 편집 주간으로 있는 신문이었다.

그는 재빨리 봉함을 뜯고 초조한 듯이 그것을 펼쳐 『파리 제1신』 따위는 거들떠보지도 않고 예의 심술궂은 미소를 띠면서 잡보란의 『자니나 통신』이라는 제목으로 시작되는 조그만 기사에 눈길을 보냈다.

「좋아.」 하고 그는 읽고 나서 말했다. 「페르낭 대령에 관한 이 조그만 기사 덕분에 굳이 모르셀 백작에게 파혼 이유를 설명할 필요도 없게 되겠지.」

바로 그 무렵, 즉 시계가 아침 9시를 가리킬 무렵, 알베르 드 모르셀이 검은 옷을 입고 단정하게 단추를 잠그고 어딘가 침착하지 못한 모습으로 샹젤리제의 저택을 방문했다.

「백작님은 약 30분 전에 외출을 하셨습니다.」 하고 문지기가 대답했다.

「바티스탄을 데리고 말인가?」 하고 알베르가 물었다.

「아닙니다, 자작님.」

「그럼 바티스탄을 불러 주게. 잠깐 물어 볼 말이 있으니까.」

문지기는 바티스탄을 부르러 갔고 곧 두 사람이 함께 돌아왔다.

「이것 봐요.」 하고 알베르는 말했다. 「갑자기 불러내서 미안하지만 주인께서 정말로 출타하셨는지 어떤지 자네에게서 직접 듣고 싶어서.」

「네, 출타하셨습니다.」 하고 바티스탄은 대답했다.

「나한테까지 그렇게 말하긴가?」

「당신과 만나시는 것을 백작님이 얼마나 기뻐하시는가를 저도 잘 알고 있기 때문에 당신을 다른 분들과 똑같이 대할 수는 없습니다.」

「그야 그렇겠지. 실은 중대한 용건으로 말씀드릴 게 있어서 찾아왔다네. 늦게야 돌아오실 건가?」

「아닙니다. 10시에 식사할 수 있도록 준비해 놓으라고 말씀하셨습니다.」

「알겠네. 그럼 지금부터 샹젤리제를 한 바퀴 돌아보고 10시에 돌아오도록 하지. 만일 백작께서 먼저 돌아오시면 내가 기다려 주십사고 말하더라고 전해 주게.」

「알겠습니다. 안심하십시오.」

알베르는 타고 온 승합마차를 백작 저의 문 앞에 남겨 둔 채 걸어서 산책에 나섰다.

부브 가로수길 앞을 지날 때 그는 고세 사격장 앞에 주차해 있는 마차를 보고 확실히 백작의 마차임이 틀림없다고 생각했다. 옆에 다가가 보니 확실히 백작의 마차였다. 마부도 역시 백작의 마부임을 알 수 있었다.

「백작은 사격을 하고 계신가?」하고 알베르는 마부에게 물었다.

「그렇습니다.」하고 마부는 대답했다.

확실히 알베르가 사격장 옆에 오고 나서 이미 몇 발인가 일정한 간격을 두고 사격 소리가 울리고 있었다.

그는 안으로 들어갔다.

조그만 마당에 심부름꾼이 서 있었다.

「실례입니다만」하고 심부름꾼이 말했다.「잠시 기다려 주셨으면 합니다만.」

「어째서지, 필립?」하고 이곳의 단골인 알베르는 어째서 제지당하는지 그 이유를 알 수 없어서 물었다.

「지금 연습을 하고 계시는 분이 사격장을 혼자서 전세냈기 때문이에요. 다른 사람 앞에서는 절대로 사격을 하지 않으시는 분이라서.」

「자네 앞에서도 말인가, 필립?」

「보시다시피 저도 이렇게 대기실 입구에 나와 있습니다.」

「그럼 누가 탄환을 재워 드리지?」

「하인이 하고 있습니다.」

「누비아 인 말인가?」

「검둥이입니다.」

「그거야.」

「그럼 그분을 알고 계십니까?」

「그 사람을 찾고 있는 중이라네. 친구거든.」

「아아, 그러시다면 이야기가 다릅니다. 잠깐 알려 드리고 오겠습니다.」

그렇게 말하고 필립은 자기 자신 호기심에 사로잡혀 판자로 둘러친 오두막 안으로 들어갔다. 그러자 곧 몽테 크리스토가 입구에 모습을 나타냈다.

「이런 데까지 쫓아와서 죄송합니다, 백작.」하고 알베르는 말했다. 「우선 처음에 말씀드립니다만 이것은 댁 하인들의 책임이 아닙니다. 전적으로 나 한 사람의 무례에 의한 것입니다. 실은 댁을 찾아갔더니 산책을 나가셨는데 10시에 식사를 하러 오신다고 하더군요. 그래서 나도 10시까지 산책을 하려고 이곳을 지나가다 당신의 말과 마차를 발견한 것입니다.」

「그렇다면 함께 식사를 할 수 있다고 생각해도 좋겠습니까?」

「아니, 고맙습니다만 지금은 식사가 문제가 아닙니다! 아마 나중에 함께 식사를 할 수 있게 되겠지만 백작에게 그다지 유쾌한 회식자는 못 될 것 같습니다.」

「대체 무슨 말씀을 하시는 겁니까?」

「백작, 실은 오늘 나는 결투를 합니다.」

「당신이요? 대체 무엇 때문에?」

「결투를 하지 않으면 안 되기 때문입니다!」

「네, 알겠습니다. 하지만 대체 무엇 때문에? 아시겠지만 결투에도 여러 가지 원인이 있으니까요.」

「명예 때문입니다!」

「허어, 그건 중대하군요.」

「아주 중요한 일입니다. 그렇기 때문에 부탁드리고 싶은 것이 있어서 찾아왔습니다.」

「무슨 부탁인지요?」

「내 후견인이 되어 주셨으면 합니다.」

「그거 큰일이군. 여기에서는 그 얘기를 하지 맙시다. 집으로 돌아갑시다. 알리, 물을 주게.」

백작은 양소매를 걷어올리고 사격장 앞쪽에 있는 조그만 대기실로 들어갔다. 사격을 하는 사람들은 거기서 손을 씻게 되어 있었다.

「들어가 보십시오, 자작님.」하고 필립이 목소리를 낮추어 말했다. 「재미 있는 것을 보실 수 있을 겁니다.」

알베르는 안으로 들어갔다. 판자벽에는 표적인 까만 별 대신에 트럼프의 카드가 붙여져 있었다.
 멀리에서 보았을 때 알베르에게는 카드가 갖추어져 있는 것처럼 생각되었다. 카드는 1에서 10까지 있었다.
「허어」하고 알베르가 말했다. 「피케(트럼프놀이의 일종)라도 하고 계셨단 말입니까?」
「아니오.」하고 백작은 말했다. 「트럼프의 카드를 만들고 있었습니다.」
「그건 무슨 말씀이신지?」
「그렇습니다. 당신이 보고 계시는 카드는 전부 1과 2입니다. 하지만 내가 탄환을 쏘아서 그것을 3, 5, 7, 8, 9, 10으로 만든 겁니다.」
 알베르는 다가가 보았다.
 아니나다를까 탄환이 직선 위에 완전히 똑같은 간격을 두고 아무것도 표시되어 있지 않던 공백에 표시를 매기고 두꺼운 종이의 그럴 듯한 장소에 구멍을 내고 있었다.
 더구나 표적의 바로 옆에까지 간 알베르는 그만 무심코 백작이 쏜 권총의 사정거리 안에 들어갔다가 총을 맞은 제비 두세 마리를 주웠다.
「허어, 이건 대단하군요!」하고 알베르가 말했다.
「뭘요.」하고 몽테 크리스토는 알리가 가지고 온 타월로 손을 닦으면서 말했다. 「어떻게 해서든 여가를 보내지 않으면 안 되기 때문에요. 자, 오세요, 가십시다.」
 두 사람은 몽테 크리스토의 상자마차에 탔다. 그리고 잠시 뒤 30번지의 문 앞에서 내렸다.
 몽테 크리스토는 알베르를 서재로 안내하고 의자를 권했다. 두 사람은 앉았다.
「그럼, 차분한 마음으로 이야기를 하십시다.」하고 백작이 말했다.
「보시다시피 나는 완전히 마음을 가라앉혔습니다.」
「대체 누구하고 결투를 하신단 말입니까?」
「보샹입니다.」
「친구가 아닙니까?」
「결투의 상대는 언제나 친구이기 마련입니다.」

「하지만 적어도 어떤 이유가 있어야 할 텐데요?」
「물론 있습니다.」
「당신에게 무슨 짓을 했습니까?」
「어제 그가 관여하고 있는 신문의 석간에…… 아니, 그럴 것 없이 이것을 읽어 주십시오.」
알베르는 백작에게 한 장의 신문을 내밀었다. 백작은 다음과 같은 기사를 읽었다.

자니나 통신

오늘까지 알려지지 않았던, 또는 적어도 발표되지 않았던 하나의 사실이 판명되기에 이르렀다. 이 시(市)를 방비하고 있던 여러 성채는 총독 알리 테브란의 전폭적인 신임을 받고 있던 페르낭이라는 한 프랑스 사관에 의해 터키 군에게 인도된 것이었다.

「그래서!」하고 몽테 크리스토가 물었다.「이 기사의 어디가 마음에 들지 않는다는 겁니까?」
「아니, 어디가 마음에 안 드느냐구요?」
「네. 자니나의 성채가 페르낭이라는 사관에 의해 인도되었다는 것이 당신과 무슨 관계가 있지요?」
「중요한 관계가 있단 말입니다. 우리 아버지 모르셀 백작의 세례명이 페르낭입니다.」
「그럼 아버님은 알리 파샤에게 봉직하고 계셨습니까?」
「즉, 그리스의 독립을 위해 싸우고 계셨던 것입니다. 그래서 모략을 당하신 것입니다.」
「아니, 아니, 자작, 차분하게 이성적으로 이야기합시다.」
「물론 나도 바라는 바입니다.」
「그럼 묻겠습니다만 프랑스에서 대체 누가 그 페르낭이라는 사관이 모르셀 백작과 동일 인물이라는 것을 알고 있단 말입니까? 게다가 1822년인가 1823년에 함락된 자니나의 일을 이제 와서 누가 문제삼는단 말입니까?」

「바로 그러니까 비열한 음모입니다. 오랫동안 아무 말 않고 시간이 흐르게 내버려 두었다가 이제 와서 잊혀진 사건을 끄집어내어 높은 지위에 있는 사람을 중상하는 추한 소문을 조작하려는 것입니다. 그런데 나는 아버지의 이름을 계승하는 사람으로서 이 이름에 조그마한 의혹의 그림자도 스며드는 것을 용서할 수 없습니다. 나는 지금부터 신문에 이러한 기사를 게재한 보샹에게 후견인 두 사람을 보내서 이 기사를 취소하게 할 것입니다.」

「보샹 군은 절대로 취소하지 않을 것입니다.」

「그렇다면 결투를 해야지요.」

「아니, 결투를 하게 되지는 않을 겁니다. 왜냐하면, 그는 그리스 군에는 당시 페르낭이라는 사관이 오십 명쯤은 있었을 것이라고 대답할 테니까요.」

「설령 그런 대답을 하더라도 결투는 할 것입니다. 아아, 어떻게 이 오명을 씻지 않고 견딜 수 있단 말입니까!…… 그토록 고결한 군인이고 그토록 무훈에 빛나는 경력을 가지신 아버지가…….」

「어쩌면 그는 이러한 기사를 낼는지도 모르지요.『우리는 그 페르낭이라는 자가 그와 동일한 세례명을 가지고 있는 모르셀 백작과는 아무런 관계도 없다고 믿는 이유를 가지고 있다.』라는 기사 말입니다.」

「나에게는 전면적이고 완전한 취소가 필요합니다. 그런 것으로는 만족할 수 없습니다.」

「그래서 당신은 그에게 후견인을 보내겠다는 겁니까?」

「그렇습니다.」

「그건 안 됩니다.」

「그렇게 말씀하시는 건 내 부탁을 거절하신다는 뜻이군요?」

「아닙니다. 당신은 결투에 대한 내 생각을 알고 계실 텐데요? 언젠가 로마에서 분명히 말씀드리지 않았습니까? 기억하고 계시지요?」

「하지만 백작, 나는 오늘 아침, 아니 방금 전에, 그 생각과는 거의 일치하지 않는 연습을 하고 계시는 것을 보았는데요.」

「그것은 말입니다, 아시겠지만 자기만을 예외로 취급할 수는 없기 때문입니다. 미치광이들과 살고 있을 때는 이쪽도 미치광이 수업을 쌓아 두지 않으면 안 됩니다. 언제 어떤 때 흥분한 사나이가 지금 당신이 보샹 군에게 하시려는 것 같은 이유없는 싸움을 걸어오고 아주 하찮은 일로 시비를 걸어오거나 후견인을 보내오거나 또는 많은 사람 앞에서 모욕을 당할는지 모르니까요. 그렇게 되면 그 흥분한 사나이를 해치우지 않으면 안 됩니다.」
「그럼 당신은 당신 자신이 결투를 하는 것을 인정하고 계시는군요?」
「물론입니다!」
「그렇다면 어째서 나에게는 결투를 해서는 안 된다고 하시는 겁니까?」
「결투를 해서는 안 된다고 하지는 않았습니다. 나는 다만 결투는 중대한 일이니까 신중히 생각하지 않으면 안 된다고 했을 뿐입니다.」
「그 사나이는 신중히 생각하고 나서 아버지를 모욕했을까요?」
「신중히 생각하고 한 일이라면, 그리고 그것을 정직하게 고백했다면 원망을 해서는 안 되지요.」
「오오, 백작, 당신은 너무나도 관대하시군요!」
「그렇게 말하는 당신이 너무나도 가혹하군요. 아시겠습니까, 만일……, 잘 들어 보세요, 만일…… 이런 말을 한다고 해서 화를 내시면 안 됩니다.」
「말씀하세요.」
「만일 그 기사가 사실이라면…….」
「아버지의 명예에 관한 그러한 가정은 아들로서는 인정할 수 없습니다.」
「아니, 이 시대에는 꽤 여러가지 일이 인정되고 있지 않습니까?」
「그것이야말로 시대의 악폐라는 것입니다.」
「당신은 그것을 시정하겠다는 것입니까?」
「그렇습니다. 적어도 나에게 관한 한…….」
「아니, 정말 엄격하군요.」
「나는 그러한 사람입니다.」
「그럼 당신은 어떤 충고도 일체 받아들이지 않겠다는 것입니까?」
「아니오, 친구의 충고라면 얼마든지 듣습니다.」
「나를 친구라고 생각해 주실 수 있습니까?」
「물론입니다.」
「그럼 말씀드립니다만 보샹군에게 후견인을 보내기 전에 사실인지 아닌지 조회를 해보는 것이 어떻습니까?」
「누구에게 말입니까?」
「물론 그 에데에게 말입니다!」

「이런 일에 여자를 개입시키다니요? 그분이 무엇을 할 수 있단 말입니까?」

「예를 들면 당신의 아버님이 그애 부친의 패배나 죽음에 아무런 관계도 없다는 것을 분명히 말해 주겠지요. 또는 불행하게도 아버님이 우연히 관계되었다 하더라도 사정을 분명히……」

「아까도 말씀드렸지만 백작, 나로서는 그러한 가정은 인정할 수가 없습니다.」

「그럼 이 방법은 싫으시단 말입니까?」

「네, 싫습니다.」

「절대로?」

「네, 절대로요!」

「그럼 마지막 충고를 드리겠습니다.」

「아무쪼록. 하지만 그것으로 끝내 주세요.」

「그것을 듣고 싶지 않습니까?」

「당치도 않습니다. 꼭 들려 주세요.」

「보샹 군에게 후견인을 보내는 일을 그만두시는 것입니다.」

「뭐라고요?」

「당신 자신이 직접 만나러 가는 것입니다.」

「그런 것은 관습에 위배됩니다.」

「당신의 이번 사건은 보통의 경우와는 다릅니다.」

「그렇다면 어째서 내가 직접 가지 않으면 안 된다는 겁니까?」

「그렇게 하면 사태는 당신과 보샹 군 두 사람만의 문제로 끝날 수 있기 때문입니다.」

「좀더 분명하게 설명해 주실 수 없겠습니까?」

「그러지요. 만일 보샹 군에게 그 기사를 취소할 마음이 있다면 그 사람의 선의를 인정해 주지 않으면 안 됩니다. 어떻든 취소한 것이 되니까요. 반대로 만일 취소하기를 거절한다면 그때는 두 사람의 타인에게 이 비밀을 알리면 될 것입니다.」

「두 사람은 타인이 아닙니다. 친구입니다.」

「오늘의 친구는 내일의 적이니까요.」

「아니, 당치 않은 말씀입니다!」
「보샹 군이 그 증거입니다.」
「그렇다면……」
「그런 식으로 신중하게 행동할 것을 권고합니다.」
「그렇다면 내가 직접 보샹을 만나러 가지 않으면 안 된다고 생각하시는 겁니까?」
「그렇습니다.」
「나 혼자서요?」
「물론 혼자서입니다. 상대방의 자존심에서 무언가를 얻으려 할 때는 설사 허울만이라도 그 상대의 자존심을 손상시키지 않도록 해야만 합니다.」
「확실히 그 말씀이 옳은 것 같습니다.」
「아아, 알아 주시니 기쁘군요!」
「나 혼자서 가겠습니다.」
「그것이 좋습니다. 하지만 가지 않는 편이 더욱 좋다고 생각합니다만.」
「아니, 그럴 수는 없습니다.」
「그럼 다녀오세요. 그것만이라도 맨 처음의 생각보다는 나으니까요.」
「하지만 그럴 경우, 내가 아무리 신중하게 행동하고 할 도리를 다한다고 하더라도 역시 결투를 하지 않으면 안 되게 될 때는 후견인이 되어 주시겠습니까?」
「자작」하고 몽테 크리스토는 더할 수 없이 엄숙한 어조로 말했다. 「언제 어떤 경우라도 당신에게 내가 모든 성의를 보이고 있다는 것은 알고 계시리라고 생각합니다. 그러나 이번의 경우 당신의 부탁은 내가 당신을 위해서 해드릴 수 있는 일의 범위를 넘고 있습니다.」
「어째서이지요?」
「언젠간 알게 될 때가 있을 겁니다.」
「그럼 그때까지는?」
「비밀로 해두는 것을 용서하시기 바랍니다.」
「좋습니다. 프랑츠와 샤토 루노에게 부탁하겠습니다.」
「프랑츠 군과 샤토 루노 군이라면 더할 나위 없겠지요.」
「하지만 결투를 하게 된다면 칼이나 권총의 사용법을 조금 가르쳐 주실 수 있겠지요?」

「아니, 그것 역시 해드릴 수 없습니다.」

「당신은 참 이상한 분이군요! 그렇다면 전혀 개입하고 싶지 않다는 말씀이군요?」

「그렇습니다, 절대로.」

「그렇다면 이 이야기는 이것으로 끝냅시다. 안녕히 계십시오, 백작.」

「잘 가세요, 자작.」

알베르는 모자를 들고는 나가 버렸다.

그는 문간에서 기다리고 있던 마차를 타고 분노를 애써 억제하면서 보샹에게로 마차를 몰았다. 그러나 보샹은 신문사에 나가고 없었다.

그래서 알베르는 신문사로 마차를 몰았다.

보샹은 어둑어둑하고 먼지투성이인 방에 있었다. 신문사의 편집실은 원래가 그런 것이다.

알베르 드 모르셀의 방문이 전해졌으나 보샹은 두 번 그 이름을 되풀이하게 만들었다. 그리고는 아직도 반신반의하는 상태로「어서 모셔.」하고 소리질렀다.

알베르가 모습을 나타냈다.

친구가 종이 뭉치를 넘어서고 나무쪽 대신 빨간 타일을 입힌 편집실 바닥 위에 흩어져 있는 크고작은 갖가지 신문을 위태롭게 발로 밟으면서 다가오는 것을 보며 보샹은 불현듯 놀라서 소리질렀다.

「이쪽이야, 이쪽, 알베르.」하고 그는 상대에게 손을 내밀면서 말했다.「대체 무슨 바람이 분 건가? 길이라도 잃고 헤매는 중인가? 아니면 단순히 점심을 얻어 먹으려고 온 건가? 의자는 자기가 찾아서 앉게. 저기 제라늄 옆에 있네. 이 방 안에서는 저 제라늄만이 세상에는 종이 뭉치만이 아니라 잎도 있다는 것을 상기시켜 준다네(프랑스에서는 종이 조각도 식물의 잎과 마찬가지로 피유라고 하는 데서 이런 농담이 나왔다).」

「보샹」하고 알베르가 말했다.「실은 자네네 신문에 대해서 할 이야기가 있어서 왔네.」

「자네가? 대체 무슨 용건인데?」

「기사를 취소해 주었으면 좋겠네.」

「기사를 취소하다니? 무슨 얘긴가, 알베르? 어떻든 우선 앉게!」
「고맙네.」 하고 알베르는 다시 한 번 대답하고 가볍게 고개를 숙여 인사했다.
「무슨 영문인지 설명을 해주게.」
「내 가족 중 일원의 명예를 훼손한 기사를 취소해 달란 말일세.」
「무슨 소리야!」 하고 보샹은 깜짝 놀라서 말했다. 「어떤 기산데? 그런 일이 있을 까닭이 없잖아.」
「자니나에서 온 뉴스일세.」
「자니나에서?」
「그래, 자니나에서 온 기사. 보아하건대 내가 무엇 때문에 이곳에 왔는지 정말로 모르는 것 같군.」
「명예를 걸고…… 이봐, 바티스트, 어제 신문을 가져다 주게!」 하고 보샹이 소리질렀다.
「그럴 것 없어. 여기 이렇게 가지고 왔으니까.」
보샹은 재빨리 그 기사를 읽었다.
「자니나 통신……」
「이것으로 사태가 중대하다는 것을 알았겠지?」 하고 보샹이 다 읽고 나자 틈을 주지 않고 알베르가 말했다.
「그럼 이 사관이 자네의 친척이란 말인가?」 하고 보샹이 물었다.
「그렇다네.」 하고 알베르는 얼굴을 붉히면서 대답했다.
「그럼 자네가 만족할 수 있게 하기 위해서는 어떻게 하면 좋은가?」 하고 보샹이 온화한 어조로 물었다.
「보샹 군, 이 기사를 취소해 주었으면 하네.」
보샹은 주의깊게 알베르의 얼굴을 바라보았다. 거기에는 분명히 깊은 호의가 느껴졌다.
「이것 보게.」 하고 그는 말했다. 「그렇게 되면 이야기는 간단하게 끝나지를 않아. 왜냐하면 취소라는 것은 어떤 경우에도 큰 문제이기 때문이야. 그나저나 앉게. 다시 한 번 이 3, 4행짜리 기사를 읽어 볼 테니까.」
알베르는 의자에 앉았다. 그러자 보샹은 친구로부터 비난받은 그 기사를 아까보다도 더 주의를 기울이면서 다시 읽었다.

「어때, 알았겠지?」하고 알베르가 야무진, 아니 야무지다기보다도 오히려 거친 어조로 말했다.「자네네 신문에 의해서 우리 가족의 한 사람이 모욕을 당한 거라네. 그래서 나는 그 취소를 요구하네.」
「요구한다?……」
「그래, 나는 요구하네.」
「미안하지만 자네는 교섭 방법을 모르는군, 자작.」
「그런 것은 몰라도 상관없어.」하고 알베르가 자리에서 일어나면서 되받았다.「나는 어디까지나 자네네 신문이 어제 발표한 기사를 취소해 줄 것을 요구하네. 취소시키지 않고는 견딜 수 없네. 자네는 나와는 꽤 친한 사람이야.」하고 알베르는 보샹이 거만하게 얼굴을 쳐들려는 것을 보고 입술을 꽉 깨물면서 계속했다.「자네는 나와 꽤 친한 사람이야. 그래서 이러한 경우 내가 절대로 뒤로 물러서지 않는다는 것을 알아 주겠지.」
「설사 자네가 내 친구라고 하더라도 말일세, 모르셀, 지금과 같은 말을 한다면 끝내는 친구라는 것을 잊고 말걸세……. 하지만 뭐, 화를 내지는 않겠네. 적어도 아직까지는 말일세……. 자네는 그렇게 걱정하고 초조해하고 화를 내고 있지만…… 분명히 말해서 페르낭이라는 자네의 그 친척은 대체 누구인가?」
「다른 사람 아닌 내 아버지일세.」하고 알베르가 말했다.「모르셀 백작, 페르낭 몬데고. 스무 번이나 싸움터에 나갔던 노병이지. 그 고귀한 전상(戰傷) 위에 시궁창에서 가져온 더러운 흙탕을 칠하려는 건가.」
「자네의 아버지인가?」하고 보샹이 말했다.「그렇다면 이야기는 또 다르지. 자네가 분개하는 것도 무리는 아니지, 알베르……. 다시 한 번 잘 읽어 보겠네.」
그렇게 말하고 그는 이번에는 한 마디 한 마디를 음미하면서 기사를 다시 읽었다.
「하지만 대체 어디에」하고 보샹이 물었다.「이 기사의 페르낭이 자네의 아버지라는 얘기가 나와 있단 말인가?」
「어디에도 씌어 있지는 않아. 그것은 나도 알고 있어. 하지만 다른 사람들은 틀림없이 그렇게 생각할 거야. 그래서 나는 취소를 요구하는 거라네.」
이『요구한다』는 말을 듣고 보샹은 알베르를 쳐다보았다. 그러나 거의 동시에 그 눈을 다시 내리깔고 잠시 생각에 잠겼다.

「이 기사를 취소해 줄 테지, 보샹?」하고 억제하고는 있으나 점점 더 격앙되는 분노에 휩싸여 알베르가 되풀이했다.

「좋아.」하고 보샹이 말했다.

「고맙네.」하고 알베르가 말했다.

「단, 기사가 잘못되었다는 것을 확인하고 난 뒤에.」

「뭐라고?」

「그렇다니까. 이 기사는 조사해 볼 만한 근거가 있으니까. 반드시 진상을 밝혀 보이겠네.」

「하지만 이 문제에서 자네는 대체 무엇을 밝히겠다는 건가? 무슈.」하고 알베르는 저도 모르게 불끈해서 말했다. 「만일 자네가 이것이 내 아버지의 일이라고는 생각하지 않는다면 당장에 그렇다고 말해 주게. 만일 이것이 내 아버지의 일이라고 생각한다면 어째서 그렇게 생각하는지 그 이유를 분명히 말해 주게.」

보샹은 그 특유의, 온갖 감정의 뉘앙스를 나타낼 수 있는 미소를 띠면서 알베르를 뚫어지게 바라보았다.

「무슈」하고 그는 말했다. 「그쪽에서 무슈 운운하니까 나도 그렇게 부르겠는데 말요. 당신이 여기에 온 것이 시비를 걸기 위해서라면 먼저 그 말을 해주었으면 좋겠소. 무슨 우정이 어쩌고 하면서 벌써 30분 전부터 하고 있는 그런 한가한 소리는 이제 그만해 두시오. 아직도 그런 얘기를 계속할 셈이오?」

「물론, 그 치욕스러운 중상을 취소하지 않는 한.」

「잠깐 기다려요! 협박은 하지 말아 주었으면 좋겠소, 모르셀 자작, 페르낭 드 몬데고 군. 나는 적으로부터 협박받는 것도 참을 수 없지만 친구로부터는 더더욱 참을 수 없소. 그럼 당신은 내가 명예를 걸고 조금도 모른다고 말하고 있는 저 페르낭 대령에 관한 기사를 취소하라고 요구하는 겁니까?」

「그래. 나는 그것을 요구해!」하고 알베르는 말했다. 그의 머리는 이미 혼란해지기 시작했다.

「취소하지 않으면 결투를 하게 되는 겁니까?」하고 여전히 침착하게 보샹이 말했다.

「그렇고말고.」하고 알베르가 큰소리로 대답했다.
「좋아요, 그렇다면」하고 보샹이 말했다.「내 대답은 이렇소. 알겠어요? 그 기사는 내가 실은 것은 아니오. 나는 그 기사에 대해서는 아무것도 모르고 있었소. 그런데 당신이 나에게 부탁하러 온 덕분에 나는 그 기사에 관심을 가지게 되었소. 그래서 이제는 관심을 떨쳐 버릴 수 없게 되었소. 따라서 나로서는 믿을 만한 사람에 의해 부인되거나 확인될 때까지 그 기사는 그대로 둘 생각이오.」
「무슈」하고 알베르는 일어서면서 말했다.「그렇다면 후견인을 보내겠소. 장소와 무기를 의논해 주기 바라오.」
「좋습니다.」
「괜찮다면 오늘밤, 또는 늦어도 내일 다시 만납시다.」
「아니, 괜찮아요. 필요하다면 언제라도 결투장에 나갈 테니까. 하지만 내 생각으로는(결투의 신청을 받은 것은 나니까 내 생각을 말할 권리가 있을 것이오), 내가 생각하기에는 아직도 적당한 시간은 아니라고 보는데 말요. 당신이 칼을 잘 쓴다는 것은 나도 알고 있소. 나도 이럭저럭 어느 정도는 할 수 있소. 또 당신이 여섯 발을 쏘면 세 발은 명중시킨다는 것도 알고 있소. 내 솜씨도 대개 그 정도요.
우리가 결투를 하면 그냥 무사할 수는 없다는 것도 알고 있소. 왜냐하면 당신은 용감하고…… 나 또한 그러니까 말요.
그래서 나는 아무 이유가 없는데도 내가 당신을 죽이거나 반대로 당신에게 죽임을 당하는 그런 짓은 하고 싶지 않단 말이오. 그래서 이번에는 내가 분명히 묻겠소.
그 기사에 대한 것은 모른다고 아무리 되풀이해도, 명예를 걸고 맹세를 해도, 또 당신처럼 야페테 군(야페테는 구약 창세기에 나오는 노아의 아들로서 아버지를 크게 공경한다. 여기에서는 그것을 농담조로 만들어 야유하고 있다. 효자 미치광이라는 뜻)도 아니고 페르낭이라는 이름에서 그것이 모르셀 백작이라는 것을 알 사람이 있을 까닭이 없다고 단언해도 그래도 여전히 내가 취소하지 않는 한 나를 살해하지 않고는 견딜 수 없을 만큼 취소를 고집하는 거요?」
「그렇소, 끝까지.」

「좋아요. 그러면 목숨을 걸고 싸우기로 합시다. 단, 3주일간의 유예를 주기 바라오. 3주일 뒤에 당신을 만나서 이렇게 얘기하지요.『과연 그 기사는 잘못된 것이었소. 나는 그것을 취소하겠소.』또는『확실히 그 기사는 사실이었소. 따라서 칼을 뽑든 권총을 상자에서 꺼내든 당신의 선택에 맡기겠소.』라고.」

「3주일이라고!」하고 알베르가 소리질렀다. 「하지만 나에게는 3주일이 3세기나 계속 명예를 더럽히고 있는 꼴이오!」

「만일 당신이 여전히 내 친구였다면『참게나.』하고 말했을 것이오. 하지만 지금은 적이 되었으니까『그런 것은 내가 알 바 아니오!』하고 말할 수밖에 없소.」

「그럼 3주일 뒤란 말이지요? 알았소.」하고 알베르가 말했다. 「하지만 잊지 말아요. 3주일이 지나면 더 이상 유예는 없고 책임 회피도 할 수 없을 테니까……」

「알베르 드 모르셀 씨」하고 보샹 쪽도 일어나면서 말했다. 「3주일이 지나기 전까지는, 즉 앞으로 24일 뒤가 아니면 나로서도 당신을 창문으로 집어던질 수는 없습니다. 또 당신 쪽에서도 그때까지는 나를 한칼에 벨 권리는 없습니다. 오늘은 8월 29일이니까 9월 21일이 되겠군요. 그때까지는 아시겠습니까? 이것은 신사로서 충고합니다만 서로 떨어져서 사슬에 묶인 두 마리의 번견(蕃犬)처럼 으르렁거리는 일만은 삼가합시다.」

이렇게 말하고 보샹은 알베르에게 점잖게 인사를 하는 획 등을 돌려 인쇄실로 들어갔다.

알베르는 홧김에 신문지 뭉치를 난폭하게 지팡이로 마구 후려갈겼다. 그리고는 세 번 네 번 인쇄실 문 쪽을 뒤돌아보고 나서 밖으로 나갔다.

죄없는 신문지를 아무리 두들겨 보아도 화가 풀리지 않은 알베르는 이번에는 마차의 앞부분을 계속 두들겨대었으나 큰길을 가로지를 때 막시밀리안 모렐의 모습을 발견했다. 모렐은 의젓하게 얼굴을 들고 눈동자도 생기있게 빛내면서 두 팔을 활개치며 상 마르탕 문 쪽에서 마들레느 사원 쪽을 향해 중국 목욕탕 앞을 걷고 있었다.

「아아」하고 그는 한숨을 쉬면서 말했다. 「저기에 행복한 사나이가 한 사람 있군.」

우연하게도 알베르의 이 감상은 틀린 것이 아니었다.

80. 레모네이드

사실 모렐은 아주 행복했다.

그는 노와르티에 노인의 부름을 받고 가는 길이었다. 그래서 그는 무엇 때문에 호출당했는지 일 초라도 빨리 알고 싶어서 가두마차 말의 네 다리보다도 자기의 두 다리를 더 신용해서 일부러 마차를 타지 않았던 것이다. 이렇게 해서 그는 메레 거리를 지나 포블 상 토노레로 향하는 중이었다.

모렐이 빠른 걸음으로 걷기 때문에 불쌍하게도 발루아는 그 뒤를 열심히 따라가고 있었다. 모렐은 서른한 살, 발루아는 예순 살이었다. 또 모렐이 사랑에 취해 있는데 비해 발루아 쪽은 심한 더위 때문에 목이 바작바작 타고 있었다.

이런 식으로 이 두 사나이는 이해 관계도 연령도 많은 차이가 있었으나 마치 한 삼각형의 두 변 같은 관계를 이루고 있었다. 즉 아랫변에 의해 떨어져 있기는 했으나 정점에서 하나가 되어 있었던 것이다.

그 정점이란 바로 노와르티에 노인이었다. 노인은 급히 달려오도록 모렐을 데리러 보냈고 모렐은 문자 그대로 거기에 따라서 이렇게 발루아에게 비명을 지르게 하고 있었던 것이다.

저택에 도착했을 때 모렐은 숨이 찬 기색도 없었다. 사랑은 사람에게 날개를 주는 것이다. 그러나 발루아 쪽은 벌써 오래 전부터 색정 같은 것과는 인연이 없었으므로 땀을 흠뻑 흘리고 있었다.

노복은 특별 입구를 통해 모렐을 안으로 들여보내고는 방문을 닫았다. 이윽고 바닥에 옷자락 스치는 소리가 나는 것으로 바랑티느가 왔음을 알 수 있었다.

상복을 입은 바랑티느는 황홀할 만큼 아름다웠다.

꿈이라도 꾸는 듯한 생각이 점점 더 감미로워졌으므로 모렐은 노와르티에 노인과 할 이야기가 있다는 것을 하마터면 잊을 뻔했다. 그러나 곧 노인의 휠체어 소리가 나고 노인이 방안으로 들어왔다.

노와르티에는 자신의 기적적인 중재에 의해 바랑티느와 자기가 절망으로부터 구출된 데 대해 모렐이 감사의 말을 연성 쏟아 놓는 것을 호의적인 눈길로 물끄러미 쳐다보며 듣고 있었다. 그리고 모렐은 자기에게서 떨어진 곳에 주뼛거리며 앉아서 노인에게서 말을 하라는 지시가 떨어지기를 기다리고 있는 바랑티느 쪽을 향해 다시 어떤 은혜가 주어질 것인가를 눈으로 묻고 있었다.

노인도 그녀 쪽으로 눈을 돌렸다.

「그럼 할아버지가 분부하신 것을 말씀드릴까요 ?」

「그래라.」하고 노인은 끄덕거렸다.

「모렐 씨」하고 바랑티느는 자기의 얼굴을 뚫어지게 쳐다보고 있는 청년을 향해 말했다.「노와르티에 할아버지는 당신에게 여러가지 하실 말씀이 있어서 그것을 나에게 말씀하셨어요. 그리고 오늘 내 입을 통해 그것을 전달하기 위해 당신을 부르셨어요. 그래서 나는 할아버지가 나를 통역으로 선택한 이상에는 할아버지의 의향을 한마디도 틀리지 않게 그대로 당신에게 전하겠어요.」

「아아, 빨리 들려 주십시오.」하고 모렐이 대답했다.「자, 말씀하세요, 얘기해 주세요.」

바랑티느는 눈을 내리깔았다. 이것은 모렐에게는 바람직한 조짐으로 생각되었다. 바랑티느가 마음이 약해지는 것은 무언가 기쁜 일이 있을 때로 정해져 있었기 때문이다.

「할아버지는 이 집을 나가고 싶어하고 계세요.」하고 그녀는 말했다.「그래서 발루아가 지금 적당한 집을 찾고 있는 중이에요.」

「하지만 당신은」하고 모렐이 말했다.「할아버님이 이렇게까지 귀여워하고 계시는, 그리고 할아버님에게 꼭 필요한 당신은 어떻게 하실 겁니까 ?」

「나는」하고 바랑티느는 대답했다.「나는 할아버지 곁을 떠나지 않아요. 이것은 할아버지하고 나 사이에 분명히 약속되어 있어요. 할아버지의 방 옆에 나도 방을 잡을 거예요. 내가 할아버지와 함께 사는 것을 아버지가 허락해 주실지 어떨지는 모르겠지만 만일 허락이 떨어지면 나는 지금부터라도 이 집을 나갈 거예요. 허락이 떨어지지 않을 때는 앞으로 10개월만 지나면 나는 성년이 되니까 그때까지 기다릴 거예요. 그렇게 되면 나는 자유로워지고 독립된 재산도 가질 수 있고, 그리고…….」

「그리고요?」하고 모렐이 물었다.

「그리고 할아버지의 승낙을 받아서 당신에게 한 약속을 지킬 거예요.」

바랑티느는 이 마지막 말을 아주 낮은 목소리로 말했기 때문에 만일 모렐이 주의깊게 듣고 있지 않았다면 아마 놓치고 말았을 것이다.

「지금 말씀드린 것은 할아버지의 생각이지요, 할아버지?」하고 바랑티느는 노와르티에를 향해 덧붙였다.

「그렇다.」하고 노인이 수긍했다.

「할아버지에게로 가면」하고 바랑티느는 계속했다.「모렐 씨는 이런 다정하고 훌륭한 보호자 앞에서 나를 만나러 오실 수 있을 겁니다. 그리고 어쩌면 무의식중에, 아니면 아주 일시적인 기분에 이렇게 맺어지기 시작한 우리의 마음의 끈이 정말로 어울리는 것으로 생각되고 또 지금까지의 경험에 대해 장래의 행복을 보장해 줄 것으로 생각되면(슬프게도 장애를 만나서 타오른 마음은 정작 마음이 놓이면 식어 버리고 만다고 하니까!) 그때는 모렐 씨, 나에게 결혼 신청을 해주세요. 나는 그것을 기다리고 있겠어요.」

「아아」하고 모렐은 하느님을 대하듯이 노인 앞에, 천사를 대하듯이 바랑티느 앞에 무릎을 꿇고 싶은 마음에 사로잡히면서 소리질렀다.「아아, 이런 행복을 차지할 수 있다니 대체 나는 지금까지 어떤 선행을 했다는 걸까!」

「그때까지는」하고 바랑티느는 맑고 엄숙한 목소리로 계속했다.「서로 세상의 관습이나 양친의 뜻을 존중하기로 해요. 그 뜻이 우리를 영원히 떼어 놓으려고 하는 것이 아닌 한 말이에요. 즉, 이 말이 모든 것을 다 말해 주고 있기 때문에 다시 한 번 되풀이 말씀드립니다만 우리는 서로 지그시, 그리고 얌전하게 기다리고 있기로 해요.」

「그리고 그 기다린다는 말이 요구하는 온갖 희생을」하고 모렐이 말했다. 「노와르티에 님, 맹세코 말씀드립니다만, 저는 그것을 체념하는 심정이 아니라 기쁨을 가지고 수행할 생각입니다.」

「그러니까」하고 바랑티느는 막시밀리안의 마음을 못 견디게 황홀하게 만드는 눈길을 보이며 계속했다.「이제부터는 아무쪼록 경솔한 행동은 하지 마세요. 오늘 이 시간부터 당신의 이름을 당당하게 내세울 생각으로 있는 내가 아무쪼록 위험한 꼴을 당하지 않게 해주세요.」

모렐은 가슴에 손을 얹고 맹세했다.

그러고 있는 동안 노와르티에는 다정한 눈으로 그러한 두 사람을 가만히 지켜보고 있었다. 아무것도 숨길 필요가 없는 인간으로서 방안 한쪽에 시종 대기하고 있던 발루아는 벗어진 이마에서 흘러내리는 큰 땀방울을 닦으면서 미소를 짓고 있었다.

「어머, 발루아는 어쩌면 저렇게 더위를 탈까?」하고 바랑티느가 말했다.

「아니, 정말.」하고 발루아가 말했다.「너무 급하게 달려왔기 때문입니다, 아가씨. 하긴 이것은 인정하지 않으면 안 되겠습니다만 모렐 씨 쪽이 저보다도 좀 더 서두르셨습니다.」

노와르티에는 레모네이드가 든 물병과 컵이 하나 놓여 있는 쟁반을 눈으로 가리켰다. 물병 안의 것이 줄어 있는 것은 30분쯤 전에 노와르티에가 그것을 마셨기 때문이었다.

「그럼 발루아」하고 바랑티느가 말했다.「저걸 마셔요. 마시다 둔 저 물병을 아까부터 뚫어지게 쳐다보고 있는 것을 알고 있어요.」

「사실을 말씀드리면」하고 발루아가 말했다.「목이 말라서 죽을 지경입니다. 그럼 건강을 축복하면서 기꺼이 레모네이드를 한 잔 마시겠습니다.」

「어서 마셔요.」하고 바랑티느가 말했다.「그리고 깨끗이 마시고 나면 곧 다시 와야 해요.」

발루아는 쟁반을 들고 나갔다. 그리고 복도로 나가자마자 얼굴을 뒤로 젖히고 바랑티느가 컵에 따라 준 것을 마시고 있는 것이 미처 닫히지 않은 문틈으로 내다보였다.

바랑티느와 모렐이 노와르티에 노인 앞에서 작별 인사를 나누고 있을 때 빌포르의 방이 있는 층계 쪽에서 초인종이 울리는 소리가 들렸다.

그것은 손님이 왔다는 신호였다.

바랑티느는 시계를 보았다.

「정오예요.」하고 그녀는 말했다.「할아버지, 오늘은 토요일이니까 틀림없이 의사가 왔을 거예요.」

노와르티에는 틀림없이 그럴 것이라는 듯이 끄덕였다.

「의사 선생은 이쪽으로 오시겠지요. 모렐 씨는 돌아가시도록 해야겠지요, 할아버지?」

「그렇다.」하고 노인은 끄덕였다.

「발루아!」하고 바랑티느가 소리질렀다. 「발루아, 어서 와요!」

거기에 대답하는 노복의 목소리가 들렸다.

「지금 곧 갑니다, 아가씨.」

「발루아에게 문간까지 배웅하게 하겠어요.」하고 바랑티느는 모렐에게 말했다. 「그럼 잊지 마셔요. 할아버지가 당신에게, 우리 두 사람의 행복을 위태롭게 할 일은 일체 해서는 안 된다고 하신 말씀 말예요.」

「나는 기다리겠다고 약속했습니다.」하고 모렐은 말했다. 「그러니까 얌전하게 기다릴 것입니다.」

그때 발루아가 들어왔다.

「손님은 누구지?」하고 바랑티느가 물었다.

「다브리니 선생입니다.」하고 다리를 휘청거리면서 발루아가 대답했다.

「아니, 왜 그래요, 발루아?」하고 바랑티느가 물었다.

노복은 대답하지 않았다. 그는 겁먹은 눈으로 주인을 물끄러미 바라보면서 와들와들 떨리는 손으로 쓰러지지 않으려고 뭔가 붙잡을 것을 찾고 있었다.

「아니, 쓰러지겠어!」하고 모렐이 소리질렀다.

사실 발루아를 엄습한 떨림은 점점 더 심해지고 안면 근육의 경련 때문에 얼굴 표정도 언뜻 보아 무척 강렬한 신경성 발작이 일어났음을 말해 주고 있었다.

노와르티에 노인은 이렇게 괴로워하고 있는 발루아를 보고 갖가지 눈짓을 해보였다. 거기에는 지금 그의 마음을 엄습하고 있는 온갖 감정이 손에 잡힐 듯이 생생히 그려져 있었다.

발루아는 주인 쪽으로 두세 걸음 다가왔다.

「아아! 아아! 하느님.」하고 그는 신음했다. 「대체 어떻게 된 걸까요?…… 괴로워서…… 이제는 눈이 보이지 않습니다……. 수천 개의 불꽃이 머릿속에서 맴돌고 있습니다. 아아! 저를 건드리지 말아 주세요, 건드리지 말아 주세요!」

실제로 그의 눈은 무섭게 튀어나오고 얼굴은 뒤로 젖혀지고 몸은 경직되기 시작했다.

　바랑티느는 무서워져서 외마디 소리를 질렀다. 모렐이 그러한 그녀의 몸을 뭔가 원인 모를 위험에서 지키려는 듯이 두 팔로 꽉 끌어안았다.

　「다브리니 선생！ 다브리니 선생！」하고 바랑티느는 억눌린 목소리로 고함질렀다. 「이쪽으로 와주세요！ 살려 주세요！」

　발루아는 빙그르르 한 바퀴 돌았는가 싶더니 두세 걸음 뒤로 물러서고 비틀거리며 노와르티에의 발밑에 푹 쓰러졌다. 그리고는 노인의 무릎에 손을 걸치고 소리질렀다.

　「주인님！ 주인님！」

　바로 그때 빌포르가 고함 소리를 듣고 달려와 방문 앞에 모습을 나타냈다.

　모렐은 반쯤 정신을 잃고 있는 바랑티느에게서 손을 떼고 냉큼 뒤로 물러섰는가 했더니 방 구석으로 달려가 커튼 그늘에 거의 전신을 숨겼다.

　그는 갑자기 눈앞에서 목을 쳐든 뱀을 본 것같이 창백한 얼굴을 하고 그 얼어붙은 듯한 시선을 가련한 빈사 상태의 노복에게 집중시키고 있었다.

　노와르티에의 피는 안타까움과 공포로 뒤끓고, 마음은 하인이라기보다도 친구라고 해야 할 이 불쌍한 노인을 살리기 위해 달려가고 싶은 기분으로 가득했다. 삶과 죽음의 처참한 싸움이 발루아의 이마 위에, 혈관의 팽창과 눈언저리에 아직도 생기를 남기고 있는 몇 개의 근육의 경련에 의해 생생하게 드러나 보이고 있었다.

　발루아는 고민의 형상도 역력하게, 눈에는 핏발이 서고 목은 뒤로 젖힌 채 드러누워서 두 손으로 바닥을 탁탁 두드리고 있었다. 그러나 이와는 반대로 두 다리는 경직되어서 구부러진다기보다는 금세라도 부러질 것만 같았다.

　입술에는 희미한 거품이 떠올라 있었다. 그리고 괴로운 듯이 숨을 몰아쉬고 있었다.

　빌포르는 방으로 들어오자 그의 눈을 사로잡은 이러한 광경을 잠시 넋을 잃고 바라보고 있었다.

　그러한 그에게는 모렐의 모습 따위는 눈에 띄지 않았다.

　그는 아무 말도 않고 잠시 멍하니 바라보고 있었으나 이윽고 그의 얼굴이 창백해지고 머리카락은 거꾸로 곤두서기 시작했다.

　「선생！ 선생！」하고 그는 문 쪽으로 달려가서 소리질렀다. 「와주세요！

80. 레모네이드

이리로 와주세요!」

「어머니! 어머니!」하고 바랑티느가 층계 벽에 부딪히면서 새어머니를 불렀다.「와주세요! 빨리 와주세요! 각성제 약병을 가지고요!」

「무슨 일이 있었어요?」하고 빌포르 부인의 금속성 목소리, 감정을 억제한 목소리가 물었다.

「아아, 이쪽으로 오세요! 빨리 와주세요!」

「선생은 어디에 계시지?」하고 빌포르가 소리질렀다.「선생은 어디에 계셔?」

빌포르 부인이 천천히 내려왔다. 그녀의 발에 밟혀서 바닥이 삐걱이는 소리가 났다. 그녀는 한쪽 손에 든 손수건으로 얼굴을 닦고 다른 한쪽 손에는 각성제 약병을 들고 있었다.

문간에 왔을 때 부인은 우선 노와르티에를 바라보았다. 노인의 얼굴은 이러한 경우에 당연히 일어나는 동요를 제외한다면 여느 때와 다름없는 건강한 상태를 보여 주고 있었다. 다음에 그녀의 눈은 빈사 상태에 있는 노복을 보았다.

부인의 얼굴이 순간적으로 창백해졌다. 그녀의 눈은 이를테면 반사적으로 하인에게서 그 주인에게로 옮겨졌다.

「자, 제발 가르쳐 줘. 선생은 어디에 계시지? 아까 당신 방에 들어가셨는데. 보다시피 졸중을 일으키고 있어. 사혈을 하면 아마 살아날 수 있을 텐데.」

「지금 뭔가를 먹은 게 아닌가요?」하고 빌포르 부인은 상대의 질문을 피했다.

「어머님」하고 바랑티느가 말했다.「발루아는 아침식사도 거른 채 할아버지 심부름으로 오전중 내내 바쁘게 뛰어다녔습니다. 그리고 돌아와서는 레모네이드를 한 잔 마셨을 뿐입니다.」

「저런」하고 빌포르 부인이 말했다.「어째서 포도주를 마시지 않았을까? 레모네이드는 좋지 않은데.」

「레모네이드가 바로 저기에, 할아버지의 물병에 들어 있었기 때문이에요. 불쌍하게도 발루아는 목이 몹시 말라 있었기 때문에 저기에 있는 것을 마신 거예요.」

빌포르 부인은 부르르 몸을 떨었다. 노와르티에는 그러한 그녀를 깊은 눈길로 바라보았다.
「발루아는 목이 무척 짧군요!」하고 부인이 말했다.
「여보, 당신.」하고 빌포르가 말했다. 「다브리니 선생은 어디에 계신가고 묻고 있잖소. 제발 가르쳐 줘요!」
「에두아르의 방에 계세요. 그애가 몸이 조금 불편해서.」하고 빌포르 부인은 더 이상의 질문을 피하고 싶어서 대답했다.
빌포르는 자기가 직접 의사를 부르러 가려고 층계를 뛰쳐나갔다.
「자아, 이것.」하고 부인은 바랑티느에게 약병을 건네 주면서 말했다. 「아마 사혈을 할 테지. 나는 방으로 돌아가겠다. 피를 보는 것은 견딜 수가 없으니까.」
그렇게 말하고 그녀는 남편의 뒤를 따라 나가 버렸다.
모렐이 숨어 있던 어둑어둑한 구석에서 나왔다. 그는 아무에게도 발각되지 않았다. 그만큼 사람들은 경황이 없었던 것이다.
「자, 빨리 돌아가세요, 막시밀리안 씨.」하고 바랑티느가 그에게 말했다. 「내가 연락을 취할 때까지 기다리고 계세요. 자, 어서.」
모렐은 몸짓으로 노와르티에의 의향을 물었다. 여전히 평소의 냉정함을 조금도 잃지 않고 있던 노와르티에는 그렇게 하라고 신호를 했다.
모렐은 바랑티느의 손을 가슴에 꼭 갖다댄 뒤 비밀복도로 해서 나갔다. 그와 거의 동시에 빌포르와 의사가 반대쪽 문으로 해서 들어왔다.
발루아는 의식을 회복하기 시작하고 있었다. 발작이 지나가서 신음은 하면서도 말을 할 수 있게 되었다. 그리고 한쪽 무릎을 꿇고 몸을 일으켰다.
다브리니와 빌포르는 그런 발루아를 소파까지 옮겼다.
「어떻게 하면 될까요, 선생?」하고 빌포르가 물었다.
「물과 에테르를 가져다 주세요. 집에 있는가요?」
「있습니다.」
「그리고 급히 테레빈 유와 구토제를 구해다 주세요.」
「자, 빨리 가져와!」하고 빌포르가 말했다.
「자, 그럼, 다른 사람들은 물러가 주세요.」
「저도 말예요?」하고 바랑티느가 주뼛거리면서 물었다.
「그렇습니다, 아가씨. 당신은 특히 더 나가 주셨으면 해요.」하고 무뚝뚝한 어조로 의사가 말했다.
 바랑티느는 깜짝 놀라서 다브리니 씨의 얼굴을 쳐다보았으나 노와르티에 씨의 이마에 입을 맞추고는 방에서 나갔다.
 그녀가 나가자 의사는 어두운 얼굴을 하고 문을 닫았다.
 「아니오, 선생, 정신을 되찾았어요. 별로 대단할 것 없는 단순한 발작이었어요.」
 다브리니 씨는 여전히 어두운 얼굴로 미소를 지었다.
 「기분은 어떤가, 발루아 군?」 하고 의사는 물었다.
 「좀 좋아졌습니다, 선생.」
 「이 에테르 수를 마실 수 있겠소?」
 「그래 보지요. 하지만 제 몸을 건드리지 말아 주세요.」
 「어째서 말인가?」
 「손가락으로 살짝 건드리기만 해도 다시 발작이 일어날 것만 같아서요.」
 「자, 마셔 봐요.」
 발루아는 컵을 손에 들고 보랏빛으로 변색된 입술에 그것을 가져다가 약 반쯤을 마셨다.
 「어디가 괴롭지?」 하고 의사가 물었다.
 「온몸이 다 괴롭습니다. 무서운 경련 같은 것을 느낍니다.」
 「현기증은?」
 「네, 현기증이 납니다.」
 「이명(耳鳴)은?」
 「몹시 심합니다.」
 「언제부터 그렇게 되었지?」
 「방금 전부터입니다.」
 「갑자기 말인가?」
 「네, 갑자기요.」
 「어제는 아무렇지도 않았나? 또 그제도 괜찮았고?」
 「아무렇지도 않았습니다.」
 「졸립지는 않았소? 답답한 느낌은 없었고?」
 「아아니요.」

「오늘 먹은 것은?」

「아직 아무것도 먹지 않았습니다. 다만 주인님의 레모네이드를 한 잔 마셨을 뿐입니다.」

그렇게 말하고 발루아는 노와르티에 노인 쪽을 얼굴로 가리켰다. 노인은 안락의자에 앉은 채 이 무서운 광경을 그 동작 하나 놓치지 않으려는 듯이, 말 한마디 놓치지 않으려는 듯이 유심히 지켜보고 있었다.

「그 레모네이드는 어디에 있지?」하고 의사가 험악한 어조로 물었다.

「물병에 넣어져서 아래에 있습니다.」

「아래라니, 어디 말인가?」

「주방입니다.」

「내가 가서 가지고 올까요, 선생?」하고 빌포르가 물었다.

「아니, 여기에 있어 주세요. 그리고 이 컵에 남아 있는 에테르 수를 환자에게 먹여 주세요.」

「하지만 레모네이드는…….」

「내가 직접 갔다 오겠소.」

다브리니는 문으로 뛰어가서 그것을 열고 주방문의 층계로 달려갔다. 그리고 그때 주방으로 내려가려던 빌포르 부인을 하마터면 부딪쳐 쓰러뜨릴 뻔했다.

부인은 앗 하고 비명을 질렀다.

다브리니는 그런 일에는 신경조차 쓰지 않았다. 다만 한 가지 생각에 열중해서 마지막 서너 단을 단숨에 뛰어내려서 주방 안으로 달려들어가서 4분의 3쯤 비어 있는 물병이 쟁반 위에 있는 것을 발견했다.

그는 마치 독수리가 먹이에 달려들듯이 그 물병을 낚아챘다.

숨을 헐떡거리면서 그는 다시 일층으로 올라가 방으로 돌아왔다.

빌포르 부인은 자기의 방으로 통하는 층계를 천천히 올라가는 중이었다.

「여기에 놓여 있던 것은 확실히 이 물병이 틀림없소?」하고 다브리니가 물었다.

「확실히 그것입니다, 선생.」

「이 레모네이드는 당신이 마신 레모네이드요?」

「그렇다고 생각합니다.」

80. 레모네이드

「어떤 맛이었소?」
「씁쓸한 맛이었습니다.」
 의사는 그 레모네이드 몇 방울을 손바닥에 떨어뜨려 입술에 대었다. 그리고는 포도주의 맛을 볼 때처럼 그것을 입에 넣었다가 난로 안에 뱉었다.
「확실히 같은 것이로군.」하고 그는 말했다. 「당신도 이것을 마셨습니까, 노와르티에 씨?」
「마셨다.」하고 노인이 끄덕였다.
「역시 씁쓸한 맛이 났습니까?」
「그래.」
「아아, 선생.」하고 발루아가 소리질렀다. 「또 시작되었습니다. 하느님, 아무쪼록 살려 주십시오!」
 의사는 발루아에게로 달려갔다.
「구토제는? 빌포르 씨, 구토제는 아직 도착하지 않았는지 알아봐 주십시오.」
 빌포르는 큰소리로 고함을 지르면서 뛰쳐나갔다.
「구토제 어떻게 됐어! 구토제! 가지고 왔나?」
 아무도 대답하지 않았다. 더할 나위 없는 깊은 공포가 저택 안을 가득 채우고 있었다.
「어떻게 해서든지 폐속에 공기를 불어넣어야 하는데.」하고 다브리니가 주위를 두리번거리면서 말했다. 「그러면 질식은 방지할 수 있을 텐데. 아니, 틀렸어. 그런 도구는 하나도 없는가? 아니, 아무것도 없어!」
「아아, 선생.」하고 발루아가 소리질렀다. 「저를 이렇게 죽게 내버려 두는 겁니까? 아아, 죽을 것만 같아요, 아아, 나는 죽어요!」
「거위깃 펜 없소? 거위펜은 없소?」하고 의사가 물었다.
 그는 탁자 위에 거위펜 하나가 놓여 있는 것을 발견했다.
 그는 그 거위펜을 경련을 일으키면서 토하려고 애쓰면서도 토하지 못하고 몸부림치는 발루아의 입에 밀어넣으려고 했다. 그러나 이가 단단히 맞물려 있기 때문에 거위펜은 입속으로 들어가지 않았다.
 발루아는 아까보다도 더 심한 신경성 발작에 시달리고 있었다. 소파에서 굴러떨어져 바닥 위에서 몸을 경직시키고 있었다.

의사는 도저히 손을 쓸 수 없는 발작에 시달리고 있는 이 사나이를 그대로 두고 노와르티에에게로 다가갔다.

「당신의 경우는 어떻습니까?」하고 그는 낮은 목소리로 황급히 물었다. 「괜찮으십니까?」

「네.」

「위(胃)의 느낌은 가볍습니까, 무겁습니까? 가벼운 느낌입니까?」

「네.」

「일요일마다 드리고 있는 그 알약을 드셨을 때처럼 말입니까?」

「그래요.」

「저 레모네이드를 만든 것은 발루아입니까?」

「네.」

「그것을 발루아에게 마시라고 한 것은 당신입니까?」

「아니오.」

「빌포르 씨입니까?」

「아니오.」

「부인입니까?」

「아니오.」

「그럼 바랑티느 양입니까?」

「그렇소.」

그때 발루아가 내쉰 한숨이, 턱뼈가 소리를 낼 정도의 하품이 다브리니 씨의 주의를 끌었다. 그는 노와르티에 씨의 곁에서 떠나 발루아에게로 달려갔다.

「발루아 군.」하고 의사가 말했다. 「말을 할 수 있소?」

발루아는 뭐라고 알아들을 수 없는 말을 두세 마디 중얼거렸다.

「자, 기운을 내요.」

발루아는 핏발이 선 눈을 크게 떴다.

「저 레모네이드를 만든 것은 누구지?」

「접니다.」

「만들어서 곧 주인님에게로 가지고 왔소?」

「아닙니다.」

「그럼 어디에 두었었소?」
「주방입니다. 마침 호출이 계셔서.」
「저것을 여기에 가지고 온 것은 누구요?」
「바랑티느 아가씨입니다.」
 다브리니는 이마를 탁 쳤다.
「아아, 이게 무슨 일이람, 아아!」하고 그는 중얼거렸다.
「선생! 선생!」하고 세 번째 발작이 시작되는 것을 느낀 발루아가 소리질렀다.
「구토제는 대체 언제 가져온다는 건가!」하고 의사가 소리질렀다.
「완전히 조제해서 컵에 담아왔습니다!」하고 빌포르가 방으로 돌아와서 말했다.
「누가 조제했지요?」
「함께 따라온 약국 사환이요.」
「자, 마셔요!」
「안 됩니다, 선생. 이미 늦었습니다. 목이 죄어서 숨을 쉴 수가 없습니다! 아아, 심장이! 아아, 머리가…… 아아, 이렇게 괴로워서야!…… 언제까지 이렇게 고통을 겪어야 합니까?」
「아니, 괜찮아, 괜찮다고, 이보게.」하고 의사가 말했다. 「곧 편안해질 테니까.」
「아아, 알았습니다.」하고 불행한 사나이는 소리질렀다. 「하느님, 저를 불쌍히 여기소서!」
 그리고는 외마디 소리를 지르더니 벼락에라도 맞은 듯이 벌렁 나자빠졌다.
 다브리니는 발루아의 심장에 손을 대고 입술에 손거울을 가까이 가져갔다.
「어떻습니까?」하고 빌포르가 물었다.
「제비꽃 시럽을 급히 가져오도록 주방에 일러 주세요.」
 빌포르는 곧 아래로 내려갔다.
「무서워하지 않으셔도 돼요, 노와르티에 씨.」하고 다브리니는 말했다. 「환자는 별실로 데리고 가서 사혈을 하겠습니다. 실상 이런 종류의 발작은 보고 있기가 무서운 법이지요.」
 이렇게 말하고 그는 발루아의 겨드랑이 밑으로 손을 넣고 옆방으로 질질 끌고 갔다. 그러나 갔는가 했더니 곧 레모네이드의 나머지를 가지러 노와르티에의 방으로 돌아왔다.

노와르티에는 오른쪽 눈을 감아 보였다.

「바랑티느 양 말이군요? 바랑티느 양에게 볼일이 계시군요? 곧 오시라고 전하겠습니다.」

빌포르가 돌아왔다. 다브리니는 복도에서 그와 마주쳤다.

「어떻게 됐습니까?」하고 빌포르가 물었다.

「따라 오세요.」하고 다브리니는 말했다.

그렇게 말하고 그는 빌포르를 방으로 데리고 갔다.

「여전히 정신을 잃고 있습니까?」하고 검찰총장이 물었다.

「죽었습니다.」

빌포르는 퍼뜩 서너 걸음 뒤로 물러서더니 머리 위로 두 손을 높이 모두어 쳐들고 연민의 빛을 역력히 떠올리며 「이렇게 덧없이 죽다니!」하고 시체를 바라보면서 말했다.

「그래요, 정말 덧없이 죽었지요.」하고 다브리니가 말했다. 「하지만 당신은 그렇게 놀랄 것도 없을 겁니다. 상 메랑 후작 내외도 똑같이 덧없이 돌아가셨으니까요. 아니, 정말 댁에서는 어느 분이나 갑자기 돌아가시는군요, 빌포르 씨.」

「뭐라고요?」하고 사법관은 두려움과 놀라움이 뒤섞인 목소리로 고함쳤다. 「당신은 또 그 무서운 일을 생각하시는 겁니까?」

「그래요, 언제나 말입니다.」하고 다브리니는 엄숙한 어조로 말했다. 「그 생각은 잠시도 내 머리에서 떠나지 않으니까요. 그래서 이번만은 내 착각이 아니라는 것을 납득하시기 위해 모쪼록 잘 들어 주세요, 빌포르 씨.」

빌포르는 전신을 와들와들 떨고 있었다.

「거의 아무런 흔적도 남기지 않고 죽일 수 있는 독이 있습니다. 나는 그 독을 잘 알고 있습니다. 그것이 불러일으키는 온갖 결과, 거기에 의해서 생기는 모든 현상에 대해 연구를 했습니다.

나는 전에 상 메랑 후작 부인의 경우에도 그러했지만 지금 이 불쌍한 발로아의 경우에도 그 독을 확인했습니다. 이 독을 검지(檢知)하는 한 가지 방법이 있습니다.

80. 레모네이드

 이 독은 산(酸)으로 빨갛게 물든 리트머스 시험지를 본래의 청색으로 환원시키고 제비꽃 시럽을 녹색으로 바꾸어 놓습니다. 여기에는 리트머스 시험지는 없지만, 마침 주문한 제비꽃 시럽이 왔습니다.」
 아니나다를까 복도에서 발소리가 들려왔다. 의사는 문을 빠끔이 열고 하녀의 손에서 숟가락 두세 개 분의 시럽이 밑바닥에 들어 있는 그릇을 받아쥐고는 문을 닫았다.
 「보세요.」 하고 그는 검찰총장에게 말했다. 빌포르의 심장은 고동 소리가 들릴 만큼 요란하게 맥박치고 있었다.
 「이쪽 찻잔에는 제비꽃 시럽이 들어 있고 이쪽 물병에는 노와르티에 씨와 발로아가 마신 레모네이드의 나머지가 들어 있습니다. 만일 레모네이드에 아무런 혼합물도 없어서 무해한 것이라면 시럽의 빛깔은 변하지 않습니다. 반대로 레모네이드에 독물이 혼합되어 있다면 시럽은 녹색으로 변합니다. 자, 보십시오!」
 의사는 물병에서 레모네이드 몇 방울을 떠서 천천히 찻잔 안에 떨어뜨렸다. 그러자 순식간에 찻잔 바닥에 뭔가 몽롱하게 흐려지는 것이 보였다. 그 혼탁은 처음에는 푸르스름했으나 이윽고 사파이어 빛에서 오팔 빛으로 변하고 다시 에메랄드 빛으로 변했다.
 이 마지막 빛깔까지 오자 더 이상 변하지 않았다. 실험은 아무런 의심의 여지도 남기지 않았다.
 「불쌍하게도 발루아는 가짜 안고스칠라의 목피 또는 산티냐스 열매의 독에 의해 살해되었습니다.」 하고 다브리니가 말했다. 「이제 나는 모든 사람 앞에서, 그리고 하느님 앞에서도 분명히 그렇다고 단언합니다.」
 빌포르는 아무 말도 하지 않았다. 다만 두 팔을 높이 치켜들고 눈을 크게 부릅뜬 채 벼락에라도 맞은 듯이 팔걸이의자에 풀썩 쓰러졌다.

81. 고　　발

　다브리니 씨는 이 불길한 방의 제2의 시체가 되었는가 하고 생각되었던 빌포르 씨를 우선 소생시켰다.
　「아아, 이 저택에는 죽음의 신이 있습니다!」하고 빌포르는 소리쳤다.
　「범죄가 있다고 말씀하십시오.」하고 의사가 대답했다.
　「다브리니 씨!」하고 빌포르는 소리질렀다.「지금 나의 이 가슴속에 있는 심정을 모두 전달할 수는 없습니다. 그것은 공포이며 고통이며 광기입니다.」
　「그야 그럴 테지요.」하고 다브리니 씨는 엄숙한 어조로 냉정하게 말했다. 「하지만 나로서는 지금이야말로 우리는 행동을 취해야 하고 지금이야말로 이러한 죽음이 퍼져가는 것을 저지해야 할 때라고 생각합니다. 나는 사회를 위해서, 또 희생된 사람들을 위해서 언제든 가까운 장래에 복수를 해줄 수 있다는 희망도 없이 이러한 비밀을 더 이상 지켜 나갈 수는 없습니다.」
　빌포르는 주위에 어두운 눈길을 던졌다.
　「나의 저택 안에서!」하고 그는 중얼거렸다.「이 나의 저택 안에서!」
　「자, 이제는」하고 다브리니는 말했다.「정신을 차리셔야 합니다. 법의 집행자로서 당신은 모든 것을 희생시켜서라도 면목을 세우셔야 합니다.」
　「그런 말씀을 하시면 전율을 느끼지 않을 수 없습니다, 선생. 희생이라고요!」
　「그렇습니다.」
　「그럼 당신은 누군가를 의심하고 계시는군요?」
　「나는 아무도 의심하고 있지는 않습니다. 다만 죽음이 댁을 찾아오고 안으로 기어들고 마구잡이 정도가 아니라 교묘하게 두뇌를 작용시켜 방에서 방으로 번져가고 있는 것입니다. 그래서 나는 그 뒤를 밟아서 그 통로를 확인했습니다.
　나는 옛 사람의 지혜를 본받아 손어림으로 그것을 하고 있습니다. 왜냐하면 댁의 가족에 대한 애정과 당신에 대한 존경심이 각각 내 눈을 막는 눈가림 구실을 하고 있기 때문에, 그런데……..」

「아아, 말씀해 주세요, 말씀해 주세요, 선생. 각오는 되어 있으니까요.」
「그런데, 아시겠습니까, 댁에는, 댁의 내부에, 또는 어쩌면 가족 중에, 1세기에 한 사람밖에 나오지 않는다는 그런 무서운 분이 있단 말입니다. 로크스타와 아글리피나(전자는 클라우디우스 황제의 아내인 후자의 부추김으로 황제 클라우디우스를, 또 네로를 위해서 브리타니쿠스를 독살한 여성)가 같은 시대에 살고 있었다는 것은 하나의 예외로서 많은 죄악으로 더럽혀진 로마 제국을 멸망시키려는 신의 노여움을 나타내는 것입니다. 브뤼누오와 프레데곤드(모두 중세 게르만 민족의 왕비로서 양자 사이에 비극적인 사투가 벌어졌다)는 인간이 설사 지옥의 사자의 손을 빌어서라도 정신을 지배하는 것을 배우려고 한 문명이 처음 이루어지던 시대의 고투의 소산입니다. 그런데 이러한 여성들도 한때는 젊고 아름다웠고 또는 바로 그때 젊기도 아름답기도 했던 것입니다. 이 여자들의 이마에도 한때는 맑고 깨끗한 꽃이 핀 적이 있고 또는 바로 그때에도 이마에 꽃이 피어 있었는데 그 청순무구한 꽃이 역시 댁에 있는 범인의 이마에도 지금 피어 있는 것입니다.」

빌포르는 고함 소리를 지르고 두 손을 깍지 끼고는 애원하는 듯한 동작으로 의사의 얼굴을 뚫어지게 쳐다보았다.

그러나 다브리니는 가차없이 계속했다.

「『그 범죄에 의해 이익을 얻은 자를 찾으라.』라는 것이 법률의 원리입니다.」
「선생!」하고 빌포르가 소리질렀다. 「아아, 선생! 그 저주스러운 말 때문에 인간의 심판이 몇 번이나 과오를 저질렀을까요! 나로서는 알 수가 없지만 이 범죄는 아무래도⋯⋯」
「아아, 그럼 당신도 범죄가 행해진 것을 마침내 인정하셨군요?」
「네, 인정합니다. 인정하지 않을 수가 없으니까요. 하지만 말을 계속하게 해주세요. 아무래도 이 범죄는 나 한 사람을 노린 것이지 이 희생자들을 노린 것은 아니라는 생각이 듭니다. 이러한 기괴한 재앙 뒤에 무언가 나에게 위해를 가하려는 움직임이 있는 것처럼 느껴지는 것입니다.」
「오오! 인간이여.」하고 다브리니가 중얼거렸다. 「모든 동물 가운데서 가장 이기적인 것, 모든 피조물 가운데서 가장 자기 본위의 것. 지구가 도는 것도, 태양이 빛나는 것도, 죽음이 낫을 휘두르는 것도 모두 자기 한 사람을 위해서라고만 생각하고 있으니. 가냘픈 풀의 줄기 끝에 머물고 있으면서 신을 저주하고 있는 개미여! 그렇다면 목숨을 노림받은 저 사람들은 아무것도 잃지 않았단 말입니까? 상 메랑 후작, 상 메랑 후작 부인, 노와르티에 씨…….」

「뭐라고요, 아버지도요?」

「그렇습니다! 대체 당신은 보복의 대상이 저 불쌍한 하인이었다고 생각하고 있는 겁니까? 아닙니다, 아니예요. 셰익스피어에 나오는 포로니아스(《햄릿》의 등장 인물로서 오필리아의 아버지. 착오 때문에 햄릿의 칼에 찔려 죽는다)처럼 다른 사람을 대신해서 살해된 것이랍니다. 레모네이드를 마시게 되어 있던 것은 노와르티에 씨였습니다. 그래서 노와르티에 씨는 당연히 그것을 마셨습니다. 다른 한 사람은 전혀 우연히 마신 데에 지나지 않습니다. 따라서 실제로 죽은 것은 발루아이지만 죽을 예정이었던 사람은 노와르티에 씨인 것입니다.」

「그렇다면 어째서 아버지는 죽지 않았습니까?」

「언젠가 상 메랑 후작 부인이 돌아가신 날 밤 뜰에서 말씀드린 것처럼 노와르티에 씨의 몸은 이 독에 길들여져 있었던 것입니다. 그분에게는 아무것도 아닌 것도 다른 사람에게는 치명적인 것이 됩니다. 내가 일 년 전부터 노와르티에 씨의 중풍 치료에 부루신을 사용하고 있다는 것을 아무도, 범인조차도 모르고 있었습니다. 그런데 범인은 부루신이 무서운 독이라는 것을 알고 있었고 실제의 경험에 의해 그것을 확인했던 것입니다.」

「아아, 이게 무슨 일이람!」하고 빌포르는 두 팔을 비비꼬면서 중얼거렸다.

「범인의 발자취를 더듬어 보십시오. 우선 상 메랑 후작을 살해했습니다.」

「아아, 선생!」

「이것은 분명히 그렇다고 단정을 해도 좋습니다. 병상에 대해서 내가 들은 바로는 내가 직접 이 눈으로 본 것과 완전히 일치합니다.」

빌포르는 항변하기를 그만두고 신음 소리를 냈다.

「범인은 상 메랑 후작을 죽였습니다.」하고 의사는 되풀이했다. 「그런 다음 상 메랑 후작 부인을 죽였습니다. 이것으로 이중으로 유산을 취할 수 있게 되었습니다.」

빌포르는 이마에 흐르는 땀을 닦았다.

「잘 들어 주세요.」

「아아!」하고 빌포르는 더듬거리면서 말했다.「한마디도, 단 한마디도 빠뜨리지 않고 듣고 있습니다.」

「노와르티에 씨는」하고 다브리니 씨는 가차없는 목소리로 말을 이었다. 「노와르티에 씨는 지난번 당신의 뜻과는 달리, 그리고 가족들을 무시하고 가난한 사람들을 배려하는 유언장을 만드셨습니다. 그래서 노와르티에 씨에게는 이미 기대할 것이 없어졌기 때문에 일이 도외시되었던 것입니다. 그러나 노와르티에 씨가 이 최초의 유언장을 파기하시고 제2의 유언장을 만드셨기 때문에 범인은 틀림없이 또 제3의 유언장을 만드시는 것은 아닌가 걱정해서 때를 놓치지 않고 공격을 개시한 것입니다. 유언장은 틀림없이 엊그제 작성되었지요? 그래서 즉시 결행된 것입니다.」

「아아, 제발 자비를 베풀어 주십시오, 다브리니 씨!」

「안 됩니다. 의사는 이 지상에서 하나의 신성한 사명을 띠고 있습니다. 의사가 생명의 근원에까지 거슬러 올라가고 또 죽음의 신비라는 어둠 속으로 내려간 것도 이 사명을 다하기 위해서입니다.

범죄가 행해지고 신께서도 어쩌면 너무나도 무섭기 때문인지 범인에게서 눈을 돌렸을 때『이것이 범인이다!』라고 말하는 것이 의사의 역할인 것입니다.」

「아무쪼록 딸에게 자비를!」하고 빌포르가 중얼거렸다.

「아아, 아버지인 당신 자신의 입으로 분명히 이름을 지목하셨군요!」

「아무쪼록 바랑티느에게 자비를! 들어 보세요, 그런 일은 있을 수가 없어요! 그렇게 될 바에는 내가 죄를 뒤집어쓰고 싶을 정도입니다! 다이아몬드 같은 심성을 지닌, 청정무구한 백합꽃 같은 바랑티느가!」

「자비를 베풀 수는 없습니다, 검찰총장님. 범죄는 명명백백합니다. 바랑티느 양은 상 메랑 후작에게 보내는 약을 자신의 손으로 포장하셨습니다. 그리고 후작은 돌아가셨습니다. 바랑티느 양은 상 메랑 후작부인의 탕약을 직접 만드셨습니다. 그리고 후작 부인은 돌아가셨습니다. 바랑티느 양은 발루아의 손에서 노인이 언제나 오전 중에 마시는 레모네이드가 든 물병을 받고는 발루아를 바깥에 내보내셨습니다. 노인이 죽음을 모면한 것도 다만 기적에 지나지 않습니다.

바랑티느 양이야말로 범인입니다! 독을 탄 장본인입니다!

검찰총장님, 나는 당신에게 바랑티느 양을 고발합니다. 아무쪼록 당신의 의무를 다해 주십시오!」
「선생, 이제 항변은 하지 않겠습니다. 변명도 하지 않겠습니다. 말씀하신 것을 그대로 믿겠습니다. 다만 가엾게 여기시어 제 생명을, 제 명예를 살려 주십시오.」
「빌포르 씨」하고 의사는 점점 더 힘주어 말했다. 「나로서도 경우에 따라서는 하찮은 조심은 무시할 때가 있습니다. 만일 아가씨가 최초의 범죄만을 저지르고 제2의 범죄를 계획하고 있는 단계라면 나는 당신에게 이렇게 말했을 것입니다. 『아가씨에게 주의를 주십시오. 벌을 주십시오. 어느 수도원이나 수녀원에 보내서 여생을 눈물과 기도 속에서 살게 하는 것입니다.』라고 말입니다.
또 제2의 범죄를 저질렀을 때라면 이렇게 말할 것입니다. 『자, 빌포르 씨, 여기에 해독제 중에 아직도 알려지지 않은 독약이 있습니다. 그 효험은 생각이 머리에 떠오르는 것만큼이나 빠르고 번개처럼 순간적이며 그리고 갑자기 적을 들이치는 것처럼 치명적입니다. 아가씨의 영혼은 신에게 맡기고 이 독약을 아가씨에게 먹이십시오. 이렇게 함으로써 당신의 명예와 생명을 구하는 것입니다. 왜냐하면 아가씨가 노리고 있는 것은 당신이니까요. 나에게는 아가씨가 그 위선적인 미소를 띠고 다정한 격려의 말을 입에 담으면서 당신의 베갯맡에 접근하는 모습이 보이는 것 같습니다! 빌포르 씨, 서둘러 선수를 치지 않으면 엄청난 일을 당하게 됩니다!』라고 말입니다. 그 아가씨가 두 사람밖에 죽이지 않았다면 나는 이렇게 당신에게 말했을 것입니다.
그러나 아가씨는 세 사람의 최후를 지켜보고 세 사람이 숨을 거두는 장면을 유심히 보았고 그 세 사람의 시체 앞에 무릎을 꿇은 것입니다. 이제는 독살자를 사형 집행인의 손에 넘겨 주어야 합니다. 사형 집행인의 손에 말입니다!
당신은 명예에 대해서 신경을 쓰고 계셨지요? 내가 얘기하는 대로 하십시오. 그렇게 하면 당신은 불후의 명예를 유지할 수가 있습니다!」
빌포르는 힘없이 무릎을 꿇었다.
「들어 주십시오.」하고 그는 말했다. 「나에게는 당신만한 용기는 없습니다. 아니, 당신 역시 이것이 만일 내 딸 바랑티느가 아니라 당신의 따님 마드레느 양이라면 그러한 용기는 가지실 수 없을 겁니다.」
 의사의 얼굴이 순간 창백해졌다.
「선생, 여자의 배에서 태어난 모든 인간은 다만 괴로워하고 죽기 위해서 태어난 것입니다. 그러니까 선생, 나도 괴로워하겠습니다. 그리고 죽음을 기다리겠습니다.」
「조심하십시오.」하고 다브리니 씨가 말했다.「죽음은 천천히 다가옵니다…….그것은 아버님, 부인, 그리고 어쩌면 아드님을 엄습한 뒤 당신에게 다가올 것입니다.」
 빌포르는 가쁘게 숨을 몰아쉬면서 의사의 팔을 붙들었다.
「들어 주세요!」하고 그는 소리질렀다.「나를 불쌍히 여겨 주세요, 제발 나를 살려 주세요……. 아닙니다, 딸은 범인이 아닙니다……. 우리를 법정에 끌어낸다 하더라도 나는 분명히 말할 겁니다.『아닙니다, 딸은 범인이 아닙니다……. 우리 집에서 범죄 같은 것은 행해지지 않습니다…….』라고요.
 아시겠습니까? 나는 내 집에서 범죄가 행해진다는 것을 인정할 수 없습니다. 왜냐하면 범죄가 어딘가에 숨어들 때는 죽음의 경우와 마찬가지여서 결코 단독으로는 오지 않으니까요.
 아시겠습니까? 내가 살해된다고 해서 그것이 당신과 무슨 관계가 있습니까?…… 당신은 내 친구인가요? 당신은 사람인가요? 당신은 사람다운 마음을 가지고 계신가요?…… 아닙니다, 당신은 다만 의사일 뿐입니다!…… 그래서 그러한 당신에게 분명히 말씀드립니다.『딸은 나에 의해서 사형 집행인의 손에 넘겨지는 일은 절대로 없다.』라고!
 아아, 그런 것을 생각만 해도 나는 몸이 갈기갈기 찢기는 것 같은 느낌이 듭니다. 마치 미치기라도 한 듯이 이 가슴을 내 손톱으로 쥐어뜯지 않고는 견딜 수가 없습니다……. 선생, 만일 당신이 잘못 생각한 것이어서 그것이 딸애가 아니라면! 이윽고 언젠가 내가 유령처럼 창백한 얼굴을 하고 당신을 찾아가서『이 살인자! 너는 내 딸을 죽였어!』하고 말하게 된다면……. 아시겠습니까, 만일 그러한 일이 일어난다면 다브리니 씨, 나는 기독교도는 아니지만 스스로 이 목숨을 끊어 보이겠습니다.」
「좋습니다.」하고 잠시 침묵한 뒤에 의사는 말했다.「나는 기다리겠습니다.」
 빌포르는 그 말을 아직도 의심하는 듯이 의사의 얼굴을 물끄러미 바라보았다.
「다만」하고 다브리니 씨는 느릿느릿하고 장중한 목소리로 계속했다.「댁의 누군가가 병에 걸리더라도, 설사 당신 자신이 병에 걸리더라도 나를 부르지 말기를 바랍니다. 앞으로 두 번 다시 댁에는 오지 않을 테니까요. 물론 이 무서운 비밀은 두 사람만의 것으로 해두겠습니다. 하지만 댁에서 범죄와 불행이 점점 더 크게 자라감에 따라 나도 양심 속에 수치와 회한을 점점 더 크게 만들어서 내 집으로 가지고 돌아가기는 싫으니까요.」
「그럼 나를 저버리시겠단 말입니까, 선생?」
「그렇습니다, 이제 더 이상 당신을 따라갈 수는 없기 때문입니다. 나는 꼭 처형대 밑에까지 와서 발을 멈추는 꼴입니다. 언젠가 무슨 새로운 사실이 백일하에 드러나 이 무서운 비극에 결말을 짓게 되겠지요. 그럼 안녕히 계십시오.」
「선생, 부탁입니다!」
「역겹고 무서운 일에만 생각을 더럽히게 되어서 이 저택이 보기에도 끔찍하고 불길한 곳으로 생각되기 시작했습니다. 그럼 안녕히!」
「한마디만, 한마디만 더 하게 해주십시오, 선생! 당신은 나를 이렇게 무서운 꼴을 당하게 한 채 돌아가시려는 겁니까? 그런 말을 듣고 더욱 더 무서워진 나를 두고. 불쌍한 노복의 갑작스러운 죽음에 대해 사람들은 뭐라고 할까요?」
「하긴 그렇군요.」하고 다브리니 씨는 말했다.「그럼 나를 배웅해 주시겠습니까?」
의사가 앞에 서서 방을 나가고 빌포르가 뒤를 따랐다. 하인들은 불안한 모습으로 의사가 지나갈 복도와 층계에 나와 있었다.
「그것이 말입니다.」하고 다브리니는 모든 사람에게 들릴 만한 큰소리로 빌포르에게 말했다.「불쌍하게도 발루아는 최근 수 년 동안 너무 집안에만 들어박혀 있었습니다. 옛날에는 주인과 함께 전유럽을 말이나 마차를 타고 돌아다니던 사나이가 팔걸이의자 주위에서 단조로운 일만 했기 때문에 목숨을 단축하게 된 것입니다.
피가 잘 순환되지 않았던 것입니다. 뚱뚱한데다 목이 굵고 짧아서 돌발성 졸중을 일으킨 것입니다. 나에게 알려 왔을 때는 이미 때가 늦었던 것입니다.

그런데」 하고 그는 아주 낮은 목소리로 덧붙였다.
「그 찻잔 속에 든 제비꽃 시럽은 어김없이 재 속에 버려 주세요.」
 이렇게 말하고 의사는 빌포르의 손도 잡지 않고 아까 말한 것은 깡그리 잊은 듯이 집안 사람들의 눈물과 탄식에 배웅을 받으면서 저택에서 나갔다.
 그날 밤, 빌포르 가의 모든 하인들은 주방에 모여 오랫동안 의논을 한 끝에 빌포르 부인에게 사직을 하겠다고 청원했다. 아무리 부탁을 해도, 또 아무리 급료를 올려 주겠다고 말해도 그들을 붙들 수는 없었다. 무슨 말을 해도 그들은 이렇게 대답할 뿐이었다.
「그만두고 싶습니다. 이 저택에는 죽음의 신이 붙어 있어서 말입니다.」
 이렇게 온갖 달콤한 말로 부탁을 했지만 그들은 이렇게 다정한 주인, 특히 그토록 마음씨 착하고 그토록 친절하고 그토록 상냥한 바랑티느 님과 헤어지는 것은 못내 아쉬운 일이라고 말하면서도 저택에서 나가 버리고 말았다.
 그들의 이러한 말을 듣고 빌포르는 바랑티느의 얼굴을 물끄러미 바라보았다.
 그녀는 눈물을 흘리고 있었다.
 그런데 기괴한 것은 딸아이의 이 눈물을 보고 감동한 빌포르가 빌포르 부인 쪽으로 눈을 돌렸더니 폭풍이 휘몰아치는 하늘 저편, 두 개의 구름 사이를 쏜살같이 가로지르는 불길한 유성처럼 아주 순식간에 어두운 미소가 그녀의 엷은 입술을 힐끗 스쳐간 것처럼 생각되었다.

82. 빵집의 은신처

 모르셀 백작이 은행가의 냉담한 태도에 그야말로 너무나도 당연한 치욕과 분노를 안고 당그랄 가에게 물러나온 그날 밤, 안드레아 카바르칸티 씨가 곱슬곱슬하게 지진 머리카락에 광택을 내고 수염을 뾰족하게 말아올리고 손톱 모양이 선명하게 드러나 보이는 꼭 끼는 하얀 장갑을 끼고 마차 뒤에 거의 우뚝 선 채 쇼세 당탱 거리에 있는 은행가의 저택 안뜰로 들어갔다.

객실에서 10분쯤 이야기를 한 뒤 그는 자연스럽게 당그랄을 창가로 데리고 가는 데에 성공했다. 그리고 거기에서 이럭저럭 그럴 듯하게 서두를 늘어놓고 나서 아버지가 귀국한 뒤의 자기의 여러가지 고민을 들려 주었다.

그의 말에 의하면 아버지가 귀국하고 나서 자기를 아들처럼 맞아 준 이 은행가의 가정 안에서 남자라면 모름지기 사랑하는 마음보다도 우선 첫째로 찾지 않으면 안 되는 행복의 모든 보장을 발견할 수가 있었다. 그리고 정열에 대해서도 다행스럽게도 그것을 당그랄 양의 아름다운 눈속에서 발견할 수 있었다는 것이었다.

당그랄은 세심한 주의를 기울이고 이 이야기를 듣고 있었다. 이미 2, 3일 전부터 그는 이러한 신청이 있을 것이라고 예기하고 있었던 것이다. 그래서 현실적으로 그 신청이 제기되자 그의 눈은 모르셀 백작의 이야기를 듣고 있을 때의 그 어둡게 가라앉았던 것과는 달리 번쩍번쩍 빛나며 크게 떠졌다.

그러나 그는 청년의 신청을 그대로 받아들이려고는 하지 않고 아주 그럴 듯한 이의를 몇 가지 제기했다.

「안드레아 씨」하고 그는 말했다. 「결혼을 생각하기에는 아직 너무도 젊지 않을까요 ?」

「천만의 말씀입니다.」하고 카바르칸티는 대답했다. 「적어도 저는 그렇게 생각하지 않습니다. 이탈리아에서는 대귀족은 일반적으로 젊었을 때 결혼을 합니다. 이것은 이치에 맞는 습관입니다. 어떻든 인생은 덧없이 변하기 쉬운 것, 그야말로 운수 소관이니까 행복이 손에 미치는 곳에 오면 냉큼 그것을 붙잡지 않으면 안 됩니다.」

「그렇다면」하고 당그랄은 말했다. 「나로서는 그야말로 영광스럽기 이를 데 없는 이 제의를 집사람이나 딸애도 승낙했을 경우 재산 문제는 누구하고 의논을 하면 될까요 ? 이것은 내 생각으로는 매우 중요한 의논으로서 다만 부친만이 자식들의 행복을 위해서 이것을 적당하게 처리할 수 있을 것이라고 생각합니다만.」

「당그랄 씨, 제 아버지는 사려가 깊은 사람으로서 예의도 충분히 갖출 줄 알고 분별도 있습니다. 아버지는 벌써부터 어쩌면 제가 프랑스에 영주할 생각을 할지도 모른다고 생각하고 그때의 일을 생각해 주셨습니다.

그래서 떠나기에 앞서 제 신분을 증명하는 일체의 서류에 더하여 만일 제가 아버지의 뜻에 합당한 신부를 골랐을 경우 결혼하는 그날로부터 십오만 리블의 연금을 주겠다고 약속한 편지를 남기고 가셨습니다. 이것은 제 판단으로는 아버지 수입의 4분의 1에 해당하는 액수입니다.」

「내 쪽은 언제나」 하고 당그랄이 말했다. 「딸을 시집 보낼 때는 오십만 프랑을 주어서 보낼 생각이었습니다. 게다가 딸은 내 유일한 유산 상속인이지요.」

「그렇다면」 하고 안드레아가 말했다. 「만일 제 신청이 마님과 으제니 양에게 거절만 당하지 않는다면 만사는 순조롭게 해결되겠습니다. 우리 두 사람은 십칠만 오천 리블의 연수를 마음대로 사용할 수 있게 되는 셈입니다. 또 한 가지 이런 것도 생각해 봅시다. 즉, 저에게 연금을 지불하는 대신 원금을 양도하도록 아버지에게 얘기해서(이것은 그렇게 간단하지는 않을 것이라고 저도 생각하고는 있습니다만 그러나 불가능한 것은 결코 아닙니다) 그 이, 삼백만 프랑을 당신에게 맡겨서 이식을 불려 나가는 것입니다. 이, 삼백만 프랑을 솜씨 좋은 사람에게 맡겨서 굴리면 일할 이자는 확실히 올릴 수 있을 겁니다.」

「나는 사부가 아니면 절대로 맡지 않습니다.」 하고 은행가가 말했다. 「삼부 오리의 경우까지도 있습니다. 하지만 상대가 자기의 사위라면 오부로 맡을 수도 있지요. 이익은 절반씩으로 하고.」

「야, 그건 신나는군요, 아버지.」 하고 카바르칸티는 그만 얼결에 약간 천박한 본성을 드러내면서 말했다. 그는 애써 귀족적인 외관을 꾸미려고 노력하고 있지만 때때로 그 거짓 가면이 벗겨져서 본성이 드러나곤 하는 것이었다.

그러나 곧 그것을 깨닫고는 다시 말을 달리하여 「아니, 실례했습니다!」 하고 그는 말했다. 「그렇게 생각만 해도 그만 신바람이 나서요. 이것이 현실화한다면 얼마나 멋이 있을까요!」

「그건 그렇다치고」 하고 당그랄은 처음에는 금전과 아무 관계도 없던 이 대화가 갑자기 거래 이야기로 바뀐 것은 전혀 깨닫지 못하고 말했다. 「당신의 재산 중에서 아버님으로서도 당신에게 도저히 거절할 수 없는 몫이 틀림없이 있을 테죠?」

「있다고 한다면요?」 하고 청년은 되물었다.

「어머님에게서 받은 것 말씀입니다.」
「아아, 물론이지요. 어머니 레오노라 코르시나리에게서 받은 것 말이군요.」
「그래 그것은 어느 정도의 액수에 달하는지요?」
「아니, 사실」 하고 안드레아는 말했다. 「솔직히 말씀드려서 거기에 대해서 생각한 적은 지금까지 한 번도 없습니다만 적게 잡아도 이백만 가량은 되리라고 생각합니다.」

당그랄은 수전노가 잃었던 재물을 발견했을 때, 또는 물에 빠지려던 사람이 발밑에 자기를 집어삼키려는 공허 대신에 딱딱한 지면을 발견했을 때에 느끼는 것 같은 숨막히는 기쁨을 느꼈다.

「그렇다면」 하고 안드레아는 그야말로 온순한 경의를 담고 은행가에게 절을 하면서 말했다. 「희망을 가져도 괜찮겠습니까?」
「안드레아 씨」 하고 당그랄은 말했다. 「희망을 가지십시오. 그리고 이 문제에 관해서는 그쪽에서 아무런 지장이 없는 한 이미 결정된 것이나 다름없다고 생각하십시오.」
「이건 정말 송구스럽기 짝이 없습니다.」 하고 안드레아는 말했다.
「하지만」 하고 당그랄은 생각에 잠기면서 말했다. 「이 파리 사교계에서 당신의 뒷받침이 되어 주고 계시는 몽테 크리스토 백작이 함께 청혼을 하러 오시지 않은 것은 대체 어떻게 된 겁니까?」

안드레아는 거의 눈에 띄지 않을 정도로 얼굴을 붉혔다.
「실은 저는 지금 백작에게서 오는 길입니다.」 하고 그는 말했다. 「그 사람은 확실히 멋이 있는 분이지만 정말 상상도 할 수 없을만큼 괴짜이기도 합니다.

이번 얘기에 대해서도 크게 찬성해 주시고 아버지가 조금도 주저하지 않고 연금 대신 원금을 주실 게 틀림없다고까지 말씀하셨습니다. 또 그것을 아버지가 승낙하게끔 당신께서도 조언을 해주시겠다고 약속까지 해주셨습니다.

그런데 자기는 결혼신청의 책임을 떠맡은 적이 지금까지 단 한 번도 없었고 앞으로도 절대로 하지 않을 생각이라고 분명히 말씀하셨습니다. 하지만 이것은 백작을 위해서 말씀드려 두지 않으면 안 되겠습니다만 백작은 그 말에 이어서 곧 이렇게 거절한 것을 유감스럽게 생각하기는 제 경우가 처음이라면서 이 혼담이야말로 아주 잘 어울리는 이야기이기 때문이라고 하셨습니다. 또 공식적으로는 아무것도 하지 않을 생각이지만 당신이 하실 말씀이 계시다면 언제든지 상담에 응할 생각이라고도 말씀하셨습니다.」

「허어, 그건 아주 좋은 일이군요.」

「그러면」 하고 안드레아는 한껏 상냥한 미소를 지으면서 말했다. 「이것으로 장인 어른께 대한 이야기는 끝났습니다. 그럼 이번에는 은행가로서의 당신에게 드릴 말씀이 있습니다.」

「무슨 이야긴데요?」 하고 당그랄도 웃으면서 말했다.

「내일모레, 저는 사천 프랑 가량을 댁에서 받게 되어 있습니다. 그런데 백작은 내달에는 아마 여러가지로 돈을 쓸 데가 많아서 부모의 신세를 지는 제 조촐한 수입으로는 모자랄 것이라면서 이 이만 프랑짜리 어음을 주셨습니다, 아니 주셨다고는 하지 않겠습니다만 제공해 주셨습니다. 보시다시피 이렇게 그분의 서명이 있습니다. 이것으로 지장이 없을까요?」

「이런 것이라면 설사 백만 프랑짜리라도 가지고 오십시오. 기꺼이 맡을 테니까.」 하고 당그랄은 그 어음을 주머니에 집어넣으면서 말했다. 「내일 몇 시가 좋은지 말씀하십시오. 출납 담당에게 이만 사천 프랑의 영수증을 함께 가지고 댁을 찾아가게 할 테니까.」

「그럼 지장이 없으시다면 오전 10시로 해주십시오. 빠르면 빠를수록 좋습니다. 내일은 시골에 갈 일이 있어서요.」

「알겠습니다. 10시에 보내지요. 내내 프랑스 호텔에 묵고 계시지요?」

「그렇습니다.」

다음날, 그야말로 은행가의 꼼꼼함에 부끄럼이 없을 정확함으로 이만 사천 프랑의 돈이 청년에게 송달되었다. 청년은 카도루스를 위해 이백 프랑을 남겨놓고 자기의 말대로 외출을 했다.

이 외출은 안드레아로서는 위험천만한 이 동료를 피하는 것을 주된 목적으로 한 것이다. 그래서 그날 밤은 될 수 있는 대로 늦게 돌아왔다.

그러나 마차에서 내려서 앞뜰의 납작돌에 발을 디딘 순간 그는 호텔의 문지기가 모자를 손에 들고 눈앞에 서 있는 것을 발견했다.

「주인님」 하고 문지기는 말했다. 「그 사나이가 찾아왔습니다.」

「그 사나이가 누구지?」 하고 안드레아는 뻔히 알고 있으면서도 짐짓 잊은 것처럼 아무렇지도 않게 물었다.

「언제나 각하가 조금씩 용돈을 주고 계시는 사나이 말입니다.」

「아아, 그래?」하고 안드레아는 말했다. 「아버지의 옛 하인 말이군. 그래서 그 사나이에게 주라고 남겨 놓고 간 이백 프랑을 건네 주었을 테지?」

「네, 각하, 확실히 건네 주었습니다.」

안드레아는 자기를 각하라고 부르게 하고 있었다.

「하지만」하고 문지기는 말을 이었다. 「그 사나이는 받으려 하지 않았습니다.」

안드레아의 얼굴이 순간 창백해졌다. 그러나 밤이었기 때문에 아무도 그것을 볼 수는 없었다.

「뭐라고? 받으려 하지 않았다고?」하고 그는 약간 동요된 목소리로 말했다.

「네. 각하에게 드릴 말씀이 있다면서요. 제가 각하는 안 계시다고 했는데도 꼭 만나고 싶다면서 말을 듣지 않았습니다. 하지만 겨우 납득이 되었는지 봉함을 한 채 가지고 온 이 편지를 저에게 주고 갔습니다.」

「어디.」하고 안드레아는 말했다.

그는 마차의 각등 아래로 가서 그것을 읽었다.

『내 주소는 알고 있는 바와 같다. 내일 아침 9시에 기다리고 있겠다.』

안드레아는 혹시 봉함이 뜯어지지는 않았는지, 어느 몹된 놈이 편지를 비쳐서 읽지나 않았는지 조사해 보았다. 그러나 편지는 제대로 접혀 있었고 또 마름모꼴이나 세모의 표지가 지면 가득히 붙어 있어서 읽으려면 봉함을 뜯지 않고서는 안될 것이었다. 그러나 봉함에는 아무런 이상도 없었다.

「좋아, 좋아.」하고 그는 말했다. 「놈은 참 좋은 녀석이라고.」

이 말을 듣고 문지기는 납득이 가기는 했지만 이 젊은 주인과 예의 노복 중에서 대체 어느 쪽에 더 감탄해야 할는지 갈피를 잡지 못하고 있었다.

「급히 말을 풀고 방으로 와주게.」하고 안드레아는 마부에게 말했다.

한달음에 방으로 뛰어 올라간 안드레아는 곧 카도루스의 편지를 불사르고 그 재까지 눈에 안 띄게 말끔히 치웠다.

그가 바로 그 일을 끝내려는 참에 하인이 들어왔다.

「피에르, 자네는 나하고 키가 같았지?」하고 그는 말했다.

「영광입니다, 각하.」하고 하인은 대답했다.

「어제 도착한 새 제복이 있지?」
「네, 주인님」
「실은 내가 어떤 아가씨에게 볼일이 있는데 내 직함도 신분도 알려지고 싶지 않단 말일세. 그 제복을 좀 빌려 주게. 그리고 부득이 어느 여관에 묵게 되었을 경우를 위해서 자네의 신분증명서도 가져다 주게.」
피에르는 시키는 대로 했다.
5분 뒤, 완전히 변장한 안드레아는 사람들 눈에 띄지 않게 호텔을 나서서 마차를 불러 타고 피크 스의 역마 여관까지 달리게 했다.
그 다음날, 프랑스 호텔을 떠날 때와 마찬가지로, 즉 아무의 눈에도 띄지 않게 역마 여관을 나선 그는 포블 상 당트와느를 내려와서 그 큰길을 메니르몽탕 거리까지 가서는 왼쪽 세 번째 집의 문 앞에 서서 문지기가 자리에 없었으므로 대체 누구에게 물어야 할지 몰라 주위를 두리번거렸다.
「뭣을 찾고 있나요, 젊은이?」하고 맞은편에 있는 과일 가게 아주머니가 물었다.
「파이유탕 씨는 어디에 있죠, 아주머니?」하고 안드레아가 물었다.
「빵집 노인 얘기요?」하고 아주머니가 다시 물었다.
「네, 그래요.」
「안뜰 구석에 있는 왼쪽 사층이라오.」
안드레아는 아주머니가 가르쳐 준 대로 안뜰 구석으로 갔다. 그랬더니 사층에 토끼 다리가 매달려 있었다. 그는 내키지 않는 마음으로 그것을 잡아당겼다. 초인종은 그의 그러한 기분을 나타내어 요란스럽게 울렸다.
곧 카도루스의 얼굴이 문짝에 끼워진 격자에 나타났다.
「허어, 틀림없이 시간을 맞춰서 왔군.」하고 그는 말했다.
그렇게 말하고 그는 빗장을 벗겼다.
「당연한 일이지!」하고 안드레아는 안으로 들어가면서 말했다.
그는 제복의 모자를 앞으로 내던졌다. 모자는 의자 위에 얹혀지지 않고 밑으로 떨어져 그 둘레를 빙글빙글 굴러서 방안을 한 바퀴 돌았다.
「자아, 자아」하고 카도루스가 말했다. 「화를 내면 안돼, 애숭이. 보라고, 이렇게 나는 자네를 생각하고 있었단 말야. 함께 먹으려고 만든 이 먹음직스러운 음식을 보라고, 모두 자네가 좋아하는 것뿐이야, 이 오똑이 낯짝

같은 놈아!」
 실제로 안드레아가 코를 벌름거리자 요리 냄새가 물씬 풍겼다. 그 몹시 비천한 냄새도 허기진 배에는 싫지가 않았다. 그것은 어느 정도 남프랑스 요리 특유의 생지방(生脂肪)과 마늘이 섞인 냄새였다.
 다시 그라탱(오븐에 구운 것)한 생선 냄새가 나고 또 무엇보다도 육두구와 정향유의 코를 찌르는 냄새가 강렬하게 풍겨왔다.
 이것들은 모두 두 개의 부뚜막에 건, 뚜껑이 있는 우묵한 두 개의 큰 접시와 주철로 된 오븐 속에서 부글부글 끓고 있는 남비에서 풍기고 있는 것이었다.
 더욱이 안드레아가 옆방을 들여다보자 꽤 산뜻한 식탁 위에 두 사람분의 식기가 놓여 있고 한쪽은 녹색, 한쪽은 황색의 봉함을 한 포도주가 두 병, 거기에다 브랜디가 가득 담긴 물병이 하나 얹혀져 있었다. 다시 파엔차구이의 접시 위에 큰 양배추 잎이 맵시있게 깔리고 프루츠 샐러드가 듬뿍 담겨 있었다.
 「어때? 애송이」하고 카도루스가 말했다. 「좋은 냄새가 나지? 그렇다고, 자네가 알고 있듯이 그쪽에 있을 때 나는 대단한 요리 솜씨를 가지고 있었으니까. 기억하겠지? 내 요리에 모두들 군침을 흘렸었지. 그리고 맨 먼저 자네가 내 소스의 맛을 보았는데 아마 맛이 없다고는 하지 않았었지?」
 그렇게 말하고 카도루스는 다시 양파의 껍질을 까기 시작했다.
 「알았어, 알았어.」하고 안드레아는 화가 치밀어서 말했다. 「홍, 밥을 함께 먹자고 일부러 나를 부르다니! 어처구니가 없군!」
 「이봐, 애송이」하고 카도루스는 점잔을 빼며 말했다. 「이야기는 먹으면서 하라는 말이 있어. 게다가 자네는 얼마나 박정한가. 친구를 어쩌다가 만났는데 반갑지도 않단 말인가? 나는 기뻐서 눈물을 흘리고 있는데.」
 과연 카도루스는 정말로 눈물을 흘리고 있었다. 그러나 옛날의 퐁 뒤 가르 여인숙 주인의 누선을 자극한 것이 과연 반가움이었는지 양파였는지는 판정하기가 어려웠을 것이다.
 「잔소리 말아, 이 능청이!」하고 안드레아가 말했다. 「당신이 나를 좋아한다고? 당신이?」
 「그렇다니까, 나는 자네를 좋아한다고. 그렇지 않다면 악마에게 잡혀가도 괜찮아! 그게 내 약점이라고.」하고 카도루스가 말했다. 「그건 나도 잘 알고 있지만 어떻게도 할 수가 없거든.」
「하지만 뭔가 골탕을 먹이려고 나를 불러냈을 게 틀림없을 테지.」
「천만에!」하고 카도루스는 큰 식칼을 행주치마에 닦으면서 말했다.「만일 내가 자네를 좋아하지 않았다면 왜 내가 이렇게 고생하면서 자네를 그냥 두겠나?
이봐 자네, 자네는 하인의 옷을 입고 있는데 그건 자네에게 하인이 있다는 얘기야. 하지만 나에게는 그런 것이 없어. 그래서 이렇게 내가 손수 야채를 다듬지 않으면 안 되지.
자네는 내 요리를 우습게 알고 있지만 그것은 자네가 프랑스 호텔이나 카페 드 파리의 맛있는 정식을 먹고 있기 때문이야. 알겠나? 나도 부리려고 생각하면 하인도 부릴 수 있고 마차도 가질 수 있어. 나도 좋은 곳에서 밥을 먹으려면 얼마든지 먹을 수 있어. 알겠나? 그런데 왜 내가 그렇게 하지 않는다고 생각하나? 내 귀여운 베네데트에게 폐를 끼치고 싶지 않기 때문이라네. 어때? 나도 그 정도의 생활을 해도 괜찮지 않겠나?」
그렇게 말한 카도루스의 단호한 눈빛이 지금 한 말의 뜻을 분명히 나타내고 있었다.
「좋아, 그럼」하고 안드레아가 말했다.「당신이 나를 좋아하고 있다고 치지. 그렇다면 왜 나더러 함께 아침밥을 먹으러 오라고 했지?」
「자네를 만나고 싶었기 때문이야, 애송이.」
「나를 만나고 싶었기 때문이라고? 무슨 새삼스럽게. 이야기는 이미 지난번에 깨끗이 끝나지 않았던가?」
「이것 보라고.」하고 카도루스가 말했다.「추서(追書)가 없는 유언서라는 것도 있나? 뭐, 그거야 어떻든 자네는 아침밥을 먹으러 왔을 테지? 그러니까 우선 앉으라고.
그리고 일부러 자네를 위해서 포도나무 잎에 얹어 놓았던 이 정어리하고 식은 버터부터 시작하기로 하자고. 이 괘씸한 친구야! 허어, 그렇군, 내 방을 들여다보고 있군. 짚의자 네 개하고 한 장에 사 프랑짜리 그림이 몇 장 있을 뿐이지. 어쩔 수 없잖은가, 여기는 프랑스 호텔이 아니니까.」
「어째서 벌써 불만인가? 하다못해 은거한 빵집 노인처럼이라도 살고 싶다고 하더니 벌써 만족할 수 없다는 건가?」

카도루스는 한숨을 쉬었다.
「뭐라고? 아직도 뭔가 하고 싶은 말이 있다는 건가? 당신의 꿈은 이렇게 모두 실현된 것 아닌가?」
「아직 그것은 꿈이라고 해야겠지. 그럴 것이 빵집 노인이라면 말야, 베네데트, 부자지 뭔가. 확실한 수입도 있으니까.」
「당신에게도 확실한 수입이 있잖소?」
「나에게 수입이 있다고?」
「그렇다니까, 당신에게. 매달 이백 프랑씩 내가 주고 있잖소?」
카도루스는 어깨를 으쓱했다.
「이런 식으로」하고 그는 말했다. 「마지 못해서 주는 돈을 받는다는 것은 아무래도 떳떳지가 못한 일이지. 그것도 받은 다음날에는 벌써 흔적조차 없어지는 푼돈을 말야. 자네의 신세가 초라해질 때를 생각해서 나도 저축을 해두지 않으면 안 된다는 것쯤 자네도 알고 있을 테지? 그 왜…… 연대의 교회사도 말했던 것처럼 운이라는 것은 언제 바뀔는지 모르는 것이니까. 그나저나 자네의 운은 참 대단해. 이 악당 같으니! 뭐? 당그랄의 딸에게 장가를 든다고?」
「뭐라고? 당그랄이라고?」
「그래, 당그랄의 딸! 당그랄 남작이라고 해야 하나? 그건 마치 자네를 베네데트 백작이라고 부르는 것과 같은 얘기야.

당그랄은 내 친구였어. 그러니까 놈의 기억력이 그다지 나쁘지 않다면 자네의 혼례식에 나를 부르지 않으면 안될걸……. 왜냐하면 놈은 내 혼례식에 왔었으니까……. 그렇고말고, 내 혼례식에 말야!
아니 정말 그놈도 그 무렵에는 이렇게 높은 자리에 있지는 못했지. 그 모렐 씨네 집의 보잘것없는 관리인이었으니까. 나는 한두 번 아니게 함께 식사를 했지. 그리고 모르셀 백작하고도……. 어때, 나에게도 훌륭한 친지가 있다는 걸 알았을 테지? 놈들과의 사이를 조금만이라도 이용할 마음을 가진다면 우리는 같은 살롱에서 얼굴을 마주칠 수도 있게 된다네.」
「허튼 소리 말아요! 질투에 눈이 멀어서 당신은 엉뚱한 망상을 그리고 있는 거야, 카도루스.」
「뭐, 괜찮아, 베네데트. 내가 무슨 소릴 하고 있는지 잘 알고 있으니까.

아마 머잖아 근사한 옷을 입고 어느 저택의 문 앞에 가서 『이리 오너라!』하고 소리치게 될지도 모른다네. 뭐, 어떻든 자리에 앉게. 그리고 밥을 먹자고.」

카도루스는 자기가 먼저 그야말로 맛이 있는 듯이, 더욱이 손님에게 내놓은 요리를 일일이 자화자찬하면서 먹기 시작했다.

안드레아도 배짱을 정한 모양으로 능숙하게 포도주의 마개를 따고 부야베스나 마늘과 기름을 사용한 대구 그라탱을 먹기 시작했다.

「여어, 대장」하고 카도루스가 말했다. 「아무래도 자기의 지난날의 요리사와 화해를 한 것 같군.」

「그래, 그 말이 맞아.」 하고 안드레아가 대답했다. 나이도 젊고 건강한 안드레아에게 있어서 당장은 식욕보다 더 절실한 것이 없었다.

「그래, 맛이 있다고 생각하나?」

「맛이 있을 정도가 아니야. 이런 맛있는 요리를 만들어 먹고 있으면서 인생이 재미없다고 하는 그 이유를 모르겠어.」

「그건 말이야, 알겠나?」 하고 카도루스가 말했다. 「나에게는 한 가지 꺼림칙한 일이 있어서 그걸 생각하면 내 행복도 모두 날아가 버리고 만다네.」

「그건 무슨 소리지?」

「즉, 친구의 도움으로 살아가고 있다는 거지. 지금까지 내내 자기의 힘으로 훌륭하게 살아온 내가 말이야.」

「이봐, 그런 일에는 신경을 쓰지 말아요.」 하고 안드레아가 말했다. 「나에게는 두 사람분 정도의 수입은 충분히 있어. 조금도 거북해할 것 없어.」

「아니, 사실상 그렇다고. 진심으로 받아들이건 말건 그건 자네의 자유이지만 월말이 될 때마다 나는 자책감을 느끼곤 한다네.」

「그러고 보니 당신도 착한 사람이군!」

「사실이 그렇다고, 그래서 어제도 그 이백 프랑을 받을 마음이 생기지 않았다네.」

「그랬었군. 당신, 나에게 할 말이 있다고 했던데. 하지만 그건 정말로 자책감을 느껴서 그런 건가?」

「정말 자책감을 느낀다고. 그리고 언뜻 생각난 일도 있어서.」

안드레아는 몸서리쳤다. 언제나 카도루스가 뭔가를 생각해낼 때마다 그는 몸서리치지 않고는 견딜 수가 없었던 것이다.

「왜냐하면」하고 카도루스는 계속했다. 「언제나 월말을 기다린다는 것은 비참한 일이니까.」

「아니, 뭐」하고 안드레아는 상대방이 어떻게 나오는가를 보리라고 배짱을 정하고 철학자 같은 말을 했다. 「인생이라는 것은 기다리는 동안에 지나가 버리는 것이 아닌가? 나만 하더라도 그것 이외에 무얼 하고 있단 말인가? 안 그래? 나도 그저 꾹 참고 기다리고 있을 뿐인걸.」

「그야 그럴 테지. 하지만 자네는 고작 이백 프랑의 푼돈이 아니라 오, 륙천, 아니 어쩌면 일만, 또 어쩌면 만 이천이라는 거금을 기다리고 있을 테지. 이렇게 말하는 것도 자네는 숨기기를 좋아하는 사나이이기 때문이라네. 저쪽에 있을 때도 자네는 언제나 돈지갑이나 저금통을 가지고 있으면서 그것을 친구인 이 카도루스에게는 한사코 숨기려고 했으니까. 다행히도 그 친구인 카도루스라는 사람이 꽤 냄새를 잘 맡는 사나이였지만 말야.」

「이봐요, 또 그런 시시한 얘기를 꺼내다니」하고 안드레아가 말했다. 「여전히 옛날 얘기만 노상 되씹고 있군! 그런 얘기를 중언부언 되풀이해서 대체 무슨 소득이 있단 말인가?」

「아니, 그건 자네가 아직도 스물한 살이어서 옛날 일을 곧잘 잊어버리는 나이이기 때문이지. 하지만 나는 쉰 살이어서 싫더라도 옛날 일이 자꾸만 생각나거든. 하지만 뭐, 그런 것은 아무래도 좋아. 용건으로 돌아가도록 하자고.」

「좋아.」

「내가 말하려고 생각한 것은 만일 내가 자네의 입장에 놓여 있다면……」

「어쩌겠다는 건가?」

「일찌감치 돈을 받아 버릴 거야……」

「뭐? 일찌감치 돈을 받아……?」

「그렇다니까. 피선거권을 손에 넣기 위해 농원을 산다는 구실로 반 년분을 선불해 달라고 하는 거야. 그리고 그것을 받으면 도망을 친다 이거야.」

「흠, 그럴 듯하군.」하고 안드레아는 말했다. 「그것도 딴은 나쁘지 않은 생각인 것 같은데!」

「이것 봐, 자네.」하고 카도루스가 말했다. 「내가 만들어 주는 요리를 먹고 내가 하라는 대로 하라고. 그렇게 한다고 해서 별로 신체나 기분에 해로울 것도 없으니까.」
　「그렇다면」하고 안드레아가 말했다.「어째서 당신 자신은 나에게 가르치고 있는 대로 하지 않는 거요? 어째서 반 년분, 아니 일 년분쯤 선불을 받아가지고 브뤼셀에라도 가서 들어박히지 않는 거지? 그렇게 하면 빵집의 은거한 주인이 아니라 파산을 해서 그 잔무 정리를 하고 있는 사람처럼 보일 텐데. 그쪽이 훨씬 모양새도 좋고.」
　「하지만 고작 천이백 프랑의 푼돈을 가지고 들어박힐 수는 없는 일 아냐?」
　「뭐라고? 카도루스」하고 안드레아가 말했다.「당신 제법 배짱이 커졌군! 이개월 전에는 굶어 죽을 지경이었던 것이.」
　「먹으면 식욕이 생기게 마련이지.」하고 카도루스는 마치 원숭이가 웃거나 호랑이가 울부짖을 때처럼 이빨을 드러내면서 말했다.
　「그래서」하고 그는 나이에 어울리지 않게 희고 무섭게 날카로운 그 이빨로 빵을 한 입 크게 물어뜯으면서 덧붙였다.「나는 한 가지 계획을 세웠지.」
　카도루스의 계획에 대해 안드레아는 언제나 그 착상 이상으로 놀라곤 했었다. 착상이라면 아직도 싹이 틀 단계에 지나지 않지만 계획이라면 그것은 이미 실행이었기 때문이다.
　「말해 봐요, 그 계획이란 것이 무엇인지. 어디 들어 보자고.」하고 그는 말했다.「보나마나 훌륭한 계획일 테지.」
　「그야 당연하지. 우리가 누군가의 저택을 보기좋게 도망쳐 나올 수 있었던 것도 대체 누구의 계획이었다고 생각하나? 응? 분명히 내 계획이었다고 생각하는데. 서툰 생각은 아니었다고 생각하는데, 안 그런가? 어떻든 우리가 여기에 이러고 있을 수 있게 되었으니 말야!」
　「서툰 생각이었다고는 말하지 않았어.」하고 안드레아가 대답했다.「당신도 때로는 신통한 생각을 할 때가 있으니까. 그나저나 그 계획이란 어떤 건가?」
　「말하자면」하고 카도루스는 계속했다.「자네, 한푼도 자네의 것을 건드리지 않고 나한테 만 오천 프랑쯤 만들어 줄 수 없겠나?……아니, 만 오천 프랑으로는 부족하겠군. 최소한 삼만 프랑이 아니고는 나는 건실한 인간으로 돌아가고 싶지 않은걸.」
　「안돼.」하고 안드레아는 쌀쌀맞게 대답했다.「안돼, 나는 그런 일은 할 수 없어.」

「아무래도 내 말을 못 알아듣는 것 같군.」하고 카도루스는 침착하고 냉정한 투로 대답했다.「한푼도 자네의 돈을 건드리지 않고, 라고 나는 말했을 텐데.」

「설마 당신은 내가 도둑질을 해서 내 몫은 말할 것도 없고 당신의 몫까지 엉망으로 만들어서 또다시 그곳으로 보내지면 된다고 생각하고 있는 것은 아닐 테지?」

「나는 말이야」하고 카도루스가 말했다.「다시 붙잡혀서 별로 안될 것도 없어. 나는 참으로 묘한 사나이거든. 때때로 동료들을 만나고 싶어서 못 견딜 정도의 심정에 사로잡히곤 하니까 말야. 자네처럼 두 번 다시 동료들의 얼굴을 보고 싶지 않다고 생각하는 매정한 인간과는 다르다 이 말이야!」

안드레아는 이번에는 소름이 끼칠 정도가 아니었다. 얼굴빛이 새파랗게 질렸다.

「이봐, 카도루스, 바보 같은 짓은 하는 게 아냐.」하고 그는 말했다.

「아니, 뭐, 걱정할 것 없어, 베네데트. 자네는 조금도 관여하지 말고 나에게 삼만 프랑의 돈을 벌게 해주는 방법만 가르쳐 주면 돼. 그 다음에는 그냥 가만히 보고만 있으면 되니까!」

「그런 일이라면 생각해 보지. 어떻게든 해보지.」하고 안드레아는 대답했다.

「하지만 그때까지는 다달이 주는 돈을 오백 프랑으로 늘려 주게, 알겠지? 한 가지 꼭 하고 싶은 일이 있으니까. 즉 하녀를 고용해 보고 싶단 말이야!」

「좋아, 그렇다면 오백 프랑씩 주기로 하지.」하고 안드레아가 말했다. 「하지만 이것은 나로서는 엄청난 일이야, 카도루스 아저씨……. 당신은 아무렇지도 않게……」

「무슨 소릴 하는 건가!」하고 카도루스가 말했다.「어떻든 자네에게는 아무리 써도 다 쓸 수 없는 금고가 있으니까.」

안드레아는 상대가 그 말을 하기를 기다리고 있었던 것 같았다. 그만큼 그의 눈은 한순간 번쩍 하고 빛났다. 그러나 물론 그 빛은 곧 사라지고 말았다.

「확실히 그래.」하고 안드레아가 대답했다.「내 후원자는 나에게 무척이나 친절하니까.」

「그 고마운 후원자로부터」하고 카도루스가 말했다.「그럼 자네는 한 달에 얼마를 받고 있나?……」

「오천 프랑.」하고 안드레아가 말했다.
「숫자는 같지만 자네의 단위는 천이고 내가 자네에게서 받는 단위는 백이라 그 말이지?」하고 카도루스는 말했다. 「아니, 정말 사생아가 아니고서는 이런 행운은 붙잡을 수가 없겠는걸. 한 달에 오천 프랑이라……. 그래 도대체 그 돈을 무엇에 쓰고 있나?」
「뭐, 순식간에 사라져 버리고 말지. 그래서 나도 당신과 마찬가지로 목돈이 필요하다 그 말이오.」
「목돈이라……. 과연, 그렇겠군……. 누구에게나 목돈이 필요하지…….」
「그런데 말이지, 나에게는 그것이 손에 들어온단 말일세.」
「대체 누가 준다는 말인가? 자네의 그 나으리가 말인가?」
「그래, 그 나으리가. 하지만 안타깝게도 아직 한참을 기다려야 한단 말일세.」
「기다리다니 무엇을?」하고 카도루스가 물었다.
「죽는 것을 말야.」
「그 나으리가 죽는 것을?」
「그래.」
「어째서지?」
「유언장에 내게 대한 것을 분명히 써주었으니까.」
「참말인가?」
「참말이고말고.」
「그래, 얼마를 주기로 되어 있나?」
「오십만 프랑!」
「뭐! 그건 엄청나군, 대단한 돈이야!」
「내 말은 거짓이 아니야.」
「설마한들 그렇게 많이!」
「카도루스, 당신은 내 친구지?」
「당연하지. 살아도 함께, 죽어도 함께지.」
「좋아, 그렇다면 한 가지 비밀을 알려 주지.」
「들려 주게.」
「잠자코 잘 들어요.」

「알았다니까! 돌처럼 잠자코 있을 테니까.」
「실은 말이지, 내가 생각하기에는 아무래도……」
안드레아는 주위를 둘러보면서 입을 다물었다.
「아무래도?…… 뭐, 겁먹을 것은 없어! 여기에는 우리 외에는 아무도 없으니까.」
「아무래도 내 아버지를 찾은 모양이야.」
「자네의 진짜 아버지 말인가?」
「그래.」
「카바르칸티의 아버지가 아니고?」
「그렇지 않아. 그 친구는 도망쳤어. 당신이 말하는 진짜 아버지는 말이지.」
「그 아버지는……」
「알겠나, 카도루스, 그것이 몽테 크리스토 백작이라고.」
「설마?」
「그렇다니까. 알겠나? 이것으로 모든 것이 설명된다는 말일세. 아무래도 백작은 공공연히 나를 자기의 아들이라고 인정할 수는 없는 모양이지만 그 대신 카바르칸티 씨에게 나를 인정하게 하고 그 사례로 오만 프랑을 주었단 말이야.」
「자네의 아버지가 되는 것만으로 오만 프랑이라! 나 같으면 그 반액으로, 아니, 이만 프랑으로, 아니, 만 오천 프랑으로 떠맡았을 텐데. 어째서 내 생각을 못 했단 말인가, 이 배은망덕한 놈 같으니!」
「그런 걸 내가 어떻게 알았겠어? 그런 건 모두 우리가 저쪽에 있을 때 정해진 이야기인걸.」
「그렇겠군, 하긴. 그래 자네의 이야기로는 그 유언장에……」
「오십만 프랑을 나에게 준다고 써놓고 있다네.」
「그게 확실한가?」
「나에게 분명히 보여 주었다고. 하지만 그것뿐이 아니야.」
「아까 내가 말한 것처럼 추서라는 것이 있었단 말이지?……」
「그렇더군.」
「그래, 그 추서에는?……」
「백작은 나를 인정하고 있어.」

「아니 그건, 정말 좋은 아버지로군, 의리있는 아버지로군, 정말 더할 나위 없이 정직한 아버지로군!」하고 카도루스는 접시를 공중에 휙 던졌다가 그것을 두 손으로 척 하니 받으면서 말했다.

「대개 이렇단 말이네! 이래도 아직 내가 당신에게 숨기고 있다고 말할 텐가?」

「그런 말은 하지 않겠어. 이렇게 나를 신용해 주다니 나는 자네를 다시 보겠네. 그런데 자네의 아버지라는 그 나으리는 돈이 많은가? 굉장한 부자인가?」

「틀림없이 그럴 테지. 스스로도 자기의 재산이 어느 정도인지를 모를 지경이니까.」

「설마?」

「아니, 사실이야. 나는 그것을 잘 알고 있어. 어쨌든 나는 언제 어느 때라도 그 사람의 저택에 마음대로 드나들 수가 있으니까. 지난번에는 은행의 사환이 당신의 그 냅킨만한 큰 돈주머니에 오만 프랑을 넣어가지고 보내왔고 어제는 어떤 은행가가 금화로 십만 프랑을 가지고 왔단 말야.」

카도루스는 완전히 넋을 잃고 있었다. 어쩐지 상대의 말이 화폐의 음향처럼 들리고 루이 금화의 폭포 소리가 들리는 것만 같았다.

「그럼 자네는 그 저택에 드나들고 있나?」하고 그는 상대의 말을 진실로 믿으면서 소리질렀다.

「원할 때는 언제나.」

카도루스는 잠시 생각에 잠겨 있었다. 그가 무언가 깊은 생각에 잠겨 있다는 것은 쉽게 알 수 있었다.

이윽고 불쑥 「나도 보고 싶군.」하고 그는 소리질렀다. 「정말 대단할 테지!」

「정말로 기가 막히지!」하고 안드레아가 말했다.

「샹젤리제 거리에 살고 있지 않았던가?」

「30번지일세.」

「허어.」하고 카도루스가 말했다. 「30번지인가?」

「그렇다니까. 앞뜰과 안뜰에 에워싸인 깨끗한 단독 주택이지. 당신은 그 정도밖에는 모르겠지.」

「그럴지도 모르지. 하지만 내가 알고 싶은 것은 바깥쪽이 아니라 집 내부라고. 아마 안에는 훌륭한 가구가 있을 테지. 응? 그렇지 않은가?」
「당신 튈리 궁전을 본 적이 있소?」
「없다네.」
「그래? 사실 그것보다도 더 훌륭하다네.」
「이봐, 안드레아. 그 몽테 크리스토 님이 지갑을 떨어뜨렸을 때는 몸을 수그리고 주울 만하겠군?」
「뭐, 그런 기회를 기다릴 것까지도 없어.」하고 안드레아가 말했다. 「그 저택에는 돈 같은 건 마치 과수원의 과일처럼 어디에나 굴러다니고 있으니까.」
「이것 봐, 언제 한 번 나를 데리고 가주게.」
「그런 일을 어떻게 해. 대체 무슨 명목으로?」
「하긴 자네 말이 옳아. 하지만 자네의 말만 듣고도 나는 군침이 도네. 이렇게 된 이상 어떻게 해서라도 들어가 봐야지. 내가 직접 방법을 찾아보지.」
「바보 같은 짓 말아, 카도루스!」
「마루닦기라고 하면 어떨까?」
「어디에나 융단이 깔려 있어.」
「그것 참 말이 안 되는군. 그럼 상상하는 것만으로 만족하는 수밖에 없겠군.」
「그게 제일이지.」
「하지만 하다못해 대략 어떤 모양으로 되어 있는지만이라도 가르쳐 주게.」
「무엇 말인가?」
「뭐, 아주 간단한 일이지. 그곳은 넓은가?」
「넓지도 않고 좁지도 않은 그런 정도지.」
「그럼 방 배치는 어떻게 되어 있나?」
「잉크하고 종이가 있어야 도면을 그리지.」
「저기에 있어!」하고 카도루스가 신이 나서 말했다.
그리고 그는 낡은 책상으로 종이와 잉크 그리고 펜을 가지러 갔다.
「자아」하고 카도루스는 말했다. 「이 종이에 자세히 그려 보게, 애숭이.」
안드레아는 보일 듯 말 듯한 엷은 웃음을 입술에 띠고 펜을 들고는 그리기 시작했다.
「집은 말이지. 지금 말한 것처럼 앞뜰과 안뜰에 에워싸여 있어. 자, 이런 식으로.」
그렇게 말하며 안드레아는 안뜰과 앞뜰 그리고 건물의 그림을 그렸다.
「담은 높은가?」
「아니, 고작 이, 삼 미터 정도지.」
「그건 참 조심성이 없군.」 하고 카도루스가 말했다.
「앞뜰에는 상자에 심은 오렌지 나무라든가 잔디, 그리고 화초가 심어져 있어.」
「함정은 없는가?」
「없어.」
「마구간은?」
「철문 양쪽에 있지. 자, 여기라고.」
그렇게 말하며 안드레아는 계속해서 도면을 그렸다.
「일층은 어떻게 되어 있지?」 하고 카도루스가 말했다.
「일층에는 식당과 객실이 두 개, 당구실, 현관 옆에 층계, 그리고 조그만 비밀 층계가 있지.」
「창문은?」
「아주 멋지고 훌륭한 큰 창문이지. 실제로 당신만한 키를 가진 사나이라면 어느 격자 사이로라도 충분히 들어갈 수 있을 거요.」
「그런 창문이 있으면서 대체 무엇 때문에 층계 같은 것은 만들었을까?」
「하는 수 없지. 그게 바로 사치라는 거지.」
「그럼 미늘창은 있나?」
「응, 미늘창은 있지. 하지만 사용한 적은 없어. 정말 그 몽테 크리스토 백작이라는 사람은 색다른 사람이어서 밤에도 하늘을 보고 싶다고 말하니까 말야!」
「그래, 하인들은 어디서 자나?」
「아아, 하인들에게는 전용 건물이 있어. 들어가서 오른쪽 편에 사다리를 넣어 두는 헛간이 있어. 그런데 그 헛간 위에 하인들의 방이 주른히 늘어서 있고 각각 초인종이 안채의 각 방과 통하게 되어 있어.」

「아아, 제길! 초인종이라니!」
「뭐라고?……」
「아니, 아니, 아무것도 아냐. 그렇게 설치하려면 돈이 꽤 많이 들었을 테지, 초인종 말야. 하지만 그런 것이 무슨 쓸모가 있다는 건가, 응?」
「예전에는 밤이 되면 뜰에 개 한 마리를 풀어 놓았지만 그놈은 오튀유의 저택으로 가지고 갔어. 그 왜, 당신도 가본 적이 있는 그 저택 말이오.」
「응.」
「그런데 바로 어제의 일이지만, 나는 백작에게 이렇게 말했지.『너무 조심성이 없군요, 백작. 당신이 오튀유로 가시고 하인들도 모두 데리고 가면 저택은 텅 비는걸요.』라고.『그래서 어떻다는 거지요?』하고 백작이 묻더군. 나는『그러면 언젠가 도둑을 맞을 것입니다』하고 대답해 주었지.」
「뭐라고 대답하든가?」
「뭐라고 대답하다니?」
「그래, 백작이.」
「이렇게 대답하더군.『뭐, 도둑이 들어도 상관없어요.』라고.」
「안드레아, 뭔가 장치가 달린 책상 같은 거라도 있겠지.」
「뭐라고?」
「그래. 도둑을 격자 사이에 가두어 넣고 무슨 노래라도 부르는 그러한 장치. 뭐, 그런 것이 지난번 박람회에 나왔다고 하던데.」
「단지 마호가니 책상이 있을 뿐이야. 볼 때마다 거기에도 열쇠가 그냥 꽂혀져 있곤 한다니까.」
「그런데 아무도 훔쳐가지 않는가?」
「응. 백작에게 고용된 사람들은 모두가 아주 충직한 사람들이니까.」
「그 책상 안에는 틀림없이 돈이 들어 있을 테지?」
「안에는 아마……. 무엇이 들어 있는지 알 수 없지.」
「그래, 그 책상은 어디에 놓여 있지?」
「이층에.」
「그럼 잠깐 그 이층의 도면을 그려 주지 않겠나, 애숭이? 일층의 것을 그려 준 것처럼 말야.」
「그야 쉬운 일이지.」

82. 빵집의 은신처

 그렇게 말하고 안드레아는 다시 펜을 집어들었다.
「이층에는 말야, 대기실과 객실이 있어. 객실 오른쪽에는 도서실과 서재, 객실 왼쪽에는 침실과 화장실, 예의 책상은 이 화장실에 놓여 있어.」
「그래, 그 화장실의 창문은 하나인가?」
「두 개야. 이쪽과 이쪽에.」
 그렇게 말하고 안드레아는 도면 위에 장방형 침실에 딸린, 그보다 작고 사각형 모양을 한 화장실에 창문을 두 개 그려 넣었다.
 카도루스는 생각에 잠겼다.
「그래, 백작은 오튀유에 자주 가나?」하고 그는 물었다.
「일주에 두세 번. 내일도 그쪽에서 하루 종일 지낼걸.」
「그것은 확실한가?」
「나더러 그쪽에서 저녁을 먹지 않겠는가라고 권했으니까.」
「야아, 호화판이로군. 그야말로 생활이라는 것이로군!」하고 카도루스가 말했다.「시내에도 저택이 있고 시골에도 저택이 있으니 말야.」
「그게 바로 부자라는 거지.」
「그래 자네는 저녁을 먹으러 갈 건가?」
「아마 그래야겠지.」
「저녁을 먹는다면 자네도 그쪽에서 머물게 되나?」
「그렇게 하고 싶으면 그럴 수도 있지. 어떻든 백작의 저택은 내 집이나 마찬가지니까.」
 카도루스는 상대의 본심을 읽으려는 것처럼 청년의 얼굴을 뚫어지게 들여다보았다. 그러나 안드레아는 주머니에서 궐련 케이스를 꺼내어 하바나를 한 개피 뽑아들고는 침착하게 불을 붙이고 별로 잘난 체하는 기색도 없이 그것을 피우기 시작했다.
「그래 당신은 그 오백 프랑이 언제 필요한 거요?」하고 그는 카도루스에게 물었다.
「지금 가지고 있다면 당장 주었으면 좋겠어.」
 안드레아는 주머니에서 이십오 루이(일 루이 금화는 이십 프랑)를 꺼냈다.
「루이 금화인가?」하고 카도루스는 말했다.「그건 곤란한걸!」
「뭐라고? 당신은 이것을 무시하는 거요?」

「천만에, 크게 존중하고 있지. 하지만 그건 필요치 않아.」
「바보로군, 환전하면 수지가 맞을 텐데. 금화라면 오 수의 할증이 붙는다고!」
「그야 그렇지. 하지만 환전상은 이 카도루스를 미행하고 그래서 결국 체포를 당하게 되지. 그리고 나는 이러이러한 소작인으로부터 지대(地代)를 금화로 받고 있다는 거짓말을 하지 않으면 안 되게 되지. 바보 같은 짓은 하지 말자고, 애숭이. 그냥 은화가 좋아. 어느 임금의 얼굴이 새겨져 있는 동그란 놈 말야. 오 프랑짜리 돈이라면 누구나 손에 넣을 수 있을 테니까.」
「당신도 지금 내가 여기에 오백 프랑 잔돈을 가지고 있지 않다는 것은 알고 있을 테지. 누구 심부름을 시킬 사람이 있으면 좋을 텐데.」
「뭐, 자네네 문지기에게 맡겨 두면 돼. 그놈은 착실한 사나이야. 그러면 내가 가지러 갈 테니까.」
「오늘 말인가?」
「아니, 내일. 오늘은 시간이 없거든.」
「좋아, 알았어. 내일 오튀유로 갈 때 맡겨 놓을 테니까.」
「믿어도 되겠지?」
「물론이지.」
「지금부터 하녀를 정해 두고 싶어서 그런다네.」
「정해도 좋아. 하지만 이것으로 마지막일 테지? 이제 더 이상 귀찮게 굴지 않겠지?」
「절대로 그러지 않겠네.」
카도루스가 몹시 침울해졌기 때문에 안드레아는 상대의 달라진 모습을 인정하지 않을 수 없는 것이 무서웠다. 그래서 지금까지보다도 한층 더 명랑해지고 느긋한 듯이 행동했다.
「왜 들떠가지고 그러나?」하고 카도루스가 말했다. 「마치 이미 유산이라도 받아쥔 것 같군그래!」
「유감스럽지만 아직 멀었어! …… 하지만 손에 넣는 날에는…….」
「어떻게 하겠다는 건가?」
「그렇게 되면 말이지, 친구를 생각하겠어. 뭐, 지금으로서는 이렇게밖에 말할 수가 없지만.」

「그래, 자네는 무척 기억력이 좋으니까, 그야말로!」
「어쩌는 수 없잖은가! 나는 당신이 나에게서 우격다짐으로 빼앗으려는 배짱인 줄만 알고 있었지.」
「내가 말인가? 제길, 그 따위 생각을 하다니! 그러기는커녕 나는 친구로서 한 가지 충고를 해주려 했는데.」
「그게 뭔데?」
「그 손가락에 끼고 있는 자네의 다이아몬드를 여기에 두고 가라는걸세. 이봐, 생각해 보라고, 자네는 우리 두 사람을 체포당하게 하고 싶은가? 자네는 두 사람을 모두 파멸시키고 싶어서 그런 바보 같은 짓을 하고 있는건가?」
「그건 또 무슨 소린가?」하고 안드레아가 물었다.
「무슨 소리냐고? 자네는 제복을 입고 하인으로 변장한 주제에 손가락에는 그런 사, 오천 프랑이나 하는 다이아몬드를 그냥 끼고 있으니까 말이야!」
「제길! 값은 잘 알아맞히는군. 당신 어째서 경매의 감정인이 되지 않았지?」
「나는 다이아몬드에 대해서는 잘 알고 있지. 예전에 가져 본 적이 있으니까.」
「그래, 실컷 자랑해 봐요.」하고 안드레아는 말하고 이 새로운 공갈에 대해서도 카도루스가 걱정했던 것처럼 화를 내지 않고 기꺼이 그 반지를 빼주었다.
 카도루스가 자세히 그것을 들여다보고 있었으므로 안드레아는 그가 다이아몬드의 커트가 날카로운지 어떤지를 조사하고 있다는 것을 분명히 알 수 있었다.
「이 다이아몬드는 가짜인걸.」하고 카도루스가 말했다.
「무슨 소릴 하는 건가.」하고 안드레아가 말했다. 「농담일 테지?」
「뭐, 화를 내지는 말라고. 지금 조사해 볼 테니까.」
 그렇게 말하고 카도루스는 창문 쪽으로 가서 그 다이아몬드로 유리창을 문질렀다. 유리가 긁히는 소리가 났다.
「내가 잘못 보았어!」하고 카도루스가 다이아몬드를 새끼손가락에 끼면서 말했다. 「내 눈이 그만 실수했어. 하지만 요즘의 보석 세공인들은 아주 감쪽같이 가짜를 만드는 바람에 이제는 아무도 보석상에 도둑질을 하러 들어갈 마음이 생기지 않을 정도이지. 이것으로 또 하나 장삿길이 막힌 셈이지.」

「그래서」하고 안드레아가 말했다.「이제는 끝인가? 아직도 뭔가 필요한 게 있는가? 이 저고리는 필요없나? 이 모자는 갖고 싶지 않나? 지금 말하라고, 사양하지 말고.」

「필요없어. 자네는 정말 좋은 동료로군. 이제는 붙잡지 않겠네. 나도 어떻게든 더 이상 욕심을 안 내도록 하겠네.」

「하지만 말야, 그 다이아를 팔거나 해서 아까 금화의 일로 걱정한 것 같은 시끄러운 문제를 일으키지 않도록 하라고.」

「이건 팔지 않을 테니 안심하라고.」

『적어도 오늘내일 중에는 팔지 않을 테지.』하고 안드레아는 생각했다.

「자네는 행복한 놈이야.」하고 카도루스가 말했다.「집에 돌아가면 하인이 있지, 말이 몇 필이나 있지, 마차가 있지, 게다가 약혼자까지 있으니 말야.」

「그건 그래.」하고 안드레아가 말했다.

「이것 봐, 자네가 내 친구인 당그랄의 딸과 결혼식을 올릴 때는 내게 멋진 기념품을 사서 보내겠지?」

「그런 일은 당신이 멋대로 생각해낸 상상에 지나지 않는다고 했지 않소!」

「지참금은 얼마지?」

「그러니까 말야……」

「백만인가?」

안드레아는 어깨를 으쓱했다.

「뭐, 백만쯤이라고 해두지.」하고 카도루스가 말했다.「어차피 내가 자네를 위해서 바라고 있는 만큼 받지는 못할 테니까.」

「그건 참 고맙군.」하고 안드레아가 말했다.

「거짓말이 아니야, 진심으로 그렇게 바라고 있다고.」하고 카도루스는 예에 따라 껄껄거리고 웃으면서 덧붙였다.「기다려, 기다려. 바래다 줄 테니까.」

「그럴 것까지는 없어.」

「아니, 배웅을 하지 않으면 안돼.」

「그건 또 어째서지?」

「아니, 뭐, 문에 조그만 장치를 해놓았거든. 조심하는 것 이상 좋은 일은 없지. 유레 피셰 제(製)의 자물쇠를 이 가스파르 카도루스가 검사해서 개량했지. 자네가 자본가가 되었을 때는 이것과 똑같은 것을 만들어 주겠네.」

「고맙군.」 하고 안드레아가 말했다. 「일주일 전에 알려 줄 테니까.」

두 사람은 헤어졌다. 카도루스는 층계참에 선 채 안드레아가 사층에서 내려가 다시 안뜰을 가로질러 갈 때까지 배웅했다.

그리고는 급히 되들어가 조심스럽게 문을 잠그고는 안드레아가 놓고 간 예의 도면을 그야말로 건축에 대해서 잘 아는 사람처럼 유심히 살피기 시작했다.

『저 베네데트라는 놈』 하고 그는 중얼거렸다. 『그놈으로서도 유산이 굴러들어오는 것을 싫어하지는 않을 테지. 그리고 놈이 그 오십만 프랑을 빨리 차지하게 해주는 사람도 그놈에게 있어서는 결코 나쁜 친구는 아닐 테지.』

83. 밤 도 둑

지금 기술한 두 사람의 대화가 있은 그 다음날, 몽테 크리스토 백작은 사실 알리, 수명의 하인, 또 시승할 참인 몇 마리의 말을 이끌고 오튀유로 떠났다.

백작 자신 바로 전날까지도 생각조차 않고 있던, 또 안드레아로서도 마찬가지로 생각조차 않고 있던 이 오튀유 행을 결정하게 된 동기는 무엇보다도 베르투쵸가 노르망디에서 집과 돛배에 관한 보고를 가지고 돌아왔기 때문이었다. 집은 이미 완전히 준비가 갖추어지고 돛배도 일주일 전에 도착하여 필요한 절차를 모두 끝내고 여섯 명의 승무원을 태우고 조그만 후미에 정박, 이미 바다로 나갈 수 있는 만반의 태세를 갖추고 있다는 것이었다.

백작은 베르투쵸의 열성적인 활동을 칭찬하고 자기의 프랑스 체재는 앞으로 한 달을 넘지 않을 테니까 언제든지 출발할 수 있도록 준비해 놓으라고 일렀다.

「이번에는」 하고 백작은 그에게 말했다. 「파리에서 트레폴(도버 해협에 면한 조그만 항구이며 해수욕장)까지 하룻밤에 가지 않으면 안 될는지도 모른다. 이백 킬로를 10시간에 갈 수 있도록 도중 여덟 개의 장소에 갈아 맬 말을 준비하도록.」

「그 일은 벌써 전에 말씀하셨기 때문에」하고 베르투쵸는 대답했다.「말은 완전히 준비되어 있습니다. 말을 사서 제가 직접 그것을 가장 편리한 곳, 즉 보통 아무도 발을 들여 놓지 않는 마을들에 이미 배치해 놓았습니다.」

「좋아.」하고 몽테 크리스토가 말했다.「나는 하루이틀 이곳에 머물 테니까 그렇게 조처해 주게.」

베르투쵸가 이 체재에 관한 여러가지 지시를 하기 위해 방에서 나가려 했을 때 바티스탄이 문을 열었다. 그는 한 통의 편지를 은도금한 쟁반에 받쳐가지고 들어왔다.

「무슨 용건으로 왔지?」하고 먼지투성이가 된 바티스탄을 보면서 백작이 물었다.「나는 너를 부르지 않았다고 생각하는데?」

바티스탄은 거기에는 대답하지 않고 백작 옆으로 와서 편지를 내밀었다. 「중요한 지급편입니다.」하고 그는 말했다.

백작은 편지를 뜯어서 읽었다.

몽테 크리스토 백작에게 알려 드립니다. 오늘밤 어떤 사나이 하나가 샹젤리제의 저택에 숨어들어 화장실 책상 안에 넣어 두었다고 자기가 믿고 있는 서류를 훔치려 하고 있습니다.

물론 몽테 크리스토 백작은 매우 용감한 분이시기 때문에 경찰의 힘을 빌리는 일은 없으리라고 생각합니다. 만일 그러한 조처를 취하게 되면 이 경고를 말씀드리고 있는 사람의 신상에 매우 위험한 일이 닥칠지도 모릅니다.

백작은 침실에서 화장실로 통하는 출입문에 계시거나 또는 화장실 안에 잠복하고 계시다가 직접 제재를 가하실 수 있을 것입니다. 많은 사람을 모으시거나 눈에 띄는 경계를 취하시거나 하면 반드시 악한을 놓치게 되어 몽테 크리스토 백작으로서도 본 통보자가 우연히 알게 된 한 사람의 적을 아실 기회를 놓치게 될 것이 뻔합니다. 통보자의 입장으로서도 만일 그 악한이 이 최초의 기도에 실패하여 다시 재차 감행을 획책할 때 아마도

83. 밤 도 둑

두 번 다시 경고를 해드릴 기회는 없을 것으로 생각합니다.

백작이 우선 생각한 것은 이것은 도적들의 간계임이 틀림없다는 것이었다. 즉, 아무것도 아닌 위험을 통보함으로써 좀더 큰 위험에 부닥뜨리게 하려는 서툰 함정임이 틀림없다고 생각했다. 그래서 그는 이 호의적인 익명의 인물이 주의를 환기했음에도 불구하고, 아니 어쩌면 그러한 주의가 있었기 때문에 이 편지를 경찰에 신고케 하려고 했다. 그러나 그때 문득, 이것은 특별히 자기를 노리고 있는 적으로서 자기만이 그가 어떤 인간인가를 확인할 수 있는 상대이고 만일의 경우에는 마치 피에스코(16세기의 제노바 귀족. 제독 안드레아 도리아에 반역했다가 실패. 실러의 희곡《피에스코의 반역》의 주인공)가 자기를 암살하려고 한 모르 인을 이용했듯이 자기만이 이용할 수 있는 인간일는지도 모른다는 생각이 퍼뜩 머리에 떠올랐다.

독자들은 백작이 어떤 인물인지는 잘 알고 계실 것이다. 따라서 백작이 참으로 탁월한 인간을 만들어내는 유일한 그 정력으로써 불가능에 대해 한 발짝도 양보하지 않고 도전하는 용기와 활력에 넘친 인물이라는 것은 새삼스럽게 말할 필요도 없을 것이다.

지금까지 보내온 생활과 어떤 것 앞에서도 절대로 물러서지 않으리라고 마음에 정하고 그대로 지켜온 결의에 의해 백작은 신인 자연이나 이를테면 악마라고도 해야 할 세상에 대해 때로 도전해온 투쟁에 미지의 기쁨을 맛보게까지 되어 있었다.

『놈들은 서류를 훔치려는 것이 아니다.』하고 몽테 크리스토는 말했다. 『나를 죽이려 하는 것이다. 도적이 아니라 암살자인 것이다. 나는 내 개인적인 문제에 경찰총감을 개입시키고 싶지 않다. 실제로 나에게는 충분히 많은 돈이 있으니까 이런 문제로 경찰에게 부담을 끼칠 필요까지는 없다.』

백작은 편지를 건네 주고 방에서 나간 바티스탄을 다시 불렀다.

「너는 파리로 돌아가서 그쪽 저택에 남아 있는 고용인을 모두 이쪽으로 데리고 와. 모두 오튀유로 오지 않으면 안될 일이 생겼단 말이다.」하고 백작은 그에게 말했다.

「하지만 그렇게 하면 그 저택이 텅 비게 될 텐데요, 백작님?」하고 바티스탄이 물었다.

「텅 비지는 않아. 문지기가 있으니까.」
「문지기 초소에서 저택까지는 꽤 멀리 떨어져 있는데요.」
「그것이 어쨌다는 건가?」
「즉, 저택 안의 것을 모두 도둑맞아도 문지기에게는 전혀 들리지 않는단 말씀입니다.」
「누가 훔친단 말인가?」
「도둑놈이 말입니다.」
「너는 바보로구나, 바티스탄 군. 설사 도둑에게 저택의 것을 모조리 도둑맞는다 해도 하인들이 모자라서 불편을 느끼는 것만큼 불쾌하지는 않단 말이다.」
바티스탄은 고개를 숙였다.
「알겠지?」하고 백작은 말했다.「너는 가서 동료들을 한 사람도 남김없이 데리고 오는 거다. 하지만 나머지는 평소와 똑같이 해두는 거다. 다만 일층의 미늘창만 닫아 두면 돼.」
「이층의 미늘창은요?」
「그건 닫아 둔 적이 없잖은가. 자, 빨리 갔다오라고.」
백작은 저녁식사는 자기의 방에서 혼자 먹겠다고 전하도록 하고 시중들 사람은 알리 한 사람이면 된다고 말했다.
그는 여느 때와 마찬가지로 침착하게 아주 조금만 먹었다. 그리고 저녁식사가 끝나자 알리에게 따라오라고 신호하고 예의 조그만 문을 통해 밖으로 나가 산책이라도 하는 듯한 모습으로 부로뉴의 숲까지 와서는 아무렇지도 않은 듯이 파리로 가는 길로 들어서서 해가 질 무렵에 샹젤리제의 저택 앞에 도착했다.
주위는 완전히 어두워져 있었다. 다만 한 개의 희미한 불빛만이 바티스탄이 말한 것처럼 저택에서 사십 보 가량 떨어져 있는 문지기 초소에 켜져 있었다.
몽테 크리스토는 나무 하나에 등을 기대고 좀처럼 잘못 보는 일이 없는 눈으로 두 줄로 늘어선 가로수를 살피고 그곳을 지나가는 사람들을 조사하고는 누군가 몸을 숨기고 있는 사람은 없는가 하고 주변 길거리를 둘러보았다. 10분도 안 되어 자기를 노리는 자가 없다는 것을 분명히 알 수 있었다.
곧 그는 알리를 데리고 작은 문으로 달려가 바삐 안으로 들어갔다. 그리고 그곳 열쇠가 있는 뒷층계를 통해 자기의 침실로 들어갔다. 그러나 커튼 하나도 열거나 움직이지 않았기 때문에 문지기조차도 텅 빈 이 저택에 주인이 돌아왔으리라고는 깨닫지 못할 정도였다.

 침실로 들어서자 백작은 알리에게 멈추라고 신호했다. 그리고는 화장실로 들어가서 조사해 보았다. 모든 것은 평상시와 다름이 없었다. 예의 중요한 책상은 제자리에 어김없이 있었고 열쇠도 꽂혀진 채 그대로 있었다. 그는 책상에 단단히 쇠를 잠그고 나서 그 열쇠를 빼고 침실 문간까지 되돌아가서 빗장의 이중으로 된 받침쇠를 뽑아가지고 안으로 들어갔다.

 이러고 있는 동안에 알리는 백작에게 지시받은 무기를 가지고 와서 테이블 위에 놓았다. 짧은 기총(騎銃) 한 자루와 이총신(二銃身)의 권총 두 자루였다. 권총은 총신이 겹쳐져 있기 때문에 사적용(射的用) 권총 못잖게 확실하게 표적을 겨눌 수 있었다. 이만한 무기가 있으면 백작은 다섯 사람 정도는 거뜬히 사살할 수 있었다.

 약 9시 반 무렵이었다. 백작과 알리는 서둘러 빵을 먹고 스페인 포도주를 한 잔씩 마셨다. 그리고 나서 몽테 크리스토는 이쪽 방에서 옆방을 들여다 볼 수 있게 되어 있는 부착식 널빤지를 한 장 떼냈다.

 그는 손이 닿는 곳에 권총과 기총을 놓아 두고 있었다. 그리고 알리는 그 옆에 서서 십자군 시대 이래 모양이 달라지지 않은 아라비아 풍의 작은 도끼를 손에 들고 있었다.

 화장실의 창문과 평행으로 되어 있는 침실의 창문 한 개를 통해서 백작은 길거리를 바라볼 수 있었다.

 이렇게 해서 2시간이 지나갔다. 주위는 캄캄했다. 그러나 알리는 미개인의 천성 덕분에, 그리고 백작은 어쩌면 수련에 의해서 얻어진 능력 덕분에 이 어둠 속에서도 뜰에 서 있는 나무들의 조그만 흔들림까지도 분간할 수 있었다.

 이미 오래 전부터 문지기 초소의 조그만 불빛도 꺼져 있었다.

 만일 진짜로 계획적인 강도라면 창문으로가 아니라 일층 층계로 들어올 것이다. 그러나 몽테 크리스토의 생각으로는 악한들은 그의 생명을 노리고 있는 것이지 돈을 노리고 있는 것이 아니었다. 그렇다면 그들은 반드시 그의 침실로 들어올 것이다. 그리고 그 침실로 들어오기 위해서는 비밀 층계나 또는 화장실 창문을 통해서 들어올 것이 틀림없었다.

그는 알리를 층계 입구에 세워 놓고 자기는 그대로 화장실을 계속 감시했다.
폐병원(廢兵院)의 큰 시계가 11시 45분을 쳤다. 서풍이 습기를 머금고 그 음침한 3점종의 음향을 싣고 왔다.

그 마지막 타종 소리가 사라지려 할 때 백작은 화장실 쪽에서 뭔가 희미한 소리가 들려온 것 같은 느낌이 들었다. 그 최초의 소리, 아니 소리라기보다 그 최초의 삐걱임에 이어서 다시 제2, 제3의 삐걱임 소리가 들렸다. 네 번째 것이 들렸을 때 백작은 그것이 무슨 소리인지를 알 수 있었다. 단단하고 익숙한 손이 다이아몬드로 유리창을 틀에 따라 네모지게 자르고 있는 것이었다.

백작은 심장의 고동이 평소보다 빨라진 것을 느꼈다. 사람은 아무리 위험에 익숙해져 있어도, 또 아무리 사전에 위험을 통고받고 있어도 꿈과 현실, 계획과 실행 사이에 있는 큰 차이를 알게 되면 반드시 심장과 육체가 떨리기 마련이다.

그러나 몽테 크리스토는 알리에게 알리기 위해 조그만 신호를 보냈을 뿐이었다. 알리는 화장실 쪽에서 위험이 일어나고 있다는 것을 깨닫고 한 발짝 주인에게로 다가왔다.

몽테 크리스토는 상대가 어떤 적인지 또 몇 사람인지 알고 싶어서 견딜 수가 없었다.

지금 유리가 잘리고 있는 창문은 백작이 화장실을 들여다보고 있는 벽 구멍의 꼭 정면이었다. 그래서 백작의 눈은 그 창문에 고정되었다. 그는 사람의 그림자 하나가 어둠을 배경으로 하여 그 어둠보다도 더 검게 떠올라 있는 것을 보았다. 이윽고 한 장의 유리창이 마치 바깥쪽에서 종이라도 붙인 것처럼 완전히 불투명해지고 이어서 그 유리창이 깨지는 소리가 들렸다. 그러나 그것은 밑으로 떨어지지는 않았다. 거기에 생긴 구멍으로 팔 하나가 비죽이 뻗어나오더니 창문의 고리쇠를 찾았다. 그러자 창문이 쑥 열리고 한 사나이가 성큼 들어섰다.

사나이는 단 한 사람이었다.

『무모한 놈이로군.』 하고 백작은 중얼거렸다.

그때 그는 알리가 살며시 자기의 어깨에 손을 댄 것을 느꼈다. 그는 돌아보았다. 그러자 알리는 지금 두 사람이 있는 방의 가로에 면한 창문을 그에게 가리켜 보였다.
 몽테 크리스토는 그 창문을 향해 서너 걸음 다가갔다. 그는 이 충실한 하인이 지극히 날카로운 감각의 소유자라는 것을 알고 있었다. 아니나다를까 그의 눈에 다른 한 사람의 사나이가 출입문에서 떨어져 있는 마차막이 돌에 올라서서 백작의 저택에서 일어나고 있는 일을 살피고 있는 듯한 모습이 보였다.
 『좋아!』하고 백작은 말했다. 『놈들은 둘이로군. 한 사람이 일을 벌이고 한 사람이 망을 보는군.』
 그는 길가에 있는 사나이에게서 눈을 떼지 말라고 알리에게 신호하고 나서 다시 화장실의 사나이에게로 눈을 돌렸다.
 유리창을 도려낸 사나이는 이미 방안에 들어와서 두 팔을 앞으로 내밀어 방향을 더듬고 있었다.
 이윽고 사나이는 모든 것을 알아차린 것 같았다. 화장실에는 문이 두 군데 있었는데 사나이는 그 양쪽에 빗장을 걸었다.
 사나이가 침실로 통하는 문 쪽으로 왔을 때 몽테 크리스토는 영락없이 자기 쪽으로 오는 줄 알고 한 자루의 권총을 준비했다. 그러나 그의 귀에는 단지 빗장이 구리로 된 고리쇠 안에 미끄러져 들어가는 소리가 들렸을 뿐이었다.
 상대방은 조심하기 위해 그렇게 했을 뿐이었다. 이 한밤중의 방문자는 백작이 미리 빗장의 받침쇠를 벗겨 놓고 있다는 것을 모르기 때문에 이것으로 이제 자기 집에서와 같은 기분으로 느긋하게 일을 할 수 있다고 생각하고 있었다.
 아무도 없기 때문에 무슨 일을 해도 괜찮다고 생각한 사나이는 큰 주머니에서 뭔가를 꺼내어 그것을 둥근 탁자 위에 놓았다. 백작은 그것이 무엇인가를 잘 알 수 있었다. 그런 다음 그는 예의 책상이 있는 데까지 곧장 다가가서 열쇠 구멍께를 손으로 더듬어 보았으나 예상했던 것과는 달리 열쇠가 꽂힌 채로 있지 않다는 것을 알게 되었다.
 그러나 이 밤도둑은 꽤 조심성이 많은 사나이여서 온갖 경우를 다 예견하고 있었다. 이윽고 백작의 귀에 쇠와 쇠가 부딪히는 잘랑거리는 소리가 들려왔다. 열리지 않게 된 문을 열기 위해서 부른 열쇠 장수가 가지고 오는 그 볼품없는 열쇠 다발이 내는 소리였다. 도둑들은 이것을 『밤꾀꼬리』라고 부르고 있었다. 아마도 그것은 이것이 자물쇠의 혀에 닿아서 절컥 하고 열리는 소리가 밤 노래처럼 들려서 그들로서는 뭐라 말할 수 없이 즐겁기 때문일 것이다.

『아니, 저런!』 하고 몬테 크리스토는 어처구니 없는 미소를 띠고 중얼거렸다. 『단순한 도둑놈 아닌가.』

그러나 사나이는 어둠 속에서는 딱 들어맞는 열쇠를 고를 수가 없었다. 그래서 사나이는 아까 둥근 탁자 위에 놓아 둔 것의 도움을 빌었다. 그가 용수철을 누르자 곧 약한, 그렇다고는 하지만 사물이 보일 정도로 밝은 불이 켜지고 누런 빛의 사나이의 손과 얼굴을 비추었다.

『아니, 아니!』 하고 갑자기 몬테 크리스토는 깜짝 놀라 뒷걸음질 치면서 말했다. 『저 사나이는……』

알리가 도끼를 쳐들었다.

「가만 있어.」 하고 몬테 크리스토는 알리에게 아주 나지막한 소리로 말했다. 「도끼를 내려 놓게. 이제 무기는 필요없어.」

그리고 백작은 뭐라고 두세 마디 다시 목소리를 낮추어 속삭였다. 왜냐하면 놀란 나머지 저도 모르게 지른 소리는 아주 낮은 것이기는 했어도 사나이를 흠칫하게 하기에는 충분했기 때문이다. 사나이는 고대의 칼갈이 같은 자세로 웅크린 채 꼼짝도 하지 않았다.

백작은 알리에게 다시 한 가지 명령을 내린 것 같다. 왜냐하면 알리가 곧 발소리를 죽여 그 자리를 떠나 침소의 벽에서 검은 옷과 삼각모를 벗겼기 때문이다.

그러는 사이에 몬테 크리스토는 재빨리 프록코트와 조끼, 그리고 셔츠를 벗어던졌다.

그러자 널빤지 틈으로 새어나오는 불빛에 비쳐서 백작이 가슴에 나긋나긋하고 눈금이 가는 미늘옷을 입고 있는 것이 보였다. 지금은 이미 단도에 찔릴 것을 두려워하지 않아도 좋게 된 프랑스에서 이 미늘옷을 입었던 마지막 사람은 아마도 루이 16세였을 것이다. 그러나 그 루이 16세는 비수에 가슴을 찔리지는 않을까 하고 겁을 먹으면서 큰 도끼로 목이 쳐져서 죽은 것이다.

백작의 그 미늘옷은 이윽고 긴 승복 밑에 가려졌고 백작의 머리칼도 삭발한 가발 밑에 가려졌다. 마지막으로 삼각모를 그 가발 위에 올려 놓자 백작은 완전히 승려로 변신했다.

 한편 사나이는 아무 소리도 들리지 않게 되자 다시 몸을 일으켜 몽테 크리스토가 변장하고 있는 동안에 책상이 있는 곳까지 곧장 걸어가고 있었다. 그리고 자물쇠는 『밤꾀꼬리』 밑에서 삐걱이기 시작하고 있었다.

 『좋아!』 하고 백작은 중얼거렸다. 그는 이 도둑이 아무리 솜씨가 좋아도 결코 열 수 없는 어떤 특별한 자물쇠 장치를 신뢰하고 있는 것이 틀림없었다. 『좋아! 너는 그것을 여는 데 앞으로 4, 5분은 더 걸릴 것이다.』

 그렇게 말하고 그는 창문 옆으로 다가갔다.

 아까 마차막이에 올라서 있는 것이 보였던 사나이는 지금은 거기에서 내려서 아직도 거리를 어슬렁거리고 있었다. 그러나 이상하게도 사나이는 샹젤리제 큰 거리나 포블 상 토노레 방면에서 누군가가 올지도 모른다는 데에는 전혀 신경을 쓰지 않고 오로지 백작의 저택 안에서 무슨 일이 벌어지고 있는가에만 모든 정신을 빼앗기고 있는 것 같았다. 그리고 그 일거일동은 그가 화장실 안의 일만을 엿보고 있다는 것을 나타내고 있었다.

 몽테 크리스토는 갑자기 이마를 탁 치고 반쯤 벌린 입술 위에 소리 없는 웃음을 떠올렸다.

 그리고는 알리 옆으로 다가가 「너는 이곳을 떠나지 말아.」 하고 아주 낮은 목소리로 말했다. 「어두운 곳에 숨어서 설사 어떤 소리를 듣게 되더라도, 또 무슨 일이 일어나더라도 내가 네 이름을 부를 때까지는 들어오거나 모습을 나타내서는 안돼.」

 알리는 알았습니다, 분부대로 하겠습니다 라는 듯이 고개를 끄덕거렸다.

 그러자 몽테 크리스토는 선반 안에 불을 켠 촛불을 꺼내들고 도둑이 자물쇠에 정신을 팔고 있는 동안에 손에 든 촛불로 자기의 얼굴이 완전히 비쳐지게끔 해가지고 살그머니 문을 열었다.

 문은 살며시 열렸기 때문에 도둑에게는 아무 소리도 들리지 않았다. 그러나 방안이 갑자기 밝아졌기 때문에 그는 화다닥 놀랐다.

 사나이는 돌아보았다.

 「아니, 웬일이오, 카도루스 군!」 하고 몽테 크리스토가 말했다. 「이런 시간에 대체 여기에는 무엇하러 왔소?」

 「부조니 신부님!」 하고 카도루스는 소리질렀다.

문은 전부 닫아 놓았는데 기괴하게도 어떻게 이런 상대가 나타났는지 그는 영문을 알 수가 없어 맞열쇠 꾸러미도 떨어뜨린 채 꼼짝도 않고 어이없다는 표정을 짓고 있었다.

백작은 카도루스와 창문 사이로 걸어가 앞을 막아서서 무서워 떨고 있는 이 도둑의 유일한 퇴로를 차단하고 말았다.

「부조니 신부님!」하고 카도루스는 핏발이 선 눈으로 백작을 바라보면서 다시 되풀이했다.

「그렇소, 확실히 그 부조니 신부라오!」하고 몽테 크리스토는 말했다. 「틀림없이 내가 부조니 신부요. 당신이 기억해 주다니 무척 반갑군. 카도루스 군! 이건 서로 기억력이 좋다는 증거예요. 어떻든 내 착각이 아니라면 우리가 만난 지는 이럭저럭 10년이 될 테니까.」

이러한 침착한 태도, 이러한 빈정거림, 이러한 위압감에 카도루스는 눈앞에 캄캄한 공포를 느꼈다.

「신부님! 신부님!」하고 그는 주먹을 움켜쥐고 이를 달각달각 소리내면서 중얼거렸다.

「몽테 크리스토 백작 집에서 도둑질을 하려는 생각이군요?」하고 자칭 신부는 계속했다.

「신부님」하고 카도루스는 백작이 무자비하게도 가로막고 있는 창문께까지 어떻게 해서라도 다가가려고 애쓰면서 중얼거렸다.「신부님, 저는 아무것도 모르고 ……. 제발 믿어 주십시오……. 맹세코 말씀드리지만 …….」

「유리창이 한 장 깨졌군요?」하고 백작은 계속했다.「등불도 있고 맞열쇠 꾸러미도 있소. 책상도 반쯤 열려져 있고. 그렇다면 역시 모든 것은 분명하군요.」

카도루스는 자기의 넥타이로 목이 졸려져서 어디 몸을 숨길 구석은 없는지, 들어갈 구멍은 없는지 두리번거리고 있었다.

「그렇다면」하고 백작이 말했다.「당신은 여전한 것 같군요, 살인자 양반.」

「신부님, 당신은 모든 것을 알고 계시니까, 그 짓을 한 것은 제가 아니라 카르콘트라는 것을 알고 계실 겁니다. 이것은 재판에서도 인정받았다고요. 어떻든 저는 징역을 살았을 뿐이니까요.」

「그럼 다시 그곳으로 되끌려갈 이러한 짓을 하고 있는 것을 보면 벌써 형기는 끝난 것 같군요?」

「아닙니다, 신부님. 실은 어떤 분이 자유롭게 해주셨습니다.」

「그렇다면 그 사람은 사회에 훌륭한 일을 하신 셈이군요.」

「아아」하고 카도루스는 말했다.「하지만 저는 분명히 약속을 했습니다요…….」

「그렇다면 당신은 그 약속을 깬 셈이군요?」하고 몽테 크리스토는 상대방을 가로막고 말했다.

「죄송합니다만 그렇게 되었습니다.」하고 카도루스는 몹시 불안한 듯이 말했다.

「괘씸한 재범이군요……. 내 착각이 아니라면 당신은 이것으로 그레브 광장(센 강변에 있던 사형 집행장)으로 보내지게 될 테지요. 우리 나라 사교계 사람의 말을 쓰자면『어쩌는 수 없지, 그것도 인과응보지!』라고나 할 장면이군요.」

「신부님, 실은 저는 유혹을 받았습니다…….」

「죄를 범한 사람은 누구나 그렇게 말하지요.」

「가난 때문에 그만.」

「닥쳐요.」하고 부조니 신부는 경멸하는 어조로 말했다.「가난 때문에 구걸을 하거나 빵집에서 빵을 하나 훔치는 일은 있을 수 있겠지요. 하지만 아무도 없는 줄 알고 남의 집에 숨어들어와 책상을 뜯거나 하는 일은 할 수가 없을 거요.

그렇다면 내가 당신에게 준 다이아몬드의 대금으로 보석 상인 조아네스가 사만 오천 프랑을 지불한 바로 다음에 그 다이아몬드와 돈을 양쪽 다 손에 넣으려고 그 사나이를 죽인 것도 역시 가난 때문에 한 일이었단 말이오?」

「미안합니다, 신부님.」하고 카도루스는 말했다.「당신에게는 전에도 한 번 도움을 받았습니다. 제발 다시 한 번 살려 주십시오.」

「아무래도 그럴 수는 없을 것 같소.」

「신부님, 당신은 혼자이십니까?」하고 카도루스는 두 손을 모두어쥐면서 물었다.「아니면 저쪽에 헌병들이 저를 붙잡으려고 대기하고 있는가요?」

「나 혼자요.」하고 신부는 말했다.「만일 당신이 사실대로 모든 것을 털어놓으면 나는 다시 한 번 당신에게 자비를 베풀겠소. 그리고 내 마음이 약하기 때문에 어쩌면 또 좋지 않은 일이 일어날지도 모르지만 어떻든 자유롭게 해주겠소.」
「아아, 신부님!」하고 카도루스는 두 손을 모두고 한 발짝 몽테 크리스토 쪽으로 다가서면서 소리질렀다.「당신은 정말로 제 구세주이십니다!」
「당신은 누군가의 도움으로 감옥에서 나왔다고 했지요?」
「네, 그렇습니다! 이 카도루스의 명예에 걸고, 신부님!」
「그 사람이 누구요?」
「영국인입니다.」
「이름은 뭐라고 했소?」
「윌모어 경이라는 분입니다.」
「그분이라면 나도 알고 있소. 당신이 거짓말을 하는지 어떤지 알 수 있을 거요.」
「신부님, 저는 사실을 있는 그대로 말씀드리고 있는 겁니다.」
「그렇다면 그 영국인이 당신의 뒷받침이 되어 주었단 말이오?」
「아니, 제가 아닙니다. 제 동료 죄수인 젊은 코르시카 태생의 사나이입니다.」
「그 코르시카 태생의 젊은이 이름은?」
「베네데트입니다.」
「그건 세례명이로군?」
「다른 이름은 없었던 것 같습니다. 그럴 수밖에 없는 것이 버림받은 자식이니까요.」
「그럼 그 젊은이도 당신과 함께 탈옥을 했군요?」
「그렇습니다.」
「어떤 식으로?」
「당시 우리는 툴롱 근처에 있는 상 망드리에서 작업을 하고 있었습니다. 상 망드리에를 아시나요?」
「알고 있소.」
「그래서 정오에서 한 시 사이, 모두들 낮잠을 자고 있을 때…….」
「징역을 살면서 낮잠을 자다니! 그것 참 괜찮은 팔자로군!」하고 신부는 말했다.

「왜냐하면」하고 카도루스는 말했다.「언제나 일만 하고 있을 수는 없으니까요. 개가 아니니까요.」

「당신들과 같지 않다는 것은 개들로서는 다행한 일이군.」하고 몽테 크리스토는 말했다.

「그래서 다른 사람들이 낮잠을 자고 있는 동안에 우리는 조금 떨어진 곳에서 그 영국인이 보내 준 줄칼로 사슬을 끊고 헤엄을 쳐서 도망쳤지요.」

「그래, 그 베네데트는 어떻게 됐소?」

「전혀 알 수가 없습니다.」

「하지만 알고 있을 텐데……」

「아닙니다. 정말 모릅니다. 우리는 이에르에서 헤어지고 말았습니다.」

그리고 자기의 말에 무게를 실으려고 카도루스는 신부 쪽으로 한 발짝 다가섰다.

그러나 신부는 여전히 침착하게 따지는 듯한 눈초리를 하고 그 자리에서 움직이지 않았다.

「당신은 거짓말을 하고 있소!」하고 부조니 신부는 도저히 저항할 수 없는 위엄이 담긴 어조로 말했다.

「아아, 신부님……」

「당신은 거짓말을 하고 있소. 그 사나이는 지금도 당신의 친구요. 그리고 어쩌면 당신은 그 사나이를 도둑질의 동료로 삼고 있을 거요.」

「아아, 신부님!……」

「툴롱에서 도망친 뒤 당신은 어떻게 생활을 해왔지요? 어디 대답해 보세요.」

「제 손으로 이럭저럭 열심히 살아왔습니다.」

「당신은 거짓말을 하고 있소!」하고 신부는 아까보다도 더 위압적인 투로 세 번째로 말했다.

카도루스는 벌벌 떨면서 백작의 얼굴을 물끄러미 바라보았다.

「당신은」하고 백작은 말했다.「그 사나이에게서 받은 돈으로 살아왔어요.」

「실은 그렇습니다.」하고 카도루스는 말했다.「베네데트가 어느 대귀족의 아들이 되었거든요.」

「어떻게 그 사나이가 대귀족의 아들이 될 수 있지요?」

「사생아니까요.」
「그래, 그 대귀족의 이름은?」
「몽테 크리스토 백작, 이 저택의 주인입니다.」
「베네데트가 백작의 아들이라고?」하고 이번에는 몽테 크리스토가 놀라서 물었다.
「실제로 그렇다고밖에 생각할 수가 없어요. 어떻든 백작은 그 사나이에게 가짜 아버지를 짝지어 주기도 하고 한 달에 사천 프랑씩이나 돈도 주고 유언장에서는 오십만 프랑이나 물려 주기로 하고 있으니까요.」
「저런, 저런.」하고 그제서야 사정을 알게 된 가짜 신부는 말했다.「그래 그 젊은이는 지금 어떤 이름을 사용하고 있지요?」
「안드레아 카바르칸티라고 부르고 있습니다.」
「그럼 내 친구인 몽테 크리스토 백작의 저택에 출입이 허용되고 당그랄 양과 결혼하려 하고 있는 그 청년이군요?」
「네, 바로 그렇습니다.」
「그런데 당신은 괘씸하게도 그것을 그냥 보고만 있군요? 그 사나이의 성분이나 전과를 알고 있으면서.」
「그렇다고 해서 동료의 출세를 방해할 수도 없으니까요.」하고 카도루스는 말했다.
「하긴 그렇겠군. 당그랄 씨에게 주의를 환기토록 하는 것은 당신의 소관은 아니로군. 이것은 내가 해야 할 소임이로군.」
「그런 일은 하지 말아 주세요, 신부님!……」
「어째서지요?」
「그런 일을 하시면 우리가 입에 풀칠을 할 수 없게 됩니다.」
「그렇다면 당신들 같은 악당의 입에 풀칠을 하게 하기 위해서 내가 그 흉계를 도와 그 범죄의 공범자가 되리라고 생각하고 있소?」
「신부님!」하고 카도루스는 계속 옆으로 다가서면서 말했다.
「내가 모든 것을 이야기하고 말겠소.」
「누구에게 말입니까?」
「당그랄 씨에게.」
「제길!」하고 소리질렀는가 했더니 카도루스는 칼집에서 빼낸 단도를 조끼 주머니에서 꺼내어 백작의 가슴 한가운데를 찔렀다. 「아무 소리도 못하게 해줄 테다, 이 빌어먹을 신부놈!」
 그러나 카도루스가 깜짝 놀란 사실은 단도가 백작의 가슴에 찔리기는커녕 칼날의 이가 빠져서 되퉁겨온 것이다.
 그리고 그와 거의 동시에 백작이 왼손으로 상대방의 손목을 잡고 무서운 힘으로 비틀었기 때문에 손가락이 저려서 단도가 힘없이 떨어지고 카도루스는 저도 모르게 고통스러운 비명을 질렀다.
 그러나 백작은 이 비명에도 불구하고 더욱 세게 손목을 비틀었기 때문에 마침내 팔의 관절이 빠져서 상대방은 처음엔 털썩 무릎을 꿇었으나 다음 순간 바닥에 엎어지고 말았다.
 백작은 발로 그 머리를 밟고서 말했다.
 「이 머리를 밟아 뭉갤 수도 있어, 이 악당 같으니!」
 「아아, 제발 자비를, 자비를 베풀어 주세요!」하고 카도루스는 비명을 질렀다.
 백작은 발을 거두었다.
 「일어나!」하고 백작은 말했다.
 카도루스는 일어섰다.
 「쳇! 팔힘도 되게 세시군요, 신부님.」하고 카도루스는 뻰찌처럼 다부진 팔에 죄어져서 얼얼하게 아픈 팔을 문지르면서 말했다. 「쳇! 무슨 놈의 팔힘이 그렇게도 세담!」
 「닥쳐. 나는 너 같은 맹수를 다스릴 힘을 하느님으로부터 부여받았어. 이 사실을 잊지 말아, 이 악당 같으니! 그리고 지금 너를 놓아 주는 것도 하느님의 뜻에 따르기 위해서다.」
 「우우!」하고 카도루스는 아픔을 참지 못하고 신음 소리를 냈다.
 「이 펜과 종이를 들고 지금부터 내가 말하는 대로 받아쓰는 거다.」
 「저는 글을 쓸 줄 모르는데요, 신부님.」
 「거짓말 말아. 자, 펜을 들고 어서 받아써!」
 카도루스는 자기를 훨씬 능가하는 상대방의 힘에 압도되어 자리에 앉아 부르는 대로 받아썼다.

귀하의 댁에 출입을 허용받고 따님의 사위로 삼으려고 결정하신 사나이는 원래 도형수로서 저와 함께 툴롱의 감옥에서 탈주한 자입니다.
　그 사나이는 59호 죄수이고 저는 58호 죄수였습니다.
　그 사나이는 당시 베네데트라고 부르고 있었습니다. 하지만 본인 자신 부모를 한 번도 만난 적이 없기 때문에 자기의 진짜 이름을 알지 못합니다.

「자, 서명을 하라고!」하고 백작이 다그쳤다.
「그럼, 저를 파멸시키려는 겁니까?」
「바보 같은 놈, 너를 파멸시킬 생각이라면 제일 가까운 경찰서로 끌고 갔을 거다. 게다가 이 편지가 상대방에게 도착할 무렵에는 아마 너는 이미 걱정할 필요가 없게 되어 있을 거다. 그러니까 어서 서명을 해!」
카도루스는 서명을 했다.
「수취인은 『쇼세 당탱 거리, 은행가, 당그랄 남작님』이다.」
카도루스는 수취인의 이름을 썼다.
신부는 편지를 손에 들었다.
「자, 그럼」하고 그는 말했다. 「이것으로 됐어. 이제는 돌아가도 괜찮아.」
「어디로 해서 말입니까?」
「아까 네가 들어온 곳으로 해서.」
「저 창문으로 나가란 말씀입니까?」
「저리로 해서 들어오지 않았던가?」
「뭔가 저에게 흉계를 꾸미고 계신 것 아닙니까, 신부님?」
「바보 같은 놈, 무슨 흉계를 꾸민단 말인가.」
「그럼 왜 문을 열어 주시지 않는 겁니까?」
「일부러 문지기를 깨울 수는 없잖아?」
「신부님, 제발 저를 죽일 생각은 아니라고 말씀해 주십시오.」
「나는 하느님의 뜻에 따를 뿐이라네.」
「하지만 제가 내려가는 도중에 저를 습격하지 않겠다고 맹세해 주십시오.」
「정말 너는 바보인데다 겁도 많은 놈이구나!」
「대체 저를 어떻게 하시려는 겁니까?」

「그건 내가 묻고 싶은 말이다. 나는 너를 행복하게 해주려고 했다. 그런데 살인자로밖에 만들 수가 없었다!」

「신부님!」하고 카도루스가 말했다.「다시 한 번만 시험을 해봐 주십시오.」

「좋겠지.」하고 백작은 말했다.「알겠나? 내가 약속을 지키는 사람이라는 것은 너도 알고 있을 테지?」

「알고 있습니다.」하고 카도루스는 말했다.

「만일 네가 무사히 집으로 돌아갈 수 있다면……」

「당신만 아무 일도 안 하시면 달리 무서워할 것은 없습니다.」

「만일 네가 무사히 집으로 돌아갈 수 있다면 이 파리를 떠나는 거다, 프랑스에서 나가는 거다. 그렇게 되면 설사 네가 어디에 있든, 정직하게 살고 있는 한 내가 조금씩 돈을 보내 주지. 즉 네가 만일 무사히 집으로 돌아가면 그때는……」

「그때는?」하고 카도루스는 오싹 하고 몸을 떨면서 물었다.

「그때는 하느님이 너를 용서하신 것으로 생각하고 나도 너를 용서해 줄 테다.」

「아니, 정말로」하고 카도루스는 뒷걸음질 치면서 말을 더듬거렸다.「그렇게 말씀하시니까 정말 죽을 것처럼 무서워집니다!」

「자, 가라고!」하고 백작은 예의 창문을 카도루스에게 가리키면서 말했다.

카도루스는 약속에 대해 아직도 반신반의하면서 창문에 다리를 걸치고 사닥다리에 발을 올려 놓았다.

그러나 그는 거기에서 몸을 떨면서 동작을 멈추었다.

「자, 내려가라니까.」하고 신부는 팔짱을 끼면서 말했다.

카도루스는 이제는 아무것도 걱정할 것이 없다는 것을 알고 그제서야 내려갔다.

그러자 백작은 촛불을 손에 들고 다가왔다. 이렇게 하면 다른 한 사나이가 불을 밝혀 주는 가운데 이 사나이가 창문에서 내려가는 것이 샹젤리제에서 보일 것이다.

「무엇을 하시는 겁니까, 신부님?」하고 카도루스가 말했다.「순찰이라도 지나가면…….」

그렇게 말하고 그는 그 촛불을 훅 하고 불어 껐다.

그리고 나서 그는 내려갔다. 그러나 뜰의 지면에 발이 닿고서야 비로소 그는 안심했다.

몽테 크리스토는 침실로 돌아갔다. 그리고 뜰에서 길거리로 재빨리 눈을 던졌을 때 사닥다리를 다 내려간 카도루스가 정원 안을 돌아서 들어왔을 때와는 다른 광장으로 나가려고 담 언저리에 사닥다리를 걸치러 가는 것이 보였다.

그리고 눈을 뜰에서 다시 길거리로 옮기자 기다리고 있었던 듯한 사나이가 카도루스가 내려가려 하는 방향으로 달려가서 그 근처의 담 모퉁이에 몸을 숨기는 것이 보였다.

카도루스는 천천히 사닥다리를 타고 올라가 마지막 단에까지 와서는 길거리에 아무도 없는지 어떤지를 확인하려고 담의 관석 위로 고개를 내밀었다.

사람의 그림자 하나 없고 아무 소리도 들리지 않았다.

폐병원에서 한 시를 알리는 소리가 들려왔다.

그러자 카도루스는 관석 위에 걸터앉고는 사닥다리를 끌어당겨 담의 반대쪽으로 옮겨 내려가려고 했다. 아니 내려간다기보다 양쪽 버팀목을 따라 미끄러져 내리려고 했다. 그 요령이 보통이 아닌 것으로 보아 여지껏 그 짓을 해왔음을 알 수 있었다.

그러나 일단 미끄러지기 시작하자 멈추려 해도 멈출 수가 없었다. 절반까지 왔을 때 어둠 속에서 한 사나이가 뛰쳐나오는 것이 보였지만 이미 어떻게도 할 수 없었다. 땅 위에 발이 닿으려는 순간 팔 하나가 휘둘러지는 것을 보았지만 어떻게도 할 수가 없었다. 몸을 지킬 새도 없이 그 팔에 맹렬한 일격을 등에 받고 저도 모르게 사닥다리에서 손을 떼고 비명을 질렀다.

「사람 살려!」

거의 동시에 두 번째 일격을 옆구리에 얻어맞고 그는「나 죽는다!」하고 소리지르면서 풀썩 쓰러졌다.

마지막으로 상대는 지면에 뒹굴고 있는 그의 머리카락을 움켜잡고 가슴에 세 번째 타격을 가했다.

이번에도 카도루스는 고함을 지르려고 했지만 그 입에서는 단지 신음 소리가 새어나왔을 뿐이었다. 그리고 신음 소리와 함께 세 개의 상처에서 세 줄기의 피가 콸콸 쏟아져나왔다.

상대는 카도루스가 소리를 지르지 않게 된 것을 확인하고는 머리카락을 움켜잡고 고개를 휙 일으켜 세웠다. 카도루스의 눈은 감겨지고 입은 비뚤어져 있었다. 카도루스가 죽은 것으로 생각한 상대는 목을 놓고는 자취를 감쳤다.
그때 카도루스는 상대가 사라져가는 것을 깨닫자 팔꿈치를 짚고 몸을 일으켜서는 사력을 다해 끊어질 듯 끊어질 듯한 목소리로 소리질렀다.
「살인자! 나 죽는다! 사람 살려요! 신부님, 살려 줘요!」
구원을 요청하는 이 비통한 고함 소리는 밤 어둠을 뚫고 울려퍼졌다. 그러자 비밀 층계의 문이 열렸다. 이어서 정원의 조그만 출입문이 열렸다. 그리고 알리와 그 주인이 저마다 손에 등불 하나씩을 들고 바쁘게 달려나왔다.

84. 신의 손

카도루스는 여전히 가련한 목소리로 고함을 지르고 있었다.
「신부님, 살려 주세요! 살려 주세요!」
「어떻게 된 거지?」하고 몽테 크리스토가 물었다.
「살려 주세요!」하고 카도루스는 되풀이했다.「기습을 당했어요!」
「우리가 이렇게 왔어! 정신을 차려!」
「아아, 이제는 끝장이에요. 너무 늦게 오셨어요. 오셨지만 제가 죽는 것을 보실 뿐이에요. 심하게 당했어요! 이 피를 보세요!」
그렇게 말하고 그는 정신을 잃고 말았다.
알리와 그 주인은 상처를 입은 사나이를 안고 방으로 들어갔다. 거기에서 몽테 크리스토는 알리에게 사나이의 옷을 벗기라고 신호했다. 세 군데에 큰 상처를 입은 것을 알 수 있었다.
『아아, 신이여』하고 백작은 말했다.『당신이 하시는 복수는 때로 시간이 걸립니다. 하지만 그것은 복수를 한층 더 완전한 형태로 이루어지게 하기 위한 것이라고 저는 생각하고 있습니다.』
알리가 어떻게 하면 좋을까요 하고 지시를 기다리는 눈빛으로 주인의 얼굴을 바라보았다.
「빌포르 검찰총장을 불러와 줘. 포블 상 토노레에 저택이 있어. 이곳에 오시게 하는 거야. 갈 때 문지기를 깨워서 의사를 데려오라고 일러 주고.」
알리는 시키는 대로 했다. 그리고 가짜 신부를 여전히 정신을 잃은 채로 있는 카도루스 옆에 남겨 놓고 떠나갔다.
카도루스가 눈을 떴을 때 백작은 그에게서 아주 조금 떨어진 곳에 앉아서 가엾다는 듯이 어두운 표정을 짓고 그의 얼굴을 물끄러미 바라보고 있었다. 백작의 입술이 움직이고 있는 것은 무슨 기도라도 올리고 있기 때문인 것 같았다.
「외과의를 불러 주세요! 신부님! 외과의를 부탁합니다!」 하고 카도루스는 말했다.
「지금 부르러 갔어.」 하고 신부는 대답했다.
「목숨을 건지기에는 이미 늦었다는 것은 저도 알고 있습니다. 하지만 아마 기운은 차리게 해주겠지요. 하다못해 하고 싶은 말을 할 수 있을 만한 시간이 필요합니다.」
「무슨 말을 하고 싶은가?」
「저를 죽인 놈에 대한 이야기를 하고 싶습니다.」
「그렇다면 자네는 상대를 알고 있단 말인가?」
「알고 있느냐고요? 물론, 알고 있고말고요. 베네데트란 놈입니다.」
「그 코르시카 태생의 젊은이 말인가?」
「그렇습니다.」
「자네 동료인?」
「그렇습니다. 틀림없이 놈은 제가 백작을 죽이면 자기가 백작의 상속인이 될 수 있다, 또는 반대로 제가 백작에게 살해되면 저를 제거할 수가 있다는 생각에서 저에게 백작네 저택의 도면을 그려 준 것입니다. 그리고는 한길에서 저를 기다리고 있다가 기습한 것입니다.」
「의사를 부름과 동시에 검사에게도 와달라고 부탁했어.」
「온다고 하더라도 이미 때가 늦을 것입니다.」 하고 카도루스는 말했다. 「피가 완전히 빠져나가는 것만 같은 걸요.」
「잠깐 기다리게.」 하고 몽테 크리스토가 말했다.

그는 방에서 나가더니 5분쯤 지나서 조그만 병 하나를 손에 들고 되돌아왔다.

죽어가는 사나이는 소름이 끼칠 정도로 무서운 눈으로 백작이 자리를 비우고 있는 동안에 거기에서 틀림없이 구원의 손길이 뻗쳐올 것이 틀림없다고 본능적으로 알아차리고 문 쪽을 물끄러미 바라보고 있었다.

「자, 빨리요, 신부님, 빨리!」하고 그는 말했다. 「또 기절해 버릴 것만 같아요.」

몽테 크리스토는 옆으로 다가가서 상처 입은 사나이의 보랏빛으로 물든 입술 위에 조그만 병 속의 액체를 서너 방울 떨어뜨렸다.

카도루스는 한숨을 쉬었다.

「아아」하고 그는 말했다. 「마치 생명의 물을 받아 마신 것 같은 기분입니다. 좀더…… 좀더……」

「이제 두 방울만 더 먹으면 자네는 죽고 말아.」하고 신부는 대답했다.

「아아, 그 악당을 고발할 수 있는 상대가 와주면 좋은데!」

「내가 자네의 공술을 받아쓸까? 자네는 거기에 서명만 하면 되는 거야.」

「네……. 부탁합니다…….」하고 카도루스는 자기가 죽은 뒤에 이루어질 복수를 생각하며 눈을 번쩍번쩍 빛내면서 말했다.

몽테 크리스토는 받아썼다.

　저는 툴롱 감옥에서의 동료 죄수인 제59호, 코르시카 인 베네데트의 기습을 받고 죽어갑니다.

「빨리! 빨리!」하고 카도루스가 말했다. 「그렇지 않으면 이제 서명할 힘이 없어지고 맙니다.」

몽테 크리스토는 펜을 카도루스의 손에 넘겨 주었다. 카도루스는 온몸의 힘을 다 짜내어 서명을 하고는 침대 위에 다시 쓰러져서 이렇게 말했다.

「나머지는 당신의 입으로 이야기해 주세요, 신부님. 이렇게 말해 주세요, 그 사나이는 안드레아 카바르칸티라고 자칭하며 프랑스 호텔에 묵고 있고 그리고…… 아아 하느님, 하느님! 이제는 죽을 것만 같습니다!」

그렇게 말하고 카도루스는 또다시 기절하고 말았다.

신부는 예의 조그만 병을 가져다가 그에게 냄새를 맡게 했다. 그러자 카도루스는 다시 눈을 떴다.

의식을 잃고 있는 동안에도 복수심은 그의 머리에서 떠나지 않았다.

「아아, 지금 말씀드린 것은 모두 전해 주시겠지요, 신부님?」

「아아, 모두 이야기해 주지. 그리고 그 밖에도 여러가지 일을」

「그 밖의 여러가지 일이라니요?」

「즉, 그 사나이는 자네를 시켜서 백작을 죽이려고 그 저택의 도면을 그려서 넘겨 주었다는 것. 그리고 미리 백작에게 편지를 보내서 알려 주었다는 것. 백작이 집에 없었기 때문에 내가 그 편지를 받아 보고 자네가 오기를 자지 않고 기다리고 있었다는 것.」

「그러면 놈은 단두대로 올려지겠지요?」하고 카도루스가 말했다.「놈은 단두대에 올려질 것이라고 약속해 주시겠지요? 저는 그것을 믿으면서 죽어가겠습니다. 그렇게 생각하면 죽는 것도 쉬워집니다.」

「또 그리고」하고 백작은 계속했다.「그 사나이가 자네의 뒤를 밟아와서 내내 자네를 노리고 있었다는 것, 자네가 나오는 것을 보고는 담 모퉁이로 달려가서 숨어 있었다는 것도 이야기해 주지.」

「그럼 당신은 모든 것을 보고 계셨군요?」

「내가 아까 한 말을 잊었나?『만일 자네가 무사히 집으로 돌아갈 수 있다면 하느님이 자네를 용서한 것으로 생각하고 나도 자네를 용서해 주기로 하겠네.』하고 말했지 않은가.」

「그러면서도 가르쳐 주지 않았군요?」하고 카도루스는 팔꿈치를 짚고 몸을 일으키려고 안간힘을 다하면서 소리질렀다.「제가 이곳을 나가자마자 살해될 것이라는 사실을 알고 있으면서 그것을 가르쳐 주지 않았군요?」

「그렇다네. 그것은 베네데트의 손 안에 하느님의 심판을 인정했기 때문이라네. 그리고 하느님의 뜻을 거역한다면 신성 모독의 죄를 범하는 것이 될 테니까.」

「하느님의 심판이라고요! 그런 얘기는 그만두세요, 신부님. 만일 정말로 하느님의 심판이 있다면 마땅히 벌을 받아야 할 텐데도 그것을 받지 않고 있는 사람이 수두룩하다는 것, 신부님은 누구보다도 잘 알고 계시지 않습니까?」

84. 신의 손

「아니, 아니, 보고 있으라고!」하고 신부는 죽어가는 사나이가 저도 모르게 몸부림을 쳤을 만큼 냉정한 어조로 말했다.「보고 있으라고!」

카도루스는 놀라서 상대의 얼굴을 뚫어지게 바라보았다.

「게다가」하고 신부는 말했다.「하느님은 모든 인간에 대해 자네에게 대한 것과 마찬가지로 자비로우시다네. 심판자이기에 앞서서 우선 아버지이시니까.」

「그렇다면 당신은 하느님을 믿고 계시단 말입니까, 당신은?」하고 카도루스가 말했다.

「만일 불행히도 오늘날까지 믿고 있지 않았다고 하더라도」하고 몽테크리스토는 말했다.「이러한 자네의 모습을 보면 믿게 되겠지.」

카도루스는 경련을 일으키고 있는 두 주먹을 쳐들었다.

「알겠나?」하고 신부는 신앙심을 불러일으키려는 듯이 카도루스의 몸위에 손을 내뻗고 말했다.

「지금 이 지경에 이르러서도 아직 자네가 인정하려 하지 않는 그 하느님은 자네를 위해서 이런 일을 해주셨다네.

즉, 하느님은 자네에게 건강과 힘, 그리고 확실한 일과 게다가 친구까지도 주셨어. 즉 인간이 양심의 평화를 유지하고 자연스러운 욕망을 만족시키면서 편안하게 살 수 있을 만한 생활을 베풀어 주셨단 말이지.

그런데 자네는 그 은혜를, 하느님이 그것들을 충분히 주시는 일은 좀처럼 없는데도 그것을 살리려고 하지 않고 대체 무엇을 했지? 자네는 게으름과 술에 빠져서, 그리고 술에 취한 김에 자네의 가장 좋은 친구 하나를 배신했어.」

「아아, 살려 주세요!」하고 카도루스가 외쳤다.「신부 같은 건 소용이 없어. 의사가 필요해. 치명상은 아닌 것 같아. 아직도 당장 죽을 것 같지는 않아. 살아날 가망이 있다고!」

「자네는 치명상을 입었어. 아까 내가 세 방울 떨어뜨려 준 그 약이 없었다면 지금쯤 자네는 죽어 있을 거야. 잘 들어 보라고.」

「아아」하고 카도루스가 중얼거렸다.「정말 기묘한 신부님이로군. 죽어가는 사람을 위로해 주는 것이 아니라 실망을 시키다니.」

「잘 들어 보라고.」하고 신부는 말을 이었다.「자네가 친구를 배신했을 때 하느님은 자네를 벌하는 대신에 우선 경고를 주려고 생각하셨어. 자네는 빈곤에 시달리며 먹을 것도 제대로 먹지 못했어. 자네는 그렇게 일생의 절반을 실제로는 손에 넣을 수 있었던 것을 단지 갈망하면서 지냈어.

그리고 어느새 곤궁을 구실삼아서 범죄를 저지를 생각을 하고 있었어. 그때 하느님은 자네에게 하나의 기적을 보이셨어.

즉 하느님은 내 손을 통해서 빈곤의 한가운데서 헤매고 있는 자네에게, 불쌍하게도 그때까지 아무것도 소유한 적이 없는 자네에게 눈이 멀 정도의 재산을 베풀어 주셨어. 그런데, 이 뜻하지 않은, 예기하지도 않았던 전대 미문의 재산도 일단 자기의 것이 되어 버리자 자네는 이미 충분하다고는 생각하지 않게 되었어. 그래서 자네는 그것을 두 배로 늘리려고 했지. 어떤 수단으로? 사람을 죽이고서 말이지.

그래서 자네는 그것을 두 배로 만들었어. 그러자 하느님은 자네를 인간의 심판 앞에 끌어다가 그것을 다시 거두어들였어.」

「내가 아니예요.」 하고 카도루스가 말했다. 「그 유대인을 죽인 것은 카르콘트예요.」

「그럴 테지.」 하고 몽테 크리스토가 말했다. 「그렇기 때문에 하느님은──이 경우는 공정한 하느님이라고는 할 수가 없지, 만일 공정하시다면 자네에게는 죽음이 주어졌어야 할 테니까──항상 자비로우신 하느님은 재판관들이 자네의 말에 감동해서 목숨을 살려 주게끔 만들어 주었어.」

「하긴 그렇군! 그래서 종신 징역으로 감옥에 넣어진 셈이로군! 정말 대단한 자비심인걸!」

「그 자비심을, 이 덜되먹은 놈아, 그 혜택을 입었을 때는 자비심이라고 생각하고 고마워하지 않았는가! 사형을 눈앞에 두고 벌벌 떨고 있던 자네의 겁많은 마음은 종신형이라는 이 오욕의 선고가 내려졌을 때 너무 기뻐서 마구 깡총깡총 뛰었어.

왜냐하면 자네도 도형수의 대부분이 그렇듯이 『감옥에는 출구가 있지만 무덤에는 출구가 없다.』라고 생각하고 있었기 때문이지.

그리고 자네의 그 생각은 틀린 것이 아니었어. 왜냐하면 그 감옥의 출구가 자네 앞에 뜻하지 않게 열렸으니까. 한 사람의 영국인이 툴롱엘 찾아왔지. 그 영국인은 두 도형수를 그 오욕에서 구출해 주기로 스스로 다짐하고 있었어. 그래서 자네와 자네의 동료가 선택받게 되었지.

이렇게 해서 다시 자네에게 행운이 돌아갔어. 자네는 돈과 함께 안식도 되찾았어. 자네는 모든 사람과 똑같은 생활을 할 수 있는 기회가 다시 허용된 거야. 도형수로서 살아가지 않으면 안될 운명에 놓여 있던 자네가 말이야. 그런데 이 덜되먹은 놈아, 네놈은 세 번째로 하느님을 시험하려 했어. 지금까지 가져 보지도 못한 것을 가지게 되었으면서도 네놈은 아직도 그것만으로는 충분하지 않다고 생각했어.

 그리고는 아무런 이유도, 변명의 여지도 없이 세 번째 죄를 저지르고 말았어. 하느님도 더는 어쩔 수가 없어서 네놈을 벌하신 거야.」

 카도루스는 눈에 띄게 힘이 빠져나갔다.

 「제발 물을」하고 그는 말했다.「목이 말라서…… 타는 것만 같아요!」

 몽테 크리스토는 물을 한 잔 가져다 주었다.

 「베네데트 악당놈」하고 카도루스는 컵을 돌려 주면서 말했다.「역시 그 놈은 용케 빠져나가겠지!」

 「아무도 빠져나갈 수는 없어. 그것은 내가 분명히 말하지, 카도루스. 베네데트는 반드시 벌을 받게 돼!」

 「그렇다면 당신도 벌을 받게 돼요, 당신도!」하고 카도루스가 말했다. 「신부로서의 구실을 하지 않았으니까……. 베네데트가 나를 죽이려는 것을 알려 주는 것이 당연한 일이었는데.」

 「내가 말인가?」하고 백작은 죽어가는 사나이가 저도 모르게 무서워서 소름이 끼칠 정도의 미소를 띠면서 말했다.「베네데트가 너를 죽이는 것을 말렸어야 한다고? 그 바로 직전에 네놈의 단도가 이 가슴에 걸치고 있던 미늘옷에 맞아서 칼날이 바스러졌는데도 말인가?……그렇지, 만일 네놈이 부끄러워서 후회하고 있다는 것을 알았다면 베네데트가 네놈을 죽이려는 것을 만류했을 테지.

 하지만 네놈은 오만하고 잔인했어. 그래서 나는 하느님의 뜻이 성취되는 대로 내버려 둔 거야!」

 「나는 하느님 같은 것을 믿지 않아요!」하고 카도루스가 울부짖었다. 「당신만 해도 믿고 있는 게 아니예요……. 당신은 거짓말을 하고 있어요……. 거짓말을 하고 있는 거라고!」

 「잠자코 있어!」하고 신부가 말했다.「남아 있는 마지막 핏방울이 몸에서 나오잖아!…… 아아, 네놈은 하느님을 믿고 있지 않아. 하지만 네놈은 하느님의 응징을 받아서 죽어가는 거야……. 아아, 네놈은 하느님을 믿고 있지 않아. 하지만 하느님은 다만 기도 한마디만 올리면, 단지 한마디 용서를 빌면, 단 한 방울의 눈물만 흘리면 용서해 주신다……. 하느님은 네놈이 그 자리에서 숨을 거두어 버리도록 그 살인자의 단도를 조종하실 수도 있었던 거야……. 그 하느님은 네놈을 뉘우치도록 하기 위해 일부러 15분의 여유를 주신 거야……. 자, 자기 자신을 돌아보고 죄를 회개하는 거야!」

「싫어.」하고 카도루스가 말했다.「싫어, 나는 죄를 회개하지 않을 거야! 하나님도 없고 하늘의 뜻도 없어. 있는 것은 다만 우연뿐이야.」

「하늘의 뜻도 있고 하느님도 계시다네.」하고 몽테 크리스토가 말했다. 「그 증거로는 네놈이 거기에 그렇게 쓰러져서 절망하며 하느님을 부인하고 있는 데 반해 나는 네 앞에 이렇게 서서 돈도 있고 행복하며 무사태평하고 네놈이 믿고 싶지 않다고 생각하면서도 마음속으로는 믿고 있는 하느님을 향해 두 손을 모으고 있잖은가 말이다!」

「그나저나 당신은 대체 누구입니까?」하고 카도루스는 금세라도 꺼져들 것 같은 눈을 백작에게 지그시 겨눈 채 말했다.

「자세히 보게!」하고 몽테 크리스토는 촛불을 손에 들고 자기의 얼굴에 가까이 가져가면서 말했다.

「확실히, 신부…… 부조니 신부…….」

몽테 크리스토는 자기의 얼굴 모습을 바꾸고 가발을 벗어던진 뒤 그 창백한 얼굴과 그야말로 잘 조화되어 있는 검은 머리카락을 확 늘어뜨렸다.

「오오!」하고 공포에 질린 카도루스가 소리질렀다.「머리카락이 검지만 않다면 그 영국인과 닮았습니다. 윌모어 경과 꼭 닮았습니다.」

「나는 부조니 신부도 아니고 윌모어 경도 아니다.」하고 몽테 크리스토가 말했다.「좀더 자세히 보라고, 아주 오랜 옛날을 생각하라고, 아주 젊었을 때의 추억을 더듬어 보라고.」

백작의 그러한 말에는 자기(磁氣)를 띤 것 같은 진동이 있어서 카도루스의 약해질 대로 약해진 감각을 다시 한 번 소생시켰다.

「오오, 정말」하고 그는 말했다.「어딘가에서 만나 본 것 같은, 옛날에 알고 있었던 것 같은 느낌이 듭니다.」

「그렇다네, 카도루스. 바로 말했네, 너는 나를 만난 적이 있어. 예전에 나를 알고 있었으니까.」
「그럼 대체 누구요? 나를 만난 적이 있고 나를 알고 있다면 어째서 나를 죽게 버려 두는 거요?」
「아무리 손을 써도 너를 구할 수가 없기 때문이다, 카도루스. 너의 상처가 치명상이기 때문이야.
만일 살아날 가망이 있다면 나는 거기에서 하느님의 마지막 자비를 읽고 내 아버지의 무덤에 걸고 맹세하지만 어떻게든지 네 목숨을 살리고 너를 회개시키려고 노력했겠지.」
「당신 아버지의 무덤에 걸고?」하고 카도루스는 생명의 마지막 불꽃으로 기력을 되찾고 방금 자기를 향해 어떤 사람에게 있어서나 신성한 이러한 맹세를 입에 담은 상대의 얼굴을 좀더 자세히 보려고 몸을 일으키면서 말했다.
「네? 대체 당신은 누구요?」
백작은 임종이 다가오는 것을 가만히 지켜보고 있었다. 그는 상대방의 이 생명의 충동이 마지막이라는 것을 알았다. 그는 죽어가고 있는 사나이 옆으로 다가가 침착하면서도 슬픈 눈으로 상대방을 물끄러미 바라보면서「나는……」하고 귓가에 입을 대고 속삭였다.「나는……」
입술이 약간 벌어지며 어떤 하나의 이름이 중얼거려졌지만 그 목소리는 너무나 낮아서 마치 백작 자신이 그 이름을 듣기를 무서워하고 있는 것 같았다.
무릎을 꿇고 몸을 일으키고 있던 카도루스는 두 팔을 뻗고 필사적으로 뒷걸음질 치려고 하는가 했더니 두 손을 모으고 죽을 힘을 다해 그것을 높이 쳐들었다.
「아아, 하느님! 하느님!」하고 그는 말했다.「당신을 부인한 것을 용서하십시오. 당신은 확실히 계십니다. 당신이야말로 하늘에서는 인간의 아버지시고 땅에서는 인간의 심판자이십니다.
아아, 하느님, 주여, 저는 오랫동안 당신을 인정하지 않고 살아왔습니다! 아아, 하느님, 주여, 저를 용서해 주십시오! 하느님, 주여, 아무쪼록 저를 가슴에 품어 주옵소서!」
그렇게 말했는가 싶더니 카도루스는 눈을 감고 단말마의 절규와 한숨을 내뱉고 벌렁 나자빠졌다.
 큰 상처에서 흘러나오고 있던 피는 순간 멎었다.
 죽은 것이었다.
 「이것으로 한 사람.」하고 백작은 이 처절한 죽음으로 어느새 형상이 달라진 시체를 물끄러미 바라보면서 뭔가 의미있는 듯이 중얼거렸다.
 그로부터 10분 뒤, 의사와 검찰총장이 한 사람은 문지기의, 한 사람은 알리의 안내를 받으면서 들어왔다. 그리고 죽은 사람 옆에서 기도를 올리고 있던 부조니 신부의 영접을 받았다.

85. 보　상

　그로부터 약 2주일 동안, 파리에서는 온통 백작집에서 기도된 대담하기 이를 데 없는 이 도난 사건에 대한 소문으로 떠들썩했다.
　도둑은 죽기 직전에 자기를 죽인 범인은 베네데타라고 고발한 공술서에 서명을 했다. 그래서 경찰은 경찰관을 총동원하여 하수인을 수사하게 되었다.
　카도루스의 단도, 등불, 열쇠 묶음, 분실한 조끼를 제외한 의복 등은 재판소에 보관되었다. 그리고 시체는 모르그(신원 불명의 시체를 공시하는 곳)로 옮겨졌다.
　누구에게 질문을 받아도 백작은, 사건은 자기가 오튀유의 저택에 가 있는 동안에 일어난 것이며 따라서 공교롭게도 그날 밤 그의 서고에 있는 귀중한 문헌을 조사하게 해달라면서 찾아온 부조니 신부로부터 들은 것 이외에는 아무것도 모른다고 대답할 뿐이었다.
　다만 베르투쵸만이 눈앞에서 베네데타라는 이름이 거론될 때마다 얼굴빛을 달리했다. 그러나 누구 한 사람 베르투쵸의 안색이 새파란 것을 깨닫지는 못했다.
　빌포르는 범죄의 확인을 위해 불려왔던 관계로 해서 이 사건은 자기가

85. 보   상

다루겠다고 제의했다. 그리고 언제나 자기가 담당하는 모든 범죄 사건에서 보이는 그 열성을 가지고 조사를 진행해 나갔다.

그러나 이미 3주일이 지나고 매우 정력적인 수사를 진행했음에도 불구하고 아무런 결과도 얻을 수가 없었다. 그리고 세상 사람들은 백작집에서의 도난 미수 사건도, 또 도둑이 그 동료에게 살해되었다는 것도 잊기 시작하고 곧 거행될 당그랄 양과 안드레아 카바르칸티 백작과의 결혼 쪽에 관심을 빼앗기고 있었다.

이 결혼은 이미 공표된 거나 마찬가지여서 청년은 약혼자의 자격으로 은행가의 저택에 드나들고 있었다.

부친인 카바르칸티 씨에게 이 이야기를 편지로 알리자 카바르칸티 씨는 이 혼담에 크게 찬성하며 군무(軍務)를 위해서 지금 와 있는 파르마를 도저히 떠날 수 없는 것은 유감이지만 연수 십오만 프랑에 해당하는 자산을 증여하는 데에 동의하겠다고 말해왔다.

이 삼백만 프랑은 당그랄의 은행에 맡겨져서 당그랄의 손으로 이식을 불려나가기로 이야기가 되어 있었다. 어떤 사람들은 청년에게 얼마 전부터 주식 거래소에서 손해만 보고 있는 미래의 장인의 지위에 대해 그 확실성을 의심해 보는 것이 좋을 것이라는 주의를 주었다. 그러나 청년은 그야말로 돋보이는 무욕과 신뢰성을 나타내어 그러한 무의미한 말에는 일체 귀를 기울이지 않았고 더욱이 세심한 신경을 써서 그러한 말은 한마디도 남작의 귀에 들어가지 않게 했다.

그런저런 이유로 남작은 안드레아 카바르칸티에게 완전히 반해 있었다.

그런데 으제니 당그랄 양은 그렇지 않았다. 결혼에 대한 본능적인 혐오감에서, 그녀는 단지 알베르를 멀리하기 위한 수단으로서 안드레아를 받아 들였던 데에 지나지 않았던 것이다. 그러나 안드레아가 너무나도 가까이 접근한 지금에 와서는 그녀는 안드레아에 대해 노골적인 혐오감을 품기 시작했다.

아마 남작도 그것을 깨닫고 있었을 것이다. 그러나 그에게는 그런 혐오도 단순한 변덕으로밖에는 생각되지 않았기 때문에 일부러 깨닫지 못한 체하고 있었다.

이러고 있는 동안에 보상이 요구한 유예 기간도 거의 지나려 하고 있었다.

물론 알베르도 몽테 크리스토가 자연스럽게 사태가 소멸되기를 기다리는 쪽이 낫다고 말한 충고의 의미를 알 수 있게 되어 있었다. 왜냐하면 장군에 관한 그 기사를 문제삼은 사람은 하나도 없었고 자니나의 성을 매도한 사관이 현재 귀족원에 자리를 두고 있는 모르셀 백작과 동일 인물일지도 모른다고 깨달은 사람도 없었기 때문이다.

 그래도 역시 알베르는 모욕을 당했다고 생각하고 있었다. 왜냐하면 모욕하려는 의도가 그를 손상시킨 그 몇 줄의 기사 속에 분명히 있었기 때문이다.
 뿐만 아니라 그때 타협을 중단한 보샹의 태도가 그의 마음에 개운치 않은 느낌을 남겨 주고 있었던 것이다. 이러한 이유로 해서 그는 끊임없이 보샹과 결투하려고 생각하고 있었다. 그러나 만일 보샹이 동의해 준다면 이 결투의 진짜 원인은 후견인들에게도 숨겨 두고 싶다고 생각하고 있었다.
 한편 보샹 쪽은 알베르가 찾아왔던 그날부터 자취를 감추고 누가 물어보더라도 다만 4, 5일 여행을 떠나서 자리를 비우고 있다는 대답이었다.
 어디에 갔는지 아무도 몰랐다.
 어느 날 아침, 알베르는 시복에 의해 깨워졌고 보샹이 찾아왔다는 말을 들었다.
 알베르는 눈을 비비며 보샹을 일층의 작은 끽연실에서 기다리게 하라고 말해 놓고 서둘러 옷을 챙겨 입고 아래로 내려갔다.
 알베르가 내려갔을 때 보샹은 방안을 이리저리 왔다갔다하고 있었다. 알베르를 보자 보샹은 걸음을 멈추고 섰다.
 「오늘은 지금부터 찾아갈까 하고 생각하고 있었는데 그것을 기다리지 않고 일부러 찾아온 것을 보니까 아무래도 좋은 징조 같군.」하고 알베르가 말했다. 「자, 내가 자네에게 손을 내밀고 『보샹, 자네 스스로 자기가 잘못했다는 것을 인정하고 지금까지와 마찬가지로 친구로 지내 주겠지?』하고 말할 것인지 아니면 단지 『자네의 무기는 뭐지?』하고 물을 것인지 어서 말해 주게.」
 「알베르」하고 보샹은 알베르가 자기도 모르게 아연했을 만큼 비통한 어조로 말했다.「우선 자리에 앉자. 그리고 나서 이야기를 하세.」
 「아니, 자리에 앉기 전에 자네는 내게 대답하지 않으면 안 되리라고 생각하는데?」
 「알베르」하고 신문기자는 말했다.「그야말로 대답을 하는 것 자체가 어려운 경우도 있는 법이라네.」
　「내가 그것을 간단하게 만들어 주지. 다시 한 번 묻겠네. 자네는 취소를 할 셈인가, 아니면 취소하지 않을 셈인가 ?」
　「하지만 알베르, 프랑스 귀족원 의원이며 육군 중장인 모르셀 백작 같은 분의 명예와 사회적 지위, 그리고 생명에 관한 문제에 단지 예, 아니오만으로 대답할 수는 없는 일이야.」
　「그럼 우리는 대체 어떻게 하면 되는 거지 ?」
　「내가 말한 대로 하는 거야, 알베르. 사안(査案)이 일가 전체의 평판이나 이해에 관한 것일 경우에는 돈이나 시간, 그리고 피로 따위는 아무것도 아니라네. 친구와 생명을 걸고 결투를 하는 것을 승낙하려면 단순한 개연성만으로는 부족해. 확증이 필요해.
　3년 동안 악수를 나누어온 사나이와 칼을 맞대고 그 사나이를 향해 권총의 방아쇠를 당기려면 적어도 어째서 내가 그런 짓을 하게 되었는지 그 이유를 알지 않으면 안돼.
　자기의 솜씨로 자기의 목숨을 지키지 않으면 안될 경우에 꼭 필요한 마음의 평정과 양심의 안정을 가지고 결투장에 임할 수 있기 위해서 말일세.」
　「그래서 어쨌다는 건가 ?」하고 알베르는 초조해하면서 물었다.「그건 대체 무슨 뜻이지 ?」
　「즉, 내가 자니나에 갔다왔다는 뜻일세.」
　「자니나엘 ? 자네가 ?」
　「그래, 내가.」
　「설마 ?」
　「알베르 군. 여기에 이렇게 내 패스포트가 있어. 비자를 보라고. 제네바, 밀라노, 베네치아, 토리에스테, 델비노, 자니나로 되어 있어. 자네도 한 공화국, 한 왕국, 한 제국의 경찰은 신용할 테지 ?」
　알베르는 패스포트를 들여다본 다음 놀라서 보샹 쪽으로 시선을 옮겼다.
　「그럼 자니나 다녀왔단 말인가 ?」하고 그는 말했다.
　「알베르, 만일 자네가 완전한 타인, 보도 듣도 못한 사람이라면, 가령 3, 4개월 전 내게 결투를 신청해와서 내가 귀찮은 것을 제거하기 위해 죽이고 만 저 영국인 같은 단순한 귀족이었다면 일부러 이런 고생을 하지는 않았으리라는 것은 자네도 알아 줄 테지? 하지만 자네에 대해서는 이만한 경의는 표시하지 않으면 안 되겠다고 생각한걸세.
 가는 데 일주일, 돌아오는 데 일주일, 거기에다 검역에 4일, 현지 체재가 48시간. 그것으로 약속한 3주일이 모두 지나고 말았네. 그래서 어젯밤 돌아오자마자 이렇게 자네를 찾아온 거라네.」
「거 참. 꽤 말을 빙빙 돌려서 하는군, 보샹. 내가 듣고 싶어하는 말을 왜 빨리 안 하는 거지?」
「그게 사실은, 알베르…….」
「마치 꽁무니를 빼고 있는 것 같군그래.」
「그렇다네, 실은 무섭다네.」
「자네네 통신원이 오보를 보내왔다는 것을 고백하기가 무서운가? 자, 자존심을 버리라고, 보샹. 고백을 하라고, 보샹. 자네의 용기를 의심받을 행위는 하지 않는 게 좋아.」
「아니, 그런 게 아니라고.」 하고 신문기자는 중얼거렸다. 「실은……」
 알베르는 무서울 만큼 창백해졌다. 그는 말을 하려고 했으나 말이 입술에서 지워지고 말았다.
「이보게.」 하고 보샹이 더할 수 없는 친밀감을 담고 말했다. 「참으로 나로서도 자네에게 사죄를 할 수 있다면 얼마나 기쁠지 모르겠네. 그렇게 된다면 마음으로부터 사죄를 할걸세. 하지만 유감스럽게도…….」
「뭐라고 하는 건가?」
「그 기사는 틀린 것이 아니었어, 알베르.」
「뭐라고? 그 프랑스 인 사관은…….」
「그렇다네.」
「저 페르낭이?」
「그래.」
「자기가 봉직하고 있던 사람의 성을 팔아먹은 그 배신자가…….」
「이런 말을 하는 것을 용서해 주게. 그 사나이는 바로 자네의 아버지였다네!」
 알베르는 저도 모르게 노여움에 휩싸여서 보샹에게 덤벼들려고 했다. 그러나 보샹이 내민 손보다도 더 부드러운 그 눈길이 그를 만류했다.

「이것 봐, 자네.」 하고 보샹은 주머니에서 한 장의 서류를 꺼내면서 말했다. 「여기에 증거가 있어.」

알베르는 그 서류를 펼쳤다. 그것은 자니나에 살고 있는 네 명의 병사가 써준 증명서로서 알리 테브란 총독에게 소속된 군사 교관 페르낭 몬데고 대령이 이천 부르스(터키 화폐, 약 80만 프랑에 해당한다)의 돈을 받고 자니나의 성을 매도했다는 사실이 증언되어 있었다.

네 사람의 서명은 영사에 의해 증명되고 있었다.

알베르는 비틀거리며 팔걸이의자에 무너지듯이 주저앉았다.

이번에야말로 의문의 여지는 없었다. 거기에는 자기 집의 이름이 분명히 씌어져 있었다.

이렇게 해서 그는 한동안 고통스럽게 침묵하고 있었으나 이윽고 심장의 고동이 높아지고 목덜미의 혈관이 부풀어오르더니 눈에서는 눈물이 왈칵 쏟아졌다.

고뇌의 발작에 휩싸인 알베르를 깊은 동정의 눈으로 바라보고 있던 보샹은 그의 옆으로 다가왔다.

「알베르」 하고 그는 말했다. 「이것으로 나라는 사람을 알았을 테지? 나는 자네의 아버지를 위해 유리한 설명이 얻어지고 아버지의 결백이 증명되리라는 생각에서 모든 것을 이 눈으로 직접 보고 모든 것을 나 자신이 판단하려고 생각했었네.

그런데 반대로 내 손에 들어온 정보는 모두 그 군사 교관, 알리 파샤에 의해 총감에까지 승진한 그 페르낭 몬데고가 페르낭 드 모르셀 백작이라는 것을 인정하더군.

그래서 나는 지금까지 자네가 보여 준 우정을 생각해서 돌아왔고 이렇게 자네에게 달려온걸세.」

알베르는 여전히 팔걸이의자 위에 힘없이 쓰러진 채 햇빛을 피하려는 듯이 두 손으로 눈을 가리고 있었다.

「나는 자네에게로 달려왔어.」 하고 보샹은 말을 이었다. 「나는 자네에게 이렇게 말해 주려고 생각했었네. 알베르, 현재와 같은 동란의 시대에서는 아버지의 과오가 아들에게까지 미치는 일은 없는 법이라네. 알베르, 우리가 그 한가운데서 삶을 부여받은 이 잇따른 혁명의 시대를 군복이나 법복을 다소나마 흙탕이나 피로 더럽히지 않고 살아온 사람은 거의 없다네. 알베르, 내가 이렇게 모든 증거를 입수해가지고 자네의 비밀을 알아 버린 이상, 자네의 양심이 범죄로서 비난할 것이 틀림없는——나는 그것을 믿고 있네——결투를 나에게 강요할 수 있는 사람은 하나도 없을걸세.

더욱이 나는, 자네로서는 새삼스럽게 나에게 요구할 수도 없을 일을 자진해서 자네에게 요청하러 왔다네. 자네는 나만이 쥐고 있는 이 증거, 이 정보, 이 증명을 이대로 없애 버리고 싶지는 않은가?

이 무서운 비밀, 자네는 이것을 우리들 두 사람만의 것으로 만들고 싶지는 않은가?

내가 일단 명예를 걸고 맹세한 이상은 이 비밀은 내 입에서 새어나가는 일은 절대로 없을 거네. 자, 말해 주게, 자네는 그렇게 하고 싶은 생각은 없나? 알베르?

자, 말해 주게, 그렇게 하고 싶지 않나? 응, 이보게?」

알베르는 보샹의 목을 끌어안았다.

「아아, 자네는 정말 훌륭한 사나이야!」하고 그는 소리질렀다.

「자아」하고 보샹은 서류를 알베르에게 내밀었다.

알베르는 경련하는 손으로 그것을 받아쥐고는 힘껏 움켜쥐고 구겨서 찢어 버릴까 하고 생각했다.

그러나 그 조그만 자투리라도 바람에 날려가는 날엔 또 언젠가 자기의 이마로 되돌아올지도 모른다는 생각에서 궐련을 피우기 위해 언제나 불을 붙여 놓고 있는 촛불로 가서 마지막 한 조각까지 그것을 불사르고 말았다.

「아아, 훌륭한 친구야, 기막힌 친구야!」하고 알베르는 서류를 불태우면서 중얼거리고 있었다.

「이런 일은 모두 악몽이라고 생각하고 잊어버리는 거야.」하고 보샹이 말했다.「검게 탄 서류 위를 더듬고 있는 마지막 불꽃처럼 사라지는 대로 두는 거야. 모든 것을 말없는 재에서 피어오르는 마지막 연기처럼 사라지는 대로 두는 거야.」

「그래, 그래야지.」하고 알베르가 말했다.「그리고 나중에는 다만 내가 은인인 자네에게 바치는 영원한 우정만이 남으면 되는 거야. 이 우정은 내 아들에게서 자네의 아들에게로 계속 바쳐질걸세. 이 우정은 내 혈관 속을 흐르는 피, 내 육체 속에 깃든 생명, 내 가문의 명예 등은 모두 자네에게서 힘입은 것이라는 사실을 영원히 되새기게 해줄걸세.

 만일 이런 일이 세상에 알려진다면, 아아 보샹, 분명히 말하지만 나는 내 머리에 권총으로 구멍을 뚫지 않고는 배길 수 없을걸세.

 아니, 그렇게는 할 수 없지, 불쌍한 어머니까지 함께 죽게 할 수는 없지. 그렇다면 나에게 남겨진 길은 이 나라를 버리는 길밖에는 없을 테지.」

「아아, 알베르!」하고 보샹이 말했다.

 그러나 알베르는 곧, 이렇게 뜻하지 않은, 이를테면 부자연스런 기쁨에서 깨어나 아까보다도 한층 더 깊은 슬픔에 잠기고 말았다.

「어떻게 된 건가?」하고 보샹이 물었다.「아직도 뭔가 남아 있나, 알베르?」

「아아」하고 알베르가 말했다.「내 마음속의 뭔가가 부서지고 말았어. 이봐, 보샹, 아들이 자기 아버지의 더럽혀지지 않은 이름에 대해서 품고 있는 존경이나 신뢰, 그리고 긍지가 이런 식으로 단 한순간에 상실되는 일이 있을 수 있을까?

 아아, 보샹, 보샹, 이제부터의 나는 어떤 식으로 아버지를 대하면 되겠나? 아버지가 내 이마에 입술을 대려고 할 때, 아버지가 내 손에 손을 얹으려고 할 때, 나는 그 이마를, 그 손을 움츠리지 않으면 안 되는 걸까?…… 이봐, 보샹, 나는 이 세상에서 가장 불행한 인간이야. 아아, 어머니, 내 불쌍한 어머니.」

 그러면서 알베르는 눈물젖은 눈으로 어머니의 초상을 물끄러미 바라보면서 말했다.「만일 당신이 이러한 사실을 아신다면 얼마나 괴로워하실까요!」

「자아」하고 보샹이 알베르의 두 손을 잡으면서 말했다.「기운을 내게, 기운을!」

「그건 그렇고, 자네의 신문에 실린 그 최초의 기사는 어디에서 나온 걸까?」하고 알베르가 소리질렀다.「이 사건의 배후에는 어떤 숨겨진 증오, 눈에 보이지 않는 적이 도사리고 있는 거야.」

「그렇다고 한다면 더욱 그래야지.」하고 보샹이 말했다.「기운을 내는 거야, 알베르! 동요의 빛을 겉으로 드러내서는 안돼. 마치 구름이 파피와 죽음을 그 속에 간직하고 있는 것처럼 그 고통을 자네의 마음속에 꾹 간직하고 있어야 해. 태풍이 폭발했을 때 비로소 그 무서운 비밀을 알 수 있듯이!
 자, 이봐, 폭발할 때를 위해서 자네의 힘을 저장해 두는 거야!」
「아아, 그렇다면 자네는 아직도 이것으로 끝났다고는 생각하지 않고 있는 건가?」하고 겁먹은 듯이 알베르가 말했다.
「나 말인가? 나는 아직 어느 쪽이라고도 생각하지 않고 있네. 하지만 결국 무슨 일이 일어날지 알 수 없으니까. 그런데 이보게.」
「뭔가?」하고 보샹이 망설이는 것을 보고 알베르가 물었다.
「자네는 역시 당그랄 양과 결혼할 생각인가?」
「어째서 또 이런 때에 그런 얘기를 묻나, 보샹?」
「내 생각으로는 이 결혼의 성사 여부는 지금의 이 문제와 관계가 있을 것처럼 생각되어서 말일세.」
「뭐라고?」하고 알베르는 순간 안색을 달리하면서 말했다.「그렇다면 자네는 당그랄 씨가…….」
「나는 다만 자네의 혼담이 어떻게 되었는가를 물었을 뿐이야. 알겠나? 내 말속에 있지도 않은 뜻을 탐색하거나 앞질러 생각하는 일은 제발 그만 두게!」
「알겠네.」하고 알베르가 말했다.「그것은 파약이 되었네.」
「좋아.」하고 보샹이 말했다.
 그리고는 알베르가 다시 우울해지기 시작한 것을 보고「이봐, 알베르.」하고 그는 말했다.「싫지 않다면 밖으로 나가세. 마차나 말을 타고서 숲(부로뉴 숲을 말함)을 한 바퀴 돌면 울적한 기분도 풀릴걸세. 그리고 돌아와서는 어디에든 가서 밥을 먹세. 그런 다음 각자 자기의 일로 돌아가도록 하세.」
「좋겠지.」하고 알베르가 말했다.「하지만 걸어서 가세. 조금 피곤해지는 편이 나을 것 같으니까.」
「그것도 괜찮겠지.」하고 보샹이 말했다.
 이렇게 해서 두 친구는 걸어서 밖으로 나와 큰길을 따라 걸어갔다. 그리고 마드레느 사원까지 왔을 때「어떤가?」하고 보샹이 말했다.「마침 방향이 같으니까 잠깐 몽테 크리스토 백작에게 들러 볼까? 자네의 마음을 풀어줄 걸세. 그 사람은 자기쪽에서는 결코 아무 질문도 하지 않는다는 점에서 사람의 마음을 북돋아 주는 사람이지. 귀찮게 질문을 하지 않는 사람이야말로 내 생각으로는 으뜸가는 위안자니까.」

「그것도 좋겠지.」 하고 알베르가 말했다.「가보세. 나도 그 사람이 좋으니까.」

86. 여　　행

몽테 크리스토는 두 청년이 함께 찾아온 것을 보고 환성을 질렀다.

「야아, 야아.」하고 백작은 말했다.「그렇다면 만사 해결, 모든 것이 분명해져서 결말이 났군요?」

「그렇습니다.」하고 보샹이 말했다.「부질없는 소문이어서 저절로 소멸되고 말았습니다. 이번에 다시 그런 소문이 되살아나면 내가 앞장서서 꺼버리고 말 것입니다. 그러니까 그 이야기는 이제 그만합시다.」

「알베르 군에게서도 들을 수 있겠지만」하고 백작이 말했다.「실은 나도 그렇게 충고를 했었지요. 그런데」하고 그는 덧붙였다.「보시다시피 오늘 아침은 일찍이 없었던 지겨운 시간을 보내고 있었습니다.」

「무엇을 하고 계신 겁니까?」하고 알베르가 물었다.「서류를 정리하고 계신 것 같은데?」

「아니, 이것은 내 서류가 아닙니다! 내 서류는 언제나 반듯하게 정리가 되어 있지요. 도통 나는 서류 같은 것은 가지고 있지 않으니까요. 실은 카바르칸티 씨의 서류를 정리하고 있었지요.」

「카바르칸티 씨의 서류를요?」하고 보샹이 물었다.

「그래! 자네는 모르고 있었나? 백작이 뒤를 밀어서 사교계로 진출시킨 청년이라네.」하고 모르셀이 말했다.

「그것은 틀립니다. 서로 오해가 없도록 합시다.」하고 몽테 크리스토가 대답했다.「나는 누구의 뒤도 밀어 주지 않습니다. 카바르칸티 씨 역시 마찬가지입니다.」

「그리고 나 대신 당그랄 양과 결혼하려고 하는 청년이라네. 여기에는」하고 알베르는 억지로 미소를 지으려고 애쓰면서 말을 이었다.「자네도 짐작할 테지만 나도 몹시 난처하다네.」

「뭐라고? 카바르칸티가 당그랄 양과 결혼을 한다고?」하고 보샹이 놀라서 물었다.

「아니, 당신은 지구의 끝에서라도 오셨단 말입니까?」하고 몽테 크리스토가 말했다.「당신과 같은, 소문의 여신의 남편이라고도 할 신문기자가! 지금 파리 시내가 온통 그 이야기로 떠들썩한 판인데 말입니다.」

「그런데 백작, 그 결혼을 중매한 사람은 당신입니까?」하고 보샹이 물었다.

「내가요? 그런 말씀 마세요, 기자 양반, 제발 그런 말씀은 말아 주세요. 내가 결혼 중매를 하다니, 당치도 않아요!

아니, 당신은 나에 대해서 잘 모르시는군요. 중매는커녕 나는 이 결혼에는 극력 반대를 했어요. 청혼을 해달라고 부탁하는 것을 깨끗이 거절했어요.」

「그렇군요, 알았습니다.」하고 보샹이 말했다.「우리의 친구 알베르 군을 위해서 말이지요?」

「나를 위해서라고?」하고 알베르가 말했다.「당치도 않다고. 절대로 그런 일은 없어! 오히려 내가 이 혼담을 깨달라고 부탁드린 것을 백작이 증언해 주실걸세. 다행히도 파혼이 되었지만 말일세. 백작은 나에게 고맙다는 말을 들을 이유가 없다고 하시지. 그렇다면 나는 고대인처럼『알려지지 않은 신』을 위해서 제단을 마련하지 않으면 안될 판이지.」

「알겠습니까?」하고 몽테 크리스토가 말했다.「내가 너무 아무 역할도 하지 않기 때문에 장인 쪽과도 그 청년 쪽과도 냉랭한 사이가 되었답니다. 다만 으제니 양만은 달라서, 그분은 아무래도 결혼을 내켜하지 않는 모양으로, 내가 그분에게서 소중한 자유를 빼앗을 마음이 전혀 없는 것을 아시고 여전히 호의를 보여 주고 계십니다.」

「그럼 그 결혼 이야기는 이미 성립된 것입니까?」

「네, 유감스럽지만 그렇습니다. 나도 여러가지 얘기를 해주었는데 말입니다. 나는 그 청년에 대해서는 잘 모릅니다. 돈이 많고 명가의 출신이라고 세상에서는 말하고 있지만 나에게는 단순한 소문에 지나지 않는 것처럼 생각됩니다. 나는 그 이야기를 당그랄 씨가 싫어할 정도로 그에게 해주었는데도 그 사람은 이미 완전히 그 루카의 청년에게 반해서 말입니다. 나는 또 더 중대하다고 생각되는 어떤 사정까지도 가르쳐 주었습니다. 그 사나이는 나도 잘은 모르지만 갓난아기 때 다른 갓난아기와 바뀌거나 집시에게 납치되거나 또는 가정교사에 의해 미아가 되거나 한 것입니다.

하지만 분명히 알고 있는 것은 그 사나이의 행방이 10년 이상이나 아버지에게는 알려지지 않았다는 사실입니다.

그 10년간의 방랑 생활 동안에 그 사나이가 무엇을 했는지, 그것은 하느님만이 아십니다.

그런데 말입니다, 그러한 이야기를 해주었는데도 당그랄 씨에게는 아무런 효력도 없었습니다.

소령에게 편지를 내어 서류를 청구해 달라고 부탁하더군요. 그 서류라는 것이 바로 여기에 있는 이것입니다. 지금부터 갖다 드릴 참입니다. 단, 피라트처럼 나에게는 일체 책임이 없는 것으로 하고(로마의 유대 총독 피라트는 예수의 무죄를 믿으면서도 유대인의 강요에 못 이겨 예수를 처형했다. 단, 그 처형에 대해서 자기에게는 책임이 없다고 언명했다) 말입니다.」

「그런데 다르미 씨는」하고 보샹이 물었다.「자기의 제자를 빼앗아가는 당신에게 어떤 표정을 지을까요?」

「아니, 그건 나도 잘 모르지요. 하지만 아무래도 그 사람은 이탈리아로 갈 모양이에요. 당그랄 부인으로부터 이야기가 있어서 그쪽 흥행주에게 보내는 소개장을 부탁받았습니다. 그래서 다소 나하고 의리 관계가 있는 발레좌의 지배인에게 한마디 쓴 편지를 건네 드렸습니다.

그런데 알베르 군, 대체 어떻게 된 겁니까? 아주 우울해 보이는군요. 스스로도 알지 못한 채 으제니 양을 좋아하고 계셨던 것 아닙니까?」

「글쎄요, 나도 모르지요.」하고 알베르는 쓸쓸하게 미소를 지으면서 말했다.

보샹은 벽에 걸려 있는 그림을 바라보기 시작했다.

「어떻든」하고 몽테 크리스토가 말을 이었다.「평소의 당신과는 다르군요. 대체 어떻게 된 겁니까? 말씀을 해보세요.」

「머리가 아픕니다.」하고 알베르가 말했다.

「그렇다면 자작」하고 몽테 크리스토가 말했다.「그러시다면 아주 효과적인 치료법을 알려 드리지요. 이것은 나 자신이 뭔가 불쾌한 일이 있을 때 언제나 사용해서 효과를 보는 방법입니다.」

「어떤 요법인데요?」하고 알베르가 물었다.

「다른 곳으로 요양을 가는 겁니다.」

「그렇군요!」하고 알베르가 수긍했다.

「그렇습니다. 그래서 나도 지금 몹시 불쾌한 일이 있어서 그런 전지(轉地)를 할까 하고 생각하는 중입니다. 어떻습니까, 함께 가시지 않겠습니까?」

「불쾌한 일이라니요, 백작!」하고 보샹이 말했다. 「대체 무슨 일인데요?」

「아니, 생각을 해보세요. 만일 당신 댁에서 예심이 행해진다면 대체 어떻게 되겠어요?」

「예심? 대체 무슨 예심입니까?」

「그래요, 나를 암살하려고 한 자를 빌포르 씨가 예심하는 것이에요. 그 사나이는 아무래도 탈옥한 도적 같습니다만.」

「아아, 그렇지.」하고 보샹이 말했다. 「그 일은 신문에서 읽었습니다. 그 카도루스라는 사나이는 대체 어떤 사람이지요?」

「그는…… 아무래도 프로방스 태생인 것 같아요. 빌포르 씨는 마르세이유에 계실 때 그 사나이에 대한 얘기를 들으신 적이 있는 모양이고 당그랄 씨도 만난 적이 있다고 합니다. 그래서 검찰총장도 이 사건에는 큰 관심을 가지고 계시고 또 경시총감도 몹시 흥미를 느끼는 모양이에요.

그런데 나로서는 달갑지 않은 그런 관심 덕분에 지난 2주일 동안 파리 시내와 교외에서 붙잡힌 도적이라는 도적은 한 사람도 남김없이 카도루스 군을 살해한 범인이 아닌가 하고 나에게 데리고 오는 것입니다.

그래서 이대로 가다가는 석 달쯤 지나면 내 저택의 모습을 구석구석까지 모르는 도둑이나 살인자는 이 멋진 프랑스 왕국에 한 사람도 없게 될 것입니다.

그래서 나는 이 저택은 그러한 사람들에게 아주 맡겨 놓고 어디든 될 수 있는 대로 먼 곳으로 가버리기로 결심한 것입니다. 자작, 나하고 함께 갑시다. 모시고 갈 테니까.」

「기꺼이 동행하겠습니다.」

「그럼, 이것으로 이야기는 된 거지요?」

「네. 하지만 대체 어디로 가실 겁니까?」

「그것은 지금도 말씀드린 대로 공기가 맑은 곳, 소음이 없는 곳, 설사 아무리

오만한 사람이라도 그곳에 가면 자기를 하잘것없는, 왜소한 인간으로 느끼게 되는 그러한 곳입니다.
 세상에서는 나를 아우구스투스(케사르의 양자로서 로마의 초대 황제) 같은 세계의 주인처럼 말하고 있지만 실은 나는 나 자신을 그렇게 왜소한 인간으로 느끼기를 좋아한답니다.」
「요컨대 어디로 가신다는 말씀입니까?」
「바다이지요, 자작, 바다로 가는 겁니다. 나는 뱃사람이랍니다. 아주 어렸을 때부터 노(老) 오케아노스(그리스 신화에서 대양의 신)의 팔과 안피토리테(그리스 신화에서 바다의 여신)의 가슴을 요람으로 삼고 자랐습니다. 오케아노스의 녹색의 망토와 안피토리테의 푸른 옷자락과 장난을 쳤지요. 나는 사람들이 연인을 사랑하듯이 바다를 좋아합니다. 그리고 한동안 바다를 보지 않으면 못 견디게 바다가 그리워집니다.」
「가십시다, 백작, 가십시다!」
「바다로 말입니까?」
「그렇습니다」
「그러면 찬성하시는 거군요?」
「대찬성입니다.」
「그렇다면 자작, 오늘밤 이 저택의 앞뜰에 여행용 사륜마차를 준비해 놓겠습니다. 침대에 누운 것처럼 편안하게 발을 뻗을 수 있습니다. 역마를 네 필 매달겠습니다.
 그런데 보샹 씨, 이 마차에는 네 사람까지는 편안하게 탈 수 있습니다. 당신도 가시지 않겠습니까? 당신과 함께 가고 싶습니다.」
「고마운 말씀입니다만 나는 방금 바다에서 돌아왔기 때문에.」
「뭐라고요? 바다에서 돌아오시는 길이라고요?」
「네, 그렇게 된 셈입니다. 실은 잠깐 보로메 섬까지 갔다왔지요.」
「그런 건 상관없잖아? 어떻든 함께 가자고.」하고 알베르가 말했다.
「아니, 안돼, 모르셀 군. 내가 안 된다면 절대로 안 되는 것을 자네도 알고 있을 텐데. 게다가」하고 그는 목소리를 낮추어 덧붙였다.「나는 무슨 일이 있어도 파리에 있어야만 해. 설사 그것이 신문사 편집실을 감시하기 위한 일뿐이라고 하더라도.」

「자네는 정말 좋은 친구야.」하고 알베르는 말했다. 「과연 자네 말이 옳아. 눈을 크게 뜨고 잘 감시해 주게, 보샹. 그리고 그러한 비밀을 폭로한 적을 어떻게 해서든 찾아내 주게.」

알베르와 보샹은 헤어졌다. 두 사람이 마지막으로 나눈 악수에는 다른 사람 앞에서는 입 밖에 내어 말할 수 없는 무한한 뜻이 담겨져 있었다.

「정말 보샹 군은 멋진 청년이군요!」하고 신문기자가 돌아가고 나서 몬테크리스토가 말했다. 「안 그렇습니까, 알베르 군?」

「네, 정말 마음이 넓은 훌륭한 청년입니다. 그것은 얼마든지 보장할 수 있습니다. 그래서 나는 진심으로 저 사나이를 사랑하고 있습니다. 자, 이제 우리 두 사람만 남았습니다. 나로서는 아무래도 좋습니다만 대체 어디로 가는 겁니까?」

「지장이 없으시다면 노르망디에.」

「좋습니다. 그렇다면 완전한 시골 생활이 되겠군요. 사교계도 없고 이웃도 없는…….」

「있는 것이라고는 타고 달리기 위한 말과 사냥을 위한 개, 그리고 낚시를 즐기기 위한 작은 배밖에 없지요.」

「그것으로 충분합니다. 빨리 어머니에게 말씀드리고 오겠습니다. 그리고 나서 말씀대로 따르겠습니다.」

「하지만」하고 몬테 크리스토가 말했다. 「허락해 주실까요?」

「무슨 허락 말입니까?」

「노르망디로 가는 데 대해서 말입니다.」

「나에게 말입니까? 나는 자유로운 몸 아닙니까?」

「혼자서라면 아무 데나 원하는 곳으로 가실 수 있다는 것은 나도 잘 압니다. 어떻든 처음 만난 것이 이탈리아로 뛰쳐나오셨을 때이니 말입니다.」

「그래서요?」

「하지만 몬테 크리스토 백작이라는 사나이와 함께라면 글쎄 어떨까요?」

「당신은 건망증이 심하군요, 백작.」

「그건 무슨 말씀이지요?」

「어머니가 당신에게 얼마만큼 호의를 가지고 계신지 내가 말씀드리지 않았던가요?」

「『언제나 변하는 여자의 마음』이라고 프랑수아 1세가 말하고 있습니다. 『여자의 마음은 파도와 같다.』라고 셰익스피어도 말하고 있습니다. 한쪽은 위대한 군주, 한쪽은 대시인, 어느 쪽이나 여자라는 것을 잘 알고 있었을 것입니다.」

「네, 확실히 여자란 그런 것입니다. 하지만 어머니는 이른바 보통 여자가 아닌 단 한 사람의 여자입니다.」

「이건 실례의 얘기입니다만 유감스럽게도 외국인인 나에게는 그 말의 미묘한 뜻이 잘 이해되지 않습니다만?……」

「즉, 나의 어머니는 좀처럼 남에게 호의를 갖지 않습니다만 일단 호의를 가지시면 그 마음은 영원히 변하지 않습니다.」

「아아, 그렇군요!」하고 몽테 크리스토는 한숨을 쉬면서 말했다.「그래서 당신은 어머님이 나에 대해서 전혀 무관심하다고는 말할 수 없는 감정을 가지고 계시다고 생각하는 거군요?」

「들어 보십시오! 이것은 전에도 말씀드린 것이어서 되풀이하는 셈이 됩니다만」하고 알베르가 말했다.「당신은 정말 알 수 없는, 그리고 아주 뛰어난 분입니다.」

「아니, 저런.」

「아니, 사실입니다. 왜냐하면 어머니는, 호기심이라고는 하지 않겠습니다만, 당신에 대한 흥미로 완전히 넋을 잃고 계십니다. 둘만 있을 때에는 언제나 당신 이야기만을 한답니다.」

「그래 어머님은 이 만프레드(바이런의 동명의 극시에 나오는 주인공으로서 악마 같은 인물)를 조심하라고 당신에게 말씀하실 테지요?」

「천만에요, 오히려 이렇게 말씀하시곤 합니다.『알베르, 나는 백작을 정말 훌륭한 분이라고 생각한다. 그분의 귀여움을 받도록 해라.』라고 말입니다.」

몽테 크리스토는 슬며시 눈을 돌리고 한숨을 쉬었다.

「아아, 그것이 사실입니까?」하고 그는 말했다.

「그러니까 이제 아시겠지요?」하고 알베르는 계속했다.「나의 이 여행에 어머니는 반대를 하시기는커녕 진심으로 찬성하실 것이 틀림없습니다. 그럴 수밖에 없는 것이 이것은 어머니가 매일처럼 나에게 들려 주는 말씀에 따르는 일이니까요.」

「그럼 다녀오세요.」 하고 몽테 크리스토는 말했다. 「그러면 오늘밤, 이곳으로 5시에 와주세요. 저쪽에는 밤 12시나 1시에 도착하게 될 것입니다.」

「네? 트레폴에 말입니까? ……」

「트레폴, 또는 그 근처에 말입니다.」

「이백 킬로의 길을 불과 8시간 만에 간단 말입니까?」

「그것도 많이 걸리는 겁니다.」 하고 몽테 크리스토가 말했다.

「아니 정말, 당신은 놀라운 분이시로군요! 기차보다 빠를 뿐만 아니라──하긴 그것은, 특히 프랑스에서는 그다지 어려운 일은 아닙니다만──통신보다도 빨리 갈 수 있다니 말입니다.」

「그것은 어떻든, 자작, 저쪽에 도착하려면 7, 8시간은 걸리는 셈이니까 시간은 어김없이 지켜 주세요.」

「안심하십시오. 준비를 하는 것 외에는 딴 볼일은 없으니까요.」

「그럼 5시에.」

「네, 5시에.」

알베르는 나갔다. 몽테 크리스토는 미소를 띠고 잠깐 고개를 숙여 인사를 하고는 뭔가 깊은 생각에 잠긴 모습으로 잠시 우두커니 서 있었다. 이윽고 몽상을 떨쳐 버리듯이 이마에 손을 대고는 초인종이 있는 곳으로 가서 두 번 울렸다.

몽테 크리스토가 울린 두 번의 초인종 소리를 듣고 베르투쵸가 방으로 들어왔다.

「베르투쵸 군」 하고 백작은 말했다. 「처음에는 내일이나 모레로 생각하고 있었지만 오늘밤 곧 출발하겠네. 5시까지면 시간은 아직도 충분할 테지. 처음으로 말을 갈아타는 곳의 마부들에게 알려 주게. 모르셀 씨가 함께 갈걸세. 자, 준비를 서둘러 주게.」

베르투쵸는 백작이 이르는 대로 했다. 한 사람의 전령이 퐁트아즈로 달려가서 역마차가 6시 정각에 통과한다는 것을 알렸다. 퐁트아즈의 마부는 다음의 갈아타는 곳으로 급사(急使)를 보냈고 거기에서는 다시 다음의 갈아타는 곳으로 통지했다. 이렇게 해서 6시간 뒤에는 가도에 설치된 갈아타는 모든 곳에 통지가 갔다.

떠나기 전에 백작은 에데의 방으로 찾아가 출발을 알리고 행선지를 가르쳐 주었다. 그리고 자기가 집을 비우는 동안 저택에서의 모든 지시를 그녀에게 맡겼다.

알베르는 시간을 어김없이 지켜서 달려왔다.

여행의 처음 한동안은 기분이 무겁게 가라앉아 있었으나 이윽고 마차의 속도가 빨라지면서 거기에 따라 기분도 명랑해졌다. 알베르는 이러한 속도는 생각조차 해본 적이 없었다.

「정말이지」하고 몽테 크리스토가 말했다.「댁의 나라 역마차처럼 한 시간에 팔 킬로밖에 달리지 못하고 더욱이 어처구니없는 법률 때문에 여행하는 사람은 상대의 허가 없이는 그 여행자를 앞지를 수 없고 그 결과 환자나 변덕스러운 사람이 건강하고 기운이 센 여행자를 뒤에 거느리고 간대서는 여행 같은 것은 할 수가 없지요. 그래서 나는 그러한 불편을 피하기 위해 내 마부와 내 말을 사용해서 여행을 하지요. 그렇지 않은가, 알리?」

그렇게 말하고 백작은 마차의 창으로 목을 내놓고 뭔가 기세를 돋구듯이 한마디 소리질렀다. 그러자 말은 마치 날개가 돋은 듯이 달리기 시작했다. 그것은 이미 달리는 것이 아니라 그야말로 날아가는 것이었다.

마차는 마치 번개처럼 요란한 음향을 내며 국도를 돌진했고 사람들은 빛나는 이 유성이 지나가는 것을 넋을 잃고 돌아다보았다.

알리는 주인의 그 맞춤소리를 되풀이하며 하얀 이를 드러내어 미소지으면서 침으로 젖은 고삐를 억센 손으로 잡아당겨 바람에 아름다운 갈기를 휘날리는 말을 몰아세우고 있었다.

사막의 아들인 알리는 지금 그 본성을 되찾고 있었다. 검은 얼굴, 불타오르듯이 반짝이는 눈, 그리고 눈처럼 새하얀 아라비아 풍 외투를 걸친 그는 자기가 일으키는 모래먼지에 싸여서 마치 시문(사하라 사막에 부는 열풍)의 정령이나 폭풍의 신처럼 보였다.

「아아」하고 모르셀은 말했다.「나는 지금까지 이런 쾌감을 몰랐습니다. 속력의 쾌감이라는 것을 말입니다.」

이렇게 해서 그의 이마에 남아 있던 그늘도 이마에 불어닥치는 바람에 날린 듯이 사라지고 말았다.

「그나저나 대체 어디에서 이런 훌륭한 말을 구하셨습니까?」하고 알베르가 물었다.「특별히 사육하신 것입니까?」

「그렇습니다.」하고 백작이 말했다.「지금부터 6년 전, 헝가리에서 발이 빠른 유명한 종마(種馬)를 발견했습니다. 얼마를 주고 샀는지 값은 잊었습니다. 돈을 지불한 것은 베르투쵸니까요.

그 해에 새끼말이 서른두 마리 태어났습니다. 우리가 이제부터 갈아매고 갈 말은 모두 그 말에서 태어난 것들입니다.

모두 생김새가 비슷해서 똑같이 새까맣고 이마에 하얀 별이 하나 있는 외에는 반점 하나 없습니다. 왜냐하면 사육장의 왕인 이 말을 위해서 마치 파샤(터키의 고관)의 애첩을 고르듯이 뛰어난 수말만을 짝지어 주었기 때문입니다.」

「기가 막히는군요! …… 하지만 백작, 그 말들을 모두 어떻게 하십니까?」

「보시다시피 여행에 사용합니다.」

「하지만 언제나 노상 여행을 하시는 것은 아니지 않습니까?」

「필요가 없게 되면 베르투쵸가 처분을 하겠지요. 그 사나이는 그것으로 삼, 사만 프랑은 벌어들일 수 있을 것이라고 말하고 있습니다.」

「하지만 유럽의 군주 중에서 그것을 전부 사들일 수 있을 정도의 부자는 없을 텐데요?」

「그렇다면 동양의 어느 총독에게라도 팔아넘기겠지요. 총독은 아마 금고의 돈을 다 털어서라도 이것을 사들일 것입니다. 그리고 신하의 발바닥을 채찍질해서라도 금고를 다시 가득히 채우겠지요.」

「백작, 지금 내 머리에 떠오른 생각을 말씀드릴까요?」

「네, 얘기해 보세요.」

「유럽에서 당신 다음으로 개인으로서 가장 돈이 많은 사람은 아마도 베르투쵸 군이라고 생각됩니다만.」

「아니, 그것은 잘못 보신 겁니다, 자작. 당신이 아무리 베르투쵸의 주머니를 뒤져 보더라도 아마 십 수의 현금도 발견하지 못할 겁니다.」

「그것은 또 어째서입니까?」하고 알베르가 물었다.「그렇다면 베르투쵸 군이 괴물이라도 된다는 말씀입니까? 아아, 백작, 더 이상 이상한 말씀은 하지 마십시오. 그렇지 않으면 이제 당신을 신용할 수 없게 될 테니까요.」

「내 얘기에 이상한 것은 하나도 없습니다, 알베르 씨. 있는 것은 다만 숫자와 도리뿐입니다. 그런데 한 가지 이런 양도논법(兩刀論法 : 딜레마)을 생각해 보십시오. 관리인이 도둑질을 한다, 대체 무엇 때문에 도둑질을 할까요?」

「그것은 물론 관리인의 본성이기 때문이라고 생각되는데요.」하고 알베르가 말했다.「도둑질을 하기 위해서 도둑질을 하는 것입니다.」

「아닙니다. 그것은 잘못 생각하신 겁니다. 도둑질을 하는 것은 그 사나이에게 처자가 있고, 자기를 위해서, 일가를 위해서 여러가지 야심이 있기 때문입니다.

특히 언제 주인으로부터 해고를 당하게 될지 모르기 때문에 장래의 일을 생각해서 도둑질을 하는 것입니다.

그러나 저 베르투쵸는 천애고독의 몸입니다. 저놈은 내 지갑의 돈을 자기 마음대로 쓰고 나에게는 보고조차 하지 않습니다. 절대로 해고당할 까닭이 없다고 확신하기 때문입니다.」

「그것은 또 어째서입니까?」

「저놈보다 나은 사나이는 찾으려고 해도 찾을 수가 없기 때문입니다.」

「그것은 순환논법(循環論法)이라는 것이군요. 개연성(蓋然性)의.」

「아니, 그렇지 않습니다. 이것은 확실한 것입니다. 나에게 있어서 좋은 하인이란 내가 마음대로 살리고 죽일 권리를 쥐고 있는 하인을 말합니다.」

「그렇다면 당신은 베르투쵸의 생사여탈권을 쥐고 계시단 말씀입니까?」하고 알베르가 물었다.

「그렇습니다.」하고 백작은 냉랭하게 대답했다.

마치 철문처럼 대화를 막아 버리고 마는 말이 있는 법이다. 백작의『그렇습니다.』라는 말은 바로 그러한 말의 하나였다.

그 뒤의 여행도 똑같은 속력으로 진행되었다. 여덟 군데의 갈아타는 곳에 배치되어 있던 서른두 마리의 말은 이백 킬로의 여행길을 8시간 동안 쉬지 않고 달렸다.

마차는 한밤중에 어느 아름다운 정원의 문 앞에 도착했다. 문지기는 깨어 있어서 철문을 열고 기다리고 있었다. 마지막으로 갈아타는 곳의 마부로부터 미리 통지를 받고 있었던 것이다.

오전 2시 반이었다. 알베르는 자기에게 배정된 방으로 안내되었다. 목욕과 야식 준비가 되어 있었다. 마차의 뒷좌석에 타고 온 하인이 그의 시중을 들어 주게 되어 있었다. 그리고 앞좌석에 타고 온 바티스탄이 백작의 시중을 들었다.

　알베르는 목욕을 하고 야식을 먹은 뒤 자리에 누웠다. 밤새 그는 구슬픈 파도 소리에 흔들리고 있었다. 눈을 뜨고 깨어나자 그는 곧장 창문으로 가서 그것을 열고는 조그만 테라스로 나갔다. 눈앞에는 바다가 끝없이 펼쳐져 있고 등 뒤에는 조그만 숲에까지 아름다운 정원이 이어져 있었다.

　꽤 넓은 뒤쪽에는 몸통이 좁고 돛이 날씬한 한 척의 돛배가 몽테 크리스토의 문장(紋章)이 달린 깃발을 경사돛에 펄럭이면서 파도에 흔들리고 있었다. 문장은 푸른 바다 위에 금빛의 산을 나타낸 것으로서 위쪽에 붉은 십자가가 달려 있었다.

　이것은 주 예수 그리스도의 수난에 의해 황금보다도 더욱 귀한 산이 된 골고다의 언덕과 주의 거룩한 피에 의해 성스러워진 부끄러운 십자가를 연상시키는 그의 이름(『몽테 크리스토』란 『그리스도의 산』이란 뜻)을 암시함과 동시에 수수께끼 같은 이 인물의, 지나간 어둠 속에 파묻힌 고뇌와 재생의 개인적인 추억까지도 말해 주고 있는 것처럼 생각되었다.

　그 돛배의 주위를 가까운 마을에 사는 어부들의 조그만 돛배가 에워싸고 있었다. 그것은 마치 여왕의 명령을 공손하게 기다리는 신하들처럼 보였다.

　비록 이틀 동안의 체재이기는 하지만, 몽테 크리스토가 발길을 멈추는 장소는 어디에서나 그렇듯이 여기에서도 또 모든 것이 더할 수 없이 쾌적하게 지낼 수 있도록 되어 있었다. 그래서 도착하자마자 자유로운 생활을 할 수 있었다.

　알베르는 대기실에 두 자루의 엽총과 그 밖에 사냥에 필요한 모든 것이 갖추어져 있는 것을 발견했다. 일층에 있는, 특별히 천장이 높은 한 방에는 끈기와 여유로써 낚시의 달인이 된 영국인에 의해 고안되었지만 구태의연한 프랑스의 낚시꾼에게는 아직도 채용되고 있지 않은 온갖 교묘한 낚시 도구가 진열되어 있었다.

　그날 하루는 그러한 갖가지 도구를 사용해 보는 것으로 지나가고 말았다. 물론 몽테 크리스토는 이러한 모든 도구 사용에 이미 뛰어난 솜씨를 가지고 있었다. 그래서 정원에서는 열두 마리의 꿩, 냇물에서는 역시 한 다스 정도의 송어를 잡았다.

86. 여　　행

　두 사람은 바다에 면한 정자에서 저녁을 먹고 도서실에서 차를 마셨다.
　사흘째가 되는 날 저녁, 몽테 크리스토에게는 하찮은 유희에 지나지 않는 이러한 생활에 알베르는 이미 지칠 대로 지쳐서 창가의 팔걸이의자에서 깜박 잠들었고 한편 백작은 건축사를 상대로 이 저택에 설치할 계획인 온실 설계를 하고 있었다.
　그런데 그때 길의 자갈을 밟는 말발굽 소리가 들려서 알베르는 퍼뜩 눈을 떴다. 그는 창문을 통해 바깥을 내다보았다. 그리고 될 수 있는 대로 몽테 크리스토에게 폐를 끼치지 않으려는 생각에서 데리고 오지 않은 시복의 모습을 앞뜰에서 확인하고는 뭐라 말할 수 없는 불쾌한 놀라움을 금치 못했다.
　「프로랑탕이 여기엘 오다니!」하고 그는 팔걸이의자에서 후닥닥 일어나면서 소리질렀다. 「어머니가 어디 아프시기라도 한 건가?」
　그는 출입문으로 달려갔다.
　몽테 크리스토는 그러한 그를 물끄러미 바라보았고 이윽고 아직도 몹시 숨을 헐떡이고 있는 시복이 봉함한 조그만 꾸러미를 주머니에서 꺼내어 시복에게 다가간 그에게 건네 주는 것도 보았다. 그 꾸러미에는 한 장의 신문과 한 통의 편지가 들어 있었다.
　「누구로부터의 편지인가?」하고 알베르가 다급하게 물었다.
　「보샹 님으로부터의 편지입니다.」하고 프로랑탕이 대답했다.
　「그럼 보샹이 너를 여기에 보낸 건가?」
　「네, 그렇습니다. 저를 댁으로 불러가지고는 노자를 주시고 역마를 주선해 주시면서 주인님을 만나 뵐 때까지는 걸음을 멈추어서는 안 된다고 다짐을 받으셨습니다. 그래서 저는 15시간 만에 달려왔습니다.」
　알베르는 떨리는 손으로 편지를 뜯었다. 처음의 몇 줄을 읽고 나서 그는 앗 하고 소리를 지르고 눈에 띄게 몸을 부들부들 떨면서 신문을 꽉 움켜쥐었다.
　갑자기 그는 눈앞이 캄캄해지고 다리에서 힘이 빠져나가는 것을 느꼈다. 하마터면 쓰러질 뻔했으나 때마침 그를 붙들려고 팔을 뻗친 프로랑탕에게 기대었다.
　「불쌍하게도!」하고 몽테 크리스토는 자기가 한 동정의 말이 자기 자신의 귀에도 들리지 않을 정도의 아주 낮은 목소리로 중얼거렸다. 「아버지가 저지른 과오가 삼 대 사 대의 후손에게까지 화를 미치는 셈이로군.」

그러고 있는 동안에 알베르는 기운을 되찾았다. 그리고 다시 계속해서 편지를 읽으면서 이마에 땀을 흘리고 머리카락을 흐트러뜨리고 편지와 신문을 마구 구겨쥐면서 말했다.

「프로랑탕, 네가 타고 온 말은 파리로 돌아갈 만한 기운이 아직 남아 있나?」

「형편없는 역마여서 다리를 절뚝거리고 있습니다.」

「그것 참 유감이로군. 네가 떠나올 때 집안 모습은 어떠했나?」

「꽤 침착한 것 같았습니다. 하지만 제가 보샹 님의 집에서 돌아와 보니까 마님이 울고 계셨습니다. 마님은 주인님이 언제 돌아오시는가를 물으시기 위해 저를 부르셨던 것입니다.

그래서 보샹 님이 시켜서 지금부터 자작님을 마중가는 길이라고 말씀드렸습니다. 그러자 마님은 처음에는 저를 만류하시려는 듯이 팔을 뻗치셨습니다. 하지만 잠시 생각에 잠겨 계시다가『그렇구나, 다녀오거라, 프로랑탕. 그리고 데리고 오너라.』하고 말씀하셨습니다.」

「물론이지요, 어머니.」하고 알베르가 말했다.「돌아가고말고요. 안심하십시오. 염치없는 놈 같으니, 본때를 보여 줘야지……. 하지만 어떻든 이러고 있을 때가 아니지……. 빨리 떠나야지.」

그렇게 말하고 그는 몽테 크리스토를 남기고 온 방으로 되돌아갔다.

그는 이미 아까와 같은 사람이 아니었다. 단지 5분 동안에 알베르는 처참한 변화를 보이고 있었다. 방에서 나갔을 때는 평소의 그와 다름이 없었으나 돌아왔을 때는 목소리도 달라지고 얼굴에는 여러 줄의 핏줄이 붉게 떠오르고 눈은 시퍼런 줄이 선 눈꺼풀 뒤에서 번들번들 빛나고 다리는 마치 술에 취한 사람처럼 휘청거리고 있었다.

「백작」하고 그는 말했다. 「정성어린 대접을 고맙게 생각합니다. 좀더 오래오래 신세를 지고 싶습니다만 불행히도 파리로 돌아가지 않으면 안될 일이 생겨서.」

「대체 무슨 일이 일어난 것입니까!」

「아주 불행한 일이 일어났습니다. 어떻든 떠나가는 것을 용서하십시오. 내 목숨보다도 훨씬 더 중대한 일에 관한 문제입니다. 백작, 제발 아무것도

86. 여 행

묻지 말아 주시기 바랍니다. 그리고 말을 한 필 빌려 주셨으면 합니다!」
「마구간에 있는 어느 말이라도 사용하십시오, 자작.」 하고 몽테 크리스토는 말했다. 「하지만 먼 길을 빨리 달리면 죽도록 피곤합니다. 사륜마차든 상자마차든 어떻든 마차를 타고 가십시오.」
「아닙니다, 그래 가지고는 시간이 너무 걸립니다. 그리고 걱정해 주시는 그 피로가 나에게는 필요합니다. 몸이 지치면 마음은 편해지니까요.」
알베르는 탄환에라도 맞은 사람처럼 빙글빙글 돌면서 몇 발짝 움직였는가 했더니 문 옆에 있는 의자 위에 털썩 쓰러졌다.
이 두 번째 실신을 몽테 크리스토는 깨닫지 못했다. 그는 창문께로 가서 소리질렀다.
「알리, 모르셀 씨를 위해서 말을 한 필 준비해! 빨리 해! 서두르고 계시니까!」
이 말을 듣고 알베르는 정신을 차렸다. 그는 방에서 뛰쳐나갔다. 백작도 그 뒤를 따랐다.
「고마웠습니다.」 하고 알베르는 안장 위에 올라타면서 나직한 목소리로 말했다. 「프로랑탕, 너도 되도록 빨리 돌아와라. 그런데 바꿔 탈 말을 얻으려면 무슨 특별한 암호라도 필요한가요?」
「타고 가신 말을 건네 주기만 하면 됩니다. 즉시 다른 말을 준비해 줄 겁니다.」
알베르는 달려나가려고 하다가 말을 멈추었다.
「아마 당신은 이렇게 떠나는 나를 이상하고 미친 사람이라고 생각하시겠지요.」 하고 알베르는 말했다. 「신문에 쓰여진 몇 줄의 기사가 한 인간을 얼마나 절망에 빠뜨리는지 당신은 아마 모르실 겁니다. 자.」 하고 그는 백작에게 예의 신문을 던져 주면서 덧붙였다. 「이것을 읽어 보십시오. 하지만 내가 떠난 뒤에 읽어 주십시오. 얼굴이 붉어지는 것을 보여 드리고 싶지는 않으니까요.」
그리고 백작이 신문을 줍고 있는 동안에 그는 장화에 갓 부착한 박차를 말의 옆구리에 내질렀다. 말은 자기에게 이런 자극을 가할 필요가 있다고 생각하는 기수에 놀라 화살과 같은 기세로 달려갔다.
백작은 무한한 동정을 담은 눈으로 청년을 물끄러미 배웅하고는 그 모습이 완전히 보이지 않게 되자 그제서야 신문에 눈을 돌려 다음과 같은 기사를 읽었다.

　3주일 전 〈안파르시알〉지에 보도된, 자니나 총독 알리에게 봉직하고 있던 프랑스 인 사관은 자니나의 성을 적의 손에 넘겨 주었을 뿐만 아니라 그 은인까지도 터키 인에게 팔아 버렸다. 이 사나이는, 신뢰할 만한 동지가 보도한 대로, 사실 당시에는 페르낭이라는 이름을 사용하고 있었다. 그러나 그 뒤 사나이는 이 세례명에 귀족의 칭호와 영지 소유의 이름을 추가하기에 이르렀다.
　오늘날 이 사나이는 모르셀 백작으로 통하며 의원으로서 귀족원에 자리를 두고 있다.

　이렇게 해서 보상이 그토록 관대하게 매몰시켜 준 그 무서운 비밀이 흉기를 가진 망령처럼 다시 모습을 나타냈고 이 정보를 입수한 다른 신문이 알베르가 노르망디로 떠난 다음다음날에 인정사정 없이 몇 줄의 기사로 보도함으로써 불쌍한 청년을 하마터면 발광할 지경에 이르게 한 것이었다.

87. 심　　판

　아침 8시, 알베르는 마치 번개처럼 보상의 집에 뛰어들었다. 시복은 사전에 지시를 받고 있었기 때문에 알베르를 마침 목욕을 끝내고 나온 주인의 방으로 안내했다.
　「그래서?」하고 알베르가 말했다.
　「아아, 자네」하고 보상이 대답했다.「기다리고 있었네.」
　「이렇게 달려왔네. 새삼스럽게 말할 것도 없이 자네는 성실하고 훌륭한 사나이니까 누구에게도 예의 사건에 대해서 한마디도 누설하지 않았을 것이라고 믿고 있네. 거짓말이 아니라고.

87. 심　판　129

그리고 일부러 나에게 통지를 보내 준 사실이 자네가 호의를 품고 있다는
무엇보다도 확실한 증거이니까. 그러니까 시시한 전제로 시간을 낭비하는
어리석음은 서로 피하세. 이 공격의 출처가 어디인지, 어디 짐작되는 것이
없나 ?」
「거기에 대해서는 나중에 얘기하기로 하지.」
「알겠네. 그럼 그 전에 이 가증스러운 배신의 자초지종을 상세히 얘기해
주지 않겠나 ?」
그래서 보샹은 굴욕과 고뇌에 시달리고 있는 상대에게 그 대강의 이야기를
간추려서 들려 주었다.
그 전전날 아침, 이 사건에 관한 예의 기사가 〈안파르시알〉지와는 다른
신문에 나왔다. 더욱이 그것이 정부의 어용 신문으로 널리 알려진 신문이었기
때문에 사건은 한층 더 중요성을 띠게 되었다.
보샹이 아침식사를 하고 있을 때 그 기사가 눈에 띄었다. 그는 곧 마차를
부르게 하고 식사도 끝내지 않은 채 그대로 그 신문사로 달려갔다.
보샹은 이 적발 기사를 낸 신문의 편집 주간과는 완전히 다른 정치적
견해를 갖고 있기는 했지만, 이러한 일은 종종, 아니 흔히 있는 일이지만,
그 주간과는 무척 친밀한 사이였다.
그가 찾아갔을 때 그 편집 주간은 자기네 신문사의 신문을 손에 들고
〈파리란〉에 나와 있는, 어쩌면 자기의 손으로 썼을 첨채당(甜菜糖)에 관한
논설을 읽으면서 흥에 겨워하는 것 같았다.
「아니, 이건 마침 잘됐군 !」하고 보샹은 말했다.「자네가 들고 있는 것은
자네네 신문이군. 그렇다면 어째서 내가 여기에 왔는지 일부러 얘기할 것
까지도 없겠군.」
「그럼 혹시 자네는 사탕수수파인가 ?」하고 어용 신문의 편집 주간이
물었다.
「그게 아닐세.」하고 보샹이 대답했다.「나는 그런 문제에는 전혀 관심이
없어. 따라서 다른 용건으로 찾아온걸세.」
「다른 용건이라면 ?」
「모르셀 사건의 기사에 대한 일로 왔다네.」
「아아, 그래 ? 어때 ? 그 기사는 재미있었지 ?」

「너무 재미있어서 자네는 명예 훼손에 걸릴지도 몰라. 그리고 몹시 위험한 재판 사건으로 번질 우려가 있다네.」

「천만에! 우리는 그 기사와 함께 모든 증거 자료를 제공받았다네. 우리는 모르셀 씨가 꼼짝없이 얌전하게 있을 것이 틀림없다는 절대적인 확신을 가지고 있다네. 게다가 부당한 명예를 누리고 있는 비열한 인간을 고발한다는 것은 국가에 봉사하는 길이기도 하니까 말일세.」

보샹은 어쩔 줄 몰랐다.

「하지만 대체 누구에게서 그렇게 상세한 정보를 입수했나?」하고 그는 물었다. 「왜 이런 것을 묻는가 하면 우리 신문은 이것을 맨 먼저 취급했으면서도 증거가 없어서 손을 떼지 않을 수 없었기 때문일세. 하지만 우리도 모르셀 씨의 참모습을 폭로한다는 데에는 자네들 이상으로 흥미를 느끼고 있다네. 어떻든 그는 귀족원 의원이고 우리는 그와는 반대의 입장에 서 있으니까.」

「아니 뭐, 간단한 일이었어. 우리는 그 추문을 우리 쪽에서 추적한 것이 아니야. 저쪽에서 가지고 왔어. 실은 어제 어떤 사나이가 기막힌 증거 서류를 가지고 자니나로부터 찾아왔단 말일세.

그리고 우리가 그것을 터뜨릴까말까 망설이고 있었더니 만일 우리가 거절한다면 기사는 다른 신문에 내겠다고 말하더군.

터놓고 말해서 보샹, 특종이라는 것이 어떤 것인지 자네도 잘 알지 않나. 우리는 이 특종을 놓치고 싶지 않았다네. 그래서 마침내 터뜨린 거지. 이건 아주 굉장해. 유럽의 끝까지도 그 반향이 울려퍼질걸세.」

이제 보샹으로서는 다만 고개를 떨구는 수밖에는 방법이 없었다. 그래서 절망에 사로잡힌 채 알베르에게 심부름꾼을 보내려고 밖으로 나왔다.

그런데 알베르에게 보낸 그 편지에는 쓰지 못한 일이 있었다. 왜냐하면 이제부터 말하는 것은 심부름꾼이 떠나고 난 뒤에 일어난 일이었기 때문이다.

바로 그날, 귀족원에 큰 동요가 일어나서 평상시에는 지극히 조용한 상원의 여러 의원들을 흥분의 소용돌이 속으로 몰아넣었다. 의원은 거의 모두 시간도 되기 전에 등원해서 바야흐로 세상 사람들의 관심의 표적이 되려 하는, 그리고 그 관심이 명예로운 귀족원에서도 가장 유명한 의원의 한 사람에게 집중하려 하는 이 끔찍한 사건에 대해서 서로 이야기를 나누고 있었다.

87. 심 판   131

　신문 기사를 낮은 목소리로 읽기도 하고 갖가지 주석을 달기도 하고 여러 가지 추억담을 나누기도 하는 동안에 사실이 한층 더 명확해졌다.
　모르셀 백작은 동료 의원들에게 호감을 사고 있지 못했다. 벼락출세한 사람이 모두 그렇듯이 그는 자기의 체면을 유지하기 위해 극단적으로 거만하게 도사리지 않으면 안 되었다. 유서깊은 귀족들은 그를 비웃었고 재능 있는 사람들은 그를 배척했고 깨끗한 명예를 지닌 사람들은 본능적으로 그를 경멸하고 있었다.
　이렇게 해서 백작은 바야흐로 속죄를 위한 제물이라고나 할 몹시 비참한 처지에 놓여 있었다. 일단 신의 손가락에 의해 제물이라는 판정이 나면 즉시 탄핵의 목소리를 높이려고 모든 사람이 만반의 준비를 갖추고 잔뜩 기다리고 있었다.
　단 한 사람, 모르셀 백작만이 아무것도 모르고 있었다. 그는 새로운 중상 기사가 실린 신문은 구독하고 있지 않았다. 그래서 그날 아침은 편지를 쓰기도 하고 말을 시험해 보기도 하면서 보냈다.
　이렇게 해서 그는 여느 때와 똑같은 시간에, 머리를 높이 쳐들고 오만한 눈초리, 거만한 태도로 등원했다. 마차에서 내려 몇 개의 복도를 지나면서 수위들의 망설임이나 동료들의 애매한 인사에도 전혀 눈치를 못 채고 의사당 안으로 들어갔다.
　모르셀이 들어갔을 때, 회의는 이미 30분 전부터 시작되고 있었다.
　지금도 말한 것처럼 백작은 무슨 일이 일어났는지 전혀 모르고 있었으므로 그 모습이나 태도에 조금도 달라진 구석이 없었다. 그러나 이러한 모습과 태도가 다른 사람들에게는 여느 때보다도 한층 더 오만하게 보였다. 그리고 이러한 때에 의회에 모습을 나타냈다는 것이 특히 명예를 존중하는 의회에 대한 도전처럼 생각되어 누구나가 이것을 무례한 행위로 받아들였고 그에게 남은 것은 다만 허세와 모욕이라고 생각했다.
　분명히 의회 전체가 이 문제에 대한 토의를 시작하려고 한껏 흥분되어 있었다.
　한 사람도 남김없이 예의 적발 기사가 실린 신문을 손에 들고 있었다. 그러나 으레 그렇듯이 누구나가 공격의 책임을 자기가 떠맡는 일은 주저하고 있었다. 이윽고 모르셀 백작의 공공연한 적인 한 의원이 마침내 때가 왔다는 것을 느끼게 하는 어마어마한 태도로 단상으로 올라갔다.

장내는 무서울 만큼 조용해져 있었다. 다만 모르셀만이 평소에는 별로 경청한 일이 없는 이 변사에 대해 오늘따라 모두가 어째서 깊은 관심을 보이고 있는지 그 이유를 모르고 있었다.

백작은 그 연설자가 이제부터 아주 중대한, 그리고 아주 신성한, 의회의 사활에 관계될 만큼 중요한 사항에 대해 이야기를 할 테니까 의원 여러분의 경청을 바란다고 호소하는 서두를 태연히 들어넘기고 있었다.

그러나 자니나와 페르낭 대령이라는 말을 처음으로 들은 순간 모르셀 백작의 얼굴이 무서울 만큼 창백해졌다. 그 모습이 너무나도 이상했으므로 장내가 조금씩 술렁이기 시작하고 사람들의 눈이 일제히 백작에게로 쏠렸다.

마음에 입은 상처는 눈에 띄지는 않지만 좀처럼 상처가 닫혀지지 않는다는 데에 그 특색이 있다. 항상 아픔이 가시지 않고 여기에 닿으면 언제나 피를 뿜어낼 것처럼 마음속에 생생하게 큰 입을 빠끔이 벌리고 있는 것이다.

신문 기사의 낭독이 아까와 똑같은 침묵 속에서 끝나자 한순간 그 침묵은 잔잔한 술렁임으로 흐트러졌으나 이것도 연설자가 다시 입을 열려고 하는 기색을 보이자 금방 그쳤다.

변사는 고발자로서의 자기 양심의 망설임에 대해서 술회하고 다시 그 임무가 얼마나 어려운 것인가를 설명하기 시작했다.

즉, 어떠한 경우에도 지극히 미묘한 개인적인 문제에 대해 언급하는 토론을 이렇게 자기가 제안하는 것도 오로지 모르셀 씨의 명예와 의원 전체의 명예를 지키려는 생각에서 나온 것이라는 이야기였다.

마지막으로 그는 즉시 조사가 이루어져서 이 중상이 너무 확대되기 전에 말소시키고 모르셀 씨의 누명을 벗겨서 오래 전부터 여론에 의해 인정되고 있는 그의 명예로운 지위를 회복시키지 않으면 안 된다고 결론지었다.

모르셀은 이러한 터무니없이 큰, 뜻하지 않았던 재앙에 짓눌려 부들부들 떨며 겁먹은 눈으로 동료들을 바라보면서 겨우 두세 마디 더듬거리듯이 중얼거릴 수 있었을 뿐이었다.

그러나 이 겁먹은 듯한 태도는 죄를 저지른 자의 수치심에서 나온 것이라고도, 또 죄없는 자의 놀라움에서 나온 것이라고도 받아들여졌기 때문에 몇몇 사람의 동정을 얻을 수 있었다. 참으로 관대한 마음을 가진 사람은 자기의 적이 겪는 불행이 자기의 증오의 한계를 넘어선 경우에는 항상 동정을 금할 수 없는 법이다.

의장은 조사에 관한 건을 표결에 붙였다. 그리고 기립에 의해 채택 여부가 가려졌는데 그 결과는 조사가 행해져야 한다는 쪽으로 결정이 났다.

백작은 결백을 증명하는 데에 어느 정도의 준비 기간이 필요한가 라는 질문을 받았다.

모르셀은 이토록 혹독한 타격을 받고도 자기의 숨통이 아직 끊어지지 않았다는 것을 느끼자 용기를 되찾았다.

「의원 여러분」 하고 그는 대답했다. 「내가 모르는 적, 어쩌면 그 이름이 알려지지 않기를 바라는 적이 지금 나에 대해서 획책하고 있는 공격을 격퇴하는 데에는 별로 시간이 필요하지 않습니다. 한순간 나의 눈을 멀게 한 이 번개에 대해 나는 즉각 전격적으로 대답하지 않으면 안 됩니다. 이러한 설명을 하는 대신에 나는 동료 여러분과 자리를 함께 할 자격이 있다는 것을 증명하기 위해 내 피를 흘릴 기회가 주어지지 않은 것을 유감스럽게 생각하는 바입니다!」

이러한 말은 피고에게 유리한 인상을 주었다.

「그렇기 때문에」 하고 그는 말했다. 「나는 조사가 될 수 있는 대로 신속하게 이루어지기를 바랍니다. 그리고 나는 이 조사가 효과 있게 진행되는 것을 돕기 위해 필요한 모든 서류를 의회에 제출할 생각입니다.」

「그 날짜를 정해 주시겠습니까?」 하고 의장이 물었다.

「나는 즉시 오늘부터 의회의 지시에 따를 생각입니다.」 하고 백작은 대답했다.

의장은 종을 흔들었다.

「의원 여러분」 하고 그는 물었다. 「본건의 조사가 오늘 집행되는 데에 찬성하십니까?」

「찬성이오!」 하고 의원 일동이 일제히 대답했다.

그래서 모르셀이 제출하는 서류를 조사할 위원으로 열두 명이 임명되었다. 이 위원회의 제1차 회의는 오후 8시에 의회 사무실에서 열기로 결정되었다. 만일 여러 번 회의를 열 필요가 있을 때는 모두 같은 시간에, 같은 장소에서 연다는 데에 합의를 보았다.

이러한 결정이 내려지자 모르셀은 퇴석 허가를 요청했다. 그는 빈틈없는, 어떤 어려움에도 꺾이지 않는 성격으로 해서 언젠가는 이렇게 될 것을 내다보고 이 태풍을 교묘하게 피할 목적으로 벌써 오래 전부터 서류를 모아 놓고 있었다. 그래서 그것을 정리하지 않으면 안 되었다.

보샹은 지금 우리가 기술한 모든 이야기를 알베르에게 들려 주었다. 다만 그의 이야기는 지금 우리들의 이야기에 비하면 죽은 것의 차가움에 비해 살아 있는 것이 가지고 있는 생기가 느껴진다는 점에서 훨씬 더 박진감이 넘치고 있었다.

알베르는 어떤 때는 희망으로, 어떤 때는 노여움으로, 어떤 때는 치욕으로 몸을 떨면서 그 이야기를 듣고 있었다. 왜냐하면 보샹이 이전에 털어놓은 이야기로 자기의 아버지에게 죄가 있다는 것을 알고 있었기 때문이다. 그리고 실제로 죄를 범하였으면서 어떻게 아버지가 자기 자신의 결백을 증명할 수 있을까 하고 의아해하고 있었다.

아까 말한 데까지 오자 보샹은 이야기를 멈추었다.

「그리고는?」하고 알베르가 물었다.

「그리고는?」하고 보샹이 되물었다.

「그래.」

「이보게 알베르, 그렇게 말하니까 싫어도 무서운 이야기를 계속하지 않을 수가 없네. 그럼 꼭 그 다음 얘기를 계속 듣고 싶단 말인가?」

「꼭 알고 싶어. 다른 사람에게서가 아니라 자네의 입을 통해서 듣고 싶단 말일세.」

「좋아, 그렇다면」하고 보샹이 대답했다.「용기를 내게, 알베르. 이 이상 더 용기를 필요로 하는 일은 절대로 없을 테니까.」

알베르는 목숨을 지키려는 사람이 갑옷을 확인하고 칼을 점검해 보듯이 자기의 기력을 확인하려고 이마에 손을 대었다.

그는 기력이 넘치고 있는 것을 깨달았다. 하지만 그것은 흥분을 기력으로 착각한 것이었다.

「자, 어서 들려 주게!」하고 그는 말했다.

「그러다가 밤이 되었지.」하고 보샹은 다시 계속했다.「모든 파리 사람이 사태의 추이를 조용히 지켜보고 있었지. 많은 사람들은 자네의 아버지가 모습을 나타내기만 하면 탄핵 따위는 당장에 어디론가 날아가 버리고 말 것이라고 주장하고 있었어. 하지만 또 한편에서는 백작은 모습을 나타내지 않을 것이라고 말하는 사람들도 많았어. 어떤 사람은 백작이 브뤼셀을 향해 떠나는 것을 확실히 보았다고 단언했고 또 어떤 사람은 소문으로 떠도는 것처럼 백작이 정말로 패스포트를 받아갔는지 어떤지를 경찰에 확인하러 가기도 했지.」

「사실을 말하면 나는 모든 수단을 동원해서」하고 보샹은 계속했다.「위원의 한 사람인 젊은 의원의 도움을 받아서 이를테면 특별석이라고 할 수 있는 자리에 잠입했다네. 7시에 그 친구가 나를 마중하러 왔더군. 그래서 나는 아직 누구도 오기 전에 수위 한 사람을 소개받아 바닥좌석 같은 곳으로 안내를 받았지. 그곳은 원주로 그늘져서 내 모습은 완전한 어둠 속에 가려져 있었어. 이것으로 드디어 이제부터 시작되는 무서운 장면을 처음부터 끝까지 듣고 볼 수 있겠군, 하고 나는 생각했지.

8시 정각에 전원이 다 모였어.

모르셀 백작은 8시를 알리는 소리가 끝남과 동시에 들어오셨어. 무슨 서류를 손에 들고 있었고 침착한 모습이었어. 평소와는 달리 태도에도 꾸민 데가 없고 복장은 단정하기는 했지만 무척 간소했어. 그리고 옛 군인의 습관을 지켜 저고리에는 위에서 아래까지 반듯하게 단추가 잠겨져 있었어.

백작이 출석하셨다는 사실은 더할 수 없이 좋은 효과를 올렸어. 위원회의 분위기는 적의를 품고 있기는커녕 몇몇 위원은 일부러 백작에게까지 찾아가서 악수를 청했을 정도였어.」

알베르는 이러한 자초지종을 들으면서 심장이 빠개지는 듯한 느낌이었다. 그러나 그러한 고통 속에서도 고마운 마음이 스며들었다. 아버지의 명예가 이러한 위험에 처해 있을 때 아버지에게 그러한 경의를 표해 준 사람들에게 될 수만 있다면 키스라도 해주고 싶은 심정이었다.

「바로 그때 수위 한 사람이 들어와서 한 통의 편지를 의장에게 건네 주었어. 『모르셀 백작, 당신에게 발언을 허락합니다.』하고 의장이 그 편지의 봉함을 뜯으면서 말했어.

백작은 변명을 시작하셨지. 이것은 자네에게 단언하지만 알베르」하고 보샹은 말을 계속했다.「아버님의 웅변은 아주 훌륭했고 그야말로 명쾌했어.

백작은 자니나의 총독이 자기의 생사에 관한 황제와의 교섭을 백작에게 맡긴 이상 마지막 순간까지 백작을 전면적으로 신뢰하고 있었다는 것을 증명하는 서류를 제출하셨어.

백작은 또 지휘권의 표상인 동시에 알리 파샤가 언제나 자기 편지의 봉인으로 사용하고 있던 반지도 보여 주셨어. 그것은 백작이 돌아왔을 때 밤이든 낮이든 언제든지, 설사 알리 파샤가 후궁에 계실 때라도 만날 수 있도록 백작에게 부여한 것이었지.

백작의 말씀에 의하면 불행히도 교섭이 실패로 끝나 은인의 생명을 지켜 드리려고 돌아왔을 때는 알리 파샤는 이미 돌아가신 뒤였어.

그러나 알리 파샤가 백작에게 거는 신뢰는 절대적이어서 자신의 임종에 즈음해서 애첩과 딸을 백작에게 맡긴다고 유언하셨다는 거야.」

알베르는 그 말을 듣고 저도 모르게 부르르 몸을 떨었다. 왜냐하면 보샹이 이야기를 진행함에 따라 에데가 하던 이야기의 자초지종이 그의 머리에 되살아났기 때문이었다.

그는 그 그리스 미녀의 입을 통해 백작의 사명에 대한 것, 반지에 관한 것, 또 그녀가 어떻게 팔려져서 노예의 신분으로 전락했는가에 대해 들은 얘기를 회상했다.

「그래, 아버지의 변론 효과는 어떠했나?」하고 알베르는 걱정스럽게 물었다.

「솔직한 얘기로 나는 완전히 감동했어. 그리고 나와 마찬가지로 위원들도 모두 감동하고 있었어.」하고 보샹이 말했다.

「그런데 의장은 아까 자기에게 건네진 편지를 내키지 않는 듯이 내려다 보았어. 그러다가 처음의 몇 줄을 읽고는 대단한 흥미를 나타냈어. 그리고 일단 다 읽고 나서는 다시 한 번 읽더군. 그리고는 그 눈을 들어 모르셀 백작을 뚫어지게 바라보면서『백작』하고 말했어.『당신은 지금 자니나 총독이 당신에게 아내와 딸을 맡겼다고 하셨지요?』」

『그렇습니다.』하고 모르셀 백작은 대답하셨어.『하지만 여기에 대해서도 다른 경우와 마찬가지로 나는 불행에 직면했습니다. 돌아와 보니까 바지리키와 그 딸 에데의 모습은 사라지고 없었던 것입니다.』

『당신은 그 두 사람을 잘 알고 계셨습니까?』

『파샤와는 친밀하게 지내고 있었고 또 그는 내 충성을 더할 나위 없이 신뢰하고 있었으므로 그 두 사람을 여러 번 만난 적이 있습니다.』

『두 사람이 그 뒤 어떻게 되었는지 당신은 무슨 짐작되는 일이 있습니까?』

『네. 마음이 상한 나머지, 또는 아마도 생활에 쪼들려서 두 사람 모두 죽었다는 소문을 들었습니다.

나는 유복하지 못했고 생명도 노상 위험에 직면해 있었기 때문에 정말 유감스럽게도 두 사람의 행방을 알아낼 수는 없었습니다.』

의장은 보일 듯 말 듯 희미하게 눈썹을 찌푸렸어.

『여러분』하고 그는 말하더군.『여러분은 지금 모르셀 백작의 변명을 분명히 들으셨습니다. 그런데 백작, 지금 하신 말씀을 뒷받침하기 위해 누군가를 증인으로 세울 수 있습니까?』

『유감스럽게도 그럴 수가 없습니다!』하고 백작은 대답하셨어.『당시 총독의 측근에 있던 사람들도, 그 궁정에서 나를 알고 있던 사람들도 모두 죽어 버리거나 행방불명이 되고 말았습니다.

아마 나만이, 적어도 프랑스 인으로서는 나만이 그 무서운 전쟁에서 살아 남을 수가 있었습니다.

지금 내 손에는 알리 테브란의 서장밖에 남아 있지 않는데 그것은 이미 여러분에게 보여 드렸습니다.

나는 그의 의지의 표상인 반지밖에 가지고 있지 않은데 그것은 보시다시피 여기에 있습니다.

마지막으로 나로서 제출할 수 있는 가장 확실한 증거는 즉, 설사 이러한 익명의 공격을 받는다 하더라도 성실한 인간으로서의 내 말, 또 군인으로서의 결백한 생활 이외에 아무것도 존재하고 있지 않다는 것입니다.』

찬성의 중얼거림이 장내에 흘렀어. 만일 이때, 알겠나 알베르, 다른 아무 일도 일어나지 않았다면 자네의 아버님은 틀림없이 승리하셨을 거야.

다음에는 다만 표결만이 남아 있었어. 그런데 그때 의장이 발언을 했어.

『여러분』하고 그는 말했어.『그리고 백작, 여기에 매우 중요한 증인이라고 자처하면서 본인이 직접 출두하였는데 그 사람의 말을 들어 보는 데에 아무 이의도 없으리라고 생각합니다.

이 증인이야말로 아까부터의 백작의 설명으로 미루어 우리들의 동료의 완전한 결백을 증명해 주리라고 믿습니다. 여기에 이 문제에 관해 지금 내게 전달된 편지가 있습니다. 여러분은 내가 이것을 읽는 것이 좋겠다고 생각하십니까? 아니면 이것은 그대로 불문에 붙이고 이런 것에는 관여하지 않는 것이 좋겠다고 생각하십니까?』

모르셀 백작의 얼굴빛이 순식간에 창백해지고 손에 들었던 서류가 소리가 날 정도로 꽉 쥐어졌어.

위원회의 대답은 편지를 낭독하자는 데에 찬성이었어. 한편 백작은 뭔가 생각에 잠겨서 한마디도 의견을 말씀하시지 않았어.

그래서 의장은 다음과 같은 편지를 읽기 시작했어.

　　의장 각하
　저는 육군 중장 모르셀 백작의 에페이로스 및 마케도니아에서의 행동을 조사하고 계시는 위원회에 대해 매우 확실한 정보를 제공할 수 있는 사람입니다.

의장은 거기에서 잠깐 말을 끊었어.
모르셀 백작의 얼굴은 창백해지셨어. 의장은 모든 사람에게 눈으로 물었어.
『계속해 주세요!』하고 여기저기에서 일제히 소리를 지르더군.
의장은 다시 읽기 시작했어.

　저는 알리 파샤의 사망 현장에 있었고 그 최후를 지켜본 사람입니다. 바지리키와 에데가 어떻게 되었는지도 알고 있습니다. 저는 모든 것을 귀위원회의 지시에 따르겠습니다. 그리고 저의 증언을 들어 주실 것을 삼가 간청하는 바입니다. 이 편지가 전달될 때 저는 의회 현관에 있을 것입니다.

『그래 그 증인은, 아니 증인이라기보다 나의 적은 대체 누구입니까?』하고 백작이 물으셨지만 그 목소리가 완전히 달라진 것을 곧 알 수 있었어.
『그것은 지금 곧 알게 됩니다.』하고 의장은 대답했어.『위원회는 이 증인의 진술을 들어 보자는 의견입니까?』
『물론입니다!』하고 모든 위원이 일제히 대답했어.

그러자 수위가 불려왔어.

『이봐, 자네』하고 의장이 그 수위에게 물었어. 『누군가가 현관에서 기다리고 있나?』

『네.』

『어떤 사람이지?』

『하인을 대동한 부인이십니다.』

사람들은 모두 얼굴을 서로 마주 보았어.

『그럼 그 부인을 이리로 모시고 오시오.』하고 의장이 말했어.

5분 뒤 수위가 다시 모습을 나타냈어. 모든 사람의 눈은 문 쪽으로 일제히 쏠렸어. 그리고 나 자신도」하고 보샹은 말했다.

「다른 사람들과 마찬가지로 나도 기대와 불안으로 가슴이 벅찼어.

수위를 따라서 큰 베일로 전신을 완전히 감싼 한 부인이 걸어들어왔어. 그 베일에서 엿볼 수 있는 몸매, 거기에서 흘러나오는 아름다운 향기에서 그 사람이 젊고 우아한 여성이라는 것은 쉽게 짐작할 수 있었지만 그 이상의 것은 알 수가 없었어.

의장은 그 미지의 부인에게 베일을 벗어 달라고 부탁하더군.

베일을 벗자 그 부인이 그리스 풍의 의상을 입고 있다는 것을 알 수 있었어. 더욱이 그 부인은 기막힌 미인이었어.」

「아아!」하고 알베르가 말했다. 「그 사람이로군.」

「뭐? 그 사람이라고?」

「그래, 에데라고.」

「누구에게서 그 얘기를 들었지?」

「아니, 그저 그럴 것이라고 짐작했을 뿐이야. 어쨌든 이야기를 계속해 주게, 보샹. 보다시피 나는 침착하고 이렇게 말짱하니까 말야. 물론 이제 이야기도 거의 끝이 나겠지만 말이야.」

「모르셀 백작은」하고 보샹은 말을 이었다. 「공포가 섞인 놀란 눈으로 그 부인을 뚫어지게 바라보고 계시더군. 백작으로서는 이 귀여운 입에서 이제 흘러나올 말에 의해 그야말로 생사가 결정되는 판국이었지.

그러나 다른 사람들에게는 이것은 그야말로 기이하고 흥미진진한 사건이어서 모르셀 백작이 살아나느냐 마느냐 하는 것은 이미 이 사건의 이차적인

의미밖에 지니지 않게 되었어.

　의장은 손을 들어 그 젊은 부인에게 자리에 앉도록 권했어. 그러나 부인은 고개를 가로젓고 그냥 서 있겠다는 의사를 표시했어.

　한편 백작은 쓰러지듯이 팔걸이의자에 주저앉으시더군. 분명히 더 이상 서 계실 수 없는 상태였어.

　『당신은』하고 의장이 그 부인을 향해 말했어.『당 위원회에 편지를 보내셔서 자니나 사건에 관한 정보를 제공하겠다고 하셨습니다. 그리고 당신 자신이 그 사건의 목격자라고 주장하셨지요?』

　『실제로 저는 이 눈으로 똑똑히 보았습니다.』하고 그 미지의 부인은 매혹적인 애수가 깃든, 그리고 동양인의 목소리에 특이하게 있는 그 잘 울리는 목소리로 대답했어.

　『하지만』하고 의장이 말했어.『실례입니다만 당신은 그 당시엔 아직도 꽤 어리지 않았습니까?』

　『네 살이었습니다. 그렇지만 이 사건은 저에게는 너무 중대한 사건이었기 때문에 아주 조그만 일도 머리에서 떠난 적이 없고 어떤 사연도 단 한 가지 잊어버린 것이 없습니다.』

　『하지만 이 사건이 어째서 당신에게 중대한 의미를 가지고 있다는 말씀입니까? 그리고 그 비극에 그토록 깊은 인상을 받으셨다면 당신은 대체 누구십니까?』

　『제 아버지의 생사에 관한 사건이었습니다.』하고 젊은 부인은 대답했어.『그리고 제 이름은 에데, 자니나 총독 알리 테브란과 그의 사랑하는 아내 바지리키 사이에서 태어난 딸입니다.』

　이 젊은 부인의 얼굴을 물들인 얌전하면서도 사랑스러운 홍조, 타는 듯한 눈빛, 그리고 그녀가 밝힌 높은 신분에 사람들은 형용하기 어려운 감명을 받았어.

　한편 백작은 설사 벼락이 떨어져서 발밑에 깊은 못이 패었다고 하더라도 이렇게까지 기운을 못 차릴 수는 없으리라고 생각될 정도로 큰 타격을 받고 계셨어.

　『그렇다면』하고 공손하게 절을 하고 나서 의장이 말했어.『실례입니다만 한 가지 간단한 질문을 용서하십시오. 이렇게 말하는 것은 절대로 당신을 의심해서가 아닙니다. 그리고 더 이상은 아무것도 묻지 않겠습니다. 그런데 당신은 자신이 말씀하고 계시는 것이 틀림없는 사실이라는 것을 증명하실 수 있습니까?』

『물론입니다!』하고 에데는 베일 밑에서 공단으로 된 조그만 주머니를 꺼내면서 말했어.『여기에 제 출생증명서가 있습니다. 이것은 아버지가 써준 것으로서 주요 관리들의 서명이 곁들여져 있습니다.

다시 이 출생증명서에 더하여 제 세례증명서도 여기에 있습니다. 아버지는 제가 어머니와 동일한 종교로 양육되는 데에 동의하셨기 때문에 이 증서에는 마케도니아와 에페이로스의 대사교의 인새(印璽)가 찍혀 있습니다. 다시 (그리고 이것이 아마 가장 중요한 것일 테지만) 프랑스의 사관이 저와 제 어머니를 아르메니아의 상인 엘 코비르에게 팔아넘긴 매각증서가 있습니다.

저 프랑스 사관은 터키 황제와 치욕스러운 거래를 함으로써 그 배당으로 자기 은인의 딸과 아내를 얻어냈고 그 두 사람을 천 부르스, 즉 약 사십만 프랑에 팔아넘긴 것입니다.』

이러한 무서운 비난의 진술을 위원들은 무서운 침묵으로 받아들였지만 모르셀 백작의 볼은 창백하다 못해 검어졌고 눈은 빨갛게 충혈되어 있었어. 에데는 여전히 침착했어. 그러나 그 침착한 가운데 다른 여자가 화를 냈을 때보다도 더 놀라운 무서움을 나타내면서 아라비아 어로 적힌 그 매각증서를 의장에게 내밀었어.

제출될 서류의 몇 가지는 아마도 아라비아 어, 근대 그리스 어, 또는 터키 어로 씌어졌으리라는 것을 미리 헤아려 의회의 통역이 사전에 통고를 받고 있었어. 그래서 그 통역이 불려나왔지.

저 광영스러운 이집트 전역에 종군하여 그동안 아라비아 어를 배워 익힌 숙달된 한 의원이 통역이 큰소리로 읽어내려가는 문자를 독피지 위에서 더듬고 있었어.

　　노예 상인이며 황제 폐하 후궁의 어용 상인인 나, 엘 코비르는 프랑스 귀족 몽테 크리스토 백작으로부터 황제 폐하에 납입하는 이천 부르스 가량으로 견적되는 에메랄드 한 개를 받았음을 인정한다.

이것은 옛날의 자니나 총독 고 알리 테브란 공과 그 애첩 바지리키 사이에서 태어난 딸로 인정되는, 에데라고 일컫는 올해 열한 살의 그리스도교도인 여자노예의 대가이다.

이 여자노예는 7년 전, 콘스탄티노플 도착과 함께 사망한 그 어머니와 함께, 알리 테브란 총독에게 봉직한 페르낭 몬데고라고 일컫는 프랑스 인 대령으로부터 나에게 매도된 것이다.

위의 매매는 황제 폐하의 위탁을 받은 내가 폐하를 위해 천 부르스의 가격으로 행한 것이다.

회교력 1247년, 황제 폐하의 재가를 얻어 콘스탄티노플에서 이 증서를 작성했다.

서명 엘 코비르

본 증서에는 진짜임을 증명하기 위해 황제 폐하의 어새가 필요하며 본 매도인은 그 날인을 보증한다.

확실히 이 노예 상인의 서명과 가지런히 황제의 어새가 날인되어 있었어.
낭독이 끝나고 증서의 검증이 끝나자 그 뒤에는 무서운 침묵이 계속되었어. 백작은 이제 단지 눈을 뜨고 계시는 데 지나지 않았어. 그리고 백작 자신도 모르게 에데에게 쏠린 그 눈은 마치 불길과 피로 타오르는 것 같았어.
『그런데』하고 의장이 말했어.『틀림없이 현재 파리에서 당신 옆에 계실 몽테 크리스토 백작에게 물어 볼 수는 없을까요?』
『실은』하고 에데가 대답했어.『저의 제2의 아버지인 몽테 크리스토 백작은 사흘 전부터 노르망디에 가 계십니다.』
『그렇다면』하고 의장이 말했어.『대체 누가 당신으로 하여금 이러한 행동을 하시도록 권했습니까? 물론 우리로서는 당신의 이 행동에 대해서는 감사하고 있고 또 당신의 태생이나 불행으로 보아서 지극히 당연한 행위이기는 합니다만.』
『이것은』하고 에데가 대답했어.『아버지에 대한 존경심과 제 자신의 슬픔에 의해 권고받은 것입니다. 그리스도 교도이면서, 하느님 아무쪼록 용서해 주십시오, 저는 항상 훌륭한 아버지의 원수를 갚을 일만 생각해왔습니다.

그래서 이 프랑스에 발을 들여 놓고 그 배신자가 파리에 살고 있다는 것을 알고 난 뒤에 저는 항상 눈과 귀를 활짝 열고 세심한 주의를 기울여왔습니다.
　저는 제 보호자이신 훌륭한 분의 저택에 들어박혀서 살고 있지만 그러한 생활을 하는 것도 혼자서 남모르게 궁리하고 생각에 잠길 수 있는 그늘과 정적이 마음에 들기 때문입니다. 그렇다고는 하지만 몽테 크리스토 백작님은 하나에서 열까지 친자식처럼 저에게 신경을 써주시기 때문에 세상의 일 가운데서 제가 모르는 것은 하나도 없습니다. 물론 먼 발치에서 그 소리를 듣고 있을 뿐입니다만.
　그래서 저는 모든 사진첩을 송부받고 모든 악보를 공급받고 있는 것과 마찬가지로 모든 신문을 다 읽고 있습니다. 이렇게 타인의 생활에 대해서 별다른 관심도 없이 신문을 읽고 있는 동안에 오늘 아침 귀족원에서 어떤 일이 일어났는지, 그리고 오늘밤 그곳에서 어떤 일이 벌어지는지를 알게 되었던 것입니다……. 그래서 편지를 올리게 되었던 것입니다.』
　『그렇다면』하고 의장이 물었어.『몽테 크리스토 백작은 당신의 이번 행동과는 아무런 관계도 없다는 말씀이군요?』
　『그분은 전혀 모르십니다. 뿐만 아니라 언젠가 이 일이 그분의 귀에 들어갔을 때 꾸지람을 듣게 되지나 않을까 걱정입니다. 하지만 오늘은 우선 저에게는 기쁜 날입니다.』하고 그녀는 타는 듯한 눈으로 하늘을 우러르면서 계속했어.『마침내 이렇게 아버지의 원수를 갚을 기회를 만났으니까요！』
　그러는 동안 백작은 단 한마디도 말씀하시지 않았어. 동료들은 백작을 주의깊게 바라보고 있었지.
　그들은 아마도 한 여인의 향기로운 숨결에 의해 백작의 호운(好運)이 무참하게 깨어지는 것을 가엾게 생각하고 있었을 테지. 백작의 불행은 그 얼굴 위에 불길한 그림자가 되어서 서서히 그려지기 시작했어.
　『모르셀 백작』하고 의장이 말했어.『당신은 이 부인이 자니나 총독 알리 테브란의 따님이라는 것을 인정하십니까？』
　『인정하지 않습니다.』하고 백작은 안간힘을 다해 일어서려고 애쓰면서 말씀하셨어.『이것은 나의 적들이 꾸민 음모입니다.』
　에데는 누군가를 기다리고 있기라도 하는 듯이 문 쪽을 지그시 바라보고 있었으나 이때 갑자기 고개를 돌려 일어서 있는 백작을 발견하고는 무섭게 고함을 질렀어.
　『나를 기억하지 못한다고요?』하고 그녀는 말했어.『하지만 나는 다행히도 네놈을 잘 기억하고 있어! 너는 페르낭 몬데고, 내 훌륭한 아버님 군대의 교관을 지냈던 프랑스 사관이야.
　자니나의 성을 적에게 팔아먹은 것은 바로 너야! 네 은인의 생사에 대해 황제와 직접 교섭을 벌이기 위해 콘스탄티노플에 파견되었고 완전한 사면을 부여한다는 가짜 칙서를 가지고 돌아온 것은 네가 아니고 누구란 말인가!
　화약 경비병인 세림을 자기 뜻대로 조종하기 위해 그 칙서를 보이고 총독의 반지를 속여 뺏은 것은 네가 아니고 누구란 말이냐?
　세림을 죽인 것은 네가 아니란 말이냐? 어머니와 나, 두 사람을 엘 코비르의 손에 팔아넘긴 것은 네가 아니란 말이냐?
　아아, 이 살인자! 이 살인마 같은 놈아! 네 이마에는 아직도 네 주인의 피가 묻어 있다!
　여러분, 자세히 보십시오!』
　그녀의 그 말에 너무나도 격렬한 진실의 울림이 있었기 때문에 모든 사람의 눈은 일제히 백작의 이마 위로 쏠렸어. 백작 자신조차도 지금도 거기에 알리의 피가 미적지근하게 느껴지기라도 하는 듯이 이마에 손을 갖다댔어.
　『그럼 당신은 분명히 모르셀 백작이 그 페르낭 몬데고라는 사관과 같은 인물이라는 것을 인정하시는군요?』
　『어떻게 인정하지 않을 수가 있겠습니까!』하고 에데가 소리질렀어.『아아, 어머님! 당신은 말씀하셨습니다.『너는 자유로운 몸이었다. 너에게는 사랑하는 아버지가 계셨다. 너는 언젠가는 여왕이 될 수도 있는 신분이었다! 저 사나이를 잘 보아 두어야 한다. 저 사나이가 너를 노예로 만들고 네 아버지의 목을 창에 꿰어서 높이 쳐들었고 저 사나이가 우리를 팔아먹었고 저 사나이가 우리를 적의 손에 넘겨 주었단다!
　저 사나이의 오른손을 잘 보아라. 큰 상처가 있는 저 손을. 설사 네가 저 사나이의 얼굴을 잊어버린다 하더라도 노예 상인 엘 코비르의 손에서 금화를 한 개 두 개 받아쥔 저 손을 보면 그 사나이라는 것을 알게 될 테니까!』하고요.
　아아, 인정하지 않다니요, 어떻게 그럴 수가 있겠습니까!

자, 이래도 나를 몰라보겠다고 할 수 있는지 어디 저 사나이 자신의 입으로 들어 봅시다!』

그 말 한마디 한마디는 마치 비수처럼 모르셀 백작 위에 내리쳐져 백작의 기력을 그때마다 조금씩 깎아나갔어. 그리고 이 마지막 말을 듣자 백작은 저도 모르게 허둥대며 분명히 흉터가 있는 그 손을 가슴속에 숨기고 암담한 절망에 빠져 팔걸이의자에 힘없이 주저앉으시더군.

이 광경을 보고 사람들의 마음은 마치 사나운 북풍에 나뭇잎이 날려 떨어지듯이 큰 혼란을 일으켰어.

『모르셀 백작』하고 의장이 말했어.『힘을 잃어서는 안 됩니다. 자, 대답을 하세요. 이 법정의 심판은 하느님의 심판과 마찬가지로 모든 사람들에 대해 지극히 높고 또한 평등한 것입니다.

당신에게 방위 수단을 부여하지 않고 적이 당신을 함부로 짓밟게 그냥 두는 일은 하지 않습니다.

당신은 새로운 조사를 요구하십니까? 내가 의원 두 사람을 자니나에 파견하는 것을 희망하십니까? 자, 말씀해 보세요!』

모르셀 백작은 아무런 대답도 하지 않으셨어.

그러자 위원 일동은 무언가 공포와도 같은 기분에 휩싸여서 서로 얼굴을 마주 보더군.

사람들은 백작의 씩씩하고 과격한 성격을 잘 알고 있었지. 그러한 백작이 변명할 기력을 완전히 잃고 말았다는 것은 어지간한 허탈 상태가 아니고는 불가능하다는 것이 분명했어. 이 깊은 잠을 느끼게 하는 침묵 뒤에는 천둥과도 같은 깨어남이 오는 것이 아닌가 생각되었어.

『어떻습니까?』하고 의장이 물었어.『어떻게 결정하시겠습니까?』

『아니, 아무것도.』하고 자리에서 일어나면서 백작은 나직한 목소리로 말씀하셨어.

『그렇다면』하고 의장이 말했어.『알리 테브란의 따님은 진실을 말했다는 얘기입니까? 그럼 이 따님이야말로 범인이 한마디의 변명도 할 수 없을 만큼 무서운 증인이라는 얘기로군요? 당신은 지금 탄핵중인 사실을 실제로 저질렀단 말씀이군요?』

백작은 눈에 호랑이조차도 마음을 움직이지 않고는 견딜 수 없을 만큼 깊은 절망의 빛을 담고 주위를 둘러보셨어. 하지만 그것도 위원들의 마음을 누그러뜨릴 수는 없었어.

이어서 백작은 천장으로 눈을 옮겼지만 곧 그 눈을 딴 데로 돌리시더군. 그것은 마치 그 천장이 열려서 거기에 하늘이라는 이름의 제2의 법정, 하느님이라고 불리는 또 한 사람의 심판자의 찬란한 모습이 나타나는 것을 두려워하시는 것 같았어.

그리고 나서 백작은 갑자기 가슴을 죄고 있는 저고리의 단추를 거칠게 잡아뜯고는 마치 음울한 광인처럼 방에서 뛰쳐나가셨어.

잠시 동안 백작의 발소리가 잘 울리는 천장에 우울한 반향을 일으키고 있었지만 이윽고 전속력으로 백작을 실어나르는 마차 소리가 피렌체 식 건물의 주랑을 뒤흔들었어.

『여러분』하고 또다시 침묵이 찾아오자 의장이 말했어.『모르셀 백작은 반역, 배신, 비열한 행위를 저질렀다고 인정해도 좋겠습니까?』

『찬성입니다!』하고 조사위원회의 전원이 이구동성으로 대답했어.

에데는 회의가 끝날 때까지 그 자리에 머물러 있었어. 그녀는 백작에게 유죄 판결이 내려지는 것을 듣고 있었지만 그 표정에는 기쁨의 빛도 연민의 빛도 전혀 찾아볼 수가 없었어.

그리고는 또다시 얼굴 위에 베일을 내리고 위원들을 향해 공손하게 인사를 한 뒤 베르질리우스(기원 전 1세기의 로마의 대시인)가 여신들의 걸음걸이에 대해 노래한 그러한 발걸음으로 방에서 나갔어.」

88. 도 전

「그래서」하고 보샹은 다시 말을 이었다.「나는 주위가 조용해지고 어두워진 것을 이용해서 아무에게도 발각되지 않고 거기에서 나왔어. 나를 잠입시켜 준 그 수위가 문간에서 기다리고 있더군. 그 사나이가 앞에 서서 여러 개의 복도를 지나 버지랄 거리에 면한 조그만 출입구까지 나를 데려다 주었어.
　나는 비탄에 잠김과 동시에 감격을 맛보면서 밖으로 나왔어. 이런 표현을 용서해 주게, 알베르. 자네를 생각할 때는 아주 슬펐지만 끝까지 아버지의 원수를 갚으려는 그 젊은 여성의 숭고한 모습에는 감격하지 않을 수가 없었어.
　그래, 알베르, 나는 자네에게 분명히 단언하겠네. 이 적발의 출처가 어디든, 아마도 그것은 어떤 적의 손에 의해서 행해졌을 테지만, 그래도 그 적이 신의 의지를 대신 행한 것이 틀림없다고 나는 감히 말하고 싶네.」
　알베르는 머리를 두 손으로 감싸고 있었으나 부끄러움으로 붉게 물들고 눈물로 완전히 범벅이 된 얼굴을 쳐들고는 보샹의 팔을 꽉 붙들고 말했다.
「이보게, 내 인생은 이것으로 끝이 났어. 나에게 남겨진 일은, 다만 자네의 말처럼 이러한 타격이 신의 섭리에 의한 것이라는 따위가 아니라 나에게 적의를 나타내고 있는 그 상대가 대체 누구인지, 그것을 끝까지 밝혀내는 일이야.
　그리고 그 상대가 밝혀지면 내가 그놈을 죽이거나 그놈이 나를 죽이거나 둘 중의 하나가 있을 뿐이야.
　그런데 보샹, 나는 자네의 우정이 나에게 도움이 되어 주리라고 기대하고 있네. 물론 그 우정이 자네의 마음속에서 경멸에 의해 지워지지 않았다면 말이네만.」
「뭐? 경멸이라고? 이 불행이 도대체 자네와 무슨 관계가 있단 말인가? 다행히도 아무 관계도 없지 않은가? 우리는 이미 아들이 아버지의 행위에 대해 책임을 져야 하는 부당한 편견이 지배하는 시대에 살고 있지는 않아. 자네의 지금까지의 생애를 돌이켜 보게, 알베르. 확실히 자네의 생애는 막 시작되었을 뿐이지만 그러나 어떤 쾌청한 날의 새벽도 자네 인생의 새벽처럼 맑고 깨끗했던 적은 없어.
　그래, 알베르. 알겠나? 자네는 아직도 젊고 돈도 얼마든지 있어. 그러니까 프랑스를 떠나게. 생활이 눈부시게 바쁘고 그리고 유행이 변하기 쉬운 이 거대한 현대의 바빌로니아(파리를 지칭함)에서는 어떤 일도 곧 잊어버리고 만다네.
　그러니까 3, 4년 뒤에 돌아와서 러시아의 왕녀와 결혼이라도 한다면 누구 한 사람 어제 일어난 일 같은 것은 생각조차 안할 것이고 더군다나 16년

전의 일을 생각해내는 사람은 하나도 없을걸세.」

「고맙네, 보샹. 그렇게 말해 주는 자네의 호의는 아주 반갑네. 하지만 그럴 수는 없다네.

나는 내 희망을 자네에게 얘기했어. 필요하다면 지금 그 희망이라는 말을 의지라는 말로 바꾸어도 좋아.

자네도 이해하리라고 생각하지만 이 사건의 관계자로서 나는 자네하고 똑같은 관점에서 이 사건을 볼 수는 없다네. 자네에게는 하늘의 의지에서 비롯된 것처럼 생각되는 일도 나에게는 좀더 불순한 곳에서 비롯된 것처럼 생각된단 말일세.

솔직히 얘기해서 나에게는 신의 섭리 같은 것은 이 사건과는 아무런 관계도 없는 것처럼 생각돼. 그리고 그러는 편이 나로서는 마음이 편하다네.

왜냐하면 눈에 보이지도 않고 손으로 만질 수도 없는 신의 상벌의 사자 대신에 분명히 눈에도 보이고 손으로도 만질 수 있는 인간이 발견된다면 그놈에게, 아아 그렇지, 최근 일 개월 동안 줄곧 나를 괴롭혀온 모든 것에 대한 분풀이를 할 수 있으니까.

이제야말로 나는 다시 한 번 되풀이하네만 신 따위와는 관계가 없는 인간적인, 현실적인 세계로 돌아가고 싶어. 그리고 자네가 스스로 말하듯이 아직도 나의 친구로 있어 준다면 이런 타격을 나에게 안겨 준 장본인을 발견하는 일에 조력해 주게.」

「그럼 그렇게 하지.」 하고 보샹이 말했다. 「자네가 그렇게까지 나를 지상으로 끌어내리고 싶다면 내가 내려가지. 꼭 적을 찾아내는 일을 시작하고 싶다면 나도 함께 나서지. 꼭 찾아낼게. 나도 그놈을 찾아내는 일에 자네 못지않게 명예를 걸고 있으니까.」

「그렇다면 보샹, 어떤가, 지금 곧 지체없이 탐색을 시작하는 것이. 적어도 나에게는 일 분이 영원만큼이나 길게 느껴져. 밀고자는 아직도 벌을 받지 않고 태평스럽게 지내고 있어. 그러니까 이대로 벌을 받지 않고 무사히 끝날 것으로 생각하고 있을지도 몰라. 그러나 천만에, 어디 두고 보라지. 나는 명예를 걸고 맹세하지만 만일 그놈이 이대로 태평스럽게 살아갈 수 있다고 생각한다면 그것이야말로 착각도 이만저만이 아니지.」

「그런데 잠깐 들어 주길 바라네만, 알베르.」

「아아 보샹, 자네는 뭔가 알고 있는 것 같군. 자, 이제 슬슬 기운이 생기는 걸.」

「나는 이것이 사실이라고는 말하지 않겠네, 알베르. 하지만 적어도 어둠을 비추는 한 줄기 빛인 것만은 확실해. 이 빛을 더듬어가면 목적에 도달할 수 있을지도 몰라.」

「자, 말해 주게. 보다시피 나는 기다리기 지루해서 이렇게 안절부절 못하고 있으니까.」

「좋아, 그렇다면 내가 자니나에서 돌아왔을 때 자네에게 미처 말하지 못한 얘기를 해주지.」

「어서 들려 주게.」

「실은 이렇다네, 알베르. 나는 정보를 입수하기 위해서, 아주 당연한 일이지만, 그 마을에서 가장 큰 은행가를 찾아갔었네. 그런데 내가 사건에 대한 얘기를 꺼내자마자, 자네 아버지의 이름은 아직 입에 담지도 않았는데『아아』하고 그 은행가가 말하는 거야.『네, 그렇군요. 찾아오신 까닭을 알겠습니다.』라고 말야.

『그건 또 무슨 뜻입니까, 대체 어떻게 그걸?』

『실은 불과 2주일 전에 똑같은 질문을 받았거든요.』

『누구에게서 말입니까?』

『우리 은행의 거래선인 파리의 어떤 은행으로부터 말입니다.』

『이름은요?』

『당그랄 씨입니다.』라고 말하는 것이었어.」

「그 사나이가!」하고 알베르가 소리질렀다.「역시 그렇군. 그 사나이는 질투 때문에 불쌍한 아버지를 꽤 오래 전부터 미워하고 있었지. 민중적이라고 스스로 자부하고 있는 그 사나이는 아버지 모르셀 백작이 귀족원 의원이 된 것을 참을 수 없었던 거야. 게다가 보라고, 그 사나이는 이유도 말하지 않고 내 혼담도 파약하지 않았나 말야. 그래, 틀림없이 그랬을 거야.」

「하지만 잘 조사해 보게, 알베르(처음부터 흥분을 해서는 안돼). 알겠나? 잘 알아 보게. 그리고 만일 그것이 사실이라면……」

「아아, 물론이지, 만일 그것이 사실이라면」하고 알베르는 소리질렀다. 「지금까지 나를 괴롭힌 데 대한 보복을 해줘야지.」

「조심하게 알베르. 그 사람은 이미 노인이야.」

「그놈이 우리 집의 명예를 생각해 준 것과 똑같이 나도 그놈의 나이를 생각해 주지. 아버지에게 원한이 있다면 어째서 아버지를 직접 해치우지 않는 건가? 아니, 그놈으로서는 그렇게 할 수가 없었어. 그놈은 상대와 정면으로 대결하는 것이 무서운 거야!」

「알베르, 나는 조금도 자네를 비난하는 게 아니야. 다만 조급한 자네의 마음을 진정시키고 싶을 뿐이야. 알베르, 어떻든 신중하게 행동하는 게 좋아.」

「아니, 걱정할 것 없어. 게다가 보샹, 자네하고 함께 가도록 할 테니까. 중대한 사안은 증인을 옆에 놓고 행하지 않으면 안 되니까.

만일 당그랄 그놈이 범인이라면 오늘이 다 가기 전에 그놈의 숨통이 끊어져 있든가 아니면 내가 죽든가, 둘 중의 하나야. 알겠나, 보샹, 나는 내 명예를 훌륭하게 장사지내고 싶네!」

「좋아, 그럼 그렇게 결심이 섰다면 알베르, 즉각 그것을 실행에 옮기도록 하세. 자네는 당그랄네 집으로 쳐들어가자는 거지? 그럼 어서 떠나세.」

가두마차가 불려왔다.

은행가의 저택으로 가니까 입구에 카바르칸티 씨의 마차와 하인의 모습이 보였다.

「좋았어! 아주 안성마춤이야.」하고 알베르가 음침한 목소리로 말했다. 「만일 당그랄이라는 놈이 나와 결투하기 싫다고 하면 놈의 사위를 죽여 버려야지. 그놈은 결투를 하지 않을 수가 없을 테지, 카바르칸티쯤 되는 놈이!」

알베르의 방문이 은행가에게 전달되었다. 은행가는 알베르라는 이름을 듣자 전날의 사건을 알고 있었기 때문에 면회를 거절하고 따돌리려고 했다. 그러나 때는 이미 늦었다. 알베르는 시복을 따라서 이미 들어와 있었다. 그는 자기를 안으로 들여보내지 말라는 당그랄의 말을 듣고 문을 확 열어젖히고 보샹을 거느린 채 은행가의 서재로 성큼 들어섰다.

「아니, 이것은」하고 은행가가 소리질렀다. 「자기 집에서는 만나고 싶은 사람을 만나고, 만나고 싶지 않은 사람은 만나지 않는다는 것도 이제는 마음대로 할 수 없게 되었나요? 아무래도 당신은 몹시 흐트러지신 것 같은데요?」

「무슨 말씀.」하고 알베르는 냉랭하게 말했다.「사람은 경우에 따라서는, 지금 당신의 경우가 그렇습니다만, 비겁자가 아닌 한(그런 구실을 만들어 드립니다만) 적어도 어떤 사람은 꼭 만나지 않으면 안 된단 말입니다.」
「대체 나한테 무슨 용건이 있단 말이오?」
「나는」하고 알베르는 난로에 등을 기대고 있는 카바르칸티에게는 관심도 없다는 듯한 태도로 뚜벅뚜벅 당그랄에게 다가가면서 말했다.「어디든 아무에게도 방해받지 않는 외딴 장소에서 10분쯤 당신과 만나고 싶습니다. 10분이면 충분합니다. 그리고 그렇게 얼굴을 마주한 두 사람 중의 한 사람은 낙엽에 파묻혀서 그 자리에 눕게 됩니다.」
당그랄은 획 얼굴빛을 달리했고 카바르칸티는 흠칫 하고 몸을 움직였다. 알베르는 그러는 카바르칸티 쪽을 돌아보았다.
「아니, 이것 참!」하고 그는 말했다.「괜찮으시다면 당신도 와주세요, 백작. 당신에게는 오실 만한 권리가 있습니다. 이 집안의 한 사람이나 마찬가지니까요. 그 밖에도 괜찮다고 하시는 분이 계시면 몇 사람이라도 좋으니까 지금 말씀드린 것처럼 만나십시다.」
카바르칸티는 어이가 없어서 당그랄의 얼굴을 바라보았다. 당그랄은 기운을 내어 일어서더니 두 청년 사이에 끼여들었다. 알베르의 화살이 안드레아에게 향해졌기 때문에 그의 입장은 달라졌다. 당그랄은 처음에 자기가 생각한 것과는 달리 알베르의 방문에는 다른 이유가 있는 것이 아닌가 하는 생각을 했다.
「이봐요, 잠깐.」하고 그는 알베르를 향해서 말했다.「이분을 당신 대신 사위로 선택했다고 해서 이분에게 싸움을 걸려고 찾아온 것이라면, 미리 말씀드리지만 이 이야기는 검사에게로 가지고 갈 겁니다.」
「아니, 그건 착각입니다.」하고 알베르가 음울한 미소를 지으면서 말했다. 「나는 결혼 따위는 조금도 문제삼고 있지 않아요. 카바르칸티 씨에게 그렇게 말한 것은 그가 우리들 얘기에 참견하고 싶어하는 기색이 느껴졌기 때문이에요. 하긴 당신의 말씀도 틀린 것은 아니에요.」하고 그는 말했다.「오늘 나는 누구에게나 싸움을 걸고 싶은 심정이니까요.
하지만 안심하세요, 당그랄 씨. 우선권은 당신에게 있으니까요.」
「여보시오.」하고 당그랄이 분노와 공포로 얼굴빛을 달리하면서 대답했다.

「미리 경고해 두지만 만일 불행히도 길거리에서 미친 개를 만나면 나는 그것을 죽이고 맙니다. 그리고 나는 내가 죄를 지었다고 생각하기는커녕 사회에 도움이 되는 일을 했다고 생각합니다.

그런데 당신이 흥분해가지고 나를 물어뜯으려 한다면 미리 말해 두지만 나는 용서없이 당신을 죽이고 말 겁니다.

자, 당신 아버지가 명예를 잃었다고 해서 그것이 내 탓이란 말인가요, 내 탓?」

「그렇다, 이 비열한 인간 같으니!」하고 알베르가 소리질렀다. 「네놈의 탓이다!」

당그랄은 한 걸음 뒤로 물러섰다.

「내 탓이라고? 이 당그랄의 탓?」하고 그는 말했다. 「당신은 머리가 돈 것 아니오? 내가 그리스에서의 일 같은 것을 알고 있을 까닭이 없잖아요! 내가 언제 그런 나라들에 여행을 했지요?

아니면 당신 아버지에게 자니나의 성을 팔아먹고 배신을 하도록 권고한 것이 이 당그랄이란 말인가요?……」

「닥쳐요!」하고 알베르가 음침한 목소리로 말했다. 「물론 확실히, 당신이 직접 그러한 소문을 퍼뜨리고 이러한 불행을 불러일으킨 것은 아니오. 하지만 그야말로 착한 사람인 양 가면을 쓰고 그것을 뒤에서 부추긴 것은 당신이란 말이오!」

「내가 그랬다고요?」

「그래, 당신이오! 그 폭로의 출처는 어디지요?」

「그건 신문에서도 읽었겠지만 자니나에서 온 것 아니오?」

「누가 자니나에 편지를 냈지요?」

「자니나에?」

「그래요. 아버지에 대한 정보를 입수하기 위해 자니나에 편지를 낸 사람은 누구지요?」

「누가 자니나에 편지를 냈든 상관없는 것 아닙니까?」

「하지만 실제로 편지를 낸 사람은 한 사람밖에 없단 말이오.」

「한 사람밖에 없다고요?」

「그래요. 그리고 그 인간이 바로 당신이란 말이오.」

「그래요, 과연 나는 편지를 냈어요. 하지만 자기의 딸을 어떤 청년에게 시집 보낼 때는 그 청년의 가족에 대해서 여러가지를 조사해 봐도 상관이 없다고 생각하는데요. 이것은 권리일 뿐 아니라 의무이기도 하다고 생각하는데요.」

「당신은 편지를 냈오.」하고 알베르가 말했다.「어떤 회답이 올는지를 분명히 알고 있으면서.」

「내가요? 아니, 맹세코 말씀드리지만요.」하고 당그랄은 아마도 공포는 커녕 오히려 이 불쌍한 청년에 대해 마음속으로 느낀 동정의 기분에서 그야말로 허물없는, 안심한 어조로 말했다.「맹세코 말씀드리지만 나는 자니나에 편지를 낼 생각 같은 것은 하지도 못했어요. 알리 파샤의 비극 같은 것, 어떻게 내가 알고 있었겠어요, 어떻게 내가?」

「그렇다면 누군가로부터 편지를 쓰도록 권고받았다는 겁니까?」

「그래요.」

「권고를 받았단 말이지요?」

「그렇다니까요.」

「누구지요, 그것은? 모두 털어놔 주세요……, 자…….」

「그거야 간단하지요. 언젠가 댁의 아버지의 옛날 일을 얘기하고 있을 때 나는 아버지의 재산이 어떻게 해서 생긴 것인지 그것이 지금도 분명치 않다고 말했어요. 그랬더니 그 상대는 아버지가 어디에서 그 재산을 만들었는가고 물었어요. 그래서 나는『그리스에서요.』하고 대답했지요. 그러자 그 사람이『그렇다면 자니나에 편지를 보내 보세요.』하고 말하더군요.」

「그래, 당신에게 그렇게 말한 상대는 누구지요?」

「내 친구인 몽테 크리스토 백작이에요!」

「몽테 크리스토 백작이 당신더러 자니나에 편지를 보내 보라고 말했다고?」

「그렇다니까요. 그래서 나는 편지를 보냈어요. 회답을 보시겠어요? 얼마든지 보여 드릴 수 있어요.」

알베르와 보샹은 서로 얼굴을 마주 보았다.

「당그랄 씨」하고 그때까지 한마디도 하지 않고 있던 보샹이 말했다.「당신은 지금 파리에 계시지 않는, 따라서 지금 변명을 하실 수가 없는 백작에게 죄를 뒤집어 씌우려는 것 같은데요?」
「나는 누구에게도 죄를 뒤집어 씌우고 있지 않아요.」하고 당그랄이 말했다. 「다만 사실을 말하고 있을 뿐이에요. 그리고 지금 두 분에게 하고 있는 말은 몽테 크리스토 백작 앞에서도 그대로 되풀이할 수 있어요.」
「그럼 백작은 당신이 어떤 회답을 받았는지도 알고 있습니까?」
「보여 드렸으니까요.」
「그분은 아버지의 세례명이 페르낭이고 성이 몬데고라는 것을 알고 계시던가요?」
「네. 그 얘기는 내가 오래 전부터 했으니까요. 그런데 이 문제에 관해서는 나는 다른 사람들도 내 입장에 있었다면 틀림없이 했을 일을 한 데에 지나지 않아요. 그것도 아주 부드럽게요.
이 회답을 받은 다음날, 몽테 크리스토 백작의 권고에 따라 당신 아버지가 정식으로 딸을 달라고 요청해 오셨을 때 이야기를 끊어 버리고 싶을 때 누구나가 그렇게 하듯이 나는 확실히 딱 부러지게 거절했습니다.
하지만 그 이유는 말씀드리지 않았습니다. 이러쿵저러쿵 떠들어대지도 않았습니다.
사실 무엇 때문에 내게 그럴 이유가 있었겠습니까? 모르셀 백작의 명예든 불명예든 나하고 무슨 관계가 있단 말입니까? 그런 것으로 내 수입이 늘거나 줄지는 않으니까요.」
알베르는 얼굴이 붉어지는 것을 느꼈다. 이제 의심의 여지는 없었다. 확실히 당그랄은 비열하게도 자기 변호를 하고 있었다. 그러나 그에게는, 물론 양심에서가 아니라 공포에 휩싸여서이기는 했지만 어떻든 사실의 전부는 아니라 하더라도 적어도 그 일단을 말하고 있다는 느낌이 있었던 것이다.
그런데 알베르가 찾고 있던 것은 대체 무엇인가? 그것은 당그랄과 몽테 크리스토의 어느 쪽이 죄가 더 무거운가 가벼운가 하는 것이 아니었다. 그가 찾고 있는 것은 모욕의 무게야 어떻든, 이러한 모욕에 대해서 책임을 질 인간, 즉 자기와 결투를 할 인간이었다. 그리고 당그랄이 결투를 하지 않을 것은 명백했다.
게다가 그가 지금까지 잊고 있었거나 미처 깨닫지 못했던 일들이 하나하나 또렷이 눈에 보이게 되었고 기억에 되살아났다.

몽테 크리스토가 알리 파샤의 딸을 사들였다는 것은 이미 모든 것을 알고 있었다는 것이다. 그리고 모든 것을 알고 있으면서 당그랄에게 자니나에 편지를 보내 보라고 권고한 것이다. 그리고 그 회답을 알고 나서 에데에게 소개해 달라는 자기의 부탁을 받아들인 것이다.

그리고 에데 옆에 있던 백작은 이야기가 알리의 최후에 이르는 것을 잠자코 보고 있으면서 에데의 이야기를 중단시키려고는 하지 않았다(물론 에데에게는, 그때 뭐라고 근대 그리스 어로 말한 그 말로, 그것이 자기의 아버지라는 것을 눈치채게 해서는 안 된다고 지시했을 것이 틀림없다).

게다가 그는 나에게 아버지의 이름을 에데 앞에서는 입에 담지 말라고 부탁하지 않았는가.

또한 그는 드디어 소란이 일어난다는 것을 알고 나를 노르망디로 데리고 갔다.

의심할 여지는 하나도 없었다. 모든 것은 계산된 행동이었다. 분명히 몽테 크리스토는 아버지의 적과 기맥을 통하고 있었던 것이다.

알베르는 보샹을 한쪽 구석으로 데리고 가서 그러한 생각을 모두 털어놓았다.

「옳은 얘기야.」하고 보샹이 말했다. 「당그랄 씨는 이번 문제에 있어서는 노골적이고 표면적인 역할 밖에는 하지 않은 셈이야. 몽테 크리스토 백작에게야말로 자네는 해명을 요구하지 않으면 안돼.」

알베르는 뒤돌아섰다.

「아시겠습니까.」하고 그는 당그랄에게 말했다. 「이것으로 깨끗하게 헤어지는 것은 아닙니다. 당신의 말이 정당한지 어떤지 아직도 조사를 해보지 않으면 안 되니까요. 지금부터 곧장 몽테 크리스토 백작에게로 가서 확인을 하고 오겠습니다.」

이렇게 말하고 그는 은행가에게 인사를 한 뒤 카바르칸티 따위는 안중에도 없다는 듯한 태도로 보샹과 함께 그곳에서 나왔다.

당그랄은 두 사람을 출입문까지 배웅하고 출입문 옆에서 알베르를 향해 새삼스럽게, 자기는 모르셀 백작에 대해 개인적으로 조금도 미운 마음을 품을 이유가 없다고 단언했다.

89. 모　　욕

　은행가의 집 문을 나선 곳에서 보샹은 알베르를 멈춰 세웠다.
　「이것 봐.」하고 보샹은 말했다. 「나는 아까 당그랄 씨네 집에서 몽테크리스토 백작이야말로 자네가 해명을 요구해야 할 사람이라고 말했었지?」
　「그래. 그래서 둘이서 이렇게 그에게로 가는 것 아닌가?」
　「잠깐 기다려 봐, 알베르. 백작에게 찾아가기 전에 좀더 잘 생각해 봐.」
　「대체 무엇을 생각해 보라는 건가?」
　「그렇게 하는 것의 중대성을 말일세.」
　「그것이 당그랄을 찾아가는 것보다 그렇게 중대한 일인가?」
　「그래. 당그랄 씨는 축재가에 지나지 않아. 그런데 자네도 알고 있듯이 축재가라는 놈들은 막상 결투라고 하면 자본이 허사가 될지도 모른다는 것을 이미 알고 있어.
　그런데 백작은 거기에 반해 훌륭한 귀족이야. 적어도 외견상으로는 말일세. 그런데 자네는 그러한 귀족이 실은 목숨 아까운 줄 모르는 살인 청부업자라고 해도 상관없단 말인가?」
　「내가 무서워하는 것은 단지 하나, 결투를 하지 않는 사나이와 부딪치게 되지 않을까 하는 것뿐이야.」
　「아니, 그 점에 대해서는 안심하라고.」하고 보샹이 말했다. 「백작은 틀림없이 결투에 응할 거야. 아니 응할 정도가 아니라, 나는 한 가지 걱정되는 게 있어. 백작의 솜씨가 너무 뛰어나지 않을까 하는 점이야. 이봐, 조심하는 게 좋아!」
　「아니, 이보게.」하고 알베르는 환한 미소를 띠면서 말했다. 「그거야말로 내가 바라는 바일세. 내가 무엇보다도 기쁘게 생각하는 것은 아버지를 위해서 목숨을 버리는 일이야. 그것으로 모두가 구원을 얻을 수 있어.」
　「그렇게 되면 너의 어머니는 돌아가시고 말걸!」
　「아아, 불쌍한 어머니.」하고 알베르는 손을 눈으로 가져가면서 말했다.

「그것은 나도 잘 알고 있어. 하지만 굴욕스러운 나머지 돌아가시는 것보다는 그 때문에 목숨을 잃으시는 편이 낫다고 생각해.」
「결심은 단단히 섰나, 알베르?」
「물론이지.」
「그럼 좋아. 하지만 백작을 만날 수 있을까?」
「나보다 2, 3시간 뒤에 떠날 예정이었으니까 아마 집에 돌아와 있을걸?」
두 사람은 마차를 타고 샹젤리제 거리 30번지를 향해 갔다.
보샹은 자기만 내리려고 했다. 그러나 알베르는 이번의 사건 자체가 보통의 틀을 벗어난 것이니까 결투의 예의에 벗어나도 괜찮을 것이라고 말했다.
알베르는 이번 일에 대해서는 한 점 나무랄 데 없는 이유로 행동하고 있었으므로 보샹으로서도 그의 말에 따르는 수밖에는 도리가 없었다. 그래서 그는 알베르의 그 말에 양보해서 그를 뒤따라갔다.
알베르는 문지기 오두막에서 현관의 돌층계까지 단숨에 뛰어갔다. 마중을 나온 것은 바티스탄이었다.
백작은 실제로 방금 전에 돌아와 있었다. 그러나 마침 목욕중이어서 설사 누구라 하더라도 들여보내서는 안 된다고 지시해 놓고 있었다.
「하지만 목욕이 끝난 뒤엔?」 하고 알베르는 물었다.
「식사를 하십니다.」
「그럼 식사를 하신 뒤엔?」
「한 시간쯤 쉬십니다.」
「그 다음에는?」
「그 다음에는 오페라좌에 가십니다.」
「그게 틀림없겠지?」 하고 알베르가 물었다.
「틀림없습니다. 8시 정각에 말을 달아 놓으라고 분부하셨으니까요.」
「좋아.」 하고 알베르가 대답했다. 「그것만 알면 충분해.」
그리고는 보샹 쪽을 돌아보며 「보샹, 무슨 볼일이 있으면 곧 끝내 주지 않겠나? 오늘밤 누구하고 약속이라도 있으면 내일로 연기해 주게. 자네하고 오페라좌에 함께 가면 좋겠어. 만일 가능하다면 샤토 루노 군도 데리고 와주게.」
보샹은 백작을 만날 수 있다는 생각에서 8시 15분 전에 틀림없이 마중가겠다고 약속하고 알베르와 헤어졌다.
 알베르는 집으로 돌아와서 프랑츠, 도브레, 그리고 모렐에게 오늘밤 꼭 오페라좌에서 만나고 싶다고 알렸다.
 그리고 나서 그는 어머니를 만나러 갔다. 그녀는 전날의 사건 이후 줄곧 아무와도 만나지 않고 방에만 들어박혀 있었다. 알베르가 들어가니 세상의 웃음거리가 된 극심한 고통에 못 이겨 그녀는 자리에 누워 있었다.
 알베르의 모습을 본 메르세데스는 누구나가 예상하는 대로의 태도를 나타냈다. 그녀는 아들의 손을 잡고 눈물을 흘리기 시작했다. 그러나 눈물을 흘렸기 때문에 한결 마음이 가라앉았다.
 알베르는 잠시 어머니의 얼굴 가까이에 선 채 아무 말도 하지 않고 있었다. 창백한 그 얼굴, 찌푸린 그 눈썹은 복수의 결의가 마음속에서 차츰 약해지고 있음을 나타내고 있었다.
 「어머니」하고 알베르가 말했다. 「모르셀 백작에게 누군가 적이 있다는 것을 모르십니까?」
 메르세데스는 몸서리를 쳤다. 아들이 『아버지에게』라고 말하지 않은 것을 깨달았기 때문이었다.
 「얘야」하고 그녀는 말했다. 「아버지 같은 지위에 있는 분에게는 자기 자신도 모르는 적이 꽤 많이 있게 마련이란다. 그리고 이쪽에서 알고 있는 적은 너도 아다시피 별로 무서운 적이 아니란다.」
 「네, 그것은 나도 알고 있어요. 그렇기 때문에 이렇게 통찰력이 훌륭하신 어머니에게 묻고 있는 것입니다. 어머니는 빈틈이 없으셔서 무슨 일이나 놓치는 법이 없으시니까 말예요!」
 「어째서 그런 말을 하는 거지?」
 「그럴 밖에요, 언젠가 우리집에서 무도회를 베푼 날 밤, 몽테 크리스토 백작이 우리집의 음식을 하나도 입에 대지 않으려 한 것도 어머니는 눈치채시지 않았어요?」
 메르세데스는 부들부들 떨면서 열 때문에 뜨겁게 달아오른 팔을 짚고 몸을 일으켰다.
 「몽테 크리스토 백작이라고!」하고 그녀는 소리질렀다. 「그것이 지금 묻고 있는 말과 대체 무슨 관계가 있는 거지?」

「아시겠지만 어머니, 몽테 크리스토 백작은 동양인이라고 해도 과언이 아닌 사람입니다. 그리고 동양인은 복수의 자유를 어디까지나 확보하기 위해 적의 집에서는 일체 마시지도 먹지도 않는 법입니다.」

「몽테 크리스토 백작이 우리의 적이라고 ? 알베르 ?」 하고 메르세데스는 몸에 덮은 시트보다도 더 창백해진 얼굴로 말했다. 「누가 그런 말을 했지 ? 어째서 그렇다는 거지 ?

너는 뭔가 잘못 생각하고 있다, 알베르. 몽테 크리스토 백작은 우리에게 언제나 더할 나위 없는 예의를 베풀어 주시지 않았니 ? 몽테 크리스토 백작은 네 목숨을 구해 주신 분이고 그분을 우리에게 소개한 것도 너 자신이 아니니 ?

아아, 제발 부탁이다, 만일 그러한 생각을 가지고 있다면 당장 버리도록 해라 ! 나는 너에게 권하고 싶다, 아니 부탁하고 싶다. 알겠니, 그분에게는 깍듯하게 예의를 다하도록 해라.」

「어머니」 하고 알베르가 어두운 눈빛으로 대답했다. 「그 사람을 너그럽게 보아 주라고 하실 때에는 그만한 이유가 있으실 테죠 ?」

「나에게 ?」 하고 메르세데스는 아까 창백해졌을 때와 마찬가지로 이번에는 갑자기 얼굴을 붉히면서 소리질렀다. 그러나 거의 동시에 그 얼굴은 아까보다도 한층 더 창백해졌다.

「물론입니다 ! 그리고 그 이유라는 것은」 하고 알베르가 말했다. 「그 사람이 우리들에게 나쁜 짓을 할 까닭이 없다는 것이 아닙니까 ?」

메르세데스는 몸을 떨었다. 그리고 탐색하는 듯한 시선으로 아들을 유심히 바라보면서 「꽤나 이상한 표현을 쓰는구나.」 하고 그녀는 알베르에게 말했다. 「너는 아무래도 이상한 편견을 가지고 있는 것 같구나. 대체 백작이 너에게 무슨 일을 하셨다는 거니 ?

사흘 전에는 너는 그분과 함께 노르망디에 가지 않았니. 그리고 그때는 너도 나와 마찬가지로 그분을 으뜸가는 친구라고 생각하고 있었잖니.」

짓궂은 미소가 알베르의 입술을 스치고 지나갔다. 메르세데스는 이 미소를 보면서, 여자로서, 동시에 어머니로서의 이중의 본능으로 모든 것을 알아차렸다. 그러나 신중하고 야무진 성격을 가진 그녀는 그 동요와 전율을 숨긴 채 내색하지 않았다.

알베르는 그만 이야기를 그치고 말았다. 잠시 뒤에 백작 부인이 중단되었던 대화를 다시 계속했다.

「너는 내 안부를 물으러 왔었잖니.」 하고 그녀는 말했다. 「솔직히 말해서 나는 별로 기분이 좋지 않아. 네가 죽 이곳에 함께 있어 주면 좋겠다, 알베르. 상대를 해주면 좋겠어. 혼자 있고 싶지 않구나.」

「어머니」 하고 알베르가 말했다. 「그렇게 할 수 있다면 저로서도 좋겠어요. 하지만 어떤 절박한 용건이 있어서 아무래도 오늘밤에는 옆에 있어 드릴 수가 없어요.」

「그렇다면 괜찮다.」 하고 한숨을 쉬면서 메르세데스는 대답했다. 「다녀 오거라, 알베르. 나는 너를 효자 노예로 만들고 싶지는 않으니까.」

알베르는 아무 말도 듣지 못한 체하면서 어머니에게 인사를 하고 방에서 나왔다.

알베르가 문을 닫고 나가 버리자 곧 메르세데스는 심복 하인을 부르게 하고는 오늘밤 알베르가 가는 곳에는 어디까지라도 따라가서 즉시 보고를 하라고 일렀다.

그런 다음 그녀는 초인종을 눌러 하녀를 부르고는 몸이 완전히 쇠약해져 있음에도 불구하고 무슨 일이 일어나도 좋게끔 옷을 갈아입는 일을 돕게 했다.

하인이 명령받은 역할은 그다지 어려운 일이 아니었다. 알베르는 자기의 방으로 돌아가서는 간소하면서도 빈틈없는 단정한 복장으로 갈아입었다. 8시 10분 전에 보샹이 찾아왔다. 샤토 루노를 만났더니 개막 시간에 맞추어 일층 앞쪽에 있는 특별석으로 오겠다고 약속했다는 것이었다.

두 사람은 알베르의 상자마차에 올라탔다. 알베르는 행선지를 숨길 아무런 이유도 없었기 때문에 큰소리로 외쳤다.

「오페라좌로 가라!」

마음이 조급했기 때문에 알베르는 개막 전에 도착했다.

샤토 루노는 이미 자기 자리에 앉아 있었다. 사전에 보샹으로부터 상세한 내용을 들었기 때문에 알베르는 아무것도 그에게 설명할 필요가 없었다. 아버지의 원수를 갚겠다는 이 아들의 행동은 지극히 당연한 것이었기 때문에 샤토 루노도 그를 만류할 생각은 전혀 하지 않고 자기로서는 언제라도 도움이 되어 줄 용의가 있다고 새삼스럽게 말했을 뿐이었다.
　도브레는 아직 와 있지 않았다. 그러나 알베르는 그가 오페라좌의 공연에 모습을 나타내지 않는 일은 좀처럼 없다는 것을 알고 있었다.
　알베르는 막이 오를 때까지 극장 안의 여기저기를 돌아다녔다. 복도나 층계에서 몽테 크리스토를 만날 수 있지는 않을까 생각해서였다. 그러나 벨이 울렸기 때문에 그는 자리로 돌아갔다. 그리고는 샤토 루노와 보샹과의 사이에 앉았다.
　그러나 그의 눈은 제1막이 진행되는 동안 내내 고집스럽게 문을 닫아 놓고 있는 예의 기둥 사이의 좌석에 쏠려 있었다.
　이윽고 제2막이 시작되고 알베르가 백 번째로 시계를 들여다보았을 때 그 관람석의 문이 열리고 검은 옷을 입은 몽테 크리스토가 모습을 나타내어 장내를 둘러보려고 난간에 몸을 기대었다. 그 뒤를 막시밀리안 모렐이 따라 들어와서 누이동생과 매제를 두리번거리며 찾고 있었다. 그러다가 둘째줄 관람석에서 두 사람을 발견하고는 신호를 보냈다.
　백작은 장내를 한 바퀴 둘러보다가 어떻게 해서라도 자기의 시선을 끌어 보려고 안달이 나 있는 듯한 창백한 얼굴과 반짝반짝 빛나는 눈을 발견했다. 그는 그것이 알베르라는 것을 알았다. 그러나 상대의 흐트러진 얼굴에 떠오른 표정을 보고 모른 체하는 것이 좋겠다고 생각한 것이 틀림없었다. 그래서 자기의 생각을 눈치채일 만한 행동은 전혀 보이지 않은 채 의자에 앉아 오페라 안경을 케이스에서 꺼내서는 다른 쪽을 바라보았다.
　그러나 알베르 쪽을 보고 있지 않은 체하면서도 백작은 알베르에게서 잠시도 눈을 떼지 않았다. 그리고 제2막이 끝나 막이 내릴 때 무엇 하나 잘못 보는 일 없이 정확한 그의 눈은 알베르가 두 친구를 데리고 자리에서 일어나 나가는 모습을 쫓고 있었다.
　이윽고 상대의 얼굴이 백작의 관람석 맞은쪽에 있는 첫째줄의 관람석 유리창에 나타났다. 백작은 태풍이 다가온다는 것을 느끼고 있었다. 그리고 자기의 관람석 자물쇠 안에서 열쇠가 돌려지는 소리를 들었을 때 그는 마침 모렐과 웃는 얼굴로 담소를 나누고 있었으나 어떻게 해야 할 것인가를 생각하고 어떤 일에도 대응할 수 있는 마음의 준비를 했다.
　문이 열렸다.

그때서야 비로소 몽테 크리스토는 돌아보았다. 그리고는 창백한 얼굴을 하고 몸을 부들부들 떨고 있는 알베르를 보았다. 그 뒤에 보샹과 샤토 루노가 도사리고 있었다.

「어서 오십시오.」하고 백작은 언제나 그의 인사를 사교계의 흔해빠진 예의범절과 구별시키는 호의가 담긴 은근한 태도로 말했다.「드디어 우리의 기사가 목적지에 도착하신 셈이군요. 안녕하세요, 모르셀 씨.」

놀라울 만큼 자제심이 강한 이 인물의 얼굴 위에는 한 점의 그늘도 없는 친밀감이 나타나 있었다.

모렐은 이때에야 비로소 알베르에게서 받은, 아무 설명도 없이 그저 오페라좌에 와주었으면 좋겠다고만 써보낸 편지를 생각해냈다. 그리고 무언가 무서운 일이 일어나려 하는것을 깨달았다.

「우리는 이곳에 위선적인 인사나 허울뿐인 우정을 교환하기 위해 온 것이 아닙니다.」하고 알베르가 말했다.「우리는 어떤 일에 대한 해명을 요구하기 위해서 왔습니다, 백작.」

알베르의 떨리는 목소리는 꽉 악문 어금니 사이에서 가까스로 새어나왔다.

「오페라좌에서 해명을?」하고 백작은 침착한 목소리, 쏘는 듯한 눈초리로 말했다. 이 목소리와 눈초리로 그가 항상 자신감에 넘치는 사람임을 알 수 있었다.「파리의 풍습에 익숙지를 못해서 이런 장소에서 해명을 요구받으리라고는 생각도 못 했습니다.」

「하지만 상대가 집에 없다고 하거나」하고 알베르가 말했다.「목욕중이라느니 식사중이라느니 자리에 누웠다느니 하는 구실로 면회를 해주지 않을 때는 얼굴을 마주친 곳에서 말을 꺼낼 수밖에 없으니까요.」

「나를 만나기는 그다지 어렵지 않아요.」하고 몽테 크리스토가 말했다.「왜냐하면 만일 내 기억이 틀린 것이 아니라면 바로 어제까지 당신은 내 집에 와 있었으니까요.」

「어제는」하고 알베르는 머리가 혼란해지면서 말했다.「당신이라는 사람이 어떤 인간인지를 몰랐기 때문에 당신 집에 있었던 겁니다.」

이렇게 말하면서 알베르는 이웃 관람석에 있는 사람들에게도 복도를 지나가는 사람들에게도 들리게끔 일부러 소리를 크게 질렀다.

그래서 이 말다툼 소리를 듣고 관람석에 앉은 사람들은 뒤를 돌아보았고 복도에 있던 사람들은 보샹과 샤토 루노 뒤에서 걸음을 멈추었다.
「대체 어떻게 된 겁니까?」하고 몽테 크리스토는 흥분의 기색을 조금도 보이지 않고 말했다. 「아무래도 평소의 양식있는 당신처럼 보이지 않는데……」
「당신의 배신 행위를 알 수만 있다면, 그리고 내가 거기에 대해 복수를 하려 한다는 것을 당신에게 알릴 수만 있다면 그것만으로 내 이성에 부족한 것은 없다고 생각합니다.」하고 알베르는 분노에 불타면서 말했다.
「무슨 말씀을 하시는 건지 잘 알 수 없군요.」하고 몽테 크리스토는 말했다. 「설사 알아들었다고 하더라도 당신의 목소리는 너무 높습니다. 여기는 내 집이나 마찬가지입니다. 나만이 다른 사람보다 큰소리를 지를 권리가 있습니다. 자, 빨리 나가 주세요!」
그렇게 말하고 몽테 크리스토는 당당한 위압적인 동작으로 알베르에게 출입문을 가리켜 보였다.
「오오, 바로 그러는 당신을 여기에서 추방해 보이지요!」하고 알베르는 부들부들 떨리는 손으로 장갑을 마구 구겨쥐면서 말했다. 백작은 그 장갑을 놓치지 않았다.
「좋아요! 좋아!」하고 몽테 크리스토는 조금도 동요하는 기색 없이 말했다. 「아무래도 당신은 나에게 싸움을 걸고 계시는 것 같군요. 알았습니다. 하지만 한 가지 충고를 하지요. 자작, 잘 기억해 두세요. 즉 도전을 할 때 떠드는 것은 좋지 않은 습관이라는 것을 말입니다. 떠든다는 것은 누구에게도 환영받지 못하니까요, 모르셀 씨.」
모르셀이라는 이름을 듣자 두 사람이 주고받는 말을 듣고 있던 모든 사람들 사이에 놀라는 중얼거림이 마치 오한처럼 번져갔다. 전날부터 모르셀이라는 이름이 모든 사람의 입에서 오르내리고 있었기 때문이다.
알베르는 누구보다도 강하게, 또 누구보다도 빠르게 이 빈정거림의 뜻을 깨닫고 하마터면 장갑을 백작의 얼굴에 집어던질 뻔했다(장갑을 던지는 것은 결투의 도전을 뜻하는 것이다). 그러나 모렐이 그 손목을 붙들었고 한편 보샹과 샤토 루노가 이 장면이 결투 신청의 정도를 넘어서는 것을 두려워하여 뒤에서 그를 만류했다.
그러나 몽테 크리스토는 자리에서 일어나지도 않고 의자를 앞으로 기울여

다만 손만을 내밀어 경련을 일으키고 있는 알베르의 손가락 사이에서 땀에 배어 꼬깃꼬깃 구겨진 장갑을 뺏아 쥐면서 무서운 어조로 말했다.
「이 장갑은 던져진 것으로 생각하겠습니다. 언제든 탄환을 싸서 돌려 드리도록 하지요. 그럼 물러가세요. 그렇지 않으면 하인을 불러서 내쫓고 말 겁니다.」
흥분하고 당황해서 눈에는 핏발이 선 채 알베르는 주춤 하고 두어 걸음 뒤로 물러섰다.
모렐이 그 사이에 냉큼 문을 닫았다.
몽테 크리스토는 또다시 오페라글라스를 꺼내어 별로 아무 일도 없었다는 듯이 장내를 바라보기 시작했다.
그야말로 청동의 마음, 대리석의 얼굴을 가진 사나이였다.
모렐이 백작의 귀에 입을 가져갔다.
「대체 그에게 무슨 일을 하신 겁니까?」 하고 그는 물었다.
「내가요? 별로 아무 일도 한 것이 없어요. 적어도 개인적으로는요.」 하고 몽테 크리스토는 말했다.
「하지만 이런 기묘한 장면에는 원인이 있을 텐데요?」
「불쌍하게도 모르셀 백작의 사건으로 저 청년은 흥분해 있을 겁니다.」
「그렇다면 당신은 그 사건에 뭔가 관계라도 있는 겁니까?」
「의회에서 저 사람 아버지의 배신 행위를 가르쳐 준 것이 에데이지요.」
「그렇군요.」 하고 모렐이 말했다. 「그런 얘기를 들은 적이 있습니다. 하지만 이 관람석에 당신과 함께 있었던 그 그리스 인 여자 노예가 알리 파샤의 따님이라고는 도저히 믿어지지 않았습니다. 정말이지 그런 것을 믿을 마음이 생기지 않았습니다.」
「하지만 그것은 사실입니다.」
「아니, 그게 정말이었군요!」 하고 모렐이 말했다. 「그것으로 모든 것을 알았습니다. 그러면 지금의 사건은 계획적인 것이었군요?」
「그건 무슨 말씀이죠?」
「그래요. 실은 알베르로부터 오늘밤 오페라좌로 와달라는 편지를 받았습니다. 즉 그는 당신을 모욕하고 나를 그 증인으로 삼을 생각이었던 것입니다.」
「아마 그럴 테지요.」 하고 몽테 크리스토는 여느 때와 똑같은 침착한 어조로 말했다.
 「그래, 그를 어떻게 하실 생각입니까?」
 「누구를 말입니까?」
 「알베르 말입니다.」
 「알베르를 어떻게 하다니요, 막시밀리안 군?」하고 백작은 여전히 똑같은 어조로 말했다. 「이렇게 당신이 여기에 계시고 내가 당신과 악수를 하는 것만큼이나 확실한 일이지만 내일 아침 10시가 되기 전에 나는 그를 죽일 것입니다. 그렇게 할 생각입니다.」
 이번에는 모렐이 백작의 손을 두 손으로 잡았다. 그리고 그 손이 차갑고 그야말로 차분히 가라앉아 있는 것을 느끼고는 저도 모르게 몸서리를 쳤다.
 「아아, 백작」하고 그는 말했다. 「그의 아버지는 그를 무척이나 귀여워하고 있습니다!」
 「그런 말씀하지 마세요!」하고 처음으로 분노를 느낀 듯한 모습으로 몽테크리스토가 소리질렀다. 「나는 그 아버지에게 고통을 안겨 주고 싶은 겁니다……」
 모렐은 어이가 없어 자기도 모르게 몽테 크리스토의 손을 놓았다.
 「아아, 백작! 백작, 당신은.」하고 그는 말했다.
 「막시밀리안 군」하고 백작은 상대를 가로막으면서 말했다. 「자, 들어봅시다. 뒤프레(당시의 유명한 오페라 가수)가 그야말로 멋지게 이 대목을 노래하고 있지 않습니까?」

   오오 마틸드여! 내 마음의 우상이여!

 알겠습니까? 나폴리에서 맨 처음 뒤프레의 재능을 간파하고 갈채를 보낸 사람은 바로 나랍니다. 아니, 정말 멋져요. 브라보!」
 모렐은 이제 무슨 말을 해도 소용이 없다는 것을 알았다. 그래서 그는 기다리기로 했다.
 알베르와의 시비가 끝났을 때 올라갔던 막이 이윽고 내려졌다. 그때 누군가가 문을 두드렸다.
 「들어오세요.」하고 몽테 크리스토가 털끝만한 동요도 느껴지지 않는 목소리로 말했다.
　보샹이 모습을 나타냈다.
　「어서 와요, 보샹 씨.」하고 몽테 크리스토는 오늘밤 이 신문기자와 얼굴을 맞대는 것은 이것이 처음이기라도 한 듯이 말했다. 「어서, 여기 앉으세요.」
　보샹은 인사를 하고 안으로 들어와 자리에 앉았다.
　「백작」하고 그는 몽테 크리스토에게 말했다. 「당신도 아시리라고 생각합니다만 나는 아까 모르셀 군과 함께 왔습니다.」
　「그렇게 말씀하시는 것은 즉」하고 몽테 크리스토는 웃으면서 대답했다. 「아마도 저녁식사를 함께 하셨다는 얘기겠지요. 보샹 씨, 나는 당신이 그 사람만큼 술을 좋아하지 않는다는 것을 보게 된 것을 기쁘게 생각하고 있습니다.」
　「확실히」하고 보샹이 말했다. 「알베르가 흥분한 것은 잘못이었습니다. 나도 그것은 인정합니다. 그래서 나는 나대로 사과를 하기 위해 찾아왔습니다.
　그럼 이것으로 사과는 드린 것으로 하고, 물론 이것은 나 개인의 사과이지만 말입니다, 백작, 그래서 말씀드립니다만 당신은 훌륭한 분이시니까 자니나 사람들과 당신의 관계에 대해서 약간의 설명을 부탁드려도 거절하지는 않으시리라고 생각합니다.
　그리고 그런 다음에 저 그리스의 부인에 대해서 한 말씀 드리고 싶습니다만……..」
　몽테 크리스토는 입술과 눈짓으로 가볍게 상대에게 잠자코 있으라는 신호를 했다.
　「이것 참!」하고 그는 웃으면서 덧붙였다. 「이것으로 내 희망도 완전히 허사가 된 셈이군요.」
　「그건 무슨 말씀이지요?」
　「그렇지 뭡니까. 당신들은 기를 쓰고 내가 색다른 인간이라는 소문을 내려 하고 있어요. 당신들에 의하면 나는 라라라든가 만프레드라든가 루스웬 경 같은 인간입니다.
　그러다가 나를 색다른 인간이라고 보는 것을 그만두고는 자기들 멋대로 만든 인간 타이프를 깨뜨리고 이번에는 나를 단순히 혼해빠진 인간으로 만들려고 하지요. 평범하고 속된 인간으로 만들려고 한단 말입니다. 그리고는

89. 모 욕

끝내 나에게 설명까지 요구하는군요. 아니 보샹 씨, 설마 그것은 농담일 테지요?」

「하지만」하고 보샹이 위압적인 어조로 대답했다.「경우에 따라서는 결백한 마음의 명령으로……」

「보샹 씨」하고 이 기괴한 인물은 상대를 가로막으면서 말했다.「몽테 크리스토 백작에게 명령할 수 있는 사람은 몽테 크리스토 백작 이외에는 없습니다. 그러니까 이 일에 대해서는 아무쪼록 말씀을 말아 주세요. 나는 내가 생각한 대로 행동합니다, 보샹 씨. 그리고 아시겠습니까, 나는 그것을 언제나 훌륭하게 성취하고야 맙니다.」

「백작」하고 보샹이 대답했다.「정직한 사람에게는 그러한 말은 통용되지 않습니다. 그런 훌륭한 말씀을 하시는 이상 그것을 보증하는 것이 있어야만 합니다.」

「아시겠습니까, 나 자신이 살아 있는 보증입니다.」하고 몽테 크리스토는 침착한 태도로 대답했다. 그러나 눈은 자기도 모르는 새에 오싹할 정도의 빛을 내뿜고 있었다.「우리들 어느 쪽의 혈관 속에도 흘리고 싶어서 견딜 수 없는 피가 흐르고 있습니다. 이것이 우리에게 공통된 보증입니다. 이 회답을 자작에게 가지고 가세요. 그리고 내일 아침 10시가 되기 전에 자작의 핏빛을 보게 될 것이라고 전해 주세요.」

「이렇게 된 이상」하고 보샹이 말했다.「나로서는 이제 결투의 수순을 정하는 것밖에는 다른 길이 없습니다.」

「그런 건 나에게는 아무래도 좋습니다.」하고 몽테 크리스토 백작이 말했다.「그러니까 그런 하찮은 일로 내 오페라 감상을 방해하지 않아도 좋았던 것입니다. 프랑스에서는 칼 또는 권총으로 결투를 합니다. 식민지에서는 기총(騎銃)을, 아라비아에서는 단도를 사용합니다.

아무쪼록 당신이 후견인이 되어 드릴 상대방 분에게 전해 주세요. 모욕을 당한 것은 내쪽이지만 어디까지나 색다른 사람으로 통하기 위해서 무기의 선택은 그쪽에 일임한다고 말입니다. 그리고 모든 것을 군소리없이 받아들일 것이라고 말입니다. 아시겠습니까, 모든 것을 말입니다. 설사 제비뽑기에 의한 결투라고 하더라도 말입니다. 이것은 그야말로 엉터리 같은 짓이기는 하지요. 하지만 나 같으면 그런 짓은 하지 않을 것입니다. 왜냐하면 나에게는 절대적으로 이길 자신이 있으니까요.」

「절대로 이길 자신이 있다고요!」하고, 보샹은 어이없는 눈으로 백작의 얼굴을 쳐다보면서 말했다.

「물론입니다!」하고 몽테 크리스토는 가볍게 어깨를 움츠려 보이면서 말했다. 「그렇지 않다면 모르셀 씨와 결투 같은 것은 하지 않습니다. 나는 그 사람을 죽입니다. 그렇게 되지 않으면 안 되기 때문에 반드시 그렇게 되는 것입니다.

다만 오늘밤 나에게 한마디, 무기와 시간을 알려 주십시오. 나는 기다리는 것을 싫어하니까요.」

「권총으로 오전 8시, 반센느 숲에서.」하고 보샹은 상대가 자기 도취에 빠진 허풍쟁이인지 아니면 초자연적인 인물인지를 전혀 짐작할 수 없어서 허둥대면서 말했다.

「알았습니다.」하고 몽테 크리스토는 말했다. 「이것으로 완전히 매듭이 지어졌으니까 이제는 제발 오페라를 좀 듣게 해주십시오. 그리고 친구인 알베르 씨에게 오늘밤에는 더 이상 이쪽에 오지 않도록 전해 주세요. 그런 거칠고 사나운 행패를 일삼아가지고는 자기 얼굴에 먹칠을 할 뿐이니까요. 집으로 돌아가서 얌전하게 쉬는 것이 좋을 것입니다.」

보샹은 그저 놀랍고 어처구니없어 하면서 나갔다.

「그런데」하고 몽테 크리스토는 모렐 쪽을 돌아보면서 말했다. 「당신을 믿고 부탁을 드려도 좋을까요?」

「물론입니다.」하고 모렐이 말했다. 「무슨 일이든 도움이 되어 드리고 싶습니다. 백작, 하지만……」

「네?」

「나로서는 꼭 진짜 원인을 알아 두고 싶습니다만……」

「그것은 즉 내 부탁을 거절하신다는 뜻인가요?」

「천만에요, 당치도 않습니다.」

「진짜 원인이라고요? 모렐 씨.」하고 백작이 말했다. 「실은 저 청년은 맹목적으로 돌진하고 있을 뿐이지 진짜 원인은 모르고 있습니다. 진짜 원인을 알고 있는 것은 단지 나하고 하느님뿐입니다.

그런데 모렐 씨, 맹세코 말씀드리지만 진짜 원인을 알고 계시는 하느님은 틀림없이 우리들 편을 들어 주실 것입니다.」
「그 말씀만 들으면 충분합니다, 백작.」하고 모렐이 말했다.「그런데 또 한 사람의 후견인은 어느 분이지요?」
「이러한 일을 부탁드릴 수 있는 분은 파리에서는 모렐 씨, 당신과 당신의 매제인 임마누엘 군 외에는 아무도 모릅니다. 어떻습니까? 임마누엘 군은 나를 위해서 이 역할을 맡아 주실까요?」
「그것은 내 경우와 마찬가지로 절대적으로 보장합니다, 백작.」
「좋습니다! 나로서는 이제 그것만으로 충분합니다. 그럼 내일 아침 7시에 내 집으로 와주시겠지요?」
「두 사람 모두 틀림없이 가겠습니다.」
「쉿! 막이 오릅니다. 자, 들읍시다. 나는 언제나 이 오페라의 어느 한 부분도 놓치지 않고 듣고 있습니다. 정말 기막힌 음악입니다,《윌리엄 텔》이라는 것은!」

90. 밤

몽테 크리스토 백작은 여느 때와 마찬가지로 뒤프레가 그의 유명한《나를 따르라!》를 끝까지 부를 때까지 기다렸다가 노래가 끝난 뒤에야 자리에서 일어나 관람석에서 나왔다.

극장을 나온 곳에서 모렐은 내일 아침 7시 정각에 임마누엘과 함께 그의 저택으로 찾아가겠다는 것을 새삼스럽게 약속하고 헤어졌다.

그리고 백작은 여전히 침착한 모습으로 미소를 지으면서 상자마차에 올라탔다.

5분 뒤에 그는 집에 도착했다.

그러나 백작을 잘 알고 있는 사람이라면 그가 집으로 들어가면서 알리를 향해 다음과 같이 말했을 때의 표정을 결코 가볍게 보아넘길 수는 없었을 것이다.

「알리, 상아의 총상(銃床)이 달린 권총을 꺼내다오!」

알리는 권총 상자를 주인에게로 가지고 왔다. 그러자 백작은 이제부터 극히 미미한 쇠와 납에 자기의 목숨을 맡기려는 사람으로서는 매우 당연한 일이지만 무척 꼼꼼하게 그 무기를 점검하기 시작했다.

그것은 몽테 크리스토가 집 안에서 표적을 쏘기 위해 특별히 만들게 한 권총이었다. 한 개의 뇌관만으로 탄환이 튀어나가게 되어 있어서 설사 누가 옆방에 있더라도 백작이 사격 용어에서 말하는 『솜씨 시험』을 하고 있다는 것은 아무도 눈치채지 못하게 되어 있었다.

그가 그 권총을 한 손에 쥐고 표적 대신에 달아 놓은 조그만 철판에 겨냥을 하려고 하는 바로 그때 서재의 문이 열리며 바티스탄이 들어왔다.

그러나 바티스탄이 입을 열기 전에 백작은 열린 채로 있는 문으로 바티스탄을 따라온 베일을 쓴 부인이 옆방의 어슴프레한 불빛 속에 서 있는 것을 보았다.

그 부인은 백작이 권총을 들고 있고 다시 탁자 위에 두 자루의 칼이 놓여 있는 것을 보고는 방안으로 뛰어들어왔다.

바티스탄은 눈빛으로 주인에게 물었다.

백작이 신호를 하자 바티스탄은 방에서 나가고 문을 닫았다.

「누구신가요?」하고 백작은 그 베일의 부인을 향해 말했다.

그 낯선 부인은 주위를 재빨리 둘러보고 자기 외에는 아무도 없다는 것을 확인하고는 무릎을 꿇으려는 듯이 몸을 굽히고 두 손을 모았다. 그리고는 절망에 짓눌린 가냘픈 목소리로「에드몽」하고 말했다.「아무쪼록 아들놈을 죽이지 말아 주십시오!」

백작은 퍼뜩 한 걸음 뒤로 물러서며 희미한 외마디 소리를 질렀는가 싶더니 손에 들고 있던 권총을 떨어뜨렸다.

「지금 뭐라고 부르셨습니까, 모르셀 부인?」하고 그는 말했다.

「당신의 이름을 불렀습니다.」하고 그녀는 베일을 벗어던지면서 외쳤다. 「아마도 저 한 사람만이 잊지 않고 있을 당신의 그 이름을! 에드몽, 이곳에 찾아온 것은 모르셀 부인이 아닙니다. 메르세데스입니다.」

「메르세데스는 죽었습니다, 부인.」하고 몽테 크리스토는 말했다.「그 뒤 그런 이름을 가진 사람은 아무도 모릅니다.」

「메르세데스는 살아 있어요. 그리고 메르세데스는 당신을 잊지 않고 있어요. 메르세데스만은 당신을 뵈었을 때, 아니 설사 뵙지 않았더라도 당신의 그 목소리만으로, 에드몽, 당신의 그 목소리의 억양만으로도 당신이라는 것을 알 수 있었어요.

그 뒤 메르세데스는 끊임없이 당신 뒤를 쫓고 당신을 감시하고 당신을 두려워하고 있었습니다. 그래서 메르세데스에게는 모르셀을 엄습한 타격이 어디에서 가해졌는지 일부러 조사할 것까지도 없었습니다.」

「즉 페르낭 얘기로군요, 부인.」하고 몽테 크리스토는 신랄한 빈정거림을 담고 대답했다.「서로가 이렇게 옛날 이름을 상기하고 있는 자리니까 다른 사람들의 이름도 모두 회상하는 것이 좋을 것 같군요.」

몽테 크리스토가 페르낭이라는 이름을 심한 증오로써 입에 올렸기 때문에 메르세데스는 자기도 모르게 전신에 공포의 전율이 번지는 것을 느꼈다.

「아아, 역시 에드몽, 내 착각이 아니었군요!」하고 메르세데스가 외쳤다.「그러니까 내가 이렇게『아들의 목숨을 살려 주십시오!』하고 부탁드리는 것도 당연한 일이라는 것을 알아 주시겠지요?」

「하지만 부인, 내가 아드님에게 적의를 품고 있다는 것을 누구에게서 들으셨지요?」

「아니예요, 누구에게서 들은 것이 아니예요. 하지만 어머니에게는 투시력이 있기 마련이에요. 나는 모든 것을 꿰뚫어보았어요. 그리고 오늘밤 오페라좌로 그애를 따라가서 일층 관람석에 몸을 숨기고 모든 것을 보고 말았어요.」

「그럼 모든 것을 보셨다면 부인, 페르낭의 아들이 나를 많은 사람들 앞에서 모욕한 것도 보셨겠군요?」하고 몽테 크리스토는 무서울 만큼 침착하게 말했다.

「아아, 제발 부탁이에요!」

「당신은」하고 백작은 말을 이었다.「내 친구인 모렐 씨가 팔을 붙들지 않았다면 아드님이 내 얼굴에 장갑을 집어던질 참이었던 것도 보셨을 테지요?」

「들어 보세요! 그애도 당신에 대해 간파한 거예요. 자기의 아버지를 엄습한 불행을 당신이 하신 일이라고 생각한 거예요.」

「부인」하고 몽테 크리스토가 말했다.「당신은 혼동하고 계십니다. 그것은 결코 불행이 아닙니다. 벌인 것입니다. 모르셀 씨를 때려눕힌 것은 내가 아니라 하느님이 그를 벌하신 겁니다.」

「하지만 어째서 당신이 하느님의 대역을 하시는 거지요?」 하고 메르세데스가 소리질렀다. 「하느님이 잊고 계실 때 어째서 당신이 그것을 상기시키는 거지요?

자니나와 그곳 총독의 일 따위가 에드몽, 당신과 대체 무슨 관계가 있지요? 페르낭 몬데고가 알리 테브란을 배신한 것이 당신에게 어떤 피해를 주었다는 거지요?」

「그러니까 부인」 하고 몽테 크리스토가 대답했다. 「그런 것은 모두 그 프랑스 인 사관과 바지리키의 딸 사이의 문제입니다. 말씀하시는 대로 이것은 나하고는 아무런 관계도 없습니다.

그리고 내가 복수를 맹세했다고 하더라도 그 상대는 프랑스 인 사관도 아니며 모르셀 백작도 아닙니다. 그것은 카탈로니아의 메르세데스의 남편이 된 어부 페르낭입니다.」

「오오, 무슨 말씀을!」 하고 백작 부인은 외쳤다. 「숙명 때문에 내가 어쩔 수 없이 저지른 잘못에 대해 그것은 얼마나 무서운 복수인가요!

그래요, 에드몽, 내가 죄를 저질렀어요. 만일 당신이 누구에게든 복수를 하지 않으면 안 된다고 하신다면 그 상대는 당신이 안 계셔서 외톨박이의 쓸쓸함을 견딜 수 없게 된 이 메르세데스예요.」

「하지만」 하고 몽테 크리스토가 소리질렀다. 「대체 어째서 내가 없게 된 겁니까? 어째서 당신이 외톨박이가 된 겁니까?」

「그것은 당신이 체포되었기 때문이에요. 에드몽, 당신이 감옥에 보내지셨기 때문이에요.」

「그럼 어째서 내가 체포되었지요? 어째서 내가 감옥으로 보내지게 되었지요?」

「나는 모르는 일이에요.」 하고 메르세데스는 말했다.

「그래요, 당신은 모르고 계세요, 부인. 적어도 그러기를 바래요. 그럼 그 까닭을 내가 말씀드리지요.

내가 체포되고 감옥에 넣어진 것은 내가 당신과 결혼식을 올리려 하고 있던 그 전날, 저 라 레제르브 정의 뜰에 있는 나무시렁 밑에서 당그랄이라는 사나이가 이런 편지를 쓰고 그것을 어부인 페르낭이 자기의 손으로 투함한 일 때문입니다.」
 그렇게 말하고 몽테 크리스토는 책상이 있는 곳으로 가서 서랍 하나를 열고 그 안에서 본래의 빛깔이 완전히 바래고 잉크빛도 적갈색으로 변한 한 장의 종이를 꺼내다가 메르세데스의 눈앞에 내밀었다.
 그것은 당그랄이 검사 앞으로 보낸 편지로서 몽테 크리스토 백작이 톰슨 앤드 프렌치 상회의 대리인으로 둔갑하여 보빌 씨에게 이십만 프랑을 지불한 예의 그날 에드몽 단테스에 관한 서류 속에서 뽑아내온 것이었다.
 메르세데스는 공포로 와들와들 떨면서 다음과 같은 문구를 읽었다.

 검사 각하. 왕실과 신앙에 충실한 나는 여기에 다음과 같은 것을 보고드립니다. 나폴리, 포르토 페라이온에 기항하고 오늘 아침 스미르나에서 도착한 파라온 호의 일등 항해사 에드몽 단테스라는 자는 뮐라에서 왕위 찬탈자(나폴레옹을 말함)에게 보내는 신서, 그리고 왕위 찬탈자로부터 파리의 보나파르트 당본부에 보내는 신서를 맡아가지고 있습니다.
 그의 범죄 증거는 당사자가 체포되면 명백해지리라고 생각합니다. 왜냐하면 그 신서는 그 자신이 소지하고 있거나 또는 그의 아버지의 집, 또는 파라온 호의 그의 선실에서 발견될 테니까요.

「아아, 설마 이런 일이!」하고 메르세데스는 촉촉이 땀이 밴 이마에 손을 대면서 말했다.「그나저나 어떻게 이 편지가…….」
「나는 이십만 프랑으로 이것을 샀습니다, 부인.」하고 몽테 크리스토가 말했다.「그래도 아직 싼 편입니다. 어떻든 이 편지 덕분에 오늘날 이렇게 당신에게 해명할 수 있게 되었으니까요.」
「그래 이 편지의 결과는요?」
「아시다시피 부인, 나는 체포되었습니다. 그러나 당신이 모르고 있는 것은 부인, 그것이 얼마나 오랫동안 계속되었는가 하는 것입니다. 당신이 모르고 있는 것은 내가 14년 동안 당신에게서 불과 일 킬로쯤 떨어진 이프 성의 지하감옥에 얽매어 있었다는 것입니다. 당신이 모르고 있는 것은 그 14년 동안 매일매일 첫날 다짐한 복수의 맹세를 마음속으로 되풀이하고 있었다는 것입니다.

　그러나 나는 당신이 나를 밀고한 페르낭과 결혼했다는 것, 내 아버지가 돌아가셨다는 것, 더욱이 그것이 굶주림으로 인한 것이었다는 사실을 모르고 있었습니다!」

「오오, 하느님!」하고 비틀거리면서 메르세데스가 소리질렀다.

「나는 투옥된 지 14년 만에 세상에 나왔을 때 비로소 그것을 알게 되었습니다. 그것을 알고 나는 살아 있는 메르세데스와 죽은 아버지를 위해서 페르낭에 대한 복수를 다짐했습니다……. 그리고 지금 그 복수를 하고 있는 것입니다.」

「그럼 당신에게는 페르낭이 확실히 그것을 했다는 확신이 있으십니까?」

「내 영혼을 걸고, 부인. 저 사나이는 지금 말씀드린 일을 실제로 했습니다. 물론 이런 일은 프랑스에 귀화했으면서 영국측에 가담하기도 하고 스페인 인으로 태어났으면서 스페인 인을 적으로 돌려 싸우기도 하고 알리에게 고용되어 있으면서 그를 배신하고 죽인 일에 비하면 그렇게 비열한 소행이라고는 할 수 없을지도 모릅니다.

그러한 숱한 일들에 비하면 지금 읽으신 편지 같은 것은 문제거리도 되지 않습니다. 확실히 그것은 사랑에서 나온 사기극으로서 그와 결혼한 여자에게 있어서는 용서해 줄 수 있는 일일지도 모릅니다.

솔직히 말해서 나도 그런 것은 모르지 않습니다. 그러나 그 여자와 결혼하게 되어 있던 연인에게는 결코 용서할 수 없는 일입니다.

그런데 프랑스 인들은 이 배신자에 대해 아무런 보복도 하지 않았습니다. 스페인 인도 이 배신자를 총살하지 않았습니다. 알리도 무덤 속에 누워서 이 배신자에게 벌을 가할 수 없었습니다. 그러나 배신을 당하고 죽임을 당하고 무덤 속에 던져진 자는 하느님의 뜻에 의해 그 무덤 속에서 나왔습니다. 나는 하느님의 은혜에 의해 복수를 하는 것입니다. 하느님은 그 때문에 나를 보내신 것입니다. 그래서 지금 이렇게 여기에 있는 것입니다.」

가련한 여인은 고개를 숙이고 내밀었던 두 손을 축 늘어뜨렸다. 다리가 힘없이 꺾어지더니 갑자기 그 자리에 무릎을 꿇었다.

「용서해 주십시오, 에드몽.」하고 그녀는 말했다.「지금도 당신을 사랑하고 있는 나를 생각하셔서 용서해 주십시오…….」

아내로서의 자존심이, 애인으로서의, 어머니로서의 걱정을 눌렀다.
 그녀의 이마는 거의 양탄자에 닿을 만큼 떨구어졌다.
 백작은 그녀에게로 달려가서 그녀를 부축해 일으켰다.
 팔걸이의자에 앉은 그녀는 쏟아지는 눈물 사이로 몽테 크리스토의 창백한 얼굴을 바라볼 수 있었다. 그 얼굴에는 아직도 고뇌와 증오가 사람들을 몸서리치게 할 정도의 표정을 새겨 놓고 있었다.
「그렇게 저주스러운 인간을 밟아뭉개지 말라고 하시는 겁니까?」하고 그는 중얼거렸다.「그 사나이를 벌하기 위해 나를 보내신 하느님의 뜻을 저버리라고 하시는 겁니까?
 그렇게 할 수는 없습니다, 부인. 그렇게 할 수는 없습니다!……」
「에드몽」하고 가련한 어머니는 지푸라기라도 붙잡는 심정으로 말했다.「아아, 내가 이렇게 에드몽이라고 부르고 있는데 어째서 나를 메르세데스라고 불러 주시지 않는 거지요?」
「메르세데스!」하고 몽테 크리스토가 앵무새처럼 되받았다.「메르세데스! 아아, 과연 말씀하시는 대로입니다. 이 이름을 입에 담으면 나는 지금도 황홀해집니다.
 그리고 아득한 옛날부터 이 이름이 이토록 상쾌한 음향으로 내 입술에서 흘러나오기는 이것이 처음입니다. 아아, 메르세데스, 나는 언제나 당신의 이 이름을 어두운 한숨과 고통스러운 신음, 그리고 절망의 허덕임과 함께 입에 담아왔습니다.
 나는 이 이름을 추위에 떨며 지하감옥의 볏짚 위에 웅크린 채 입에 담곤 했습니다. 나는 이 이름을 심한 더위에 시달리며 옥사의 바닥돌 위를 뒹굴면서 입에 담곤 했습니다.
 메르세데스, 무슨 일이 있어도 나는 복수를 하지 않으면 안 됩니다. 14년이라는 세월을 나는 고통 속에서 살아왔고 14년이라는 세월을 눈물 속에서 지내왔고 계속 저주하면서 버티어왔으니까요.
 자, 분명히 말씀드립니다, 메르세데스. 나는 무슨 일이 있어도 복수를 하지 않으면 안 됩니다!」
 이렇게 말하고 백작은 한때 자기가 그토록 사랑한 여인의 애원에 마음이 꺾일 것을 두려워하여 스스로의 증오심을 북돋우려고 과거의 갖가지 기억에 호소했다.

「복수하세요, 에드몽.」하고 애처로운 어머니는 소리질렀다.「하지만 죄가 있는 사람에게만 복수를 하세요. 그 사람에게 복수를 하시는 것은 괜찮아요, 그리고 나에게 복수를 하셔도 상관없어요. 하지만 내 아들에게만은 복수를 하지 말아 주세요!」

「성경에도 씌어 있습니다.」하고 몽테 크리스토가 대답했다.「『조상의 죄는 3대, 4대 뒤에 이르기까지 그 자손에게 화가 미치리라.』라고 말입니다. 하느님이 그러한 말씀을 예언자로 하여금 기록하게 하신 이상, 어째서 내가 그 하느님보다 관대할 수 있단 말입니까?」

「하느님은 사람의 손이 미치지 않는 시간과 영원이라는 두 가지를 가지고 계십니다.」

몽테 크리스토는 울부짖음과도 같은 한숨을 쉬었는가 했더니 그 아름다운 머리카락을 두 손으로 움켜쥐었다.

「에드몽」하고 메르세데스는 백작에게 두 팔을 내밀면서 말했다.「에드몽. 나는 당신을 처음 만났을 때부터 언제나 당신의 이름을 그리워했고 당신에 대한 추억을 소중하게 간직해왔습니다.

내 친구인 에드몽, 내 마음의 거울 속에 언제나 거룩하고 티없이 맑게 비치고 있는 그 모습을 아무쪼록 흐려지지 않게 해주세요.

에드몽, 당신이 살아 있어 주기를 바라고 있던 그동안, 그리고 당신이 돌아가셨다고 생각하게 된 그 뒤에도 내가 얼마나 당신을 위해서 하느님께 기도를 드렸는지 그것을 알아 주시면 좋으련만!

그래요, 나는 당신이 돌아가신 것으로 알았어요. 나는 당신의 시체가 어느 어두운 탑 속에 묻혀 버리고 만 것으로만 생각하고 있었어요. 옥지기들이 수인들의 시체를 떨어뜨리는 어느 깊은 바닷속에 당신의 시체가 던져진 것으로만 생각하고 있었어요.

그래서 나는 눈물을 흘리면서 울었어요! 에드몽, 기도를 올리거나 눈물을 흘리는 이외에 당신을 위해서 내가 대체 무엇을 할 수 있었겠어요?

들어 보세요, 10년 동안 나는 매일밤 똑같은 꿈을 꾸었어요. 들려오는 소문으로는 당신은 탈옥을 하시려고 어떤 수인을 대신해서 수의 속에 숨어 들어갔고 그리고 시체로 여겨져 산 채로 이프 성의 꼭대기에서 밑으로 던져졌다고 하더군요. 그리고 당신이 바위에 부딪쳐서 박살이 날 때 지른 비명을 듣고 비로소 시체를 수장하려고 했던 사형 집행인들은 사람이 바뀌었음을 깨달았다는 것이었습니다.

아시겠어요, 에드몽? 지금 이렇게 살려 달라고 애원하고 있는 그 아들의 목숨에 걸고 말씀드립니다만 10년이라는 세월 동안 나는 매일밤 어느 바위꼭대기에서 사나이들이 형체가 분명치 않은, 정체 모를 물건을 집어던지려고 흔들어대고 있는 꿈을 꾸었어요. 10년이라는 세월 동안, 매일밤 무서운 고함 소리를 듣고 싸늘한 전율에 온몸을 떨면서 눈을 뜨곤 했어요.

그러니까 아아, 에드몽, 거짓말이 아니예요, 죄를 저지르기는 했지만, 그래요, 나는 나대로 몹시 고통을 겪어왔어요!」

「당신은 당신이 없는 동안에 아버지를 잃는 슬픈 일을 당했습니까?」하고 몽테 크리스토는 두 손을 머리카락 속에 쑤셔 넣으면서 말했다.「당신은 자기 자신은 심연의 밑바닥에서 허덕이는데 자기의 사랑하는 여인이 연적에게 손을 내미는 것을 보신 적이 있습니까?……」

「아아뇨.」하고 메르세데스는 상대방의 말을 가로막고 말했다.「하지만 내가 사랑하는 사람이 내 아들을 죽이려 하는 것을 보았습니다!」

이러한 메르세데스의 말에는 심한 고뇌와 깊은 절망의 빛이 서려 있었기 때문에 이 말을 듣자 백작의 목구멍에서는 자기도 모르게 흐느낌이 쏟아져 나왔다.

사자는 마침내 길들여졌다. 복수자는 패했다.

「나더러 어떻게 해달라는 겁니까?」하고 그는 말했다.「아드님을 죽이지 말아 달라는 겁니까? 좋아요, 살려 드리지요!」

메르세데스는 앗 하고 외마디 소리를 질렀다. 그 외마디 소리를 듣고 몽테 크리스토의 두 눈꺼풀에 눈물이 떠올랐다. 그러나 그 두 방울의 눈물도 거의 동시에 사라지고 말았다. 아마도 하느님이 천사를 보내어 규자라트나 오필의 가장 호화로운 진주보다도 더욱 귀중한 이 눈물을 거두어들이게 하신 것이리라.

「아아!」하고 메르세데스는 백작의 손을 잡고 그것을 입술에 갖다대면서 말했다.「고맙습니다, 정말 고맙습니다, 에드몽! 그래야만 언제나 내가 꿈속에서 보고 있던 당신, 언제나 내가 사랑하고 있던 당신이에요. 아아, 지금이야말로 나는 그렇게 말씀드릴 수 있어요.」

「그것은」 하고 몽테 크리스토가 대답했다. 「이 불쌍한 에드몽이 앞으로 오랫동안은 당신의 사랑을 받을 수 없을 것이기 때문에 한층 더 기쁜 말입니다. 죽은 사람은 이제 곧 무덤으로 돌아갑니다. 망령은 머잖아 어둠 속으로 돌아가는 것입니다.」

「그건 무슨 말씀이지요, 에드몽?」

「메르세데스, 당신이 그렇게 명령하시는 이상 나는 죽지 않으면 안 된다고 말하고 있는 것입니다.」

「죽다니요? 그런 얘기를 대체 누가 했지요? 누가 죽어 달라고 말했지요? 어째서 죽을 생각을 하시게 되었지요?」

「만장의 관객과 당신의 친구들, 그리고 아드님의 친구들이 보는 앞에서 공공연히 모욕을 당한 내가 관대한 태도로 나가면 자기가 이긴 것으로 생각하고 우쭐해질 어린애에게 도전받고도 살아 있고 싶은 생각을 한순간이나마 가질 수 있으리라고는 당신도 생각하지 않을 테지요. 내가 당신 다음으로 가장 사랑하고 있는 것은, 메르세데스, 그것은 나 자신, 즉 내 존엄, 즉, 나를 다른 누구보다도 뛰어난 인간으로 만들어 준 그 힘입니다. 그 힘이야말로 내 생명이었습니다. 그것을 당신은 단 한마디로 깨부수고 말았습니다. 나는 죽는 수밖에 없습니다.」

「하지만 결투는 벌어지지 않겠지요, 에드몽. 당신이 용서해 주신 이상에는.」

「결투는 이루어집니다. 부인」 하고 몽테 크리스토는 엄숙하게 말했다. 「단, 지면이 아드님의 피를 빨아들이게 되어 있었던 것이 반대로 내 피를 빨아들이게 되는 것입니다.」

메르세데스는 앗 하고 크게 소리를 지르고 자기도 모르게 몽테 크리스토 쪽으로 달려왔으나 갑자기 주춤하고 섰다.

「에드몽」 하고 그녀는 말했다. 「이렇게 당신이 살아 계시고 이렇게 다시 만나 뵐 수 있다는 것은 우리들 위에 하느님이 계시기 때문입니다. 나는 그 하느님을 마음속 깊이 믿습니다. 그 하느님으로부터의 도움이 있을 때까지는 나는 당신의 약속을 믿고 있겠습니다. 당신은 아들을 살려 주시겠다고 말씀하셨습니다. 아들애는 죽지 않아도 되는 거지요?」

「죽지 않아도 됩니다. 그렇습니다, 부인.」 하고 백작은 자기가 그녀를 위

90. 밤

해서 베푼 귀한 희생을 메르세데스가 이제는 고함도 지르지 않고 놀라움을 표시하지도 않은 채 받아들인 데에 저으기 놀라면서 말했다.
　메르세데스는 백작에게 손을 내밀었다.
　「에드몽」하고 그녀는 말했다. 그렇게 말하면서 상대방의 얼굴을 지그시 바라보고 있는 그녀의 눈은 눈물에 젖어 있었다.
　「얼마나 훌륭한 일인지요. 지금 당신이 베풀어 주신 것은 정말 위대한 일이에요. 도저히 희망이 이루어지지 않을 것이라고 생각하면서 찾아온 가엾은 여자에게 동정을 베풀어 주시다니 얼마나 숭고한 일인지요!
　아아, 슬프게도 나이를 먹었기 때문이라기보다 마음의 아픔 때문에 나는 완전히 늙어 버리고 말았습니다.
　이제는 이미 미소를 지어 보여도, 또 쳐다보아 드려도, 옛날 나의 에드몽이 몇 시간이나 싫증도 느끼지 않고 바라보아 주시던 그 메르세데스의 모습을 보여 드릴 수는 없어요.
　아아, 에드몽, 거짓말이 아니예요. 아까, 나도 무척 고통을 겪었다고 말씀드렸지만 다시 한 번 그 말을 되풀이하겠어요. 단 한 가지의 기쁨도, 단 하나의 희망도 느끼지 못하고 일생을 지낸다는 것은 확실히 뼈저리게 슬픈 일이에요. 하지만 이것은 지상에서는 아직도 모든 것이 끝난 것은 아니라는 것을 가르쳐 주고 있는 것입니다. 네, 그래요, 모든 것이 끝난 것은 아니예요. 나는 그것을 아직도 이 마음속에 남아 있는 것에서 느낄 수가 있어요. 아아, 다시 한 번 되풀이하겠어요, 에드몽. 당신이 지금 하신 것처럼 사람을 용서한다는 것은 훌륭하고 위대하며 숭고한 일이에요!」
　「당신은 그렇게 말하지만, 메르세데스, 내가 당신을 위해서 감수하는 이 희생이 얼마나 큰 것인가를 당신이 아신다면 뭐라고 말씀하실까요?
　가령 창조주가 세계를 만들고, 카오스(혼돈)를 비옥한 땅으로 바꾸고 나서, 언젠가 우리들 인간이 저지를 죄 때문에 한 사람의 천사가 그 불멸의 눈에서 눈물을 흘릴 것이 틀림없다는 생각에서 창조의 작업을 3분의 1쯤에서 중단했다고 가정해 보세요. 하느님이 모든 것을 준비하고 모든 것을 만들어내고 모든 것을 풍부하게 하신 뒤, 정작 자기가 한 일을 보시려는 단계에 와서 태양의 빛을 꺼버려 세계를 영원한 어둠 속에 떨어뜨리고 말았다고 상상해 보세요.

그러면 당신도, 지금 내가 목숨을 잃음으로써 대체 무엇을 잃게 되는지 아시게 될 것입니다. 아니, 그래도 아직 아실 수 없을 겁니다.」

메르세데스는 놀라움과 찬탄, 그리고 감사를 동시에 나타내며 백작을 유심히 바라보았다.

몽테 크리스토는 타는 듯이 뜨거운 두 손으로 이마를 받쳤다. 이미 이마가 사념의 무게를 견디어낼 수 없게 되기라도 한 것처럼.

「에드몽」하고 메르세데스가 말했다.「나 한 가지만 더 말씀드리고 싶은 것이 있어요.」

백작은 쓸쓸한 미소를 떠올렸다.

「에드몽」하고 그녀는 말을 이었다.「내 이마에서 윤기가 사라지고 내 눈에서 빛이 사라지고 내 아름다움도 상실되어서 얼굴에서는 이미 옛날의 메르세데스를 찾아볼 수 없게 되었다고 하더라도 마음만은 옛날 그대로 변하지 않고 있다는 것을 언젠가는 당신도 알게 될 것입니다!…… 그럼 안녕히 계세요, 에드몽. 나에게는 이제 하느님에게 부탁드릴 것은 아무것도 없어요……. 옛날과 같이 변함없는 고결하고 훌륭한 당신을 다시 뵐 수 있었으니까요.

안녕히 계세요, 에드몽……. 안녕, 정말 고맙다는 말씀을 드리겠어요.」

그러나 백작은 아무런 대답도 하지 않았다.

메르세데스는 서재의 문을 열었다. 그리고 복수의 실패로 해서 비통한 생각에 빠져 있는 백작이 미처 정신을 차리기 전에 자취를 감추었다.

모르셀 부인을 태운 마차가 샹젤리제의 납작돌 위를 멀어져가는 소리에 몽테 크리스토가 퍼뜩 고개를 쳐들었을 때 폐병원의 시계가 한 시를 쳤다.

『아아, 나는 바보였다.』하고 그는 말했다.『복수를 결의한 날, 어째서 심장을 떼어 놓지 않았단 말인가!』

91. 결   투

　메르세데스가 돌아간 뒤 몽테 크리스토의 마음속에서는 모든 것이 또다시 어둠 속으로 가라앉았다. 그의 사고력은 주위의 일에 대해서도 마음의 내부에 대해서도 정지하고 말았다. 마치 극도로 피로한 육체와 마찬가지로 그의 다부진 정신도 잠들고 말았다.
　『이게 무슨 일이람!』하고 그는 마음속으로 말했다. 램프와 촛불은 음산하게 타고 있었고 하인들은 대기실에서 조마조마해하며 기다리고 있었다. 『이게 무슨 일이람! 그토록 천천히 시간을 들여서 준비하고 그렇게 많은 노고 끝에 쌓아올린 계획이 단 일격으로, 단 한마디로, 단 한 번의 숨결로 무너지고 말다니!
　정말 이게 무슨 일이람! 스스로 누구 못지않은 사람이라고 생각하고 있던 내가, 스스로 자랑스럽게 생각하고 있던 내가, 저 이프 성의 지하감옥 안에서는 그렇게도 초라했으나 그것을 스스로의 힘으로 이렇게까지 위대하게 끌어올릴 수 있었던 내가 내일이면 한줌의 흙으로 돌아가고 말게 되다니!
　아아! 내가 못내 아쉽게 생각하는 것은 결코 이 육체가 죽게 된다는 것이 아니다. 생명의 본원에 대한 파괴는 모든 사람이 지향하고 모든 불행한 사람이 갈망하는 휴식이 아닐까? 이 육체의 평안이야말로 내가 오랫동안 열망하고 있었던 것이며 파리아 신부가 내 지하감옥에 모습을 나타냈을 때 나는 굶주림이라는 고된 방법으로 거기에 도달하려고 했던 것이 아닌가?
　나에게 있어서 죽음이란 무엇인가? 평안으로 향한 일보 전진이며 또 어쩌면 침묵을 향한 이보 전진임에 다름아니다.
　아니, 내가 잃고 싶지 않은 것은 산다는 것이 아니다. 내가 아쉬워하는 것은 그토록 시간을 들여서 치밀하게 만들어내고 그토록 애써서 쌓아올린 계획이 헛되이 무너져 버리고 만다는 것이다. 나는 하느님도 이 계획에 찬성하신다고 생각하고 있었는데 그것이 아니었다니! 하느님이 이 계획의 성취를 바라고 계시지 않았다니!
　내가 들어올린, 거의 지구의 무게와 비슷한 이 무거운 짐, 나는 그것을 마지막까지 짊어지고 갈 수 있다고 생각하고 있었는데 그것은 단지 내가 그렇게 바라고 있었을 뿐, 내 힘에 걸맞은 것은 아니었던 것이다. 다만 내 의지가 그렇게 생각했던 것뿐, 능력에 걸맞은 것은 아니었던 것이다. 그리고 나는 아직 길을 겨우 반쯤 왔을까말까한데 그 짐을 내려놓지 않을 수 없는 것이다. 아아, 14년에 걸친 절망과 10년에 이르는 희망에 의해 이를테면 신의 사자와 같은 인간이 되어 있던 내가 또다시 운명론자로 되돌아가지 않으면 안 된단 말인가?

모든 것은 아아, 이게 무슨 일이란 말인가. 모두, 죽어 버렸다고 생각하고 있던 이 심장이 실은 단지 잠을 자고 있었던 데 지나지 않기 때문이다. 그 심장이 눈을 뜨고 다시 고동치기 시작했기 때문이다. 그리고 한 여자의 목소리에 의해 이 가슴 밑바닥에서 끌어올려진 그 고동의 고통에 내가 굴복했기 때문이다.』

『그렇더라도』 하고 백작은 메르세데스가 침묵 속에서 양해한 내일의 무서운 일을 이것저것 차례로 생각을 계속했다. 『아무리 그렇더라도 그토록 고결한 마음을 가진 여자가 단지 제멋대로의 생각에서 앞길이 창창한 나를 비참하게 죽게 할 것이라고는 생각되지 않는다! 그녀가 그렇게까지 모성애에, 아니 모성애라기보다도 자기 자식에 대한 맹목적인 사랑 때문에 착란에 빠졌다고는 생각되지 않는다! 너무 지나치면 죄악이 되는 미덕도 있는 법이다. 아니, 그녀는 무언가 비장한 일이라도 생각해냈을 것이 틀림없다. 우리 두 사람의 칼 사이에 몸을 내던지려 하는 것이다. 그런 것은 여기에서는 숭고하지만 결투장에서는 우스꽝스러울 뿐이다.』

이렇게 생각하며 백작은 자존심으로 얼굴을 붉게 물들였다.

『우스꽝스러운 일이다.』 하고 그는 되풀이했다. 『그리고 그 우스꽝스러움은 내게로 튕겨오는 것이다……. 내가 웃음거리가 된다! 천만에, 그렇게 될 바에는 차라리 죽는 것이 낫다.』

그리고 메르세데스에게 아들의 목숨을 살려 주겠다고 약속한 덕분에 스스로 떠맡게 된 내일의 불행에 대해 이것저것 과장해서 생각하는 동안에 백작은 다음과 같은 것까지 생각하기에 이르렀다.

『바보스러운 일이다! 바보스러운 일이다! 정말 바보스러운 일이다! 그 청년의 권총 앞에 마치 움직이지 않는 표적처럼 버티고 서서 기개를 보여

91. 결 투

주려고 하다니! 내가 죽더라도 그 사나이는 결코 그것을 자살이라고는 생각하지 않을 것이 뻔하다. 그러나 나는 죽은 뒤의 명예를 위해서 어떻게 해서라도……(신이여, 이것은 결코 허영심이 아닙니다, 이것은 어디까지나 정당한 자존심 이외의 아무것도 아닙니다) 사후의 명예를 위해서 어떻게 해서라도 내 스스로의 의지에 의해, 나 자신의 자유 의사에 의해 상대를 때리려고 이미 쳐들었던 팔을 그대로 아래로 내리고 만 것이다, 그리고 상대에 대해 강력한 무기를 갖추고 있던 그 팔로 나 자신을 때린 것이다, 라는 것을 세상에 알리지 않으면 안 된다. 꼭 그렇게 하지 않으면 안 된다, 그렇다, 그렇게 하자.』

그래서 그는 펜을 들고 책상에 달린 비밀 선반 속에서 한 장의 서류를 끄집어냈다. 이것은 그가 파리에 도착하고 나서 써놓은 유언장이었는데 그는 그 서류 밑에 추신 같은 것을 추가하여 그것을 읽으면 아무리 멍청한 사람이라도 그의 죽음의 뜻을 알아볼 수 있도록 했다.

『내가 이렇게 하는 것은 신이여!』 하고 그는 하늘을 우러르면서 말했다. 『내 명예를 지키기 위함일 뿐 아니라 당신의 명예를 지키기 위해서입니다. 아아 신이여, 과거 10년 동안 나는 나 자신을 당신의 복수를 위한 사자라고 생각해왔습니다. 따라서 모르셀 이외의 당그랄이라든가 빌포르 같은 악당들에게, 그리고 그 모르셀 자신에게도 우연에 의해 적을 물리칠 수 있었다고 생각하게 해서는 안 되는 것입니다. 반대로 이미 그들에 대한 처벌을 명령하신 하느님의 뜻이 다만 내 의지의 힘에 의해서 바뀌었을 뿐이라는 것을, 그리고 비록 이 세상에서 처벌을 모면한다고 하더라도 저 세상에서 그것이 놈들을 기다리고 있다는 것을, 즉 놈들은 단지 이 세상의 벌을 영겁의 벌과 교환했을 뿐이라는 것을 알려 주지 않으면 안 되는 것입니다.』

이렇게 그가 고통스러운 나머지 악몽에서 깨어난 사람처럼 암담한 마음의 방황을 계속하고 있을 때 아침 햇살이 유리창을 환하게 비추고 그의 손 밑에 있는, 방금 그가 신의 의지에 따라 마지막 생각을 써놓은 창백한 서류를 비추고 있었다.

마침 5시였다.

갑자기 희미한 소리가 그의 귀에 들려왔다. 몽테 크리스토는 무언가 억제된 한숨 소리 같은 것이 들린 것처럼 느껴졌다. 그는 고개를 돌려 주위를 둘러보았으나 아무도 눈에 띄지 않았다. 그러나 그 소리가 다시 꽤 분명하게 되풀이되었으므로 의심은 확신으로 바뀌었다.

그래서 백작은 일어서서 객실 문을 살며시 열어 보았다. 그러자 두 팔을 축 늘어뜨리고 그 아름답고 창백한 얼굴을 뒤로 젖힌 채 팔걸이의자에 앉아 있는 에데의 모습이 눈에 들어왔다. 그녀는 그가 나갈 때 반드시 자기가 그의 눈에 띌 수 있도록 하기 위해 문의 반대쪽에 앉아 있었다. 그러나 오랫동안 잠을 자지 않은 피로 때문에 젊은 사람으로서는 저항하기 힘든 맹렬한 수마에 사로잡혀 있었던 것이다.

문을 여는 소리도 에데를 잠에서 깨울 수는 없었다.

몽테 크리스토는 부드러움과 뉘우침이 어린 눈길로 그녀를 물끄러미 바라보았다.

『그녀는 자기에게 한 아들이 있다는 것을 생각해냈으나』하고 그는 말했다. 『나는 나에게 한 딸이 있다는 것을 잊고 있었다!』

그리고 그는 슬픈 듯이 고개를 설레설레 저으면서 『불쌍한 에데!』하고 말했다. 『이 여자는 나를 만나기 위해서 온 것이다. 나에게 말을 하려고 온 것이다. 무언가를 걱정하고 있었던 것이다……. 또는 그것을 알아차리고 있었던 것이다……. 그렇다, 이 여자에게 작별을 고하지 않고 떠날 수는 없다. 이 여자를 누군가 확실한 사람에게 부탁하지 않고 죽을 수는 없다.』

그리고 그는 다시 본래의 자리로 돌아가서는 처음에 쓴 몇 줄 밑에 다음과 같이 보충했다.

나는 내 옛 주인이며 마르세이유의 선주였던 피에르 모렐의 아들, 알제리아 기병 대위 막시밀리안 모렐에게 이천만 프랑을 유증한다. 이 금액의 일부는 그의 누이동생 줄리 및 매제 임마누엘에게, 만일 이 여분의 재산이 두 사람의 행복을 해칠 우려가 없다고 믿어지는 경우에 한해서 그의 손을 거쳐 증여되기를 바란다. 이 이천만 프랑은 베르투쵸가 그 비밀을 알고 있는 몽테 크리스토 섬의 내 동굴 속에 매장되어 있다.

만일 막시밀리안 모렐에게 아직도 마음에 정한 여성이 없고, 내가 아버지의 애정으로 양육했고 또 딸로서의 애정을 가지고 나를 따라 준 자니나 총독 알리의 딸 에데와 결혼할 의사가 있다면 내 마지막 의지라고는 하지 않더라도 내 마지막 희망을 이루어 주는 것이 될 것이다.
 이 유언장은 이미 에데를 나의 유산 전체의 상속인으로 지정하고 있지만 그 재산은 토지와 영국, 오스트리아, 네덜란드 각국의 공채, 그리고 각지에 있는 내 저택의 동산으로 이루어져 있으며 이미 말한 이천만 프랑 그리고 사용인들에 대한 각종 유증을 제외하더라도 아직 육천만 프랑에 이를 것이다.

 이 마지막 행을 다 쓰고 났을 때 그는 등 뒤에서 나는 고함 소리를 듣고 저도 모르게 펜을 떨어뜨렸다.
「에데」하고 그는 말했다.「너, 읽었니?」
 사실 그녀는 눈꺼풀에 와 닿는 햇빛 때문에 눈을 뜨고 일어나서 백작 옆으로 왔는데 가벼운 발소리는 양탄자로 해서 더욱 지워져서 백작의 귀에는 들리지 않았던 것이다.
「아아, 주인님.」하고 그녀는 두 손을 모아 쥐면서 말했다.「어째서 이렇게, 이런 시간에 무엇을 쓰고 계시는 거지요? 어째서 저에게 재산을 모두 주시겠다는 거지요? 그렇다면 저를 버리고 어딘가로 가시겠다는 말씀인가요?」
「잠깐 여행을 떠날까 해서.」하고 몽테 크리스토는 한없는 우수와 부드러움을 담고 말했다.「그래서 만일 내가 재난이라도 당하면 어쩌나 하고……」 백작은 말이 막혔다.
「그래서요?……」하고 아가씨는 물었으나 백작은 지금까지 몰랐던 그녀의 단호한 어조에 자기도 모르게 몸서리쳤다.
「그래서 만일 내가 어떤 재난을 만나더라도」하고 몽테 크리스토는 대답했다.「너만은 행복하게 살아 주었으면 하고.」
 에데는 고개를 저으면서 슬픈 미소를 떠올렸다.
「죽으시려고 하는 거지요? 그렇죠, 주인님?」하고 그녀는 말했다.
「『죽음을 생각하면 구원을 받는다.』라고 현자도 말하고 있어.」
「그렇다면, 만일 돌아가실 생각이라면」하고 그녀는 말했다.「재산은 누군가 다른 분에게 물려 주세요. 왜냐하면 당신이 돌아가시면…… 저는 이미 아무것도 필요없게 되니까요.」

그렇게 말하고 그녀는 그 서류를 움켜쥐더니 갈기갈기 찢어서 객실 안에 흩뿌렸다.

그리고는 평소에 하지 않던 이러한 과감한 행위에 그만 기력이 다하여 풀썩 쓰러졌다. 이번에는 잠이 든 것이 아니라 정신을 잃고 바닥에 쓰러진 것이었다.

몽테 크리스토는 그녀 위에 몸을 수그리고 팔에 안아 일으켰다. 그리고 창백해진 그 아름다운 얼굴빛, 감겨진 아름다운 눈, 생기를 잃고 마치 내던져진 것처럼 된 아름다운 육체를 바라보면서 백작의 가슴에는 비로소 그녀가 딸이 아버지를 사랑하는 것과는 다른 애정으로 자기를 사랑하고 있는 것은 아닐까 하는 생각이 떠올랐다.

『아아!』하고 그는 깊은 실의를 담고 중얼거렸다.『나는 아직도 행복해지려고 생각했으면 행복해질 수도 있었는데!』

그리고 나서 그는 에데를 그녀의 방까지 안고 가 여전히 기절한 채로 있는 그녀를 시녀들에게 넘겨 주었다. 그리고는 다시 서재로 돌아와 이번에는 거칠게 문을 닫아 잠그고 찢겨진 유언서를 다시 썼다.

그가 마침 그것을 다 쓰고 났을 때 앞뜰로 들어오는 이륜마차 소리가 들렸다. 몽테 크리스토는 창가로 다가가 막시밀리안과 임마누엘이 마차에서 내리는 것을 보았다.

『좋아.』하고 그는 말했다.『마침 끝났어!』

그렇게 말하고 그는 그 유언서에 삼중의 봉인을 했다.

잠시 뒤 그는 객실에서 나는 발소리를 듣고 직접 일어나 나가서 문을 열었다.

모렐이 문간에 모습을 나타냈다.

그는 약속 시간보다 약 20분이나 빨리 온 것이었다.

「제가 너무 빨리 온 것 같군요, 백작.」하고 그는 말했다.「하지만 솔직히 말씀드려서 저는 한잠도 자지 못했습니다. 게다가 식구들도 모두 그랬습니다. 그래서 굳건한 자신감을 가지고 침착한 모습으로 계실 당신을 뵙고 저 자신을 되찾고 싶었습니다.」

몽테 크리스토는 이렇듯 호의에 넘치는 태도에 접하자 가만히 있을 수가 없었다. 그는 청년에게 손을 내미는 대신에 두 팔을 벌려 맞이했다.

「모렐 씨」하고 그는 감동어린 목소리로 말했다. 「당신 같은 분의 사랑을 받고 있다는 것을 안 오늘이 나에게는 얼마나 멋진 날인지요! 어서 와요, 임마누엘 군. 그럼 함께 가주시는 거지요, 막시밀리안 씨?」

「물론입니다!」하고 청년 대위는 대답했다. 「당신은 의심하고 계셨나요?」

「하지만 혹시 나에게 잘못이 있다고 생각한다면……」

「아시겠습니까? 저는 어젯밤 그 결투 신청이 행해지고 있는 동안 내내 당신을 바라보고 있었습니다. 그리고 어젯밤 내내 당신이 그야말로 자신 있는 듯이 침착하게 계시던 일에 대해서 생각했습니다.

그 결과 당신이 옳을 것임에 틀림없다, 만일 그렇지 않다면 이제 인간의 얼굴 같은 것은 신용할 수가 없게 된다, 라고 생각했습니다.」

「하지만 모렐 씨, 알베르 군은 당신의 친구니까.」

「그냥 아는 사이일 뿐이에요, 백작.」

「당신이 그를 처음 만나신 것은 내가 당신을 만나 뵌 날이었지요, 아마?」

「그렇습니다, 맞습니다. 하지만 그런 것은 아무래도 좋지 않습니까? 당신의 그 말씀을 듣지 않았다면 그런 것은 잊어버리고 있었을 정도이니까요.」

「고마워요, 모렐 씨.」

그리고는 초인종을 한 번 울린 뒤 곧 모습을 나타낸 알리를 향해 그는 말했다. 「이보게, 이것을 공증인에게 갖다 줘. 이것은 내 유언서예요, 모렐 씨. 내가 죽으면 내용을 보러 가주세요.」

「뭐라고요?」하고 모렐이 소리질렀다. 「죽으면, 이라니요?」

「뭐, 어떻게 될지 모르는 일 아닙니까? 그런데 어제 나하고 헤어지신 뒤에 어떻게 하셨지요?」

「토르토니(당시에 유명했던 카페)에 갔습니다. 그러자 예상한 대로 보상과 샤토 루노가 와 있었습니다. 실은 저는 그 두 사람을 찾고 있었던 것입니다.」

「무엇 때문에 말입니까? 이미 모든 것은 결정난 것 아닙니까?」

「네, 백작, 사태는 중대해서 이제는 이미 피할 수가 없습니다.」

「그렇다면 피할 수 있으리라고 생각했단 말입니까?」

「그렇지는 않습니다. 모욕은 많은 사람들 앞에서 행해졌고 이제는 모든 사람이 그 얘기를 하고 있을 정도이니까요.」

「그래서요?」
「그래서 저는 무기를 권총 대신 칼로 바꾸어 사용하게 하려고 했습니다. 권총은 무턱대고 날아가는 무기니까요.」
「그래서 당신은 성공했나요?」하고 몽테 크리스토는 눈에 보이지 않는 희미한 희망의 빛을 보이며 다급하게 물었다.
「그러지 못했습니다. 저쪽에서는 당신의 칼 솜씨를 알고 있으니까요.」
「그것 참! 대체 누가 그런 얘기를 했을까요?」
「당신에게 패한 검술 교사들이 그랬습니다.」
「그래서 당신은 실패했군요?」
「깨끗이 거절당하고 말았습니다.」
「모렐 씨」하고 백작이 말했다.「당신은 내가 권총을 쏘는 것을 보신 적이 있습니까?」
「한 번도 없습니다.」
「그럼 아직 시간이 있으니까 한 번 보십시오.」
몽테 크리스토는 메르세데스가 들어왔을 때 손에 들고 있던 권총을 집어들고 표적의 엷은 철판 위에 트럼프 클럽을 하나 붙이고는 네 발로 그 클럽의 가지를 차례로 하나씩 쏘아나갔다.
한 발을 쏠 때마다 모렐은 얼굴빛을 달리했다.
그는 몽테 크리스토가 그런 뛰어난 재주를 보인 네 발의 탄환을 조사해 보았다. 그리고 그것이 사슴탄환(사슴을 쏘기 위한 소구경의 탄환)만한 크기도 안 된다는 것을 알았다.
「아니 이건 정말 무섭군요.」하고 그는 말했다.「이것 보라고, 임마누엘!」
그렇게 말하고 나서 몽테 크리스토 쪽을 돌아보며「백작」하고 그는 말했다. 「제발 부탁입니다, 알베르를 죽이지 말아 주십시오! 그 사나이에게는 어머니가 있습니다!」
「옳은 말씀입니다.」하고 몽테 크리스토가 말했다.「그리고 나에게는 없으니까요!」
이 말투에 모렐은 자기도 모르게 부르르 몸을 떨었다.
「당신은 모욕을 당한 쪽입니다, 백작.」
「그렇습니다. 그것이 어떻단 말입니까?」

「즉, 당신이 먼저 쏘시게 됩니다.」
「내가 먼저 쏜다고요?」
「아아, 저는 그쪽에 그것을 이해시켰습니다, 아니 이해시켰다기보다도 억지로 그렇게 만들었습니다. 이쪽도 여러가지를 양보했으니까 그쪽에서도 그것을 양해하지 않을 수 없었습니다.」
「그래, 간격은요?」
「이십 보입니다.」
무서운 미소가 백작의 입술 위에 떠올랐다.
「모렐 씨」하고 그는 말했다.「지금 보신 것을 잊어서는 안 됩니다.」
「그러니까」하고 청년이 말했다.「알베르를 살리기 위해서는 저로서는 당신의 동정에 매달리는 수밖에 없습니다.」
「내가 동정을 해요?」하고 몽테 크리스토가 말했다.
「아니면 당신의 너그러움에. 당신의 사격 솜씨에는 당신과 마찬가지로 저도 확신을 가지고 있으니까 만일 이것이 다른 인간에 대해서였다면 우스꽝스럽게 생각될 부탁을 당신에게 말씀드릴 수 있다고 생각합니다.」
「그건 무슨 말씀이지요?」
「제발 그의 팔을 쏘아 주십시오. 상처만 입히고 죽이지 말아 주었으면 합니다.」
「모렐 씨. 내 말을 들어 주십시오」. 하고 백작이 말했다.「나는 누구에게도 모르셀 군을 살려 달라고 부탁받을 필요가 없습니다. 모르셀 군은 앞서 말씀드린 대로 훌륭하게 목숨을 건져가지고 두 친구와 함께 아무 일도 없이 돌아가게 될 것입니다. 하지만 나는……」
「당신 쪽은?……」
「나는 틀립니다. 나는 사람들에게 떠메어져서 돌아올 것입니다.」
「설마, 그런 일이!」하고 자기를 잊은 채 막시밀리안은 소리질렀다.
「말씀드린 대로입니다, 모렐 씨. 모르셀 군에게 나는 죽음을 당하는 것입니다.」
모렐은 아무래도 납득이 되지 않는다는 얼굴로 백작의 얼굴을 물끄러미 바라보았다.
「대체 어젯밤부터 무슨 일이 일어난 겁니까, 백작?」

「필리피의 전투 전날 밤 브루투스의 신상에 일어난 것과 똑같은 일입니다. 즉 나는 망령을 본 것입니다(필리피는 마케도니아의 도시. 이 싸움 전날 밤에 브루투스는 자기가 죽인 케사르의 망령을 보고 죽음을 예언받았다).」

「그래, 그 망령이 어떻게 했나요?」

「모렐 씨, 그 망령이 나를 향해 너는 이미 충분히 오랫동안 살았다고 말했어요.」

막시밀리안과 임마누엘은 서로 얼굴을 마주 보았다. 몽테 크리스토는 시계를 꺼냈다.

「자, 떠납시다.」 하고 그는 말했다. 「지금 7시 5분입니다. 약속은 정각 8시였으니까요.」

한 대의 마차가 말을 매어 놓고 기다리고 있었다. 몽테 크리스토는 두 사람의 후견인과 함께 그 마차에 올라탔다.

그보다 조금 전 복도를 걷고 있을 때 몽테 크리스토는 어떤 문 앞에서 무엇엔가 귀를 기울이려고 발길을 멈추었다. 막시밀리안과 임마누엘은 조심스럽게 두세 걸음 앞을 걷고 있었으나 그 방안에서 들리는 흐느낌에 대해 그가 한숨을 쉬는 소리가 들린 것 같았다.

8시 정각에 그들은 약속 장소에 도착했다.

「다 왔습니다.」 하고 모렐이 마차의 창문에서 얼굴을 내밀면서 말했다. 「우리가 먼저 도착했습니다.」

「실례입니다만」 하고 주인을 따라온 바티스탄이 뭐라 말할 수 없는 공포의 빛을 띠면서 말했다. 「저쪽 나무 그늘에 마차가 한 대 와 있는 것 같습니다만.」

몽테 크리스토는 날렵하게 마차에서 뛰어내리고는 임마누엘과 막시밀리안에게 손을 내밀어 두 사람이 내리는 것을 도와 주려고 했다.

막시밀리안은 그 백작의 손을 두 손으로 꼭 쥐었다.

「고맙습니다.」 하고 그는 말했다. 「이 손이야말로 자기 입장이 옳다는 데에 마음놓고 목숨을 내맡기고 계시는 분의 훌륭한 손입니다.」

「과연」 하고 임마누엘이 말했다. 「저쪽에 청년 두 사람이 어슬렁거리면서 기다리고 있는 것 같군요.」

몽테 크리스토는 모렐을 그의 매제에게서 한두 걸음 떨어진 뒷쪽으로 데리고 갔다. 「막시밀리안 씨」 하고 그는 물었다. 「당신의 마음에 누구 정하신

분이 있습니까?」

 모렐은 깜짝 놀라 몽테 크리스토를 뚫어지게 쳐다보았다.

「꼭 무슨 자세한 얘기를 해달라는 것이 아닙니다. 그저 잠깐 물어 보고 싶을 뿐입니다. 예다 아니다로 대답해 주세요. 단지 그렇게만 하면 됩니다.」

「저에게는 사랑하는 여성이 있습니다, 백작.」

「그분을 깊이 사랑하고 계십니까?」

「네, 제 목숨보다도 소중하게.」

「맙소사」하고 몽테 크리스토는 말했다. 「이것으로 또 하나의 희망이 사라졌군.」

 그리고는 한숨을 쉬면서 『불쌍한 에데!』하고 중얼거렸다.

「정말이지 백작」하고 모렐이 외쳤다. 「당신이라는 분을 잘 알지 못한다면 저는 당신을 그렇게 용기가 있는 분이라고는 생각하지 않을지도 모릅니다!」

「내가 뒤에 남기고 가는 사람을 생각해서 한숨을 쉬고 있기 때문입니까? 농담일 테지요, 모렐 씨, 적어도 군인인 당신이 용기라는 것을 그렇게까지 몰라도 되는 겁니까? 내가 목숨을 아까워하고 있기라도 하다는 겁니까?

 20년간이나 생사의 갈림길에서 살아온 나에게 사느냐 죽느냐 하는 것이 무슨 문제가 되겠습니까?

 게다가 안심하세요, 모렐 씨. 설사 이것이 나약함이라고 하더라도 이것은 다만 당신에게만 보여 드리는 나약함이니까.

 나는 이 세상이라는 것은 하나의 객실과도 같은 것이어서 거기에서 나올 때는 예의바르게, 단정하게 하지 않으면 안 된다, 즉 깍듯하게 인사를 하고 내기에서의 부채도 깨끗이 청산하고 가지 않으면 안 된다는 것쯤은 알고 있습니다.」

「옳으신 말씀입니다.」하고 모렐이 말했다. 「정말 훌륭한 말씀입니다. 그런데 무기는 가지고 계십니까?」

「내가요? 어째서 그럴 필요가 있을까요? 저쪽에서 어련히 가지고 올 텐데요.」

「잠깐 물어 보고 오겠습니다.」하고 모렐이 말했다.

「그게 좋겠군요. 하지만 중재 교섭은 절대로 하셔서는 안 됩니다. 아시겠지요?」

「물론입니다, 안심하십시오.」
 모렐은 보샹과 샤토 루노 쪽으로 다가갔다. 두 사람은 막시밀리안이 걸어오는 것을 보고는 몇 걸음 마주 걸어나왔다.
 세 젊은이는 싹싹하다고는 할 수 없었지만 적어도 정중하게 인사를 나누었다.
「실례입니다만」하고 모렐이 말했다.「모르셀 씨의 모습은 보이지 않는 것 같군요?」
「오늘 아침」하고 샤토 루노가 말했다.「이곳에서 직접 만나자고 통보했습니다만」
「그래요!」하고 모렐이 말했다.
 보샹이 시계를 꺼냈다.
「8시 5분인걸. 이건 우물쭈물하고 있을 수가 없는데요, 모렐 씨.」하고 그는 말했다.
「아니」하고 막시밀리안이 대답했다.「그런 생각으로 말씀드린 것은 결코 아닙니다.」
「여어」하고 샤토 루노가 가로막으면서 말했다.「저기에 마차 한 대가 오고 있습니다만.」
 아니나다를까 한 대의 마차가 지금 세 사람이 서 있는, 네거리로 나가는 가로수 길의 하나를 전속력으로 달려오고 있었다.
「그런데」하고 모렐이 말했다.「당신들은 물론 권총을 가지고 왔을 테죠? 몽테 크리스토 백작은 자신의 권총을 사용할 권리를 포기하겠다고 말씀하고 계시기 때문에.」
「우리도 백작이 그런 배려를 하시지 않을까 생각하고 있었어요, 모렐 씨.」하고 보샹이 대답했다.「그래서 실은 일주일이나 10일 전에 나 자신 이러한 일로 필요해지지 않을까 생각하고 사두었던 것을 가지고 왔습니다. 완전한 신품으로서 아직 아무도 사용한 적이 없는 것이지요. 점검해 보시겠습니까?」
「아닙니다, 보샹 씨.」하고 모렐은 인사를 하면서 말했다.「모르셀 씨도 아직 그것을 사용하신 적이 없다는 것을 당신이 보증하시는 이상 그것으로 충분하지 않습니까?」
「여러분」하고 샤토 루노가 말했다.「저 마차를 타고 온 사람은 모르셀이 아니었어요. 저들은 프랑츠하고 도브레예요.」
 과연, 지금 이름이 불린 두 청년이 이쪽을 향해서 걸어오고 있었다.
「자네들이 이곳엘 오다니!」하고 샤토 루노가 두 사람과 각각 악수를 나누면서 말했다.「대체 무슨 바람이 분 거지?」
「실은」하고 도브레가 말했다.「오늘 아침 알베르가 우리더러 이곳에 와달라고 알려왔어.」
 보샹과 샤토 루노는 깜짝 놀란 모습으로 서로 얼굴을 마주 보았다.
「여러분」하고 모렐이 말했다.「나는 알 수 있을 것 같습니다만.」
「그건 무슨 말씀이지요?」
「어제 오후 나는 모르셀 군으로부터 오페라좌에 와달라는 편지를 받았습니다.」
「나도 그런데.」하고 도브레가 말했다.
「나도 그렇다네.」하고 프랑츠가 말했다.
「우리도 그렇다네.」하고 샤토 루노와 보샹이 말했다.
「즉 그는 여러분을 결투를 신청하는 장소에 입회시키려고 했던 것입니다.」하고 모렐이 말했다.「그리고 결투의 현장에도 입회해 주었으면 하고 생각하고 있는 것입니다.」
「확실히」하고 청년들은 저마다 말했다.「그래요, 막시밀리안 씨, 십중팔구 당신의 그 짐작이 맞으리라고 생각돼요.」
「그나저나」하고 샤토 루노가 중얼거렸다.「알베르란 놈은 어째서 안 온다지? 벌써 10분이나 지났는데.」
「아아, 저기 온다.」하고 보샹이 말했다.「말을 타고 오는걸. 저봐, 하인을 데리고 무서운 기세로 오고 있잖아.」
「저 무슨 무모한 짓이란 말인가!」하고 샤토 루노가 말했다.「권총으로 결투를 한다면서 말을 타고 오다니! 내가 그만큼 알아듣게 말을 했는데!」
「그리고 저것 보라고.」하고 보샹이 말했다.「넥타이에 칼라, 가슴이 벌어진 연미복, 그리고 흰 조끼를 입고 있잖아! 어째서 이왕이면 가슴께에 검은 별을 하나 그려 넣지 않았을까? 그쪽이 훨씬 더 수월하게, 훨씬 더 빨리 결말이 날 텐데 말이야!」
 그러고 있는 동안에 알베르는 다섯 사람의 청년이 모여 서 있는 곳에서

10보쯤 떨어진 곳에까지 왔다.
　그는 말을 멈춰 세우고는 냉큼 뛰어내려 하인의 손에 고삐를 던져 주었다. 알베르는 다가왔다.
　창백한 얼굴을 하고 눈은 빨갛게 부어 있었다. 그가 어젯밤 내내 한잠도 자지 못했음을 한눈에 알아볼 수 있었다.
　그의 얼굴 전면에 평소의 그에게서는 볼 수 없었던 침통한 빛이 서려 있었다.
　「제군, 고맙네.」 하고 그는 말했다. 「내 부탁을 들어 주어서. 이 우정에 나는 더할 수 없이 감사하고 있네.」
　모렐은 모르셀이 다가왔을 때 10보쯤 뒤로 물러서 혼자 떨어져 서 있었다.
　「그리고 당신도요, 모렐 씨」 하고 알베르가 말했다. 「고맙다는 말씀을 드립니다. 아무쪼록 이쪽으로 오십시오. 사양하실 것 없습니다.」
　「하지만」 하고 막시밀리안은 말했다. 「아무래도 당신은 내가 몽테 크리스토 백작의 후견인이라는 것을 모르시는 것 같군요?」
　「분명하게 그렇다고 알지 못했지만 어쩌면 그렇지 않을까 하고 생각하고 있었습니다. 정말 좋은 일입니다! 입회해 주시는 분이 많으면 많을수록 나로서는 그만큼 더 반가우니까요.」
　「모렐 씨」 하고 샤토 루노가 말했다. 「몽테 크리스토 백작에게 모르셀 군이 도착했다는 것, 이쪽은 모든 일에 지시를 기다리고 있다고 말씀드려 주세요.」
　모렐은 그 말을 전하기 위해 걸음을 옮기기 시작했다.
　보샹도 그와 동시에 마차에서 권총을 넣어 둔 상자를 꺼내려고 했다.
　「제군, 잠깐만.」 하고 알베르가 말했다. 「나는 잠깐 몽테 크리스토 백작에게 하고 싶은 이야기가 있어.」
　「둘이서만 말입니까?」 하고 모렐이 물었다.
　「아닙니다, 여러분 앞에서.」
　알베르의 두 후견인은 어이가 없어 서로 얼굴을 쳐다보았다. 프랑츠와 도브레는 작은 목소리로 뭐라고 두세 마디 주고받았다.
　한편 모렐은 이 뜻하지 않은 일에 기쁨을 감추지 못하고 임마누엘과 함께 보도를 왔다갔다하고 있는 백작을 부르러 갔다.

91. 결 투

「내게 무슨 용건이 있는 걸까요?」하고 몽테 크리스토가 물었다.
「그것은 모르겠습니다. 하지만 어떻든 할 말이 있다고 합니다.」
「오오.」하고 몽테 크리스토가 말했다. 「또 하느님을 두려워하지 않는 모욕을 되풀이하지 않았으면 좋으련만!」
「아무래도 그럴 것 같지는 않습니다.」하고 모렐이 말했다.
 백작은 막시밀리안과 임마누엘을 데리고 알베르 쪽으로 다가갔다. 그야말로 침착하고 조용한 그의 얼굴은 네 사람의 청년을 거느리고 똑같이 걸어오고 있는 알베르의 흐트러진 얼굴과는 기묘한 대조를 이루고 있었다.
 서로의 거리가 삼 보쯤 떨어진 곳까지 오자 알베르도 백작도 걸음을 멈추었다.
「제군」하고 알베르가 말했다. 「옆으로 가까이 와주게. 이제부터 내가 몽테 크리스토 백작에게 말씀드리는 것은 단 한마디도 놓치지 말아 주기 바라네. 왜냐하면 지금부터 백작에게 말씀드리는 것이 설사 아무리 제군들에게는 기묘하게 생각되더라도 이것을 듣고 싶어하는 사람이 있으면 제군들의 입으로 꼭 전해 주기를 바라기 때문일세.」
「들어 봅시다.」하고 백작이 말했다.
「백작」하고 알베르가 말했다. 그 목소리는 처음에는 떨고 있었으나 이윽고 차츰 가라앉았다. 「나는 당신이 에페이로스에서의 아버지의 행동을 폭로하신 것을 책망했습니다. 왜냐하면 설사 아버지에게 죄가 있다고 하더라도 당신에게 그 아버지를 벌할 권리는 없다고 생각했기 때문입니다.
 그런데 지금 당신에게 그 권리가 있다는 것을 잘 알았습니다.
 내가 이렇게 빨리 당신을 용서할 마음이 생긴 것은 페르낭 몬데고가 알리 파샤를 배반했기 때문이 아니라 어부 페르낭이 당신을 배신했기 때문이며 그리고 그 배신의 결과 이제까지 들어 보지도 못한 불행이 발생했기 때문입니다.
 따라서 나는 말씀드립니다, 나는 큰 목소리로 선언합니다. 그렇습니다, 백작, 당신이 아버지에게 복수하신 것은 정당한 일이었습니다. 그리고 그 아버지의 아들인 나는 당신이 그 이상의 일을 하시지 않은 데에 감사할 뿐입니다!」
 이 뜻하지 않은 장면에 참석하고 있는 사람들의 한가운데에 비록 벼락이 떨어졌다고 하더라도 알베르의 이 성명만큼 그들을 깜짝 놀라게 하지는 못했을 것이다.

　몽테 크리스토는 그 눈에 무한한 감사의 빛을 담고 천천히 하늘을 쳐다보았다. 그리고 그의 용기에 대해서는 일찍이 로마의 산적들 속에서 충분히 확인한 바가 있는 격렬한 성질의 알베르가 어떻게 이렇게까지 갑자기 겸손한 태도로 나올 수 있었는지 진심으로 감탄하지 않을 수가 없었다.

　백작은 그것이 메르세데스의 영향이라는 것을 알았다. 그리고 그 고귀한 마음을 가진 그녀가 어째서 그가 스스로 희망한 희생을 그때 반대하지 않았는지 그 이유도 알았다. 그녀는 그 희생이 필요없다는 것을 진작부터 알고 있었던 것이다.

　「그러니까 백작」하고 알베르가 말했다.「지금 말씀드린 사과만으로 충분하다고 생각하신다면 아무쪼록 손을 잡게 해주십시오. 절대로 잘못을 저지르지 않는다는 지극히 드문 미덕을 당신은 가지고 계시는 것 같지만 거기에 버금가는 가장 아름다운 덕은 내 생각에는 스스로의 잘못을 정직하게 인정하는 일이 아닌가 생각합니다. 물론 이렇게 말씀은 드리지만 이 고백은 나 한 사람만의 문제입니다. 나는 지금까지 언제나 사람만을 기준으로 해서 행동해왔습니다. 그러나 당신은 항상 하느님의 뜻에 따라 행동하고 계셨습니다.

　단 한 사람의 천사만이 우리 두 사람 중의 한 사람을 죽음에서 구할 수가 있었습니다. 그리고 그 천사는 우리 두 사람을 친구로 만들기 위해서는 아니라 하더라도, 아아 유감스럽게도 숙명에 의해서 그것은 불가능하게 되었습니다, 하지만 적어도 서로 존경하는 사이가 되게 하기 위해 하늘에서 내려온 것이었습니다.」

　몽테 크리스토는 눈물을 글썽거리고 가슴을 두근거리면서 입을 반쯤 벌린 채 알베르에게 손을 내밀었다. 알베르는 그 손을 잡고는 외경과도 같은 생각을 담고 굳게 그것을 움켜쥐었다.

　「제군」하고 그는 말했다.「몽테 크리스토 백작은 내 사과를 기꺼이 받아들이겠다고 하시네. 나는 백작에게 경솔하게 행동했네. 확실히 경솔은 사람에게 실수를 저지르게 만드네. 그래서 나는 잘못된 행동을 저지르고 말았다네.

　그러나 지금 그러한 잘못은 보상되었어. 세상 사람들도 이러한 나를 비겁자라고는 생각하지 않을 테지. 나는 내 양심이 명하는 바에 따라 행동 했으니까. 그러나 어떻든 이 점에 대해서 오해하는 사람이 있다면」하고 알베르는 고개를 의젓하게 젖히고 설사 상대가 친구든 적이든 당당히 도전하겠다는 태도로 덧붙였다.

「어떻게 해서든지 그 생각을 바로잡아 줄 작정이네.」

「대체 어젯밤에 무슨 일이 있었다는 건가?」하고 보샹이 샤토 루노에게 물었다.「아무래도 우리는 여기에서 바보 역할을 맡게 된 것 같군.」

「정말이지 알베르의 지금의 행동은 몹시 꼴사나운 것이든가 반대로 아주 훌륭한 것이든가 그 어느 한쪽일 거야.」하고 남작이 대답했다.

「이봐, 대체 이것은」하고 도브레가 프랑츠에게 물었다.「어떻게 된 영문인가? 무슨 소리냔 말야! 몽테 크리스토 백작은 모르셀 백작의 명예를 실추시켰어. 그런데도 아들에게는 그것이 당연한 일로 생각되다니!

우리 집에 자니나 사건 같은 일이 설사 열 번이 일어나도 나로서는 할 수 있는 일이 한 가지밖에 없다고 생각할걸세. 즉, 열 번 결투를 되풀이할 수밖에 없다고 생각할 거란 말일세.」

한편 몽테 크리스토는 얼굴을 숙이고 두 팔을 힘없이 늘어뜨린 채 24년의 추억의 무게에 짓눌려 알베르의 일도, 보샹의 일도, 샤토 루노의 일도, 아니 거기에 있는 누구의 일도 염두에 두지 않았다.

그는 다만 감연히 자기 아들의 목숨을 구해 달라고 찾아왔던 그 여성의 일만을 생각하고 있었던 것이다. 그는 그 여성을 위해서 목숨을 바치려고 했었지만 지금 그 여성은 청년의 가슴에서 아버지를 생각하는 마음을 영원히 소멸시킬 무서운 가정의 비밀을 털어놓음으로써 그의 목숨을 구한 것이다.

『역시 하느님의 뜻이었어.』하고 그는 중얼거렸다.『아아, 오늘이야말로 비로소 나는 내가 하느님으로부터 보내진 사람이라는 것을 분명히 확신할 수 있다!』

92. 어머니와 아들

몽테 크리스토 백작은 우수와 위엄이 담긴 미소를 띠고 다섯 명의 청년에게 인사를 하고는 막시밀리안, 임마누엘과 함께 마차에 올라탔다.
알베르, 보샹, 샤토 루노 세 사람만이 결투장에 남았다.
알베르는 별로 주뼛거리지는 않았으나 그래도 지금 일어난 일을 어떻게 생각하는가고 묻고 싶은 눈으로 두 사람의 후견인을 물끄러미 바라보았다.
「아니, 정말 여보게.」하고 보샹이 보다 감동하기 쉬운 성질이었기 때문인지 아니면 보다 솔직한 성질이었기 때문인지 먼저 입을 열었다.「축하하겠네. 몹시 불유쾌한 사건이 정말 더할 나위 없이 쉽게 해결되었으니 말일세.」
알베르는 입을 다문 채 깊은 생각에 잠겨 있었다. 샤토 루노는 다만 화사한 지팡이로 장화를 두드리고 있을 뿐이었다.
「그만 돌아가는 게 어때?」하고 잠시 어색한 침묵이 계속된 뒤 샤토 루노가 말했다.
「자네만 좋다면 언제라도 돌아갈 수 있어.」하고 보샹이 대답했다.「다만 그 전에 모르셀 군에게 찬사를 보내 주게. 그는 오늘 아주 신사적인, 유례없는 관대함을 보였거든!」
「그래, 그 말이 맞아.」하고 샤토 루노가 말했다.
「아주 훌륭했어.」하고 보샹이 말을 이었다.「그토록 자기를 억제할 수 있다는 건 정말 장한 일이야.」
「그렇고말고. 나 같은 놈은 도저히 흉내도 내지 못할 거야.」하고 샤토 루노가 그야말로 의미있는 듯이 냉랭한 어조로 말했다.
「자네들은」하고 알베르가 말을 꺼냈다.「몽테 크리스토 백작과 나 사이에 뭔가 매우 중대한 일이 있었다는 것을 모르는 것 같군!」
「아니아니, 알고 있어.」하고 보샹이 즉각 말했다.「하지만 어중이떠중이들은 자네의 영웅적 행위를 이해하지 못할걸. 따라서 조만간 자네는 건강을 해치고 목숨을 깎아서라도 열심히 놈들에게 설명을 하고 다니지 않으면 안될 지경에 놓이게 될 테지.

그래서 내가 친구로서 한 가지 충고를 하겠는데 말야. 알겠나? 자네는 나폴리든 헤이그든 또는 페테르스부르그든, 어쨌든 명예라는 점에 있어서는 우리들 같은 파리의 흥분한 무리보다는 훨씬 이해성이 있는 조용한 나라로 가게. 그리고 그곳에 가서 권총 연습도 많이 하고 검술의 제4의 자세나 제3의 자세도 충분히 익히는 거야.

그런 다음 몇 해가 지나서 사람들이 완전히 잊었을 만할 때 마음놓고 프랑스로 돌아오거나 또는 그러한 무예에 대해서 스스로도 이제는 됐다고 자신이 붙을 만큼 익숙해져서 돌아오는 거야. 이봐 샤토 루노 군, 내 말에 일리가 있다고 생각하지 않나?」

「나도 전적으로 같은 의견일세.」하고 샤토 루노가 대답했다.「결말이 나지 않는 결투만큼 무서운 결과를 초래하는 것은 없으니까.」

「고맙네.」하고 알베르는 싸늘한 미소를 떠올리면서 대답했다.「나는 그 충고에 따르겠네. 그렇지만 자네들이 권고해서가 아니라 실은 나 자신이 프랑스를 떠날 생각을 하고 있었기 때문일세.

또 자네들이 내 후견인이 되어 준 것을 고맙게 생각하네. 이 호의는 내 가슴에 깊이 새겨져 있네. 어떻든 지금의 자네들의 말을 듣고서는 이제는 이 호의밖에는 생각해낼 수가 없을 테니까.」

샤토 루노와 보샹은 서로 얼굴을 마주 보았다. 두 사람은 모두 똑같은 인상을 받았다. 알베르가 지금 입에 담은 인사의 말에는 아주 분명한 결의가 내포되어 있었기 때문에 이대로 대화를 계속해 나가다가는 누구에게나 어색한 입장에 처하지 않을 수가 없을 것이었기 때문이다.

「그럼 잘 가게, 알베르.」하고 갑자기 보샹이 시덥지 않게 손을 내밀면서 말했으나 상대방인 알베르는 방심 상태에서 깨어나는 것 같지도 않았다.

사실 그는 내밀어진 손에 전혀 응하지 않았다.

「그럼 잘 가게.」하고 이번에는 샤토 루노가 왼손에 조그만 지팡이를 든 채 오른손으로 인사를 하며 말했다.

알베르의 입술은 가까스로「안녕.」하고 중얼거렸을 뿐이었다. 그러나 그의 눈은 분명히 말하고 있었다. 거기에는 억제된 분노, 자랑스러운 모멸, 그리고 관대한 노여움의 정이 담겨져 있었다.

두 사람의 후견인이 마차를 탄 뒤에도 알베르는 그대로 잠시 동안 꼼짝도 않고 침통한 모습으로 서 있었다. 그러더니 갑자기, 하인이 관목에 매어 놓은 말을 풀고는 날렵하게 거기에 올라타고 무서운 기세로 파리로 되돌아갔다. 15분 뒤 그는 에르데 거리의 집으로 돌아왔다.

 말에서 내릴 때 그는 아버지의 침실 커튼 그늘에 아버지의 창백한 얼굴이 힐끗 보인 것처럼 느꼈다. 알베르는 한숨을 쉬며 고개를 돌리고 자기 별채로 갔다.

 별채로 돌아오자 그는, 어렸을 때부터 그의 생활을 그야말로 즐겁고 행복한 것으로 만들어 준 갖가지 사치품 위에 마지막 눈길을 보냈다. 그는 새삼스럽게 다시 한 번 몇 장인가의 그림을 유심히 바라보았다. 그려진 인물들은 그를 향해서 미소를 던지고 풍경은 산뜻한 색채를 생생하게 되살리고 있는 것 같았다.

 그런 다음 그는 어머니의 초상을 떡갈나무 액자에서 떼내어 돌돌 말았다. 그리고 그것을 끼워 놓고 있던 금칠을 한 액자는 빠끔이 검은 입을 벌리고 있는 채로 남겨 두었다.

 다음에 그는 훌륭한 터키 무기라든가 영국제의 멋진 총, 또는 일본제 자기라든가 보석을 박은 컵, 그리고 푸셰르나 바리 등의 서명이 든 청동상 등을 정리하고 선반을 조사하여 그 하나하나에 쇠를 잠갔다.

 그리고 그는 책상 서랍 하나를 열어 놓고 가지고 있던 용돈을 남김없이 거기에 집어넣고 다시 컵 속이나 보석 상자 속 또는 선반에 놓여 있던 무수한 진기한 의장을 새겨넣은 보석류도 거기에 넣은 뒤 그 모든 것의 정확한 목록을 작성했다. 그리고 탁자 위에 산더미처럼 쌓아 놓았던 책이나 종이를 완전히 치우고 나서 그 목록을 탁자에서 가장 눈에 잘 띄는 곳에 놓았다.

 그가 이 작업을 시작하기 전에 미리 자기 혼자 있게 해달라고 분부해 놓았음에도 불구하고 하인이 방안으로 들어왔다.

「무슨 일이냐?」하고 알베르는 화가 났다기보다는 오히려 슬픈 어조로 물었다.

「미안합니다, 주인님.」하고 시복이 말했다. 「방해를 해서는 안 된다고 분부하셨지만 안채 영감마님께서 저를 부르시기에.」

「그래서?」하고 알베르가 물었다.

「주인님의 지시도 받지 않고 영감마님한테 가서는 안될 것 같아서요.」

92. 어머니와 아들

「어째서지?」

「영감마님은 제가 결투장에 주인님을 모시고 갔었다는 것을 틀림없이 알고 계시리라 생각하기 때문에.」

「그럴 테지.」 하고 알베르가 말했다.

「그래서 저를 부르시는 것이 틀림없이 그곳에서 무슨 일이 벌어졌는지를 물으시기 위해서라고 생각되기 때문에. 대체 뭐라고 대답을 해드리면 될까요?」

「사실대로 말하면 돼.」

「그럼 결투가 벌어지지 않았다고 말씀드리란 말입니까?」

「내가 몽테 크리스토 백작에게 사죄했다고 말씀드려. 자, 어서 가봐.」

시복은 절을 하고 나갔다.

알베르는 그런 다음 다시 목록을 작성하기 시작했다.

그가 그 일을 거의 끝내갈 때 앞뜰을 밟고 가는 말발굽 소리와 유리창을 뒤흔드는 마차의 바퀴 소리가 그의 주의를 끌었다. 그는 창가로 다가갔다. 그리고 아버지가 마차를 타고 떠나가는 것을 보았다.

백작이 나가고 저택의 문이 닫히자 알베르는 곧 어머니 방으로 향했다. 그리고 안내하는 사람이 아무도 없었기 때문에 어머니의 침실 안까지 들어갔다. 그러나 눈앞의 광경과 그것으로 미루어 알 수 있는 일로 가슴이 꽉 메어 저도 모르게 문간에서 걸음을 멈추었다.

이 어머니와 아들의 두 몸에는 하나의 영혼이 작용하고 있는 것처럼 메르세데스도 거기에서 지금 알베르가 자기의 방에서 끝내고 온 일을 벌이고 있었다.

모든 것이 말끔히 정리되어 있었다. 레이스, 장신구, 보석, 의류, 돈 같은 것이 여러 개의 서랍 안에 넣어지고 백작 부인이 그 서랍의 열쇠를 조심스럽게 하나로 묶고 있는 중이었다.

알베르는 어머니가 이러한 채비를 하는 것을 모두 보았다. 그는 그 의미를 알 수 있었다. 그래서 「어머니!」 하고 외치면서 메르세데스의 목에 두 팔을 던졌다.

이때 두 사람이 지은 표정을 훌륭하게 표현할 수 있는 화가가 있었다면 반드시 한 폭의 걸작이 만들어졌으리라.

실상 중요한 결심을 나타내는 이러한 준비는 알베르 자신의 경우에는 전혀 무섭다고 생각되지 않았지만 어머니의 경우를 목격하고 그는 몸서리치지 않을 수가 없었던 것이다.
「대체 무슨 일을 하고 계신 겁니까?」하고 그는 물었다.
「너야말로 무엇을 하고 있었니?」하고 그녀는 대답했다.
「아아, 어머니!」하고 알베르는 이미 입을 열 수 없을 만큼 아찔해지며 소리질렀다.「어머니하고 저는 달라요! 아니, 제가 결심한 일을 어머니가 결심하실 까닭이 없어요. 왜냐하면 저는 지금 어머니의 집과…… 그리고 어머니에게 작별 인사를 드리러 왔으니까요…….」
「나도 그렇단다, 알베르.」하고 메르세데스가 대답했다.「나도 이 집을 나갈 거다. 사실을 말하면 너도 함께 나가 줄 것이 틀림없다고 생각하고 있었단다. 내가 잘못 생각했을까?」
「어머니」하고 알베르는 단호한 어조로 말했다.「저는 제가 정한 것과 똑같은 운명을 어머니에게 걷게 할 수는 없어요. 저는 이제부터 이름도 재산도 없는 인간으로서 살아가지 않으면 안 돼요. 그런 고된 생활을 익히기 위한 첫 작업으로서 지금부터 스스로 빵을 벌 수 있게 될 때까지 누군가 친구로부터 빵을 빌리지 않으면 안 돼요. 그래서 어머니, 저는 지금부터 이 길로 프란츠에게 가서 내 계산으로 필요하다고 생각되는 돈을 조금 빌릴 작정이에요.」
「오오, 네가…… 불쌍하게도」하고 메르세데스가 소리질렀다.「네가 가난에 시달리다니! 네가 배를 곯아야 하다니! 아아, 그런 말을 하지 말아라. 내 결심이 꺾일 것만 같구나!」
「하지만 제 결심은 꺾이지 않습니다, 어머니.」하고 알베르는 대답했다. 「저는 아직도 젊고 몸도 튼튼합니다. 스스로도 용기가 있다고 생각하고 있습니다. 그리고 어제부터 저는 굳센 의지를 가진다면 무엇을 할 수 있는가도 배웠습니다.
　아아, 어머니, 이 세상에는 지독한 고생을 하면서도 결코 죽지 않았을 뿐만 아니라, 하늘로부터 부여받은 행복의 약속이 모조리 깨어진 그 폐허 위에, 하느님으로부터 부여받은 희망이 무참히도 짓밟힌 그 잔해 위에 스스로의 손으로 새로운 행운을 쌓아올린 사람도 수두룩한 것입니다!

92. 어머니와 아들

 저는 이러한 사실을 알았습니다, 어머니. 저는 그러한 사람들을 보았습니다. 저는 그러한 사람들이 적의 손에 의해 심연에 던져졌으면서도 그 밑바닥에서 힘차게, 영광에 찬 모습으로 다시 나타나서 한때의 승리자였던 적을 때려뉘고 이번에는 반대로 그들을 심연에 떨어뜨린 사실을 알고 있습니다.
 그렇습니다, 어머니. 저는 오늘로써 과거와 인연을 끊었습니다. 이제 과거의 것을 일체 받아들이지 않겠습니다. 저의 이 이름까지도.
 왜냐하면 어머니, 어머니는 알아 주시겠지요? 어머니의 아들인 저는 다른 사람 앞에서 얼굴을 붉히지 않으면 안 되는 사나이의 이름을 내세울 수는 없으니까요!」
 「아아, 알베르.」하고 메르세데스가 말했다.「내 마음이 좀더 확고했다면 그것은 오히려 내가 그렇게 하라고 권하고 싶었던 일이란다. 내 나약한 목소리가 아무 말도 하지 못하고 있을 때 네 양심이 그것을 말해 주었구나. 자, 너의 그 양심의 목소리에 따르는 거다. 너에게는 친구들도 있었지만 알베르, 그분들과도 앞으로 한동안은 교제를 끊는 거다.
 하지만 네 어머니를 위해서 절대로 절망만은 하지 말아 다오! 네 나이라면 인생은 아직도 즐거운 것이란다, 알베르. 너는 아직도 겨우 스물두 살이니까. 그리고 너처럼 순수한 마음을 가진 사람은 더럽혀지지 않은 이름을 가지지 않으면 안 된단다. 그러니까 내 아버지, 즉 외할아버지의 이름을 내세우도록 해라. 에레라는 이름이었단다.
 나는 네가 어떤 사람인지 잘 알고 있단다, 알베르. 네가 어떤 길을 가든 곧 틀림없이 그 이름을 빛내 주리라고 믿고 있다. 그때가 되면 과거의 불행 속에서 예전보다도 더 빛나는 인간이 되어서 세상에 나와 다오. 설사 내 예상이 어긋나서 그렇게 되지는 못하더라도 적어도 그러한 희망만은 남겨 다오. 이제부터 나에게는 그 희망 밖에는 남은 것이 없으니까. 이제 나에게 미래는 없고 이 집의 문지방 바깥에 기다리고 있는 것은 오직 무덤뿐이니까.」
 「어머니가 원하시는 대로 꼭 되어 드리겠습니다.」하고 알베르가 말했다. 「그렇습니다, 저도 어머니와 똑같은 희망을 가지고 있습니다. 하늘의 노여움도 우리를 어디까지나 쫓아다니지는 않을 것입니다. 어머니는 깨끗하고 저에게는 아무 죄도 없으니까요.
 하지만 결심한 이상 신속하게 행동하십시다. 아버지는 30분쯤에 어딘가로 떠났습니다. 자, 소란을 일으키거나 설명을 해야 하기 전에 떠날 수 있는 절호의 기회입니다.」

「나는 여기에서 너를 기다리고 있겠다.」 하고 메르세데스는 말했다.

알베르는 곧 한길로 달려나가 두 사람이 살 집을 구하기 위해 가두마차를 한 대 불렀다. 그는 상 페르 거리에 가구가 달린 조그만 집이 한 채 있었음을 생각해냈다. 그곳이라면 틀림없이 어머니도 소박하기는 하지만 반듯한 살림을 꾸밀 수 있을 것이다. 그래서 그는 어머니를 모시기 위해 다시 돌아왔다.

가두마차가 집 앞에 멈추고 알베르가 마차에서 내렸을 때 한 사나이가 옆으로 다가와 한 통의 편지를 건네 주었다.

알베르는 그가 몽테 크리스토 백작의 관리인이라는 것을 알았다.

「백작으로부터의 편지입니다.」 하고 베르투쵸가 말했다.

알베르는 편지를 받아들고 봉함을 뜯었다. 그리고는 그것을 읽었다.

다 읽고 나서 그는 베르투쵸의 모습을 찾았으나 그가 편지를 읽고 있는 동안에 베르투쵸의 모습은 이미 사라지고 없었다.

그래서 알베르는 눈에 눈물을 글썽이고 감동으로 가슴 뿌듯함을 느끼면서 메르세데스의 방으로 들어가 한마디도 말을 하지 않고 그 편지를 어머니에게 내밀었다.

메르세데스는 그것을 읽었다.

알베르 씨

당신이 지금 하시려고 하는 계획을 내가 이미 알고 있다고 말씀드리면 당신은 내가 인간 심리의 미묘한 움직임을 꿰뚫어보는 사람이라는 것도 아시리라고 생각합니다.

당신은 지금 자유로운 몸이 되어서 당신과 마찬가지로 백작 집에서 떠나 자유로운 몸이 되실 어머님을 떠맡으려 하고 계십니다.

그러나 잘 생각해 보십시오, 고결한 마음씨를 가진 알베르 씨, 당신은 갚을 수 없을 정도의 은혜를 어머님으로부터 받았습니다. 생활의 싸움은 자기가 떠맡아야 합니다. 고통은 자기 혼자서 짊어지셔야 합니다. 당신이 처음으로 하시는 노력에 반드시 수반되는 최초의 고생을 절대로 어머님에게는 하게 해서는 안 됩니다. 왜냐하면 어머님에게는 지금 맛보고 계시는 불행의 그림자조차도 받아야 할 이유가 없기 때문입니다. 그리고 하느님은 죄 없는 자가 죄 지은 사람 대신에 벌을 받는 것을 바라시지 않기 때문입니다.

나는 당신들 두 분이 아무것도 가진 것 없이 에르데 거리의 저택을 떠나려 하고 있음을 알고 있습니다. 내가 어떻게 해서 그것을 알았는지는 따지려 하지 마십시오. 나는 그것을 알고 있습니다. 단지 그것뿐입니다.

들어 보십시오, 알베르 씨.

지금으로부터 24년 전, 나는 기뻐서 어쩔 줄 모르며 자랑스러운 마음으로 고국에 돌아왔습니다. 알베르 씨, 나에게는 약혼한 아가씨가 있었습니다. 맑고 깨끗한 아가씨로서 나는 마음으로부터 그녀를 사랑하고 있었습니다. 그리고 그 아가씨를 위해서 나는 부지런히 일을 해서 모은 백오십 루이의 돈을 가지고 돌아왔습니다.

이 돈은 그녀의 것이었습니다. 나는 그것을 그녀에게 주리라고 생각하고 있었습니다. 그리고 바다라는 것이 얼마나 신용할 수 없는 것인가를 알고 있던 나는 우리 두 사람의 그 보물을 당시 내 아버지가 살고 있던 마르세이유의 메이랑 거리에 있는 집의 조그만 뜰에 묻었습니다.

알베르 씨, 당신의 어머님은 그 가난한 그리운 집을 알고 계십니다.

지난번 파리로 오는 도중 나는 마르세이유를 지났습니다. 그리고 비통한 추억이 남아 있는 그 집을 찾아갔습니다. 그리고 밤에 곡괭이를 들고 그 보물이 파묻힌 곳을 파헤쳐 보았습니다. 쇠로 된 조그만 상자는 본래의 제자리에 그대로 있고 아무도 건드린 흔적이 없었습니다. 그 작은 상자는 지금도 내가 태어난 날에 아버지가 심어 준 훌륭한 무화과나무 그늘에 있습니다.

그럼, 알베르 씨, 옛날에 내가 마음속 깊이 사랑했던 여성의 생활과 평안을 위해서 도움이 되었어야 할 그 돈이 오늘날 이상한 슬픈 우연의 결과로 똑같은 목적으로 사용되게 되었습니다.

아아, 아무쪼록 나의 이 심정을 충분히 이해해 주십시오. 그 불쌍한 여성에게 몇백만이라도 줄 수 있는 내가 사랑하는 그 사람과 헤어진 이래, 가난한 내 집에 남겨 놓았던 한 조각의 흑빵만을 돌려 드리는 나의 이 심정을.

알베르 씨, 당신은 너그러운 분입니다. 하지만 그래도, 자존심이나 또는 원한으로 해서 맹목적인 상태가 되었을지도 모릅니다. 만일 당신이 이러한 내 제의를 거절하고 나로선 당연히 드릴 권리가 있는 것을 누군가 다른 사람에게 요구하신다면 나는 감히 말씀드릴 것입니다. 그의 아버지의 손에 의해 나의 아버지를 굶주림과 절망의 고통 속에 죽게 한 아들이 그의 어머님의 생활에 보탬이 되게 하기 위해 드리는 것을 거절한다는 것은 지극히 마음이 좁은 처사라고 말입니다.

어머니가 편지를 읽고 나자 알베르는 창백한 얼굴을 하고 꼼짝도 하지 않은 채 어머니가 어떻게 결정하려나 하고 가만히 기다리고 있었다.
메르세데스는 뭐라 형용할 수 없는 표정을 띠고 하늘을 우러러보았다.
「기꺼이 받겠다.」 하고 그녀는 말했다. 「그분에게는 내가 수도원으로 들어가기 위한 돈을 내주실 권리가 있으시니까.」
그렇게 말하고 그녀는 편지를 가슴에 품고 아들의 팔을 붙들었다. 그리고는 스스로도 예기하지 못했을 정도의 다부진 발걸음으로 충계를 향해 걸어나갔다.

93. 자 결

한편 그러고 있는 동안에 몽테 크리스토도 임마누엘 그리고 막시밀리안과 함께 시내로 돌아와 있었다.
돌아오는 길은 명랑했다. 임마누엘은 전쟁 뒤에 평화가 찾아온 것을 보고 기쁨을 감추지 못한 채 큰소리로 자기의 박애주의를 늘어놓고 있었다. 모렐은 마차의 한쪽 구석에 앉아서 매제가 명랑하게 떠들어대는 것을 잠자코 바라보면서 자기도 똑같이 마음속 깊이 기쁨을 느끼면서도 그것을 혼자 가슴에 묻은 채 눈만을 반짝거리고 있었다.
토노레의 시문(市門)이 있는 곳에서 베르투쵸를 만났다. 그는 거기에 마치 근무중인 보초처럼 꼼짝도 하지 않는 채 기다리고 있었다.
 몽테 크리스토는 마차의 문으로 목을 내밀고 뭐라고 두세 마디 낮은 목소리로 그와 말을 주고받았다. 관리인은 곧 그곳을 떠났다.
「백작」하고 로와이얄 광장까지 왔을 때 임마누엘이 말했다.「집 앞에서 나를 내려 주지 않겠습니까? 잠시라도 집사람이 당신의 일이나 내 일로 걱정을 하지 않아도 되게끔 말입니다.」
「이대로 백작의 개선을 자랑하러 가도 별로 이상할 것이 없다면」하고 모렐이 말했다.「백작에게 저희 집으로 가자고 권유하겠습니다만. 하지만 백작도 아마 걱정하고 계신 분들을 안심시켜 드리지 않으면 안될 테니까. 아아, 도착했습니다. 임마누엘, 백작에게 인사를 하고 그만 내리자꾸나.」
「잠깐만.」하고 몽테 크리스토가 말했다.「그렇게 한꺼번에 두 분 모두 가버리지 마십시오. 임마누엘 씨, 당신은 아름다운 부인에게 돌아가셔서 내 안부를 전해 주십시오. 모렐 씨, 당신은 샹젤리제까지 함께 가주시지 않겠습니까?」
「좋습니다.」하고 막시밀리안이 말했다.「마침 그곳에 볼일도 있으니까요, 백작.」
「점심 땐 돌아올 겁니까?」하고 임마누엘이 물었다.
「아니, 그렇게 안될 거야.」하고 모렐이 대답했다.
 문이 닫히고 마차는 다시 달리기 시작했다.
「어떻습니까, 당신에게 있어서 저는 복둥이였지 않습니까?」하고 백작과 둘이 남게 되자 모렐이 말했다.「그렇게 생각하시지 않습니까?」
「생각하고말고요.」하고 몽테 크리스토가 말했다.「그렇기 때문에 나는 언제나 당신이 내 옆에 있어 주었으면 하는 것입니다.」
「아니, 정말 기적적인 일이야!」하고 모렐이 자기의 생각에 대답하듯이 말했다.
「뭐가 말이지요?」하고 몽테 크리스토가 말했다.
「아까 일어난 일 말입니다.」
「그래요.」하고 백작이 미소를 지으면서 말했다.「정말 그 말씀 그대로 모렐 씨, 기적적인 일입니다!」
「어떻든」하고 모렐이 말했다.「알베르 군은 용감한 사람이니까요.」

「아주 용감합니다.」하고 몽테 크리스토가 말했다.「나는 그 사람이 자신의 머리 위에 도적들이 비수를 들이대고 있는데도 태연하게 잠을 자고 있는 장면을 목격했답니다.」

「저는 그 사람이 두 번이나 결투를 한 것을 알고 있습니다. 그것도 멋지게 해치운 것을.」하고 모렐이 말했다.「그 사실과 오늘 아침의 행동이 어떻게 결부되는 것일까요?」

「역시 당신의 힘이 작용한 것이지요.」하고 몽테 크리스토가 웃으면서 대답했다.

「알베르 군이 군인이 아니어서 다행이었습니다.」하고 모렐이 말했다.

「어째서지요?」

「결투의 장에서 사죄를 하다니!」하고 청년 대위가 고개를 저으면서 말했다.

「아니」하고 백작이 부드럽게 말했다.「당신까지도 보통 사람의 편견에 빠지려는 것은 아닐 테지요, 모렐 씨? 알베르 군은 용감하기 때문에 비겁자가 될 수는 없었다는 것을 인정할 수는 없습니까? 오늘 아침과 같은 행동을 했을 때는 무언가 그만한 이유가 있을 것이다, 따라서 그 사람의 행동은 오히려 용기있는 행위인 것이다, 라고 생각하지는 않습니까?」

「네, 그것은 물론입니다만」하고 모렐이 대답했다.「하지만 역시 저는 스페인 인처럼 이렇게 말하고 싶어지는군요.『오늘의 그는 어제만큼 용감하지 않았다.』라고 말입니다.」

「함께 식사를 해주실 수 있겠지요, 모렐 씨?」하고 백작은 대화를 중단하기 위해서 말했다.

「아닙니다. 10시에는 가봐야 합니다.」

「그럼 당신의 용건이라는 것은 점심 식사 약속인가요?」

모렐은 미소를 지으면서 고개를 가로저었다.

「어쨌든 어디에선가 식사를 하셔야 할 것 아닙니까?」

「하지만 배가 고프지 않은데도요?」하고 청년이 말했다.

「그것 참」하고 백작이 말했다.「그렇게 식욕을 없게 해주는 감정은 나로서는 두 가지밖에 모릅니다. 하나는 슬픔(그런데 보아하니 아주 유쾌해 보이니까 이것은 아닐 테고), 또 하나는 사랑입니다. 그런데 아까부터 관찰한 바로는 아무래도……」
「아니, 정말로 백작」하고 모렐이 쾌활하게 대답했다.「그렇지 않다고는 말씀드리지 않겠습니다.」
「그래 당신은 그것을 내게 이야기해 주지 않겠단 말씀입니까, 막시밀리안 씨?」하고 백작이 말했다. 아주 열성스러운 말투로 보아 그가 얼마나 이 비밀을 알고 싶어하는가를 헤아릴 수 있었다.
「저는 오늘 아침 저에게도 마음이 있다는 것을 말씀드렸지요?」
대답 대신 몽테 크리스토는 청년에게 손을 내밀었다.
「그런데」하고 모렐이 계속했다.「그 마음은 방셴느의 숲에서 당신 옆을 떠나고 나서부터는 다른 곳에 가 있습니다. 실은 이제부터 그곳으로 그것을 찾으러 가는 길입니다.」
「다녀오십시오.」하고 백작이 느릿한 어조로 말했다.「다녀오세요, 하지만 뭔가 귀찮은 일이 생기면 내가 이 세상에서는 다소나마 힘을 가지고 있다는 것, 그 힘을 자기가 좋아하는 사람을 위해서 쓰는 것을 행복으로 여기고 있다는 것, 그리고 모렐 씨, 내가 당신에게 호의를 가지고 있다는 것을 아무쪼록 잊지 말아 주십시오.」
「알겠습니다.」하고 청년이 말했다.「마치 자기 멋대로 행동하는 어린애가 부모가 필요해지면 부모를 생각해내듯이 당신의 힘을 빌리지 않을 수 없게 되면, 당신을 생각해내겠습니다. 그리고 아마도 그러한 때가 오리라고 생각합니다만 그때는 염치없이 매달리겠습니다, 백작.」
「알았습니다. 그 말을 잊지 않고 기억하겠습니다. 그럼 안녕히 가십시오.」
「그럼, 다시 뵙겠습니다.」
마차는 샹젤리제의 저택 문 앞에까지 와 있었다. 몽테 크리스토가 마차의 문을 열었다. 모렐이 냉큼 납작돌 위로 뛰어내렸다. 베르투쵸가 현관의 돌층계 위에서 기다리고 있었다.
모렐은 마리니 거리 쪽으로 자취를 감추었다. 몽테 크리스토는 뚜벅뚜벅 베르투쵸에게로 다가갔다.
「어떻든가?」하고 그는 물었다.
「네.」하고 관리인이 대답했다.「부인은 집을 나가려 하고 계십니다.」
「그럼, 아들 쪽은?」

「시복인 프로랑탕의 생각으로는 역시 똑같이 행동하실 작정인 것 같답니다.」
「잠깐 와주게.」
몽테 크리스토는 베르투쵸를 서재로 데리고 가서 앞서 우리가 본 그 편지를 써서 그것을 관리인에게 넘겨 주었다.
「다녀와 주게.」 하고 그는 말했다. 「지급으로 다녀와. 그건 그렇고 내가 돌아왔다는 것을 에데에게 알려 주게.」
「여기 있습니다.」 하고 에데가 말했다. 마차 소리를 듣고 그녀는 이미 내려와 있었다. 그리고 백작이 무사히 돌아온 것을 보고 기쁨으로 얼굴을 빛내고 있었다.
베르투쵸는 방에서 나갔다.
사랑하는 아버지를 다시 만날 수 있게 된 딸의 감격, 사랑하는 사나이를 다시 만나게 된 여인의 미칠 듯한 기쁨, 기다리고 기다리던 백작의 귀가를 맞이하고 나서 한동안, 에데는 그러한 감격을 남김없이 맛보고 있었다.
확실히, 드러나게 밖으로 나타내지는 않았지만 몽테 크리스토의 기쁨도 거기에 못지 않았다. 오랫동안 고생해온 마음에 있어서 환희는 햇볕에 쬐어 바싹 말라버린 대지의 이슬과도 같은 것이다. 마음도 대지도 내리 퍼붓는 단비를 흠뻑 빨아들이기는 하지만 그 표면에는 아무것도 나타나지 않는 것이다.
며칠 전부터 몽테 크리스토는 오래 전부터 이미 얻으려 하지 않았던 한 가지 일을 이해하기 시작했다. 그것은 이 세상에는 두 사람의 메르세데스가 있다는 것, 그리고 자기는 아직 행복해질 수 있을지도 모른다는 것이었다.
행복으로 불타는 듯한 그의 눈이 눈물에 젖은 에데의 눈을 뚫어지게 바라보고 있을 때 갑자기 문이 열렸다.
백작은 미간을 찌푸렸다.
「모르셀 씨가 오셨습니다!」 하고 그 이름만 말하면 자기의 무례함도 용서받을 수 있다는 듯이 바티스탄이 말했다.
실제로 백작의 얼굴은 밝아졌다.
「어느 쪽이냐?」 하고 그는 물었다.
「자작이냐? 아니면 백작 쪽이냐?」

「백작님이십니다.」
「어머!」하고 에데가 소리질렀다.「아직도 결말이 안 났나요?」
「결말이 났는지 안 났는지는 모르지만」하고 몽테 크리스토는 에데의 두 손을 잡으면서 말했다.「하지만 분명한 것은 너는 아무것도 걱정할 것이 없다는 것이다.」
「하지만 그가 인간이 아닌 사람이고 보면……」
「그 사나이는 나에게는 아무 짓도 할 수 없어, 에데.」하고 몽테 크리스토가 말했다.「저 사나이의 아들을 상대하고 있을 때는 걱정이 되었지만 말이다.」
「그러니까 제가 얼마나 무서워하고 있었는지」하고 에데가 말했다.「아마 짐작조차 못 하실 거예요.」
몽테 크리스토는 미소지었다.
「내 아버지의 무덤에 걸고」하고 몽테 크리스토는 에데의 머리 위에 손을 뻗으면서 말했다.「만일 불행한 일이 일어나더라도 그것은 결코 내 신상에 일어나지는 않으리라는 것을 맹세하마.」
「그 말씀을 믿겠어요. 하느님의 말씀으로 생각하고.」하고 에데가 백작에게 이마를 내밀면서 말했다.
몽테 크리스토는 그야말로 깨끗하고 아름다운 그 이마에 입을 맞추었다. 그 입맞춤은 두 개의 마음을 한쪽은 격렬하게, 한쪽은 잔잔하게 떨리게 했다.
『아아, 하느님』하고 백작은 중얼거렸다.「저에게 아직도 사람을 사랑할 수 있도록 허용해 주시는 겁니까!…… 모르셀 백작을 객실로 안내해라.」하고 그는 그리스의 미녀를 비밀 계단 쪽으로 배웅하면서 바티스탄에게 지시했다.
몽테 크리스토로서는 아마도 예기하고 있었을 테지만 독자 제군에게는 틀림없이 뜻밖이라고 생각될 이 방문에 대해서 한마디 설명을 해두기로 하자.
이미 기술한 것처럼 메르세데스가 그녀의 방에서, 알베르가 자기의 방에서 각각 똑같은 일종의 목록 작성에 착수하여 모든 것을 반듯하게 정리하기 위해 보석류를 분류하고 서랍을 잠근 뒤 열쇠를 전부 모으고 있을 때 복도에 불을 밝히기 위해 부착해 놓은 문의 유리창에 창백하고 무서운 한 사람의 얼굴이 나타난 것을 그녀는 깨닫지 못했다.
그곳에서는 방안의 모습이 들여다보일 뿐 아니라 이야기를 들을 수도 있었다. 그래서 그렇게 십중팔구 자기 쪽은 엿보이거나 알려질 걱정없이 방안을 들여다보고 있던 그 사나이는 모르셀 부인의 방에서 벌어지고 있는 일을 하나에서 열까지 눈으로 보고 그 귀로 듣고 말았다.

창백한 얼굴을 한 사나이는 유리를 끼운 그 문에서 떠나 모르셀 백작의 침실 쪽으로 걸어갔다. 그리고 방으로 들어가자 경련을 일으키는 손으로 앞뜰로 면한 창문의 커튼을 쳐들었다.

사나이는 약 10분쯤 거기에서 움직이지도 않고 말이 없는 채 자기 심장의 고동 소리를 듣고 있었다. 그 사나이에게 그것은 무척 긴 10분이었다.

마침 그때 결투에서 돌아온 알베르가 자기가 돌아오는 것을 아버지가 물끄러미 커튼 뒤에서 내려다보고 있는 것을 보았고 그리고는 얼굴을 돌리고 만 것이었다.

백작은 눈을 크게 떴다. 그는 알베르가 몽테 크리스토에게 준 모욕이 얼마나 가혹한 것이었는지, 그러한 모욕은 세계 어느 나라에서나 반드시 목숨을 건 결투를 초래할 것이 틀림없다는 것을 알고 있었다. 그런데 알베르가 무사히 돌아온 것이다. 그래서 그는 자기가 복수를 제대로 한 것이라고 생각했다.

말할 수 없는 환희의 빛이 백작의 음산한 얼굴에서 빛났다. 그것은 태양이 잠자리라기보다는 오히려 무덤이라고 해야 할 구름 속으로 바야흐로 모습을 감추기 직전에 내뿜는 마지막 빛을 연상케 했다.

그러나 이미 서술한 것처럼 백작은 아들이 승리의 보고를 하기 위해 자기 방으로 찾아오리라고 생각하고 기다렸으나 아무리 기다려도 아들은 나타나지 않았다. 아버지의 더렵혀진 명예 때문에 복수하기 위해 떠나려는 아들이 결투를 하러 가기 전에 아버지를 만나러 오지 않았던 것은 이해할 수 있다. 그러나 그 복수가 이루어진 지금 아들은 왜 아버지의 팔 안에 몸을 던지러 오지 않는 것일까?

그래서 알베르를 만나지 못한 백작은 그의 하인을 불러오게 했다. 알베르가 이 하인을 향해서 구태여 백작에게 숨길 필요가 없다고 말한 것은 이미 독자들도 아는 바와 같다.

그로부터 10분 뒤, 검은 프록코트에 군대식 칼라를 달고 검은 바지, 검은 장갑을 낀 차림의 모르셀 장군이 정면 돌층계에 모습을 나타냈다.

장군은 아무래도 사전에 일러 놓았던 것이 틀림없었다. 왜냐하면 그가 돌층계의 마지막 단을 내려섰을 때 말을 단 마차가 차고에서 나와 그의 앞에 딱 멈추어 섰기 때문이다.
 그때 그의 시복이 두 자루의 칼을 감싸서 비죽이 비져나온 군용 외투를 가지고 와서 그것을 마차 안에 던져 넣었다. 그리고는 문을 닫고 시복은 마부의 옆자리에 앉았다.
 마부는 지시를 받기 위해 마차의 앞쪽으로 몸을 수그렸다.
 「샹젤리제로」하고 장군은 말했다.「몽테 크리스토 백작의 저택으로 가는 거다. 서둘러!」
 채찍이 가해지고 말은 껑충 뛰면서 달리기 시작했다. 그리고 5분 뒤에는 어느새 백작 저택의 문 앞에 당도했다.
 모르셀 백작은 자기의 손으로 마차 문을 열었다. 그리고 마차가 완전히 멎기도 전에 마치 청년처럼 날렵하게 보도에 뛰어내려서서 초인종을 눌렀다. 그리고는 활짝 열려진 문을 통해 하인과 함께 모습을 감추었다.
 그로부터 1초 뒤, 바티스탄이 몽테 크리스토 백작에게 모르셀 백작의 내방을 알리고 몽테 크리스토는 에데를 배웅하면서 모르셀 백작을 객실로 안내하라고 이른 것이었다.
 장군은 객실 안을 이쪽 끝에서 저쪽 끝까지 성큼성큼 서너 번 왕복했으나 그때 문득 뒤돌아보고 몽테 크리스토가 출입문에 서 있는 것을 깨달았다.
 「아니 이건, 정말로 모르셀 백작이셨군요.」하고 몽테 크리스토는 침착하게 말했다.「나는 또 잘못 들은 게 아닌가 했는데.」
 「그렇소, 나요.」하고 백작은 분명하게 발음이 되지 않을 만큼 무섭게 입술을 경련시키면서 말했다.
 「그렇다면」하고 몽테 크리스토가 말했다.「어째서 또 이렇게 이른 아침부터 찾아오셨는지 용건을 들어 볼까요?」
 「당신은 오늘 아침 내 아들놈과 결투를 하셨지요?」하고 장군이 말했다.
 「알고 계셨던가요?」하고 백작이 대답했다.
 「그뿐만이 아니라 아들놈이 당신과의 결투를 희망했고 어떤 짓을 해서라도 당신을 죽여도 좋을 훌륭한 이유를 가지고 있다는 것도 알고 있습니다.」
 「확실히 아주 훌륭한 이유를 가지고 있었습니다! 그러나 보시다시피 그러한 이유에도 불구하고 아드님은 나를 죽이지 않았을 뿐만 아니라 결투조차도 하지 않았습니다.」
 「하지만 아들놈은 당신을 아버지의 명예를 더럽힌 장본인, 현재 우리 집을 덮치고 있는 무서운 파멸의 원인이 된 사나이라고 생각하고 있었습니다.」
 「그렇군요.」하고 몽테 크리스토는 예의에 따라 무서울 만큼 침착한 태도로 말했다. 「하지만 그 원인은 이차적인 것이기는 하지만 주된 것은 아니랍니다.」
 「틀림없이 당신은 아들놈에게 사과를 하거나 무슨 변명 같은 것을 했을 테지요?」
 「나는 전혀 변명 같은 것은 하지 않았습니다. 아드님 쪽에서 나에게 사죄를 했습니다.」
 「그럼 아들놈이 어째서 그런 행동을 취했다고 생각합니까?」
 「아마도 이 문제에 대해서는 나보다도 더 벌을 받아야 할 인간이 있다는 확신을 가지게 되었기 때문이겠지요.」
 「그럼 그 사나이란 대체 누구란 말이오?」
 「자기의 아버지지요.」
 「좋아요, 그렇다면 그건 그것으로 좋아요.」하고 백작은 얼굴빛을 달리하면서 말했다. 「하지만 죄가 있다는 그 사나이는 자기의 죄를 인정하려 하지 않는다는 것을 아시겠지요?」
 「알고 있습니다……. 그렇기 때문에 나는 이러한 일이 일어나리라는 것을 예기하고 있었습니다.」
 「뭐요? 아들놈이 비겁한 행동을 하리라는 것을 예기하고 있었다고요?」 하고 백작이 소리질렀다.
 「알베르 드 모르셀 군은 절대로 비겁자가 아닙니다.」하고 몽테 크리스토가 말했다.
 「칼을 손에 쥔 사나이가, 그 칼이 닿는 곳에 불구대천의 원수를 앞에 둔 사나이가, 만일 그대로 칼을 거두고 말았다면 그 사나이는 비겁자가 아닙니까? 아들놈이 지금 여기에 있다면 나는 그렇게 말해 줄 것입니다.」
 「백작」하고 몽테 크리스토가 차갑게 대답했다. 「그러한 가정내의 시시한 얘기를 하기 위해서 일부러 오신 것은 아니라고 생각하는데요. 그런 얘기는 아무쪼록 알베르 군에게 해주세요. 아마 적절하게 대답할 테니까요.」
 「아니, 정말 그래요.」하고 백작은 살짝 미소를 띠면서 말했다. 그러나 그 미소도 떠올랐는가 했더니 곧 사라지고 말았다.「확실히 당신의 말씀대로 그 때문에 온 것이 아니예요. 나도 또한 당신을 적으로 생각하고 있다는 것을 말씀드리기 위해서 왔어요! 당신을 본능적으로 싫어하고 있다는 것을 알려 주려고 왔어요! 그리고 당신이라는 사람을 오래 전부터 알고 있어서 계속 미워해오고 있는 것 같은 느낌이 든다는 것을 얘기하러 왔어요!

 그리고 요즈음의 젊은 사람은 결투를 하지 않게 되었기 때문에 우리 두 사람이 결투를 하지 않으면 안 되겠다는 것을 얘기하러 왔어요……. 어때요, 그렇게 생각하지 않으세요?」

「생각하고말고요. 그래서 아까 이러한 일이 일어나리라고 예기하고 있었다는 것은 당신이 오시리라는 것을 예견하고 있었다는 얘기였어요.」

「그것 참 좋은 얘기군요……. 그럼 벌써 준비를 하셨다는 말씀입니까?」

「언제나 준비는 되어 있지요.」

「어느 한쪽이 목숨을 잃을 때까지 결투를 해야 한다는 것을 알고 계시겠지요?」 하고 장군은 노여움으로 이를 악물면서 말했다.

「어느 한쪽이 목숨을 잃을 때까지…….」 하고 몽테 크리스토는 가볍게 끄덕이면서 되뇌었다.

「그럼 가십시다. 서로 후견인 같은 것은 필요가 없을 테니까.」

「하긴 확실히」 하고 몽테 크리스토가 말했다.「그럴 필요는 없겠지요. 서로 너무나 잘 아는 사이니까!」

「아니」 하고 백작이 말했다.「아는 사이가 아니기 때문입니다.」

「뭐라고요?」 하고 몽테 크리스토는 여전히 무척이나 침착한 어조로 말했다.「조금 분명히 해둡시다. 당신은 워털루 회전 전날에 탈주한 병사 페르낭이 아닙니까? 당신은 스페인에서 프랑스 군의 안내와 간첩 노릇을 한 페르낭 중위가 아닙니까? 당신은 은인인 알리를 배신하고 적에게 팔아먹은 뒤 살해한 페르낭 대령이 아닙니까? 그리고 지금 이야기한 그런 모든 페르낭이 하나로 뭉쳐서 프랑스 귀족원 의원, 육군 중장 모르셀 백작이 만들어진 것 아닙니까?」

「오오!」 하고 장군은 이러한 말에 마치 빨갛게 달군 인두에라도 지져진 듯이 아찔해하며 소리질렀다.「이 짐승 같은 인간이! 어쩌면 죽을지도 모를 지금에 와서까지 내 치부를 드러내려고 하는 거냐?

나는 네놈이 나에 대해서 모를 것이라고 얘기한 적은 없다! 나는 알고 있어, 이 악마 같은 놈아! 네놈은 과거의 어둠 속에 숨어들어서 어떤 불빛에 비추어 보았는지는 모르지만 내 생애의 한 페이지 한 페이지를 읽었어! 하지만 그런 오욕에 싸여 있는 나이기는 하지만 허울만 번지르르하게 보이고 있는 네놈 따위보다는 아직도 명예를 지니고 있어.

그래, 확실히 네놈은 나에 대해서 알고 있어. 그것은 나도 인정해. 하지만 나는 너 같은 놈은 모른단 말이다. 황금과 보석으로 꾸민 이 사기꾼 같은 놈!

네놈은 파리에서는 몽테 크리스토 백작이라고 부르게 하고, 이탈리아에서는 뱃사람 신드바드, 마르타에서는, 아니, 그런 것은 잊어버렸어.

하지만 내가 네놈에게 묻고 싶은 것은 네놈의 진짜 이름이란 말이다. 몇백 몇천이 있을지 모르는 이름 중에서 내가 알고 싶은 것은 네놈의 본명이다. 결투장에서 네놈의 심장에 푹 칼을 꽂을 때 그 이름을 불러 주고 싶어서 말이다!」

몽테 크리스토 백작의 얼굴은 무서울 만큼 창백해졌다. 회갈색의 눈은 모든 것을 삼켜 버리는 불길처럼 이글이글 타올랐다. 그는 느닷없이 침실 옆의 화장실로 달려가서는 순식간에 넥타이와 프록코트, 조끼를 벗어던지고 작은 선원복을 입고 선원모를 쓰고는 그 밑으로 긴 검은 머리를 늘어뜨렸다.

이렇게 하고 그는, 무섭게, 그 누구도 용서할 수 없다는 듯한 기세로 돌아와서는 팔짱을 끼고서 장군 앞으로 다가섰다.

장군은 상대가 무엇 때문에 자취를 감추었는지 전혀 영문을 모르는 채 기다리고 있었으나 순식간에 이가 달그락달그락 떨리고 다리가 휘청거리면서 주춤하고 한 걸음 물러섰다. 그리고는 경련을 일으키는 손으로 테이블을 붙들고 가까스로 몸을 지탱했다.

「페르낭!」하고 몽테 크리스토는 장군을 향해서 소리질렀다.「몇백 개나 되는 내 이름 중에서 네놈을 때려 눕히는 데는 단 하나의 이름을 말하면 충분할 것이다. 하지만 어떤 이름인지 이제 알았을 테지? 아니, 생각해냈을 테지? 무척이나 슬픔과 고통을 맛보았지만 나는 지금 네놈에게 마침내 복수를 할 수 있게 된 기쁨으로 다시 젊어진 얼굴을 보여 주고 있으니까 말이다.

93. 자 결

 이 얼굴을 네놈은 언제나 꿈에서 보았을 것이 틀림없다, 결혼을 하고 나서…… 내 약혼자인 메르세데스와 결혼을 하고 나서!……」
 장군은 얼굴을 뒤로 젖히고 두 손을 쭉 뻗쳤다. 그리고는 눈을 접시처럼 크게 뜨고 말도 잊은 채 상대의 무서운 모습을 뚫어지게 바라보았다. 그러더니 비틀거리는 몸을 지탱하려고 벽을 더듬고 벽을 따라 그대로 느릿느릿 몸을 끌며 문이 있는 곳까지 가서 뒷걸음질쳐서 그곳으로 나갔다. 그때 그는 무시무시하고 처절한, 가슴이 찢어지는 것 같은 고함을 질렀다.
「에드몽 단테스다!」
 그리고는 사람의 것이라고는 생각되지 않는 한숨을 쉬면서 현관의 주랑까지 몸을 질질 끌고 갔다. 그리고 마치 술에 취한 사람처럼 앞뜰을 가로질러 시복의 팔 안에 쓰러지면서 분명치 않은 목소리로 이렇게 중얼거릴 뿐이었다.
「집으로! 집으로!」
 도중에 찬 공기를 쐴 수 있었고 또 하인들의 주목을 끌었다는 부끄러움에서 그도 이럭저럭 정신을 가다듬을 수 있게 되었다. 그러나 집까지 가는 거리는 짧았다. 그리고 자기의 집이 가까워짐에 따라 고통이 또다시 되살아나는 것을 느꼈다.
 저택이 저만치 바라보이는 곳에서 백작은 마차를 멈추게 하고 내렸다.
 저택의 문은 활짝 열려 있었다. 그리고 이렇게 훌륭한 저택에 불려온 것에 놀라고 있는 듯한 한 대의 가두마차가 앞뜰 한가운데에 서 있었다. 백작은 깜짝 놀라 그 가두마차를 바라보았다. 그러나 물어 볼 용기도 없어서 자기의 방으로 뛰어들어갔다.
 그때 사람 둘이 층계를 내려왔다. 그는 가까스로 그곳에 있는 작은 방으로 뛰어들어가 두 사람과 얼굴을 마주치지 않아도 되었다.
 메르세데스가 아들의 팔에 부축을 받으면서 둘이 집을 나가는 길이었던 것이다.
 두 사람은 이 비참한 사나이의 눈과 코 앞을 지나서 갔다. 단자의 장막 뒤에 숨어 있던 그는 메르세데스의 비단 옷자락이 가볍게 스치는 것을 느꼈다. 또 아들이 다음과 같이 말했을 때의 따뜻한 숨결을 얼굴에 느꼈다.
「마음을 모질게 가지세요, 어머니! 자, 가십시다, 가십시다, 이곳은 이미 우리의 집이 아닙니다.」

말은 들리지 않게 되었고 두 사람의 발소리는 멀어져갔다.
　장군은 떨리는 두 손으로 단자의 장막을 붙들고 거기에 매달려서 몸을 일으켰다. 그리고 아내와 아들로부터 동시에 버림받은 어떤 아버지의 가슴에서도 일찍이 새어나온 적이 없었을 무서운 오열을 꾹 참고 있었다……
　이윽고 그의 귀에 가두마차의 철제문이 쾅 하고 닫히는 소리, 거기에 이어 마부의 힘찬 신호 소리가 들려왔다. 그러자 무거운 마차가 움직이기 시작하여 유리창을 뒤흔들었다.
　그는 지금까지 이 세상에서 가장 자랑해온 것을 다시 한 번 보려고 침실로 뛰어들었다. 그러나 가두마차는 덧없이 사라져가고 메르세데스의 얼굴도 알베르의 얼굴도 문에 나타나지는 않았다. 이 쓸쓸한 집에 대해, 이 버림받은 아버지와 남편에 대해, 마지막 눈길도, 작별의 인사도 없이, 한가닥 미련도 남기지 않고 가버린 것이다. 즉 용서를 하지 않은 것이다.
　이렇게 가두마차의 수레바퀴가 문간의 바닥돌을 뒤흔들고 있을 때 한 발의 총성이 울려퍼졌다.
　그리고 한 줄기의 검은 연기가 폭발의 기세에 깨진 침실의 유리창으로부터 새어나왔다.

94. 바랑티느

　모렐이 어디에 볼 일이 있었는지, 그리고 누구하고 약속이 있어서 갔는지 그것은 짐작하시는 바와 같다.
　모렐은 몽테 크리스토와 헤어지자 빌포르의 저택을 향해서 천천히 걸어갔다.
　우리는 지금 천천히, 라고 말했다. 그것은 오백 보 가량의 거리를 가는 데 30분 이상이나 시간이 걸렸기 때문이다. 그러나 그렇게 충분한 시간이 있으면서도 그는 빨리 혼자가 되어서 생각에 잠기고 싶어 서둘러 몽테 크리스토와 헤어져서 온 것이었다.

94. 바랑티느

그는 자기에게 부여된 시각을 잘 알고 있었다. 그것은 바랑티느가 노와르티에 노인의 점심 시중을 들고 있어서 이 효도를 하는 동안은 누구에게도 그녀가 방해를 받지 않는다는 것을 분명히 알고 있는 시각이었다. 노와르티에 노인과 바랑티느는 그에게 일주일에 두 번 찾아오는 것을 허용하고 있었다. 그래서 지금 그는 그 권리를 행사하러 가는 길이었다.

그가 도착하니 바랑티느가 기다리고 있었다. 그녀는 걱정스러운 듯이, 거의 흐트러진 모습으로 그의 손을 잡고 할아버지에게로 데리고 갔다.

그녀의 거의 흐트러졌다고 해도 좋을 정도의 이 불안은 세상에서 떠들어대고 있는 모르셀 사건이 원인이었다. 사람들은 오페라좌의 사건을 알고 있었다(세상이라는 것은 무슨 일이나 곧 알아 버리고 마는 것이다).

빌포르 가에서도 이 사건으로 해서 결투가 행해질 것이 틀림없다는 것을 의심하는 사람은 아무도 없었다. 바랑티느는 여성의 본능으로 모렐이 틀림없이 몽테 크리스토의 후견인이 될 것이라고 짐작하고 있었다. 그리고 누구나 알고 있는 이 청년의 용기, 그리고 그녀도 잘 알고 있는, 백작에 대한 그의 깊은 우정을 생각할 때 그가 단지 부탁받은 수동적인 역할에만 머물러 있을 수 있을까 하는 것이 걱정되었던 것이다.

그런 까닭으로 결투의 자초지종이 얼마나 열심히 질문되고 설명되고 이야기되었는가 하는 것은 짐작하기에 어렵지 않다. 그리고 모렐은 이 무서운 사건이 뜻밖에도 반가운 결과로 끝났다는 이야기를 들은 사랑하는 여성의 눈에 말할 수 없는 기쁨의 빛이 떠오른 것을 읽을 수가 있었다.

「그럼」하고 바랑티느는 모렐에게 노인 옆에 앉으라고 신호하고 자기도 또 노인이 발을 올려놓고 있는 발판에 걸터앉으면서 말했다.「이번에는 잠깐 우리들 얘기를 해요. 저, 막시밀리안 씨, 당신도 알고 계시지요? 할아버지가 이 집을 나가서 빌포르가가 아닌 다른 곳에 집을 얻었으면 하고 한때 생각하고 계셨다는 것을.」

「네, 물론」하고 막시밀리안이 말했다.「그 계획은 기억하고 있습니다. 그리고 그때 나는 크게 찬성했었습니다.」

「그럼」하고 바랑티느가 말했다.「다시 한 번 찬성이라고 말씀해 주세요, 막시밀리안 씨. 할아버지는 다시 그 일을 생각하고 계시는 것 같으니까요.」

「그건 멋진 일이군요!」

「그래 당신은」 하고 바랑티느가 말했다. 「할아버지가 대체 무슨 이유로 이 집을 나가려고 하시는지 그 까닭을 아세요?」

노와르티에는 손녀에게 잠자코 있으라고 눈으로 알리려고 그녀의 얼굴을 지그시 바라보았다. 그러나 바랑티느는 노와르티에 쪽을 전혀 보고 있지 않았다. 그녀의 눈도, 그 시선도, 그 미소도 온통 모렐을 향하고 있었다.

「아니, 할아버지가 말씀하시는 이유가 설사 어떤 것이라 하더라도」 하고 모렐이 외쳤다. 「나는 그것이 훌륭한 이유라는 것을 분명히 말씀드릴 수 있습니다.」

「아주 멋진 이유예요.」 하고 바랑티느가 말했다. 「할아버지는 이 포블 상 토노레의 공기가 나에게 좋지 않다고 하시는 거예요.」

「그렇군요.」 하고 모렐이 말했다. 「이봐요, 바랑티느 씨, 할아버지의 말씀이 어쩌면 옳을지도 몰라요. 왜냐하면 최근 2주일 동안 어쩐지 나는 당신의 건강이 아주 좋지 않은 것처럼 생각하고 있었으니까요.」

「네, 조금은 그랬어요.」 하고 바랑티느가 대답했다. 「그래서 할아버지가 내 의사가 되어 주셨어요. 그리고 할아버지는 무슨 일이나 다 알고 계시니까 나는 완전히 신용하고 있어요.」

「그럼 정말로 몸이 좋지 않습니까, 바랑티느 씨?」 하고 모렐이 다그치듯이 물었다.

「아녜요, 몸이 불편하다고 할 정도는 아니예요. 다만 전체적으로 기분이 좋지 않다는 것뿐이니까요. 식욕이 없어지고 웬지 위(胃)가 익숙치 않은 것을 소화시키려고 열심히 애를 쓰고 있는 것 같은 느낌이에요.」

노와르티에는 바랑티느의 말을 한마디도 놓치지 않았다.

「그래서, 그 뭔지 모를 병에 대해서 어떤 요법을 쓰고 계신가요?」

「그건 아주 간단한 일이에요!」 하고 바랑티느가 말했다. 「할아버지에게 가지고 오는 물약을 매일 아침 한 숟가락씩 마시는 것뿐이에요. 한 숟가락이라고 했지만 처음에 한 숟가락씩 마셨다는 얘기예요. 지금은 네 숟가락씩 마시고 있어요. 할아버지는 이 약을 만병 통치약이라고 말씀하고 계세요.」

바랑티느는 웃고 있었다. 그러나 그 미소에는 어딘지 모르게 구슬픈 괴로운 빛이 있었다.

막시밀리안은 사랑하는 마음에 황홀해져서 잠자코 그녀를 바라보고 있었다. 그녀는 확실히 아름다웠다. 그러나 창백한 얼굴은 평소와 같은 윤기가 없고 눈은 여느 때보다도 뜨겁게 빛나고 있었다. 그리고 전에는 진주모처럼 하얗던 그 손이 시간이 흐름에 따라 노래진 납으로 만든 손 같았다.

청년은 눈을 바랑티느에서 노와르티에 씨에게로 옮겼다. 노인은 예의 그 알 수 없는 깊은 이해력으로 사랑에 열중해 있는 소녀를 물끄러미 바라보고 있었다. 그러나 그도 역시 모렐과 마찬가지로 그녀 속에 감추어져 있는 병고를 쫓고 있는 중이었다. 물론 그 병고는 거의 눈에 띄지 않는 정도의 것이었기 때문에 할아버지와 사랑하는 사나이를 제외하고는 지금까지 누구의 눈에도 드러나지 않았던 것이다.

「하지만」하고 모렐이 말했다.「네 숟가락까지 마시게 되었다는 그 물약은 분명히 노와르티에 할아버지를 위해서 조제된 것이라고 생각하는데요.」

「네, 그래서 아주 써요.」하고 바랑티느가 말했다.「너무 써서 그 뒤에 마신 것까지 모두 쓰게만 느껴져요.」

노와르티에는 무언가 묻고 싶은 눈으로 손녀를 물끄러미 바라보았다.

「네, 할아버지」하고 바랑티느가 말했다.「정말 그래요. 방금 아까도 이쪽으로 오기 전에 설탕물을 한 컵 마셨는데 반쯤은 그대로 남겼어요, 무척 써서.」

노와르티에는 싹 얼굴빛을 달리하고서 하고 싶은 말이 있다는 신호를 나타냈다.

바랑티느는 일어서서 사전을 가지러 갔다.

노와르티에는 걱정스러운 빛을 역력히 띠고 그녀를 유심히 눈으로 쫓고 있었다.

사실 그녀는 머리로 피가 올라와 양볼이 빨갛게 물들어 있었다.

「어머!……」하고 그녀는 여전히 쾌활한 어조로 소리질렀다.「이상해요. 현기증이 나요! 햇빛이 눈에 들어온 모양이에요!」

그렇게 말하고 그녀는 창문의 고리쇠를 붙들었다.

「햇빛은 비치고 있지 않아요.」하고 모렐은 바랑티느의 기분이 언짢은 것보다도 노와르티에의 얼굴 표정에 더 신경을 쓰면서 말했다.

그는 바랑티느 옆으로 달려갔다.

그녀는 미소를 띠었다.

「괜찮아요, 할아버지.」 하고 그녀는 노와르티에를 향해서 말했다. 「괜찮아요, 막시밀리안 씨, 아무렇지도 않아요. 이제 나았어요. 그보다도 저기, 뜰에서 마차 소리가 들리고 있잖아요?」

그녀는 노와르티에의 방문을 열고 복도의 창가로 달려갔다가 다시 급히 돌아왔다.

「역시 맞았어요.」 하고 그녀는 말했다. 「당그랄 부인과 아가씨가 오셨어요. 그럼, 나 잠깐 다녀올게요. 하인이 이곳으로 나를 부르러 올 테니까요. 곧 다녀올게요. 그러니까 할아버지 곁에 계세요, 막시밀리안 씨. 저 두 사람을 그렇게 오래 붙들어 두지는 않을 테니까요. 약속할게요.」

모렐은 그녀를 눈으로 유심히 쫓으면서 그녀가 문을 닫는 것을 보았고 그녀가 빌포르 부인의 방과 자기방의 양쪽으로 통하는 조그만 층계를 올라가는 발소리를 듣고 있었다.

그녀의 모습이 보이지 않게 되자 노와르티에는 곧 모렐에게 사전을 가져오도록 신호했다.

모렐은 지시에 따랐다. 그는 바랑티느에게서 배워서 순식간에 노인이 무슨 말을 하려는지 이해할 수 있게 되어 있었다.

그러나 아무리 익숙해졌다고는 하나 알파벳의 24자를 일일이 조사하고 하나하나의 단어를 사전 안에서 찾지 않으면 안 되었기 때문에 노인이 생각하고 있는 것을 다음과 같은 말로 바꾸는 데에 10분이나 걸리고 말았다.

『바랑티느의 방에 있는 컵과 물병을 가져다 다오.』

모렐은 곧 초인종을 울려 발루아의 후임으로 근무하고 있는 하인을 불러 노와르티에의 뜻이라고 말하고 그 분부를 전했다.

하인은 곧 돌아왔다.

물병과 컵은 완전히 비어 있었다.

노와르티에는 하고 싶은 말이 있다는 신호를 했다.

「어째서 컵과 물병이 비어 있지?」 하고 노인은 물었다. 「바랑티느는 컵의 물을 절반밖에 마시지 않았다고 했는데.」

이 새로운 질문을 말로 바꾸는 데에 다시 5분이 걸렸다.

「저는 모릅니다.」 하고 하인은 대답했다. 「하지만 몸종이 바랑티느 님의 방에 있으니까 아마 그 여자가 비웠을 것입니다.」

94. 바랑티느

「그 몸종에게 곧 물어 보고 오라.」하고 노와르티에의 생각을 이번에는 그 눈빛에서 읽고 모렐이 말했다.

하인은 나갔는가 했더니 곧 되돌아왔다.

「바랑티느 님이 마님의 방으로 가시려고 자기의 방을 지나시다가」하고 그는 말했다.「목이 마르셔서 컵 속에 남아 있던 것을 마저 드셨다고 합니다. 물병의 것은 에두아르 님이 집오리에게 연못을 만들어 준다고 하시면서 비웠다고 합니다.」

노와르티에는 가진 돈 전부를 한판 승부에 건 도박사처럼 하늘을 우러러 보았다.

그런 뒤에 노인의 눈은 문으로 쏠린 채 잠시도 거기에서 떠나지 않았다.

바랑티느가 아까 본 것은 실제로 당그랄 부인과 그 딸이었다. 빌포르 부인이 자기의 방에서 만나겠다고 했기 때문에 두 사람은 부인의 방으로 안내되었다. 그래서 바랑티느는 자기의 방을 거쳐서 갔다. 그녀의 방은 새엄마의 방과 같은 층에 있었고 두 사람의 방 사이에는 단지 에두아르의 방이 있을 뿐이었다.

당그랄 부인과 그 딸은 무언가 전할 말이 있어서 왔음을 알 수 있는 새삼스럽고 딱딱한 태도로 객실로 들어왔다.

같은 사회의 인간들 사이에서는 조그만 변화라도 곧 알 수 있는 법이다. 그래서 빌포르 부인 쪽에서도 상대방의 새삼스러운 태도에 대해 똑같이 새삼스러운 태도로 응대했다.

마침 그때 바랑티느가 들어와서 또다시 과장된 인사가 되풀이되었다.

「저, 사실은요.」하고 딸들끼리 손을 마주 잡고 있는 사이에 남작 부인이 말했다.「실은 으제니하고 카바르칸티 공작이 곧 식을 올리게 되었기 때문에 딸과 함께 맨 먼저 이곳에 알리러 왔답니다.」

당그랄은 이 공작이라는 칭호에 어디까지나 집착하고 있었다. 이 속물 은행가는 그러는 편이 백작이라는 것보다 훨씬 더 돋보일 것이라고 생각한 것이다.

「그럼 진심으로 축하를 드려야겠군요.」하고 빌포르 부인이 대답했다. 「카바르칸티 공작은 보기 드물게 훌륭한 재능을 여러가지로 갖추고 계신 분 같더군요.」

「하지만 말예요.」하고 남작 부인이 미소를 떠올리면서 말했다. 「우리끼리니까 얘기입니다만 공작은 아직까지는 진짜 값어치를 과시하고 있지 못한 것 같아요. 그분에게는 우리들 프랑스 인이 첫눈에 이탈리아나 독일의 귀족이라는 것을 알아볼 수 있는 기괴한 데가 조금 있어요.

하지만 성품은 무척 부드럽고 두뇌도 꽤 명석한 것 같아요. 게다가 신분이라는 점에서도 제 남편은 그분의 재산을 대단한 것이라고 말하고 있어요. 제 남편은 언제나 그런 식으로 표현하고 있지요.」

「그보다도」하고 빌포르 부인의 앨범을 뒤적이면서 으제니가 말했다. 「어머니도 그분에게 특별한 호의를 가지고 있다는 것을 말씀드려야지요.」

「그리고」하고 빌포르 부인이 대답했다. 「새삼스럽게 물어 볼 것도 없이 당신도 어머님과 마찬가지로 호의를 가지고 계시겠죠?」

「제가요?」하고 으제니는 여느 때와 똑같이 침착한 어조로 말했다. 「아니예요, 전혀 그렇지 않아요. 저는 선천적으로 가정의 보살핌이라든가 설령 어떤 사나이든 한 사나이의 기분에 얽매여서 살게 되어 있지는 않아요. 저는 태어날 때부터 예술가가 되게끔, 따라서 몸도 마음도 또 생각하는 것까지도 자유롭게 만들어져 있어요.」

으제니가 너무나도 분명하고 단호한 어조로 말했기 때문에 바랑티느는 얼굴을 붉혔다. 이 소심한 아가씨에게는 여자다운 수줍음 같은 것이 전혀 없는 그런 격렬한 성질이 도무지 이해되지 않았다.

「하지만」하고 으제니는 계속했다. 「어쩔 수 없이 결혼을 하게 되어 있는 것이 제 운명이니까요. 최소한 알베르 씨로부터 냉대를 받도록 배려해 주신 하느님에게 감사하지 않으면 안 되겠지요. 하느님이 그렇게 해주시지 않았다면 지금쯤은 명예를 상실한 사나이의 아내가 되었을 테니까요.」

「확실히 그렇구나.」하고 남작 부인이 귀부인들에게서 이따금 볼 수 있는, 그리고 아무리 서민과 교제를 하더라도 완전히 상실하는 일은 거의 없는, 그 이상한 솔직성으로 말했다. 「확실히 그래. 모르셀 가 쪽에서 그런 식으로 발뺌을 해주지 않았더라면 이애는 알베르 씨와 결혼했을 거예요. 장군은 이 이야기에 아주 집념을 가지고 있어서 억지로라도 제 남편을 움직이려고 찾아오신 일까지 있었으니까요. 정말 용케 피해왔어요.」

「하지만」하고 바랑티느가 주뼛거리면서 말했다. 「아버지의 그러한 수치가 그대로 아들에게까지 미치는 것일까요? 나는 장군의 그러한 배신 행위 일체에 알베르 씨는 아무런 책임도 없다고 생각하는데요.」
「실례이지만요.」 하고 으제니가 가차없이 말했다. 「알베르 씨도 그런 일을 했으니 나름대로의 책임은 있어요. 어떻든 어제는 오페라좌에서 몽테 크리스토 백작에게 결투를 신청했으면서 오늘 아침에는 그 자리에 가서 사죄를 했으니까요.」
「설마 그런 일이!」 하고 빌포르 부인이 말했다.
「아니예요, 사실이에요.」 하고 당그랄 부인이 아까 이미 지적한 그 솔직성으로 말했다. 「그것은 확실한 일이에요. 나는 그것을 그 해명의 자리에 함께 있었던 도브레 씨로부터 들었어요.」
바랑티느도 역시 그 사실을 알고 있었다. 그러나 그녀는 아무런 대답도 하지 않았다. 그 한마디의 말에 생각이 되살아난 그녀의 마음은 모렐이 자기를 기다리고 있는 노와르티에의 방으로 날아갔다.
이런 식으로 이를테면 침묵에 잠겨서 바랑티느는 얼마 전부터 대화에 가담하는 것을 중지하고 있었다. 뿐만 아니라 방금 몇 분 전에 오고간 얘기를 되풀이해 보라고 한다면 그녀는 그것을 하지 못했을 것이다.
그때 갑자기 당그랄 부인의 손이 팔에 닿는 바람에 그녀는 퍼뜩 몽상에서 깨어났다.
「왜 그러세요?」 하고 당그랄 부인의 손을 통해서 마치 전기에라도 감전된 것처럼 몸을 떨면서 바랑티느가 말했다.
「바랑티느 양」 하고 남작 부인이 말했다. 「어디 편치 않아요? 틀림없이 그런 것 같아요.」
「제가요?」 하고 바랑티느는 타는 듯이 달아오른 이마에 손을 대면서 말했다.
「그래요. 이 거울을 보세요. 불과 일 분 동안에 얼굴빛이 서너너덧 번 붉어졌다 파래졌다 했어요.」
「정말 그렇군요.」 하고 으제니가 소리질렀다. 「아주 창백해요!」
「아니, 걱정하지 마세요, 으제니 씨, 벌써 며칠 전부터 내내 이런 상태니까요.」
그리고 교활한 구석이라고는 전혀 없는 그녀였으나 지금이 이 방에서 나갈 절호의 기회라는 것을 깨달았다. 게다가 빌포르 부인이 한마디 거들었다.
「이제 그만 물러가거라, 바랑티느.」하고 부인이 말했다.「정말 어딘가가 불편한 것 같구나, 손님도 양해를 해주시겠지. 물을 한 잔 마셔라. 그러면 기분이 좋아질 거다.」
바랑티느는 으제니에게 키스를 하고 돌아가려고 이미 일어나 있는 당그랄 부인에게 인사를 한 뒤 방에서 나왔다.
「불쌍하게도 저애는」하고 바랑티느의 모습이 보이지 않게 되자 빌포르 부인이 말했다.「저애의 일이 걱정이 돼요. 무슨 터무니없는 일이 일어나도 이상할 것이 없을 것 같은 기분이에요.」
그러는 동안에 바랑티느는 스스로도 잘 알 수 없는 일종의 흥분된 기분으로 에두아르가 뭐라고 짓궂은 말을 걸어오는 것에 대꾸도 하지 않고 그 방을 지나치고 다시 자기 방을 통과해서 작은 층계가 있는 곳까지 왔다. 그녀는 그것을 거의 다 내려가서 이제 세 단만 남겨 놓고 있었다.
귀에는 이미 모렐의 목소리가 들려오고 있었다. 그러자 갑자기 눈앞이 부옇게 가물거리는가 싶더니 발은 경직되어 층계를 헛디디고 손에는 이미 난간을 붙잡을 만한 힘도 없게 되었다. 그리고 벽에 몸을 비비듯이 하면서 그녀는 그 마지막 세 단 위에서 내려간다기보다 오히려 굴러떨어졌다.
모렐은 퍼뜩 일어나 문을 열었다. 그리고 층계참 위에 쓰러져 있는 바랑티느를 발견했다.
번개처럼 빠르게 그는 냉큼 그녀를 두 팔에 안고 팔걸이의자에 걸터앉혔다.
바랑티느는 눈을 떴다.
「아아, 내가 이게 무슨 실수일까요?」하고 그녀는 열에 들뜬 듯이 빠르게 말했다.「어떻든 서 있을 수가 없게 되다니요? 층계참까지 세 단이나 남은 것을 잊어버리다니요?」
「다친 데는 없나요, 바랑티느 양?」하고 모렐이 소리질렀다.「큰일이군! 어떻게 한다지!」
바랑티느는 주위를 둘러보았다. 그리고 노와르티에의 눈에 뭐라 말할 수 없는 깊은 공포의 빛이 나타나 있는 것을 보았다.
「걱정하실 것 없어요, 할아버지.」하고 그녀는 미소를 지으려고 애쓰면서 말했다.「아무것도 아녜요, 정말 아무것도 아니예요……. 잠깐 현기증이 났을 뿐이에요.」
　「또 현기증이 났다고요?」하고 모렐이 두 손을 모으면서 말했다.「아아, 제발 정신을 차려 주세요, 바랑티느 양.」
　「아니예요, 괜찮아요.」하고 바랑티느가 말했다.「정말 괜찮아요. 이젠 완전히 회복되었어요. 대단한 것 아니었어요. 그런데 알려 드릴 게 있어요. 일주일 뒤에 으제니 씨가 결혼을 한대요. 그래서 사흘 뒤에는 성대한 축하연이, 즉 혼약 피로연이 벌어지게 된대요. 우리는 아버지도 어머니도 그리고 나도 모두 초대받게 될 거예요……. 적어도 내 추측으로는 말예요.」
　「언젠가는 우리도 그 일을 생각하게 될까요? 아아, 바랑티느 양, 당신은 할아버지에게 어떤 일이라도 부탁할 수가 있으니까『이제 곧 그렇게 된다.』라는 회답을 받아내세요.」
　「그렇다면」하고 바랑티느가 물었다.「할아버지에게, 빨리 일을 추진해 주세요, 이 이야기를 잊지 말아 주세요, 하고 부탁하란 말씀인가요?」
　「그렇습니다.」하고 모렐이 소리질렀다.「그렇습니다, 제발 빨리 그렇게 해주세요. 당신이 내 것이 되지 않는 동안은 바랑티느 양, 언제나 당신이 내 손에서 도망쳐 버릴 것만 같은 불안한 생각이 들어서 견딜 수가 없어요.」
　「어머」하고 바랑티느는 몸을 경련적으로 떨면서 대답했다.「막시밀리안 씨, 당신은 장교치고는, 사람들의 소문으로는 무서운 것을 모른다는 군인치고는 꽤 겁이 많은 분이군요! 어쩌면 그렇지요!」
　그렇게 말하고 그녀는 쉰 목소리로 쏩쓸하게 웃었다. 그런가 했더니 그 두 팔이 경직되어 뒤틀리고 얼굴이 팔걸이의자 위에서 젖혀졌다. 그리고 그대로 그녀는 움직이지 않게 되었다.
　신에 의해 노와르티에의 입술 안에 갇혀 있던 공포의 외침이 그 눈에서 뿜어져나왔다.
　모렐은 그것을 알 수 있었다. 구조를 요청하라는 것이었다.
　모렐은 초인종으로 달려갔다. 바랑티느의 방에 있던 몸종과 발루아의 후임으로 온 하인이 동시에 달려왔다.
　바랑티느가 창백한 얼굴을 하고 몸이 싸늘하게 식은 채 꼼짝도 못 하고 있는 것을 보자 두 사람은 무슨 말을 해도 알아듣지 못하고 이 저주받은 저택 안에서 끊임없이 느껴지는 공포에 사로잡혀서 저마다 살려 달라고 외마디 소리를 지르면서 복도로 뛰쳐나갔다.
 당그랄 부인과 으제니는 마침 그때 돌아가려던 참이었다. 그래서 이 소란의 원인을 알 수가 있었다.
 「아까 말씀드린 그대로예요!」하고 빌포르 부인이 소리질렀다. 「가엾게도 저애는!」

95. 고　　백

 마침 그때 서재에서 큰소리로 외치고 있는 빌포르 씨의 목소리가 들려왔다. 「어떻게 된 거냐?」
 모렐은 눈으로 노와르티에게 물었다. 노인은 어느새 평소의 냉정함을 되찾고 지금까지 이미 비슷한 경우에 모렐이 한 번 숨은 적이 있는 조그만 방을 힐끗 눈으로 가리켰다.
 모렐로서는 모자를 들고 서둘러 그곳으로 뛰어드는 것이 고작이었다. 이미 복도에는 검찰총장의 발소리가 들려오고 있었다.
 빌포르는 방안으로 뛰어들자 바랑티느 옆으로 다가가 그녀의 몸을 두 팔에 안았다.
 「의사다! 의사!…… 다브리니 선생을 빨리 모셔와!」하고 빌포르는 소리질렀다. 「아니, 내가 직접 다녀오지!」
 그렇게 말하고 그는 방에서 뛰쳐나갔다.
 다른 하나의 문에서는 모렐이 뛰어나왔다.
 그는 어떤 무서운 일을 생각해내고 퍼뜩 가슴을 강타당했다. 상 메랑 후작 부인이 죽은 날 밤, 빌포르와 의사 사이에 교환된 그 무서운 대화가 그의 기억에 되살아난 것이다. 바랑티느가 나타낸 증상은 그때의 경우처럼 무서운 것은 아니었으나 발루아가 죽기 전에 보인 것과 똑같았다.
 그와 동시에 그의 귓가에 불과 2시간 전에 몽테 크리스토가 한 말이 들리는 것만 같았다.

『무언가 필요한 일이 있으면 나한테 오세요. 여러가지 일을 해드릴 수가 있을 테니까.』

그는 그 말을 생각해내자 포블 상 토노레에서 마티뇽 거리로, 마티뇽 거리에서 샹젤리제 거리로 단숨에 달려갔다.

한편 그 사이에 빌포르 씨는 가두마차를 타고 다브리니 씨의 집 앞에 당도했다.

그가 맹렬한 기세로 초인종을 눌렀기 때문에 문지기가 겁먹은 얼굴로 문을 열어 주러 왔다. 빌포르는 말을 할 기력도 없이 층계로 돌진했다. 문지기는 그를 알고 있었으므로 다만 이렇게 외치며 그를 들어가게 그냥 두었다.

「서재에 계십니다! 검찰총장님, 서재에 계십니다!」

빌포르는 이미 그 서재의 문을 열려 하고 있었다. 아니 연다기보다 그것을 돌파하려 하고 있었다.

「아니!」 하고 의사가 말했다. 「당신이었군요!」

「그렇습니다.」 하고 빌포르는 방으로 들어가서 문을 닫으면서 말했다. 「그래요, 선생, 이번에는 내가 여기에는 정말 아무도 없습니까 하고 묻지 않으면 안될 처지가 되었습니다. 선생, 내 집은 저주받고 있습니다.」

「뭐라고요!」 하고 의사는 겉으로는 냉정하게, 그러나 내심으로는 몹시 동요하면서 말했다. 「또 환자가 생겼습니까?」

「그래요, 선생.」 하고 빌포르는 경련을 일으키는 손으로 자기의 머리카락을 움켜쥐면서 말했다. 「말씀하시는 대로입니다.」

다브리니의 눈은 『내가 얘기했던 대로지요?』 하고 말하고 있었다.

그런 다음 그의 입술이 천천히 힘을 주면서 말했다.

「죽어가는 사람은 누구입니까? 신 앞에서 우리의 나약함을 고발하게 되는 새로운 희생자는 대체 누구란 말입니까?」

비통한 흐느낌이 빌포르의 가슴에서 터져나왔다. 그는 의사 옆으로 다가가서 그 팔을 붙들고 「바랑티느입니다. 이번에는 바랑티느의 차례입니다.」

「아가씨가요?」 하고 슬픔과 동시에 놀라움으로 충격을 받고 다브리니가 소리질렀다.

「이것으로 당신이 착각하고 있었다는 것을 아셨겠지요?」 하고 사법관이 중얼거리듯이 말했다. 「빨리 가서 그애를 봐주세요. 그리고 고통의 잠자리에 누워 있는 그애에게 잠시나마 의심했던 것을 사과해 주세요.」
「나한테 알려왔을 때에는 언제나 이미 때가 늦곤 했습니다. 하지만 어떻든 가십시다. 서두르지 않으면 안 됩니다. 댁을 덮치고 있는 적에게는 이제 잠시도 시간을 주어서는 안 됩니다.」
「아아, 이번에야말로 선생, 당신에게 나약하다고 꾸지람을 들을 일은 없을 겁니다. 이번에야말로 범인을 찾아내서 혼쭐을 내고야 말 것입니다.」
「복수를 생각하기 전에 우선 희생자의 목숨을 구하는 일부터 생각합시다.」하고 다브리니가 말했다.
「자, 가십시다.」
이리하여 빌포르를 싣고 온 이륜마차는 빌포르와 함께 다브리니를 태우고 전속력으로 다시 빌포르의 저택으로 돌아왔다. 마침 그와 똑같은 시각에 모렐은 몽테 크리스토의 저택 문을 두드리고 있었다.
백작은 서재에 있었다. 그리고 베르투쵸로부터 지급으로 송달된 짧은 편지를 몹시 걱정스러운 표정으로 읽고 있는 참이었다.
불과 2시간쯤 전에 헤어진 모렐이 다시 찾아왔다는 얘기를 듣고 백작은 얼굴을 쳐들었다.
모렐에게는 백작과 마찬가지로 이 2시간 사이에 확실히 여러가지 일이 일어난 것이다. 왜냐하면 입술에 미소를 띠고 백작과 헤어진 모렐이 완전히 흐트러진 얼굴을 하고 돌아왔기 때문이다.
백작은 일어서서 모렐을 맞으려고 다가갔다.
「대체 어떻게 된 겁니까, 막시밀리안 씨?」하고 그는 물었다.「안색이 좋지 않고 게다가 이마에는 땀이 흠뻑 배었으니 말입니다.」
모렐은 팔걸이의자에 쓰러지듯이 걸터앉았다.
「그렇습니다.」하고 그는 말했다.「저는 급히 달려왔습니다. 꼭 말씀드려야 할 일이 생겨서 말입니다.」
「댁의 여러분은 모두 안녕하십니까?」하고 백작은 그것이 진심에서 우러나온 것임을 아무도 의심할 여지가 없는 그야말로 호의에 넘친 어조로 물었다.
「고맙습니다, 백작.」하고 청년은 어떻게 이야기를 꺼낼 것인가 하고 눈에 띄게 곤혹스러워하면서 말했다.「덕분에 집안은 모두 무사합니다.」

「그건 참 다행입니다. 그런데도 나에게 무슨 하실 말씀이 있다는 것입니까?」하고 백작은 점점 더 걱정스러운 기색을 띠면서 물었다.

「네」하고 모렐이 말했다.「그렇습니다. 저는 지금 죽음이 덮치고 있는 집에서 이쪽으로 달려온 참입니다.」

「그럼 모르셀 씨의 집에서 오시는 길입니까?」하고 몽테 크리스토가 물었다.

「아닙니다.」하고 모렐이 말했다.「그럼 모르셀 씨의 집에서 누군가가 돌아가신 겁니까?」

「장군이 방금 아까 권총으로 자살했습니다.」하고 몽테 크리스토가 말했다.

「아아, 그건 또 정말 불쌍한 일이군요!」하고 막시밀리안이 소리질렀다.

「백작 부인이나 알베르 씨에게는 그런 일은 없습니다.」하고 몽테 크리스토가 말했다.「불명예스러운 아버지나 남편은 살아 있기보다는 죽는 편이 차라리 낫습니다. 피가 치욕을 씻어 줄 테니까요.」

「불쌍한 백작 부인!」하고 막시밀리안이 말했다.「저는 특별히 그분을 동정합니다. 정말 고결한 분이었으니까요!」

「알베르 군에게도 동정을 해야 합니다, 막시밀리안 씨. 그 사람도 백작 부인의 아들에 걸맞는 훌륭한 분이니까요. 그건 그렇고 어떻든 당신 얘기로 돌아갑시다. 당신은 이곳으로 달려왔다고 하셨습니다. 뭔가 내가 도와 드릴 수 있는 일이라도 있나요?」

「네, 당신의 힘을 빌리고 싶습니다. 하느님이 아니고는 도와 주실 수 없을 것 같은 이런 경우에 당신 같으면 도와 주실 것이 틀림없다고 마치 미친 사람처럼 굳게 믿고 달려왔으니까요.」

「어떻든 얘기를 들어 봅시다.」하고 몽테 크리스토가 대답했다.

「아아」하고 모렐이 말했다.「실은 저도 이러한 비밀을 사람들에게 밝혀도 좋을지 어떨지를 모르겠습니다. 하지만 운명이 그것을 저에게 명령하고 있습니다. 필요가 그것을 저에게 강요하고 있는 것입니다, 백작.」

모렐은 거기에서 주저하며 입을 다물었다.

「당신은 내가 당신을 좋아한다는 것을 믿고 계십니까?」하고 몽테 크리스토가 청년의 손을 애정이 담긴 두 손으로 꽉 잡으면서 말했다.

「아아, 정말 그렇게 말씀해 주시니 용기가 납니다. 게다가 여기에서 누군가가(그렇게 말하면서 모렐은 가슴에 손을 대었다) 당신에게는 단 한 가지도 숨겨서는 안 된다고 저에게 명령하고 있습니다.」

「정말로 그렇습니다, 모렐 씨. 하느님이 당신의 마음에 말을 하고 그리고 그 당신의 마음이 당신 자신에게 말을 하고 있는 것입니다. 당신의 마음이 말하는 그대로를 나에게 말씀해 보세요.」

「백작, 실례입니다만 당신의 분부로 바티스탄을 심부름 보내어 당신도 알고 계시는 사람의 소식을 알아오게 할 수는 없을까요?」

「나 자신이 당신의 명령에 따를 생각입니다. 하인이라면 말할 것도 없지요.」

「아아, 그 사람의 용태가 좋아졌다는 것을 분명히 알기 전에는 저는 살아 있을 수가 없습니다.」

「바티스탄을 여기로 부를까요?」

「아닙니다, 제가 직접 가서 얘기를 하고 오겠습니다.」

모렐은 방에서 나가 바티스탄을 부르고는 아주 나직한 목소리로 뭐라고 두세 마디 했다. 시복은 급히 달려나갔다.

「어때요, 끝나셨습니까?」하고 모렐이 다시 모습을 나타내는 것을 보고 몽테 크리스토가 물었다.

「네. 이것으로 제 마음도 조금은 가라앉는 것 같습니다.」

「보시다시피 나는 이렇게 하실 말씀을 기다리고 있습니다만.」하고 몽테 크리스토가 미소를 지으면서 말했다.

「알고 있습니다. 그럼 지금부터 말씀드리겠습니다. 실은 저는 어느 날 밤 어느 저택의 정원에 있었습니다. 저는 정원수 그늘에 숨어 있었기 때문에 설마 제가 거기에 있으리라고는 누구도 상상조차 할 수 없었습니다. 그때 두 사람의 사나이가 제 옆을 지나쳤습니다. 잠시 동안 그 두 사람의 이름은 밝히지 않겠습니다.

두 사람은 작은 목소리로 서로 이야기를 주고받고 있었는데 저는 두 사람의 이야기에 몹시 흥미를 느껴 열심히 듣고 있었기 때문에 한 마디도 놓치지 않고 다 들을 수 있었습니다.」

「얼굴이 창백하고 몸이 떨리는 것을 보니 어쩐지 무시무시한 이야기 같군요, 모렐 씨.」

「그렇습니다. 아주 무서운 이야기입니다! 제가 숨어 있던 그 뜰의 주인

95. 고　백

집에서는 마침 사람이 죽었을 때였습니다.

　제가 몰래 이야기를 엿들은 두 사나이 중의 한 사람은 그 뜰이 있는 집의 주인이고 다른 한 사람은 의사였습니다. 그리고 주인은 의사에게 자기의 걱정이나 슬픔을 호소하고 있었습니다. 왜냐하면 그 일개월 동안, 그 집이 뜻하지 않은 갑작스러운 죽음을 맞이한 것은 그것이 두 번째였기 때문입니다. 마치 그 집은 죽음의 신의 명령에 따라 노여움의 표적이 된 것처럼 생각될 정도였습니다.」

　「저런, 저런.」하고 몽테 크리스토는 청년의 얼굴을 멀뚱이 쳐다보면서 말했다. 그리고는 슬며시 자기의 몸이 그늘에 가려지도록 거의 눈에 띄지 않게 팔걸이의자를 회전시켰다. 한편 막시밀리안 쪽은 정면으로 햇살이 얼굴에 닿게 되었다.

　「그렇습니다.」하고 막시밀리안이 계속했다.「불과 한 달 동안에 그 집은 두 번이나 죽음을 겪어야만 했던 것입니다.」

　「그래, 의사는 뭐라고 대답하였나요?」하고 몽테 크리스토가 물었다.

　「의사가 말하기를…… 이 죽음은 자연사가 아니다, 이 죽음의 원인은 틀림없이……」

　「무엇이 원인이라고 했나요?」

　「독살이라고 했습니다!」

　「참말입니까?」하고 몽테 크리스토는 가볍게 기침을 하면서 말했다. 이 기침은 그가 큰 감동을 받아 얼굴이 붉어지거나 파래지는 것, 또는 자기가 열심히 귀를 기울이고 있다는 것을 속이려고 할 때의 버릇이었다. 「정말로 막시밀리안 씨, 당신은 그런 얘기를 들었단 말입니까?」

　「네, 백작. 저는 분명히 이 귀로 들었습니다. 그리고 의사는 계속해서, 만일 이러한 일이 다시 한 번 되풀이되기라도 한다면 자기로서는 부득이 사직 당국에 고발을 하지 않을 수 없을 것이라고 말했습니다.」

　몽테 크리스토는 침착한 태도로 듣고 있었다. 또는 듣는 것처럼 보였다.

　「그런데 말씀입니다.」하고 막시밀리안이 말했다. 「또다시 세 번째의 죽음이 엄습한 것입니다. 그러나 집 주인도 의사도 여기에 대해서는 아무 말도 하지 않았습니다. 죽음은 어쩌면 네 번째 습격을 가할지도 모릅니다. 백작, 이러한 비밀을 알고 있는 저는 대체 어떻게 하면 좋을까요?」

「이봐요, 막시밀리안 씨.」하고 몽테 크리스토가 말했다.「당신의 그 얘기는 아무래도 우리 모두가 잘 알고 있는 사건 같군요. 당신이 그런 얘기를 들었다는 그 집을 나는 알고 있습니다. 또는 적어도 그것과 비슷한 집을 알고 있습니다. 정원이 있고 주인이 있고 의사가 있고 세 사람의 뜻하지 않은 기괴한 사망자를 낸 집 말입니다. 아시겠어요? 내 얼굴을 자세히 보세요. 나는 비밀 얘기를 몰래 엿들은 것은 아니지만 그 얘기를 당신과 마찬가지로 잘 알고 있습니다.

그러나 그렇다고 해서 내가 양심의 가책을 받고 있을까요? 천만에요, 당치도 않은 얘기입니다. 그런 것은 나하고 아무 상관도 없는 일입니다. 당신은 죽음의 신이 그 집을 노여움의 표적으로 삼은 것 같다고 말씀하셨지요?

그런데 당신의 그 상상이 사실이 아니라고 대체 누가 말할 수 있겠습니까? 당연히 그것을 보고 싶어할 사람이 보려고 하지 않는 것은 당신도 보려고 하지 마세요.

만일 그 집 안에서 배회하고 있는 것이 신의 노여움이 아니라 심판이라고 한다면 막시밀리안 씨, 당신은 눈을 딴 데로 돌리고 신의 심판이 행해지는 대로 맡겨 두는 것입니다.」

모렐은 자기도 모르게 몸부림쳤다. 백작의 말투에는 어쩐지 무시무시한 엄숙하고 또 무서운 것이 있었다.

「게다가」하고 백작은 지금 같은 사람의 입에서 나온 것이라고는 생각되지 않을 만큼 전혀 다른 목소리로 말했다.「게다가 그런 일이 또 시작된다고 어떻게 알 수 있단 말입니까?」

「이미 시작되고 있습니다, 백작!」하고 모렐이 소리질렀다.「그래서 이렇게 당신에게 정신없이 달려온 것입니다.」

「하지만 나더러 대체 무엇을 하란 말씀입니까, 모렐 씨? 검찰총장에게 알리기라도 하란 말입니까?」

몽테 크리스토가 이 마지막 말을 분명히, 더욱이 힘있게 내뱉었기 때문에 모렐은 냉큼 일어나서 소리질렀다.

「백작! 백작! 당신은 제가 누구의 얘기를 하려 하는지를 알고 계시군요?」

「물론입니다. 그렇다면 좀더 자세한 이야기, 아니 자세하다기보다 그 사람들의 이름을 댐으로써 내가 알고 있다는 것을 증명해 드리지요.
 당신은 어느 날 밤, 빌포르 씨 집의 정원 안을 서성거리고 있었습니다. 그것은 당신의 이야기로 미루어서 아무래도 상 메랑 후작 부인이 돌아가신 날 밤의 일 같군요.
 당신은 빌포르 씨와 다브리니 씨가 상 메랑 후작의 죽음에 대해서, 그리고 거기에 못잖게 알 수 없는 후작 부인의 죽음에 대해서 이야기하는 것을 들었습니다.
 다브리니 씨는 이것은 독살이다, 더욱이 두 번 모두 독살일 것이 틀림없다고 말했습니다. 그래서 아주 정직한 당신은 그때부터 내내 이 비밀을 밝힐 것인가 잠자코 있을 것인가 하고 언제나 자신 마음을 타진하고 양심에 물어왔다는 얘기입니다.
 아시겠습니까, 모렐 씨, 지금은 이미 중세가 아닙니다. 이제는 이미 성(聖) 베무(중세 독일의 가혹한 비밀 재판소)도 없고 비밀 재판관도 없습니다. 대체 당신은 그들에게 무엇을 기대하는 것입니까?
 스탄(18세기의 영국 소설가)도 말하고 있지만 『양심이여, 너는 나에게 무슨 볼일이 있단 말인가.』입니다.
 아시겠습니까? 그들이 잠을 자고 있다면 잠을 자는 대로 그대로 두는 것입니다. 잠을 이루지 못하고 있다면 잠을 이루지 못하는 채 창백한 얼굴을 하고 있게 내버려 두면 됩니다.
 그리고 잠을 이루지 못할 만한 후회를 별로 가지고 있지 않으신 당신은 다만 잠을 자고 있으면 그만입니다.」
 보기에도 무서운 고뇌의 빛이 모렐의 표정에 나타났다. 그는 몽테 크리스토의 손을 잡았다.
「하지만 이미 시작되고 있습니다. 거짓말이 아닙니다!」
「그렇다면」하고 백작은 무엇 때문에 상대가 이렇게 끈질기게 말을 하는지 이해되지 않아 막시밀리안의 얼굴을 다시 뚫어지게 쳐다보면서 말했다.「또 일어나는 대로 내버려 두세요. 그들은 아토레우스(그리스 비극에 나타나는 한 가문으로서 일족이 차례로 비극에 휩싸인다)가와 똑같은 일가이니까요.
 하느님이 그 일가에게 유죄 판결을 내린 것입니다. 따라서 그들은 그 판결에 복종하지 않으면 안 됩니다. 그들은 어린애가 종이를 접어서 만든 인형이 설사 이백 개가 있더라도 그 어린애가 숨을 한 번 크게 불어대면 잇따라 쓰러지고 말듯이 모두 사라져 버리고 마는 것입니다.

3개월 전에는 상 메랑 후작이었습니다. 2개월 전에는 상 메랑 후작 부인이었습니다. 바로 엊그제는 발루아, 오늘은 노와르티에 노인, 그렇지 않으면 젊은 바랑티느 양일 테죠.」

「알고 계셨군요?」 모렐이 엄청난 공포의 빛을 띠며 소리질렀다. 그 표정이 너무나도 무시무시해서 설령 하늘이 무너져도 눈썹 하나 까딱할 것 같지 않았던 몽테 크리스토도 그만 불현듯 몸서리를 쳤다. 「당신은 그것을 알고 있으면서 아무 말씀도 하지 않으셨단 말입니까?」

「그것이 나하고 무슨 상관이 있단 말입니까?」 하고 몽테 크리스토가 어깨를 움츠리면서 말했다. 「그 사람들이 나와 친지라도 된단 말입니까? 나더러 한 사람을 구하기 위해 다른 한 사람을 파멸시키라고 하시는 겁니까? 아니, 절대로 그런 짓을 할 수는 없습니다. 범인도 그렇고 희생자도 그렇고 나로서는 별로 어느 쪽이 어떻다고 할 형편이 못 되니까요.」

「하지만 저는, 저는」 하고 모렐은 고통스러운 나머지 울부짖는 듯한 소리로 고함을 질렀다. 「저는 그 사람을 사랑하고 있습니다!」

「당신이 사랑하고 있다고요? 누구를 말입니까?」 하고 몽테 크리스토는 자신도 모르게 일어나서 모렐이 하늘을 향해 불끈 내지른 두 손을 붙잡고 소리질렀다.

「네, 저는 너무나 열중해서 마치 미친 사람처럼 사랑하고 있습니다. 그 사람으로 하여금 한 방울의 눈물도 흘리지 않게 하기 위해서는 온몸의 피를 바쳐도 아깝지 않다고 생각할 만큼 사랑하고 있습니다.

저는 바랑티느 드 빌포르를 사랑하고 있습니다. 그 사람이 지금 살해되어 가고 있습니다. 이해해 주세요! 저는 그 사람을 사랑하고 있습니다. 그리고 하느님과 당신에게 어떻게 하면 그 사람을 살릴 수 있는가를 묻고 있는 것입니다!」

몽테 크리스토는 상처 입은 사자의 포효 소리를 들은 적이 있는 사람이 아니고는 도저히 상상도 할 수 없을 정도의 거친 절규를 질렀다.

「대체 무슨 일이란 말인가!」 하고 이번에는 그가 두 손을 비틀면서 소리

95. 고   백

질렀다.「무슨 일이란 말인가！ 바랑틔느 양을 사랑하다니！ 저주받은 일족의 그 아가씨를 사랑하다니！」

일찍이 모렐은 한 번도 이러한 표정을 본 적이 없었다. 눈앞에서 이렇게 무서운 눈이 불타오르는 것을 본 적이 없었다. 지금까지 혹은 싸움터에서, 혹은 알제리아의 피로 물든 밤에 몇 번이나 그의 눈앞에 나타난 공포의 정령일지라도 이토록 음산한 불길을 그의 주위에 격렬하게 요동치게 한 적은 없었다.

그는 자기도 모르게 뒷걸음질쳤다.

한편 몽테 크리스토는 이렇게 한꺼번에 감정을 폭발시켜 울부짖고는 마치 마음속의 번개에 눈이 멀기라도 한 듯이 잠시 동안 눈을 감고 있었다. 그러고 있는 동안에 그는 이상한 힘으로 정신을 통일했다. 그리고 폭풍에 부푼 그의 가슴의 격렬한 요동도 마치 미쳐 날뛰며 거품을 내뿜던 파도가 검은 구름이 사라진 뒤 태양 밑에서 가라앉듯이 조금씩 진정되어갔다.

이 침묵, 이 내적인 성찰, 이 싸움은 약 20초 가량 계속되었다.

이윽고 백작은 창백한 얼굴을 들었다.

「아셨겠지요.」 하고 그는 약간 목이 쉰 목소리로 말했다. 「보셨겠지요. 하느님은 자신이 제시하는 무서운 광경을 앞에 놓고 오열하며 소리치고 냉정히 도사리고 있는 인간에 대해서는 그 무관심함을 반드시 벌하시는 것입니다.

무감동하고 호기적인 구경꾼으로서 바라보고 있던 나, 저 비참한 비극의 전개를 다만 바라만 보고 있던 나, 마치 악마처럼 비밀의 그늘에 숨어서(돈이 있는 사람이나 권세를 가진 사람은 비밀이라는 것을 쉽게 유지할 수 있는 법입니다) 사람들이 벌이는 몹쓸 짓을 다만 비웃고 있던 나, 그러한 내가 이번에는 여기까지 구불구불 몸을 꿈틀거리면서 전진하는 것을 바라보고 있던 그 뱀에게 물린 것입니다. 그것도 심장을 덥석 물린 것입니다！」

모렐은 둔한 신음 소리를 냈다.

「자아, 자아」 하고 백작이 말을 이었다. 「그런 탄식은 이제 금물입니다. 사나이답게 행동하십시오. 강해지는 것입니다. 희망을 가슴 가득히 가져야 합니다. 내가 여기에 있습니다. 내가 지켜 주고 있습니다.」

모렐은 슬픈 듯이 고개를 저었다.

「희망을 가지라고 했어요. 아시겠어요?」하고 몽테 크리스토가 소리질렀다.「내가 절대로 거짓말을 하지 않는다는 것, 결코 착각을 하지 않는다는 것을 알아 두세요. 지금 꼭 정오입니다. 막시밀리안 씨. 당신이 오늘 밤에 오신 것도, 내일 아침에 오신 것도 아니고 이 정오에 오셨다는 것을 하느님에게 감사하지 않으면 안 됩니다.

모렐 씨, 지금부터 말씀드리는 것을 잘 들어 보세요. 지금은 정오입니다. 만일 바랑티느 양이 아직도 죽지 않았다면 절대로 죽는 일이 없습니다!」

「아아, 어쩌자고 그랬단 말인가!」하고 모렐이 소리질렀다.「죽어가고 있는 그 사람을 그대로 팽개쳐 두고 왔다니!」

몽테 크리스토는 이마에 손을 대었다.

무서운 비밀이 가득 들어찬 이 머릿속에서 대체 무엇이 일어나고 있는 것일까? 가혹하기는 하지만 동시에 인간적인 이 정신에, 빛의 천사 또는 어둠의 천사는 대체 무슨 말을 하고 있는 것일까?

그것을 알고 있는 것은 하느님뿐이다!

몽테 크리스토는 다시 얼굴을 들었다. 그러나 이번에는 잠에서 깨어났을 때의 어린애처럼 조용했다.

「막시밀리안 씨.」하고 그는 말했다.「안심하고 집으로 돌아가세요. 아시겠어요? 한 발짝이라도 움직이거나 무언가를 해보려고 해서는 안 돼요. 괴로워하고 있는 모습을 조금이라도 얼굴에 나타내서는 안 돼요. 나중에 내가 정황을 알려 드릴 테니까. 자, 어서 돌아가세요.」

「아아, 이게 무슨 일입니까!」하고 모렐이 말했다.「당신의 그 냉정함이 저에게는 무섭게 느껴집니다. 그렇다면 당신은 죽음에 대해서 무언가를 하실 수가 있다는 것입니까? 당신은 인간 이상의 분이신가요? 천사입니까? 하느님이십니까?」

이렇게 말하고 지금까지 어떤 위험 앞에서도 한 발짝도 물러선 일이 없었던 이 청년이 형용할 수 없는 공포에 사로잡혀서 몽테 크리스토 앞에서 뒷걸음질쳤다.

그러나 몽테 크리스토가 그야말로 슬픈 듯한, 동시에 그야말로 온화한 미소를 띠고 그를 지그시 바라보았기 때문에 막시밀리안은 자신도 모르는 새 눈에 눈물이 넘쳐흐르는 것을 느꼈다!

「나는 여러가지 일을 할 수가 있어요.」하고 백작이 대답했다.「자, 돌아가세요. 나는 혼자 있고 싶어졌으니까.」
　모렐은 몽테 크리스토가 주위의 모든 것에 미치는 저 알 수 없는 힘에 압도되어 거기에서 벗어나려고 하지도 못했다. 그는 백작의 손을 쥐어 주고는 거기에서 나갔다.
　그러나 문이 있는 곳까지 왔을 때 마티뇽 거리의 한 모퉁이에서 열심히 뛰어오고 있는 바티스탄의 모습을 확인하고는 그를 기다리기 위해 발길을 멈추었다.
　한편 그 사이에 빌포르와 다브리니는 서둘러 저택으로 달려왔다. 그들이 돌아왔을 때 바랑티느는 아직도 정신을 잃은 채였다. 그래서 의사는 이러한 경우에 필요한 면밀함으로, 또 비밀을 알고 있는 만큼 한층 더 꼼꼼하게 그녀를 진찰했다.
　빌포르는 의사의 눈과 입술에 모든 신경을 집중하여 진찰 결과를 기다리고 있었다. 노와르티에 노인은 바랑티느보다도 더 창백해지고 빌포르보다도 더 초조해하면서 진단 결과를 기다리고 있었다. 온몸으로 무엇인가를 알아내고 무엇인가를 느끼려 하고 있었다.
　이윽고 다브리니가 천천히 말을 흘렸다.
　「아직 살아 계시군.」
　「아직이라고요?」하고 빌포르가 외쳤다.「아아 선생, 무슨 그렇게 무서운 말씀을 하십니까!」
　「그래요.」하고 의사가 말했다.「다시 한 번 되풀이 말씀드립니다. 아직은 살아 계시다고요. 나로서도 이것은 전혀 뜻밖의 일입니다.」
　「그럼 딸아이는 살아날 수 있을까요?」하고 아버지는 물었다.
　「그래요, 살아 계시니까.」
　마침 그때 다브리니의 시선이 노와르티에의 눈과 딱 마주쳤다. 노인의 눈이 이상한 기쁨과 의미심장한 생각으로 빛나고 있었으므로 의사는 자기도 모르게 깜짝 놀랐다.
　의사는 바랑티느를 다시 팔걸이의자에 앉혔다. 그녀의 입술은 완전히 창백해졌기 때문에 얼굴의 다른 부분과 똑같아져서 거의 구별을 할 수가 없었다. 의사는 그대로 꼼짝도 하지 않고 자기의 일거일동을 기다리며 그 뜻을 읽으려고 하고 있는 노와르티에의 얼굴을 지그시 바라보고 있었다.
「잠깐」하고 다브리니가 빌포르를 향해서 말했다.「바랑티느 양의 몸종을 불러 주시겠습니까?」
빌포르는 떠받치고 있던 딸의 머리에서 손을 떼고 자기가 직접 몸종을 부르러 달려갔다.
빌포르가 방에서 나가고 문이 닫히자 다브리니는 곧 노와르티에의 옆으로 다가갔다.
「뭔가 나에게 하실 말씀이 계신가요?」하고 그는 물었다.
노인은 그야말로 의미있는 듯이 눈을 깜박였다. 이것은 독자도 기억하고 있으리라고 생각하지만 노인이 표현할 수 있는 유일한 긍정의 신호였다.
「나에게만 말입니까?」
「그렇소.」하고 노와르티에가 끄덕였다.
「좋습니다. 그럼 옆에 있겠습니다.」
마침 그때 빌포르가 몸종을 데리고 돌아왔다. 그리고 몸종에 이어 빌포르 부인이 따라왔다.
「어머, 이애는 대체 어떻게 된 거예요?」하고 부인이 외쳤다.「이애는 방금 전에 내 방에서 나갔어요. 확실히 속이 언짢다고는 말했지만 대단한 것은 아니라고 생각하고 있었는데.」
그렇게 말하고 젊은 부인은 눈에 눈물을 글썽이며 친어머니라고 해도 좋을 만큼 애정을 보이면서 바랑티느 옆으로 다가가 그 손을 잡았다.
다브리니는 잠자코 노와르티에의 얼굴을 지켜보고 있었다. 그는 노인의 눈이 점점 크게 떠지고 얼굴이 창백해지며 부들부들 떨기 시작하는 것을 보았다. 노인의 이마에는 땀이 구슬이 되어 뿜어나왔다.
「아아!」하고 의사는 노와르티에의 시선의 방향을 더듬으면서, 즉 빌포르 부인에게 눈을 주면서 자기도 모르게 말했다.
부인은 다시 되풀이 말하고 있었다.
「이애는 침대에 뉘는 것이 좋아요. 애야, 파니, 둘이서 옮겨 뉘자.」
다브리니 씨는 부인의 이 제안을 노와르티에와 자신 둘만이 있을 수 있는 좋은 기회라고 보고 그렇게 하는 것이 좋겠다고 수긍했다. 그러나 자기가 지시하는 것 이외에는 절대로 그녀에게 마시게 해서는 안 된다고 단단히

95. 고 백

일렀다.
 바랑티느는 옮겨졌다. 그녀는 이미 의식을 되찾고는 있었지만 거의 몸을 움직일 수도, 말을 할 수도 없는 상태였다.
 그만큼 그녀의 손발은 지금의 발작으로 마비되어 있었던 것이다.
 그러나 그러한 그녀에게도 눈으로 할아버지에게 인사를 할 수 있을 정도의 힘은 아직도 남아 있었다. 노인에게는 그녀가 운반되어 간다는 것이 마치 자신의 영혼을 쥐어뜯기는 것 같은 느낌이 들었다.
 다브리니는 환자를 따라가서 처방을 쓰고는 빌포르에게 마차를 세내어 직접 약국에 가서 눈앞에서 처방대로 물약을 조제케 하고 그것을 직접 가지고 와서 바랑티느의 방에서 자신을 기다리고 있으라고 일렀다.
 그리고 다시 한 번 바랑티느에게 아무것도 주어서는 안 된다고 명령하고 노와르티에에게로 돌아와 문을 모조리 단단히 잠근 뒤 아무도 듣는 사람이 없다는 것을 확인하고는 「자아」하고 그는 말했다. 「당신은 손녀딸의 그 병에 대해서 뭔가를 알고 계시지요?」
 「네.」하고 노인은 끄덕였다.
 「아시겠습니까, 이제는 일각의 유예도 허용되지 않습니다. 이제부터 내가 묻는 말에 대답을 해주세요.」
 노와르티에는 어떤 질문에도 대답을 하겠다는 신호를 했다.
 「오늘 바랑티느 양에게 일어난 일을 전부터 알고 계셨습니까?」
 「네.」
 다브리니는 잠시 생각에 잠겼다. 그리고는 노와르티에 옆으로 바싹 다가가서 「이런 것을 여쭈어서 매우 미안합니다만」하고 덧붙였다. 「하지만 지금과 같이 무서운 사태에서는 어떤 실마리도 소홀히 할 수가 없기 때문에. 당신은 저 불쌍한 발루아가 죽는 것을 보셨지요?」
 노와르티에는 눈을 위로 치켜올렸다.
 「당신은 발루아가 죽은 원인이 무언지 아십니까?」하고 다브리니는 노와르티에의 어깨에 손을 얹으면서 물었다.
 「네.」하고 노인이 대답했다.
 「그것은 자연사였다고 생각하십니까?」
 무언가 미소 같은 것이 노와르티에의 마비된 입술 위에 희미하게 떠올랐다.

「그럼 발루아는 독살된 것이라고 생각하십니까?」
「네.」
「그를 죽인 독약은 그를 위해서 마련된 것이라고 생각하십니까?」
「아니.」
「그렇다면 다른 사람을 노렸다가 잘못해서 발루아를 죽인 범인과 오늘 바랑티느 양을 죽이려고 한 범인이 같은 사람이라고 생각하십니까?」
「네.」
「그럼 바랑티느 양도 죽게 되리라고 생각하십니까?」 하고 다브리니는 유심히 노와르티에를 바라보면서 물었다.
그리고 지금의 자기 질문에 노인이 어떤 반응을 보일 것인가 하고 기다리고 있었다.
「아니!」 하고 노인은 아무리 날카로운 예언자의 예측도 빗나가게 해보이겠다는 자랑스러운 태도로 대답했다.
「그렇다면 희망을 가지고 계시는 겁니까?」 하고 다브리니가 깜짝 놀라서 말했다.
「네.」
「어떤 희망을 가지고 계시는지요?」
노인은 자기는 대답할 수 없다고 눈으로 알렸다.
「아아, 참, 그랬었군요.」 하고 다브리니는 중얼거렸다.
그리고는 다시 노와르티에를 향해서 「당신은 범인이 이제 싫증을 느껴서 그만두리라고 생각하십니까?」 하고 물었다.
「아니.」
「그럼 독약은 바랑티느 양에게는 듣지 않으리라고 생각하시는 겁니까?」
「네.」
「그렇다면」 하고 다브리니가 덧붙였다. 「누군가가 아가씨를 독살하려 한다는 것을 내가 말씀드리기 전부터 알고 계셨습니까?」
노인은 이 점에 관해서는 털끝만한 의심도 없다는 것을 눈으로 신호했다.
「그렇다면 어째서 바랑티느 양이 살아날 것이라고 생각하시는 겁니까?」
노와르티에는 눈을 집요하게 어느 한 방향에 고정시킨 채 꼼짝도 하지 않았다. 그리고 그 눈이 매일 아침 노인에게 전해지는 물약이 든 병에 집중되어 있는 것을 다브리니는 보았다.
「아아, 이것은」 하고 다브리니는 퍼뜩 한 가지 일을 생각해내면서 말했다. 「혹시 당신은…….」
노와르티에는 상대방이 그 말을 끝까지 하게 두지를 않았다.
「그렇소.」 하고 그는 끄덕였다.
「바랑티느 양의 몸을 독에 대해서 면역되게 하려고 생각하신 거군요?」
「그렇소.」
「조금씩 길들여서…….」
「그렇소, 바로 그렇소.」 하고 노와르티에는 상대방이 알아 준 것이 무척이나 기뻤다.
「그렇군요, 당신은 내가 언제나 드리는 물약 속에 부르신이 들어 있다고 말씀드린 것을 듣고 계셨지요?」
「그렇소.」
「그리고 바랑티느 양을 이 독에 익숙해지게 해서 다른 독의 효력을 중화시키려고 하신 거군요?」
노와르티에는 아까와 똑같은 자랑스러운 기쁨을 나타냈다.
「그리고 사실 당신은 훌륭하게 그것을 성공시켰습니다!」 하고 다브리니가 소리질렀다. 「그러한 조심성이 없었다면 바랑티느 양은 오늘 살해되고 말았을 것입니다. 미처 손을 쓸 새도 없이 무자비하게 독살되었을 것입니다. 발작은 그토록 심한 것이었습니다. 하지만 격렬하게 흔들린 것만으로 끝났습니다. 적어도 이번만큼은 목숨을 건졌습니다.」
무한한 감사를 담고 하늘로 향해진 노인의 눈에 사람의 것이라고는 생각되지 않을 정도의 환희가 빛나고 있었다.
마침 그때 빌포르가 돌아왔다.
「자, 선생」 하고 그는 말했다. 「말씀하신 것을 가져왔습니다.」
「이 물약은 눈앞에서 만들게 하셨습니까?」
「그렇습니다.」 하고 검찰총장이 대답했다.
「한 번도 이것을 손에서 놓은 적은 없지요?」
「없습니다.」
다브리니는 병을 손에 들고 안에 들어 있는 물약을 두서너 방울 손에 떨어뜨려 그것을 마셔 보았다.

「좋아요.」하고 그는 말했다. 「자, 바랑티느 양이 있는 곳으로 가십시다. 내가 여러분들에게 주의를 줄 테니까. 빌포르 씨, 당신은 아무도 이 주의를 어기는 사람이 없도록 직접 감독을 해주시기 바랍니다.」

다브리니가 빌포르와 함께 바랑티느의 방으로 돌아갔을 즈음, 태도가 준엄하고 말투가 침착한, 다부진 한 이탈리아 인 사제가 자기가 사용할 것이라면서 빌포르 네 저택에 인접한 한 채의 집을 세내었다.

대체 어떤 거래가 이루어졌는지는 알 수 없지만 그로부터 2시간 뒤, 그때까지 그 집에 세들어 살고 있던 세 사람이 모두 이사를 가고 말았다.

그러나 근처에 떠도는 소문으로는 이 집은 토대가 튼튼하지 못해서 무너져가고 있다는 것이었다. 그러나 새로 세든 사람은 그런 데에는 전혀 개의치 않고 당장 그날 저녁 5시경 약간의 가재도구를 가지고 그곳으로 옮겨왔다.

이 임대 계약은 새로운 임차인에 의해 3년, 6년, 또는 9년으로 구별해서 체결했는데 이 새로운 임차인은 집 주인들 사이에서 정해진 관습에 따라 6개월분의 집세를 선불했다.

이 새로운 임차인은 이미 말했듯이 이탈리아 인으로서 시뇨르(이탈리아 어로 『씨』라는 뜻) 쟈코모 부조니라고 했다.

즉시 직인이 몇 사람 불려왔다. 그리고 그날 밤 그곳을 지나쳐간 몇몇 사람은 목수와 석공들이 건들거리는 집의 토대를 열심히 고치고 있는 것을 보고 깜짝 놀랐다.

96. 아버지와 딸

으제니 당그랄 양이 며칠 안으로 안드레아 카바르칸티 씨와 결혼을 하게 되었다는 것을 당그랄 부인이 정식으로 빌포르 부인에게 알리러 왔었다는 것은 이미 앞 장에서 본 바와 같다.

이 정식 통지는 이 중대 사건의 관계자들에 의해 하나의 결정이 내려졌다는 것을 나타내는, 또는 나타내고 있는 것처럼 생각되지만 그에 앞서 하나의 사건이 있었으므로 그것을 독자 제군에게 알릴 필요가 있을 것 같다.
 그래서 약간 과거로 돌아가서 그 여러가지의 대사건이 일어난 날 아침, 이미 제군에게도 소개한 바 있는 예의 금빛 찬란한, 주인 당그랄 남작이 자랑하는 훌륭한 객실로 잠시 함께 가기로 하자.
 아침 10시경, 그 객실 안을 벌써 몇 분 전부터 당그랄 남작 바로 그 사람이 무언가 생각에 잠긴 채 눈에 띄게 걱정스러운 모습으로 문 하나하나에 주의를 기울이면서, 소리가 날 때마다 발을 멈추면서 왔다갔다하고 있었다.
 이윽고 더 이상 참을 수가 없어서 그는 시복을 불렀다.
 「에티엔느」하고 그는 시복에게 말했다.「으제니가 어째서 나에게 객실에서 기다리라고 했는지 가서 물어 보고 와. 그리고 어째서 이렇게 오래 기다리게 하는지도 알아 보고.」
 이렇게 불쾌한 심사를 한꺼번에 뱉어 버리자 남작은 약간 침착을 되찾을 수 있었다.
 사실 당그랄 양은 눈을 뜨자 곧 아버지를 만나고 싶다고 전해왔고 만나는 장소를 이 금빛 객실로 지정했던 것이었다.
 이러한 기묘한 부탁, 특히 그 새삼스러운 데가 적잖이 남작을 놀라게 했지만 그는 즉시 딸의 요청에 응하여 자기가 먼저 객실로 온 것이었다.
 에티엔느가 이윽고 사명을 완수하고 돌아왔다.
 「아가씨의 몸종이 말하기를」하고 그는 말했다.「아가씨는 마침 화장을 끝낸 참이어서 이제 곧 이쪽으로 오신다고 합니다.」
 당그랄은 고개를 끄덕이고 만족의 뜻을 나타냈다. 당그랄은 세상에 대해서뿐만 아니라 사용인들에 대해서도 자기를 그야말로 좋은 사나이, 무른 아버지인 것처럼 보여 주고 있었다. 그것은 그가 해내고 있는 속된 연극 속에서 자기가 떠맡고 있는 역할의 얼굴이었다. 그것은 그가 스스로 선택한 얼굴이며 마치 고대극의 아버지역의 가면이 오른쪽은 입술을 말아올린 채 웃음을 띠고 반대로 왼쪽은 입술을 늘어뜨리고 울상을 짓고 있는 것이 어울리는 것처럼 그야말로 그의 얼굴에는 잘 어울리는 역할이었다.
 여기에서 미리 말해 두지만 아주 가까운 식구끼리만 있을 때는, 말아올려서 웃음을 띠고 있던 그의 입술도 늘어뜨려져서 울상을 짓고 있는 입술과 같은 선까지 늘어뜨려져 그 결과 대개의 경우는 호인다운 얼굴은 사라지고 난폭한 남편, 전제적인 아버지의 얼굴이 나타나는 것이었다.

「미친 것 같으니, 나에게 할 얘기가 있다면 어째서」하고 당그랄은 중얼거렸다.「냉큼 서재로 찾아올 일이지.」하고 그는 생각했다.「그나저나 어째서 나에게 할 얘기가 있다는 걸까?」

그가 그러한 생각을 몇 번이나 머릿속에서 되뇌이고 있을 때 문이 열리더니 으제니가 모습을 나타냈다. 검은 공단에 그것과 같은 빛깔의 칙칙한 꽃무늬를 수놓은 드레스를 입고 모자는 쓰지 않은 채 장갑을 끼고 있어서 마치 지금부터 이탈리아좌에라도 떠나는 듯한 차림새였다.

「어떻게 된 거냐, 으제니, 대체 어떻게 된 거냐고?」하고 아버지가 외쳤다.「서재가 더 차분하고 좋은데 왜 하필 객실에서 만나자고 했지?」

「말씀하시는 대로예요.」하고 으제니가 아버지에게 앉으라는 뜻을 손짓으로 나타내면서 말했다.「아버지가 지금 하신 두 가지 물음 속에 우리가 지금부터 얘기할 내용이 모두 포함되어 있어요. 그러니까 그 양쪽에 대해서 대답하겠어요.

그리고 관례에는 어긋나지만 우선 두 번째 물음에 대답하겠어요. 이쪽이 간단하니까요.

제가 아버지를 뵙는 장소로서 객실을 택한 것은 은행가의 서재가 풍기는 그 불쾌한 느낌이나 영향을 피하기 위해서예요.

설사 아무리 화려하더라도 그러한 장부라든가 마치 성채의 문처럼 단단히 잠겨져 있는 서랍이라든가 어디서 오는지도 모르는 그 지폐 뭉치라든가 또 영국이나 네덜란드, 또는 스페인, 인도, 중국, 페루 등에서 오는 저 산더미 같은 편지 따위는 대개의 경우 아버지의 머리에 기묘한 영향을 미쳐서 세상에는 사회적 지위라든가 자기 은행 예금자의 의견보다도 더 중대하고 신성한 문제가 있다는 것을 잊어버리게 하고 마니까요. 그러한 의미에서 저는 아버지가 언제나 싱글벙글 즐겁게 바라보고 계시는 아버지의 초상이나 제 초상, 그리고 어머니의 초상, 그 밖에 여러 가지 전원 풍경이나 마음을 차분히 가라앉게 만들어 주는 목가적 풍경이 훌륭한 액자에 넣어져 있는 이 객실을 선택한 거예요. 저는 환경이 주는 인상의 힘이라는 것을 크게 믿고 있어요.

어쩌면, 특히 아버지에 대해서 이런 것을 생각하는 것은 잘못된 것인지도

96. 아버지와 딸

모르지만요. 하지만 어쩌는 수 없어요. 저는 예술가이니까 여러 가지 색다른 생각을 한다고 해서 이상할 것은 없으니까요.」

「매우 좋은 생각이다.」하고 당그랄 씨가 대답했다. 그는 지금의 장황한 말을 그야말로 침착하게 듣고는 있었으나 마음속에 딴 생각을 품고 있는 사람답게 이야기하는 상대의 생각 속에서 자기 자신의 생각의 실마리를 찾는 데에만 정신이 팔려서 상대방의 말을 단 한마디도 이해하지 못했다.

「이것으로 두 번째 문제는 분명해졌다고까지는 할 수 없어도 대충은 확실해졌습니다.」하고 으제니가 약간의 동요도 없이 그녀의 동작이나 말을 특징짓고 있는 예의 남성적인 냉정함으로 말했다.「그리고 아버지도 이 설명에는 어쩐지 만족하사는 것 같군요. 그럼 제1의 문제로 돌아가지요. 아버지는 제가 어째서 만나 뵙고 싶다고 부탁했는지 그 이유를 물으셨지요? 그럼 그것을 아주 간단하게 설명드리겠어요. 즉 저는 안드레아 카바르칸티 백작과는 결혼하고 싶지 않다는 것입니다.」

당그랄은 팔걸이의자 위에서 펄쩍 뛰었다. 그리고 너무나도 갑작스러운 충격에 눈과 두 팔을 동시에 하늘로 치켜들었다.

「아니, 정말로 그래요.」하고 으제니는 여전히 침착하게 말을 이어갔다. 「아버지는 깜짝 놀라고 계시는군요. 저는 잘 알아요. 어떻든 이 시시한 문제가 제기된 뒤 저는 조금도 반대를 하지 않았으니까요. 왜냐하면 일단 유사시에는 저에게 단 한마디도 의논하지 않은 사람들이나 제 마음에 들지 않는 일에 대해서는 분명하게 반대할 수 있다는 자신이 있었으니까요.

하지만 이번의 경우, 제가 이렇게 온순하게, 철학자의 말을 빌면 수동적인 자세를 취하고 있었던 것은 다른 이유가 있었기 때문이에요. 그것은 유순하고 효도하는 딸로서(희미한 미소가 그녀의 빨간 입술 위에 떠올랐다)…… 되도록이면 분부를 따르려고 애쓰고 있었기 때문이에요.」

「그래서?」하고 당그랄이 물었다.

「그래서」하고 으제니가 말을 이었다.「저는 할 수 있는 데까지 해보았습니다. 그리고 지금 결정적인 순간에 와서 자기를 억제하려고 열심히 노력은 했지만 아무래도 말씀을 따를 수 없다는 것을 알게 된 거예요.」

「하지만」하고 당그랄이 말했다. 그다지 머리가 좋지 않은 그는 냉정함 뒤에 충분히 깊은 사려와 굳은 의지가 엿보이는 이 가차없는 논리에 우선 어리둥절해 있는 것 같았다.「싫다고 하는 이유는? 으제니, 이유는 대체 뭐니?」

「이유가 뭐냐구요?」하고 으제니는 대답했다.「오오, 그것은 결코 그 사람이 다른 사나이에 비해 추남이라든가 바보라든가 불쾌하다든가 하기 때문이 아니예요. 아니, 뿐만 아니라 안드레아 카바르칸티 씨는 사람을 얼굴 모습이나 몸매로 따지는 사람들로부터 오히려 상당한 점수를 딸 수 있는 사람이에요.

또 제 마음이 그 사람 아닌 다른 누군가에게 끌리고 있기 때문도 아니예요. 그런 것은 여학생에게나 있을 수 있는 이유이지 저에게는 전혀 문제가 되지 않아요.

저는 절대로 아무도 좋아할 수 없어요. 그것은 아버지도 아실 거예요. 그래서 저로서는 절대적인 필요도 없는데 어째서 자기의 일생을 영원한 반려 때문에 골치를 앓아야 하는 건지 알 수가 없어요.

현자가 어디에선가 한 말이 있어요.『여분의 것은 가지지 말라.』고 말예요. 그리고 또 다른 곳에서는『모든 것을 자기와 함께 가지고 가라.』라고 했어요. 이 두 개의 격언은 라틴 어나 그리스 어에서도 배웠어요. 하나는 분명히 파에드로스(로마 제정시대 초기의 우화 작가)의 것이고 다른 하나는 비아스(그리스 일곱 현인 중의 한 사람. 적에게 포위되어 시민들이 모두 재물을 가지고 도망친 데 대해 아무것도 지니지 않고『나는 내 몸과 함께 내 모든 재물을 지니고 간다.』라고 대답했다고 한다)의 것이었다고 생각해요.

그러니까 아버지, 저는 이 인생에서 난파를 당하게 되면, 왜냐하면 인생이란 우리들의 희망의 영원한 난파 같은 것이니까요, 필요없는 물건은 모두 바다에 버리고 말 거예요. 그것으로 끝장이에요. 그리고는 완전한 외톨박이 생활, 즉 완전히 자유로운 생활을 하고 싶다는 의지만으로 살아갈 거예요.」

「불쌍하구나! 불쌍해!」하고 당그랄은 안색을 달리하면서 중얼거렸다. 왜냐하면 오랜 경험에서 그녀의 이 갑작스러운 반대가 얼마나 완강한 것인가를 잘 알고 있었기 때문이었다.

「불쌍하다고요?」하고 으제니가 되물었다.「불쌍하다고 생각하세요, 아버지? 당치도 않아요. 그렇게 과장해서 말씀하셔도 그야말로 연극 같고 일부러 그러시는 것처럼 들릴 뿐이에요.

오히려 반대로 저는 행복해요! 왜냐고요? 저에게 무슨 부족한 것이 있어요? 사람들은 저를 아름답다고 생각해요. 그것만으로도 귀여움을 받기에는 충분해요. 저는 사람들이 싹싹하게 대해 주는 것을 좋아해요. 왜냐하면 싹싹하게 대해 주면 얼굴도 밝아지고 주위에 있는 사람들도 그렇게 추하게 보이지 않으니까요.

저에게는 다소의 재능도 있고 또 비교적 감수성도 풍부해요. 이 민감성 덕분에 마치 원숭이가 파란 호도를 깨서 속에 들어 있는 열매를 끄집어내듯이 일상 생활 속에서 괜찮다고 생각되는 것을 끄집어내서 그것을 자기의 생활 속에 받아들일 수가 있어요. 저에게는 또 재산도 있어요. 왜냐하면 아버지는 프랑스에서도 손꼽히는 재산가의 한 사람이고 저는 그 외동딸이니까요. 더욱이 아버지는 포르트 상 마르탱 좌나 괴테 좌에서 상연되는 아버지들과는 달라서 자기의 딸이 손자를 낳으려 하지 않는다고 해서 그 딸에게 유산을 물려 주지 않을 만큼 완고하지는 않으시니까요.

게다가 선견지명이 있는 법률은 저를 아무 사나이에게나 억지로 시집을 보낼 권리를 박탈한 것과 똑같이 제 상속권을 빼앗을, 적어도 완전히 빼앗아 버릴 권리도 박탈해 주었으니까요.

이래서 저는 희가극의 대사처럼 아름답고 머리가 좋고 어떤 재능을 갖추고 있고 게다가 부자이기도 한 셈이지요! 그야말로 행복의 조건을 모두 갖추고 있어요, 아버지. 그런데 어째서 그러한 저를 불쌍하다고 하시는 거예요?」

당그랄은 딸이 미소를 띠고 오만하다고 할 수 있을 만큼 자랑스러운 얼굴을 하고 있는 것을 보고 부글부글 끓어오르는 거친 충동을 억제할 수가 없었다. 그것은 저도 모르게 큰소리가 되어 나타났으나 단지 그것뿐이었다. 딸의 따지는 듯한 눈길, 의아스러운 듯이 감추어진 아름다운 검은 눈썹을 보자 그는 조심스럽게 생각을 바꾸었다. 그리고 즉시 신중이라는 무쇠의 손에 제압되어 침착을 되찾았다.

「그렇구나.」 하고 그는 미소를 지으며 대답했다. 「너는 확실히 자만할 만한 여자야. 다만 한 가지 점만 제외하고는. 나는 그 한 가지가 무엇인지는 갑작스럽게 말하고 싶지 않다. 오히려 네 스스로 깨달아 주기를 바라고 있다.」

으제니는 방금 자랑스럽게 머리에 얹은 자존(自尊)이라는 관의 꽃장식 하나에 트집을 잡혀 몹시 놀라면서 당그랄의 얼굴을 말똥말똥 쳐다보았다.

「너는」 하고 은행가는 계속했다. 「너 같은 아가씨가 절대로 결혼을 하지 않겠다고 결심했을 때 그 결의를 굳히기에 이른 주된 감정이 어떤 것인가를 더할 나위 없이 충분히 설명해 주었다.

그럼 이번에는 나 같은 아버지가 딸을 결혼시키기로 결정했을 때 그것이 어떤 이유 때문인가를 들어 주어야만 하겠다.」

으제니는 고개를 숙였다. 그것은 유순한 딸로서 경청하겠다는 것이 아니라 언제든지 반박하려고 도사리고 있는 적의 태도였다.

「들어 봐라.」 하고 당그랄은 말을 이었다. 「아버지가 딸을 향해 결혼을 하라고 할 때에는 그만한 이유가 반드시 있게 마련이란다. 물론 개중에는 아까 네가 말한 것 같은, 손자에게서 자기의 생명이 되살아나는 것을 보고 싶어하는 아버지도 있기는 하지. 하지만 미리 말해 두지만 나에게는 그런 약한 마음은 없단다. 나는 가정의 기쁨 같은 것에는 거의 관심이 없거든. 내가 이런 얘기를 털어놓을 수 있는 것도 상대가 너처럼, 그러한 무관심을 이해할 수 있고 그러한 나를 나무라지도 않는, 아주 이해성이 많은 딸이기 때문이야.」

「좋아요.」 하고 으제니가 말했다. 「솔직히 말씀해 주세요. 저도 그러기를 원해요.」

「오오」 하고 당그랄이 말했다. 「일반론으로서는 나는 너의 그 솔직 예찬에는 동조하지 않지만 사정이 부득이하다고 생각했을 때는 나도 거기에 따르기로 하지.

그런데 이야기의 계속이다만, 나는 너에게 한 사나이를 남편으로 맞으라고 권했어. 그렇다고는 하지만 그것은 너를 위해서가 아니었어. 실상 그때 네 생각은 털끝만치도 머리에 없었으니까. 네가 솔직한 것을 좋아한다니까 이런 식으로 솔직하게 얘기한다만, 즉 내가 지금 시작하는 사업상의 계획 때문에 네가 될 수 있는 대로 빨리 그 사나이와 결혼해 줄 필요가 있었던 거야.」

으제니가 흠칫 하고 몸을 움직였다.

「결국 그렇게 되었던 거다. 하지만 나를 원망해서는 안돼. 네가 나로 하여금 그렇게 만들었으니까. 너도 잘 알겠지만 너 같은 예술가를 상대로 숫자 설명을 한다는 것은 나로서도 본의는 아니니까. 어떻든 예술가라는 것은, 철학자의 경우도 마찬가지지만, 은행가의 서재에 들어가면 불쾌하고 산문적인 인상

96. 아버지와 딸   251

이나 느낌을 받을지도 모른다고 무서워하고 있는 형편이니까.
 하긴 너도 바로 엊그제 매달 너의 기분 전환을 위해서 주고 있는 천 프랑을 받으러 그 은행가의 서재에 들어오지 않았니.
 그런데 그 서재 안에서는 말이다, 알겠니, 결혼을 하고 싶어하지 않는 젊은 사람들에게도 도움이 되는 여러 가지 일을 배울 수가 있단다. 예를 들면 이것은 너의 신경질적인 면을 존중해서 이 객실에서 가르쳐 준다만 은행가에게는, 신용이 육체적 그리고 정신적인 생명이라는 것, 신용이야말로 마치 호흡이 육체를 살려 주고 있듯이 은행가의 생명을 지탱시켜 주고 있다는 것을 배울 수가 있단다.
 언젠가 몽테 크리스토 백작도 내가 결코 잊은 적이 없는 이야기를 해주셨지. 신용이 없어짐에 따라 육체는 송장으로 변해간다는 것, 그리고 뛰어난 이론가를 딸로 가진 것을 자랑으로 삼고 있는 은행가는 순식간에 그렇게 되고 만다는 것을 거기에서 배울 수가 있단다.」
 그러나 으제니는 이러한 타격에 주눅이 들기는커녕 오히려 당당하게 가슴을 폈다.
 「파산이라는 거군요!」하고 그녀는 말했다.
 「바로 그래. 그야말로 옳은 표현이야.」하고 당그랄은 마음은 없어도 재치만은 있는 인간다운 엷은 웃음을 그 조야한 얼굴에 띠고 가슴께를 손톱으로 더듬으면서 말했다. 「파산이라! 정말 그 말이 맞아.」
 「어쩜!」하고 으제니가 말했다.
 「그래, 파산이야! 알겠니, 이제 알았을 테지? 비극 시인이 말하는 무서움으로 가득찬 비밀이라는 것을 말야. 자, 그런데 말이다. 이 불행이 네 손으로 어떻게 하면 가벼워질 수 있는지, 이제부터 말할 테니까 들어 봐라. 이것은 나에게 있어서 가벼워진다는 것이 아니다, 너에게 있어서 가벼워지는 것이다.」
 「어머!」하고 으제니가 외쳤다. 「아버지가 말씀하시는 그러한 재난을 제가 제 자신을 위해서 슬퍼한다고 생각하신다면 아버지도 무척 둔한 관상장이에요!
 제가 파산을 한다고요! 그런 건 아무렇지도 않아요! 저에게는 아직도 재능이 남아 있어요. 제가 파스타라든가 라 마리블랑 또는 그리지(모두 당시의 유명한 여류 가수)처럼, 아무리 돈이 많은 아버지도 지금까지 제게 주신 적이 없는 십만, 십오만 프랑이라는 연수를 제 기량 하나로 벌어들일 수 없다고 생각하세요? 더욱이 그것은 낭비를 한다고 잔소리를 듣고 떫은 얼굴을 하면서 주신 고작 만 이천 프랑 정도의 돈과 달리 박수 갈채나 꽃다발과 함께 들어오는 돈이니까요.

히죽히죽 웃으시는 걸 보니 제 재능을 의심하고 계시는 것 같은데 설사 그러한 재능이 없다고 하더라도 저에게는 아직 독립에 대한 열렬한 사랑이 남아 있어요. 이것이야말로 앞으로 저에게는 어떤 보물과도 맞먹는 것이고 살아야겠다는 본능보다도 더 중요한 거예요.

아니예요, 저는 저 자신을 위해서 슬퍼하거나 하지는 않아요. 저는 언제나 스스로 잘 헤쳐나갈 수 있어요. 제 책이라든가 연필, 피아노라든가 그 밖에 별로 비싸지 않아서 언제나 손에 넣을 수 있는 것은 없어져 버리는 것이 아니니까요.

아버지는 어쩌면 제가 어머니를 위해서 슬퍼하고 있다고 생각하실지도 모르지만 그것도 착각이에요. 제가 크게 잘못 보고 있지 않는 한 어머니는 지금 아버지에게 닥치고 있는 재난에 대해서는 이미 모든 조처를 취하고 계세요. 그래서 어머니에게는 아무런 타격도 없어요. 어머니는 이미 안전한 곳에 몸을 두고 계시다고 저는 생각해요.

그런데 어머니가 재산상의 시끄러운 문제로 머리를 앓지 않고도 견딜 수 있었던 것은 저의 일에 신경을 써주셨기 때문이 아니예요. 그도 그럴 것이 고맙게도 제가 자유를 원하고 있는 것을 구실 삼아서 저를 마음대로 행동하게 방치해 주셨으니까요.

그런데 아버지! 저는 어렸을 때부터 주위에서 무척 여러가지 일이 벌어지는 것을 보아왔어요. 그리고 그러한 일들을 알고도 남을 만큼 잘 알고 있기 때문에 어떤 불행을 당하더라도 필요 이상으로 충격을 받는 일은 없게 되었어요.

철이 든 다음부터 저는 누구로부터도 사랑을 받은 적이 없어요. 한심스럽게도 말예요! 하지만 그 덕분에 저도 아주 자연스럽게 아무도 사랑하지 않아도 되었어요! 자, 이것으로 제 거짓없는 심정을 말씀드렸어요.」

「그렇다면」 하고 당그랄은 노여움으로 창백해지면서 말했다. 그러나 그 노여움은 아버지로서의 애정을 손상당했기 때문이 아니었다. 「그럼 너는 끝까지 나를 파산시킬 작정이냐?」

「아버지가 파산을 하신다고요?」하고 으제니가 말했다. 「제가 아버지를 파산시킨다고요? 대체 무슨 뜻이지요? 저는 통 알 수가 없는걸요.」

「그렇다면 좋다. 그렇다면 아직도 일루의 희망은 있는 셈이니까. 알겠니? 잘 들어 봐라.」

「들을게요.」하고 으제니는 아버지의 얼굴을 뚫어지게 쳐다보면서 말했다. 당그랄은 딸의 그 매서운 시선에 대해 눈을 내리깔지 않으려고 안간힘을 다했다.

「카바르칸티 씨는」하고 당그랄이 계속했다. 「너와 결혼하고 거기에 때를 맞춰 삼백만 프랑의 돈을 가져다가 그것을 우리 은행에 맡기게 되어 있다.」

「그건 아주 좋은 얘기군요.」하고 으제니는 장갑을 마주 비비면서 그야말로 모멸적인 어조로 말했다.

「너는 내가 그 삼백만 프랑을 허사로 만들 거라고 생각하냐?」하고 당그랄이 말했다. 「천만에. 그 삼백만 프랑을 적어도 천만 프랑으로 만들어 보일 테다. 나는 동업자인 어떤 은행가와 함께 어느 철도의 부설권을 손에 넣었거든. 옛날 로우(18세기 초의 스코틀랜드 은행가. 프랑스에 초빙되어 재정을 담당했다)가 영원한 투기광이라고나 할 파리 인을 기상천외한 미시시피 계획에 내몰았지만 이번의 내 사업은 그 사업과 마찬가지로 한순간에 꿈 같은 성공이 보장되는 현대의 유일한 사업이지.

내 계산으로는 옛날 모든 사람이 오하이오 강(미시시피 강의 한 지류) 유역의 미개지를 1인당 일 아르팡씩 가졌듯이 이 철도의 백만분의 일씩을 한 사람이 소유하게 되는 거지.

이것은 틀림없는 담보가 보장된 투자라고. 따라서 더 높은 단계로의 진보이지. 그렇지 않겠니? 어떻든 각자가 자기의 출자액에 따라 적어도 십 파운드, 십오 파운드, 이십 파운드, 백 파운드라는 돈을 소유할 수 있으니까.

그래서 말이다, 나는 오늘부터 일주일 이내에 내 몫으로 사백만 프랑을 입금시키지 않으면 안돼. 그 사백만이, 알겠니, 이윽고 천만, 천이백만의 돈을 낳게 되는 거다.」

「하지만 엊그제 제가 찾아갔을 때의 일은 기억해 주시기 바래요.」하고 으제니가 말했다.「그때 저는 아버지에게 오백오십만 프랑이 입금——분명히 전문용어로는 그렇게 불렀지요——된 것을 보았어요. 아버지는 그 두 장의 국고 채권을 보여 주시기까지 했잖아요. 그리고 그런 대단한 값어치가 있는 종이를 보고도 제가 번개를 보았을 때처럼 현기증을 일으키지 않는 데에 놀라셨지 않아요?」

「그랬었지. 하지만 그 오백오십만 프랑은 내 것이 아니라 다만 내가 얼마나 사람들로부터 신용을 받고 있는가 하는 증거에 지나지 않아. 민중적인 은행가라는 평판 덕분에 나는 사방의 자선 시설의 신용을 얻고 있거든. 그 오백오십만도 실은 자선 시설의 돈이란 말이다.

다른 때 같았으면 나도 주저없이 그것을 사용할 테지만 그러나 지금은 내가 큰 손실을 입은 것을 세상이 알고 있고 아까도 말한 것처럼 내 신용도 조금씩 상실되어 가고 있는 형편이라서 언제 사무 당국으로부터 그 예금의 인출을 요구받게 될는지 알 수가 없는 일이거든.

그래서 만일 그것을 다른 일에 유용했다면 나는 어쩔 수 없이 불명예스러운 파산을 당할 수밖에 없게 되어 있어.

알겠니, 나는 파산을 근본부터 경멸하고 있는 것은 아니야. 하지만 결국은 득이 되는 파산은 괜찮지만 빈털터리가 되는 파산은 딱 질색이야.

하지만 만일 네가 카바르칸티 씨와 결혼을 해서 내가 그 사람의 지참금인 삼백만을 받게 되면, 또는 그만한 돈이 내 손에 들어온다는 것을 세상이 알아 주기만 해도 내 신용은 회복되고 최근 1, 2개월 동안 그야말로 알 수 없는 운명의 장난으로 발밑에 빠끔이 입을 벌린 심연 속에 삼켜지고 만 내 재산도 다시 복구될 수가 있단 말이다. 어떠냐, 알아듣겠냐?」

「잘 알았어요. 즉 아버지는 저를 삼백만 프랑의 담보로 삼으실 생각이지요?」

「금액이 크면 클수록 그만큼 자존심도 만족을 얻게 되지. 너는 이것으로 너 자신이 얼마나 값어치가 있는지를 알게 되는 거다.」

「고맙습니다. 마지막으로 한 말씀만 더 드리겠어요. 카바르칸티 씨가 가지고 오신다는 그 돈은, 숫자는 어떻게 이용하셔도 상관없지만 돈 그 자체에는 절대로 손을 안 대겠다는 것을 약속해 주시겠어요?

이것은 결코 이기심에서 말씀드리는 것은 아니예요. 이것은 기분의 문제예요. 물론 저도 아버지의 재산을 다시 일으켜 세우는 일에 도움이 되었으면 해요. 하지만 그러기 위해서 아버지와 짜고 다른 사람들을 파산시키고 싶지는 않아요.」

「그러니까 지금도 말한 것처럼」하고 당그랄은 소리질렀다.「그 삼백만 프랑으로……」

「아버지는 그 삼백만 프랑에 손대지 않고 잘 헤쳐나갈 수 있다고 생각하세요?」

「그렇게 생각한다만. 하지만 그것도 이 결혼이 성립되어서 내 신용이 굳어지지 않고서는 안 되는 일이지.」

「저에게 지참금으로 주실 오십만 프랑을 카바르칸티 씨에게 지불해 주시겠어요?」

「시청에서 돌아오면(시청에 가서 혼인 신고를 끝내고 나면) 곧 건네 주도록 하지.」

「좋아요!」

「뭐, 좋다고? 그건 대체 무슨 뜻이지?」

「즉, 제 서명은 요구하시더라도(결혼 계약서에 서명한다는 뜻) 제가 무슨 일을 하든 절대 자유를 보장해 주시겠지요?」

「절대로 자유롭게 해주마.」

「그럼 좋아요! 지금도 말씀드린 것처럼 아버지, 저 카바르칸티 씨하고 결혼을 하겠어요.」

「하지만 너는 무슨 일을 꾸미고 있지?」

「아아, 그것은 저만의 비밀이어요. 아버지의 비밀을 쥐고 있더라도 제 비밀을 누설해 버리면 아버지를 누를 수가 없게 되니까요.」

당그랄은 입술을 깨물었다.

「그렇다면」하고 그는 말했다.「이제부터 꼭 끝내지 않으면 안될 두서너 군데의 공식 방문도 해주겠단 말이지?」

「네.」하고 으제니가 대답했다.

「그리고 사흘 후에는 계약서에 서명도 해주겠지?」

「네.」

「그럼 이번에는 내가 말할 차례다. 그것은 썩 좋은 일이라고!」

그렇게 말하고 당그랄은 딸의 손을 잡고 두 손으로 꼭 쥐었다.

그러나 이상하게도 이렇게 손을 잡고 있는 동안, 아버지는 『고맙다.』라고도 하지 않았고 딸은 딸대로 아버지에게 미소조차도 짓지 않았다.

「이것으로 이야기는 끝난 셈이군요?」하고 으제니가 일어서면서 말했다.

당그랄은 이제 더 이상 할 말이 없다는 듯이 고개를 저었다.

그로부터 5분 뒤, 다르미 양이 치는 피아노 소리가 들렸고 당그랄 양이 데스데모나에 대한 아버지 브라방쇼의 저주의 한 구절을 노래하고 있었다 (셰익스피어의 원작에 의한 로시니의 오페라 《오델로》 중에서 아버지가 자기의 뜻에 반하는 결혼을 한 딸을 저주하는 장면이 있다. 베르디의 동명의 오페라에는 이 장면은 없다).

그 곡이 마침 끝났을 때 에티엔느가 방으로 들어와서 으제니에게 마차의 준비가 갖추어졌고 남작 부인이 방문길에 나서려고 기다리고 있다는 것을 알렸다.

이 두 사람이 빌포르 가를 방문했고 그리고 거기에서 나간 뒤 다시 다른 곳으로 갔다는 것은 이미 우리가 본 바와 같다.

97. 결혼 계약서

지금 이야기한 장면이 있은 지 사흘 뒤, 즉 으제니 당그랄 양과, 당그랄이 어디까지나 공작으로 내세우고 있는 안드레아 카바르칸티가 결혼 계약서에 서명을 하기로 되어 있는 날의 오후 5시경이다. 몽테 크리스토 백작의 저택 앞, 작은 뜰의 나뭇잎들이 상쾌한 미풍에 살랑이고 마침 백작이 외출을 하려는 참이어서 마부석 뒤에는 이미 15분 전부터 마부가 자리에 앉아 발로 땅을 차면서 기다리고 있는 말을 제지하고 있었는데 마침 그때 이미 우리가 여러 차례나, 특히 오튀유의 만찬회 때에 본 그 우아한 사륜마차가 입구의 문 모퉁이를 요란한 기세로 꺾어져 왔는가 했더니 자기 쪽에서도 공작의 영양과 결혼을 하려고 하는 것처럼 몹시 멋을 부리고 만면에 희색을 띤 안드레아

97. 결혼 계약서

카바르칸티 씨를 현관의 돌층계 위에 내려놓았다. 아니 내려놓았다기보다 오히려 내팽개쳤다.

그는 여느 때와 마찬가지로 아주 허물없는 태도로 백작의 건강을 묻고는 날렵하게 이층으로 뛰어올라갔는데 층계를 다 올라간 곳에서 백작과 딱 얼굴을 마주쳤다.

청년의 모습을 보고 백작은 발을 멈추었다. 안드레아 카바르칸티는 신바람이 나 있었다. 그리고 그가 신바람이 나면 어떻게 걷잡을 길이 없었다.

「여어, 안녕하세요, 몽테 크리스토 백작.」 하고 그는 백작에게 말했다.

「아니, 안드레아 씨 아니오?」 하고 백작은 예의 반쯤 빈정거리는 듯한 목소리로 말했다. 「기분은 어떠세요?」

「그만입니다, 보시다시피! 오늘은 여러가지로 당신과 할 얘기가 있어서 이렇게 찾아왔습니다. 그런데 지금부터 외출을 하시는 겁니까? 아니면 외출에서 돌아오시는 길입니까?」

「나서려고 하던 참입니다.」

「그럼 늦으시면 안될 테니까 만일 지장이 없으시다면 당신의 마차에 태워주시지 않겠습니까? 내 마차는 나중에 톰더러 끌고 오라고 하면 되니까요.」

「아니오.」 하고 백작은 거의 눈에 띄지 않을 정도로 모멸의 미소를 띠고 말했다. 그는 이 청년과 함께 가고 싶지 않았던 것이다. 「아니, 여기서 얘기를 들읍시다, 안드레아 씨. 방안에서 하는 편이 얘기하기도 좋고 당신의 얘기를 마부에게 도청당할 걱정도 없으니까.」

이리하여 백작은 이층에 있는 작은 객실로 되돌아가서 자리에 앉았다. 그리고 다리를 포개면서 청년에게도 앉으라고 신호를 했다.

안드레아는 예의 더할 수 없이 기분좋은 모습을 보였다.

「백작, 아시다시피」 하고 그는 말했다. 「식은 오늘 밤에 거행됩니다. 9시에 장인 집에서 결혼 계약서에 서명을 합니다.」

「허어, 그래요?」 하고 몽테 크리스토가 말했다.

「뭐라고요? 지금에야 겨우 들으셨단 말입니까? 이 식에 대해서 당그랄 씨로부터 아무런 통지도 없었습니까?」

「아니오.」 하고 백작이 말했다. 「어제 그분으로부터 편지를 받았습니다. 하지만 시간은 적혀 있지 않았다고 생각합니다.」

「혹은 그럴는지도 모르지요. 장인은 아마 모두들 알고 있는 것으로 생각했을 겁니다.」
「자, 이것으로」 하고 몽테 크리스토가 말했다. 「당신도 드디어 행복해질 수 있겠군요, 카바르칸티 씨. 이 결혼은 그야말로 잘 어울리는 것이고 게다가 으제니 양은 무척 아름다운 분이니까요.」
「그렇습니다.」 하고 카바르칸티는 짐짓 조심스러운 어조로 대답했다.
「특히 그분은 무척 돈도 많고요. 적어도 내 생각으로는」 하고 몽테 크리스토가 말했다.
「대단한 부자, 당신은 그렇게 생각하십니까?」 하고 청년이 같은 말을 되물었다.
「물론입니다. 어떻든 당그랄 씨는 적어도 전재산의 절반은 숨겨 놓고 계시니까요.」
「그런데도 스스로는 천오백만이나 이천만이라고 말씀하고 계시지요.」 하고 안드레아가 기쁨으로 눈을 빛내면서 말했다.
「게다가」 하고 몽테 크리스토가 덧붙였다. 「미국이나 영국에서는 약간 낡은 얘기가 되고 있지만 프랑스에서는 그야말로 새로운 어떤 투기에 손을 대려 하고 계십니다.」
「그렇더군요. 그 얘기는 나도 알고 있습니다. 최근 입찰에서 따냈다는 철도 얘기지요?」
「바로 그렇습니다! 그 사람은 이 사업으로 적어도 천만은 벌어들일 것이라고 항간에서는 말하고 있습니다.」
「천만이라고요! 정말입니까? 굉장하군요!」 하고 카바르칸티는 이 상쾌한 말에 취해가지고 말했다.
「게다가」 하고 몽테 크리스토가 말을 이었다. 「그러한 재산은 고스란히 당신 손으로 들어오게 되어 있어요. 으제니 양은 외동딸이니까 그것도 당연하지요. 그리고 당신 자신의 재산도 적어도 아버님에게서 들은 얘기에 의하면 당신 약혼자의 재산과 거의 맞먹을 정도고요.
하지만 뭐 돈 얘기는 이쯤에서 끝냅시다. 그런데 안드레아 씨, 당신은 이 얘기를 아주 재빠르게, 그리고 아주 멋지게 마무리지었군요!」
「뭐, 어쩌다 보니까 잘 진행되었습니다.」 하고 청년이 말했다. 「나는 본래

97. 결혼 계약서

외교관의 소질을 가지고 태어나서 말입니다.」

「그렇다면 외교 계통으로 나가는 게 좋을 것 같군요. 외교적 수완이라는 것은 아시다시피 배워서 얻어지는 것이 아닙니다. 선천적인 소질에서 오는 것이지요……. 그래서 저쪽의 마음을 단단히 사로잡았다 그 말이군요?」

「실제로 나에게는 그것이 걱정입니다.」 하고 안드레아는 언젠가 프랑스 좌에서 본 드란트였든가 바레르였든가 아르세스트(아르세스트는 몰리에르 작 《인간 혐오》의 등장 인물이지만 다른 두 사람은 이 작품에 등장하고 있지 않다. 작자가 잘못 기억한 것이리라)에게 대답했을 때와 똑같은 어조로 대답했다.

「하지만 조금은 사랑받고 계신 것 아닙니까?」

「그건 틀림이 없습니다.」 하고 안드레아는 자랑스러운 미소를 띠면서 말했다. 「어떻든 나하고 결혼을 하겠다는 거니까요. 하지만 한 가지 중대한 것을 잊어서는 안 됩니다.」

「그건 무슨 말씀이지요?」

「이번의 이 문제에 관해서는 보통이 아닌 조력이 있었다는 것입니다.」

「허어!」

「사실입니다, 이것은.」

「주위의 사정이 좋았다는 얘기입니까?」

「아닙니다, 당신의 조력이 있었다는 것입니다.」

「내 조력이 있었다고요? 당치도 않습니다, 공작.」 하고 몽테 크리스토는 일부러 그 칭호에 힘을 주면서 말했다. 「당신에게 내가 무엇을 해드릴 수 있었단 말입니까? 당신의 이름, 당신의 사회적 지위, 당신의 재능, 그것으로 이미 충분했던 것이 아닐까요?」

「아니, 아닙니다.」 하고 안드레아가 말했다. 「아무리 그렇게 말씀하셔도 소용없습니다, 백작. 나는 어디까지나 당신과 같은 분의 지위에 내 이름이나 사회적 지위, 그리고 재능 따위보다 훨씬 큰 힘이 있다는 것을 말씀드립니다.」

「그건 전적으로 잘못된 생각입니다.」 하고 몽테 크리스토는 본심을 숨긴 청년의 약삭빠름을 간파하고 그 말의 이면을 헤아리며 말했다. 「내가 당신을 돌봐 준 것은 아버님의 세력과 재산을 알고 난 뒤의 일이었습니다. 왜냐하면 그때까지 당신과도, 또 훌륭하신 아버님과도 한 번도 뵌 적이 없는 나에게 당신들과 알게 되는 행복을 가져다 준 것은 대체 누구였는가 하면 그것은 우리 두 사람의 친절한 친구인 윌모어 경과 부조니 신부였습니다.

그리고 나에게 당신을 보증할 뿐만 아니라 뒷받침이 되도록 만든 것은 대체 무엇이었는가 하면 그것은 이탈리아에서 유명하고 매우 존경을 받고 계시는 아버님의 이름이었습니다. 개인적으로는 나는 당신이라는 분을 모르고 있었습니다.」

백작의 이 침착함, 그야말로 여유만만한 태도에 안드레아는 자기가 지금 자기보다도 훨씬 억센 손에 붙잡혀 있어서 도저히 간단하게 그 손에서 벗어날 수 없으리라는 것을 깨달았다.

「그건 그렇다치고」하고 안드레아가 말했다.「그럼 아버지는 정말로 그렇게 막대한 재산을 가지고 있는 겁니까, 백작?」

「그런 것 같아요.」하고 몽테 크리스토가 대답했다.

「아버지가 약속해 준 지참금이 도착했는지 어떤지 알고 계십니까?」

「그 통지서는 분명히 받았습니다.」

「그럼 그 삼백만 프랑의 현금은요?」

「아마 지금 송금되고 있는 중이라고 생각합니다.」

「그럼 그 돈은 정말로 내 손에 들어오는 것입니까?」

「물론이지요!」하고 백작이 대답했다.「하지만 지금까지 당신이 돈 때문에 불편했던 일은 없으리라고 생각하는데요!」

안드레아는 뜨끔하여 잠시 생각에 잠기지 않을 수가 없었다.

「그렇다면」하고 그는 생각하는 것을 중단하고 말했다.「한 가지 더 부탁이 있습니다. 당신에게는 귀찮은 부탁일지도 모르겠습니다만 이해해 주시기 바랍니다.」

「말씀해 보세요.」하고 몽테 크리스토가 말했다.

「실은 나도 재산 덕분에 많은 훌륭한 사람들과 교제할 수 있게 되었습니다. 그리고 적어도 지금으로서는 많은 친구도 있습니다. 하지만 이번처럼 파리의 전사교계를 앞에 놓고 결혼을 하게 되면 훌륭한 이름을 가진 어떤 분의 뒷받침이 필요합니다. 그리고 아버지가 와주실 수 없게 되면 식을 올릴 때 누구 유력한 분에게 제단까지 인도받지 않으면 안 됩니다. 그런데 아버지는 정말로 파리에 오실 수 없는걸까요?」

「나이가 나이인데다 전신에 상처를 입고 계시기 때문에 스스로도 여행을 할 때마다 죽고 싶을 만큼 괴로움을 겪어야 한다고 말씀하고 계십니다.」
「알겠습니다. 그래서 한 가지 부탁이 있어서 찾아왔습니다.」
「나에게 말입니까?」
「그렇습니다. 당신에게 말입니다.」
「그것 참, 대체 어떤 일인데요?」
「즉, 아버지의 대역을 부탁드리고 싶습니다만.」
「이건 또, 무슨 말씀을 하시는 겁니까! 이처럼 자주 교제를 했으면서 그런 부탁을 하실 만큼 아직도 나라는 사람을 모르고 계신가요?
 오십만 프랑을 빌려 달라고 하신다면, 그런 대금을 남에게 빌려 주는 일은 좀처럼 없습니다만, 하지만 사실을 말해서 그 편이 나로서는 아직 어렵지 않을 겁니다.
 이해해 주시기 바랍니다만 이것은 전에도 말씀드렸다고 생각합니다만 세속적인 문제에 관여한다, 특히 정신적으로 관여한다는 것은 나로서는 언제나 동양인적인 배려를, 다시 말하면 미신을 가지지 않을 수 없게 됩니다.
 카이로에도, 수미르나에도, 콘스탄티노플에도 각각 후궁을 가지고 있는 내가 결혼식을 주재하다니 당치도 않은 일입니다!」
「그렇다면 거절하시는 겁니까?」
「네, 분명히요. 설사 당신이 내 아들이나 형제라고 하더라도 역시 거절할 것입니다.」
「아니, 이건 참 난처하군요!」 하고 안드레아는 낙심하면서 소리질렀다. 「그럼 대체 어떻게 하면 좋을까요?」
「지금 당신 자신이 말씀하신 것처럼 친구분이 많이 계시지 않습니까?」
「그건 그렇습니다. 하지만 나를 당그랄 가에 소개해 주신 것은 당신이니까요.」
「당치도 않습니다! 사실을 분명히 하고 넘어갑시다. 물론 나는 오퇴유의 만찬회에 당그랄 씨와 함께 당신을 초청했습니다. 하지만 당신은 당신 자신이 자기 소개를 하신 셈입니다. 당치도 않습니다. 얘기는 전혀 다릅니다.」
「그렇군요. 하지만 이 결혼에 대해서는 당신의 조력이……」
「내가요? 그런 일은 전혀 없어요. 그건 믿어 주셔야 해요. 언젠가 나더러 결혼 신청 역할을 해달라고 부탁하러 오셨을 때 내가 뭐라고 대답했는지 기억하고 계시겠죠?『아니, 나는 절대로 중매는 서지 않습니다, 공작. 이것은 나의 확고한 방침입니다.』라고 말씀드렸지요?」
 안드레아는 입술을 깨물었다.
「어떻든 참석만은 해주시겠지요?」
「파리 시중의 분들이 오시겠지요?」
「네, 그건 물론입니다!」
「그렇다면 나도 파리 시중의 다른 분들과 마찬가지로 참석을 하지요.」하고 백작이 말했다.
「결혼 계약서에 서명을 해주시겠지요?」
「네, 그런 일이라면 별로 지장이 없어요. 나도 거기까지는 신경을 쓰지 않습니다.」
「그럼 이 이상의 일은 부탁을 드릴 수 없는 모양이니까 서명을 승낙하신 것만으로 만족하기로 하겠습니다. 하지만 백작, 마지막으로 한말씀만 더.」
「말씀하세요.」
「한 가지 조언을 받고 싶습니다만.」
「조심하세요. 조언을 한다는 것은 뭔가를 해드리는 일보다도 더 성가신 일이니까요.」
「아닙니다. 이것은 별로 폐가 될 일은 아닙니다.」
「그럼 말씀하세요.」
「아내의 지참금은 오십만 프랑으로 되어 있습니다.」
「그 금액은 나도 당그랄 씨로부터 직접 들었습니다.」
「대체 그것은 받아야 하는걸까요, 아니면 공증인에게 맡겨 두어야 하는 걸까요?」
「일을 신사적으로 처리하려 할 때는 일반적으로 이런 식으로 합니다. 양가의 공증인이 결혼 계약서에 서명할 때 그 다음날 또는 다음다음날에 만날 약속을 합니다. 그리고 그날 쌍방의 지참금을 상대방에게 건네 주고 서로 영수증을 받습니다. 그런 다음 결혼식이 순조롭게 끝난 뒤에 일가의 주인인 당신에게 공증인으로부터 그 수백만의 돈이 넘겨지는 것입니다.」
「실은」하고 안드레아가 무슨 불안감을 숨기지 못한 채 말했다.「장인으로부터 아까 당신이 말씀하신 예의 철도사업에 우리의 그 돈을 투자할 생각이라는 얘기를 들은 것 같아서 말입니다.」

「그렇군요. 하지만 그것은」 하고 몽테 크리스토가 대답했다. 「모든 사람이 분명히 말하는 바로는 댁의 자산이 연내에 세 배로 늘어나는 방법이라고들 하더군요. 당그랄 남작은 좋은 아버지인 동시에 계산에도 무척 밝은 분이니까요.」

「글쎄, 어떨는지요!」 하고 안드레아가 말했다. 「그렇게만 된다면 만사가 잘 풀리는 셈이군요. 다만 당신에게 거절을 당한 것만이 그야말로 유감이지만.」

「이런 경우에는 지극히 당연한 배려라고 생각해 주세요.」

「그럼」 하고 안드레아가 말했다. 「당신의 말씀대로 따르겠습니다. 그럼 오늘 밤 9시에.」

「그럼 오늘 밤에.」

그리고는 몽테 크리스토가 입술이 창백해지면서도 여전히 상냥한 웃음을 띠고 가볍게 망설였음에도 불구하고 안드레아는 백작의 손을 잡아쥔 뒤 사륜마차에 냉큼 올라타고는 자취를 감추었다.

그로부터 9시까지의 4, 5시간 동안 안드레아는 사방으로 마차를 몰아 아까 얘기에 나왔던 그 친구들을 방문하여 될 수 있는 대로 아름답게 차려입고 은행가의 저택으로 와주었으면 좋겠다고 부탁하고 다녔다. 그리고 지금 당그랄이 발기인으로 되어 있는 예의 사업주(事業株) 이야기로 상대를 어리둥절하게 만들었고 상대도 그 이야기에 반쯤 정신이 나가 멍해지는 것이었다.

과연 오후 8시 반에는 당그랄 가의 큰 객실, 그 객실에 이은 긴 복도, 그리고 같은 층에 있는 다른 세 개의 객실에는 향수 냄새를 물씬 풍기는 사람들로 가득 찼다. 그들은 호의에서가 아니라 무슨 새로운 일이 있는 장소라면 어디에라도 얼굴을 내밀지 않고는 견딜 수 없는 그런 기분으로 찾아온 것이었다.

만일 아카데미 프랑세즈의 회원이었다면 사교계의 야회란 곧 들뜬 나비나 굶주린 꿀벌, 또는 윙윙거리는 말벌을 끌어당기는 꽃의 모임이라고 할 것이 틀림없다.

물론 이들 객실은 촛불로 환하게 비쳐지고 빛이 금빛의 돌출부에서 비단

벽포 위로 눈부시게 내리퍼붓고 있었다. 그리고 다만 호화롭다는 것 외에는 아무것도 취할 것이 없는 실내 장식이 요란스럽게 빛나고 있었다.

으제니는 말할 수 없이 청초한 복장을 하고 있었다. 하얀 비단에 똑같이 하얀 자수가 있는 드레스, 까만 머리칼에 반쯤 가려지게 꽂은 한 송이의 백장미, 그것이 그녀의 차림새의 전부였고 아주 조그만 보석 하나도 달고 있지 않았다.

다만 이러한 꾸밈없는 차림은 그녀 자신의 눈으로 보면 흔해빠진 소녀 취미로 생각되었으나 그녀의 눈속에는 그것을 부정하고도 남는 완전한 자신감이 엿보였다.

당그랄 부인은 그녀에게서 삼십 보쯤 떨어진 곳에서 도브레, 보샹, 샤토 루노를 상대로 이야기하고 있었다. 도브레는 이 성대한 의식을 위해 당그랄 가의 문지방을 다시 넘었지만 다른 일반 손님과 똑같이 영접받았을 뿐 아무런 특별한 취급도 받지 못했다.

당그랄 씨는 대의사나 재계인들에게 둘러싸여 만일 정부가 정세에 밀려 그를 내각으로 부르지 않을 수 없게 되었을 경우 반드시 실시할 생각으로 있는 새로운 조세 이론을 설명하고 있었다.

안드레아는 오페라좌 단골의 산뜻한 멋쟁이 한 사람과 팔을 끼고 편안한 모습을 보이기 위해서는 대담하게 행동할 필요가 있으므로 꽤 뻔뻔스러운 태도로 앞으로의 생활 계획이나 십칠만 오천 프랑의 연수를 사용하여 파리의 유행을 선도할 계획 따위를 들려 주고 있었다.

일반 사람들은 마치 터키옥이나 루비, 에메랄드, 오팔, 다이아몬드의 물결이 밀려왔다가는 밀려가듯이 객실 안을 누비고 다녔다.

어디에 가도 그렇듯이 여기에서도 또 나이가 많은 여자일수록 요란하게 차려입고 못생긴 여자일수록 뻔뻔스럽게 행동하고 있었다.

어쩌다 아름다운 흰 백합이나 그윽한 향기를 풍기는 아름다운 장미꽃 같은 아가씨가 있다고 하더라도 그들은 어느 한쪽 구석, 머리에 터반을 감은 어머니나 극락조의 깃털을 장식한 백모 뒤에 숨어 있기 때문에 일부러 찾아다니지 않으면 좀처럼 눈에 띄지 않았다.

이러한 혼잡, 이러한 시끄러움, 이러한 웃음 속에서 쉴새없이 안내자의 목소리가 재계에서 알려진 이름, 군대에서 존경받고 있는 이름, 또는 문단에서 유명한 이름을 잇따라 피로하고 있었다. 그때마다 이곳저곳의 사람들의 덩어리가 조금씩 술렁이며 그 불려지는 이름을 맞이했다.

그러나 이렇게 큰 바다 같은 인파를 술렁이게 하는 특권을 가진 하나의 이름이 불려지기 전에 얼마나 많은 이름이 무관심하게, 또는 모멸의 냉소로써 맞아진 것일까!

잠자는 엔듸미온(그리스 신화에 나오는 미모의 소년으로서 달의 여신이 그를 사랑하여 매일 밤 잠자고 있는 그에게 찾아와서 키스를 했다고 한다)을 본뜬 육중한 벽시계의 바늘이 금으로 된 문자판 위에서 9시를 가리키고 기계의 생각을 충실하게 전하는 종이 아홉 번 울렸을 때 몽테 크리스토의 이름이 드높이 울려퍼졌고 일동은 번개에라도 맞은 듯이 일제히 문쪽으로 고개를 돌렸다.

백작은 검은 옷을 입고 여느 때와 다름없는 검소한 옷차림을 하고 있었다. 하얀 조끼가 넓고 당당한 가슴을 선명하게 드러내고 검은 칼라가 놀랄 만큼 산뜻해 보였다. 그만큼 그 칼라는 그의 얼굴의 창백한 빛깔과 뚜렷한 대조를 이루고 있었다. 장신구로서는 다만 가느다란 조끼사슬을 달고 있을 뿐이었는데 그것도 가느다란 금줄이 흰 피케 천 위에 살짝 드러나 보일 정도에 지나지 않았다.

순식간에 출입문 주위에 사람의 고리가 생겼다.

백작은 한눈으로 객실 끝에 있는 당그랄 부인과 반대쪽 끝에 있는 당그랄 씨, 그리고 그 앞에 서 있는 으제니의 모습을 발견했다.

그는 우선 빌포르 부인과 이야기를 나누고 있는 남작 부인에게로 갔다. 빌포르 부인은 바랑티느의 상태가 아직도 좋지 않기 때문에 혼자 와 있었다. 그런 다음 그는 사람들이 비켜 서서 길을 열어 주었기 때문에 별로 우회할 필요도 없이 남작 부인에게서 곧바로 으제니에게로 가서 축하의 말을 늘어놓았다. 그러나 그것은 그야말로 서두르고 조심스러운 말이었기 때문에 자존심이 강한 예술가인 그녀는 놀라지 않을 수 없었다.

그녀 옆에는 루이지 다르미 양이 있어서 백작이 친절하게 써준 이탈리아에의 소개장에 대한 인사를 하고 즉시 그것을 이용할 생각이라는 말을 덧붙였다.

이 두 사람에게서 떠나려고 백작이 뒤를 돌아보자 그곳에 당그랄이 있었다.

그는 백작에게 악수를 청하려고 곁에 와 있었던 것이다.
 이 세 가지의 사교적 인사를 끝내자 몽테 크리스토는 걸음을 멈추고 어떤 종류의 사회의 사람들, 특히 어떤 종류의 세력을 가진 사람들에게 특유한 그 자신만만한 눈길로 주위를 둘러보았다. 그 눈길은 마치『나는 이것으로 내가 할 일은 끝냈다. 자 이번에는 다른 사람들이 내게 하지 않으면 안될 일을 할 차례이다.』라고 말하고 있는 것 같았다.
 안드레아는 옆의 객실에 있었으나 몽테 크리스토가 일동에게 준 일종의 전율 같은 것을 느끼고 인사하러 왔다.
 그가 왔을 때 백작은 많은 사람에게 에워싸여 있었다. 말수가 적고 시시한 얘기는 한마디도 하지 않는 사람에 대해서는 언제나 그렇지만 사람들은 앞을 다투어 백작에게 말을 하게 하려고 했다.
 마침 그때 공증인들이 들어왔다. 그리고 서명을 위해서 준비된 금빛을 칠한 나무 탁자에 씌워져 있는, 금으로 자수를 한 비로드 위에 뭐라고 날림 글씨를 가득히 써넣은 서류를 펴놓았다.
 공증인 한 사람은 의자에 앉고 다른 한 사람은 선 채였다.
 드디어 이제부터 이 의식에 참석하고 있는 파리의 명사의 절반이 서명하게 되어 있는 결혼 계약서의 낭독이 시작되는 것이었다.
 사람들은 모두 자리에 앉았다, 아니 앉았다기보다 여자들은 주위에 둥근 원을 만들었는데 보와로(17세기의 프랑스 시인・비평가)의 이른바『힘있는 문체』에 대해 별로 흥미가 없는 사나이들은 안드레아의 들뜬 듯한 안절부절 못하는 태도나 당그랄 씨의 긴장된 모습, 으제니의 무감동한 태도, 이러한 중대한 사안에 대한 당그랄 부인의 경솔하게 떠들어대는 태도 등에 대해서 멋대로의 논평을 내리고 있었다.
 결혼 계약서는 물을 끼얹은 듯이 조용한 가운데 낭독되었다. 그러나 낭독이 끝나자 순식간에 객실 안에는 아까보다도 더 시끄러운 술렁임이 일어났다. 이 기막힌 금액, 이윽고 젊은 두 사람에게 굴러들어갈 이 수백만이라는 돈, 게다가 다시 그것을 위해서 특별히 마련된 방에는 신부의 결혼 의상이나 다이아몬드가 진열되어 있다고 해서 이 금액은 선망의 빛으로 가득찬 사람들 사이에 굉장한 위광을 뿜으며 울려퍼졌다.
 그 때문에 청년들의 눈에 당그랄 양의 매력은 배가되었다. 그리고 태양조차도 한때 그 빛을 잃었을 정도였다.
 한편 부인들은 그러한 수백만이라는 돈을 모두 부러워하고는 있었으나 아름답기만 하면 그런 돈 따위는 필요없다고 생각하고 있었던 것은 말할 것도 없다.
 안드레아는 친구들에게 둘러싸여 축하의 말이나 추종의 말을 들어가며 자기가 꾸고 있는 꿈이 아무래도 현실화한 것 같다는 생각을 하기 시작하며 정신을 잃어가고 있었다.
 공증인이 엄숙하게 펜을 집어들고 머리 위로 높이 쳐들면서 말했다.
「여러분, 지금부터 결혼 계약서에 서명을 하겠습니다.」
 우선 처음에 당그랄 남작, 다음에 아버지인 카바르칸티 씨의 대리인, 이어서 당그랄 부인, 그리고 공정 증서 안에서 사용되고 있는 저 역겨운 표현을 사용하자면 장차의 배우자가 각각 서명을 하기로 되어 있었다.
 남작이 펜을 손에 들고 서명을 했다. 이어서 대리인이 서명했다.
 당그랄 부인은 빌포르 부인의 부축을 받으며 앞으로 나왔다.
「저어」하고 그녀는 펜을 손에 쥐면서 빌포르 부인에게 말했다.「정말 유감이로군요. 몽테 크리스토 백작이 하마터면 봉변을 당할 뻔한 그 강도 살인 사건 때문에 뭔가 뜻밖의 일이 일어나 빌포르 씨가 오실 수 없게 되었으니.」
「정말 그래요!」하고 당그랄이『뭐, 그런 것은 나로서는 아무래도 좋아요!』라는 투로 말했다.
「사실」하고 몽테 크리스토가 옆으로 다가서면서 말했다.「본의 아니게도 내가 그 불참의 원인이 되지 않았는가 해서 걱정하고 있는 참입니다.」
「뭐라고요? 당신이 원인이라고요, 백작?」하고 당그랄 부인이 서명을 하면서 말했다.「만일 사실이 그렇다면 조심하세요, 절대로 용서하지 않을 테니까요.」
 안드레아는 바싹 귀를 기울이고 있었다.
「하지만 그렇다고 하더라도 내가 나쁜 것은 아닙니다.」하고 백작이 말했다.「그러니까 그 일을 꼭 내 입으로 증명하고 싶습니다.」
 일동은 침을 삼키고 귀를 기울였다. 좀처럼 입을 열지 않던 몽테 크리스토가 이야기를 하겠다는 것이다.

「여러분도 기억하고 계시겠지만」하고 백작은 물을 끼얹은 듯이 조용해진 가운데서 이야기를 시작했다.「내 집에 도둑질을 하려고 들어왔던 그 사나이는 내 집에서 나가다가 어쩌면 동료인지 모를 사람에게 살해되어서 내 앞에서 숨을 거두었습니다.」

「그랬었지요.」하고 당그랄이 말했다.

「그런데 말입니다! 치료를 해주려고 그 사나이의 옷을 벗기고 그것을 그대로 한쪽 구석에 던져 두었었는데 수사 당국이 그것을 압수했습니다. 그런데 저고리와 바지는 증거품 보존소에 보관하기 위해서 가지고 갔는데 조끼를 잊어버리고 간 겁니다.」

안드레아는 눈에 띄게 창백해지고 살그머니 출입구 쪽으로 물러갔다. 그는 지평선에 구름이 솟아오르는 것을 본 것이다. 그리고 그 구름이 태풍을 잉태하고 있는 것처럼 생각되었다.

「그런데 그 끔찍한 조끼가 오늘 발견되었습니다. 완전히 피투성이가 되어 있고 심장 부분에 구멍이 뚫려 있었습니다.」

부인들은 불현듯 고함을 질렀고 그 가운데 두세 사람은 거의 기절을 할 지경이었다.

「그것이 나한테 보내진 것입니다. 그 누더기의 출처는 아무도 짐작을 할 수가 없었습니다. 하지만 나만은 이것이 그 피해자의 조끼임이 틀림없다는 것을 알 수 있었습니다. 내 시복이 그 무시무시한 누더기를 기분 나쁘게 생각하면서도 유심히 살피고 있었는데 문득 주머니 안에 있는 종이를 만지고는 그것을 끄집어냈습니다. 그랬더니 그것은 한 통의 편지였는데 대체 누구에게 보낼 편지였다고 생각하십니까? 남작, 당신 앞으로 된 편지였어요.」

「뭐요? 나에게 보내는 편지였다고요?」하고 당그랄이 소리질렀다.

「그래요. 틀림없이 당신 앞으로 되어 있는 편지였어요! 편지는 피투성이가 되어 있었지만 나는 그 핏자국 밑에서 당신의 이름을 읽을 수가 있었어요.」하고 몽테 크리스토는 모두들 놀라서 떠드는 가운데 대답했다.

「하지만」하고 당그랄 부인이 그야말로 걱정스러운 표정으로 남편을 바라보면서 물었다.「어째서 그 때문에 빌포르 씨가 오실 수 없게 되었을까요?」

「그것은 아주 간단한 일입니다, 부인.」하고 몽테 크리스토가 대답했다.

97. 결혼 계약서

「그 조끼와 편지는 이른바 증거 물건이기 때문에 나는 그것을 모두 검찰 총장에게 보냈습니다. 아시겠지만 남작, 형사 사건에 있어서는 법적인 절차를 밟는 것이 가장 안전하니까요. 아마 이것은 당신에 대해서 무언가 좋지 않은 일이 꾸며지고 있다고 생각되는군요.」

안드레아는 몽테 크리스토의 얼굴을 뚫어지게 바라보고는 옆의 객실로 자취를 감추었다.

「그럴는지도 모르겠군요.」하고 당그랄이 말했다. 「그 살해된 사나이는 본래 도형수가 아니었습니까?」

「그래요.」하고 백작이 대답했다. 「본래 도형수이고 카도루스라는 이름의 사나이입니다.」

당그랄의 얼굴빛이 조금 달라졌다. 안드레아는 옆의 객실에서 떠나 대기실로 들어갔다.

「어떻든 서명을 계속해 주세요, 서명을.」하고 몽테 크리스토가 말했다. 「아무래도 내 얘기에 모두 놀라신 것 같군요. 부인에게도, 으제니 양에게도 깊이 사과드립니다.」

남작 부인은 서명을 끝내고 공증인의 손에 펜을 돌려 주었다.

「카바르칸티 공작님」하고 공증인이 말했다. 「카바르칸티 공작님, 어디에 계시지요?」

「안드레아! 안드레아!」하고 신분 높은 이 이탈리아 귀족을 세례명으로 부를 만큼 이미 친숙해진 몇몇 청년이 저마다 되풀이했다.

「공작을 불러와! 서명할 차례라고 알려 드려!」하고 당그랄이 한 하인을 향해 소리질렀다.

그러나 바로 이 순간에 참석자의 무리는 마치 무언가 무서운 괴물이 『탐식할 먹이를 찾아』(베드로 전서에서 베드로가 악마에 대해서 한 말) 집안으로 침입해온 것처럼 공포에 떨면서 큰 객실로 한꺼번에 쏟아져 들어왔다.

사실 허둥대며 도망치거나 떨며 비명을 지를 만한 이유는 있었다.

한 사람의 헌병 사관이 각각의 객실 출입문에 헌병 두 사람씩을 세워 놓고 장식띠를 두른 경위를 선두로 당그랄을 향해 돌진해온 것이다.

당그랄 부인은 비명을 지르고는 그대로 기절하고 말았다.

당그랄은 자기를 노리는 것으로 생각하고(잠시도 양심이 편안할 새가 없는 인간이 있는 법이다) 초청한 사람들 앞에 공포로 일그러진 얼굴을 드러냈다.

「대체 무슨 일이 일어난 겁니까?」하고 몽테 크리스토가 경위 쪽으로 다가가면서 물었다.

「여러분 가운데」하고 경위는 백작의 물음에는 대답도 하지 않고 물었다. 「안드레아 카바르칸티라고 하는 사람은?」

놀란 고함 소리가 객실의 이곳저곳에서 들려왔다.

사람들은 안드레아의 모습을 찾으며 또 서로 물었다.

「그래, 그 안드레아 카바르칸티는 대체 어떤 인간입니까?」하고 당그랄은 거의 미친 상태가 되어서 물었다.

「본래 도형수이고 툴롱의 감옥에서 탈출한 사나이입니다.」

「그래, 이번에는 어떤 죄를 저질렀나요?」

「옛날의 감옥 동료였던 카도루스라는 사나이가」하고 경위는 아무런 감정도 나타내지 않고 말했다.「몽테 크리스토 백작의 저택에서 나오는 것을 기다렸다가 살해한 혐의로 고발당했습니다.」

몽테 크리스토는 재빨리 주위를 둘러보았다.

안드레아의 모습은 이미 사라지고 없었다.

98. 벨기에 가도

뜻하지 않은 헌병의 출현과 그 결과로 폭로된 사실에 의해 당그랄 가의 객실에 생긴 대혼란의 잠시 뒤에는 마치 초대 손님 중에 페스트나 콜레라 환자가 섞여 있다고 알려지기라도 한 듯이 순식간에 넓은 저택은 인기척조차 없이 한산해졌다. 불과 몇 분 사이에 모든 문, 모든 층계, 모든 출구로부터 사람들은 앞을 다투어 빠져나갔다. 아니, 빠져나갔다기보다 도망쳐나간 것이다. 그것은 지금과 같은 경우, 예사로운 위안의 말 따위를 늘어놓을 계제가 아니었기 때문이다. 큰 재앙이 닥쳤을 땐 아무리 친한 친구가 말을 붙여도 다만 귀찮게만 여겨지게 마련인 것이다.

지금 은행가의 저택에 남아 있는 사람은 서재에 들어앉아 헌병 사관에게 진술을 하고 있는 당그랄과 우리에게도 이미 익히 알려져 있는 화장실 안에서 오돌오돌 떨고 있는 당그랄 부인, 그리고 오만한 눈빛과 사람을 깔보는 듯한 입술을 하고 언제나 친구 곁을 떠나는 일이 없는 루이즈 다르미 양과 함께 자기 방으로 되돌아간 으제니뿐이었다.

한편 많은 하인들은, 특히 오늘밤은 연회가 베풀어지기 때문에 카페 드 파리의 아이스크림 직인, 요리사, 급사장 등이 합세해서 평소보다도 한층 더 그 수가 많았지만, 이러한 일은 자기들에 대한 모욕이라고 받아들이고 그 노여움을 주인들에게 돌려 찬방이나 요리장 또는 자기들의 방에 끼리끼리 모여 앉아 물론 중단되고는 있었지만 일 따위는 아예 내팽개치고 있었다.

저마다 다른 이해 관계 때문에 전전긍긍하고 있는 이러한 여러 사람들 가운데서 우리가 특히 눈여겨볼 가치가 있는 것은 으제니 당그랄 양과 루이즈 다르미 양뿐이었다.

으제니는 이미 서술한 것처럼 오만한 표정에다 입술을 경멸하듯이 일그러뜨리고 마치 모욕을 당한 여왕과도 같은 걸음걸이로 그녀보다도 한층 더 창백해지고 한층 더 흥분하고 있는 친구를 데리고 방으로 되돌아갔다.

자기의 방으로 돌아오자 으제니는 다르미 양이 쓰러지듯이 의자에 앉아 있는 동안에 안쪽에서 문을 잠갔다.

「아아, 이게 무슨 일이란 말예요! 정말 무서운 일이에요!」하고 젊은 여류 음악가가 말했다. 「상상도 못 했던 일이에요! 저 안드레아 카바르칸티 씨가…… 살인자이고…… 탈옥수이고…… 도형수라니! ……」

짓궂은 미소가 으제니의 입술을 일그러뜨렸다.

「정말 난 이러한 운명을 타고났는가 봐.」하고 그녀는 말했다. 「모르셀 씨에게서 겨우 벗어났는가 했더니 카바르칸티의 손에 붙잡히고 말았으니 말야!」

「어머, 두 사람을 똑같이 취급해서는 안돼, 으제니.」

「말하지 마! 남자란 모두 더러운 거야. 난 남자를 미워하는 이상의 감정을 갖게 되어서 기뻐하고 있어. 지금은 경멸을 느끼고 있을 뿐이니까.」

「우린 이제부터 어떻게 하면 좋지?」하고 루이즈가 물었다.

「어떻게 하느냐고?」

「그래.」
「그야 사흘 후에 하기로 했던 것을 결행할 뿐이지……. 즉 여기에서 나가는 거라고.」
「그럼 결혼을 하지 않아도 되게 된 지금에 와서도 역시 집을 나간다는 거니?」
「이것 봐, 루이즈, 나는 마치 악보처럼 반듯하고 틀에 박힌, 융통성 없는 이런 사교계의 생활은 이제 넌덜머리가 나. 내가 지금까지 언제나 바라고 동경하고 꼭 하고 싶다고 생각했던 것은 예술가의 생활이야. 다만 자기에게만 의존하고 자기만을 믿는 자유롭고 독립된 생활이야.
이대로 이 집에 눌러 있으면 대체 어떻게 된다는 거지? 한 달도 지나기 전에 또 나를 결혼시키려고 들 것이 뻔한데. 그것도 상대가 누구라고 생각해? 틀림없이 도브레 씨일 거라고. 전에도 잠깐 그런 얘기가 있었으니까. 그런 건 딱 질색이야, 루이즈. 싫어, 그런 건. 오늘밤의 일이 좋은 구실이 될 거야. 내가 찾지도 않고 원하지도 않았는데 하느님이 이 구실을 가져다 주었어, 마침 알맞는 때에.」
「너는 정말 강하고 용기가 있구나.」 하고 금발의 가냘픈 아가씨가 흑발의 친구에게 말했다.
「지금까지 내가 어떤 여자인지 모르고 있었어? 자, 루이즈, 의논을 하자고. 우선 역마차는……」
「다행히 사흘 전부터 구해 놓았어.」
「우리가 승차할 데까지 오게끔 해놨어?」
「응.」
「우리들의 패스포트는?」
「여기에 있어!」
으제니는 여느 때와 똑같이 냉정하게 패스포트를 펼치고 읽었다.

  레옹 다르미 씨. 20세. 예술가. 검은 머리, 검은 눈. 누이동생을 동반하고 여행함.

「어머, 멋져! 대체 누구에게서 이 패스포트를 입수했지?」

「몽테 크리스토 백작에게 로마나 나폴리의 극장 지배인 앞으로 소개장을 써달라고 부탁하러 갔을 때 여자 차림으로 여행을 떠나는 것이 무척 걱정된다고 말씀드렸지. 그랬더니 그분은 그 사정을 잘 이해하시고 나를 위해서 남자 패스포트를 구해 주겠다고 말씀하셨어. 그리고 이틀 뒤에 이것이 보내졌길래 내가 거기에 내 손으로 『누이동생을 동반하고 여행함.』하고 써 넣었지.」

「그렇담!」하고 으제니가 신바람이 나서 말했다. 「이제는 짐을 꾸리는 일만 남았네. 결혼식 날 밤에 출발하는 대신에 결혼 계약서에 서명하는 날 밤에 출발한다, 차이는 단지 그것뿐이네?」

「하지만 잘 생각해 봐, 으제니.」

「얘는. 벌써 많이 생각했어. 이월(移越)이라느니, 월말 결산이라느니, 무슨 등귀(騰貴)라느니 하락이라느니, 또는 스페인 공채가 어떻고 하이티 주(株)가 어떻고 하는 그런 얘기에는 이제 진절머리가 난다고. 그런 얘기 대신 이봐 루이즈, 알잖아? 대기라든가 자유, 새의 지저귐, 롬바르디아의 평원이나 베네치아의 운하, 또는 로마의 궁전이나 나폴리의 해안이 우리를 기다리고 있어. 그런데 우리들의 돈은 얼마나 있지, 루이즈?」

루이즈는 상감이 베풀어진 책상 속에서 자물쇠를 잠그게 되어 있는 조그만 돈지갑을 꺼내서 열었다. 속의 것을 세어 보니까 지폐가 스물세 장 들어 있었다.

「이만 삼천 프랑이야.」하고 그녀는 말했다.

「그리고 적어도 그만한 값어치가 있는 진주와 다이아몬드 그리고 보석이 있으니까 우리는 부자인 셈이야.」하고 으제니가 말했다. 「사만 오천 프랑만 있으면 2년간은 공주님처럼 생활할 수가 있고 절약만 하면 4년간은 문제없어.

게다가 6개월도 지나기 전에 너는 피아노로, 나는 노래로, 이 밑천을 두 배까지도 늘릴 수 있어. 자, 너는 돈을 잘 챙겨, 나는 보석 상자를 맡을 테니까. 이렇게 하면 운수 사납게 어느 한쪽이 그것을 잃어버리더라도 다른 한쪽은 남을 테니까. 자, 짐을 싸자고. 서둘러 짐을 싸야 해!」

「잠깐 기다려.」하고 루이즈가 말하더니 당그랄 부인의 방문 옆에 가서 귀를 기울였다.

「무슨 걱정을 하고 있는 거니?」
「불쑥 들어오시면 곤란하니까.」
「문은 틀림없이 잠가 놓았어.」
「하지만 열라고 하실는지 누가 알아?」
「열라고 할 테면 하라지. 열어 주지 않으면 그만이니까.」
「너는 정말 용기가 있구나, 으제니!」

이리하여 두 아가씨는 놀랄 만큼 신속하게 필요하다고 생각되는 여행용구를 한 개의 가방 속에 집어넣기 시작했다.

「이것으로 됐어. 그럼」하고 으제니가 말했다.「나는 옷을 갈아입을 테니까 너는 트렁크를 잠가 줘.」

루이즈는 전신의 힘을 다하여 희고 조그만 손으로 트렁크의 뚜껑을 눌렀다.

「내 힘으론 안 되겠어.」하고 그녀는 말했다.「내 힘만으론 모자라. 네가 닫아 봐.」

「참 그랬었지.」하고 으제니가 웃으면서 말했다.「난 내가 헤라클레스이고 네가 가냘픈 옴파레(나중에 헤라클레스의 아내가 된 리디아의 여왕)라는 것을 깜박 잊었었어.」

그렇게 말하고 그녀는 트렁크 위에 힘껏 무릎을 갖다붙이고 뚜껑이 완전히 합쳐져서 다르미 양이 자물쇠 고리를 트렁크의 두 개의 멈춤쇠에 뗄 때까지 그 희고 다부진 팔에서 힘을 빼지 않았다.

그것이 끝나자 으제니는 언제나 몸에 지니고 다니는 열쇠로 장롱을 열고 솜이 든 보랏빛 비단으로 된 여행용 망토를 꺼냈다.

「이것 봐.」하고 그녀는 말했다.「이렇게 나는 하나에서 열까지 모든 걸 생각해 두고 있잖아. 이 망토가 있으면 너도 추위를 타지 않아도 돼.」

「그럼 너는?」

「나는 언제나 추위를 타지 않는다는 걸 잘 알고 있잖니. 게다가 그건 여자의 옷이고…….」

「여기서 지금부터 갈아입을 거니?」

「물론이지.」

「하지만 그럴 시간이 있을까?」

「걱정할 것 없어. 왜 그렇게 패기가 없어? 집안 사람들은 모두 아까 벌어진 사건 때문에 정신들이 없어. 게다가 내가 절망에 빠져 있다고 생각하고 있을 테니까 방안에 틀어박혀 있다고 해서 별로 이상하게 생각하지도 않을 거야. 안 그래?」

「그래, 그러고 보니 그 말이 옳아. 안심해도 되겠어.」

「자, 날 좀 도와 줘.」

그렇게 말하고 으제니는 다르미 양이 지금 받아들고 어느새 어깨에 걸치고 있는 망토를 꺼낸 바로 그 서랍에서 구두에서 프록코트에 이르기까지 남자 의상 한 벌과 쓸데없는 것은 하나도 없는 대신 필요한 것은 전부 갖추어져 있는 속옷류를 끄집어냈다.

그리고는 지금까지 재미삼아 남자 옷을 입어 본 적이 있음을 분명히 알 수 있는 빠른 손놀림으로 구두를 신고 바지에 다리를 꿰고 넥타이를 매고 깃을 도려내지 않은 조끼의 단추를 목까지 잠그고 늘씬하게 쭉 뻗은 몸매의 선을 또렷하게 드러내 보이는 프록코트를 위에 걸쳤다.

「어머, 아주 멋지다, 얘! 정말 멋져!」하고 루이즈가 그러한 그녀를 황홀하게 쳐다보면서 말했다. 「하지만 그 머리털이, 모든 여자들이 부러워서 한숨을 쉰 그 멋진 뜨개머리가 저기에 있는 남자 모자 속에 잘 들어가 줄까?」

「두고 보라고.」하고 으제니가 말했다.

그리고 그녀는 긴 손가락으로도 다 움켜쥘 수 없을 만큼 숱이 많은 뜨개머리를 왼손으로 움켜쥐고는 오른손에 긴 가위를 쥐었다. 이윽고 그 가위가 풍성하고 소담한 머리털 속에서 소리를 내는가 싶더니 머리털은 싹둑 잘려져서 프록코트에 걸리지 않게끔 몸을 젖힌 그녀의 발 밑에 풀썩 떨어졌다.

이런 식으로 위쪽 뜨개머리를 잘라 버리고는 이어서 관자놀이의 머리칼로 옮겨가 차례로 잘라 나갔는데 미련을 갖는 듯한 모습은 전혀 없었다. 뿐만 아니라 그녀의 눈은 그 흑단 같은 눈썹 밑에서 여느 때보다도 한층 더 반짝반짝 빛나고 있었다.

「어머, 그 멋진 머리카락이!」하고 루이즈가 그야말로 아까운 듯이 말했다.

「아니, 이쪽이 훨씬 더 좋지 않아?」하고 으제니가 완전히 남자의 머리 모양이 된 흐트러진 머리를 매만지면서 말했다. 「이렇게 한 게 더 예쁘지 않아?」

「응, 예뻐! 너는 언제나 예뻐!」하고 루이즈가 소리질렀다.「그런데 이제부터 어디로 가지?」

「브뤼셀이 어떨까? 국경으로서는 제일 가까운 곳이니까. 브뤼셀에서 리에쥐, 엑스 라 샤펠로 가자고. 라인 강을 스트라스부르까지 거슬러올라가서 스위스를 가로지르고 상 고타르 고개에서 이탈리아로 들어가자고. 어떻겠어, 그게?」

「좋아.」

「너, 무엇을 그렇게 보고 있니?」

「널 보고 있어. 너는 정말 멋져. 마치 내가 너로 채워져가는 것 같애.」

「응, 그래, 그 말이 맞아.」

「아아, 나 그 말을 믿을게, 으제니.」

그래서 한 사람은 자기 자신의 일로, 다른 한 사람은 친구에 대한 헌신적인 우정에서, 지금쯤은 눈물을 흘리고 있을 것으로 생각되었던 두 아가씨는 크게 웃었다. 그리고 가출 준비로 주위가 어지러졌기 때문에 특히 눈에 띄는 것을 대충 정리했다.

그리고 나서 두 사람은 촛불을 불어 끄고 귀를 기울이고 목을 앞으로 내밀어 주위를 잘 살피며 앞뜰로 내려가는 뒷층계와 통하는 화장실 문을 열었다. 으제니가 앞에 서서 트렁크를 한 손에 들고 다른 한쪽 손잡이를 다르미 양이 두 손으로 가까스로 들고 있었다.

앞뜰에는 아무도 없었다. 마침 12시를 알리는 종이 쳤다.

문지기는 아직도 깨어 있었다.

으제니는 발소리를 죽여 문지기 초소로 다가갔다. 보니까 고지식한 문지기는 초소 안에서 팔걸이의자에 길게 몸을 뻗고 잠들어 있었다.

그녀는 루이즈에게로 되돌아가서 일단 내려놓았던 트렁크를 다시 손에 들었다. 그리고 두 사람은 담 그림자를 따라 아치 모양으로 된 문까지 왔다.

으제니는 만일 문지기가 눈을 뜨더라도 한 사람의 그림자밖에 보이지 않게끔 루이즈를 문 모서리에 숨겼다.

그리고 으제니는 앞뜰을 비추고 있는 램프빛의 한가운데로 나가서는 전신을 노출시키면서「문을 열어 줘요!」하고 유리창을 두들기면서 그야말로 아름다운 알토의 목소리로 고함질렀다.

98. 벨기에 가도

 문지기는 으제니가 예상한 대로 깨어났다. 그리고는 누가 나가려는지를 확인하려고 몇 발자국 나오기까지 했다. 그러나 한 청년이 초조한 모습으로 바지를 지팡이로 두드리고 있는 것을 보고는 곧 문을 열어 주었다.
 그러자 기회를 놓치지 않고 루이즈가 반쯤 열린 문을 뱀처럼 스르르 **빠**져서 날렵하게 밖으로 뛰어나갔다. 으제니도 어쩌면 평소보다 심장의 고동이 틀림없이 빨라졌을 테지만 그래도 외견상으로는 그야말로 유유히, 침착한 태도로 밖으로 나갔다.
 심부름꾼 사나이가 마침 지나가고 있었으므로 두 사람은 그 사나이에게 트렁크를 맡겼다. 그리고는 행선지를 라 빅투아르 거리 36번지라고 일러 주고 그 사나이의 뒤를 따라갔다. 이 사나이의 곁에 있으므로 루이즈는 안심하고 있었다. 한편 으제니는 마치 유디트(유태의 여걸. 도시를 구하기 위해 적장을 유혹하여 그 목을 잘랐다)나 데릴라(구약 성서에 나오는 여성으로서 삼손을 유혹하여 그 힘을 **빼**앗았다)처럼 빈틈이 없었다.
 일러 준 번지의 집에 도착했다. 으제니는 사나이에게 트렁크를 내려놓으라고 이르고 잔돈을 몇 개 집어 주고는 그 집의 문을 두드리고 나서 사나이를 돌려 보냈다.
 으제니가 문을 두드린 집은 하찮은 삯바느질 여인의 집으로서 미리 알려 놓은 터였다. 여인은 아직 잠들지 않고 있다가 곧 문을 열어 주었다.
 「저어」하고 으제니가 말했다. 「문지기에게 가서 마차를 오두막에서 내 달라고 하세요. 그리고 역에 가서 말을 끌고 오라고 말해 주세요. 자, 이 오 프랑이 문지기에게 줄 심부름값이에요.」
 「정말로」하고 루이즈가 말했다. 「너한테는 놀랐어. 존경하고 싶을 정도야.」
 삯바느질 여인은 놀라서 그들을 보고 있었다. 더욱이 자기도 이십 루이를 받게 되어 있었으므로 아무런 군소리도 없었다.
 그로부터 15분 뒤, 문지기가 마부와 말을 데리고 왔다. 말은 순식간에 마차에 매어지고 문지기는 노끈과 잠그개를 사용하여 마차 위에 트렁크를 단단히 묶었다.
 「자, 패스포트를 돌려 드립니다.」하고 마부가 말했다. 「어느 길로 갈까요, 도련님?」
 「퐁텐블로 가도로 가요.」하고 으제니가 거의 남자 같은 목소리로 대답했다.

「어머, 무슨 소릴 하는 거야?」하고 루이즈가 물었다.

「속인 거라고.」하고 으제니가 말했다. 「우리한테 이십 루이를 받은 저 여자가 다른 사람한테 사십 루이를 받고 우리를 배신할지도 모르니까. 그래서 큰길에 나서면 다른 방향을 취할 거라고.」

그렇게 말하고 그녀는 거의 발판에 발도 걸치지 않고 훌륭한 침대마차로 꾸며진 여행마차에 날렵하게 올라탔다.

「언제나 네가 하는 일은 빈틈이 없구나, 으제니.」하고 성악 선생은 친구 옆에 앉으면서 말했다.

그로부터 15분 뒤, 마부는 진짜 갈 길을 지시받고 채찍을 울리면서 상마르탕의 시문을 빠져 나갔다.

「어휴」하고 루이즈가 한숨을 쉬면서 말했다. 「이것으로 겨우 파리를 벗어나게 되었군!」

「그렇다고. 유괴는 보기좋게 성공한 셈이지.」하고 으제니가 대답했다.

「응. 그것도 별로 거친 행동을 하지 않고 말이지.」하고 루이즈가 대답했다.

「그러니까 나는 정상 참작의 여지가 있다고 주장할 수가 있어.」

이러한 말들도 라 비레트 거리의 납작돌 위를 달려가는 마차 소리에 모두 지워졌다.

이리하여 당그랄 씨에게는 이제 딸이 없게 된 것이다.

99. 종과 병의 여관

그럼 브뤼셀 가도를 달리고 있는 당그랄 양과 그 친구 이야기는 잠시 접어두고 당장 행운의 파도에 올라타는 듯했던 그 순간, 운수 사납게도 발목을 잡히고 만 안드레아 카바르칸티에게로 이야기를 되돌리기로 하자.

이 안드레아 카바르칸티라는 사나이는 나이는 비록 젊지만 그야말로 빈틈이 없는, 머리가 잘 돌아가는 사나이였다.

그래서 객실 안에 불온한 술렁임이 일기 시작하자 곧 이미 보아온 것처럼 차츰차츰 출입문 쪽으로 몸을 비켜서 방을 한 개 두 개 지나 마침내 자취를 감추고 만 것이다.
 한 가지 빼먹고 있었지만 꼭 이야기하고 넘어가야 할 것은, 카바르칸티가 빠져나간 그 두 개의 방 가운데 하나에 신부의 결혼 준비, 즉 다이아몬드를 넣은 작은 상자나 캐시미어의 숄, 바렌샤 산 레이스나 영국제 베일 등 단지 그 이름만 들어도 젊은 아가씨가 가슴 설레이지 않을 수 없는 매혹적인 물건들, 즉 혼수품이라고 불리는 것이 죽 늘어놓여 있었다는 사실이다.
 그런데 여기가 바로 안드레아가 단지 머리가 잘 돌아가는 사나이일 뿐 아니라 선견지명을 갖춘 젊은이라는 것을 증명하는 대목인데 그 방을 빠져 나갈 때 그는 거기에 늘어놓여 있는 모든 장신구 중에서 가장 호화로운 것을 낚아채가지고 간 것이다.
 이렇게 해서 여비가 마련되자 안드레아는 반쯤 몸이 가벼워진 듯한 느낌이 들어 날렵하게 창문에서 뛰어내려 보기좋게 헌병들의 눈을 피해 달아난 것이다.
 고대의 투기사(鬪技士)처럼 훤칠하게 키가 크고 스파르타 인처럼 체격이 다부진 안드레아는 어디로 간다는 목표도 없이 다만 자칫하다가는 붙잡힐 지도 모르는 장소에서 조금이라도 멀리 가고 싶다는 일념으로 15분 가량 무작정 달렸다.
 몽블랑 거리로 나온 그는 토끼가 보금자리 냄새를 맡는 것과 마찬가지로 시문(市門)을 냄새맡는 도둑놈 특유의 본능에 인도되어 라파이에트 거리 언저리까지 왔다.
 거기까지 오자 그는 숨이 차서 가쁘게 숨을 몰아쉬면서 걸음을 멈추었다.
 주위에는 사람의 그림자조차 없었다. 왼쪽에는 상 라자르의 광활한 밭이 있고 오른쪽에는 파리가 아득히 멀리 끝없이 펼쳐져 있었다.
 『이것으로 나도 끝장인가?』하고 그는 스스로에게 물었다. 『아니, 내가 상대방을 웃도는 활동력을 발휘할 수만 있으면 괜찮아. 그러니까 내가 살아날 수 있을지 어떨지는 그저 다만 높이뛰기를 할 수 있느냐 없느냐의 문제에 지나지 않아.』
 마침 그때 포블 포와소니에르 쪽에서 한 대의 공영마차가 올라오는 것이 보였다. 마부는 우울한 얼굴을 하고 파이프를 입에 문 채 평소의 집합소인 듯한 포블 상 도니의 언저리를 향해 돌아가는 길인 모양이었다.
 「이봐, 자네!」하고 베네데트가 말했다.
 「저 말입니까, 나으리?」하고 마부가 물었다.
 「그 말은 지쳐 있나?」
 「지쳐 있다니요, 당치도 않아요! 오늘 하루는 제대로 뛰지도 못했는걸요. 네 번쯤 조금씩 달린 요금과 팁이 이십 수. 합해서 고작 칠 프랑 벌었지요. 그런데도 차주에게는 십 프랑을 바치지 않으면 안 되니 말요!」
 「어떤가 그 칠 프랑에 이 이십 프랑을 합친다면? 응?」
 「그야 물론 기쁜 일입죠, 나으리. 이십 프랑이면 적은 돈이 아니니까요. 그런데 무슨 일인데요?」
 「뭐, 아주 간단한 일이지. 단, 자네의 말이 지치지만 않았다면.」
 「마치 서풍처럼 달릴 수 있어요. 어느 쪽으로 가자고 말씀만 하시면 말입니다.」
 「루블(파리의 북쪽 교회에 있는 조그만 도시) 쪽으로 가는 거다.」
 「아, 거기라면 잘 알지요. 과실주가 나오는 곳이니까!」
 「맞아. 내일 라 샤펠 앙 세르발에서 함께 사냥을 하기로 한 친구를 따라잡기만 하면 돼. 11시 반까지 여기에서 마차를 준비해가지고 기다리기로 했었는데 지금은 벌써 12시야. 아무래도 기다리다 지쳐서 혼자 떠난 모양이야.」
 「아마 그럴 테지요.」
 「그래 어때, 그놈을 따라잡을 수 있겠나?」
 「문제 없습니다요!」
 「알겠나, 부르줘까지 따라잡지 못하면 거기까지 이십 프랑, 루블까지 가서도 따라잡지 못하면 삼십 프랑으로 하자고.」
 「그럼 만일 따라잡으면요?」
 「사십 프랑 주지.」하고 안드레아는 잠시 망설였으나 그럴 까닭이 없으니까 약속을 해도 괜찮으리라고 생각하며 말했다.
 「좋습니다!」하고 마부는 말했다.「자, 빨리 타고 출발합시다. 두두두……」
 안드레아가 올라타자 그 이륜마차는 굉장한 기세로 달리기 시작하여 포블 상 도니를 순식간에 돌파하고 포블 상 마르탕을 따라 전진, 어느새 시문을 지나서 길게 끝없이 이어진 빌레트 가도로 들어섰다.
 처음부터 있지도 않은 친구이다. 따라잡을 수 있는 방법이 없었다. 그래도 이따금 늦게까지 걷고 있는 통행인이나 아직도 깨어 있는 목로 주점에 맞닥뜨리면 카바르칸티는 검은 사슴털을 가진 말이 끄는 녹색 이륜마차에 대해서 묻곤 했다. 그런데 이 네덜란드와 벨기에로 향하는 가도는 이륜마차의 왕래가 빈번하고 더욱이 그 열 대 중 아홉 대가 녹색을 하고 있기 때문에 도처에서 정보는 풍부히 제공되었다.
 누구나가 바로 아까 그 마차가 지나가는 것을 보았노라고 했다. 바로 오백 보 앞이다, 이백 보 앞이다, 백 보 앞이다, 라는 것이다. 그래서 가까스로 그 마차를 따라잡고 보면 문제의 마차가 아니었다.
 한 번은 이쪽이 앞지름을 당했다. 그것은 두 필의 역마에 전속력으로 끌려서 굉장한 기세로 날아가는 사륜마차였다.
 『아아!』하고 카바르칸티는 탄식을 했다.『나에게 저런 사륜마차와 저렇게 기막힌 두 필의 말이 있다면! 그리고 무엇보다도 저만한 것을 손에 넣을 수 있는 패스포트가 있다면!』
 그렇게 생각하며 그는 깊은 한숨을 쉬었다.
 그 사륜마차야말로 당그랄 양과 다르미 양을 태운 마차였다.
 「빨리! 좀더 빨리!」하고 안드레아는 말했다.「따라잡지 못하면 낭패거든.」
 이렇게 해서 불쌍한 말은 시문을 나섰을 때부터 계속해온 필사적인 달음박질을 다시 시작하여 전신에 무럭무럭 김을 내뿜으면서 루블에 도착했다.
 「아무리 보아도」하고 안드레아가 말했다.「친구는 도저히 따라잡을 수 없겠군. 더 이상 달리면 자네의 말은 죽어 버리고 말겠네. 이쯤에서 그만두는 것이 좋겠어. 자, 약속한 삼십 프랑이네. 나는 슈발 루즈(적마관 : 赤馬館)에 가서 묵기로 하겠네. 그리고 빈 자리가 있는 마차가 발견되는 대로 그것을 타기로 하지. 그럼, 잘 가요.」
 그렇게 말하고 안드레아는 마부의 손에 오 프랑짜리 은화 여섯 개를 건네주고는 날렵하게 가도의 납작돌 위에 뛰어내렸다.
 마부는 기쁜 얼굴로 그 돈을 주머니에 넣고는 보통 걸음으로 말을 걷게 하면서 왔던 길을 다시 되돌아갔다.

안드레아는 짐짓 슈발 루즈에 들어가는 체했다. 그러나 그 문간에서 잠시 발을 멈추었다가 마차가 차츰 멀어져가는 소리를 듣고는 다시 길을 계속하여 놀라운 달음박질로 팔 킬로를 냅다 달렸다.

거기에서 그는 쉬었다. 여기는 벌써 아까 행선지로서 알린 라 샤펠 앙 세르발의 바로 근처임이 틀림없었다.

안드레아 카바르칸티가 발을 멈춘 것은 지쳤기 때문이 아니었다. 결심을 할 필요가 있었기 때문이며 계획을 세우지 않으면 안 되었기 때문이다.

승합마차도 탈 수가 없었고 역마차도 역시 탈 수가 없었다. 어느 경우에나 패스포트가 절대로 필요했기 때문이다.

그렇다고 해서 이 오와즈 현에, 즉 프랑스 안에서 가장 발각되기가 쉽고 가장 감시가 엄중한 현의 하나인 이곳에 머물러 있을 수도 없는 일이었다. 특히 안드레아처럼 범죄에 대해서 상세히 알고 있는 사람으로서는 불가능한 일이었다.

안드레아는 도랑 언저리에 앉아 머리를 두 손으로 감싸쥐고 생각에 잠겼다. 10분 뒤 그는 고개를 들었다. 결심이 선 것이었다.

그는 아까 당그랄 가의 대기실을 빠져나올 때 재빨리 벗겨서 무도회용 옷 위에 입고 온 외투의 한쪽 전면을 일부러 먼지투성이로 만들었다. 그리고는 라 샤펠 앙 세르발로 가서 대담하게도 그 고장에 하나밖에 없는 여인숙의 문을 두드렸다.

주인이 나와서 문을 열었다.

「이것 보시오.」하고 안드레아가 말했다. 「실은 모르토퐁텐에서 상리스로 가던 길이었는데 말이 사나운 놈이라서 갑자기 날뛰는 바람에 열 발짝이나 멀리 내동댕이쳐지고 말았소. 무슨 일이 있어도 오늘밤 안으로 콩피에뉴까지 돌아가지 않으면 안 돼요. 그렇지 않으면 가족들이 몹시 걱정을 할 테니까. 그래서 말인데, 당신네 집에 빌려 줄 말 한 필 없소?」

좋고 나쁘고는 둘째치고 어느 여인숙에나 반드시 말 한 필은 준비되어 있는 법이다.

라 샤펠 앙 세르발의 여인숙 주인은 마굿간지기 하인을 불러서 『흰둥이』에게 안장을 얹도록 명령하고 그런 다음 일곱 살 난 아들을 깨워 아저씨 뒤에 함께 타고 갔다가 말을 도로 가지고 오라고 일렀다.

99. 종과 병의 여관

안드레아는 주인에게 이십 프랑을 주었다. 그러나 그 돈을 주머니에서 꺼낼 때 명함 한 장을 떨어뜨리고 말았다.

그 명함은 카페 드 파리에 모이는 그의 친구 중 한 사람의 것이었다. 그래서 안드레아가 떠난 뒤 그 주머니에서 떨어진 명함을 주운 주인은 말을 빌려 타고 간 상대가 상 도미니크 가 25번지에 사는 모레옹 백작이라고 생각하게 되었다. 즉 명함 위에 그러한 이름과 주소가 인쇄되어 있었던 것이다.

『흰둥이』의 발은 빠르지는 않았다. 그러나 한결같은 속도로 끈기있게 달렸다. 그래서 안드레아는 3시간 반만에 콩피에뉴까지 삼십육 킬로의 길을 갈 수 있었다. 시청의 큰 시계가 4시를 쳤을 때 그는 승합마차가 멎는 광장에 도착했다.

콩피에뉴에는 묵은 일이 한 번밖에 없는 사람도 좀처럼 잊을 수 없는 훌륭한 호텔이 하나 있다.

안드레아도 파리의 근교를 말을 타고 달렸을 때 이곳에 묵은 일이 한 번 있었기 때문에 그『종과 병의 여관』을 생각해냈다.

그래서 방향을 어림잡아 전진하다가 가로등 빛으로 그 호텔 간판을 발견하고는 가지고 있던 잔돈을 몽땅 털어서 어린애에게 주어 보내고 그 호텔 문을 두드렸다.

아직도 3, 4시간은 있고, 이제부터의 피로에 대비하여 수면을 충분히 취하고 배도 충분히 채워 두는 것이 좋겠다고 생각한 것은 아주 지당한 일이었다.

심부름꾼 하나가 나와서 문을 열어 주었다.

「이보라고.」하고 안드레아가 말했다. 「상 장 오 부아에서 왔는데 말야. 저녁은 거기에서 먹고 왔어. 밤중에 이곳을 지나는 마차에 탈 생각이었는데 마치 바보처럼 길을 잃고 말아서 4시간이나 숲속을 헤맸지 뭔가. 그래서 앞뜰에 면한 깨끗한 작은 방을 하나 부탁하고 싶네. 그리고 새고기하고 보르도 술을 한 병 가져다 주게.」

보이는 조금도 의심하지 않았다. 안드레아의 말하는 투가 그야말로 침착했기 때문이었다. 그는 궐련을 입에 물고 두 손은 외투 주머니에 넣고 있었다. 입고 있는 것은 취미가 고상하고 수염도 갓 깎고 구두도 나무랄 데가 없었다. 즉 아무리 보아도 귀가가 늦은 이 근처 사람으로밖에는 보이지 않았다.

보이가 방을 준비하고 있는 동안에 여주인이 깨어나 나왔다. 안드레아는 예의 그 상냥한 미소를 띠고 그녀를 맞이했다. 그리고 지난번 콩피에뉴에 왔을 때 묵은 적이 있는 3호실을 쓸 수 있게 해달라고 부탁했다. 그러나 공교롭게도 그 3호실에는 이미 누이동생을 데리고 여행중인 청년이 묵고 있었다.

안드레아는 그야말로 낙심한 모습이었다. 그러나 지금 준비하고 있는 7호실도 그 3호실과 똑같은 구조로 되어 있다는 얘기를 여주인으로부터 듣고 겨우 만족했다. 그리고 발을 녹이기도 하고 바로 얼마 전에 있었던 샹티의 경마 얘기 등을 하면서 방이 준비되었다는 통지를 기다렸다.

안드레아가 앞뜰에 면한 깨끗한 방을 일부러 입에 담았던 데에는 그만한 이유가 있었다. 그것은 이 『종과 병의 여관』의 앞뜰은 3층으로 된 각층의 외곽에 둘러싸여서 마치 극장처럼 보이고 재스민이나 모란 덩굴이 그 가느다란 열주(列株)를 따라 마치 자연의 장식처럼 기어오르고 있어서 여관의 정면으로서는 더할 수 없이 매혹적인 것이었기 때문이다.

새고기는 신선하고 포도주는 오래 묵은 것, 난로의 불은 밝고 탁탁 소리를 내면서 타고 있었다. 안드레아는 스스로도 놀랄 만큼 마치 아무 일도 없었던 듯이 왕성한 식욕으로 걸신 들린 것처럼 먹었다.

그런 다음에 그는 자리에 누웠다. 그리고 거의 동시에, 설사 마음에 거리끼는 것이 있더라도 스무 살의 젊은이라면 누구나가 그렇듯이 어떻게도 막을 수 없는 졸음에 휩쓸려 깊이 잠들고 말았다.

그런데 안드레아도 마음에 거리끼는 것을 틀림없이 가지고 있다고 말하고 싶지만 유감스럽게도 그는 그런 것은 가지고 있지 않았다.

안드레아가 세운 계획, 가장 안전하다고 생각한 계획은 이러했다.

우선 날이 새면 곧 깨어나서 정확하게 계산을 끝내고 호텔을 나선다. 그리고는 숲으로 들어가 그림공부를 한다는 구실로 어느 민가에서 머물 수 있도록 부탁한다. 그리고 나무꾼의 옷과 도끼를 한 자루 구해가지고 지금 입고 있는 멋쟁이 옷을 벗고 노동자 같은 차림새를 한다. 그리고 손은 흙탕투성이로 만들고 머리칼은 납빛으로 갈색을 만들고 얼굴은 옛날 동료들에게서 배운 약을 조제해서 그야말로 볕에 그을은 것 같은 빛깔로 만든다.

그리고 밤에만 걷고 낮동안엔 숲이나 채석장에서 잠을 자고 인가가 있는

99. 종과 병의 여관

마을에는 다만 식량을 구하러 갈 때 외에는 접근하지 않도록 하며 숲에서 숲으로 건너뛰어 가장 가까운 국경에 나간다.

국경을 넘게 되면 가지고 있는 다이아몬드를 팔아서 돈으로 바꾸고 그것을 만약을 위해 항상 몸에 지니고 있는 열 장의 지폐와 합친다. 그러면 아직도 오만 리블이라는 돈이 수중에 있게 된다. 이것은 그의 생각대로라면 그렇게 곤궁한 상태는 아닌 것이었다.

또한 그는 당그랄 가가 체면상 이러한 재난에 대한 소문을 잠재우려 할 것이 틀림없다고 굳게 믿고 있었다.

다만 피곤해서 뿐만 아니라 이러한 이유로 해서 안드레아는 곧 깊이 잠들 수가 있던 것이다.

더욱이 될 수 있는 대로 빨리 깨어나기 위해서 안드레아는 미늘창은 닫지 않고 다만 문에 빗장만을 걸고 그리고 나이트 테이블 위에는 언제나 몸에 지니고 다녀서 그 예리함을 알고 있는 끝이 뾰족한 칼을 칼집에서 뺀 채 올려 놓고 있었다.

아침 7시 반경, 안드레아는 얼굴 위에서 희롱하고 있는 반짝반짝 빛나는 따뜻한 햇살에 눈을 떴다.

머릿속이 정리되어 있는 사람들에게 있어서는 그때 가장 머리를 지배하고 있는 생각은——어떤 경우에나 이러한 생각이 반드시 한 가지는 있는 법이다——항상 맨 나중에 잠자리에 들고 그리고 깨어남과 동시에 맨 먼저 머리에 떠오르는 법이다.

안드레아도 아직 완전히 잠에서 깨기 전에 언뜻 그러한 생각이 그를 사로잡고 아뿔싸 너무 잠을 오래 잤군, 하고 자기 자신에게 소근거렸다.

그는 침대에서 뛰어내려 창가로 달려갔다.

헌병이 한 사람 앞뜰을 가로지르고 있었다.

무릇 헌병이라는 것은 마음에 아무런 불안도 없는 사람에게도 이 세상에서 가장 눈에 띄기 쉬운 존재이다. 하물며 전전긍긍하고 있는 사람이나 그렇게 될 어떤 이유를 가지고 있는 인간에게 있어서는 헌병 제복의 저 노랑, 파랑, 하양은 저도 모르게 몸서리가 쳐지는 빛깔인 것이다.

『어째서 헌병이 있는 걸까?』하고 안드레아는 생각했다.

그러나 그는 곧 독자 제군도 이미 깨달았을 그 특유의 논리로 그 자문에 대답했다.
『여관에 헌병이 있다고 해서 별로 놀랄 일은 아니다. 하지만 어떻든 옷을 갈아입자.』
그리고 그는 재빨리 옷을 몸에 걸쳤다. 수개월 동안 파리에서 유행을 쫓는 생활을 보내며 그동안 노상 시복의 시중을 받아왔음에도 불구하고 이러한 민첩성은 아직도 잃고 있지 않았다.
『좋아.』 하고 옷을 입으면서 안드레아는 중얼거렸다. 『저놈이 가버릴 때까지 기다리자. 그리고 저놈이 없어지거든 도망을 쳐야지.』
이러한 말을 중얼거리면서도 안드레아는 구두를 신고 넥타이를 매고 살그머니 창가로 다가가 머슬린 커튼을 다시 한 번 쳐들어 보았다.
최초의 헌병이 가버리기는커녕 또 한 사람, 파랑과 노랑과 하양의 제복을 입은 헌병이 그에게는 유일한 출구인 층계 아래에 있는 것이 눈에 띄었다. 다시 세 번째 헌병이 말을 타고 기총을 손에 든 채 그에게는 유일한 탈출구인 한길에 면한 대문께에 서서 감시를 하고 있었다.
이 세 번째 헌병이 이 자리의 사정을 분명히 말해 주고 있었다. 왜냐하면 그 헌병 앞에 구경꾼들이 반원을 그리고 호텔 입구를 딱 봉쇄하고 있었기 때문이다.
『나를 찾고 있는 거다!』 안드레아의 머리에 맨 처음 떠오른 생각은 이것이었다. 『제길!』
그의 얼굴은 순식간에 창백해졌다. 그는 불안스러운 눈으로 주위를 둘러보았다.
그의 방에는 이 층에 있는 다른 모든 방과 마찬가지로 누구의 눈에나 노출되게 되어 있는 외곽으로 나가는 출입문 외에는 출구가 없었다.
『이제는 다 틀렸다!』 이것이 다음에 떠오른 생각이었다.
실상 안드레아와 같은 입장에 있는 사람에게 체포는 곧 중죄 재판소, 판결, 사형, 인정사정도 없고 유예도 없는 사형을 뜻하고 있었다.
순간 그는 경련이 일어난 듯이 머리를 두 손으로 감싸쥐었다.
그 한순간 동안 그는 공포에 휩싸인 나머지 미칠 것만 같았다.
그러나 이윽고 그의 머릿속에서 꿈틀대던 무수한 생각 중에서 하나의 희망적인 생각이 번뜩였다. 가냘픈 미소가 창백한 입술과 마비된 볼 위에

99. 종과 병의 여관

떠올랐다.

그는 주위를 둘러보았다. 그가 찾고 있던 것은 대리석 책상 위에 모두 갖추어져 있었다. 그것은 펜과 잉크 그리고 종이였다.

그는 펜을 잉크에 담갔다가 애써 흔들리지 않으려고 안간힘을 다하면서 편지지의 첫 장째에 다음과 같은 몇 줄을 썼다.

　　나에게는 지불할 숙박료가 없습니다. 그러나 나는 부정직한 사람은 아닙니다. 저당으로서 지불할 금액의 열 배에 해당하는 이 핀을 놓고 갑니다. 새벽에 도망친 것을 용서하십시오. 나는 부끄러웠던 것입니다.

그는 넥타이에서 핀을 뽑아 그것을 종이 위에 놓았다.

그리고 나서 그는 빗장을 꽂은 채로 두지 않고 버젓이 벗기고 다시 문을 반쯤 열어서 방을 나갈 때 미처 닫지 못한 것처럼 보이게 했다. 그리고 이러한 재주에는 그야말로 익숙한 사람답게 난로 안으로 기어들어가 데이다메이아 (아킬레우스에게 유혹된 스킬로스의 왕녀)의 방에 있는 아킬레우스(《일리아드》에 나오는 그리스의 영웅)를 그린 간막이를 앞으로 끌어당기고 잿속의 발자국을 완전히 지워 버렸다. 그리고 이제는 그에게 있어서 유일한 구원의 길인 활 모양으로 휜 굴뚝 안을 기어오르기 시작했다.

바로 그때, 아까 안드레아의 눈에 맨 먼저 띈 그 헌병이 경위를 앞세우고 층계를 올라왔다. 그의 배후에는 제2의 헌병이 층계 밑에 버티고 서 있었다. 그리고 이 제2의 헌병은 대문께에 서 있는 제3의 헌병으로부터 엄호를 받을 수 있게 되어 있었다.

안드레아가 지금까지 백방으로 애를 써서 겨우 모면해온 이러한 임검을 지금 어떻게 해서 받게 되었는지 그 경위를 보면 다음과 같다.

그날 이른 아침, 전신이 사방팔방으로 날아갔다. 그리고 거의 동시에 이 통지를 받은 각 지방은 곧 관헌을 동원하여 카도루스 살해범 수사에 나선 것이었다.

이궁(離宮) 소재지이며 수렵장이고 동시에 부대 주둔지이기도 한 콩피에뉴에는 관리나 헌병 또는 경찰관이 충분히 배치되어 있었다. 그런 까닭으로 전신 명령을 받자마자 즉시 임검이 개시되었고 『종과 병의 여관』은 이 고장

제일의 호텔이었으므로 당연히 여기에서부터 시작된 것이었다.
  게다가 그날 밤 시청 경비를 맡고 있던 보초들의 보고에 의해 그날 밤 몇몇 여행자가 호텔에 투숙했다는 사실이 확인되어 있었다.
  더욱이 아침 6시에 교대한 보초는 마침 감시를 하고 있을 때, 즉 4시를 조금 지났을 때 하얀 말을 타고 꽁무니에 시골 소년을 태운 한 젊은이를 보았는데 그 젊은이는 광장에서 말을 내릴 때 어린애와 말을 돌려보낸 뒤 호텔로 가서 문을 두드렸고 문이 곧 열려 젊은이가 안으로 들어가자 다시 닫혀진 것을 생각해냈다.
  그래서 그렇게 늦은 시간에 찾아온 그 청년에게 혐의가 돌아간 것이다.
  그리고 그 청년이야말로 안드레아였던 것이다.
  이러한 사실에 확신을 가지고 경위와 헌병 반장은 안드레아의 방을 향해서 돌진해왔다.
  그러나 그의 방 문은 반쯤 열려 있었다.
  「어렵쇼!」하고 직업상 범인의 간계를 충분히 알고 있는 너구리 같은 헌병 반장이 말했다. 「문이 열려 있다는 것은 좋지 않은 표시인걸! 오히려 빗장이 삼중으로 걸려 있는 편이 났는데!」
  실상 안드레아가 탁자 위에 놓아 두고 간 짧은 편지와 핀이 그 불행한 사실을 입증했다, 아니 입증했다기보다 오히려 입증하고 있는 것처럼 보였다.
  안드레아는 도망을 치고 없었다.
  우리는 지금 『입증하고 있는 것처럼 보였다』라고 말했다. 그렇게 말한 것은 이 헌병 반장은 다만 한 가지 증거만으로 물러가고 말 사나이가 아니었기 때문이다.
  그는 주위를 둘러보고 침대 밑을 들여다보았다. 다시 커튼을 들쳐 보고 옷장을 활짝 열어 본 뒤 난로 앞에 발을 멈추었다.
  안드레아가 조심한 덕분에 잿속에는 그가 밟은 자국은 하나도 남아 있지 않았다.
  하지만 이것은 출구였고 특히 지금과 같은 경우에는 어떤 출구라도 엄밀하게 조사해 볼 필요가 있었다.
  그래서 헌병 반장은 장작 한 묶음과 짚을 가져오게 했다. 그리고 그것을 박격포에 포탄을 재우듯이 난로에 집어넣고 불을 붙였다.

불길이 타오르자 벽돌로 된 내벽이 탁탁 튀는 소리를 냈다. 연기가 자욱히 기둥처럼 굴뚝으로 뿜어올라 마치 화산의 검은 분연(噴煙)처럼 하늘로 솟아올랐다. 그러나 기대는 어긋나 범인은 떨어져내리지 않았다.

왜냐하면 안드레아는 어렸을 때부터 사회를 적으로 돌리고 싸워왔기 때문에 설사 상대가 반장이라는 훌륭한 지위에까지 오른 헌병이라 하더라도 헌병 정도의 두뇌는 가지고 있었기 때문이었다. 그래서 불을 피우리라는 것을 벌써 예상하고 지붕 위에 올라가서는 굴뚝 위에 웅크리고 있었던 것이다.

순간 그는, 어쩌면 살아날 수 있을지도 모르겠는걸, 하고 희망을 가졌다. 그것은 헌병 반장이 다른 두 사람의 헌병을 부르고는 큰소리로 이렇게 외치고 있는 것이 귀에 들어왔기 때문이었다.

「도망쳤는걸!」

그러나 살그머니 고개를 내밀고 보았더니 이런 소리를 들으면 당연히 철수를 해야 할 텐데도 그 두 사람의 헌병이 아까보다도 더 눈을 번뜩이면서 감시를 하고 있는 것이 보였다.

안드레아도 주위를 둘러보았다. 16세기에 세워진 당당한 시청 건물이 마치 음산한 성벽처럼 솟아 있었다. 그의 오른쪽에 있는 이 시청 창문으로부터는 마치 산꼭대기에서 골짜기를 내려다보듯이 이쪽 지붕이 구석구석까지 바라보였다.

안드레아는 헌병 반장의 얼굴이 그 창문의 어느 하나에 언제 나타날는지 알 수 없다는 것을 알고 있었다.

만일 발견되는 날이면 모든 것이 끝장이다. 지붕 위에서 쫓기게 되는 날에는 살아날 기회는 우선 없다.

그래서 그는 굴뚝은 굴뚝이지만 지금 올라온 것이 아니라 다른 것을 타고 내려가기로 결심했다.

그는 연기가 전혀 나오고 있지 않은 굴뚝을 찾아 그곳까지 지붕 위를 기어서 가고 아무에게도 들키지 않고 구멍 속으로 모습을 감추었다.

바로 그 순간에 시청의 조그만 창문이 하나 열리고 헌병 반장이 고개를 내밀었다.

한동안 그 고개는 건물의 장식돌의 돋을새김처럼 꼼짝도 하지 않았다. 이윽고 그 고개는 낙심한 듯한 긴 한숨을 쉬면서 도로 들어갔다.

헌병 반장은 자기가 대표하는 법률 그 자체와도 같은 냉정함과 위엄을 간직하고 광장에 모인 군중이 질문을 퍼붓는 가운데 대답 한마디 하지 않고 호텔로 돌아왔다.

「어떻게 됐습니까?」하고 이번에는 두 사람의 헌병이 물었다.

「응」하고 반장은 대답했다. 「그놈은 확실히 오늘 아침 일찍이 도망쳤음이 분명해. 하지만 비렐 코트레와 노와이용으로 가는 가도에 추격대를 파견해서 숲속을 뒤지게 해야지. 잡고야 말 테다, 꼭 틀림없이.」

이 존경스러운 관리가 헌병 반장 특유의 어조로 『꼭 틀림없이』라고 명쾌하게 말한 순간에 공포의 긴 외마디 소리와 함께 요란한 벨 소리가 호텔 앞뜰에 울려퍼졌다.

「아니, 저건 대체 무슨 소리지?」하고 헌병 반장이 소리질렀다.

「손님이 몹시 급한 모양이다.」하고 주인이 말했다. 「벨이 울리는 곳은 몇 호실이지?」

「3호실입니다.」

「이봐, 자네 빨리 가보라고!」

그때 또다시 비명 소리와 벨 소리가 한층 더 요란하게 울려퍼졌다.

급사는 황급히 뛰어나갔다.

「아니, 기다려!」하고 헌병 반장이 그 급사를 멈춰 세우고 말했다. 「그 벨은 급사를 부르고 있는 것이 아닌 것 같아. 헌병을 한 사람 보내 보지. 3호실에 묵고 있는 손님은 어떤 사람이지?」

「어젯밤 누이동생과 함께 역마차로 도착하신 젊은 분입니다. 침대 두 개가 있는 방이 좋겠다고 말씀하셨기 때문에.」

그때 벨이 그야말로 불안에 찬 음향으로 다시 울렸다.

「내가 가보겠습니다. 경위님!」하고 헌병 반장이 소리질렀다. 「따라와 주세요. 곧 뒤로.」

「잠깐 기다리세요.」하고 주인이 말했다. 「3호실에는 층계가 두 개 달려 있습니다. 바깥쪽과 안쪽에.」

「좋아!」하고 헌병 반장이 말했다. 「나는 안쪽으로 가겠다. 그곳은 내가 맡는다. 총은 틀림없이 장전해 놓았겠지?」

「네, 반장님.」

「좋아, 그렇다면 너희들은 바깥쪽을 지키는 거다. 만일 놈이 도망을 치려고 하면 사정없이 쏘아 버려. 전신에 의하면 중죄 범인이라고 하니까.」

헌병 반장은 경위를 데리고 곧 안쪽의 층계로 모습을 감추었다. 그 뒤를 쫓듯이 지금 반장이 안드레아에 대해서 한 말로 사실을 알게 된 구경꾼의 환성이 와아 하고 올랐다.

이런 일이 벌어지게 된 것은 실은 다음과 같은 일이 있었기 때문이었다.

안드레아는 실로 교묘하게 굴뚝을 3분의 2까지 내려왔으나 그곳에서 그만 발을 헛디디고 말아 두 손으로 버틴 보람도 없이 생각지도 못했던 속력으로 게다가 요란한 소리를 내며 떨어지고 만 것이다.

만일 이것이 아무도 없는 방이었다면 아무 일도 없었을 테지만 공교롭게도 그 방에는 손님이 묵고 있었다.

두 여자가 한 침대에 누워 있다가 그 소리에 눈을 떴다.

두 사람의 시선은 소리가 난 쪽으로 쏠렸다. 그리고 난로의 아궁이로 한 사나이가 기어나오고 있는 것을 본 것이었다.

두 사람 중 금발의 여인이 온 집안에 울려퍼진 그 무서운 비명을 지른 것이었다. 그리고 다른 한편의 흑발의 여인이 초인종 노끈에 달려들어 힘껏 그것을 잡아당겨 위급한 상황을 알린 것이었다.

안드레아는 보시다시피 재수가 없었던 것이다.

「부탁입니다!」 하고 그는 창백한 얼굴로 완전히 이성을 잃은 채 누구를 상대로 말을 하고 있는지도 모르고 소리질렀다. 「부탁입니다! 사람을 부르지 말아 주세요! 살려 주세요! 당신들에게는 아무런 나쁜 일도 하지 않을 테니까요.」

「살인자 안드레아!」 하고 그 아가씨들 중 하나가 소리질렀다.

「으제니다! 당그랄 양이다!」 하고 카바르칸티는 중얼거렸다. 그의 공포는 놀라움으로 변했다.

「살려 줘요! 살려 줘요!」 하고 다르미 양이 힘이 빠져서 축 늘어진 으제니의 손에서 초인종을 빼앗아 으제니보다도 좀더 힘있게 울리면서 소리질렀다.

「도와 주세요. 쫓기고 있습니다!」 하고 안드레아가 두 손을 모아쥐면서 말했다. 「제발 살려 주세요. 부탁입니다, 나를 헌병들에게 인도하지 말아

주세요.」

「이미 늦었어요. 사람이 올라오고 있어요.」 하고 으제니가 대답했다.

「그렇담 어디든 숨겨 주세요. 그리고 아무 이유도 없이 무서워졌었다고 말씀해 주세요. 의심을 풀게 해주세요. 그러면 내 목숨은 살아날 수 있습니다.」

두 아가씨는 서로 꽉 끌어안고 이불 안에 기어든 채 이러한 애원에도 아무 대답을 하지 않았다. 두 사람의 마음속에는 온갖 공포와 혐오감이 뒤엉켜 있었다.

「좋아요, 알았어요!」 하고 으제니가 말했다. 「지금 온 곳으로 해서 돌아가세요, 이 한심한 인간 같으니! 잠자코 있어 줄 테니까.」

「여기다! 여기다!」 하고 그때 층계참 쪽에서 소리가 났다. 「여기에 있다! 찾아냈다!」

실상 헌병 반장은 열쇠 구멍에 눈을 갖다대고 안드레아가 서서 애원을 하고 있는 것을 보고 만 것이었다.

개머리판으로 힘껏 내리치자 자물쇠가 부서져 날아갔다. 다시 한 번 내리치자 빗장도 날아갔다. 문짝은 망가져서 방안 쪽으로 쓰러졌다.

안드레아는 앞뜰에 면한 외곽으로 나가는 다른 한쪽 문으로 달려가 냉큼 문을 열고 뛰어내리려고 했다.

그러나 거기에는 두 사람의 헌병이 기총을 손에 들고 서 있다가 그를 보자 철커덕 조준을 맞추었다.

안드레아는 저도 모르게 퍼뜩 발을 멈추었다. 그리고 그대로 우뚝 선 채 창백한 얼굴을 하고 상체를 약간 뒤로 젖히고는 이미 아무 쓸모도 없게 된 칼을 경련하는 손에 움켜쥐고 있었다.

「도망치세요!」 하고 다르미 양이 공포심이 희박해짐에 따라 차츰 불쌍한 생각이 들어서 소리질렀다. 「도망치세요!」

「그렇지 않으면 자살을 하는 거예요!」 하고 으제니가 투기장에서 승리한 투기자를 향해 패배한 상대의 숨통을 끊으라고 엄지손가락으로 명령하는 베스타 여신의 무녀 같은 어조와 태도로 말했다.

안드레아는 부르르 몸을 떨었다. 그리고는 상대를 업신여기는 듯한 엷은 웃음을 띠면서 그녀를 물끄러미 바라보았다. 그 냉소는 썩어빠진 그로서는 죽음으로써 명예를 지킨다는 저 숭고한 엄숙함을 이해할 수 없다는 것을 말해 주고 있었다.

「자살이라고요?」하고 그는 칼을 내던지면서 말했다. 「대체 무엇 때문에 말인가요?」

「하지만 당신은 당신 자신이 말했잖아요.」하고 당그랄 양이 소리질렀다. 「나는 사형을 당하게 된다. 극악무도한 흉악범으로서 처형을 당하게 된다고 말예요!」

「뭘, 까짓것.」하고 카바르칸티는 팔짱을 끼면서 대답했다. 「나에게는 친구가 여러 사람 있으니까.」

헌병 반장은 사벨을 쥐고 안드레아 쪽으로 다가왔다.

「이것 보라고.」하고 카바르칸티가 말했다. 「그걸 칼집에 넣어 주었으면 좋겠어. 얌전하게 체념하고 있는 사람에게 그렇게 어마어마하게 대들 필요는 없을 테니까.」

그렇게 말하고 그는 두 손을 내밀어 수갑을 채우게 했다.

두 아가씨는 사교계에서 날리던 사나이가 화려한 의상을 벗어던지고 순식간에 본래의 도형수로 돌아가는 비참한 변모가 자기들 눈앞에서 벌어지는 것을 공포에 떨면서 바라보고 있었다.

안드레아는 두 사람 쪽을 돌아보며 뻔뻔한 미소를 지으면서 「아버지에게 뭔가 전할 얘기는 없는가요, 으제니 양?」하고 말했다. 「아무래도 파리로 되끌려가야 할 모양이니까.」

으제니는 두 손으로 얼굴을 가렸다.

「저런, 저런」하고 안드레아가 말했다. 「조금도 부끄러워할 것은 없어요. 게다가 역마차로 뒤를 쫓아왔다고 해서 조금도 당신을 나쁘게 생각하지는 않아요……. 어떻든 나는 당신의 남편이 될 뻔한 사람이니까요.」

이런 빈정거림의 말을 내뿜은 뒤 안드레아는 두 가출 아가씨를 쥐구멍에라도 들어가고 싶은 부끄러움과 구경꾼들의 제멋대로의 평판에 내맡긴 채 나가 버렸다.

그로부터 1시간 뒤 두 아가씨는 모두 여자 옷을 입고 여행마차에 올라탔다.

처음에는 기다리고 있는 호기심에 찬 눈에 두 사람을 노출시키지 않으려고 호텔 문은 닫혀져 있었다. 그러나 일단 문이 열리자 두 사람은 눈을 빛내며 작은 소리로 수군거리고 있는 구경꾼들 사이를 헤치고 나가지 않으면 안 되었다.

으제니는 창의 해가리개를 내렸다. 그러나 바깥은 보이지 않게 되었지만 목소리는 들렸다. 그리고 비웃는 소리가 그녀의 귀에까지 들려왔다.

「아아, 어째서 이 세상이 사막이 아닐까?」하고 그녀는 다르미 양의 팔 안에 몸을 던지고 노여움으로 눈을 번쩍거리면서 소리질렀다. 그 노여움은 일찍이 네로 황제로 하여금『로마 국민이 목을 하나밖에 가지고 있지 않다면 한칼에 잘라 버리고 말 텐데.』하고 말하게 한 그 노여움과 같은 것이었다.

다음날 두 사람은 브뤼셀의 플랑드르 호텔에 투숙했다.

안드레아는 그 전날부터 콩세르쥘리 감옥에 수감되어 있었다.

100. 법   률

이미 독자들도 아시다시피 으제니와 다르미 양은 멋지게 변장을 하고 도망을 쳤지만 이것은 다른 사람들이 자기 자신의 일에 정신이 팔려 두 사람의 일을 잊고 있었기 때문이었다.

파산의 환영(幻影)을 눈앞에 보며 이마에 땀을 흘리면서 거대한 부채액을 계산하고 있는 은행가는 잠시 그대로 두고 한순간 큰 타격을 받고 평소의 의논 상대인 루시앙 도브레를 만나러 간 남작 부인의 뒤를 쫓아가 보기로 하자.

왜냐하면 남작 부인은 이번의 결혼 얘기를 기화로 으제니 같은 성격의 딸과 함께 있는 여러가지로 성가신 가정교사를 쫓아내려고 생각하고 있었기 때문이다. 게다가 또 가정 안에 계급적인 관계를 유지하는 암묵의 약속 같은 것이 있는 이상, 어머니는 딸에 대해 언제나 총명함과 완벽한 인간으로서의 모범을 보이지 않으면 정말로 딸을 지배할 수는 없기 때문이었다.

그런데 당그랄 부인은 으제니의 통찰력과 다르미 양의 조언을 두려워하고 있었다. 부인은 도브레를 보는 딸의 눈 속에서 무언가 모멸적인 것을 느끼고 있었다. 그 눈빛은 딸이 자기와 도브레 사이의 연애 관계나 금전 관계의 비밀을 모두 알고 있음을 나타내고 있는 것처럼 생각되었다.
 그러나 부인이 좀더 날카롭고 좀더 깊이 해석하려는 노력을 했다면 으제니가 도브레를 싫어하는 것은 그가 아버지 집안의 불행이나 악평의 원인이었기 때문이 아니라 그녀는 단지 그를 옛날 디오게네스가 인간이라고 부르지 않고『두 발 짐승』이라고 부르고 또 플라톤이 완곡하게 날개 없는 두 발 달린 짐승이라고 부른, 그러한 부류의 동물이라고 생각하고 있었기 때문임을 알 수 있었을 것이다.
 불행하게도 이 세상에서는 각자가 자기의 일만을 생각하고 다른 사람의 입장을 생각하려고 하지 않는다. 당그랄 부인도 으제니의 결혼이 깨어진 것을 다만 자기의 입장에서 몹시 아쉬워했을 뿐이었다. 즉 부인은 이 결혼이 딸에게 있어서 아주 걸맞는, 어울리는 것이며 딸이 행복해질 것이 틀림없다고 생각한 것이 아니라 이 결혼에 의해서 자기가 자유로워질 것이라고 생각한 것이었다.
 어쨌든 부인은 지금 말한 것처럼 도브레의 집으로 달려갔다. 그러나 그는 파리의 여러 명사들과 더불어 결혼 계약식과 거기에 이어서 일어난 큰 소동에 입회한 뒤에 서둘러 그의 클럽으로 되돌아와 있었다. 그리고 몇몇 친구들과 함께『세계의 수도』라고도 일컬어지는, 특별히 스캔들을 좋아하는 이 도시 속에서 지금 4분의 3의 사람이 한창 화제로 삼고 있는 이 사건에 대해서 이야기하고 있었다.
 문지기가 도브레는 아직 돌아오지 않았다고 분명히 말을 했음에도 불구하고 당그랄 부인은 검은 옷을 입고 긴 베일로 얼굴을 가린 채 도브레의 방으로 가는 층계를 올라갔는데 바로 그때 도브레는 친구의 한 사람으로부터 그런 큰 소동을 일으킨 이상에는 당그랄 가의 친구로서 아무래도 으제니 당그랄과 결혼을 하여 이백만 프랑의 지참금을 받을 의무가 있지 않느냐는 말을 듣고 그것을 부정하느라 쩔쩔매고 있었다.
 그러면서도 도브레에게는 상대방이 그렇게 구슬러 주기를 바라는 기분도 있었다. 왜냐하면 그러한 생각이 자주 그의 머리에도 떠오르곤 했었기 때문이었다.
 그러나 그는 으제니라는 여성, 속박을 싫어하고 자존심이 강한 그녀의 성격을 잘 알고 있었기 때문에 때로는 완전히 수세적인 태도를 취하여 그러한 결혼은 불가능하다, 도저히 생각할 수 없는 일이다라고 말하고 있었다. 그러나 모든 모랄리스트들의 말에 의하면 십자가 뒤에 사탄이 도사리고 있듯이 아무리 청렴하고 순수한 사람의 마음속에도 반드시 사악한 마음이 숨어 있다고 하는데 그도 그러한 사념(邪念)에 의해 노상 남모르게 마음이 뒤흔들리고 있었다.

　차를 마시기도 하고 놀음을 하기도 하고 또는 보다시피 흥미있는 문제인만큼 마냥 이야기에 꽃을 피우기도 하는 가운데 오전 1시가 되었다.

　그러는 동안 도브레의 하인에게 안내된 당그랄 부인은 여전히 베일로 얼굴을 가린 채 가슴을 두근거리면서 녹색의 조그만 객실 안에 있는 두 개의 꽃바구니 사이에 앉아서 하염없이 기다리고 있었다. 그 꽃바구니는 부인이 그날 아침 보낸 것이었는데 도브레는 자기 손으로 그 꽃의 배치 방법이나 겹쳐진 상태에 신경을 써서 필요없는 가지 따위를 잘라내기도 했었다. 그러한 그의 마음 씀씀이를 보고 있자니까 부인은 그가 집에 없는 것을 용서해 주어도 괜찮을 것 같은 마음이 들었다.

　1시 40분이 되자 당그랄 부인은 기다리기에 지쳐서 가두마차를 타고 자기의 집으로 돌아왔다.

　어떤 사교계의 부인들은 보통 밤중이 되기 전에는 집으로 돌아가지 않는다는 점에 있어서는 행운을 붙잡은 바람둥이 아가씨와 공통점을 가지고 있다.

　남작 부인은 으제니가 집을 빠져나갔을 때와 마찬가지로 이곳저곳에 마음을 쓰면서 집으로 돌아왔다. 그리고 슬며시 가슴이 죄어옴을 느끼면서 예의 으제니의 방과 이웃하고 있는 자기의 방으로 통하는 층계를 올라갔다.

　부인은 누군가 눈치를 채고 뭐라고 말을 할 것을 몹시 두려워하고 있었다. 그녀는——적어도 이러한 점만은 훌륭하다고 해도 좋지만——딸의 순진성과 아버지의 집에 대한 딸의 순종을 굳게 믿고 있었다!

　자기의 방으로 돌아온 부인은 으제니 방 쪽의 문에 귀를 갖다댔다. 그러나 아무 소리도 들리지 않았으므로 안으로 들어가 볼까 했다. 그러나 문에는 빗장이 걸려 있었다.

　당그랄 부인은 으제니가 오늘밤의 무서운 흥분에 지쳐서 잠자리에 들어가 벌써 잠이 든 모양이라고 생각했다.

　부인은 몸종을 불러서 물었다.

「아가씨는」 하고 몸종은 대답했다. 「다르미 님과 방으로 들어가셨습니다. 그리고는 차를 함께 마셨습니다. 그것이 끝나고는 이제는 더 할 일이 없으니까 물러가도 좋다고 하셨습니다.」

그런 뒤에 몸종은 내내 주방에 있었다는 것이었다. 다른 사람들과 마찬가지로 몸종도 두 아가씨가 방에 있는 것으로 믿고 있었다.

그래서 당그랄 부인은 아무런 의심도 품지 않고 잠자리에 들었다. 그러나 아가씨들의 일이 걱정없게 되자 그 사건에 대한 것이 또다시 머리에 떠올랐다.

머릿속이 또렷해짐에 따라 약혼식 때의 일이 생생하게 되살아났다. 그것은 단순한 추문이 아니라 큰 소동이었다. 단순히 창피할 정도의 일이 아니라 아주 면목이 없게 된 망신스러운 불명예였다.

그때 부인은 문득 최근 메르세데스의 남편과 아들이 큰 불행에 직면했을 때 자기가 메르세데스에게 조금도 동정을 베풀지 않은 것을 생각해냈다.

『으제니는 이제 끝장이다.』 하고 부인은 가슴속에서 말했다. 『그리고 우리들도 모두. 이 사건이 알려지게 되면 우리는 그야말로 창피한 꼴을 당하게 된다. 우리들의 사회에서는 웃음거리가 된다는 것은 그야말로 선혈이 낭자한, 다시 치유될 수 없는 상처를 입는 일이니까.』

『하지만 얼마나 고마운 일인가!』 하고 부인은 중얼거렸다. 『하느님이 으제니에게, 나까지도 곧잘 놀라지 않을 수 없는 저런 이상한 성격을 주셨다는 것은!』

그리고 부인은 고마움에 넘친 눈으로 하늘을 쳐다보았다. 하느님의 불가사의한 뜻은 이윽고 일어날 것이 틀림없는 사건을 생각해서 모든 것을 사전에 처리해 주시고 결점이나 또는 악덕을 때로는 하나의 행복을 만들어내시는 경우도 있는 것이다.

이어서 부인의 생각은 새가 날개를 펼치고 깊은 바다 위를 건너듯이 넓은 공간을 뛰어넘어 카바르칸티 위에 머물렀다.

『저 안드레아라는 사나이는 과연 비열한 사나이이고 도둑이고 게다가 살인자이다. 하지만 그 사나이에게는 완전한 교육이라고는 할 수 없지만 약간은 교육받은 것처럼 보이는 면도 있다. 그러니까 그 사나이는 명사들의 지지를 얻어서 그야말로 재산가인 듯이 행동하며 사교계에 뛰어들 수가 있었던 것이다.』

그러나 이렇게 복잡하게 뒤얽힌 사건은 어떻게 하면 뚜렷한 전망이 보이는 것일까? 이러한 궁지에서 벗어나기 위해서는 누구하고 의논을 하면 되는 것일까?

어쩌면 자기를 파멸시킬 사나이일지도 모르지만 어떻든 우선 자기가 사랑하는 사나이에게 도움을 구하고 싶은 여자의 충동으로 부인은 도브레를 찾아갔다. 그런데 도브레도 자기보다 좀더 유력한 사람에게 가서 의논을 하라는 조언밖에는 주지 못했을 것이다.

그래서 당그랄 부인은 빌포르 씨를 생각해냈다.

그러나 카바르칸티를 체포케 한 것은 빌포르 씨다. 마치 전혀 모르는 집안이기라도 한 듯이 자기의 가정에 인정사정도 없이 불행을 초래케 한 것은 빌포르 씨다.

그러나 곰곰이 생각하면 검찰총장도 결코 몰인정한 사나이는 아니었다. 결국 자기 의무의 노예인 한 사람의 사법관이었던 것이다. 난폭하기는 하지만 확실한 손으로 부패에 메스를 가한 성실하고 의연한 한 사람의 친구였던 것이다. 결코 잔인하고 무정한 사나이가 아니라 외과의였던 것이다. 우리 집의 사위로서 사교계에 소개한 저 타락한 청년의 몰염치로부터 당그랄 가의 명예를 지켜 남의 눈에 띄지 않게 해준 사람인 것이다.

당그랄 가의 친구인 빌포르 씨가 그러한 마음으로 행동해 주었다면 이 검찰총장이 사전에 무엇인가를 알고 있어서 안드레아의 책모를 이용했다고 생각할 수는 없다.

빌포르의 행동을 곰곰이 생각해 보자 그것이 서로의 공통된 이익에 입각한 것인 것처럼 남작 부인에게는 생각되어졌다.

그렇다고는 하더라도 검찰총장의 준엄함은 이 정도에서 그만두게 하지 않으면 안 된다.

부인은, 내일은 그를 방문해서 사법관으로서의 의무를 저버릴 수는 없다고 하더라도 하다못해 최대한 관대한 조처를 취하도록 해달라고 부탁해 보리라고 생각했다.

남작 부인은 과거의 일을 회상시켜 주리라고 생각했다. 옛날 일을 회상시켜서 서로 불의(不義)의 사이이기는 했으나 무척 즐거웠던 그 시기의 일을 빌미로 삼아 간청해 보리라고 생각했다. 빌포르 씨는 어쩌면 사건을 말소시켜 줄 것이다. 또는 적어도 불문에 붙여 줄 것이다(그러기 위해서는 다만 옆을 보고 있기만 하면 되는 것이다). 또는 하다못해 카바르칸티를 도망치게 해줄 것이다. 그리고 결석 재판에 의해 현존하지 않는 범인의 죄를 추궁하는 데 그쳐 줄 것이다.

이렇게 생각하자 부인은 겨우 편안하게 잠을 잘 수가 있었다.

다음날 아침 9시, 부인은 깨어나자 몸종도 부르지 않고 아무도 눈치채지 않게 살그머니 옷을 입었다. 그리고는 전날 밤과 마찬가지로 간단한 차림으로 층계를 내려 집을 나섰다. 프로방스 거리까지 걸어가고 거기에서 가두마차를 타고 빌포르 씨의 저택까지 갔다.

벌써 1개월째, 이 저주받은 집은 페스트 환자가 나온 검역소 같은 음산한 모습을 드러내고 있었다.

주거의 일부분은 내부로부터도 외부로부터도 굳게 닫혀져 있었다. 미늘창도 닫혀진 채였고 공기를 갈아 넣기 위해 잠깐 동안 열릴 정도에 지나지 않았다. 그때에는 창문에 하인의 당황한 듯한 얼굴이 나타나곤 했다. 그러나 창문은 곧 묘석이 무덤 위에 놓여지듯이 다시 닫혀지고 말았다. 그러면 근처 사람들은 소리를 죽여 서로 수군거리곤 했다.

「오늘도 또 검찰총장네 집에서 관이 나오려나?」

당그랄 부인은 이러한 음산한 집을 보고는 부르르 몸부림을 쳤다. 부인은 마차에서 내렸다. 그리고 무릎을 부들부들 떨면서 닫혀져 있는 문으로 다가가 초인종을 눌렀다.

부인이 세 번 초인종을 눌러 그 구슬픈 초인종 소리가 집 전체의 쓸쓸함과 하나가 된 듯이 울려퍼졌을 때 문지기가 가까스로 말을 주고받을 수 있을 만큼 아주 조금 문을 열고 얼굴을 내밀었다.

문지기는 한 부인이, 우아한 복장을 한 한 사교계의 부인이 서 있는 것을 보았다. 그러나 문은 여전히 거의 닫힌 그대로의 상태로 있었다.

「열어 줘요!」하고 남작 부인은 말했다.

「하지만 누구신지요?」하고 문지기가 물었다.

「누구시냐니? 당신은 나를 잘 알고 있을 텐데 그게 무슨 소리예요?」

「이젠 아무도 모릅니다.」

「모르다니? 정신 나갔어요?」하고 남작 부인은 소리질렀다.

「어디서 오셨는지요?」
「어머! 정말 이상하게 노는군.」
「부인, 명령입니다. 용서하십시오. 그런데 성함은요?」
「당그랄 남작 부인. 당신은 지금까지 여러 번 나를 만났잖아요!」
「혹은 그럴는지도 모르겠습니다만. 그런데 어떤 용건으로 오셨는지요?」
「어머! 정말 이상한 것을 다 묻는군! 하인이 무례하다는 것을 빌포르 씨에게 이를 거예요!」
「부인, 이것은 무례한 것이 아닙니다. 조심하고 있을 뿐입니다. 다브리니 씨의 지시가 있거나 아니면 검찰총잠님과 이미 약속이 되어 있지 않는 분은 들여보낼 수 없게 되어 있습니다.」
「그래요, 검찰총장님에게 볼일이 있어서 왔어요.」
「긴급한 용건인가요?」
「그런 건 보면 알 수 있잖아요! 나는 아직 마차를 타고 돌아가려 하고 있지는 않아요. 입씨름은 그만둬요. 여기에 내 명함이 있어요. 주인에게 갖다 드려요.」
「부인은 제가 돌아올 때까지 기다려 주시겠지요?」
「기다릴게요. 빨리 가요.」
 문지기는 당그랄 부인을 한길에 세운 채 문을 다시 닫았다.
 남작 부인은 실제로는 그렇게 오래 기다리지 않았다. 잠시 뒤에 문은 부인이 겨우 빠져나갈 수 있을 만큼 열렸다. 그리고 부인이 들어서자 다시 문은 닫혔다.
 앞뜰에 접어들었을 때 한순간도 문에서 눈을 떼지 않고 있던 문지기가 주머니에서 호루루기를 꺼내어 냅다 불었다.
 그러자 정면의 돌층계 위에 빌포르의 하인이 모습을 나타냈다.
「부인, 아무쪼록 저 사나이의 무례함을 용서하십시오.」하고 하인은 남작 부인을 맞이하러 다가서면서 말했다. 「하지만 저 사나이가 말씀드린 것은 틀린 것이 아닙니다. 빌포르 님으로부터 이렇게 하는 수밖에 도리가 없었던 것을 부인에게 전해 달라는 분부를 받았습니다.」
 앞뜰에서는 비슷한 경계하에서 겨우 통과된 한 상인이 물건을 조사받고 있었다.
 남작 부인은 돌층계를 올라갔다. 부인은 자기의 슬픔의 고리를 더욱 확대시켜가는 듯한 이 집의 이러한 슬픈 모습에 깊이 감동을 받았다. 그리고 자기에게서 눈을 떼지 않고 있는 하인의 인도를 받으며 검찰총장의 서재로 들어갔다.
 당그랄 부인은 자기가 이곳에 찾아온 동기에 대한 생각이 머리에 꽉 차 있었으나 하인들로부터 받은 취급에 몹시 분개하고 있었으므로 우선 거기에 대해 잔소리를 하지 않을 수가 없었다.
 그러나 빌포르가 고통에 찌푸러든 듯한 얼굴을 쳐들고 그야말로 슬픈 미소를 띠고 부인을 보았기 때문에 나오려던 불평도 입술 위에서 꺼지고 말았다.
「하인들이 저토록 무서워하고 있는 것을 용서하십시오. 나도 그들을 탓할 수는 없습니다. 그들은 언제나 사람들로부터 의심을 받고 있기 때문에 자기들도 남을 의심하게 된 것입니다.」
 당그랄 부인은 지금까지 여러 번 사교계에서 빌포르가 몹시 겁을 먹고 있다는 소문은 듣고 있었다. 그러나 그것을 자기의 눈으로 보기까지는 그가 이렇게까지 겁을 먹고 있을 줄은 미처 몰랐었다.
「그럼 당신도 불행하군요?」하고 부인은 말했다.
「그렇답니다.」하고 검찰총장은 대답했다.
「그럼 저에 대해서도 가엾다고 생각해 주시는 거죠?」
「진심으로 그렇게 생각합니다.」
「그럼 무엇 때문에 제가 왔는지 아시겠지요?」
「이번 사건 때문에 의논을 하러 오셨겠지요?」
「그래요. 정말 무섭고 불행한 일이에요.」
「즉, 재난이지요.」
「재난이라고요?」하고 남작 부인은 소리질렀다.
「그래요!」하고 검찰총장은 예에 따라 태연하고 침착하게 대답했다.「나는 돌이킬 수 없는 일이 아니고는 불행이라고는 부르지 않습니다.」
「그럼 사람들이 잊어 주리라고 생각하고 계세요?」
「모든 것은 잊혀지고 맙니다.」하고 빌포르는 말했다.「따님의 결혼만 하더라도 오늘은 틀렸지만 내일은 거뜬히 성사되는 수도 있습니다. 내일은 안 되더라도 일주일 뒤에는 가능할 수도 있습니다.

그런데 으제니 양의 약혼자를 놓친 것을 아쉬워하고 계신 모양인데 설마 진심으로 그렇게 생각하고 계신 것은 아니겠지요?」

당그랄 부인은 빌포르가 보인, 거의 사람을 깔보는 듯한 이러한 침착한 태도에 깜짝 놀라 그의 얼굴을 쳐다보았다.

「저는 지금 친구의 집에 와 있는걸까요?」하고 부인은 비통한 위엄이 담긴 어조로 물었다.

「그렇다는 것은 아실 텐데요?」하고 빌포르는 대답했다. 그렇게 분명하게 말하고는 그의 뺨은 어렴풋이 붉어졌다.

실상 이렇게 분명한 말투는 지금 두 사람 사이에서 문제가 되고 있는 것 이외의 일을 내비치는 것이었다.

「그렇다면」하고 남작 부인은 말했다.「좀더 부드럽게 대해 주세요, 빌포르 씨. 재판관으로서가 아니라 친구로서 얘기해 주세요. 제가 몹시 불행한 때에 저더러 명랑해지라는 말씀은 하지 말아 주세요.」

빌포르는 꾸벅 고개를 숙여 보였다.

「석 달 전부터 남의 불행에 대한 이야기를 들으면」하고 그는 말했다. 「자기의 불행을 생각하게 되는 몹쓸 버릇이 생기고 말았습니다. 그러면 스스로도 깨닫지 못하는 가운데 그 양쪽의 불행을 자기에게 편리하도록 비교해 보는 것입니다.

그런 이유로 당신의 불행 같은 것은 내 불행에 비한다면 아주 조그만 재난 정도로밖에는 생각되지 않는 겁니다.

내 처참한 입장에 비하면 당신의 입장은 오히려 부럽게까지 생각됩니다. 하지만 이러한 이야기는 당신의 비위에 거슬릴 테니까 그만두기로 하지요. 그런데 당신이 하고 싶다는 얘기는요?……」

「저는」하고 부인은 말했다.「그 사기꾼의 건이 대체 어떻게 되었는지 그걸 물어 보러 왔어요.」

「사기꾼이라고요?」하고 빌포르는 되물었다.「당신이 어떤 일은 가볍게 생각하고 어떤 일은 과장해서 생각하는 것은 그야말로 편견이군요. 저 안드레아 카바르칸티 씨가, 아니 차라리 베네데트 씨가 사기꾼이라는 말씀입니까? 그것은 당신의 착각입니다. 베네데트 씨는 그야말로 살인자입니다.」
「그렇게 결정하신 것이 틀렸다고는 하지 않겠어요. 하지만 당신이 그 불행한 사나이에게 엄격하게 하면 할수록 당신은 우리 가정을 망가뜨리고 있는 것이 되는 거예요. 어때요, 잠시 그에 대한 것을 잊어 주실 수는 없어요? 추적하시는 것을 그만두고 도망치게 해주세요.」
「오시는 것이 너무 늦었습니다. 명령은 이미 내려졌습니다.」
「그럼 만일 체포된다면…… 체포되리라고 생각하세요?」
「그렇게 되기를 희망하고 있습니다.」
「만일 체포된다면(형무소는 언제나 만원이라고 듣고 있습니다만) 어때요, 그냥 형무소에 가둬 둔 채로 둘 수는 없을까요?」
검찰총장은 그렇게 할 수는 없다는 듯한 몸짓을 했다.
「최소한 딸아이가 결혼을 할 때까지만!」하고 남작 부인은 덧붙였다.
「안 됩니다, 부인. 재판에는 절차라는 것이 있어서 말입니다.」
「비록 제가 부탁을 해도 말인가요?」하고 남작 부인은 반쯤은 미소를 띠고 반쯤은 진지한 얼굴로 물었다.
「누구의 부탁이라도 마찬가지입니다.」하고 빌포르는 대답했다.「내 경우든 다른 누구의 경우든 역시 마찬가지입니다.」
「어쩜!」하고 남작 부인은 말했다. 그러나 이러한 외마디 소리에 의해 불쑥 내뱉아진 마음속의 말을 굳이 덧붙이려고는 하지 않았다.
빌포르는 상대의 마음을 꿰뚫어보려는 듯한 눈길로 부인을 유심히 바라보았다.
「그래요, 당신이 하시려는 말을 나는 알고 있어요.」하고 그는 말했다.「당신은 지금 항간에 퍼져 있는 무서운 소문에 대해서 내비치고 계신 거예요. 벌써 3개월째 나에게 상복을 입게 하고 있는 저 죽은 사람들의 이야기, 기적적으로 바랑티느만은 목숨은 건졌지만 어느 죽음이나 자연사는 아니었다는 이야기 말이에요.」
「저는 그런 일은 결코 생각하고 있지 않았어요.」하고 당그랄 부인은 다급하게 말했다.
「아닙니다. 당신은 확실히 생각하고 계셨어요. 하지만 그것도 당연한 일입니다. 생각을 하지 않을 수가 없었을 테니까요. 당신은 낮은 목소리로 이렇게 말하고 계셨어요.『죄인을 쫓고 있는 너, 대답을 해봐라. 어째서 네 주변에는 벌을 받아야 할 사람이 벌을 받지 않고 그대로 있는 거지?』하고 말입니다.」

남작 부인의 얼굴이 새파래졌다.

「그렇지요? 마음속에서 그렇게 말씀하셨지요? 어떻습니까, 부인?」

「글쎄요! 시인해야 하겠군요.」

「그렇다면 거기에 대해서 대답해 드리지요.」

빌포르는 자기의 팔걸이의자를 당그랄 부인의 의자에 가까이 가져갔다. 그리고 두 손을 책상 위에 놓고 여느 때보다 가라앉은 어조로 이야기를 시작했다.

「범죄가 있더라도 벌을 받지 않는 경우가 있습니다.」하고 그는 말했다. 「그것은 범인을 분명히 알 수 없는 경우입니다. 죄 없는 사람을 진범으로 오인해서 목을 자를 우려가 있는 경우입니다. 하지만 범인이라는 것을 분명히 알게 된 경우에는(빌포르는 그렇게 말하면서 책상 정면에 걸려 있는 큰 십자가 쪽으로 손을 내밀었다) 범인이라는 것을 분명히 알게 된 경우에는」하고 그는 다시 되풀이했다. 「하느님에 맹세코 그것이 누구이든 사형에 처해지지 않으면 안 됩니다. 자, 내가 이렇게 맹세를 하고 그것을 지키겠다고 장담한 지금에도 부인, 그 사나이를 살려 주라고 감히 말씀하실 수 있습니까?」

「하지만」하고 당그랄 부인은 되받았다. 「그 사람이 남들이 말하는 대로 틀림없는 죄인이라고 분명히 단언하실 수 있습니까?」

「아니라고 생각하십니까? 이것이 그 사나이의 소송 기록입니다. 『베네데트, 우선 열여섯 살에 화폐 위조죄로 5년형에 처해짐.』보시다시피 장래가 두려운 젊은이입니다. 그리고 이윽고 탈옥, 그리고는 살인까지 감행했습니다.」

「대체 어떤 신분의 사나이일까요?」

「그런 것은 모릅니다! 코르시카 태생의 부랑자입니다.」

「그럼, 아무도 신원 인수인은 없었나요?」

「아무도 없었습니다. 양친조차 모르니까요.」

「그럼 그 루카에서 왔다는 사나이는요?」

「그도 그와 똑같은 사기꾼입니다. 아마도 공범자일 것입니다.」
 남작 부인은 두 손을 모두었다.
「빌포르……」하고 그녀는 더없이 상냥한, 애원하는 듯한 투로 말했다.
「부탁입니다, 부인!」하고 검찰총장은 냉담하다고 해도 좋을 정도의 또렷한 어조로 대답했다.「제발 부탁입니다. 나더러 죄인을 용서해 주라는 말씀은 하지 말아 주십시오.
 나를 대체 어떤 사람으로 생각하시는 겁니까? 나는 법률 그 자체입니다. 법률에 당신의 슬픔을 보는 눈이 있을까요? 법률에 당신의 부드러운 목소리를 들을 귀가 있을까요? 법률에 당신의 착한 마음을 이해할 만한 추억이 있을까요?
 그런 것은 없습니다, 부인. 법률은 명령합니다. 그리고 무자비하게 상대를 공략하는 것입니다.
 당신은, 나는 산 인간이지 법전이 아니다, 인간이지 책이 아니다라고 말씀하고 싶을 테죠. 하지만 부인, 나를 자세히 보세요. 내 주위를 자세히 보세요.
 사람들은 나를 형제로서 취급해 주었을까요? 나를 사랑해 주었을까요? 나를 위로해 주었을까요? 나를 소중히 여겨 주었을까요? 누가 이 빌포르를 위해서 용서를 빌어 준 사람이 있었을까요? 설사 그런 사람이 있었다고 하더라도 과연 내가 용서를 받은 예가 있었을까요?
 아니, 아니! 그런 일은 결코 없었습니다! 나는 언제나 두들겨맞고 있었습니다. 노상 두들겨맞기만 했습니다!
 당신은 반인반어(半人半魚)의 마녀같이 아름답고 마음을 녹일 듯한 눈으로 나에게 말을 걸어 내 얼굴을 붉히게 하려고 하고 있습니다. 그것도 좋겠지요. 당신이 알고 있는 일로 해서 얼굴을 붉혀야 할 일도 있습니다. 그러나 그 밖에도 얼굴을 붉히지 않으면 안될 일이 있는 것입니다.
 뭐, 그건 그렇다치고, 나는 내가 잘못을 저지른 뒤부터, 더욱이 어쩌면 다른 누구보다도 무거운 과오를 저지른 뒤부터, 그렇습니다, 그런 뒤부터는 다른 사람의 옷을 벗겨서 그 밑에 있는 종기를 찾아내려고 하게 되었습니다. 그리고 언제나 그것을 찾아낼 수가 있었습니다. 까놓고 말하면 나는 인간의 그러한 약점이나 사악의 흔적을 발견하면 기뻐서 어쩔 줄 모를 만큼 기분 좋은 상태가 되곤 했습니다.

즉, 내가 유죄라고 인정한 한 사람 한 사람, 내가 벌을 준 한 사람 한 사람은, 나만이 추악한 인간은 아니라는 산 증거, 새로운 증거처럼 나에게 생각되었던 것입니다!

아아! 아아! 이 세상 사람은 모두 악인입니다. 부인, 그것을 증명해 보입시다! 그리고 악인을 징벌합시다!」

빌포르는 이 마지막 말을 열에 들뜬 것처럼 노여움을 담고 말했다. 그 노여움은 그의 말에 잔인할 만큼의 웅변을 부여하고 있었다.

「하지만」 하고 당그랄 부인은 마지막 노력을 기울여 보려고 했다. 「당신은 그 젊은이는 부랑자이고 고아이고 모든 사람으로부터 버림받은 사나이라고 말씀하셨지요?」

「불쌍하지만 그래요. 아니 오히려 행복한 것인지도 모르지요. 하느님의 뜻은 누구도 그를 위해서 우는 사람이 없게끔 조처하신 것입니다.」

「그것은 약자를 괴롭히는 것과도 같아요.」

「그 약한 자가 살인을 한 것은요?」

「하지만 그 사나이의 불명예는 우리 집에 흙탕을 칠하는 것이 돼요.」

「우리 집에는 죽은 사람이 속출하지 않았다는 것입니까?」

「오오!」 하고 당그랄 부인은 소리질렀다. 「당신은 타인에 대해서는 털끝만치도 동정심이 없는 분이에요. 좋아요! 저도 분명히 말씀드리지요. 이제부터는 당신에 대해서는 조금도 동정 같은 건 하지 않겠어요.」

「좋습니다……」 하고 빌포르는 위협하는 듯한 몸짓으로 팔을 허공에 대고 휘둘렀다.

「그 사나이가 체포되더라도 그 심리를 최소한도 다음 재판까지 연기해 주시지 않겠어요? 그렇게 하면 6개월 뒤의 일이 되니까 세상 사람들도 잊어버리고 말 텐데.」

「그렇게는 할 수가 없습니다.」 하고 빌포르는 말했다. 「아직 5일이나 있습니다. 취조는 끝났습니다. 5일, 그것은 나에게 있어서는 충분하고도 남습니다. 게다가 부인, 알아 주실 수 없겠습니까? 나 역시 잊어버리고 싶습니다. 그래서 일을 할 때는 밤낮없이 일에 몰두합니다. 일을 하고 있으면 생각을 하지 않아도 되니까요. 생각을 하지 않으면 나는 마치 죽은 사람처럼 행복해질 수가 있습니다. 고통을 받는 것보다는 이쪽이 훨씬 더 나으니까요.」

「그 사나이는 도망쳤어요. 제발 이대로 도망치게 내버려 두세요. 그냥 내버려 두는 정도는 어렵지 않게 하실 수 있지 않아요?」

「하지만 아까도 말씀드린 대로 이미 늦었습니다. 새벽에 전신기로 명령이 발송되고 말았습니다. 지금쯤은……..」

「영감님」하고 하인이 들어와서 말했다.「용기병이 내무장관으로부터 급한 편지를 가지고 왔습니다.」

빌포르는 그 편지를 받아들고는 급히 봉함을 뜯었다.

당그랄 부인은 겁을 먹고 몸서리를 쳤다. 빌포르는 기쁨으로 몸을 떨었다.

「체포했어!」하고 빌포르는 외쳤다.「콩피에뉴에서 체포했어요. 이것으로 모든 것이 끝난 셈입니다.」

당그랄 부인은 파랗게 질려가지고 냉랭한 태도로 자리에서 일어났다.

「안녕히 계세요.」하고 부인은 말했다.

「안녕히 가세요, 부인.」하고 검찰총장은 부인을 출입문까지 배웅하면서 기쁨을 못 이겨 뛸 듯이 좋아하면서 대답했다.

그리고는 다시 서재로 돌아오자「자아」하고 오른손 손등으로 편지를 두드리면서 말했다.「이것으로 지폐 위조범 1명, 절도범 3명, 방화범 3명이로군. 손을 대지 못한 것은 살인범뿐이었어.

그런데 그 살인범이 마침내 체포되었거든. 이번 법정은 그야말로 볼 만 하겠는걸.」

101. 유　　령

검찰총장이 당그랄 부인에게 이야기한 것처럼 바랑티느는 아직도 기운을 회복하고 있지 못했다.

지쳐서 온몸이 나른해진 그녀는 실제로는 아직도 자리에 누워 있는 형편이었다. 그리고 자기의 방에서 빌포르 부인의 입을 통해 지금까지 기술해 온 사건, 즉 으제니가 가출을 했다는 것, 안드레아 카바르칸티, 아니 그보다는 베네데트가 체포되었다는 것, 또 그 베네데트가 살인 용의로 기소되었다는 것을 알게 되었다.

그러나 바랑티느는 몸이 너무 쇠약해져 있었으므로 그러한 얘기를 들어도 평소에 건강했을 때만큼의 인상은 받지 않은 것 같았다.

실상 그것은 그녀의 앓고 있는 머리에 떠오르는 이상한 생각이나 그녀의 눈앞을 지나가는 순간적인 환영과 뒤섞인, 무언지 모르게 희미한 생각이나 걷잡을 수 없는 형태 같은 것에 지나지 않았다. 그리고 이윽고 모든 것은 지워져 버려서 그러한 생각이나 형태는 다만 느낌만으로 떠오를 뿐이었다.

낮 동안은 그런 대로 노와르티에 노인의 배려로 바랑티느도 마음을 단단히 가질 수 있었다. 노인은 손녀의 방으로 자기를 운반시켜 그곳에 꼼짝도 않고 앉은 채 인자한 아버지 같은 눈길로 그녀를 지켜보아 주었다. 그리고 빌포르가 재판소에서 돌아오면 이번에는 그가 아버지와 딸 사이에 끼여들어서 1시간이나 2시간을 보냈다.

6시가 되면 빌포르는 자기의 서재에 들어박혔다. 8시가 되면 다브리니 씨가 직접 그녀를 위해 조제한 약을 가지고 와주었다. 그런 다음 노와르티에 노인은 자기 방으로 다시 운반되어갔다.

그리고 그 뒤에는 의사 다브리니 씨가 선정해 준 간호원이 모든 사람을 대신해 주었다. 그리고 그 간호원은 10시나 11시경에 바랑티느가 잠이 든 뒤에 돌아갔다.

간호원은 내려갈 때에 바랑티느의 방 열쇠를 빌포르 씨의 손에 넘겨 주었다. 따라서 그 이후에는 빌포르 부인의 방이나 동생 에두아르의 방을 통하지 않고는 환자의 방에 들어갈 수가 없었다.

매일 아침 막시밀리안 모렐은 노와르티에 노인에게 바랑티느의 양태를 물으러 오곤 했다. 그러나 이상하게도 막시밀리안의 얼굴에서는 불안한 기색이 날로 덜해지는 것 같았다.

우선 첫째로, 바랑티느는 처음 한동안은 심한 신경성 흥분에 사로잡혀 있었으나 날이 감에 따라 좋아졌고 두 번째는 그가 이성을 잃고 몽테 크리스토 백작에게 달려갔을 때 백작이 만일 바랑티느가 2시간 동안 죽지 않고 있으면 살아난다고 말해 주었기 때문이었다.

어떻든 바랑티느는 아직 살아 있었다. 그리고 이미 4일이나 지나고 있었다.

101. 유　령

　지금 이야기한 그 신경성 홍분은 잠을 자고 있는 동안에도 바랑티느를 괴롭히고 있었다. 아니 그보다도 눈을 뜬 뒤에 계속되는 반쯤 자고 있는 상태가 그녀를 몹시 괴롭혔다. 그러한 때는 밤의 침묵과 난로 선반 위에 놓인 작은 램프가 아라바스터의 등피 속에서 타고 있는 희끄무레한 빛 속에서 그녀의 눈에는 환자들의 방에 떼지어 모여서 오한으로 부들부들 떨고 있는 저 유령들의 모습이 보였다.
　그런 때에는 혹은 계모가 나타나 자기를 위협하고 또는 막시밀리안이 나타나 자기에게 손을 내밀어 주고 그런가 하면 이번에는 자기의 일상 생활과는 거의 관계가 없는 사람들, 예를 들면 몽테 크리스토 백작 같은 사람이 나타나는 것처럼 생각되었다.
　이렇게 열에 들떠 있을 때는 가구까지 움직이기도 하고 걸어다니고 있는 것처럼 생각되었다. 이러한 일이 새벽 아침 2시나 3시까지 계속된 뒤에야 겨우 무거운 잠이 그녀를 사로잡아 아침까지 잠재워 주는 것이었다.
　아침에 바랑티느가 으제니의 실종과 베네데트의 피체 사실을 들은 바로 그날 밤의 일이었다. 그러한 사건에 대한 이야기는 잠시 그녀 자신의 느낌과 뒤얽혀 있었으나 빌포르, 다브리니, 노와르티에 노인이 잇따라 철수해가자 그러한 일도 그녀의 머리에서 조금씩 지워져가고 있었다.
　그리고 마침 상 필립 뒤 루르 사원에서 11시의 종이 울리고 간호원이 의사가 조제한 물약을 환자의 손이 미치는 곳에 놓고 방문을 닫은 뒤 주방으로 물러가 부들부들 떨면서 하인들의 억측 섞인 이야기에 귀를 기울이며 최근 3개월간 매일밤 하인들의 잡담거리가 되고 있는 불길한 이야기를 생각해내고 있을 때 방금 아까 빈틈없이 닫았던 방안에서 뜻하지 않은 일이 일어난 것이었다.
　간호원이 물러간 뒤 이럭저럭 10분쯤 지났을 때의 일이었다.
　바랑티느는 한 시간 전부터 매일밤 엄습해오는 예의 열에 시달리며 자기의 두뇌가 의지의 힘으로는 어떻게도 할 수 없는 단조롭고 집념 어린 작용을 활발하게 계속하도록 내맡기고 있었다. 두뇌는 열심히 그리고 끊임없이 똑같은 것을 생각하고 똑같은 환영을 그려내고 있었다.
　작은 램프의 심지에서는 각기 다른 뜻을 가지고 있는 듯한 수천 개의 빛이 뿜어져 나오고 있었다. 그때 갑자기 떨리는 그 빛 속에서 바랑티느는 난로 옆, 움푹 패인 벽에 놓여 있는 책장이 그것으로 움직이게 되어 있는 듯한 경첩의 삐걱이는 소리도 없이 천천히 열리는 것을 본 것 같은 느낌이 들었다.

다른 때 같았으면 바랑티느는 초인종을 붙들고 그 비단끈을 잡아당겨 구원을 요청했을 것이었다. 그러나 지금의 상태는 아무것도 그녀를 놀라게 하지 않았다.

그녀는 자기를 에워싸고 있는 이러한 환영이 모두 자신이 열에 들떠 있는 결과라고 생각했다. 그리고 이 확신은 이러한 밤의 유령들이 모두 아침이 되면 햇빛과 함께 흔적도 없이 자취를 감추는 데서 비롯되었다.

이때 문 뒤에서 사람의 얼굴이 나타났다.

바랑티느는 열 때문에 그러한 유령에도 이미 완전히 익숙해져 있었으므로 별로 신경도 쓰지 않았다. 그녀는 다만 막시밀리안이 아닌가 하고 눈을 크게 떴을 뿐이었다.

그 얼굴은 여전히 그녀의 침대 쪽으로 다가왔다. 그리고 멈칫하고 서서는 가만히 조심스럽게 귀를 기울이고 있는 것 같았다.

이때 작은 램프빛이 밤의 방문자의 얼굴 위에서 흔들렸다.

『그분이 아니야!』 하고 그녀는 중얼거렸다.

그녀는 꿈을 꾸고 있는 것이라고 믿고 있었기 때문에 이 사나이가 여느 때의 꿈과 같이 자취를 감추거나 또는 다른 사나이로 바뀌기를 기다리고 있었다.

그러나 그녀는 자기의 맥을 짚어 보았다. 그리고 그것이 요란하게 맥박치고 있는 것을 느끼고는 그녀는 이러한 끈질긴 환영을 쫓아버리는 가장 좋은 방법은 물약을 마시는 일이라는 것을 생각해냈다.

바랑티느가 의사에게 부탁해서 흥분을 가라앉히기 위해 조제해 받은 이 물약의 시원한 느낌은 열을 내려 주고 머릿속을 상쾌하게 해주었다. 이것을 마시면 한참 동안은 고통이 한결 덜해지는 것이었다.

그래서 바랑티느는 크리스탈 글라스의 쟁반 위에 놓여 있는 자기의 컵을 집어들려고 손을 뻗쳤다. 그러나 그녀가 떨리는 팔을 침대 밖으로 내놓았을 때 유령이 지금까지 본 적도 없을 만큼 기세좋게 두어 걸음 침대 쪽으로 다가왔다. 그리고 그가 그녀의 바로 옆에까지 왔기 때문에 그녀에게는 그 숨소리까지도 들려왔다. 그리고 자신이 그 손에 잡힌 것 같은 느낌이 들었다.

이번에야말로 이 환상은, 아니 환상이라기보다도 이 현실은, 바랑티느가 지금까지 경험한 것 이상이었다. 그녀는 자기가 분명히 깨어났다는 것, 확실히 제정신으로 있다는 것을 믿기 시작했다. 그녀는 자기의 이성이 지금 작용하고 있다는 것을 의식했다. 그리고는 부르르 몸을 떨었다.

바랑티느가 꽉 쥐어진 것처럼 느낀 것은 실은 팔을 눌리우고 있기 때문이었다.

바랑티느는 천천히 팔을 뺐다.

그러자 그녀가 보지 않으려고 해도 볼 수밖에 없었던 그 사람의 그림자는 그녀를 위협한다기보다도 그녀를 감싸 주는 듯한 사람의 그림자였는데 컵을 빼앗더니 작은 램프로 다가가 안의 물약이 투명한지, 맑은지를 보려는 듯이 유심히 들여다보았다.

그러나 이 첫번째 시험만으로는 끝나지 않았다.

그 사나이는―그 유령이라고 하는 것이 적당할지도 모른다. 왜냐하면 아주 조용히 걸었기 때문에 융단에서도 아무 소리가 나지 않았으니까―컵 속에서 물약을 한 숟가락 떠서는 그것을 마셔 보았다.

바랑티느는 그저 멍하니 자기의 눈앞에서 벌어지는 일을 바라보고 있었다.

그녀는 이러한 일은 금세 사라지고 다른 광경이 나타나리라고 생각하고 있었다. 그러나 그 사나이는 그림자처럼 사라지기커녕 그녀 옆으로 다가와 컵을 내밀었다. 그리고는 진지한 어조로 「자아」하고 말했다. 「이것을 마셔요!……」

바랑티느는 부르르 몸서리를 쳤다.

도깨비로부터 이런 생생한 목소리로 걸어오는 말을 들어 보기는 이것이 처음이었다.

그녀는 입을 벌리고 고함을 지르려고 했다.

그러나 사나이가 입술 위에 손가락을 갖다댔다.

「어머, 몽테 크리스토 백작님!」하고 그녀는 중얼거렸다.

그녀의 눈에 나타난 공포, 그녀의 손의 떨림, 당황하여 이불 밑으로 기어 들어가려고 하는 동작 등으로 그녀가 분명한 이 사실을 의심하려고 마지막 노력을 하고 있음을 알 수 있었다.

그나저나 몽테 크리스토 백작이 이런 시간에 그녀의 방에 나타나다니!

벽 속에서 이런 식으로 불가사의한 유령처럼 불쑥 나타나다니!

바랑티느의 쇠약해진 이성으로는 이러한 일은 도저히 있을 수 없는 일처럼 생각되었다.

「사람을 부르지 마세요, 무서워할 것 없습니다.」 하고 백작은 말했다. 「마음속에 털끝만한 의심도 불안의 그림자도 가지지 않기를 부탁합니다. 당신이 눈앞에 보고 계시는 사람은(그렇습니다, 이번에야말로 바랑티느 양, 당신이 생각하는 대로 유령이 아닙니다) 당신 앞에 있는 사람은 당신이 상상할 수 있는 한의 부드러운 아버지이며 충실한 친구입니다.」

바랑티느는 뭐라고 대답해야 좋을지 알 수가 없었다. 이 목소리는 확실히, 이야기를 하고 있는 것이 실재하는 인간임을 말해 주었으나 어쩐지 그 목소리가 무서워서 거기에 대답할 수가 없었다.

하지만 그녀의 겁먹은 눈은 다음과 같이 말하고 있었다. 『당신의 마음이 그토록 순수한 것이라면 어떻게 이런 곳에 오셨지요?』

백작은 그 특유의 날카로운 육감으로 그녀의 마음속 생각을 완전히 꿰뚫어 보았다.

「들어 보세요.」 하고 그는 말했다. 「아니 그보다도 나를 보세요. 내 충혈된 눈을, 여느 때보다도 더 창백해진 내 얼굴을 보세요. 그것은 나흘 동안 매일밤 한잠도 자지 못했기 때문입니다. 매일밤 나는 당신을 지키고 있었습니다. 당신을 보호하고 있었던 것입니다. 우리 모두의 친구인 막시밀리안을 위해서 당신을 지키고 있었던 것입니다.」

그야말로 반가운 듯한 혈색이 순간 환자의 뺨에 떠올랐다. 그것은 지금 백작의 입에서 새어나온 이름으로 그때까지 품고 있던 의혹이 완전히 가셨기 때문이었다.

「막시밀리안 씨!……」 하고 바랑티느는 되풀이했다. 그만큼 그 이름을 입에 올린다는 것이 그녀에게는 기쁜 일이었기 때문이다. 「막시밀리안 씨! 그렇다면 그분이 모든 것을 당신에게 말씀드렸군요?」

「그래요, 모든 것을요. 그 사람은 당신의 목숨이 자기의 목숨이라고 말했어요. 그리고 나는 당신을 도와 드리기로 약속한 것입니다.」

「나를 도와 주시기로 약속하셨어요?」

「그렇습니다.」

「그렇군요, 그래서 나를 지켜보고 지켜 주고 계셨다고 말씀하셨군요. 그렇다면 당신은 의사 선생님이신가요?」
「그래요. 그리고 현재로서는 하느님이 당신에게 보낼 수 있는 가장 훌륭한 의사입니다.」
「한잠도 주무시지 않고 지켜보셨다고 하셨지요?」하고 바랑티느는 불안스러운 얼굴로 물었다.「하지만 어디에 계셨나요? 나는 한 번도 뵙지 못했는데요.」
백작은 책장 쪽으로 손을 내밀었다.
「저 문 뒤에 숨어 있었답니다.」하고 그는 말했다.「저 문은 내가 빌린 옆집과 통하고 있답니다.」
바랑티느는 청순한 여성이 지니는 의연한 태도로 눈을 돌렸다. 그리고 그야말로 무섭다는 듯한 태도로「백작님, 당신이 하신 일은 정말 유례없는 광기와도 같다고 생각해요. 그런 식으로 나를 지켜 주는 것은 오히려 나에 대한 모욕처럼 생각되어요.」하고 말했다
「바랑티느 양」하고 백작은 말했다.「오랫동안 잠을 자지 않고 당신을 지키고 있는 동안 내가 본 것은 다만 다음과 같은 일이었습니다. 누가 당신의 방에 들어왔는가, 어떤 식사를 가지고 왔는가, 어떤 음료가 제공되었는가 하는 것뿐입니다. 그리고 그 음료가 수상쩍다고 생각되었을 때는 지금처럼 몰래 들어와서 컵 속의 것을 버리고 독물 대신에 몸에 유익한 음료를 넣었습니다. 당신을 죽이기 위해 준비된 것 대신에 당신의 혈관에 생기를 주입하는 것을 넣었습니다.」
「독이라고요? 나를 죽인다고요?」하고 바랑티느는 다시 열 때문에 환각이 엄습하는 것은 아닌가 하고 생각하면서 소리질렀다.「그건 무슨 뜻이지요?」
「쉿!」하고 몽테 크리스토는 다시 손가락을 입술에 대고 말했다.「나는 독이라고 했습니다. 그렇습니다, 죽인다고 했습니다. 거듭 말합니다. 당신을 죽이려고 하는 것입니다. 하지만 우선 이것을 드세요(백작은 주머니에서 빨간 액체가 든 작은 병을 꺼내어 몇 방울을 컵 속에 떨어뜨렸다). ……그리고 이것을 마신 뒤에는 오늘밤에는 더 이상 아무것도 마시지 마세요.」
바랑티느는 손을 내밀었다. 그러나 컵에 손을 대자마자 무서워져서 손을

다시 움츠렸다.

몽테 크리스토는 컵을 손에 들고 그 절반을 마셨다. 그리고 컵을 바랑티느에게 내밀었다. 바랑티느는 미소를 지으면서 나머지를 훌쩍 마셨다.

「어머! 그렇군요」하고 그녀는 말했다.「알겠어요. 이것은 내가 매일밤 마시고 있는 음료의 맛이에요. 내 가슴을 한결 시원하게 해주고 머리를 조금 식혀 준 물맛이에요. 고맙습니다. 정말 고맙습니다.」

「바랑티느 양, 당신은 이렇게 해서 나흘 밤을 살아오신 겁니다.」하고 백작은 말했다.「하지만 나는 어떤 식으로 살았을까요? 오오! 당신을 위해서 얼마나 괴로운 시간을 보냈을까요? 아아! 컵에 당신의 목숨을 빼앗을 독이 넣어지는 것을 보고 내가 그것을 난로 속에 버리기 전에 당신이 마셔버리지는 않을까 하고 얼마나 괴롭고 안타까운 생각을 해야 했을까요!」

「당신은」하고 바랑티느는 공포의 절정에 내몰리면서 말했다.「내 컵에 목숨을 빼앗는 독이 넣어지는 것을 보고 괴로운 생각을 하셨다고 하셨지요? 하지만 컵에 독이 넣어지는 것을 보셨다면 누가 넣었는지도 보셨을 텐데요?」

「보았습니다.」

바랑티느는 잠자리 위로 상반신을 일으켰다. 그리고 눈보다도 더 흰 가슴 위로 자수를 한 마직 속옷을 걷어올렸다. 그 속옷은 열에 들떠서 흘린 식은 땀에 아직도 젖어 있었으나 다시 공포로 인해 흘린 식은땀으로 배어들기 시작했다.

「틀림없이 보셨지요?」하고 바랑티느는 되풀이했다.

「그렇습니다, 보았습니다.」하고 백작도 되풀이했다.

「당신이 하시는 말씀은 정말 무서운 일이에요. 당신이 나에게 믿게 하시려는 것은 마치 지옥의 이야기 같아요. 무슨 끔찍한 일일까요! 아버지의 집에 있는데 말입니다! 무슨 끔찍한 일일까요! 자기의 방에 있는데 말입니다! 무슨 끔찍한 일일까요! 내가 이렇게 병상에서 고통을 받고 있는데 나를 죽이려는 사람이 있다니요!

오오! 물러가 주세요. 당신은 내 마음을 시험하려 하고 계세요. 하느님의 친절한 마음을 모독하고 계시는 거예요. 그건 나쁜 일이에요. 용서받을 수 없는 일이에요.」

「그럼 이런 마수에 걸린 것은 당신이 처음이라고 생각하시는 겁니까, 바랑티느 양? 당신 주위에서 이 마수에 걸려 쓰러진 사람을 못 보셨다는 겁니까? 상 메랑 씨나 상 메랑 부인, 그리고 발루아가 죽어가는 것을 못 보셨단 말입니까?

　노와르티에 씨가 이럭저럭 3년 가까이 계속하고 계시는 독으로써 독을 제압한다는 치료법으로 건강을 지키고 있지 않았다면 이미 돌아가셨으리라는 것을 당신은 모르고 계신단 말입니까?」

　「아아! 그렇군요!」하고 바랑티느는 말했다.「그래서 이럭저럭 일 개월 동안 할아버지는 당신의 약을 나에게 억지로 먹게 하신 거군요?」

　「그리고 그 약은」하고 몽테 크리스토는 말했다.「덜 마른 오렌지 껍질 같은 씁쓸한 맛이 났지요?」

　「그래요, 정말 그래요!」

　「이제 모든 것을 알았습니다.」하고 몽테 크리스토는 말했다.「할아버지도 이곳에서 독살이 행해지고 있다는 것, 그리고 어쩌면 누가 독살을 감행하고 있는가를 알고 계시는 겁니다……. 할아버지는 사랑하는 손녀인 당신을 독약으로부터 지키고 계셨던 겁니다. 그러한 면역성이 생기기 시작하고 있었기 때문에 독약은 듣지 않았던 것입니다. 이것으로 나도 당신이 아직도 살아 계시는 까닭을 알았습니다. 실은 나는 이상하게 생각하고 있었습니다. 보통 사람 같으면 살아 있을 수 없을 정도의 독이 나흘 전부터 넣어졌는데도 살아 계셔서 말입니다.」

　「하지만 그 살인자는 대체 누구일까요?」

　「이번에는 내가 묻겠습니다. 지금까지 밤에 누군가가 이 방에 들어오는 것을 보신 적은 없습니까?」

　「있어요……. 유령 같은 것이 이따금 지나가는 것을 본 것 같은 느낌이 들어요. 그 유령 같은 것은 다가오기도 하고 멀어지기도 하면서 이윽고 사라지곤 했어요.

　하지만 나는 그것이 열 때문에 생긴 환상이라고 생각하고 있었어요. 아까 당신이 들어오셨을 때도 나는 열에 들떠 있거나 아니면 꿈을 꾸고 있는 것이라고 오랫동안 생각하고 있었답니다.」

　「그럼 당신은 당신의 목숨을 노리고 있는 사람이 누구인지 모르고 계시단 말이군요?」

「네.」하고 바랑티느는 말했다.「어째서 누군가가 나를 죽이려 하는 것일까요?」

「이제 곧 아시게 될 겁니다.」하고 몽테 크리스토는 귀를 곤두세우면서 말했다.

「뭐라고 하셨나요?」하고 바랑티느는 두려운 듯이 주위를 둘러보면서 물었다.

「왜냐하면 지금 당신은 열도 없고 열에 들떠 있지도 않습니다. 오늘밤에는 분명히 깨어나 계십시오. 지금 12시가 됩니다. 이윽고 살인자가 모습을 나타낼 시간입니다.」

「저런! 어떻게 하면 되지요?」하고 바랑티느는 이마에 배어나오는 땀을 손으로 닦으면서 말했다.

백작의 말대로 12시를 알리는 종이 천천히 그리고 구슬프게 울렸다. 청동의 망치가 한 번 치고 두 번 치는 것은 마치 바랑티느의 심장을 치는 것 같았다.

「바랑티느 양」하고 백작은 말을 이었다.「전신의 힘을 다 짜내는 것입니다. 마음을 침착하게 가지는 것입니다. 목소리를 내지 않도록 참고 자는 척해야 합니다. 그렇게 하면 아시게 될 겁니다. 틀림없이 아시게 될 겁니다.」

바랑티느는 백작의 손을 잡았다.

「무슨 소리가 난 것 같아요.」하고 그녀가 말했다.「자, 저쪽으로 가세요!」

「안녕, 아니 또 만나요.」하고 백작은 대답했다.

그리고 백작은 그녀가 마음속으로부터 고맙게 생각하지 않고는 견딜 수 없을 쓸쓸하고 자애로운 미소를 띠면서 살금살금 책장의 문 쪽으로 되돌아갔다.

그러나 그 문을 닫기 전에 뒤를 돌아보고는「움직여서는 안 돼요!」하고 말했다.「말을 해서도 안 되고요. 자고 있는 것처럼 행동해야 합니다. 그렇지 않으면 내가 달려오기 전에 살해되고 말는지도 모릅니다.」

이러한 무서운 주의를 남기고 백작은 문 뒤로 자취를 감추었다. 그러자 문은 소리도 없이 닫혔다.

102. 로크스타(로마의 여성으로서 아그리피나의 명령으로 클라우디스를 독살하고 네로의 명령으로 브리타니쿠스를 독살했다)

바랑티느는 뒤에 혼자 남겨졌다. 상 필립 뒤 루르 사원의 종보다 늦게 두 개의 큰 시계가 각각 틀리게 사이를 두고 아직도 12시를 치고 있었다.

그것이 다 울리고 나자 아득히 멀리 몇 대의 마차 소리 외에는 아무 소리도 들리지 않고 주위는 다시 쥐죽은 듯이 조용해졌다.

그때 바랑티느의 모든 주의력은 진자가 일초 일초를 새기고 있는 방안의 시계에 집중되어 있었다.

그녀는 일초 일초를 세기 시작했다. 그리고 그것이 자기 심장의 고동보다도 배나 느리다는 것을 깨달았다.

그러나 그녀는 아직도 의심하고 있었다. 누구에 대해서도 악의를 품은 적이 없는 바랑티느는 누군가가 자기의 죽음을 바라고 있으리라고는 상상할 수도 없었다.

『나를 죽이다니, 어째서? 무슨 목적으로 그런 일을 하려는 것일까? 나는 적을 만들 어떤 나쁜 일을 했던 것일까?』

그녀에게는 잠들어 버릴 걱정은 없었다.

단 한 가지 생각, 무서운 한 가지 생각이 긴장한 그녀의 마음을 사로잡고 있었다. 그것은 이 세상에 자기를 죽이려는 사람이 있다는 것, 그리고 그 인간이 금세라도 그것을 실행하려 하고 있다는 것이었다.

만일 이번에 그 사람이 독이 듣지 않는다는 데에 초조감을 느껴서 몽테크리스토가 말한 것처럼 칼이라도 사용하려 들면 어떻게 하지? 만일 백작이 달려와 줄 만한 시간이 없다고 하면 어떻게 하지? 만일 이것이 내 마지막이 된다면? 만일 다시는 막시밀리안을 만날 수 없게 된다면?

그렇게 생각되자 바랑티느의 얼굴은 납빛으로 변하고 얼음처럼 싸늘한 땀이 배어나왔다. 그녀는 초인종 끈을 잡고 구원을 청하려고 했다.

그러나 책장의 문을 통해 백작의 눈이 번뜩이고 있는 것처럼 생각되었다.

그 백작의 눈이 생각났다. 그리고 그 눈을 생각하자 자기의 약한 마음이 몹시 부끄러워졌다. 그리고 이렇게 마음이 약해가지고서야 백작의 예사롭지 않은 호의의 괴로운 노력에 대해 과연 감사로 보답할 수 있을까 하고 생각했다.

20분, 길고 긴 20분이 이렇게 해서 지나갔다. 그리고 다시 10분이 지났다. 마침내 시계가 일초 전부터 지르륵거리더니 잘 울리는 소리로 한 시를 쳤다.

바로 그때 책장의 판자를 희미하게 손톱으로 긁는 소리가 들렸다. 바랑티느는 그것으로 백작이 지켜보고 있다는 것을, 잠을 자서는 안 된다고 주의를 환기하고 있다는 것을 알 수 있었다.

아니나다를까, 그때 반대쪽에서, 즉 에두아르의 방 쪽에서 마루바닥이 삐걱거리는 소리가 들린 것 같은 느낌이 들었다. 그녀는 숨이 막힐 만큼 호흡을 죽이고 가만히 귀를 기울였다. 문의 손잡이가 삐거덕거렸다. 그리고 문이 열렸다.

바랑티느는 팔꿈치를 짚고 상반신을 일으키고 있었다. 그래서 잠자리 위에 다시 몸을 쓰러뜨리고 팔 밑에 눈을 가릴 시간밖에는 없었다.

그런 다음부터는 불안에 떨며 뭐라 말할 수 없는 두려움에 가슴 조이면서 가만히 기다리고 있었다.

누군가가 침대로 다가와서 커튼을 살그머니 만졌다.

바랑티느는 전신의 힘을 모아 그야말로 깊이 잠든 것처럼 규칙적인 숨소리를 내고 있었다.

「바랑티느.」 하고 아주 희미한 목소리가 말했다.

그녀는 마음 밑바닥까지 떨렸다. 그러나 아무 대답도 하지 않았다.

「바랑티느.」 하고 같은 목소리가 되풀이했다.

그녀는 여전히 대답하지 않았다. 바랑티느는 눈을 뜨지 않기로 약속한 것이다.

이윽고 모든 것이 움직이지 않게 되었다.

다만 바랑티느의 귀에는 그녀가 아까 비워 버린 컵 속에 액체가 부어지는 들릴까말까 희미한 소리가 느껴졌다.

그래서 그녀는 뻗고 있는 팔 밑에서 용기를 내어 눈을 살며시 떠보았다. 그러자 그녀의 눈에 하얀 실내복을 입은 한 여자가 미리 병 속에 만들어

가지고 온 액체를 컵 속에 따르고 있는 것이 보였다.
 그 아주 짧은 순간에 바랑티느는 아마 숨을 삼키거나 또는 조금쯤 움직인 것이 틀림없었다. 왜냐하면 그 여인은 불안스러운 듯이 손을 멈추고 바랑티느가 정말로 잠들어 있는지 어떤지를 확인하려고 침대 위로 몸을 수그렸기 때문이었다. 그것은 틀림없는 빌포르 부인이었다.
 계모라는 것을 안 바랑티느는 격렬하게 몸부림을 쳤다. 그래서 침대가 조금 움직였다.
 빌포르 부인은 재빨리 몸을 벽에 기댔다. 그리고 침대의 커튼 뒤에 숨어 가만히 숨을 죽이고 조심스럽게 바랑티느의 아주 조그만 몸의 움직임까지 살피고 있었다.
 바랑티느는 몽테 크리스토가 했던 무서운 말을 생각했다. 그녀가 병을 들고 있지 않는 쪽 손에 길고 가느다란 단도 같은 것이 번쩍이고 있는 것처럼 바랑티느에게는 생각되었다.
 그래서 바랑티느는 온몸의 의지의 힘을 다하여 눈을 감고 있으려고 애썼다. 그러나 이러한 감각의 작용은, 이 감각이 가장 겁많은 감각인 만큼 평소에는 쉽게 작용을 하는데도 지금의 경우에는 좀처럼 작용하지 않았다. 그만큼 호기심은 강해서 아무래도 눈꺼풀을 감으려 하지 않고 사실을 알아내려고 한 것이었다.
 그러는 동안에 바랑티느의 호흡이 다시 새근새근 규칙적으로 들리기 시작했기 때문에 빌포르 부인은 그녀가 잠든 것으로 생각하고 안심하고 다시 팔을 뻗쳐 침대의 베개맡에 당겨진 커튼 그늘에 반쯤 몸을 숨긴 채 바랑티느의 컵 속에 병의 액체를 전부 쏟아부었다.
 그리고는 바랑티느도 깨닫지 못했을 만큼 소리도 내지 않고 나가 버렸다.
 바랑티느에게는 팔이 기어들어가는 것이 보였을 뿐이었다. 그것은 젊고 아름다운 스물다섯 살 난 여인의 통통하고 싱싱한 팔이었다. 그 팔이 죽음을 쏟아부으려 하고 있었던 것이다.
 빌포르 부인이 방안에 있었던 일 분 반 가량의 시간 동안 바랑티느가 어떤 기분이었는지 그것은 도저히 표현할 수가 없다.
 그때 책장 위를 긁는 손톱 소리가 마비 상태라고나 할 망아(忘我)의 상태에서 그녀를 되돌이켰다.

그녀는 가까스로 얼굴을 들었다.
 문이 여전히 소리도 없이 열리고 몽테 크리스토 백작이 다시 모습을 나타냈다.
「어때요? 이래도 의심을 하시겠습니까?」하고 백작이 물었다.
「이게 무슨 일일까요!」하고 바랑티느는 중얼거렸다.
「보셨습니까?」
「정말 슬픈 일이에요!」
「분명히 아셨습니까?」
 바랑티느는 신음하는 듯한 소리를 냈다.
「네.」하고 그녀는 말했다.「하지만 아직도 믿어지지 않아요.」
「그럼, 죽는 편이 낫다는 겁니까? 그리고 막시밀리안도 죽게 하는 편이 낫다는 겁니까?」
「어쩌면 좋아요! 어쩌면 좋아요!」하고 그녀는 거의 미친 사람처럼 되풀이했다.「내가 이 집에서 나갈 수는 없을까요? 도망칠 수는 없을까요?……」
「바랑티느 양, 당신을 쫓고 있는 손은 당신이 어디로 도망을 치더라도 붙잡을 것입니다. 예를 들면 돈의 힘으로 당신의 하인들을 유혹할 것입니다. 그리고 죽음은 어떤 것으로든 모습을 바꾸어 당신 앞에 나타날 것입니다. 당신이 샘에서 마시는 물 속에도, 또 당신이 나무에서 따는 과일 속에도.」
「하지만 당신은 아버지 같은 마음으로 나를 독으로부터 지켜 주겠다고 말씀하셨지요?」
「그것은 하나의 독, 그것도 아직 대량이 아닌 독으로부터입니다. 상대방은 독을 바꾸거나 또는 양을 늘릴 것입니다.」
 백작은 컵을 손에 들고 그것을 입술에 갖다댔다.
「보세요.」하고 그는 말했다.「벌써 그것을 시작했습니다. 이미 브루신을 사용하고 있지 않습니다. 이번에는 니르코틴 제입니다. 그것을 용해한 알콜의 맛으로 나는 그것을 알 수 있습니다. 만일 당신이, 빌포르 부인이 이 컵 속에 따른 것을 마셨다면 바랑티느 양, 당신은 이미 죽었을 것입니다.」
「하지만, 아아!」하고 그녀는 말했다.「어째서 이렇게 나를 죽이려 하는 것일까요?」

「뭐라고요? 당신은 착하고 마음씨가 곱고 악이라는 것을 믿지 않고 계시기 때문에 모르고 계셨군요!」
「네, 몰라요.」 하고 그녀는 말했다. 「왜냐하면 나는 새엄마한테 무엇 한 가지 나쁜 일을 하지 않았으니까요.」
「하지만 바랑티느 양, 당신은 부자입니다. 당신에게는 이십만 프랑의 돈이 있습니다. 즉 그 이십만 프랑의 액수를 새엄마의 아드님으로부터 빼앗고 계시는 겁니다.」
「어째서지요? 내 재산은 그 사람의 것이 아니예요. 그것은 내가 상 메랑 할아버지와 할머니로부터 물려받은 거예요.」
「확실히 그렇습니다. 그렇기 때문에 상 메랑 후작 내외는 살해되고 만 겁니다. 왜냐하면 두 분이 재산을 당신에게 상속했기 때문입니다. 또 노와르티에 씨가 당신을 상속인으로 삼자 이번에는 노와르티에 씨가 노림을 받았습니다. 그리고 이번에는 드디어 당신 차례가 된 것입니다. 당신이 죽으면 아버지가 당신의 재산을 상속하고 그리고 당신의 동생이 외아들이기 때문에 아버지의 재산을 물려받게 되는 것입니다.」
「에두아르가요? 불쌍하게도 이 죄는 모두 그애 때문인가요?」
「아아! 이제야 겨우 아셨군요.」
「오오! 죄의 업보가 그애에게 미치지 않기를!」
「바랑티느 양, 당신은 마치 천사 같은 분이시군요.」
「하지만 할아버지를 살해하는 것은 이제 단념했을까요?」
「당신만 죽으면 상속 자격에 결함이 없는 한, 재산은 자연히 당신 동생의 것이 된다고 생각했기 때문이겠지요. 결국 그러한 죄를 거듭할 필요가 없기 때문에 그것을 감행하는 것은 이중의 위험을 저지르는 일이라고 생각했을 테지요.」
「하지만 여자 혼자서 그런 흉계를 꾸밀 수 있는 일일까요? 아아! 정말 무서운 일이에요!」
「페르지아의, 그 역 앞 여관의 포도 시렁에서의 일, 그리고 새엄마가 아크와 토파나의 일을 묻고 계시던 그 갈색 망토의 일을 생각해 보세요! 그래요! 그 무렵부터 이미 이 무서운 계획은 새엄마의 머릿속에서 무르익고 있었던 것입니다.」

「오오!」하고 마음씨 착한 바랑티느는 눈물에 젖으면서 말했다.「그렇다면 나는 틀림없이 살해되고 말 거예요.」

「아니, 바랑티느 양, 그렇게 하도록 두지는 않겠습니다. 왜냐하면 내가 음모를 완전히 꿰뚫어보고 있으니까요. 결코 그런 일을 하게 내버려 두지는 않겠습니다.

우리의 적은 이미 패배한 거나 마찬가지입니다. 그 수법이 간파당하고 말았으니까요.

걱정할 것 없습니다. 바랑티느 양, 당신은 살아야만 합니다. 당신은 사랑하기 위해서, 사랑을 받기 위해서 살지 않으면 안 됩니다. 행복해지기 위해서 그리고 훌륭한 마음씨를 가진 사람을 행복하게 해드리기 위해서 살지 않으면 안 됩니다.

하지만 바랑티느 양, 살기 위해서는 나를 진심으로 믿어 주지 않으면 안 됩니다.」

「말씀해 주세요, 어떻게 하면 좋을까요?」

「내가 드리는 것은 어떤 것이라도 잠자코 드시지 않으면 안 됩니다.」

「오오! 하느님도 알고 계십니다.」하고 바랑티느는 말했다.「만일 나 혼자라면 이대로 죽는 편이 더 나을 것입니다.」

「누구도 신용해서는 안 됩니다. 설사 아버님이라도.」

「아버지는 이 무서운 음모와 관계가 없겠지요?」하고 바랑티느는 두 손을 모두면서 말했다.

「관계가 없습니다. 하지만 아버님은 범죄를 언제나 고발하고 계시는 분입니다. 가정 안에 잇따라 일어나고 있는 그 죽음이 예사로운 것이 아니라는 것은 깨닫고 계실 것입니다.

따라서 아버님이야말로 당신을 지켜 주어야만 했습니다. 지금 내가 하고 있는 일을 하셔야만 했던 것입니다. 아버님이야말로 저 컵 속의 것을 버렸어야 했습니다. 그리고 사람을 죽인 범인과 대결했어야 하는 것입니다. 유령 대 유령인 셈이지만 말입니다.」하고 백작은 마지막 말을 중얼거리듯이 했다.

「나는」하고 바랑티느가 말했다.「무슨 일을 해서라도 꼭 살아 남겠어요. 이 세상에는 만일 내가 죽으면 자신도 죽을 만큼 나를 사랑해 주는 사람이 두 사람 있으니까요, 할아버지와 막시밀리안 씨가.」

「그 두 사람에 대해서도 나는 당신과 마찬가지로 지켜 드리겠습니다.」

「그럼 나에 대한 것은 전적으로 당신에게 맡기겠습니다.」하고 바랑티느는 말했다. 그리고는 목소리를 낮추어「아아! 나는 대체 어떻게 되는걸까요?」하고 말했다.

「어떤 일이 있더라도 바랑티느 양, 절대로 무서워해서는 안 됩니다. 설사 아무리 고통스럽더라도 눈이 보이지 않게 되더라도, 귀가 들리지 않게 되더라도, 손발의 감각이 없어지더라도 조금도 두려워할 것은 없습니다.

어딘지 모를 곳에서 눈을 뜨게 되더라도 무서워할 것은 없습니다. 깨어났을 때 거기가 무덤 속이든 관 속이든 무서워할 것은 없습니다. 곧 마음을 가라앉히고 자기 자신에게 이렇게 말하는 것입니다──지금 한 사람의 친구가, 한 사람의 아버지가, 나의 행복과 막시밀리안 씨의 행복을 원하고 있는 한 사람이 나를 지켜 주고 계시는 것이다! 라고 말입니다.」

「오오! 얼마나 무서운 일인가요!」

「그럼, 바랑티느 양, 당신의 계모를 고소하는 것이 좋겠습니까?」

「그 정도라면 나는 차라리 죽는 편이 낫겠어요! 그래요, 죽는 편이 낫겠어요!」

「아닙니다, 당신은 죽어서는 안 됩니다. 어떤 일이 일어나더라도 절대로 탄식하지 않고 계속 희망을 가지겠다고 약속해 주시겠습니까?」

「그런 때는 막시밀리안 씨를 생각하고 있겠습니다.」

「바랑티느 양, 당신은 내 귀여운 딸입니다. 나만이 당신을 도울 수 있습니다. 반드시 도와 드리겠습니다.」

바랑티느는 무서운 나머지 두 손을 모두었다(그녀는 지금이야말로 하느님에게 용기를 주십사 하고 빌어야 할 때라고 생각한 것이다). 그리고 기도를 올리려고 일어나 종잡을 수 없는 말을 중얼거렸다. 그녀는 자기의 하얀 어깨를 덮고 있는 것은 긴 머리털뿐이라는 것도, 얇은 잠옷 레이스 밑에 가슴의 고동이 비쳐 보인다는 것도 잊고 있었다.

백작은 바랑티느의 팔에 살며시 손을 얹고 비로도의 이불을 목 부분까지 끌어올려 주었다. 그리고는 그야말로 아버지 같은 부드러운 미소를 지으면서 말했다.

「당신을 생각하는 내 마음을 믿어야 해요. 하느님의 은총이나 막시밀리안 씨의 애정을 믿듯이 말입니다.」

바랑티느는 감사에 찬 눈으로 그를 지그시 바라보았다. 그리고 이불 밑에서 마치 어린애처럼 얌전하게 하고 있었다.

그때 백작은 조끼 주머니에서 에머랄드로 만든 봉봉 상자를 꺼내어 그 금뚜껑을 열고 바랑티느의 오른손 안에 완두콩만한 크기의 조그만 알약을 한 개 떨어뜨렸다.

바랑티느는 그것을 왼손으로 쥐고 백작의 얼굴을 유심히 바라보았다. 이 대담한 보호자의 표정에는 숭고할 정도의 위엄과 힘이 떠올라 있었다. 바랑티느는 분명히 백작에게 눈으로 묻고 있었다.

「그렇습니다.」하고 백작은 대답했다.

바랑티느는 그 알약을 입으로 가지고 가서 삼켰다.

「그럼 잘 있어요.」하고 백작이 말했다.「나도 가서 자겠소. 이것으로 당신도 살아났으니까.」

「그럼 가세요.」하고 바랑티느는 말했다.「어떤 일이 일어나도 절대로 무서워하지 않겠다고 약속하겠어요.」

몽테 크리스토는 오랫동안 그녀를 물끄러미 바라보고 있었다. 그녀는 백작이 준 수면약의 힘으로 조금씩 잠에 빠져들기 시작했다.

그래서 백작은 컵을 집어들고 바랑티느가 마신 것으로 생각게 하기 위해서 4분의 3 가량을 난로 안에 버리고 나이트 탁자 위에 놓았다. 그리고는 책장의 문에까지 가서 바랑티느를 마지막으로 한 번 더 바라본 뒤 모습을 감추었다. 바랑티느는 하느님의 발밑에 누워 있는 천사처럼 마음을 푹 놓고 천진난만한 얼굴로 새근새근 잠들었다.

103. 바랑티느

바랑티느의 방 난로 선반 위에서는 작은 램프가 아직도 물 위에 떠 있는 마지막 기름을 빨아올리면서 계속 타고 있었다. 이미 지금까지보다도 붉은

103. 바랑티느

기운을 더한 빛의 고리가 아라비스타의 등피를 빨갛게 물들이고 있었다. 그리고 이미 지금까지보다도 더 기세를 올린 불꽃이 바지직바지직 마지막 깜박임을 보이고 있었다. 그것은 무생물의 경우에 흔히 불쌍한 인간의 단말마와 비교되는 저 최후의 경련이었다. 가냘프고 음산한 빛이 하얀 커튼과 바랑티느의 이불을 오팔 빛으로 물들이고 있었다.

지금은 거리의 소음은 모두 잠들어 있었다. 그리고 방안은 무시무시할 만큼 조용했다.

이때 에두아르의 방문이 열렸다. 그리고 아까 본 그 얼굴이 문과 반대쪽에 있는 거울에 나타났다. 그것은 물약의 효험을 확인하기 위해서 되돌아온 빌포르 부인이었다.

부인은 입구에 멈춰 서서 마치 사람이 없는 것 같은 이 방안에서 들려오는 단 한 가지 소리, 작은 램프의 바지직거리는 소리에 귀를 기울였다. 그리고는 바랑티느의 컵이 비어 있는지 어떤지를 보려고 살그머니 나이트 탁자 쪽으로 다가갔다.

컵에는 아까도 말한 것처럼 아직 4분의 1 가량의 물약이 남아 있었다.

빌포르 부인은 컵을 손에 들고 안의 것을 난로의 재 속에 버리고 물이 잦아들기 쉽도록 재를 휘저었다. 그리고는 조심스럽게 컵을 씻고 자기의 손수건으로 잘 닦고 나서 나이트 탁자 위에 놓았다.

이때 방안을 들여다볼 수 있는 사람이 있었다면 바랑티느를 뚫어지게 바라보면서 침대로 다가가는 빌포르 부인의 겁먹은 듯이 망설이는 모습을 볼 수 있었을 것이다.

이 음산한 불빛, 이 침묵, 이 무서운 밤의 기운이 틀림없이 그녀의 양심의 두려움 속으로 들어갔을 것이다. 독살을 기도한 이 여인은 자기가 한 일이 무서워졌던 것이다.

가까스로 부인은 용기를 내어 커튼을 젖히고 침대 베개맡에 기대면서 바랑티느를 유심히 들여다보았다.

바랑티느는 이미 숨이 끊어져 있었다. 약간 벌어진 이빨 사이에서는 살아 있음을 말해 주는 가냘픈 숨도 새어나오고 있지 않았다. 하얘진 입술은 이미 떨리고 있지 않았다. 눈은 피부 밑에까지 스며든 듯한 보랏빛 기미에 둘러싸여 안구(眼球) 때문에 눈꺼풀이 불룩하게 하얗게 튀어나와 있었다. 그리고 검고 긴 속눈썹이 이미 납처럼 윤기가 없어진 피부 위에 가지런히 늘어놓여 있었다.

빌포르 부인은 움직이지 않음으로써 오히려 무엇인가를 말해 주고 있는 듯한 이 얼굴을 물끄러미 들여다보고 있었다. 그리고는 용기를 내어 이불을 들치고 바랑티느의 심장에 손을 대었다.

심장은 멎어 있었다. 그리고 얼음처럼 싸늘하게 식어 있었다.

자기의 손 밑에서 맥박치고 있는 것은 자기 자신의 손가락의 맥박이었다. 그녀는 부르르 몸을 떨고 손을 움츠렸다.

바랑티느의 팔은 침대 바깥에 늘어뜨려져 있었다. 그 팔은 어깨죽지 근처에서 팔꿈치 안쪽에 걸쳐서 제르망 피롱(16세기의 프랑스 조각가)이 조각한 『미의 세 여신』 중 한 사람의 팔과 똑같았다. 그러나 팔뚝은 경련 때문에 조금 모양이 허물어져 있었다. 그리고 날씬한 모양의 손목은 조금 경직되어 손가락을 벌린 채 마호가니 탁자 위에 얹혀져 있었다.

손톱 밑은 푸르스름한 빛을 띠고 있었다.

빌포르 부인으로서는 더 이상 의심할 여지가 없었다. 이것으로 모든 것이 결말지어진 것이다. 그 무서운 작업, 하지 않으면 안 되었던 마지막 작업은 마침내 끝난 것이다.

이제 이 방안에서 할 일은 없었다. 부인은 융단을 밟는 발소리조차도 무서워하고 있음을 분명히 알 수 있을 만큼 조심하면서 뒷걸음질을 쳤다. 그러나 뒷걸음질은 치면서도 어쩔 수 없이 이 죽음의 모습에 마음을 빼앗기고 있어서 커튼은 쳐든 채였다. 시체가 아직도 부패하지 않고 부동의 자세로 있는 동안은, 즉 신비의 세계에 머물러 있어서 사람에게 혐오감을 일으키지 않는 동안은 죽음의 모습은 사람의 마음을 끌어당기는 힘을 가지고 있는 법이다.

시간은 흘러갔다. 빌포르 부인은 흰 수의처럼 바랑티느의 얼굴 위에 늘어져 있는 커튼에서 손을 뗄 수가 없었다. 부인은 공상에 잠겨 있었다. 죄의 공상은 즉, 회한이었다.

바로 이때 작은 램프가 탁탁 튀는 소리를 크게 냈다.

빌포르 부인은 그 소리에 소스라쳐 놀라며 저도 모르게 커튼에서 손을 뗐다.

그리고 동시에 작은 램프가 꺼졌다. 방안은 무서운 어둠 속에 잠겼다.

이러한 어둠 속에서 시계가 눈을 뜨고 4시 반을 쳤다.
 부인은 잇따른 충격에 겁을 먹고 더듬거리며 문을 찾았다. 그리고는 고민의 땀을 흘리면서 자기의 방으로 돌아갔다.
 어둠은 그때부터 아직 2시간이나 계속되었다.
 이윽고 창백한 빛이 미늘창의 틈새를 통해 조금씩 방안으로 스며들었다. 그러는 동안에 그 빛도 차츰 밝아져 물체와 인간에게 색채와 형태를 부여하기 시작했다.
 바로 이때 층계에서 간호원의 기침 소리가 들렸다. 그리고 그 간호원이 찻잔을 손에 들고 바랑티느의 방으로 들어왔다.
 아버지나 연인이었다면 처음에 힐끗 보기만 하고도 바랑티느가 죽었다는 것을 분명히 알았을 것이다. 그러나 이러한 고용 간호원에게는 바랑티느가 자고 있다고밖에는 생각되지 않았다.
 「잘 됐네.」하고 간호원은 나이트 탁자에 다가가면서 말했다. 「물약을 드셨네. 컵이 3분의 2 가량 비어 있네.」
 그리고 나서 그녀는 난로 옆으로 가서 불을 피우고 그녀의 팔걸이의자에 앉았다. 그리고 방금 잠자리에서 일어나 나왔지만 바랑티느가 자고 있는 것을 기화로 한잠 더 자려고 눈을 붙였다.
 시계가 8시를 쳤기 때문에 그녀는 퍼뜩 눈을 떴다.
 그때 그녀는 바랑티느가 언제까지나 잠을 자고 있는 데에 놀랐고 침대 바깥에 늘어뜨린 팔을 전혀 움츠리려고 하지 않는 데에 놀라서 침대 옆으로 다가가 보았다. 그리고 비로소 입술이 싸늘하게 식고 가슴이 얼음처럼 차가운 것을 깨달았다.
 간호원은 팔을 몸 가까이에 돌려 놓으려고 했다. 그러나 팔은 무섭게 경직되어서 좀처럼 말을 듣지 않았다. 그녀는 간호원인 만큼 이것이 무엇을 뜻하는지 곧 알았다.
 그녀는 무서운 외마디 소리를 질렀다.
 그리고는 문쪽으로 뛰어가서 「사람 살려요! 사람 살려요!」하고 소리 질렀다.
 「뭐라고? 사람 살리라고!」하고 다브리니 씨의 목소리가 대답했다.
 마침 의사가 언제나 찾아오곤 하는 시간이었던 것이다.

「뭐라고? 사람 살리라고!」하고 서재에서 급히 뛰어나온 빌포르 씨의 목소리가 고함을 질렀다.「선생, 누군가가 사람 살리라고 외치는 소리를 듣지 못했습니까?」

「들었어요. 올라가 보십시다.」하고 다브리니가 대답했다.「빨리 올라가 봅시다. 바랑티느 양의 방입니다.」

그러나 의사와 아버지가 당도하기 전에 같은 층의 방이나 복도에 있던 하인들이 달려와서 창백해진 바랑티느가 잠자리 위에 꼼짝도 하지 않고 누워 있는 것을 보고 두 손을 높이 들고 눈이 먼 것처럼 비틀거렸다.

「마님을 불러! 마님을 깨워!」하고 출입문 쪽에서 검찰총장이 소리질렀다. 그는 차마 안에 들어가지 못하고 있는 것 같았다.

그러나 하인들은 거기에는 대답하지 않고 다브리니 씨를 바라보았다. 다브리니 씨는 방안에 들어서자 바랑티느 옆으로 달려가 두 팔로 안아 일으켰다.

「또 한 사람 당했군!……」하고 의사는 바랑티느의 몸을 아래에 내려 놓으면서 중얼거렸다.「아아! 하느님, 언제가 되면 이런 짓을 그만두시겠습니까?」

빌포르가 방안으로 뛰어들었다.

「뭐라고 하셨습니까, 네?」하고 그는 두 손을 높이 쳐들면서 소리질렀다.「선생!…… 선생!……」

「바랑티느 양은 사망했다고 얘기했습니다.」하고 다브리니는 엄숙하게, 그리고 엄숙한 가운데에도 무서움이 담긴 목소리로 대답했다.

빌포르 씨는 두 다리가 부러지기라도 한 듯이 풀썩 쓰러져 바랑티느의 침대에 얼굴을 파묻었다.

의사의 말과 아버지의 고함 소리에 하인들은 겁을 먹고 낮은 목소리로 저마다 저주의 말을 중얼거리면서 그 자리를 떠났다. 층계나 복도에선 잠시 동안 그들의 분주한 발소리가 들리고 이어서 마당 쪽에서 시끄러운 사람들의 움직임 소리가 들리고 있었으나 이윽고 모든 것이 끝나고 조용해졌다. 한 사람도 남김없이 이 저주받은 집에서 나가 버리고 만 것이었다.

바로 그때 빌포르 부인이 아침 화장옷에 반쯤 팔을 꿴 채 방장을 위로 쳐들며 모습을 나타냈다. 부인은 순간 입구에 멈춰 서서 그곳에 있는 사람들에게 묻는 듯한 시늉을 하고 억지로 눈물을 짜냈다.

103. 바랑티느

갑자기 그녀는 팔을 뻗치고 탁자 쪽으로 한 걸음 내디뎠다. 아니, 내디뎠다기보다는 달려들었다.

부인은, 다브리니 씨가 이상하다는 듯이 탁자에 몸을 수그리고 거기에 있는 컵을 손에 들고 있는 것을 보았기 때문이다. 그것은 자기가 분명히 밤 동안에 비워 두었던 컵이었다.

컵에는 물약이 3분의 1 남아 있었다. 그것은 부인이 재 속에 버리기 전과 똑같은 분량이었다.

이때 바랑티느의 유령이 나타났다고 하더라도 부인은 이렇게까지는 놀라지 않았을 것이다.

실제로 그것은 그녀가 바랑티느의 컵에 따랐고, 그리고 바랑티느가 마신 물약의 빛깔이었다. 이 독은 다브리니 씨의 눈을 속일 수 없는 것이었다. 다브리니 씨는 지금 그것을 유심히 들여다보고 있었다. 살인자가 그렇게까지 조심하고 또 조심하더라도 이런 식으로 범죄의 흔적이, 증거가, 고발의 재료가 남아 있다는 것은 그야말로 의심할 여지도 없이 하느님이 보여 주신 하나의 기적이다.

이리하여 빌포르 부인이 공포의 입상처럼 우뚝 서 있고 빌포르 씨가 주위의 일은 깨닫지 못하고 죽음의 잠자리에서 이불에 얼굴을 파묻고 있을 때 다브리니는 창가로 가서 컵의 내용을 똑똑히 눈으로 확인하려고 했다. 그리고 숟가락 끝에 한 방울 떨어뜨려서 그 맛을 보았다.

「아니!」하고 그는 중얼거렸다.「이번에는 브루신이 아닌걸. 무엇지 조사해 봐야지!」

그래서 그는 바랑티느 방의 약선반으로 개조된 찬장으로 달려가서 조그만 은상자 안에서 초산 병을 꺼내어 그 몇 방울을 오팔 빛의 액체 속에 떨어뜨렸다. 그러자 액체는 순식간에 새빨간 핏빛으로 변했다.

「아아!」하고 다브리니는 사실이 판명되었을 때의 재판관의 놀라움과 문제의 수수께끼가 풀렸을 때의 학자의 기쁨을 동시에 느끼면서 소리질렀다.

빌포르 부인은 힐끗 주위를 둘러보았다. 그녀의 눈은 불꽃처럼 반짝였다. 그러나 그 빛은 곧 사라지고 말았다. 그녀는 비틀거리면서 손더듬으로 문을 찾고 그리고는 방에서 나갔다.

잠시 뒤 멀리에서 바닥에 사람이 쓰러지는 소리가 났다.

그러나 아무도 그것을 깨닫지 못했다. 간호원은 화학 분석의 결과를 열심히 보고 있었고 빌포르는 여전히 멍한 상태에 있었다.

다만 다브리니 씨만이 빌포르 부인의 움직임을 내내 보고 있었고 부인이 황급히 나가는 것을 어김없이 지켜보고 있었다.

의사는 바랑티느 방의 방장을 들어 올렸다. 그러자 그의 눈은 에두아르의 방을 통해서 빌포르 부인의 방까지 바라볼 수가 있었다. 거기에는 부인이 꼼짝도 하지 않고 바닥에 누워 있는 모습이 보였다.

「가서 마님을 치료해 드려.」하고 그는 간호원에게 말했다.「마님이 어디 편찮은 것 같아!」

「하지만 아가씨는요?」하고 간호원이 중얼거렸다.

「아가씨는 이미 치료할 필요가 없어.」하고 다브리니는 말했다.「바랑티느 양은 이미 돌아가셨으니까 말야.」

「죽었다고요! 죽었다고요!」하고 빌포르는 격렬한 슬픔의 발작에 사로잡히면서 한숨을 쉬고 있었다. 이 차가운 마음의 소유자에게는 이 일이 지금까지 경험한 적이 없는 처음 있는 일이기 때문에 그만큼 가슴이 더 쥐어뜯기는 것 같은 심정이었다.

「돌아가셨다! 라고 말씀하셨습니까?」하고 제3의 목소리가 소리질렀다.「누굽니까, 바랑티느 양이 돌아가셨다고 말씀하신 것은?」

두 사람은 뒤돌아보았다. 그러자, 입구에 완전히 이성을 잃고 창백하고 무서운 얼굴을 한 막시밀리안이 서 있었다.

그 경위는 이렇게 된 것이었다.

막시밀리안은 여느 때와 똑같은 시간에 노와르티에 노인의 방으로 통하는 조그만 출입문으로 들어왔다.

그러나 여느 때와는 달리 문은 열려진 채로 있었다. 그래서 초인종을 누를 필요도 없이 그대로 들어왔다.

현관 앞에서 그는 잠시 서서 노와르티에 노인에게 안내받기 위해 하인을 불렀다.

그러나 아무도 대답을 하지 않았다. 아시다시피 하인들은 모두 저택에서 나가 버리고 말았던 것이다.

막시밀리안에게는 이날은 별로 걱정할 만한 특별한 이유가 없었다. 왜냐하면 몽테 크리스토가 바랑티느는 절대로 죽지 않을 것이라고 약속해 주었기 때문이었다. 백작의 약속은 지금까지도 반드시 지켜지곤 했다. 백작은 매일밤 좋은 소식을 가져다 주었다. 그리고 그것은 다음날 노와르티에 노인으로부터 바로 그렇다는 말로 뒷받침되곤 했다.

그런데 오늘의 이 썰렁한 느낌은 이상하게 느껴졌다. 그는 다시 두 번 세 번 불렀다. 그러나 여전히 조용하기만 할 뿐 대답은 없었다.

그래서 그는 무작정 올라가기로 결심했다.

노와르티에 노인의 방 문은 다른 방의 문과 마찬가지로 열려진 채로 있었다. 우선 그의 눈에 띈 것은 여느 때와 똑같은 장소에서 팔걸이의자에 앉아 있는 노인의 모습이었다. 노인의 크게 떠진 눈은 마음속의 공포를 나타내고 있는 것 같았다. 얼굴 위에 나타난 이상한 창백함이 그것을 더욱 분명하게 말해 주고 있었다.

「어떻습니까, 기분은 ?」 하고 청년은 무언가 가슴이 죄어드는 듯한 느낌을 받으면서 물었다.

「괜찮아, 괜찮아 !」 하고 노인은 눈을 깜박여서 대답했다.

그러나 노인의 얼굴 표정은 불안을 더해가는 것처럼 생각되었다.

「근심거리가 있는 모양이군요.」 하고 막시밀리안은 말을 계속했다. 「무슨 용건이 계시군요. 누군가를 부를까요 ?」

「응.」 하고 노와르티에 노인은 끄덕였다.

막시밀리안은 초인종 끈을 잡아당겼다. 그러나 끊어질 정도로 잡아당겨도 소용이 없었다. 아무도 오지 않았다.

그는 노와르티에 노인 쪽으로 돌아섰다. 노인의 얼굴은 창백함과 고뇌를 더해갔다.

「아아 !」 하고 막시밀리안은 말했다. 「어째서 아무도 오지 않는걸까요 ? 집안에 환자라도 있나요 ?」

노와르티에 노인의 눈은 금세라도 튀어나올 것만 같았다.

「어떻게 되신 겁니까 ?」 하고 막시밀리안은 계속했다. 「당신을 보고 있으면 무서워집니다. 뭔가 바랑티느 양에게 ! 바랑티느 양에게 !……」

「그렇다 ! 그렇다 !」 하고 노와르티에 노인이 끄덕거렸다.

막시밀리안은 뭐라고 말을 하려고 입을 열었다. 그러나 혀는 아무 소리도

낼 수 없었다. 그는 비실비실 비틀거렸다. 그리고 판자를 입힌 벽에 기대었다.
 그리고 나서 그는 문 쪽을 손으로 가리켰다.
「그렇다! 그렇다! 그렇다!」하고 노인은 계속해서 끄덕였다.
 막시밀리안은 조그만 층계로 돌진해서는 단 두 걸음에 위에까지 뛰어올라 갔다. 그러는 동안에도 노와르티에 노인의 눈이「좀더 빨리! 좀더 빨리!」하고 소리지르고 있는 것처럼 생각되었다.
 집안의 다른 부분과 마찬가지로 조용하기만 하고 인기척이 없는 몇몇 방을 지나 바랑티느의 방에까지 도착하는 데는 1분만으로 충분했다.
 문을 열 필요도 없었다. 활짝 열려진 채 있었으니까.
 그의 귀에 맨 먼저 들려온 것은 흐느껴 우는 소리였다. 그에게는 구름을 통해서처럼 하나의 검은 그림자가 무릎을 꿇고 흐트러진 하얀 이불 속에 얼굴을 묻고 있는 것이 보였다. 불안이, 무서울 정도의 불안이 그를 입구에 멈춰 서게 했다.
 바로 그때 그의 귀에『바랑티느 양은 돌아가셨다.』라는 목소리가 들려왔다. 거기에 이어서 마치 메아리처럼,『죽었다고! 죽었다고!』하고 제2의 목소리가 들렸다.

104. 막시밀리안

 빌포르는 이런 식으로 자기를 잊고 슬퍼하고 있는 장면을 보인 것이 거의 부끄러워져서 슬며시 일어났다.
 그가 25년 동안이나 계속해온 무서운 직업은 그를 보통 사람과는 다소 다른 것으로 만들어 놓았다.
 그의 시선은 순간 허둥거리고 있었으나 막시밀리안에게 똑바로 향했다.
「당신은 누구요?」하고 그는 말했다.「상을 당한 집에 이런 식으로 들어와서는 안 된다는 것을 잊었나요? 자, 나가 주세요! 돌아가 주세요!」

104. 막시밀리안

그러나 막시밀리안은 꼼짝도 하지 않았다. 그는 흐트러진 잠자리의 무서운 광경과 그 위에 누워 있는 사람의 창백한 얼굴에서 눈을 뗄 수가 없었다.

「돌아가 주세요! 들리지 않아요?」 하고 빌포르는 소리질렀다. 그리고 다브리니도 앞으로 나와서 막시밀리안을 내보내려고 했다.

청년은 흐트러진 모습으로 시체를, 두 사람의 사나이를, 또 방안을 둘러보았다. 그리고 순간 망설이고 있는 것 같았으나 마침내 입을 열었다.

그러나 결국 무수한 슬픈 생각이 있으면서도 대답할 말을 찾을 수 없어 두 손으로 머리카락을 쥐어뜯으면서 돌아갔다.

그래서 빌포르와 다브리니는 순간 자기들의 근심도 잊어버리고 청년이 돌아가는 모습을 배웅하고는 『저건 정신병자로군.』라는 뜻의 시선을 교환했다.

그러나 그로부터 채 5분도 지나기 전에 층계가 요란스러운 무게에 눌려 삐거덕거리는 소리가 들려왔다. 보니까 막시밀리안의 초인적인 힘으로 노와르티에 노인의 팔걸이의자를 두 팔로 들어올려서 노인을 이층으로 데리고 온 것이었다.

층계 위까지 오자 막시밀리안은 팔걸이의자를 아래에 내려놓고 그것을 황급히 바랑티느의 방까지 밀고 왔다.

이러한 일은 청년이 몹시 흥분하고 있었기 때문에 평소의 열 배의 힘으로 행해졌다.

그러나 더욱 무서웠던 것은 막시밀리안에게 밀려서 바랑티느의 침대로 가는 노와르티에 노인의 얼굴이었다. 노와르티에 노인의 얼굴에는 총명함이 넘치고 그 눈에는 다른 기능을 보완하는 온갖 힘이 모아져 있었다.

그래서 눈빛이 불처럼 활활 타고 있는 이 창백한 얼굴이 빌포르에게는 무서운 유령처럼 생각되었다.

지금까지도 그가 아버지와 함께 있으면 언제나 무언가 무서운 일이 일어나는 것이었다.

「보십시오, 저런 꼴을 당한 것입니다!」 하고 막시밀리안은 침대 옆까지 밀고 온 의자의 등에 한쪽 손을 얹은 채 한쪽 손으로 바랑티느 쪽을 가리키면서 소리질렀다. 「보십시오, 할아버지, 보십시오!」

빌포르는 한 걸음 뒤로 물러섰다. 그리고 노와르티에 노인을 할아버지라고 부르고 있는, 거의 알지 못하는 청년을 어이없는 표정으로 바라보았다.
 이때 노인의 혼이 전부 그의 눈에 모인 것처럼 눈이 새빨갛게 충혈되었다. 이어서 목의 혈관이 팽창하고 간질병 환자의 피부에 돋아나는 것 같은 푸른 빛이 목과 볼 그리고 관자놀이를 덮었다. 이렇게 되면 단 하나의 울부짖음으로 전신의 분노가 폭발할 것이다.
 이 울부짖음은 이를테면 전신의 털구멍에서 나오는 것이다. 그것은 소리가 되어 나오지 않는 만큼 오히려 더 무섭고, 침묵의 절규인 만큼 한층 더 비통한 것이다.
 다브리니는 노인 쪽으로 달려가서 강한 유도제를 냄새맡게 했다.
 「할아버지!」 하고 이때 막시밀리안이 마비 환자의 말을 듣지 않는 손을 잡아 쥐면서 말했다. 「이 사람은 제가 누구인지, 어떤 권리로 제가 여기에 있는가를 묻고 계십니다. 오오! 당신은 그것을 잘 알고 계십니다. 그것을 말씀해 주십시오! 그것을 일러 드리십시오!」
 그렇게 말하는 청년의 목소리는 흐느낌 속에 지워졌다.
 노인을 보자 그는 헐떡거리는 호흡으로 가슴이 요동치고 있었다. 단말마 직전의 흥분에 휩싸여 있는 것 같았다.
 이윽고 노와르티에 노인의 눈에서 눈물이 쏟아져 나왔다. 노인은 눈물도 말라서 그저 흐느끼고만 있는 청년에 비하면 아직도 행복했다. 노인은 얼굴을 숙일 수 없기 때문에 두 눈을 감았다.
 「말씀해 주십시오.」 하고 막시밀리안은 죄어드는 듯한 목소리로 계속했다. 「제가 이 사람의 약혼자였다는 것을 말씀해 주십시오! …… 이 사람은 저의 훌륭한 친구이며 지상에서 제가 사랑하고 있던 유일한 사람이었다는 것을 말씀해 주십시오! …… 말씀해 주십시오! 말씀해 주십시오! 생명이 없는 이 육신이 저의 것이라는 사실을!」
 그리고 청년은 어떤 큰 힘이 무너질 때의 무서운 모습으로, 경련하는 손가락으로 꽉 움켜쥐고 있던 침대 앞에 덜커덕 무릎을 꿇었다.
 이러한 고민은 너무도 비통했기 때문에 다브리니는 감동을 숨기기 위해 옆으로 돌아섰다. 그리고 빌포르도 자기가 그 때문에 비탄의 눈물을 흘리고 있는 사람을 사랑해 준 사람에게 어쩔 수 없이 끌리는 자력에 이끌려 아무런 설명도 요구하지 않고 청년에게 손을 내밀었다.

104. 막시밀리안

 그러나 막시밀리안에게는 아무것도 보이지 않았다. 그는 바랑티느의 얼음처럼 차가운 손을 꽉 움켜쥐고 있었다. 그리고 아무리 해도 울음이 나오지 않아 다만 울부짖으면서 이불을 깨물고 있었다.
 한동안 이 방안에서는 서로 뒤얽히는 흐느낌 소리와 저주, 그리고 기도하는 소리밖에는 들리지 않았다.
 그러나 하나의 소리가 그것들을 제압하고 있었다. 그것은 노와르티에 노인의 목쉰, 듣는 사람의 가슴을 쥐어뜯는 듯한 숨소리였다. 그것은 한 번 숨을 쉴 때마다 노인의 가슴속에 있는 생명의 끈을 하나씩 끊어 버리는 것처럼 생각되었다.
 마침내 이들 중 주인격인 빌포르가 한동안 막시밀리안에게 자리를 양보하고 있었으나 이윽고 말을 하기 시작했다.
 「당신은」하고 그는 막시밀리안에게 말했다.「당신은 바랑티느를 사랑하고 있었다고 말씀하셨소. 그리고 약혼자였다고 말씀하셨소. 그런데 그러한 두 사람의 애정을 나는 모르고 있었소. 두 사람이 나눈 약속을 모르고 있었단 말이오.
 그러나 아버지인 나는 그것을 당신에게 허용하겠소. 왜냐하면 당신의 슬픔이 너무나 커서 당신의 사랑이 거짓없는 진실이라는 것을 이 눈으로 보았기 때문이오.
 그리고 내 마음속의 슬픔도 너무나 커서 노여움이 들어올 여지가 없기도 하오.
 하지만 보시다시피 당신이 기대하고 있던 천사는 이 지상에서 사라지고 말았소. 그애는 이미 사람들의 사랑을 어떻게도 할 수가 없단 말요. 지금은 하느님을 찾아뵙고 있으니까.
 그럼 저애가 우리들에게 남기고 간 슬픈 유해에 대해 아무쪼록 마지막 작별을 고해 주시오. 당신이 기다리고 바라던 손을 다시 한 번 쥐어 주고 영원히 그애로부터 떠나 주시오. 바랑티느는 이제 축복을 내려 줄 신부님 이외에는 아무도 필요로 하지 않으니까요.」
 「그렇지 않습니다.」하고 막시밀리안은 한쪽 무릎을 꿇고 소리질렀다. 그의 마음은 지금까지 경험한 적이 없는 격렬한 슬픔으로 갈기갈기 찢겨져 있었다. 「그것은 틀립니다. 바랑티느 양같이 죽은 사람에게는 단지 신부님뿐만 아니라 원수를 갚아 줄 사람도 필요합니다!
 빌포르 씨, 신부님을 불러 주십시오. 그리고 나는 원수를 갚는 사람이 될 것입니다.」
「그것은 어떤 뜻이지요?」하고 빌포르는 흥분한 막시밀리안이 생각해낸 일에 오싹하고 몸서리치면서 중얼거렸다.
「즉」하고 막시밀리안은 계속했다.「당신 속에는 두 인간이 있습니다. 아버지인 당신은 이미 충분히 우셨습니다. 그러므로 이번에는 검찰총장으로서의 당신이 활동을 시작하지 않으면 안 됩니다.」
노와르티에 노인의 눈이 빛났다. 그리고 다브리니가 옆으로 다가왔다.
「빌포르 씨」하고 막시밀리안은 주위에 있는 사람들의 얼굴에 나타나 있는 모든 감정을 눈으로 읽고 말을 계속했다.「나는 내가 말하려고 하는 것을 알고 있습니다. 또 당신들도 그것을 나와 마찬가지로 분명히 알고 계십니다. 바랑티느 양은 누군가에게 살해당한 것입니다!」
빌포르는 고개를 숙였다. 다브리니는 다시 한 걸음 앞으로 나왔다. 노와르티에 노인은 눈으로 그렇다고 끄덕거렸다.
「그런데 말입니다.」하고 막시밀리안은 계속했다.「이 시대에는 설사 그 사람이 바랑티느 양만큼 젊지도, 아름답지도 않고 또 멋진 사람이 아니라고 하더라도 그가 이 세상에서 갑자기 모습을 감추었을 때는 그 이유를 조사해 보지 않으면 안 됩니다. 그래서 검찰총장 각하」하고 막시밀리안은 점점 더 거친 말투로 계속했다.「인정사정 볼 것 없습니다! 나는 이 범죄를 고발합니다. 살인범을 붙잡아 주십시오!」
분노를 담은 그 눈빛은 빌포르에게 대답을 강요했다. 빌포르는 노와르티에 노인과 다브리니에게 눈으로 도움을 청했다.
그러나 빌포르는 아버지나 의사로부터 도움을 받을 수는 없었다. 도움을 받기는커녕 막시밀리안과 똑같은 준엄한 시선밖에는 돌아오지 않았다.
「그 말이 옳다!」하고 노인의 눈이 말했다.
「확실히 그렇습니다!」하고 다브리니가 말했다.
「아닙니다.」하고 빌포르는 이 세 사람의 의지와 자기 자신의 마음의 동요에 대해서 싸우려고 항변했다.「아닙니다. 여러분의 말씀은 틀렸습니다. 내 집에서 범죄가 행해질 까닭이 없습니다. 물론 운명은 나를 강타했습니다. 하

104. 막시밀리안

느님은 나를 시험하셨습니다. 그것은 생각만 해도 무서운 일입니다. 하지만 아무도 살해되지는 않았습니다!」

노와르티에 노인의 눈이 불길처럼 활활 탔다. 다브리니는 입을 열고 뭐라고 말을 하려고 했다.

막시밀리안은 잠자코 있어 달라고 팔을 뻗쳤다.

「저는 분명히 말씀드립니다. 이곳에서는 살인이 행해지고 있습니다!」 하고 막시밀리안이 소리질렀다. 그 목소리는 낮았으나 무서운 울림은 없어지지 않았다.

「그렇습니다, 최근 4개월 동안에 이것으로 희생자는 네 사람째입니다!

그렇습니다, 나흘 전에도 바랑티느 양을 독살당할 뻔했습니다. 다행히도 노와르티에 씨가 조심해 주신 덕분에 그것은 실패했습니다만!

그렇습니다, 살인범은 독약의 분량을 배로 늘리기도 하고 혹은 다른 독약을 사용하기도 합니다. 그리고 이번에는 그것이 성공한 것입니다!

그렇습니다. 당신은 그러한 사실을 나와 마찬가지로 모두 알고 계십니다. 왜냐하면 여기에 계시는 이 분이 의사로서, 친구로서, 당신에게 경고하고 계시니까요.」

「오오! 당신은 머리가 어떻게 된 거요?」 하고 빌포르는 빠져든 덫에서 빠져나오려고 헛된 몸부림을 치면서 소리질렀다.

「내 머리가 어떻게 되었다고요?」 하고 막시밀리안이 소리질렀다. 「그럼 다브리니 씨를 증인으로 부탁드립니다……. 빌포르 씨, 다브리니 씨에게 물어봐주시겠습니까? 상 메랑 부인이 돌아가신 날 밤, 이 저택의 뜰에서 다브리니 씨 자신이 말씀하신 것을 지금도 기억하고 계신지 어떤지를.

그때 당신과 다브리니 씨는 거기에 있는 것은 자기들뿐이라고 생각하고 부인의 비참한 죽음에 대해서 서로 이야기를 나누고 계셨지요. 그 부인의 죽음에 대해서는 당신이 말씀하시는 운명도, 당신이 부당하게 비난하신 하느님도 전혀 관계가 없는 것입니다. 다만 한 가지, 즉 바랑티느의 살인범을 이 세상에 만드셨다는 것을 제외한다면 말입니다!」

빌포르와 다브리니는 서로 얼굴을 마주 보았다.

「그렇습니다, 그렇습니다, 생각해내시기 바랍니다.」 하고 막시밀리안이 말했다. 「이렇게 말씀드리는 것은 당신들이 아무도 없는 곳에서 몰래 이야기했다고 생각하고 있는 그 말들을 실은 내가 들었기 때문입니다……. 그렇습니다, 그날 밤 나는 빌포르 씨가 부당하게도 집안 사람을 감싸려고 하신 것을 보았기 때문에 그대로 있었습니다. 하지만 그때 모든 것을 경찰에 신고했더라면 좋았을 것입니다. 그렇게 했더라면 바랑티느 양, 내 사랑스러운 바랑티느 양, 나는 당신을 죽게 한 공범자가 되지 않아도 좋았던 것입니다. 하지만 공범자가 되어 버린 나는 이번에는 복수할 것입니다.
 이번에 일어난 네 번째 살인은 누가 보아도 분명히 사실을 알 수 있는 현행범입니다.
 바랑티느 양, 설사 아버님이 당신을 버리더라도 나는, 맹세코 말씀드리지만, 살인범을 꼭 잡고야 말겠습니다.」
 그리고 이번에는 이 청년의 다부진 육체가 자기 자신의 힘에 의해 붕괴되는 것을 자연이 어여삐 여겨 준 것처럼 청년의 마지막 말은 목구멍 속으로 꺼져들고 말았다. 가슴은 흐느낌으로 빼개지고 지금까지 줄곧 나오지 않던 눈물이 두 눈에서 쏟아져 나오고 전신의 힘은 쭉 빠졌다. 그리고 그는 울면서 바랑티느의 잠자리 옆에 무릎을 꿇었다.
 그러자 이번에는 다브리니가 말했다.
 「나도 역시」하고 그는 확고한 목소리로 말했다. 「나도 역시 막시밀리안 씨와 마찬가지로 이 범죄의 심판을 요구합니다. 왜냐하면 이 비겁한 행동이 살인범을 부추겼다고 생각하면 견딜 수 없는 자책감을 느끼기 때문입니다.」
 「아아! 이게 무슨 일이란 말인가!」하고 빌포르는 맥없이 고개를 숙이고 중얼거렸다.
 막시밀리안은 얼굴을 들었다. 그리고는 이상한 불꽃으로 타고 있는 노인의 눈빛을 읽고 「보세요! 보세요!」하고 말했다. 「노와르티에 씨가 무언가 말씀을 하고 싶어하세요.」
 「그렇다.」라는 듯이 노와르티에는 무력한 노인 몸의 모든 힘이 눈에만 모여 있는 만큼 한층 더 무서운 표정으로 끄덕였다.
 「당신은 범인을 알고 계십니까?」하고 막시밀리안이 물었다.
 「알고 있다.」하고 노인은 끄덕였다.
 「그렇다면 저희들을 인도해 주시겠습니까?」하고 청년이 외쳤다. 「그것을 여쭈어 봅시다! 네, 다브리니 씨, 그것을 여쭈어 보십시다!」

104. 막시밀리안

 노와르티에 노인은 우울해 보이는 미소를, 지금까지 몇 번이나 바랑티느를 기쁘게 해주었던 저 눈가에 띤 부드러운 미소를 가련한 막시밀리안에게 던져 그의 주의를 환기했다.
 그리고 이런 식으로 상대방의 눈을 자기의 눈에 단단히 잡아 놓고 나서 이번에는 문으로 돌렸다.
「저더러 나가라는 겁니까?」하고 막시밀리안은 슬픈 듯이 소리질렀다.
「그렇다.」하고 노와르티에 노인은 끄덕였다.
「오오! 하지만 아무쪼록 저를 가엾게 생각해 주세요!」
 노인의 눈은 무정하게도 문 쪽을 뚫어지게 바라보고 있었다.
「그럼, 나중에 다시 와도 되겠습니까?」하고 막시밀리안은 물었다.
「좋다.」
「저만 나가나요?」
「아니.」
「그럼, 누구와 함께 나가면 될까요? 검찰총장님인가요?」
「아니.」
「선생님인가요?」
「그렇다.」
「그럼 빌포르 씨와 둘이서만 남고 싶다는 말씀인가요?」
「그렇다.」
「하지만 빌포르 씨는 당신이 하시는 말씀을 알 수 있을까요?」
「안다.」
「오오!」하고 빌포르는 단 둘이서 조사를 할 수 있는 것이 아무래도 기쁘다는 듯이 말했다.「오오! 안심하세요. 나는 아버지가 하고 싶어하는 말은 아주 잘 아니까요.」
 지금도 말했듯이 그는 아주 반가운 표정으로 말했으나 이빨이 달그락달그락 소리를 냈다.
 다브리니는 막시밀리안의 팔을 붙들고 옆방으로 데리고 갔다.
 그때 저택 안은 죽음보다도 깊은 침묵에 갇혔다.
 이윽고 15분쯤 지났을 때 비틀거리는 듯한 발소리가 들렸다. 그리고 다브리니와 막시밀리안이, 한 사람은 깊이 생각에 잠겨서, 한 사람은 가슴이 메이는 듯한 생각으로 초조히 기다리고 있는 객실 입구에 빌포르가 모습을 나타냈다.
「이리 오십시오.」하고 빌포르가 말했다.
그리고 그는 두 사람을 노와르티에 노인의 팔걸이의자 옆으로 다시 데리고 갔다.
막시밀리안은 그때 빌포르의 얼굴을 주의깊게 바라보았다.
검찰총장의 얼굴은 납빛이었다. 이마 위에는 녹빛의 굵은 주름이 여러 줄 새겨져 있었다. 손가락 사이에서는 거위 펜 한 자루가 엉망으로 부러지고 잘게 쪼개지는 소리를 내고 있었다.
「두 분 모두」하고 빌포르는 다브리니와 막시밀리안을 향해서 목이 죄어진 듯한 목소리로 말했다. 「이 무서운 비밀은 우리들 사이에서만 있었던 일로 해주기로 맹세를 해주었으면 합니다만!」
두 사람은 퍼뜩 몸을 움직였다.
「제발 그래 주시기를 부탁합니다!……」하고 빌포르가 계속했다.
「하지만……」하고 막시밀리안은 말했다. 「범인은!…… 살인자는!…… 암살자는!……」
「안심하십시오. 반드시 심판을 해보일 테니까요.」하고 빌포르가 말했다. 「아버지가 범인의 이름을 가르쳐 주셨습니다. 아버지는 당신들과 마찬가지로 복수를 하고 싶어하십니다. 그러나 나와 마찬가지로 이 범죄의 비밀을 지켜 주었으면 좋겠다고 당신들에게 부탁하고 있습니다……. 그렇지요, 아버님?」
「그렇다.」하고 노인은 분명히 끄덕였다.
막시밀리안은 깜짝 놀라서 믿어지지 않는다는 몸짓을 했다.
「오오!」하고 빌포르는 막시밀리안의 팔을 붙들면서 소리질렀다. 「아시다시피 완고하기 이를 데 없는 아버지가 당신에게 부탁을 할 때에는 바랑티느를 살해한 자에게 준엄한 심판을 내리고 원수를 갚을 수 있다는 것을 알고 있기 때문입니다……. 그렇지요, 아버지?」
노인은 그렇다고 끄덕였다.
빌포르는 다시 계속했다.
「아버지는 나를 잘 알고 있습니다. 그 아버지에게 나는 단단히 약속을 했습니다……. 그러니까 안심하십시오. 사흘간, 사흘간의 유예를 주시기 바랍니다. 재판 절차보다도 훨씬 짧은 기간입니다. 그 사홀 뒤에 내 딸을 죽인 자에 대해 아무리 무관심한 사람들의 마음도 떨지 않을 수 없는 복수를 할 것입니다……. 그렇지요, 아버지?」

그렇게 말하면서 그는 이를 갈아 보이며 노인의 마비된 손을 잡아 흔들었다.

「노와르티에 씨, 그러한 모든 약속은 틀림없이 지켜질까요?」하고 막시밀리안은 물었다. 다브리니도 눈으로 같은 말을 물었다.

「틀림없다!」하고 노와르티에 노인은 어쩐지 무서운 기쁨이 떠오른 눈으로 끄덕였다.

「그럼 맹세해 주세요.」하고 빌포르는 다브리니와 막시밀리안의 손을 쥐면서 말했다. 「그렇다면 우리 집의 명예를 불쌍하게 생각해 주신다는 것, 이 복수는 나에게 맡겨 주신다는 것을 맹세해 주세요.」

다브리니는 눈을 돌리고 낮은 목소리로 맹세한다고 중얼거렸다. 그러나 막시밀리안은 검찰총장이 잡고 있던 손을 뿌리치고 침대 쪽으로 다가가 바랑티느의 얼음같이 차가운 입술에 자기의 입술을 갖다댔다. 그리고 절망의 밑바닥에 가라앉은 영혼의 긴 신음 소리를 내면서 방에서 도망치듯이 밖으로 나갔다.

앞에서도 말한 것처럼 하인들은 모두 나가고 없었다.

그래서 빌포르 씨는 대도시에서 사망 사건이 일어났을 때, 특히 이번과 같이 의심스러운 점이 많은 사건이 일어났을 때에 취하지 않으면 안 되는 무수한 까다로운 절차는 모두 다브리니 씨에게 맡기지 않으면 안 되었다.

그런데 노와르티에 노인이 꼼짝도 못하고 슬픔과 절망에 빠져 있는 모습은, 더욱이 소리도 내지 못하면서 눈물을 흘리고 있는 모습은 정말 보기에도 무서울 정도였다.

빌포르는 자기의 서재로 돌아갔다. 다브리니는 시청에 검시역을 담당한 의사를 부르러 갔다. 그것은 분명히 말하면 『검시의(檢屍醫)』라고 불리는 의사였다.

노와르티에는 무슨 일이 있어도 손녀 옆에서 떠나려 하지 않았다.

30분쯤 뒤에 다브리니 씨가 의사를 데리고 돌아왔다. 길 쪽으로 향한 문은 모두 닫혀져 있고 문지기도 하인과 같이 나가 버렸기 때문에 빌포르는 직접 문을 열러 나가지 않으면 안 되었다.

그러나 그는 층계참 위에서 걸음을 멈추었다. 그에게는 이미 죽은 사람의 방에 들어갈 만한 용기가 없었다.

그래서 두 사람의 의사만이 바랑티느 옆으로 갔다.

노와르티에 노인은 죽은 바랑티느와 마찬가지로 창백한 얼굴을 하고 똑같이 움직이지 않은 채 말도 하지 못하는 가운데 침대 옆에 있었다.

검시의는 일생의 절반을 시체와 함께 생활한 인간에게는 당연한 차갑고 무관심한 태도로 침대로 다가가 바랑티느가 덮고 있던 시트를 벗기고 입술에 잠깐 손을 대어 보았을 뿐이었다.

「오오! 불쌍하게도!」하고 다브리니는 한숨을 쉬면서 말했다. 「확실히 숨을 거두었지요?」

「그렇군요.」하고 상대방 의사는 바랑티느의 얼굴에 시트를 다시 덮으면서 간단하게 대답했다.

노와르티에 노인은 낮고 괴로운 가쁜 숨을 토했다.

다브리니가 뒤돌아보자 노인의 눈이 번쩍번쩍 빛나고 있었다. 친절한 의사에게는 노인이 손녀를 보고 싶어한다는 것을 알 수 있었다. 그래서 그는 침대로 다가가 검시의가 죽은 사람의 입술에 닿았던 손을 클로르 수에 담그고 있는 동안에 마치 잠자고 있는 천사처럼 온화하고 창백한 바랑티느의 얼굴을 보여 주었다.

노와르티에 노인의 눈에 떠오른 한 방울의 눈물은 친절한 의사에 대한 감사의 표시였다.

검시의는 그 방안에 있는 한 탁자 구석에서 검시 조서를 썼다. 그리고 이 마지막 절차를 끝내고 다브리니의 안내를 받으며 돌아갔다.

빌포르는 두 사람이 내려가는 발소리를 듣고 서재 입구에 모습을 나타냈다.

그는 두세 마디 검시의에게 고맙다는 인사를 한 다음 다브리니 쪽을 돌아보며 「그럼 이번에는 신부님을 불러야겠군요?」하고 말했다.

「누구 특별히 바랑티느 양을 위해서 기도를 드리게 하고 싶은 신부님이 계십니까?」하고 다브리니가 물었다.

「없습니다.」하고 빌포르는 말했다.「어느 분이든 가장 가까운 곳에 있는 신부님에게 부탁해 주십시오.」

「가장 가까운 곳이라면.」하고 검시의가 말했다.「바로 이웃집에 친절한 이탈리아 인 신부님이 이사를 오셨어요……. 돌아가는 길에 부탁을 드려 볼까요?」
「다브리니 씨.」 하고 빌포르가 말했다. 「그럼 함께 가 봐주시지 않겠습니까? …… 여기에 열쇠가 있으니까 마음대로 드나드실 수 있습니다……. 신부님을 모셔다가 불쌍한 바랑티느의 방으로 안내해 주십시오.」
「당신, 무슨 얘기를 하시겠습니까?」
「나는 혼자 있고 싶습니다. 용서해 주십시오. 신부님은 모든 고통을 다 아실 겁니다. 아버지의 괴로움도 말입니다.」
그렇게 말하고 빌포르는 다브리니에게 열쇠를 넘겨 주고 검시의에게 다시 한 번 마지막 인사를 했다. 그리고는 서재로 들어가서 일을 시작했다.
어떤 종류의 사람에게 일은 모든 고통을 치유해 주는 것이기도 했다.
두 의사가 길로 나섰을 때 옆집 문 앞에 법의를 입은 한 사나이가 서 있는 것이 보였다.
「저 사람이 내가 말한 사람입니다.」 하고 검시의가 다브리니에게 말했다.
다브리니는 사제 옆으로 다가갔다.
「신부님」 하고 그는 말했다. 「딸을 잃은 불쌍한 아버지를 위해서 도움을 주실 수 있겠습니까? 검찰총장인 빌포르 씨를 위해서입니다만.」
「오오!」 하고 사제는 뚜렷한 이탈리아 사투리로 대답했다. 「잘 알고 있습니다. 저택 안에서 불행한 일이 일어났더군요.」
「그렇다면 어떤 일을 해달라고 새삼 부탁을 드릴 필요도 없겠군요.」
「이쪽에서 여쭈어 보려고 하던 참입니다. 자진해서 도와 드리는 것이 우리들의 임무이니까요.」
「죽은 사람은 따님입니다.」
「그것도 알고 있습니다. 저택에서 도망쳐 나온 하인들로부터 들었습니다……. 바랑티느라는 이름도 알고 있습니다. 실은 이미 그 아가씨를 위해서 기도도 올렸습니다.」
「그건 정말 고마운 일입니다.」 하고 다브리니는 말했다. 「이미 거룩한 봉사를 시작해 주셨으니까 그것을 계속해 주실 수 없겠습니까? …… 죽은 아가씨에게로 가 주실 수 없겠습니까? 가족들은 모두 슬픔에 잠겨 있습니다. 틀림없이 신부님에게 감사할 것입니다.」

「그럼 가십시다.」하고 사제는 대답했다.「솔직히 말씀드리겠습니다만 제 기도보다 더 열성어린 기도는 없으리라고 생각합니다.」

다브리니는 사제의 손을 잡고 서재에 틀어박혀 있는 빌포르 씨는 만나지 않고 바랑티느의 방으로 안내했다. 유해는 그날 밤 매장인의 손에 넘겨지게 되어 있었다.

방으로 들어갔을 때 노와르티에 노인의 눈이 사제의 눈과 마주쳤다. 틀림없이 노인은 그 눈 속에서 무언가 특별한 것을 읽은 것이 분명했다. 왜냐하면 사제에게서 더 이상 눈을 떼지 않았으니까.

다브리니는 사제에게 단지 죽은 사람뿐 아니라 살아 있는 노인의 일도 부탁했다. 그러자 사제는 바랑티느를 위해서 기도하는 것은 물론이지만 노인도 보살펴 주겠다고 대답했다.

사제는 엄숙하게 약속했다. 그리고는 아마 기도가 방해를 받지 않게 하려는 것이리라, 또 노인의 슬픔이 방해를 받지 않게 하려는 것이리라. 다브리니 씨가 나가 버리자 그 문만이 아니라 빌포르 부인의 방과 통하는 문에도 빗장을 꽂았다.

105. 당그랄의 서명

다음날이 되었다. 잔뜩 찌푸린 구슬픈 아침이었다.

매장인들은 전날 밤 동안에 장례식 준비를 완전히 끝내고 잠자리 위에 눕혀진 유해를 흰 수의 속에 넣고 봉합을 하고 말았다. 죽음 앞에서는 인간은 모두 평등하다고 하지만 죽은 사람을 슬프게 감싸 버리는 이 흰 수의는 죽은 사람이 살아 있을 때 사랑하던 사치의 마지막 증거 같은 것이다.

이 흰 수의는 바랑티느가 반 달쯤 전에 샀던 훌륭한 백마(白麻) 천으로 되어 있었다.

저녁 무렵에 이러한 준비를 위해서 불려온 사람들이 노와르티에 노인을 바랑티느의 방에서 그의 방으로 옮겼다. 그러나 노인은 사람들이 예상하고 있던 것과는 반대로 손녀의 유해에서 격리되는 데에 전혀 군소리를 하지 않았다.

부조니 신부는 새벽녘까지 밤샘을 했다. 그리고 아침이 되자 아무도 부르지 않고 자기 집으로 돌아갔다.

아침 8시께에 다브리니가 찾아왔다. 그는 노와르티에 노인의 방으로 가려 하고 있는 빌포르를 만났다. 그래서 그도 함께 노인이 어떻게 하룻밤을 지냈는지 보러 갔다.

노인은 침대 대신으로 사용하고 있는 큰 팔걸이의자에 앉은 채 조용히, 거의 미소까지 띠고 자고 있었다.

두 사람은 깜짝 놀라서 입구에 멈춰 섰다.

「보십시오.」 하고 다브리니가 잠들어 있는 아버지를 바라보고 있는 빌포르에게 말했다. 「보세요, 자연은 아무리 큰 슬픔이라도 진정시켜 줄 수가 있는 것입니다. 물론 노와르티에 씨가 손녀를 사랑하고 있지 않았던 것은 아닙니다. 하지만 저렇게 편안하게 잠을 자고 계십니다.」

「그렇군요, 말씀하시는 대로입니다.」 하고 빌포르는 놀라면서 말했다. 「잘 자고 계시군요. 정말 이상합니다. 평소에는 조금만 마음에 거슬리는 일이 있어도 며칠씩이나 잠을 자지 않고 깨어나 계셨는데.」

「슬픔 때문에 기진맥진해지신 모양이지요.」 하고 다브리니가 대답했다.

그리고 두 사람은 생각에 잠기면서 검찰총장의 서재로 돌아갔다.

「보십시오, 나는 한잠도 자지 않았습니다.」 하고 빌포르는 자리가 깔려진 채로 있는 침대를 가리키면서 말했다. 「슬픔도 나를 나가떨어지게 만들지는 못했습니다. 나는 이것으로 이틀 밤이나 잠을 자지 않았습니다.

하지만 그 대신, 내 책상 위를 보십시오. 이틀낮 이틀밤을 나는 내내 글을 썼습니다……. 서류를 꼼꼼하게 조사하고 살인범 베네데트의 기소장에 주석을 달았습니다……. 오오, 일, 일, 그것이야말로 내 정열이고 기쁨이며 나를 열중케 해주는 것입니다. 이것이야말로 내 온갖 슬픔을 이기게 해주는 것입니다.」

그렇게 말하고 그는 다브리니의 손을 경련적으로 잡아쥐었다.

「아직도 나에게 일이 남았을까요?」 하고 의사는 물었다.

「아닙니다.」 하고 빌포르는 대답했다. 「하지만 11시에 와주시지 않겠습니까? 부탁입니다. 12시에…… 관이 나가기 때문에…… 아아! 불쌍한 딸! 불쌍한 딸…….」

또다시 인간답게 된 검찰총장은 하늘을 쳐다보면서 한숨을 쉬었다.

「그럼 당신은 응접실에 계시겠습니까?」

「아닙니다, 장례식 일은 사촌동생이 맡아서 해줍니다. 나는 일을 계속합니다. 일을 하고 있으면 모든 것을 잊을 수가 있습니다.」

과연 그 말 그대로 의사가 문간까지 가기도 전에 검찰총장은 이미 일을 시작하고 있었다.

현관 앞 돌층계에서 다브리니는 지금 빌포르가 말하던 친척 사나이를 만났다. 이 사나이는 이 이야기에 있어서도 또 빌포르 가에 있어서도 보잘것없는 인물이었다. 즉 태어나면서부터 하찮은 역할을 하게 되어 있는 인물이었다.

그는 시간을 어김없이 지켜 상복을 입고 팔에 상장을 두르고 그야말로 슬픈 표정을 짓고 사촌형에게로 왔다. 이러한 표정은 필요한 동안만 그렇게 하고 필요가 없어지면 다시 본래의 표정으로 돌아가는 것이었다.

11시가 되자 장례용 마차가 앞뜰의 납작돌을 울리면서 여러 대 들이닥쳤다. 그리고 포블 상 토노레 거리는 군중의 술렁임으로 가득 찼다. 그들은 부잣집의 기쁜 일이나 불행한 일이나 꼭같이 보고 싶어하고, 공작 부인의 결혼에도 또는 화려한 장례식에도 똑같이 달려가곤 하는 무리였다.

불행이 있었던 이 집의 객실은 차츰 조문객으로 메워지기 시작했다. 처음에 찾아온 것은 이미 낯익은 친구들, 즉 도브레, 샤토 루노, 보샹 같은 얼굴들이고 이어서 법조계나 문단, 군부의 명사들이 찾아왔다. 왜냐하면 빌포르 씨는 그 사회적 지위보다도 오히려 개인적인 힘으로 파리의 사교계에서 일류가 된 인물이었기 때문이다.

사촌동생이 입구에 서서 조문객을 맞이하고 있었다. 이것은 의리상 마지못해 찾아오는 사람들을 안심시켰다. 왜냐하면 이것이 부친이라든가 형제라든가 약혼자라면 그야말로 슬픈 얼굴이나 거짓 눈물을 흘리지 않으면 안 되지만 이렇게 관계가 없는 사나이였으므로 그런 짓을 할 필요가 없었기 때문이다.

아는 사람끼리는 서로 눈짓으로 불러 여기저기에 모여 있었다. 그러한 무리

105. 당그랄의 서명

가운데 하나에 도브레와 샤토 루노, 그리고 보샹이 있었다.

「불쌍하게도」하고 도브레는 다른 사람들이 마음에도 없이 뇌까리고 있는 것과 마찬가지로 이 가슴 아픈 사건에 말뿐인 조사를 늘어놓았다. 「정말 안됐지 뭔가! 그렇게 부자이고 그렇게 아름다웠는데 말야! 이봐 샤토 루노 군, 지난 번에 만났을 때 이런 일을 상상이나 했었나? 그건 언제였지? …… 3주일 전이나 고작 일 개월 전이었지? 서명도 하지 않고 끝난 결혼 계약서 서명식 때였지?」

「그래 정말! 생각조차 하지 못했었어.」하고 샤토 루노가 말했다.

「자네는 아가씨를 잘 알고 있었나?」

「한 번인가 두 번 모르셀 부인의 무도회에서 말을 나눈 적이 있지. 조금 우울해 보이는 사람이었지만 아름다운 사람이라고 생각했어. 그런데 그 계모는 어디에 있지?」

「저기에서 조문객을 맞이하고 있는 남자의 집으로 갔어. 저 남자의 부인과 오늘 하루를 지낸다고 하더군.」

「그런데 저 사람은 누구지?」

「저 사람이라니?」

「우리를 맞이한 사나이 말일세. 대의사인가?」

「아니야.」하고 보샹이 대답했다. 「대의사라면 나는 매일처럼 보고 있어. 하지만 저 얼굴은 모르겠어.」

「자네네 신문에서는 이 불행한 기사를 냈나?」

「내가 쓴 기사는 아니지만 냈지. 빌포르 씨에게는 유쾌한 일이 아니겠지만 말야. 아마 이런 기사였을 거야. 『이런 식으로 네 명이나 잇따라 사망자가 나온 것이 검찰총장 집이 아니었다면 검찰총장은 좀더 좀더 흥분했을 것이다.』……」

「하지만」하고 샤토 루노가 말했다. 「내 어머니의 단골 의사인 다브리니 씨의 이야기로는 검찰총장도 몹시 타격을 받은 모양이라던데.」

「그런데 도브레, 자네는 누구를 찾고 있나?」

「몽테 크리스토 백작을 찾고 있다네.」하고 도브레는 대답했다.

「백작이라면 이곳으로 오다가 큰길에서 만났는걸. 어디 여행이라도 떠나려는 건지, 은행가에게 가는 길이라더군.」하고 보샹이 말했다.

「은행가라고? 그 사람의 은행가라면 당그랄 아닌가?」하고 샤토 루노가 도브레에게 물었다.

「확실히 그러리라고 생각하네만.」하고 도브레는 조금 곤혹스러워하면서 대답했다.「하지만 오지 않은 것은 몽테 크리스토 백작뿐이 아닌걸. 막시밀리안 모렐도 보이지 않는데그래?」

「막시밀리안 모렐이라고! 그는 이 집 사람들과 아는 사이던가?」하고 샤토 루노가 말했다.

「빌포르 부인에게만은 소개가 되었던 것으로 아는데.」

「어떻든 오지 않으면 안될 거라고.」하고 도브레가 말했다.「오늘밤의 화제이니까. 어떻든 이 장례식은 오늘의 뉴스라고. 쉿! 사법장관이 왔어! 쩔쩔매고 있는 사촌동생에게 문상의 말이라도 늘어놓지 않으면 안 된다고 생각하고 있을 테지.」

그리고 세 청년은 사법장관이 하는 문상의 말을 들으려고 입구 쪽으로 걸어갔다.

그런데 보상이 한 말은 사실이었다. 그는 고별식의 통지를 받고 오는 길에 몽테 크리스토를 만난 것이었다. 몽테 크리스토는 그때 쇼세 당탱 거리의 당그랄 저택으로 가는 길이었다.

은행가는 창문을 통해서 백작의 마차가 앞뜰로 들어오는 것을 보았다. 그래서 슬픈 듯한, 그러나 상냥한 얼굴로 백작을 마중하러 나왔다.

「이것 참, 오시느라 수고가 많으십니다, 백작.」하고 그는 몽테 크리스토에게 손을 내밀면서 말했다.「나에게 조문의 말을 해주시려고 오셨군요. 실상 우리 집에는 엉뚱한 불행이 날아들었습니다. 당신의 모습을 뵈었을 때 어쩌면 내가 저 불쌍한 모르셀 가에 무슨 불행이라도 일어나기를 바란 것은 아닐까 하고 생각하고 있던 참입니다.『남 잡이가 제 잡이』라는 속담도 있으니까요.

하지만 맹세코 말씀드리지만 나는 모르셀에게 나쁜 일이 일어나기를 결코 바란 적이 없습니다. 물론 그 사나이는 나와 마찬가지로 무일푼에서 몸을 일으켜 나처럼 혼자 힘으로 출세한 사나이치고는 조금 오만한 데가 있었습니다. 하지만 인간에게는 누구에게나 어떤 결점이 있게 마련입니다.

그런데 백작, 우리 연배의 사람…… 아니, 이건 실례했습니다, 당신은 우리들 연배가 아니시지요, 아직 젊으시니까……. 우리들 연배의 사람에게는 올해에는 좋은 일이 없었습니다. 가령 저 엄격한 검찰총장 빌포르를 보세요. 이번에는 따님을 잃었습니다. 생각해 보세요. 지금도 말씀드린 것처럼 빌포르는 가족들을 모두 이상한 방법으로 잃었습니다. 모르셀은 창피를 당하고 죽었고 나는 나대로 저 악랄한 베네데트 때문에 좋은 웃음거리가 되었고, 게다가……」

「게다가?」하고 백작이 물었다.

「아니! 당신은 아직 모르고 계십니까?」

「뭔가 또 불행한 일이라도?」

「딸 아이가……」

「아가씨가?」

「으제니가 가출을 했답니다.」

「네? 무슨 말씀을 하시는 거예요?」

「아니오, 사실입니다, 백작. 아아, 정말이지 부인도 자녀도 안 갖고 계시는 당신은 참으로 행복합니다!」

「그렇게 생각하십니까?」

「생각하고말고요!」

「그래, 아가씨는?……」

「그 불한당에게서 우리가 받은 모욕을 참을 수가 없었던 거지요. 그래서 여행을 떠나고 싶다고 나에게 부탁을 하더군요.」

「그래서 떠났습니까?」

「네, 어젯밤에요.」

「부인과 함께 말입니까?」

「아니예요, 친척 여자하고 함께……. 하지만 그 귀여운 으제니는 이제 없어진 거나 다름이 없습니다. 왜냐하면 그애의 성질로는 두 번 다시 프랑스에는 돌아오지 않을 테니까요!」

「무슨 말씀을 하시는 겁니까, 남작?」하고 몽테 크리스토가 말했다. 「자식들만이 재산의 전부인 가난뱅이들에게는 가정내의 슬픔은 확실히 견딜 수 없는 것이겠지만 백만 장자는 어떻게든 참을 수 있을 것입니다. 철학자들이 뭐라고 말하든 현실적인 사람이라면 언제나 그런 것은 날려 버릴 수 있을 겁니다. 돈만 있으면 어떤 걱정거리도 위로를 받을 수 있지요. 이 묘약의 효능을 인정하신다면 당신 같은 사람은 누구보다도 빨리 기운을 차릴 수 있을 겁니다. 그럴 것이 당신은 온갖 힘을 한손에 쥔 재계의 왕자이니까요.」

당그랄은 상대가 자기를 조롱하고 있는 건지 아니면 진지하게 얘기하고 있는지를 확인하려고 곁눈질을 힐끗 백작을 보았다.

「말씀하시는 대로」하고 그는 말했다.「재산으로 위로받을 수 있다면 나도 위로를 받을 수 있겠군요. 나는 부자이니까.」

「그야말로 남작, 당신은 부자입니다. 당신의 재산은 그야말로 피라밋 같은 것입니다. 무너뜨리려고 생각해도 무너뜨리는 작업에 착수할 수가 없습니다. 또 설사 무너뜨리는 작업에 착수한다고 해도 결코 무너뜨릴 수는 없을 것입니다.」

당그랄은 그야말로 호인다운 백작의 신뢰에 미소지었다.

「아아, 생각났습니다.」하고 말했다.「당신이 오셨을 때 나는 어음을 다섯 장 쓰기 시작하고 있었습니다. 두 장은 이미 서명을 끝냈으니까 나머지 석 장에 서명해도 괜찮을까요?」

「계속하세요, 사양치 마시고.」

잠시 동안 대화가 끊기고 은행가가 펜을 놀리는 소리가 들리고 있었다. 몽테 크리스토는 천장의 금빛 돌출부를 바라보고 있었다.

「스페인 어음입니까?」하고 몽테 크리스토가 말했다.「아니면 하이티 어음인가요? 나폴리 어음인가요?」

「아닙니다.」하고 당그랄은 짐짓 점잖게 웃으면서 말했다.「지참인 지불 어음입니다. 프랑스 은행 지불의 어음이지요. 그런데 백작」하고 그는 덧붙였다.「내가 재계의 왕자라면 당신은 재계의 황제라고 할 수 있겠지요. 당신은 지금까지 한 장에 백만 프랑이라는 이런 고액 어음을 꽤 많이 보셨겠지요?」

몽테 크리스토는 당그랄이 자랑스럽게 내민 다섯 장의 어음을 마치 중량이라도 재듯이 손에 받아들었다. 그리고 그것을 읽어 보았다.

프랑스 은행 이사 귀하. 이 어음을 지참한 사람에게 저의 예금 중에서 일백만 프랑을 지불해 주십시오.

남작 당그랄

「한 장, 두 장, 석 장, 넉 장, 다섯 장」하고 몽테 크리스토는 세었다.「오백만 프랑이군요! 이건 정말 크로이소스 왕(고대 리디아의 왕. 거대한 재산을 가지고 있었다)이군요!」

「내가 하는 일은 대개 이런 식입니다!」하고 당그랄은 말했다.

「정말 대단하군요. 나는 별로 의심하고 있는 것은 아니지만 만일 이 금액이 현금으로 지불된다면 말입니다.」

「물론 현금으로 지불됩니다.」하고 당그랄은 말했다.

「그만한 신용을 가지고 계신다면 정말 대단합니다. 정말 그러한 일은 프랑스에서밖에는 볼 수 없을 것입니다. 다섯 장의 종이 조각이 오백만 프랑의 값어치가 있다니. 실제로 보지 않고서는 도저히 믿을 수가 없군요.」

「의심하시는 겁니까?」

「아닙니다.」

「어쩐지 묘한 투로 말씀하시는군요……. 그럼 실제로 보여 드리지요. 우리 행원을 데리고 은행으로 가십시오. 그는 그만한 돈을 가지고 은행에서 나올 것입니다.」

「아닙니다.」하고 몽테 크리스토는 그 다섯 장의 어음을 접으면서 말했다.「절대로 의심하고 있는 것은 아닙니다. 다만 매우 희한한 일이군요. 나 자신이 시험해 보지요.

나는 댁에 육백만 프랑을 맡겨 두었었지만 그 중에서 구십만을 받았으니까 이제 오백십만 프랑이 남아 있는 셈이지요? 서명을 보기만 해도 안심이 되니까, 이 어음 다섯 장을 받고 내가 육백만 프랑의 영수증을 써드리지요. 그것으로 대차 관계는 없는 것으로 합시다. 여기에 영수증을 이렇게 준비해가지고 왔습니다. 실은 오늘 돈이 필요해서 말입니다.」

몽테 크리스토는 한쪽 손으로 다섯 장의 어음을 주머니에 집어넣고 다른 한쪽 손으로 영수증을 내밀었다.

설사 벼락이 발 밑에 떨어졌다고 하더라도 당그랄은 이렇게까지 아찔하지는 않았을 것이다.

「뭐라고요?」하고 그는 더듬거리면서 말했다.「뭐라고요? 백작. 이 돈을 가지고 간단 말씀입니까? 하지만 그것은 용서해 주십시오, 제발 부탁입니다.

그것은 양육원을 위한 돈입니다. 양육원에서 맡긴 돈입니다. 그리고 오늘 아침에 그것을 지불하기로 약속이 되어 있습니다.」

「그렇습니까?」하고 몽테 크리스토는 말했다.「그렇다면 문제가 다르군요. 나는 이 다섯 장의 어음에 별로 집착하고 있는 것은 아닙니다. 다른 어음이라도 좋습니다. 그것으로 지불해 주세요. 내가 이 어음을 가지려고 했던 것은 호기심 때문입니다. 실은 당그랄 상회는 군소리 한마디 없이, 5분간의 유예가 필요하다는 말 한마디 없이 현금으로 오백만 프랑을 지불해 주었다고 세상 사람들에게 선전할 생각이었습니다! 만일 그랬다면 정말 멋이 있었을 텐데 말입니다!

어떻든 어음은 돌려 드리겠습니다. 거듭 말씀드립니다만 다른 것으로 주십시오.」

그렇게 말하면서 몽테 크리스토는 다섯 장의 어음을 당그랄에게 내밀었다. 얼굴이 새파래진 당그랄은 처음에 독수리에게 빼앗기려던 고기를 붙잡으려고 조롱의 격자에서 발톱을 내뻗듯이 손을 내밀었다.

그러나 곧 그는 생각을 달리하고 비상한 노력을 하며 자기를 억제했다. 그리고는 그는 얼굴에 미소를 떠올리고 깜짝 놀라서 긴장했던 표정을 차츰 누그러뜨렸다.

「정말이지.」하고 그는 말했다.「당신의 영수증은 현금과 마찬가지입니다.」

「오오! 바로 보셨습니다. 여기가 로마였다면 내 영수증으로 톰슨 앤드 프렌치 상회는 당신 같은 까다로운 말은 하지 않고 곧 지불해 줄 것입니다.」

「용서하십시오, 백작, 정말 실례했습니다.」

「그럼 이 돈을 받아도 괜찮을까요?」

「괜찮습니다.」하고 당그랄은 머리카락 언저리에 배어나오는 땀을 닦으면서 말했다.「아무쪼록 넣어 두십시오, 어서.」

몽테 크리스토는 다섯 장의 어음을 다시 주머니에 넣었다. 그 얼굴에 떠오른 뭔가 형용할 수 없는 표정은 다음과 같이 말하고 있었다.

『아시겠어요? 잘 생각하는 것이 좋아요. 아뿔싸 하고 생각되거든 지금 말하는 것이 좋아요. 나중에 후회하지 말고.』

「아니, 아니.」하고 당그랄은 말했다.「서명이 끝난 그 어음은 아무쪼록 넣어 두십시오. 하지만 아시다시피 은행가만큼 형식을 존중하는 사람은 없

105. 당그랄의 서명

으니까요. 나는 그 돈을 양육원에 배정하고 있었습니다. 그래서 그것을 양육원에 주지 않으면 양육원의 돈을 훔친 것처럼 생각되어서 말입니다. 마치 다른 돈과는 가치가 다른 것처럼 생각하고 있었지요. 아무쪼록 용서하십시오.」

그렇게 말하고 그는 큰소리로, 그러나 어딘지 모르게 신경질적으로 웃었다.

「걱정하실 것 없습니다.」하고 몽테 크리스토는 상냥하게 대답했다.「그럼 받겠습니다.」

그렇게 말하고 그는 어음을 지갑에 넣었다.

「그런데」하고 당그랄이 말했다.「아직 십만 프랑이 남아 있습니다만.」

「아아, 그런 푼돈은」하고 몽테 크리스토는 말했다.「수수료만도 그 정도는 될 것입니다. 그냥 가지십시오. 이것으로 대차 관계는 깨끗이 끝났습니다.」

「백작.」하고 당그랄은 말했다.「진심으로 그런 말씀을 하시는 겁니까?」

「은행가에게 허튼 소리는 하지 않습니다.」하고 몽테 크리스토는 거의 무례하다고 생각될 정도의 단호한 어조로 대답했다.

그리고 그는 문쪽으로 향하기 시작했는데 바로 이때 하인이 들어와서 말했다.

「양육원 수납과장인 보빌 씨가 오셨습니다.」

「아아.」하고 몽테 크리스토는 말했다.「나는 마침 좋은 때에 온 것 같군요. 덕분에 서명을 받을 수 있었습니다. 하마터면 쟁탈전이 벌어질 뻔했는데.」

당그랄은 다시 새파래졌다. 그리고는 급히 백작에게 작별 인사를 했다.

몽테 크리스토 백작은 대합실에 서 있는 보빌 씨와 의례적인 인사를 나누었다. 보빌 씨는 몽테 크리스토 백작이 돌아가자 당그랄 씨의 서재로 안내되었다.

수납과장의 손에 들려 있는 돈지갑을 보았을 때 그렇게 근엄한 몽테 크리스토 백작의 얼굴에 희미한 미소가 힐끗 떠오르는 것을 볼 수 있었다.

문 앞에 백작의 마차가 기다리고 있었다. 그래서 백작은 곧 은행으로 달려갔다.

그 사이에 당그랄은 흥분하는 가슴을 억누르면서 수납과장을 마중하러 나갔다.

그의 입술 위에는 미소와 상냥함이 간사스럽게 떠올라 있었음은 말할 것도 없다.

「어서 오세요.」하고 그는 말했다.「마치 빚이라도 받으러 온 것 같군요.」

「아니, 바로 그렇답니다, 남작.」하고 보빌 씨는 말했다.「양육원의 대표로서 왔습니다. 과부나 고아들로부터 오백만 프랑을 받아오도록 위탁받았기 때문이에요.」

「그런데도 세상에서는 그러한 고아들을 불쌍하다느니 어쩌니 하고 있더군요!」하고 당그랄은 농담을 계속하면서 말했다.「그야말로 불쌍한 어린이들이군요!」

「그래서 나는 그들의 대표로서 찾아왔습니다.」하고 보빌 씨는 말했다.「어제 보낸 내 편지는 받아 보셨겠지요?」

「확실히 받았습니다.」

「그럼 여기에 영수증이 있습니다.」

「보빌 씨.」하고 당그랄이 말했다.「그 과부나 고아들에게 가능하다면 24시간만 기다려 달라고 부탁드렸으면 합니다만. 왜냐하면 몬테 크리스토 백작이, 아 참, 아까 이곳에서 나가는 것을 보셨을 테지요……. 확실히 만나셨지요?」

「네, 그런데요?」

「그 몬테 크리스토 백작이 여러분을 위해서 준비해 놓았던 오백만 프랑을 가지고 갔단 말입니다.」

「그것은 또 어째서지요?」

「백작은 로마의 톰슨 앤드 프렌치 상회가 내 앞으로 개설해 놓고 있는 무제한 대출의 신용장을 가지고 계십니다. 그런데 백작이 오셔서 오백만 프랑의 일시불을 요청하셨습니다. 그래서 나는 은행 앞으로 된 어음을 넘겨주었습니다. 내 자산은 모두 프랑스 은행에 맡겨져 있습니다. 그런데 아시리라고 생각합니다만 같은 날에 이사의 손으로 천만 프랑이나 인출하는 것이 이상하게 여겨지지 않을까 하는 것입니다……. 이틀로 나누면 딴 소리가 없겠지만.」하고 당그랄은 미소를 지으면서 덧붙였다.

「뭐라고요?」하고 보빌 씨는 전혀 신용할 수 없다는 투로 말했다.「그럼 아까 이곳에서 나와 가지고 짐짓 아는 체하면서 나에게 인사를 한 그 사람에게 오백만 프랑을 건네 주셨단 말입니까?」

「당신은 모르고 계셨어도 아마 그 사람은 당신을 알고 있었을 겁니다. 몽테 크리스토 백작은 모든 사람을 알고 있으니까요.」
「오백만 프랑!」
「이것이 그 사람의 영수증입니다. 성(聖) 토마스처럼 잘 살펴 주세요(성 토마스는 그리스도의 열두 사도 중의 한 사람으로서 매우 조심성이 많았다고 한다). 손에 들고 자세히 들여다보세요.」
보빌 씨는 당그랄이 내민 종이 조각을 손에 들고 읽었다.

당그랄 남작으로부터 오백십만 프랑을 수령했다. 위 금액은 청구하는 즉시 로마의 톰슨 앤드 프렌치 상회로부터 지불될 것이다.

「하긴 말씀하신 그대로군요!」 하고 보빌 씨가 말했다.
「당신은 톰슨 앤드 프렌치 상회를 아십니까?」
「알고 있습니다.」 하고 보빌 씨는 말했다. 「옛날 이십만 프랑 가량 거래를 한 적이 있습니다. 하지만 그 뒤에는 아무런 소문도 듣고 있지 못합니다만.」
「유럽에서 가장 유력한 상회 중 하나입니다.」 하고 당그랄은 보빌 씨의 손에서 받은 영수증을 아무렇게나 책상 위에 던지면서 말했다.
「그럼 그분은 당신네 은행에서만도 오백만 프랑의 신용을 가지고 계시 군요? 아아! 그렇다면 몽테 크리스토 백작이라는 분은 대단한 부자인 모양이지요?」
「글쎄, 그 점은 나도 잘 모릅니다만. 어떻든 세 은행에 무제한 대출의 신용을 가지고 있습니다. 그 하나는 내 은행이고 나머지는 로스차일드 은행과 라피트 은행입니다.」
그렇게 말하고 당그랄은 아무렇지도 않은 듯이 슬쩍 덧붙였다. 「잘 아셨 겠지만 백작은 내 은행이 마음에 들었는지 십만 프랑의 수수료를 선뜻 내 놓았습니다.」
보빌 씨는 그야말로 감탄했다는 듯이 몇 번이나 고개를 끄덕거렸다.
「그럼 나도 찾아가서」 하고 그는 말했다. 「기부금을 부탁드려 보아야겠 군요.」
「오오! 그건 이미 받은 것이나 마찬가지입니다. 기부금만도 한 달에 이만 프랑 이상 나간다고 했으니까요.」
「그건 참 대단하군요. 그럼 백작에게 모르셀 부인과 그 아드님의 예도 말씀드려 보도록 하지요.」
「그건 어떤 예인데요?」
「전재산을 양육원에 기부해 주셨습니다.」
「전재산이라고 하면?」
「두 분의 재산입니다. 즉 돌아가신 모르셀 장군의 재산입니다.」
「그래, 그 이유는요?」
「그런 부당한 수단으로 얻어진 재산은 가지고 싶지 않다는 것입니다.」
「하지만 앞으로 어떻게 생활을 해가실 건가요?」
「어머님은 시골에 들어앉고 아드님은 군대에 들어간다고 하더군요.」
「그것 참!」하고 당그랄은 말했다.「그들은 또 무척 소심한 사람들이군요!」
「기부 등기는 어제 끝냈습니다.」
「어느 정도 되던가요?」
「오오! 그렇게 많지도 않았어요. 백이삼십만 정도 되었습니다. 그나저나 우리들 문제로 돌아갑시다.」
「알겠습니다.」하고 당그랄은 그야말로 자연스러운 어조로 말했다.「그래, 그 돈은 급히 필요하십니까?」
「물론입니다. 왜냐하면 금고 검사가 내일 있기 때문이에요.」
「내일입니까! 진작 그렇게 말씀하셨더라면 좋았을 것을! 내일이라면 충분히 시간을 댈 수 있습니다! 그래 그 검사 시간은요?」
「오후 2시입니다.」
「그럼 정오에 사람을 보내 주십시오.」하고 당그랄은 미소를 지으면서 말했다.
보빌 씨는 특별히 아무런 대답도 하지 않고 고개를 끄덕였다. 그리고는 돈지갑을 만지작거리고 있었다.
「참 그렇군! 생각이 났습니다.」하고 당그랄이 말했다.「좀더 좋은 수가 있습니다.」
「어떤 건데요?」

105. 당그랄의 서명   357

「몽테 크리스토 백작의 영수증은 현금과 똑같은 값어치가 있습니다. 이것을 가지고 로스차일드나 라피트 은행에 가시면 즉석에서 받아 줍니다.」
「로마에서 지불하게 되어 있어도 말입니까?」
「물론입니다! 다만 오륙천 프랑은 할인하겠지만 말입니다.」
수납과장은 펄쩍 뛰었다.
「당치도 않습니다! 내일까지 기다리겠습니다. 당신도 꽤 빈틈이 없군요!」
「이건 참 실례했습니다. 실은 잠깐」하고 당그랄은 그야말로 무례한 말을 했다.「실은 이런 생각을 했기 때문이에요, 무언가 적자를 메우려는 것이 아닌가 하고 말입니다.」
「천만에요!」하고 수납과장은 말했다.
「아시겠습니까, 척 보면 압니다. 만일 그렇다면 약간의 희생은 감수하는 것이 좋습니다.」
「거절하겠습니다!」하고 보빌 씨는 말했다.
「그럼, 내일로 결정할까요?」
「그럼, 내일. 그나저나 틀림은 없겠지요?」
「농담하지 마십시오! 12시에 사람을 보내 주십시오. 은행에 말을 해둘 테니까요.」
「내가 직접 오겠습니다.」
「그래 주신다면 더욱 좋습니다. 한 번 더 뵐 수 있을 테니까요.」
두 사람은 작별의 악수를 했다.
「그건 그렇고.」하고 보빌 씨가 말했다.「당신은 저 불쌍한 빌포르 아가씨의 장례식에는 가지 않으십니까? 나는 아까 큰길에서 만났습니다만」
「나는 가지 않습니다.」하고 은행가는 대답했다.「그 베네데트 사건 이후 나는 아직 약간 웃음거리가 되어 있으니까요. 그래서 들어앉아 있습니다.」
「아니! 그건 당신의 지나친 생각입니다. 그 사건에 당신의 잘못이 있단 말입니까?」
「이것 보세요, 나처럼 깨끗한 이름을 가진 사람은 민감해지기가 쉬운 법입니다.」

「정말이지, 누구나 당신을 동정하고 있습니다. 특히 따님에 대해서 불쌍하게 생각하고 있습니다.」

「가엾은 으제니!」하고 당그랄은 가슴 밑바닥에서부터 치밀어오르는 한숨을 쉬면서 말했다.「아시겠지요, 수도 생활에 들어갔다는 것을?」

「몰랐습니다.」

「유감스럽게도 그것은 사실입니다. 그 사건이 있었던 다음날, 친구인 신앙심 깊은 아가씨와 가출을 하고 만 것입니다. 이탈리아나 스페인의 어느 엄격한 수도원을 찾으러 떠나고 말았습니다.」

「저런! 그걸 어쩐다지요!」

보빌 씨는 이렇게 탄성을 발하고 위로의 말을 몇 번이나 되풀이하면서 돌아갔다.

그러나 그가 나가자마자 당그랄은 프레데릭(19세기 프랑스의 유명한 배우)의 《로베르 마케르》를 본 사람이 아니고는 알 수 없는 난폭한 몸짓을 하며 「이 바보 멍청아!!!」하고 소리질렀다.

그리고는 몽테 크리스토의 영수증을 조그만 지갑에 집어넣으면서「낮에 찾아와 보라지.」하고 덧붙였다.「나는 이미 먼 곳으로 도망가 있을 걸.」

그리고 나서 그는 문을 이중으로 단단히 잠그고 금고 서랍 속의 것을 모조리 꺼내어 천 프랑짜리 지폐를 오십장 가량 모으고 여러가지 서류를 불사른 뒤 일부 서류는 일부러 사람들의 눈에 띄게끔 놓아 두었다.

그리고는 한 통의 편지를 쓰기 시작했다. 그리고는 그것을 봉투에 넣고는 그 위에『당그랄 남작 부인에게』라고 수취인 이름을 썼다.

「오늘밤」하고 그는 중얼거렸다.「이것을 화장대 위에 놓아 두어야지.」

그리고 나서 서랍에서 여권을 꺼내고는「좋아.」하고 말했다.「이건 아직 두 달은 사용할 수 있는걸.」

106. 페르 라셰즈의 묘지

 실제로 보빌 씨는 바랑티느를 마지막 주거지로 보내는 장례식 행렬과 맞닥뜨렸다.
 날씨는 흐려서 어둑어둑했다. 바람은 아직 따뜻했으나 누르스름해진 나뭇잎에게는 이미 치명적이어서 차츰 벌거숭이가 되어가는 나무들의 가지에서 잎을 떼내어 큰길을 메우고 있는 군중 위에 흩날리고 있었다.
 순수 파리 인인 빌포르 씨는 페르 라셰즈의 묘지를 파리에서 유서 있는 가문의 죽은 이를 매장하기에 알맞은 유일한 묘지라고 생각했다. 그 밖의 묘지는 시골 묘지, 또는 죽은 이를 위한 싸구려 호텔 정도로밖에는 생각하지 않았다. 상류 사회의 죽은 이는 페르 라셰즈에 매장됨으로써만 자기 집에 있는 것처럼 편안하게 쉴 수 있는 것이다, 라고 생각하고 있었다.
 이미 말한 것처럼 그는 거기에 영세 묘지(永世墓地)를 매입해 놓고 있었다. 그리고 거기에 무덤을 만들었는데 그것은 순식간에 전처와 관계 있는 사람들에 의해 채워지고 말았다.
 무덤 정면에는 『상 메랑, 빌포르 양가의 무덤』이라는 글자가 새겨져 있었다. 그렇게 된 이유는 그것이 바랑티느의 어머니인 저 불쌍한 르네의 마지막 소원이었기 때문이다.
 그래서 상 토노레 거리를 출발한 호화로운 장례 행렬은 페르 라셰즈의 묘지로 향하고 있었다.
 장례 행렬은 파리를 가로질러 포블 뒤 탕플에서 파리 외곽의 몇몇 거리를 지나 묘지로 향했다. 이십 대의 장의마차 뒤에 오십 대 이상의 명사의 마차가 뒤따르고 있었다. 그리고 그 뒤에는 오백 명도 넘는 사람들이 도보로 뒤따르고 있었다.
 그 대부분은 바랑티느의 죽음에 의해 전격(電擊)과도 같은 충격을 받은 젊은 사람들이었다. 얼음 같은 차가운 공기가 감돌고 있는 세기(世紀)이며 그야말로 산문적인 시대이기는 했으나 여기에 모인 사람들은 깨끗한 처녀의 몸으로 죽은 이 아름답고 순결한 사랑스러운 소녀에게 시적인 감명을 받은 것이었다.
 장례 행렬이 파리를 나섰을 무렵, 사두마차가 전속력으로 달려왔는가 했더니 네 필의 말이 갑자기 그 힘줄이 툭툭 불거진 다리를 마치 강철의 용수철처럼 경직시킨 채 멈춰 섰다. 그것은 몽테 크리스토 백작이었다.
 백작은 마차에서 내려 영구마차 뒤를 도보로 따르고 있는 사람들 속으로 들어갔다.
 샤토 루노가 백작의 모습을 발견했다. 그는 곧 자기의 마차에서 내려 백작의 옆으로 다가갔다. 보샹도 마찬가지로 임대마차에서 내렸다.
 백작은 사람들 틈에서 주의깊게 주위를 둘러보고 있었다. 분명히 누군가를 찾고 있는 것이었다. 끝내 백작은 그것을 단념했다.
 「막시밀리안 모렐 군은 어디에 있을까요?」하고 백작은 물었다. 「누구 아시는 분은 없나요?」
 「그 일로 아까 빌포르 가에서도 우리끼리 얘기를 했습니다만」하고 샤토 루노가 말했다. 「우리들 중 아무도 그를 보지 못했습니다.」
 백작은 입을 다물었다. 그러나 계속 주위를 둘러보았다.
 이윽고 묘지에 도착했다.
 몽테 크리스토의 날카로운 눈은 갑자기 주목과 소나무 숲을 더듬었다. 그리고는 곧 안심할 수가 있었다. 사람의 그림자 하나가 어두운 나무 밑 길로 미끄러져 들어간 것이었다. 몽테 크리스토는 아마도 찾고 있던 것을 틀림없이 발견했을 것이다.
 이 훌륭한 묘지의 매장이 어떤 것인지 사람들은 잘 알고 있다. 하얀 샛길 이곳저곳에 검은 사람의 무리가 흩어져 있다. 하늘도 땅도 온통 조용하기만 하고 나뭇가지 부러지는 소리와 무덤 주변의 울타리 깨뜨리는 소리만이 침묵을 깬다. 그리고 사제들의 구슬픈 노래 소리가 들리고 거기에 이곳저곳의 꽃다발 뒤에서 새어나오는 흐느낌 소리가 뒤섞인다. 그리고 그러한 꽃다발 뒤에는 슬픔에 못 이겨 합창하고 있는 여인의 모습이 보인다.
 몽테 크리스토가 발견한 사람의 그림자는 에로이즈와 아베랄의 무덤(12세기에 있었던 승려 아베랄과 수녀 에로이즈의 깨끗한 사랑은 유명하다. 두 사람은 이곳에 매장되었다) 뒤, 오점형(五點形)의 수목들 사이를 날쌔게 빠져나갔는가 했더니 장의인들과 함께 유해를 끌고 있는 말의 선두에 서서 그들과 똑같은 걸음걸이로 매장지로 선정된 곳까지 당도했다.

사람들은 각기 무엇인가를 보고 있었다.

몽테 크리스토는 주위의 장의인들은 거의 눈치채지 못한 그 사람밖에는 보고 있지 않았다.

백작은 두 번쯤 대열에서 벗어나 그 사나이의 손이 옷 밑에 감추어져 있는 무슨 무기라도 찾고 있지 않는가 하고 살폈다.

장례 행렬이 멎었을 때 그 사람이 틀림없이 막시밀리안이라는 것을 알 수 있었다. 그는 목에까지 단추를 채울 수 있는 검은 프록코트를 입고 이마는 납빛으로 창백해지고 볼은 움푹 꺼지고 떨리는 손 안에서 모자를 마구 구기면서 지금부터 벌어지는 장례를 처음부터 끝까지 놓치지 않고 보려고 묘지를 내려다보는 조그만 언덕의 나무 한 그루에 기대어 서 있었다.

모든 것은 관습대로 집행되었다. 몇몇 사람, 그것은 예에 따라 가장 감동하고 있지 않은 사람들이었으나 조사를 늘어놓았다. 어떤 사람은 이렇게 그녀가 피어 보지도 못하고 꽃봉오리인 채로 죽은 것을 아쉬워했고 어떤 사람은 그 아버지의 슬픔에 대해서까지 언급했다. 또 적잖이 머리가 잘 돌아가는 사람들은 이 소녀가 한두 번 아니게 아버지인 빌포르 씨에게 간청하여 법의 칼이 머리 위에 내려지려는 죄인들을 구출한 사실에 대해서 이야기했다.

결국 사람들은 뒤페리에에게 바친 말레르브의 시(17세기 프랑스의 시인 말레르브는 친구 뒤페리에의 딸이 죽었을 때 추도시를 썼다)를 여러가지로 인용하면서 아름다운 은유나 비통한 문구를 늘어놓는 것이었다.

몽테 크리스토에게는 아무 소리도 들리지 않았다. 아무것도 보이지 않았다. 아니, 막시밀리안의 모습밖에는 보이지 않았다고 하는 것이 옳을 것이다. 청년의 침착한, 꼼짝도 하지 않는 모습에는, 그 마음속을 읽을 수 있는 사람에게는 무언가 소름 끼치는 것이 있었다.

「아니!」하고 갑자기 보샹이 도브레에게 말했다.「저기에 막시밀리안이 있잖아! 대체 어디로 해서 들어왔을까?」

그래서 두 사람은 샤토 루노에게 가르쳐 주었다.

「창백한 얼굴을 하고 있군그래!」하고 샤토 루노는 저도 모르게 몸부림을 치면서 말했다.

「추워서 그럴 테지.」하고 도브레가 말했다.

「아니, 그런 게 아니야.」하고 샤토 루노는 느릿한 어조로 말했다.「그는 강한 충격을 받았으리라고 생각해. 막시밀리안은 무척 감동하기 쉬운 사나이이니까.」

「설마!」하고 도브레는 말했다.「그는 빌포르 양과는 거의 교제가 없었잖아. 자네도 그렇게 말했었잖아.」

「그렇게 말은 했지. 하지만 모르셀 부인네 무도회에서 서너 번 그녀와 춤을 추었던 것이 생각나는군. 저, 아시지요? 백작, 당신의 힘으로 매우 성대해졌던 그 무도회에서 말입니다.」

「아니, 생각이 안 나는걸요.」하고 몽테 크리스토는 대답했다. 그는 막시밀리안 쪽을 유심히 지켜보고 있었기 때문에 누구를 향해서 무슨 일로 대답을 했는지조차 전혀 의식하고 있지 못했다.

막시밀리안은 숨을 삼키거나 억누르고 있는 사람처럼 볼을 빨갛게 물들이고 있었다.

「연설은 끝났군요. 그럼 안녕, 여러분.」하고 백작은 느닷없이 말했다.

그리고는 돌아간다는 신호를 하면서 백작은 자취를 감추었다. 그리고 나서 그가 어디로 갔는지는 아무도 몰랐다.

장례식이 끝나고 회장자들은 파리로 돌아갔다.

샤토 루노만은 막시밀리안을 한동안 눈으로 쫓고 있었다. 그러나 그가 몽테 크리스토 백작이 돌아가는 것을 배웅하고 있는 동안에 막시밀리안은 그때까지 있던 곳에서 없어져 버렸다. 그래서 샤토 루노는 그를 끝내 찾지 못하고 도브레와 보샹의 뒤를 따랐다.

몽테 크리스토는 나무숲 속으로 숨어 들어가 있었다. 그리고 큰 무덤 뒤에 몸을 숨기고 막시밀리안의 어떤 작은 움직임도 놓치지 않으려고 했다.

막시밀리안은 지체 높은 사람들이, 이어서 무덤파기 인부들이 떠난 뒤의 무덤 쪽으로 조금씩 다가갔다.

막시밀리안은 멍한 눈으로 주위를 천천히 둘러보았다. 그러나 몽테 크리스토는 막시밀리안의 눈이 그가 있는 곳과는 반대쪽을 향하고 있을 때 상대방에게 발각되지 않고 다시 십 보쯤 다가갈 수가 있었다.

막시밀리안은 무릎을 꿇었다.

백작은 목을 길게 늘이고 크게 뜬 눈으로 앞을 뚫어지게 바라보며 언제라도 뛰어나갈 수 있게 무릎을 꺾으면서 막시밀리안 쪽으로 바작바작 다가갔다.
 막시밀리안은 묘석에 닿을 만큼 이마를 떨구고 두 손으로 철책을 붙잡으면서 중얼거렸다.
 『오오! 바랑티느 양!』
 백작은 느닷없이 뱉아진 이 말을 듣고 가슴이 찢어질 것만 같았다. 그는 다시 한 걸음 앞으로 나갔다. 그리고는 막시밀리안의 어깨를 두드리고 「당신이었군요! 찾고 있었습니다.」하고 말했다.
 몽테 크리스토는 상대가 거친 목소리로 자기를 비난하고 책망하리라고 생각하고 있었다. 그러나 그것은 그의 지나친 생각이었다.
 막시밀리안은 백작 쪽을 돌아보았다. 그리고 겉으로는 아주 침착한 태도로 「보시다시피 나는 기도를 드리고 있었습니다!」하고 말했다.
 백작의 탐색하는 듯한 눈은 청년을 머리 꼭대기에서 발끝까지 훑어보았다. 그것이 끝나자 백작은 안심한 듯한 모습이었다.
 「파리에 함께 돌아가지 않겠습니까?」하고 백작은 말했다.
 「고맙습니다만.」
 「그럼 아직도 뭔가 일이 남았습니까?」
 「이대로 기도를 하게 나를 그냥 뒀으면 합니다.」
 백작은 거기에는 아무 반대도 하지 않고 그 자리를 떠났다. 그러나 그것은 새 장소에 몸을 숨기기 위해서였다. 그리고 거기에서 막시밀리안의 일거 일동을 유심히 지켜보고 있었다.
 마침내 막시밀리안은 일어서서 돌 때문에 하얗게 더러워진 무릎을 털고 단 한 번도 뒤를 돌아보지 않고 파리를 향해 돌아갔다.
 그는 라 로케트 거리를 천천히 내려갔다.
 백작은 페르 라셰즈에 기다리게 했던 마차를 돌려 백 보쯤 뒤에서 청년의 뒤를 따랐다.
 막시밀리안은 운하를 건넜다. 그리고 몇몇 큰길을 지나서 메레 거리에 있는 자기 집으로 돌아갔다.
 막시밀리안이 들어간 뒤에 닫혀진 출입문은 그로부터 5분 뒤에 몽테 크리스토를 맞이하기 위해 다시 열렸다.

줄리는 뜰 입구에 서서 페누롱이 열심히 정원사 노릇을 하며 벵갈 로즈의 꺾꽂이를 하고 있는 것을 유심히 보고 있었다.
「어머! 몽테 크리스토 백작님!」하고 그녀는 몽테 크리스토가 이 메레 거리의 집에 올 때마다 언제나 이 집의 누구나 나타내는 그야말로 반가운 목소리로 외쳤다.
「막시밀리안 씨가 방금 돌아오지 않았습니까, 부인?」하고 백작이 물었다.
「돌아온 것을 본 것 같습니다만.」하고 줄리는 대답했다. 「하지만 임마누엘도 만나 주시지 않겠어요?」
「실례입니다만 곧 막시밀리안 씨를 만나지 않으면 안 됩니다.」하고 몽테 크리스토는 말했다. 「실은 아주 중대한 일을 말씀드리지 않으면 안 됩니다.」
「그럼, 어서 올라가세요.」하고 그녀는 말하고 그의 모습이 층계 위에서 사라질 때까지 그 다정한 미소로 배웅했다.
몽테 크리스토는 곧 일층과 막시밀리안의 방을 떼어 놓고 있는 두 개의 층을 뛰어올라갔다. 층계참까지 오자 그는 귀를 기울였다. 아무런 소리도 들리지 않았다.
일가족만이 살고 있는 옛날 집의 대부분이 그러하듯이 층계참과 방 사이는 유리를 끼운 문 하나로 격리되어 있었다.
다만 이 유리를 끼운 문에는 자물쇠가 달려 있지 않았다.
막시밀리안은 안에 있음이 틀림없었다. 그러나 유리문에는 붉은 비단 커튼이 드리워져 있었으므로 안을 볼 수가 없었다.
백작의 얼굴이 새빨개져 있었으므로 그의 불안을 분명히 알 수 있었다. 몽테 크리스토처럼 어떤 일에도 흔들리지 않는 사람이 이렇게까지 마음속의 동요를 드러내 보이는 것은 좀처럼 없는 일이었다.
『어떻게 하면 좋을까?』하고 그는 중얼거렸다.
그리고 잠깐 동안 생각에 잠겼다.
『초인종을 눌러 볼까?』하고 그는 생각했다. 『아니, 아니, 그건 안돼 초인종 소리가, 즉 누군가가 찾아왔다는 것이 지금의 막시밀리안 같은 상태에 있는 사람의 결심을 빨리 끝내도록 하는 일은 세상에 흔히 있는 예이다. 그렇게 되면 초인종 소리에 대해 다른 소리가 대답하게 된다.』
몽테 크리스토는 발끝부터 머리까지 부르르 떨었다. 그리고 결심하는 데에는 번개처럼 빠른 그는 느닷없이 문짝의 유리 한 장을 팔꿈치로 냅다 질렀다. 유리가 사방에 튀었다. 이어서 그는 커튼을 들어올렸다. 그러자 책상 앞에서 펜을 손에 들고 있던 막시밀리안이 유리창 깨어지는 소리에 깜짝 놀라 의자에서 화다닥 일어나는 것이 보였다.

「아무 일도 아닙니다.」하고 백작은 말했다.「정말 실례했습니다! 미끄러졌습니다. 그리고 미끄러지는 서슬에 유리를 팔꿈치로 짚은 것입니다. 유리가 깨어진 김에 안으로 들어가겠습니다. 아니, 그냥 그대로, 상관하지 말고 계십시오.」

그렇게 말하면서 백작은 깨어진 유리 사이로 팔을 들이밀어 문을 열었다.

막시밀리안은 당혹스러운 모습을 뚜렷이 보이면서 일어섰다. 그리고 백작 쪽으로, 맞이한다기보다는 오히려 들어오는 것을 거부한다는 듯이 마주 다가왔다.

「이건 확실히 하인들의 실수로군요.」하고 몽테 크리스토는 팔꿈치를 주무르면서 말했다.「댁의 마루는 거울처럼 닦여져 있어요.」

「다친 데는 없으십니까?」하고 막시밀리안은 무뚝뚝하게 물었다.

「글쎄요. 그런데 당신은 무엇을 하고 계셨습니까? 무엇을 쓰고 계셨습니까?」

「제가 말입니까?」

「손가락에 잉크가 묻어 있는걸요.」

「그렇답니다.」하고 막시밀리안은 대답했다.「저는 군인이지만 때때로 글을 쓴답니다.」

몽테 크리스토는 몇 발짝 방안으로 들어섰다. 막시밀리안은 그를 들여보내지 않을 수 없었다. 그러나 바로 뒤를 따라왔다.

「글을 쓰고 계셨군요?」하고 몽테 크리스토는 상대가 당혹해하는 것을 뚫어지게 바라보면서 말했다.

「그렇습니다, 방금 말씀드린 대로.」하고 막시밀리안은 대답했다.

백작은 주위를 힐끔 둘러보았다.

「잉크병 옆에 권총이 있군요?」하고 그는 책상 위에 놓인 권총을 손가락으로 가리키면서 말했다.

「여행을 떠날 생각입니다.」하고 막시밀리안은 대답했다.

「막시밀리안 씨!」하고 몽테 크리스토는 한없는 부드러움이 담긴 목소리로 말했다.

「뭔데요?」

「막시밀리안 씨, 제발 부탁이니까 성급한 일은 하지 말아 주십시오!」

「성급한 일이라고요?」하고 막시밀리안은 어깨를 으쓱하면서 말했다. 「하지만 여행을 떠나는 것이 어째서 성급한 일일까요?」

「막시밀리안 씨.」하고 몽테 크리스토는 말했다. 「서로 가면은 벗어 버리는 것이 어떻습니까?…… 막시밀리안 씨, 나도 공연한 걱정은 하지 않을 테니까. 당신도 일부러 냉정을 꾸미지는 말아 주세요……. 아마 잘 아시리라고 생각하지만 내가 저런 일을 한 것은, 유리를 깨고 친구 방의 비밀을 침해한 것은, 아시겠습니까, 그런 일을 한 것은 정말로 걱정되었기 때문입니다. 아니, 걱정이라기보다도 하나의 무서운 확신이 있었기 때문입니다……. 막시밀리안 씨, 당신은 자살을 하려고 생각하고 계신 겁니다.」

「아니!」하고 막시밀리안은 퍼뜩 놀라면서 말했다. 「어째서 또 그런 생각을 하시게 되었지요?」

「아니, 확실히 당신은 자살을 하려고 생각하고 계십니다.」하고 백작은 똑같은 목소리로 말했다. 「이것이 그 증거입니다.」

그렇게 말하면서 백작은 책상으로 다가가 막시밀리안이 쓰기 시작한 편지 위에 씌워 놓았던 하얀 종이를 걷어치우고 편지를 손에 들었다.

막시밀리안은 달려들어서 그것을 백작의 손에서 도로 빼앗으려 했다.

그러나 몽테 크리스토는 그러한 움직임을 미리 예상하고 있었다. 그래서 막시밀리안의 손목을 잡고 그야말로 튕기려는 용수철을 강철의 사슬이 억누르듯이 꽉 붙들고 말았다.

「어때요, 자살하려고 생각했던 것이 아니란 말입니까?」하고 백작은 말했다. 「여기에 그렇게 씌어 있지 않습니까?」

「그게 어쨌단 말씀입니까?」하고 막시밀리안은 그야말로 지금까지의 냉정한 태도에서 갑자기 흉폭한 표정으로 변하며 소리질렀다. 「그것이 어쨌단 말씀입니까? 설사 그렇다고 하더라도, 설사 제가 권총의 총구를 자기에게 돌리려고 결심했다고 하더라도 누가 나를 제지할 수 있단 말입니까?

누구에게 그것을 제지할 용기가 있단 말입니까?

제가 『내 모든 용기는 상실되었다. 내 마음은 깨지고 말았다. 내 생명은 깨지고 말았다. 내 주위에는 이제 슬픔과 혐오밖에는 남아 있지 않다. 대지는 재로 변했다. 모든 사람들의 목소리는 나를 찢어 놓는다.』라고 말한다면…….

또 『나를 죽게 두는 것이 나에 대한 자비이다. 왜냐하면 나를 죽게 두지 않으면 나는 이성을 잃고 미치광이가 되고 말 것이다.』라고 말한다면…….

그렇습니다. 제가 그렇게 말한다면 제가 고통과 눈물로 그렇게 말한다는 것을 알아 주는 사람은 『너의 말은 틀렸다!』라고 저에게 대답할까요?

제가 이 세상에서 가장 불행한 사람이 되고 싶지 않은 것을 누가 방해할 수 있단 말입니까?

네? 말씀해 보세요, 당신에게 그러한 용기가 있으십니까?」

「있고말고요, 막시밀리안 씨.」하고 몽테 크리스토는 말했다. 그의 침착한 목소리는 청년의 흥분된 목소리와 이상한 대조를 이루고 이었다. 「있고말고요, 나는 그렇게 말할 것입니다.」

「당신에게!」하고 막시밀리안은 점점 더 노여움과 비난이 담긴 목소리로 외쳤다.「터무니없는 희망으로 저를 속이신 당신에게 말입니까? 무언가 전광석화 같은 수를 써서 과감한 결심으로 그녀를 구제할 수도 또는 적어도 제 팔 안에서 죽게 할 수도 없었으면서 헛된 약속으로 저를 만류하고 혼란시키고 잠들게 한 당신에게 말입니까? 종횡무진한 지혜와 온갖 물질적인 힘을 가지고 계신 것처럼 보이던 당신에게 말입니까? 자기는 하느님의 역할을 할 수 있다, 아니 할 수 있는 것처럼 보여 주고서 실제로는 독살된 아가씨에게 해독제를 줄 힘조차 없었던 당신에게 말입니까? 아아! 정말로 당신은 무서운 사람이라기보다 오히려 불쌍한 분입니다!」

「막시밀리안 씨…….」

「그렇군요, 당신은 저더러 가면을 벗으라고 하셨지요? 어떻습니까! 이것으로 만족하십니까? 저는 가면을 벗었으니까요……. 그랬습니다, 묘지에서 제 뒤를 밟고 계실 때 저는 아직 당신에게 대답을 하고 있었습니다. 왜냐하면 저는 그만큼 사람이 좋기 때문입니다. 당신이 이 방에 들어오셨을 때 저는 들어오게 두었습니다……. 하지만 당신이 거기에 편승해서 무엇인가를 하려 하신다면, 제가 제 무덤 속에 들어앉아 있는 것처럼 하고 있는 이 방에까지 들어와서 저에게 도전을 하려 하신다면, 이제는 고통을 겪을 만큼 겪었다고 생각하고 있는 저에게 다시 새로운 고통을 가지고 오셨다면 자칭 은인인 몽테 크리스토 백작님, 세계의 구세주를 자처하고 계시는 몽테 크리스토 백작님, 아무쪼록 만족해 주십시오. 당신의 친구가 죽는 것을 이제부터 보여 드리지요!……」

그렇게 말하고 막시밀리안은 미친 듯한 웃음을 입가에 띠면서 또다시 권총에 달려들었다.

유령처럼 창백한 얼굴을 하고 다만 눈만을 번쩍이고 있던 몽테 크리스토 백작은 그 손을 권총 위에 뻗으며 무분별한 청년에게 말했다.

「나는 되풀이 말합니다, 자살은 안 됩니다!」

「말릴 수 있다면 말려 보세요!」 하고 대답하면서 막시밀리안은 다시 한 번 권총에 달려들었다. 그러나 이번에도 아까와 마찬가지로 백작의 강철 같은 팔에 붙들렸다.

「나는 말리고야 말 겁니다!」

「어엿하게 사리분별이 있는 자유로운 사람에 대해서 그런 자기 멋대로의 권리를 강제하려는 당신은 대체 어떤 사람입니까?」

「어떤 사람?」 하고 몽테 크리스토는 되물었다. 「그럼 들어 보세요.」 하고 몽테 크리스토는 말을 이었다. 「나는 이 세상에서 유일하게 『막시밀리안 군, 모렐 씨의 아들은 오늘은 죽어서는 안 됩니다!』라고 말할 수 있는 권리를 가지고 있는 사람입니다.」

그렇게 말하고 몽테 크리스토는 마치 사람이 달라진 듯한 위엄있고 숭고한 태도로 팔을 끼면서 깜짝 놀라고 있는 청년 쪽으로 다가갔다. 청년은 저도 모르게 이 사람이 보인 거의 거룩할 정도의 태도에 압도되어 한 발짝 뒤로 물러섰다.

「어째서 제 아버지의 일을 말씀하십니까?」 하고 그는 더듬거리면서 말했다. 「어째서 아버지의 추억을 오늘과 같은 경우에 입에 담으십니까?」

「그것은 옛날 아버님이 오늘의 당신처럼 자살을 하려고 하셨을 때 아버님의 목숨을 구한 사람이 바로 나이기 때문입니다. 당신의 누이동생에게 돈지갑을, 아버님에게 파라온 호를 선물한 사람이 바로 나이기 때문입니다. 당신이 아직 어렸을 때 당신을 무릎 위에 앉히고 놀아 드린 저 에드몽 단테스가 바로 나이기 때문입니다!」

106. 페르 라셰즈의 묘지

　막시밀리안은 다시 한 걸음 뒤로 물러나 비틀거리고 숨을 몰아쉬며 얻어맞은 듯이 멍해졌다. 그리고 갑자기 전신의 힘이 쑥 빠지고 큰 고함 소리를 지르면서 몽테 크리스토의 발 밑에 꿇어 엎드렸다.
　그리고는 느닷없이 이 씩씩한 청년은 빨리 그리고 완전히 소생했다. 그는 일어서서는 방 밖으로 뛰쳐나갔다. 그리고는 층계로 뛰어가 목청을 돋구어 소리질렀다.
　「줄리！ 줄리！ 임마누엘！ 임마누엘！」
　몽테 크리스토는 자기도 뛰쳐나가려고 했다. 그러나 막시밀리안은 필사의 힘으로 문고리를 꽉 붙들고 문을 백작 쪽으로 되밀었다.
　막시밀리안의 고함 소리를 듣고 줄리, 임마누엘, 페누롱, 그리고 몇몇 하인들이 무슨 일인가 하고 놀라면서 달려왔다.
　막시밀리안은 그들의 손을 잡고 문을 열면서「모두들 무릎을 꿇어요！」하고 흐느낌에 목이 메어서 소리질렀다.「무릎을 꿇으라고！ 여기에 계시는 분은 우리의 은인이시다, 우리의 아버지를 살려 주신 분이다！ 이분은……」
　그는『에드몽 단테스 님이다！』하고 말하려고 했다.
　그러나 백작이 그의 팔을 붙들고 만류했다.
　줄리는 백작의 손에 매달렸다. 임마누엘은 수호신에게 하는 것처럼 백작에게 입을 맞추었다. 막시밀리안은 또다시 무릎을 꿇고 마룻바닥에 이마를 갖다댔다.
　그때 청동의 동상 같은 이 사람은 가슴이 꽉 메이는 것을 느꼈다. 손에 닿는 것을 불태울 듯한 한 줄기 불꽃이 목구멍에서부터 눈으로 뿜어져 나왔다. 그는 고개를 숙이고 울기 시작했다.
　이 방안에서는 한동안 하느님이 가장 사랑하는 천사들의 귀에도 기분좋게 울릴 듯한 숭고한 눈물과 흐느낌의 합주가 들렸다！
　줄리는 지금까지의 감동에서 제정신으로 돌아오자 곧 방에서 뛰쳐나가 층계를 뛰어오르더니 마치 어린애처럼 신명이 나서 객실로 달려갔다. 그리고 메이랑 거리에서 낯선 사람으로부터 받은 돈지갑을 보호하고 있는 유리로 된 둥근 뚜껑을 열었다.
　그 사이에 임마누엘은 자꾸 띄엄띄엄 끊어지는 목소리로 백작에게 말하고 있었다.

「오오！·백작님, 당신은 우리가 그토록 미지의 은인에 대해서 말하고 있는 것을 들으셨으면서, 우리가 그 추억을 그토록 감사와 존경으로 소중히 간직하고 있는 것을 보셨으면서도 어째서 지금까지 그 신분을 밝혀 주지 않으셨습니까？ 오오！ 그것은 우리에 대한 잔혹한 태도이십니다. 그리고 감히 말씀드리지만 백작님, 그것은 당신 자신에 대한 가혹한 처사이기도 한 것입니다.」

「글쎄, 들어 보세요, 친구.」 하고 백작은 말했다. 「나는 당신을 친구라고 불러도 좋다고 생각합니다. 그것은, 당신은 그것을 전혀 눈치채지 못했지만 11년 전부터 당신은 내 친구였던 것입니다. 이러한 비밀이 밝혀지고 만 것은 당신이 모르는 한 중대 사건 때문입니다……. 하느님도 알고 계시지만 나는 그것을 한평생 내 가슴속에 묻어 두려고 했었습니다. 그러나 당신의 처남인 막시밀리안 씨가 억지로 그것을 밝히게 하고 만 것입니다. 지금은 아마 그것을 후회하고 계시리라고 생각합니다만.」

그렇게 말하고 백작은 여전히 무릎을 꿇은 채 팔걸이의자에 비스듬히 몸을 뉘고 있는 막시밀리안 쪽을 보면서 「저 사람을 감시해 주세요.」 하고 의미있는 듯이 임마누엘의 손을 잡으면서 목소리를 낮추어 말했다.

「어째서 말인가요？」 하고 임마누엘은 깜짝 놀라서 물었다.

「그 이유는 말씀드릴 수 없습니다. 하지만 어떻든 감시해 주세요.」

임마누엘은 방안을 빙 둘러보았다. 그리고 막시밀리안의 권총을 발견했다. 그의 눈은 겁먹은 듯이 그 권총 위에 머물렀다. 그리고 그것을 몽테 크리스토에게 가리키면서 천천히 손가락을 관자놀이께까지 들어올렸다.

몽테 크리스토는 끄덕였다.

임마누엘은 권총 쪽으로 조금 몸을 움직였다.

「그대로 두세요.」 하고 백작은 말했다.

그런 다음 백작은 막시밀리안 옆으로 가서 그의 손을 잡았다. 한때 청년의 마음에 충격을 주고 있던 혼돈된 동요는 지금은 깊은 방심 상태로 바뀌어 있었다.

줄리가 다시 올라왔다. 그녀는 손에 비단 돈지갑을 들고 있었다. 그리고 그 볼에는 기쁨의 눈물이 두 방울 아침 이슬처럼 반짝반짝 빛나고 있었다.

「이것이 소중한 추억을 지닌 물건이에요.」 하고 그녀는 말했다. 「하지만 구세주가 누구인지 알게 되었다고 해서 이 물건이 우리에게 지금까지보다 소중하지 않게 되었다고는 생각지 말아 주세요.」
「부인.」하고 크리스토는 얼굴을 붉히면서 말했다.「이 지갑을 나에게 돌려 주실 수 없겠습니까? 이미 내 얼굴을 아셨으니까 아무쪼록 나에 대한 애정만으로 나를 회상해 주셨으면 합니다.」
「오오!」하고 줄리는 지갑을 가슴에 안으면서 말했다.「아네요, 아네요, 부탁이에요. 그런 말씀은 하지 말아 주세요. 왜냐하면 당신은 언젠가는 우리들 곁에서 떠나고 마실 테니까요. 언젠가는 유감스럽게도 우리들 곁에서 떠나시고 말 테니까요. 그렇지 않아요?」
「짐작하시는 대로입니다.」하고 몽테 크리스토는 미소를 지으면서 대답했다.「일주일 뒤에는 나는 이 나라를 떠나지 않으면 안 됩니다. 이 나라에서는 천벌을 받지 않으면 안될 많은 사람들이 행복하게 살고 있고 내 아버지 같은 사람은 굶주림과 고통 속에서 숨을 거두지 않으면 안 되었으니까요.」
이렇게 곧 떠나게 되었음을 알리면서 몽테 크리스토는 막시밀리안을 뚫어지게 바라보고 있었다. 그리고『이 나라를 떠나지 않으면 안 됩니다.』라는 말도 막시밀리안을 방심 상태에서 끌어낼 수 없었음을 깨달았다.
그래서 그는 다시 한 번 그의 슬픔과 마지막 싸움을 시도하지 않으면 안 되겠다고 생각했다. 그는 줄리와 임마누엘의 손을 잡고 그것을 자기 손 안에서 단단히 쥐게 하고 아버지 같은 부드러운 위엄을 담고 말했다.
「자, 부탁이니까 막시밀리안 씨와 나만 남게 해주지 않겠습니까?」
그 말은 줄리에게는 몽테 크리스토가 이제는 잊어버리고 있는 귀중한 추억의 물건을 가지고 나갈 좋은 기회였다.
그녀는 지체없이 남편의 손을 잡아끌었다.
「자, 두 분만 남게 해드려요.」하고 그녀는 말했다.
백작은 막시밀리안과 뒤에 남았다. 막시밀리안은 여전히 석상처럼 꼼짝도 하지 않았다.
「자아」하고 백작은 불처럼 뜨거운 손으로 막시밀리안의 어깨를 만지면서 말했다.「자, 막시밀리안 씨, 인간다운 기분이 되셨습니까?」
「네. 하지만 다시 괴로워지기 시작했어요.」
백작의 이마에는 뭔가 불안한 망설임을 느끼고 있는 듯한 주름이 잡혔다.

「막시밀리안 씨! 막시밀리안 씨!」하고 백작은 말했다.「당신의 그러한 생각은 그리스도 교도로서는 어울리지 않는 것입니다.」

「오오! 안심하십시오.」하고 막시밀리안은 고개를 들고 뭐라 말할 수 없는 슬픈 미소를 지어 보이면서 말했다.「이제 저는 죽고 싶다고는 생각하지 않습니다.」

「그렇다면」하고 몽테 크리스토는 말했다.「이제 권총은 소용이 없겠군요? 이제 절망을 하시는 일도 없겠군요?」

「아닙니다, 그렇지 않습니다. 저는 제 고통을 치유하기 위해 권총이나 단도보다도 좀더 좋은 것을 발견했습니다.」

「불쌍하게도, 머리가 어떻게 됐군요!…… 그래 무엇을 발견하였단 말입니까?」

「즉, 제 슬픔 자체가 저를 죽여 줄 것입니다.」

「막시밀리안 씨.」하고 몽테 크리스토는 청년과 똑같이 우울한 어조로 말했다.「내 얘기를 좀 들어 주세요. 한때 나도 당신과 똑같은 절망에 빠졌을 때 똑같은 결심을 하고 역시 자살을 하려고 생각했습니다. 한때 아버님도 똑같이 절망하고 역시 자살을 하려고 생각하셨습니다……. 아버님이 권총의 총구를 이마에 대고 계셨을 때, 혹은 또 내가 사흘 전부터 손을 대지 않고 있던 수인용 빵을 또다시 침대에서 멀리하려고 했을 때, 즉 이러한 마지막 순간에『살아야 한다! 너희들이 행복해지고 생명을 축복받을 날이 반드시 오는 것이다!』라고 누군가가 말해 주었다면, 그 목소리가 어디에서 온 것이든 나는 의심하면서도 미소를 띠고 혹은 믿을 수 없는 일에 고뇌를 느끼면서 그것을 맞이했을 것입니다. 게다가 아버님은 당신에게 키스를 하면서 몇 번이나 생명을 축복하셨습니까? 그리고 나 자신도 몇 번……」

「아아!」하고 막시밀리안은 백작을 가로막으면서 소리질렀다.「당신은 자유밖에는 잃은 것이 없었습니다. 아버지는 재산밖에는 잃은 것이 없었습니다. 그러나 저는 바랑티느를 잃은 것입니다.」

「나를 자세히 보세요, 막시밀리안 씨.」하고 몽테 크리스토는 이따금 그를 위대한, 설득력 있는 인간으로 생각게 하는 위엄있는 태도로 말했다.「나를 자세히 보세요. 내 눈에는 눈물이 없습니다. 내 혈관 속에는 열이 없습니다. 또 심장에는 무서운 고동도 치고 있지 않습니다. 그런 인간이면서도 막시밀리안 씨, 나는 내가 아들처럼 사랑하고 있는 당신의 괴로움을 분명히 알 수 있습니다.

 고통도 또 생명과 같은 것이어서 그 저편에는 언제나 무언지 모를 미지의 것이 있다는 것을 당신에게 말해 주고 있는 것이 아닐까요? 내가 지금 당신에게 살아 있어 달라고 부탁하는 것은, 아니, 살아 있으라고 명령하는 것은 언젠가 내가 살아 남게 한 것을 고맙게 생각할 날이 반드시 있으리라는 것을 굳게 믿고 있기 때문입니다.」

 「무슨 말씀을!」하고 청년은 소리질렀다.「무슨 말씀을 하시는 겁니까! 백작, 무슨 말씀을! 그런 말씀은 삼가해 주세요! 아마도 당신은 지금까지 사람을 사랑해 보신 적이 없는 것 아닙니까?」

 「어린애 같은 얘기는 하지 마세요!」하고 백작은 대답했다.

 「사랑에 대해서는」하고 막시밀리안은 계속했다.「저는 잘 알고 있습니다……. 저는 철이 들어서는 군인이 되었습니다. 스물아홉 살 때까지는 사랑 같은 것은 모르고 살았습니다. 왜냐하면 그때까지 경험한 감정 속에는 사랑이라고 부를 만한 것은 하나도 없었기 때문입니다.

 그런데 스물아홉 살이 되어서 바랑티느 양을 만났습니다. 그리고 이 2년 동안 그 사람을 계속 사랑해왔습니다. 그리고 그 2년 동안 한 권의 책처럼 내 앞에 펼쳐져 있던 그 사람의 마음속에 하느님의 손으로 씌어진 아가씨로서의, 또 여자로서의 미덕을 읽고 있었던 것입니다……. 백작, 저는 바랑티느 양을 얻음으로써 한없이 큰, 지금까지 몰랐던 행복을 얻었습니다. 이 세상의 것으로는 너무나도 큰, 너무나도 완전한, 너무나도 신성한 행복을 얻었던 것입니다. 그런데 이 세상은 그러한 행복을 저에게서 빼앗았으니까, 이제 바랑티느 양은 없어졌으니까, 이 지상에는 이미 절망과 슬픔 외에는 아무것도 남지 않게 된 것입니다.」

 「막시밀리안 씨, 나는 당신에게 희망을 계속 가지라고 말씀드렸지요?」하고 백작은 또다시 되풀이했다.

 「말씀을 삼가해 달라고 저도 되풀이 말씀드립니다.」하고 막시밀리안은 말했다.「왜냐하면 당신은 저를 설득하려 하고 계시지만 만일 당신이 저를 설득하신다면 당신은 저에게 이성을 잃게 하시는 것이 됩니다. 즉, 제가 다시 바랑티느를 만나게 될 수 있을지도 모른다고 저에게 믿게 하시는 것이 되는 겁니다.」

백작은 미소를 지었다.

「백작!」하고 흥분한 막시밀리안은 소리질렀다.「말씀을 삼가해 주십사 하는 말을 저는 이것으로 세 번 되풀이합니다. 왜냐하면 저에 대한 당신의 영향력은 무서운 것입니다. 하시는 말씀의 뜻을 잘 새겨 주십시오. 왜냐하면, 보세요, 제 눈은 이미 이렇게 생기있게 살아나지 않았습니까! 제 심장은 활기를 되찾고 다시 태어났습니다. 말씀을 삼가해 주세요. 당신은 저에게 초자연적인 일을 믿도록 하고 계시는 것입니다……. 만일 당신이 야이로의 딸(마가복음이나 누가복음에 나오는 회당장의 딸. 그리스도의 기적으로 소생했다) 의 묘석을 들어올리라고 말씀하시면 저는 그렇게 할 것입니다. 만일 당신이 파도 위를 걸으라고 하신다면 저는 사도처럼 파도 위를 걸을 것입니다. 말씀을 삼가해서 하십시오. 저는 말씀에 따를 것이니까요.」

「희망을 계속 가지셔야 합니다!」하고 백작은 되풀이했다.

「아아!」하고 막시밀리안은 흥분의 절정에서 다시 슬픔의 밑바닥으로 굴러떨어져서 말했다.「아아! 당신은 저를 놀림감으로 삼고 계십니다. 당신은 어린애의 울음소리가 귀찮다고 해서 달콤한 말로 어린애의 고통을 가라앉히려고 하는 저 무른 어머니, 아니 그보다도 이기적인 어머니 같은 흉내를 내고 계십니다……. 아니, 말씀을 삼가해 달라고 한 것은 제 잘못이었습니다. 그렇습니다, 부디 아무 걱정도 하지 말아 주십시오. 저는 제 괴로움은 가슴속 깊이 간직해 두겠습니다. 아무도 모르게 몰래 감추어 둘 테니까 이제는 동정해 주시지 않으셔도 됩니다……. 안녕히 가십시오! 백작, 안녕히 가십시오!」

「아니, 아니.」하고 백작은 말했다.「막시밀리안 씨, 당신은 이제부터 내 옆에서 나와 함께 생활하지 않으면 안 돼요. 이제 내 옆을 떠나서는 안 돼요. 그리고 일주일 뒤에는 우리는 프랑스를 뒤에 두고 여행을 떠나는 것입니다.」

「그리고 언제까지나 계속 희망을 가지라는 것입니까?」

「계속 희망을 가지라고 말씀드립니다. 왜냐하면 나는 당신을 치유해 드릴 방법을 알고 있기 때문입니다.」

「백작, 설사 그러한 방법이 가능하다고 하더라도 그것은 저를 한층 더 슬프게 만들 뿐일 것입니다……. 당신은 제가 받은 타격을 세상에 흔해빠진 고통으로밖에 보고 계시지 않습니다. 그리고 극히 흔해빠진 방법, 즉 여행 같은 것으로 제 마음이 위안받을 수 있으리라고 생각하고 계시는 것입니다.」

 그렇게 말하면서 막시밀리안은 그야말로 상대를 경멸하는 듯한 의심에 찬 몸짓으로 고개를 흔들었다.

「그럼 어떻게 말씀드리면 될까요?」하고 몽테 크리스토는 말했다. 「나는 내 약속에 확신이 있는 겁니다. 나에게 맡겨 주시지 않겠습니까?」

「그것은 제 고통을 오래 끌게 하는 것뿐입니다.」

「그럼」하고 백작은 말했다. 「당신은 의지가 약한 사람이어서 친구가 해 보려는 시도에 며칠 동안의 유예도 부여할 힘이 없다는 얘기입니까?…… 아시겠어요? 당신은 몽테 크리스토 백작이 어떤 일을 할 수 있는지 아세요?…… 그는 지상의 많은 힘을 움직일 수 있다는 것을 아세요?…… 그는 『사람이 만일 신앙을 가진다면 산도 움직일 수 있다.』라고 하신 하느님의 기적을 기대할 수 있을 만큼 하느님을 깊이 믿고 있다는 것을 아세요?…… 자, 내가 기대하고 있는 그 기적을 기다리십시오! 그렇게 할 수가 없다면…….」

「그렇게 할 수가 없다면…….」하고 막시밀리안은 되뇌었다.

「그렇게 할 수가 없다면 막시밀리안 씨, 조심하십시오, 나는 당신을 은혜를 모르는 사람이라고 할 것입니다.」

「하지만 저를 가엾게 생각해 주세요, 백작.」

「나는 당신을 가엾은 사람이라고 생각하고 있어요. 아시겠어요? 정말로 가엾은 사람이라고 생각하고 있어요. 그래서, 만일 일 개월 뒤 바로 오늘, 이 시각까지 당신을 고쳐 드릴 수가 없다면, 아시겠어요, 막시밀리안 씨, 내 말을 분명히 기억해 두세요, 그러면 내가 실탄을 재운 이 권총의 정면에 당신을 세워 드리지요. 또는 바랑티느 양을 살해한 그 독약보다도 더 효력이 빠르고 확실한 이탈리아 산 독약을 당신에게 드리지요.」

「확실히 약속해 주시겠습니까?」

「물론입니다 나도 사나이입니다. 그리고 또 나도 아까 말씀드린 것처럼 죽으려고 생각한 적이 있는 사람입니다. 불행이 지나간 뒤에도 이따금 영원한 잠은 얼마나 편안할까 하고 꿈꾼 적도 있답니다.」

「오오! 확실히 약속해 주시지요, 백작?」하고 막시밀리안은 취한 것처럼 소리질렀다.
「약속뿐이 아닙니다, 그것을 맹세합니다.」하고 몽테 크리스토는 손을 내밀면서 말했다.
「일 개월 뒤에 만일 제가 위로를 받지 못한다면 당신은 맹세코 저에게 제 목숨을 마음대로 할 수 있게 해주실 거죠? 제가 어떤 일을 하든 제게 은혜를 모르는 사람이라고 하지 않으실 거죠?」
「일 개월 뒤 오늘입니다, 막시밀리안 씨, 일 개월 뒤 바로 이 시각입니다. 5일이라는 날짜는 막시밀리안 씨, 신성한 날짜입니다. 당신은 깨달았는지 어떤지 모르겠습니다만 오늘은 9월 5일입니다……. 바로 10년 전 오늘, 나는 죽으려고 하시던 당신의 아버님을 도와 드렸던 것입니다.」
막시밀리안은 백작의 손을 잡고 거기에 입을 맞추었다. 백작은 이러한 존경은 당연하다고 생각하고 있는 듯이 그가 하는 대로 맡겨 두고 있었다.
「일 개월 뒤에」하고 몽테 크리스토는 계속했다. 「우리가 앉은 탁자 위에서 당신은 정교한 권총과 즐거운 죽음을 발견하게 될 것입니다. 하지만 그 대신 그때까지도 참을성있게 살아 주신다는 것을 약속해 주시는 거죠?」
「오오! 이번에는 제 차례입니다.」하고 막시밀리안이 소리질렀다. 「저는 그것을 맹세합니다!」
몽테 크리스토는 청년을 자기의 가슴에 끌어당겨 오랫동안 포옹했다.
「자아」하고 백작은 말했다. 「오늘부터는 내 집으로 오세요. 에데의 방을 사용하세요. 이것으로 딸이 없게 된 대신 아들이 생긴 셈입니다.」
「에데 씨라고요?」하고 막시밀리안은 말했다. 「에데 씨가 어떻게 되었습니까?」
「그녀는 어젯밤에 출발했습니다.」
「당신과 헤어져서 말입니까?」
「아닙니다, 나를 기다리기 위해서이죠……. 자, 샹젤리제 거리에 있는 내 집으로 가실 준비를 하세요. 그리고 내가 누구의 눈에도 띄지 않게 이곳에서 나가게 해주세요.」
막시밀리안은 고개를 숙였다. 그리고 어린애나 사도처럼 백작의 말에 따랐다.

107. 분   배

알베르 드 모르셀은 어머니와 자신을 위해 상 제르망 데 프레 거리의 호텔을 선택했는데 그 호텔 이층의 조그만 방은 신분을 알 수 없는 사나이가 빌리고 있었다.

이 사나이는 들어올 때도 나갈 때도 문지기조차 그 얼굴을 볼 수가 없었다. 왜냐하면 겨울에는 극장 출구에서 주인을 기다리고 있는 부잣집 마부처럼 빨간 넥타이 속에 턱을 파묻고, 여름에는 문지기 방의 앞을 지날 때 남의 눈에 띄게 될 듯하면 반드시 코를 풀었기 때문이다.

그런데 여기에서 말해 두지만 세상 일반의 습관과는 반대로 이 인물은 누구로부터 의심도 받지 않았다. 그리고 신분을 감추고 있는 것은 틀림없이 지위가 높은 세력가이기 때문이라는 소문이 퍼져서 그가 그 신비로운 모습을 보일 때마다 사람들은 존경의 눈을 그에게 보내고 있었다.

그가 이곳에 찾아오는 시간은 때에 따라 늦기도 하고 이르기도 했으나 대개는 일정하게 정해져 있었다. 겨울에도 여름에도 4시경에 찾아왔고 묵고 가는 일은 절대로 없었다.

이 조그만 방의 시중을 들고 있는 조심스러운 하녀가 겨울에는 3시 반에 난로에 불을 넣었다. 그리고 여름에는 역시 3시 반에 같은 하녀가 아이스 크림을 가지고 왔다.

그리고 4시가 되면 아까도 말한 것처럼 그 신비로운 인물이 찾아왔다.

사나이가 찾아와서 20분이 지나면 언제나 한 대의 마차가 호텔 앞에 멎었다. 그리고 검정이나 감색 옷을 입은 여자가 마치 망령처럼 문지기 방의 앞을 지나 가벼운 발걸음으로 희미한 소리조차 내지 않고 층계를 올라갔다.

그녀는 한 번도 어디에 가느냐고 질문을 받은 적이 없었다.

그래서 그녀의 얼굴은 예의 미지의 사나이의 얼굴과 마찬가지로 두 사람의 문지기에게도 전혀 알려져 있지 않았다. 그 문지기들은 모범적인 문지기로서 파리에 있는 많은 동업자 중에서 이렇게 조심스러운 문지기는 아마도 달리 없었을 것이다.

말할 것도 없이 그녀는 이층에서 더 위로는 올라가지 않았다. 그녀는 문을 손톱으로 가볍게 노크했다. 그것은 일종의 독특한 노크였다. 그러면 문이 열리고 다시 딱 닫혀졌다. 다만 그것뿐이었다.

호텔에서 돌아갈 때는 올 때와 꼭 마찬가지였다.

우선 처음에 낯선 여자가 언제나 베일로 얼굴을 가리고 나와서 마차에 탔다. 그러면 마차는 곧 그 근처 어느 거리의 언저리로 사라져갔다. 그리고 20분쯤 지나면 이번에는 낯선 사나이가 얼굴을 넥타이에 파묻거나 손수건으로 가리고 나타났다. 그리고 그도 마찬가지로 자취를 감추곤 했다.

몽테 크리스토 백작이 당그랄을 방문한 그 다음날, 즉 바랑티느의 매장식이 있은 다음날, 이 신비로운 사나이가 여느 때처럼 오후 4시경이 아니라 오전 10시경에 찾아왔다.

그러자 거의 거기에 뒤따라서 여느 때만큼 시간 차이를 두지 않고 한 대의 가두마차가 나타났고 베일로 얼굴을 가린 여자가 종종걸음으로 층계를 올라갔다.

문이 열려지고 그리고 닫혔다.

그러나 문이 채 닫히기 전에 여자가 소리질렀다.

「오오! 도브레 씨!」

이렇게 해서 뜻밖에 이 목소리를 들은 문지기는 이 방을 빌리고 있는 사람이 도브레라는 사나이라는 것을 비로소 알았다. 그러나 그는 모범적인 문지기였으므로 이것을 마누라에게도 이야기하지 않으리라고 마음에 다졌다.

「대체 어떻게 된 겁니까?」 이성을 잃었던지 아니면 마음이 조급했던지 베일의 여자로부터 불쑥 그 이름이 불리운 사나이가 물었다. 「어떻게 된 거예요, 말씀해 보세요.」

「저, 나 당신을 믿어도 될까요?」

「물론이지요. 그런 것은 당신이 잘 알고 있지 않소?…… 하지만 대체 어떻게 된 겁니까?…… 오늘 아침 편지를 받아 보고 정말 당황했습니다……. 어째 그리 허둥대고 난폭하게 휘갈겨 썼는지. 자, 빨리 안심시키거나 아니면 깜짝 놀라게 해주세요!」

「저어, 도브레 씨. 큰 사건이에요!」 하고 여인은 상대방의 마음을 탐지하는 듯한 눈으로 도브레를 지그시 바라보면서 말했다. 「당그랄이 어젯밤 집을 나갔어요.」
 「집을 나가요? 당그랄 씨가 집을 나갔다구요? …… 그래 대체 어디로 갔단 말입니까?」
 「그걸 몰라요.」
 「뭐라고요? 모른다고요? 그럼 나가서 다시는 돌아오지 않을 모양인가요?」
 「아마 그럴 거예요! …… 밤 10시에 마차로 샤랑통 시문까지 가서 거기에서 말을 단 역마차를 발견해가지고 하인과 함께 그것을 탔대요! 우리 집 마부에게는 퐁텐블로에 간다고 하고서 말예요.」
 「그래서 어떻게 되었단 말인가요?」
 「잠깐요, 써놓고 간 편지가 여기 있으니까.」
 「편지라고요?」
 「그래요. 이것을 읽어 보세요.」
 그렇게 말하고 남작 부인은 주머니에서 봉함을 뜯은 한 통의 편지를 꺼내어 도브레에게 건네 주었다.
 도브레는 그것을 읽기 전에 어떤 이야기가 씌어져 있는지를 추측하려는 것처럼, 아니 그보다는 오히려 어떤 이야기가 씌어 있든지 간에 그보다는 우선 자기의 마음을 정하려는 듯이 잠시 망설였다.
 조금 있더니 아마 생각이 정해진 것이리라, 그는 그것을 읽기 시작했다. 당그랄 부인의 마음을 이렇게까지 흐트러 놓은 편지의 내용은 다음과 같은 것이었다.

  충실한 아내에게

 도브레는 저도 모르게 읽기를 그만두고 남작 부인을 물끄러미 바라보았다. 부인은 눈속까지 빨개졌다.
 「읽어 봐요!」 하고 그녀는 말했다.
 도브레는 계속 읽었다.

  당신이 이 편지를 읽을 때는 당신에게는 이미 남편은 없는 거요! 오오!

너무 그렇게 크게 놀라지 말아요. 당신에게는 이미 딸도 없는 것처럼 남편도 없는 것이오. 즉 나는 프랑스의 국외로 나가는 삼십이나 사십 개의 가로 중 어느 하나의 위를 달리고 있단 말이오.

나는 그 이유를 당신에게 설명하지 않으면 안 되겠소. 당신은 그것을 완전히 이해할 수 있는 여자일 테니까 그 이유를 설명하지.

그럼 들어 보시오.

오늘 아침 나는 뜻하지 않게도 오백만 프랑의 지급을 요청받았소. 나는 그것을 지급했소. 그런데 그런 다음 거의 바로 뒤, 똑같은 금액의 지급을 청구받았소. 나는 그 지급을 내일까지 연기할 수 있었소. 오늘 내가 집을 나가는 것은 이 내일을 피하기 위해서인 것이오. 이 내일은 내가 견디기에는 너무나 불쾌한 것이란 말이오.

내 소중한 아내여, 당신은 알아 줄 테지?

알아 줄 테지, 라고 말하는 것은 당신은 나와 마찬가지로 내가 하는 일을 잘 알고 있기 때문이오. 아니, 나 이상으로 잘 알고 있기 때문이오. 예를 들면 방금 아까까지 아직도 상당히 남아 있던 내 재산의 태반이 어디로 가버렸는지 나로서는 아무 말도 할 수가 없지만 내가 확신하고 있는 바로는 오히려 당신 쪽이 분명히 말할 수 있을 정도이니까.

즉, 여자라는 것은 절대로 확실한 본능을 가지고 있으니까 말이오. 여자는 자기가 생각해낸 대수(代數)로 이상한 것까지 설명하지. 그러나 자기의 숫자밖에 몰랐던 나는 내 숫자가 나를 속인 날부터 이미 아무것도 모르고 있었던 것이오.

당신은 내 몰락이 빠른 데에 가끔은 놀라기도 했소?

당신은 내 금괴가 백열하여 용해되어 가는 것을 보고 조금은 눈이 머는 일이 있었소?

솔직히 말해서 나는 거기에서 불밖에는 보지 못했소. 하다못해 당신이 그 재 속에서 약간의 황금이라도 발견해 주었으면 하고 희망하고 있소.

어디까지나 용의주도한 아내여, 나는 하다못해 그러한 희망으로 나 자신을 위안하면서 떠나가오. 당신을 버리는 데 대해서는 조그만치도 양심의 가책을 느끼고 있지 않소. 당신에게는 많은 친구가 있고 지금 말한 재(灰)도 남아 있으니까. 그리고 당신에게 있어서 더할 수 없이 반가운 일은 나로부터 곧바로 자유를 돌려받을 수 있었으니까.
 그런데 여기에서 한마디 까놓고 설명을 하지 않으면 안 되겠소.
 당신이 우리 집이나 딸의 행복을 위해서 봉사해 주고 있다고 생각하고 있는 동안은 나도 체념을 하고 눈을 감고 있었소. 그러나 당신은 우리 집을 엉망으로 파괴하고 말았소. 이렇게 된 이상에는 나도 타인의 행복을 위한 발판 따위가 되고 싶지는 않소.
 내가 당신과 결혼을 했을 때는 당신은 돈은 가지고 있었지만 별로 소문이 좋지 않은 여자였소.
 이런 식으로 솔직히 얘기하는 것을 용서해 주기 바라오. 하지만 아마 두 사람 사이의 이야기라고 생각되니까 말을 수식할 필요도 없다고 생각하오.
 나는 우리의 재산을 늘렸소. 그것도 15년간 계속 늘려왔소. 그런데 지금까지도 나는 이해할 수가 없소. 전대미문의 대이변이 잇따라 일어나 마침내 그것을 밟아 뭉개고 말았소. 그러나 이것은 분명히 말할 수 있는 일이지만 이 일에 대해서는 나는 아무런 과실도 없었소.
 아내여, 당신은 다만 자기의 재산을 늘리는 일에만 전념해왔소. 그리고 거기에 성공했소. 나는 그렇게 생각하고 있소.
 그래서 나는 결혼할 당시의 당신, 즉, 돈은 가지고 있었지만 별로 소문이 좋지 않았던 여자인 당신을 뒤에 남기고 가기로 하겠소.
 잘 있으시오.
 나도 오늘부터는 나 자신을 위해서 일하기로 하겠소.
 좋은 보기를 보여 준 데 대해 감사하고 있소. 애써 그것을 배울 참이오.

충실한 당신의 남편이었던
당그랄 남작

 남작 부인은 도브레가 이 불쾌하고 긴 편지를 읽고 있는 동안 그에게서 눈을 떼지 않았다. 그리고 자제력을 가지고 있다고 널리 알려진 그가 한두 번 얼굴빛을 바꾸는 것을 놓치지 않았다.
 그는 다 읽고 나서 편지를 천천히 접고는 예에 따라 생각에 잠긴 듯한 모습을 취했다.

「어때요?」하고 당그랄 부인은 누구의 눈에나 그렇다는 것을 알 수 있는 불안한 모습으로 물었다.

「어떻다니?」하고 도브레는 기계적으로 반문했다.

「이 편지를 읽고 어떻게 생각하세요?」

「극히 간단하지요. 당그랄 씨는 무언가를 의심해서 가출을 하셨어요.」

「물론 그래요. 하지만 하실 말씀은 그것뿐이에요?」

「나는 모르겠는걸요.」하고 도브레는 얼음처럼 차가운 어조로 말했다.

「그 사람은 가출을 했어요! 정말로 가출을 했어요! 이제는 절대로 돌아오지 않아요!」

「글쎄!」하고 도브레는 말했다.「그건 알 수 없지요.」

「아니에요, 분명히 말씀드리지만 그 사람은 이제 돌아오지 않아요. 나는 그 사람을 잘 알고 있어요. 자기의 이익을 생각해서 일단 어떻게 하리라고 결심을 하면 요지부동의 사람이에요……. 만일 내가 어떤 도움이 된다고 생각했다면 나도 데리고 갔을 거예요. 나를 파리에 남겨 두고 떠났다는 것은 헤어지는 편이 그 사람의 계획에 유리하기 때문이에요. 따라서 우리들의 이별은 이미 결정적이에요. 이것으로 나는 영원히 자유로워졌어요.」하고 당그랄 부인은 여전히 탄원하는 듯한 어조로 덧붙였다.

그러나 도브레는 대답을 하려고도 하지 않고 상대가 불안한 기분을 눈에 나타내어 뭔가 묻고 싶어하는 것을 그냥 묵살하고 있었다.

「어머!」하고 그녀는 마침내 말했다.「대답을 않으시는군요!」

「하지만 나로서는 묻고 싶은 것이 한 가지 있어요. 대체 이제부터 어떻게 하실 셈이지요?」

「그것은 제가 묻고 싶었던 말이에요.」하고 부인은 가슴을 두근거리면서 말했다.

「오오!」하고 도브레는 말했다.「그럼 나더러 의견을 말하라고 하시는 겁니까?」

「그래요, 당신의 의견을 들려 주세요.」하고 남작 부인은 가슴이 죄어드는 듯한 기분으로 말했다.

「의견을 들려 달라고 하신다면」하고 도브레는 냉랭한 어조로 대답했다.

「여행을 권하고 싶군요.」
　「여행이라고요?」하고 당그랄 부인은 중얼거렸다.
　「그래요. 당그랄 씨도 말씀하신 것처럼 당신에게는 돈이 있고 게다가 완전히 자유로운 몸이에요. 으제니 양 결혼의 파담, 당그랄 씨의 가출이라는 이중의 스캔들 뒤끝이니까 파리에서 떠나는 것이 절대로 필요하지요. 적어도 나는 그렇게 생각해요.
　다만 세상 사람들에게는 당신이 남편으로부터 버림받았다는 것, 돈이 없게 되었다는 것을 알릴 필요가 있지요. 왜냐하면 파산한 사람의 부인이 사치를 하거나 호화로운 생활을 하면 세상의 눈이 용서하지 않을 테니까요.
　남편으로부터 버림받았다는 것을 알리는 데에는 파리에 2주간 계시는 것으로 충분하지요. 그 동안에 버림받았다는 것을 여러 사람에게 되풀이하고 사이가 좋은 친구들에게는 그 경위를 들려 주는 것입니다.
　그러면 친구들은 그것을 사교계에서 널리 퍼뜨려 줄 것입니다. 그런 뒤에 당신은 집을 떠나는 것입니다. 보석류는 그대로 남겨 두고서 말입니다. 그리고 남편으로부터 받은 재산도 포기하시는 겁니다. 그렇게 하면 사람들이 당신의 무사무욕(無私無欲)에 감탄하고 당신을 칭찬하게 될 것입니다.
　그리고 사람들은 당신이 버림받은 것을 알게 되고 당신이 가난해졌다는 것을 믿어 줄 것입니다. 왜냐하면 당신의 진짜 재정 상태를 알고 있는 사람은 나밖에 없으니까요. 그런데 나는 당신의 충실한 공동 사업자로서 언제라도 청산을 해드릴 것입니다.」
　남작 부인은 창백해져서 얼어맞은 듯한 상태로 상대방 이야기를 듣고 있었다. 도브레가 침착하고 냉담한 어조로 이야기를 하기 때문에 부인은 한층 더 공포와 절망에 빠져들었다.
　「나는 버림을 받았어요!」하고 그녀는 되풀이했다. 「정말로! 보기좋게 버림받았어요……. 그래요, 당신 말이 옳아요, 사람들도 내가 버림받은 것을 의심하지 않을 거예요.」
　그렇게도 오만하고 그렇게도 도브레에게 홀딱 반해 있던 그녀가 지금 도브레에게 대답할 수 있는 말은 단지 이런 정도였다.
　「하지만 부자가 아닙니까, 그것도 엄청난 부자……」하고 도브레는 말하고 돈지갑 속에서 거기에 넣어 두었던 몇 장인가의 서류를 꺼내어 그것을 탁자 위에 펴놓았다.

당그랄 부인은 보통 때보다 심하고 격렬하게 요동치는 심장의 고동과 가슴의 두근거림을 억누르거나 눈꺼풀에 솟구쳐오는 눈물을 참는 데에 정신이 팔려 상대방이 하는 대로 맡겨 두고 있었다.

그러나 가까스로 자존심이 이겼다. 심장의 격렬한 고동을 억제할 수는 없었으나 적어도 눈물만은 흘리지 않을 수 있었다.

「부인」하고 도브레가 말했다. 「함께 일을 시작하고 나서 이럭저럭 6개월이 됩니다……. 당신은 십만 프랑을 출자하셨습니다……. 우리들이 공동 사업 이야기에 합의한 것은 올해 사월이었습니다……. 그리고 일이 시작된 것은 오월이었습니다……. 그리고 그 오월에는 사십만 프랑의 이익이 있었습니다……. 유월이 되자 이익은 구십만 프랑에 이르렀습니다……. 칠월에는 백칠십만 프랑으로 증자되었습니다. 아시다시피 그것은 스페인 공채입니다……. 팔월에는 월초에 삼십만 프랑의 손해를 보았습니다. 그러나 그 달 15일에는 회복되어서 월말에는 다시 만회를 했습니다.

즉, 공동으로 일을 시작한 날로부터 그것을 그만둔 어제까지의 청산 결과는 이백사십만 프랑의 자산이 됩니다. 다시 말하면 각자 앞으로 백이십만 프랑의 자산이 되는 셈입니다……. 그래서 여기에서」하고 도브레는 주식 중매인 같은 정확성과 냉정성을 가지고 수첩을 조사하면서 계속했다. 「내 수중에 있는 그 돈의 복리가 팔만 프랑이 되었습니다.」

「하지만」하고 남작 부인은 상대방을 가로막았다. 「이자라니 무슨 뜻이에요? 그 돈은 이자를 늘리기 위한 이식(利殖)으로는 사용하지 않았잖아요?」

「말을 되돌려 드리는 것 같아서 죄송합니다.」하고 도브레는 침착하게 말했다. 「나는 그 돈을 이식으로 사용할 수 있는 권한을 당신으로부터 부여받고 있었습니다. 그래서 그 권한을 행사한 것입니다……. 그래서 당신의 몫으로서 이자의 절반인 사만 프랑, 거기에 최초의 투자액 십만 프랑을 더하면 결국 당신의 몫은 도합 백 삼십사만 프랑이 됩니다……. 그런데 부인」하고 도브레는 다시 말을 이었다. 「나는 엊그제 만일을 위해서 당신 몫의 돈을 움직일 수 있게 해놓았습니다. 즉 바로 최근에 그렇게 한 것입니다. 마치 당신으로부터 곧 청산 요구가 있을 것을 느낀 것처럼 말입니다……. 당신의 돈은 저기에 있습니다. 절반은 지폐로, 절반은 지참인불 어음으로 되어 있습니다……. 저기에 있다고 했습니다만 사실 그렇습니다. 왜냐하면 우리 집도 충분히 확실하다고는 생각되지 않았고 공증인도 분명하게 비밀을 지켜 주리라고는 생각되지 않았고 그리고 부동산으로 만들면 공증인에게 맡기는 것보다도 더 눈에 띌 것이고 또 당신 자신도 부부 공유재산 이외에는 사거나 소유할 권리는 가지고 있지 않으므로 나는 전액을, 즉 오늘에 와서는 당신 한 사람의 재산이 된 것을 저기에 있는 장롱 안에 끼워넣은 조그만 금고에 넣어 둔 것입니다. 그리고 안전에 안전을 기하여 내가 미장이의 일까지 떠맡은 것입니다……. 자」하고 도브레는 우선 장롱을 열고 다음에 그 작은 금고를 열면서 말을 계속했다.「자, 여기에 천 프랑짜리 지폐가 팔백 장 있습니다. 보시다시피 쇠로 제본된 큰 앨범처럼 말입니다. 그리고 여기에 연리 이만 오천 프랑의 이표(利票)가 있습니다. 그리고 다시 잔금으로서, 그것은 아마 십일만 프랑이 되리라고 생각합니다만 내 거래은행 앞으로 된 일람불 어음으로 해놓았습니다. 내 거래은행은 당그랄 씨의 은행은 아니니까 확실하게 지불됩니다. 안심하십시오.」

당그랄 부인은 기계적으로 일람불 어음과 이표, 그리고 지폐 다발을 손에 들었다.

이러한 거액의 재산도 탁자 위에 늘어놓으니까 아주 적은 돈으로밖에 느껴지지 않았다.

당그랄 부인의 눈은 메말라 있었지만 가슴은 오열로 부풀어 있었다. 부인은 그 재산을 손에 들고 지폐 뭉치가 든 쇠상자는 손가방에, 이표와 일람불 어음은 지갑 속에 넣었다. 그리고는 창백한 얼굴을 하고 우뚝 선 채 말없이, 이렇게 부자가 된 자기를 위로해 주는 다정한 말을 기다리고 있었다.

그러나 그 기대는 헛된 것이었다.

「자, 부인」하고 도브레가 말했다.「1년에 육만 프랑의 수입이라고 하면 멋진 생활을 할 수 있습니다. 적어도 앞으로 1년간 집안 일을 보지 않고 살 수 있는 사람에게 있어서는 대단한 액수입니다……. 그만한 돈만 있으면 자유로운 생활을 할 수가 있습니다. 만일 그것으로 부족할 것 같으면 지금까지의 의리도 있으니까 내 몫을 사용하세요. 언제나 내가 가지고 있는 것만큼은, 즉 백육만 프랑까지는 융통해드릴 수 있습니다, 오오! 물론 빌려 드리는 것이지만 말입니다.」

「친절도 하셔라.」 하고 남작 부인은 대답했다.「하지만 적어도 앞으로 한동안 사교계에는 얼굴을 내밀지 않으리라고 생각하고 있는 불쌍한 여자에게는 지금 받은 것만으로도 충분해요.」

도브레는 한순간 깜짝 놀랐다. 그러나 곧 평정을 되찾고는 『그럼 아무쪼록 좋으실 대로!』라는 뜻을 더할 수 없이 정중하게 나타내는 몸짓을 해보였다.

당그랄 부인은 이때까지는 아마 아직도 무엇인가를 기대하고 있었음이 틀림없었다. 그러나 도브레의 지금의 무관심한 몸짓, 그것과 동시에 보인 엉뚱한 쪽으로 돌린 시선, 거기에 이은 정중한 인사와 뜻있는 침묵에 접하자 그녀는 똑바로 얼굴을 들고 문을 열었다. 그리고는 노여움도 흥분도 망설임도 보이지 않고 냉큼 층계로 나갔다. 이런 식으로 자기를 내보내는 사나이에게는 마지막 인사도 하기 싫다는 듯한 모습이었다.

「흥!」하고 그녀가 나가자 도브레는 말했다.「어떤 태도를 취해도 소용이 없지. 이제부터는 주식놀음도 할 수 없을 테니까 집에 들어박혀서 소설책을 읽거나 트럼프놀이라도 하는 게 좋을걸.」

그리고는 또다시 수첩을 꺼내어 지금 지불한 금액 위에 정성스레 줄을 그었다.

「이것으로 내게는 백육만 프랑이 남은 셈이군.」 하고 그는 말했다.「하지만 빌포르 양이 죽은 것은 정말 유감인걸! 그 사람이라면 모든 점으로 보아서 내게 꼭 어울렸고 결혼을 해도 좋았는데!」

그리고는 여느 때와 마찬가지로 침착하게 당그랄 부인이 나가고 나서 20분이 지나면 나가려고 기다리고 있었다.

그 20분 동안, 도브레는 시계를 자기 옆에 놓고 열심히 계산을 하고 있었다.

르 사쥐(18세기 프랑스의 풍자 작가)가 일찍이 그의 걸작(《절름발이 악마》를 가리키고 있다) 속에서 그리고 있지만 설사 그가 아니더라도 자유로운 상상력을 지닌 작가였다면 다소 잘 되고 못 되고의 차이는 있을 망정 누군가가 틀림없이 창조했을 악마적인 인물, 즉 집들의 지붕을 기어서 집안을 들여다보는 아스모데(《절름발이 악마》속의 인물) 같은 인물이 도브레가 이런 계산을 하고 있을 때에 이 상 제르망 데 프레 거리의 작은 호텔의 지붕을 기어올라가 보았다면 거기에서 뜻하지 않은 광경을 발견했을 것이다.

107. 분　　배　　387

　도브레가 당그랄 부인과 이백오십만 프랑의 돈을 나눈 방 위에는 또한 우리가 잘 알고 있는 사람들이 살고 있는 방이 있었다. 그 사람들은 지금까지 이야기해온 사건 속에서 꽤 중요한 역할을 해온 사람들이었으므로 그들과 만나 보는 것도 흥미가 없지는 않다.
　그 방에는 메르세데스와 알베르가 살고 있었다.
　메르세데스는 요 며칠 동안 완전히 변해 있었다. 그것은 전성 시대에 다른 신분의 사람과 완전히 구별케 하는 호화로움을 보이고 있던 여자가 갑작스럽게 허술한 옷을 입었기 때문에 이전의 그녀와 구별할 수 없게 되었다는 식의 변모가 아니었다. 물론 낡은 옷을 입지 않으면 안될 만큼 비참한 환경에 빠진 것도 아니었다. 메르세데스가 달라졌다고 하는 것은 눈이 이제는 빛을 잃었다는 것이었다. 이제는 입가에 미소를 떠올릴 수 없게 되었다는 것이었다. 그리고 끊임없는 마음고생 때문에 옛날에는 언제나 거침없이 나오던 재치 있는 말이 입술에서 딱 멈추어지고 만다는 것이었다.
　메르세데스의 기지의 활동을 쇠퇴시킨 것은 가난이 아니었다. 또 그녀의 가난을 무겁고 답답한 것으로 만든 것은 용기의 결핍이 아니었다.
　지금까지 살아온 환경에서 갑자기 자기가 선택한 새로운 세계로 들어온 메르세데스는 휘황하게 빛나는 살롱을 나와서 별안간 캄캄한 어둠 속으로 들어온 사람 같았다.
　마치 궁전에서 내려와 초가집으로 들어온 여왕처럼 극단적으로 절약하지 않으면 안 되게 된 생활, 즉 자기가 직접 식탁에 운반하지 않으면 안 되는 점토제의 접시와 옛날의 훌륭한 침대를 대신하게 된 허술한 침대를 어떻게 다루어야 할지 모르겠다는 투였다.
　실상 이 아름다운 카탈로니아의 부인, 이 품위있는 백작 부인에게서는 이미 그 고상한 눈빛도 매혹적인 미소도 볼 수 없게 되어 있었다. 왜냐하면 주위에 눈을 돌려도 그녀에게 보이는 것은 가슴이 답답해지는 것뿐이었기 때문이다. 방은 인색한 집주인들이 더러움을 덜 탄다고 해서 곧잘 사용하는 회색 바탕에 회색 무늬가 달린 벽지로 발라져 있었다. 바닥에는 융단도 깔려 있지 않았다. 가구류는 사람의 눈을 끄는 것들이었다. 호화롭게 보인 가짜로서 그 허술함이 싫어도 눈에 띄는 그런 것이었다. 결국 모든 것이 아름다우며 완전한 모습을 보아온 그녀의 눈에 필요한 조화를 요란하게 깨뜨려 놓고 있었다.

모르셀 부인은 저택에서 떠난 뒤로는 줄곧 이곳에서 살고 있었다. 심연의 가장자리에 부닥친 나그네처럼 부인은 영원한 침묵을 앞에 두고 현기증을 느끼고 있었다.

노상 알베르가 자기 쪽을 몰래 엿보고는 자기의 기분을 탐지하려 하는 것을 깨닫고 그녀는 애써 입술에 미소를 띠었다. 그러나 그것은 단조로운 미소였다. 따뜻한 눈의 미소가 수반되지 않으므로 그것은 단순한 빛의 반사, 즉 열이 없는 빛 같은 효과밖에 없었다.

알베르 쪽은 과거의 사치의 기억에 방해되어 현재의 상태에 몰입하지 못하고 방심한 듯한 서먹서먹한 기분이었다. 장갑을 끼지 않고 외출을 하려고 하지만 손이 너무 하얀 것 같은 느낌이 들었다. 거리를 걸어 보려고 하지만 구두가 너무 반짝거리는 것 같은 느낌이 들었다.

그러나 어머니와 아들은 애정의 끈으로 단단히 맺어져 있는, 품위도 있고 총명하기도 한 두 사람은 말을 하지 않아도 서로 이해할 수 있고 생활과 관계가 있는 물질적인 문제를 정할 때에도 친구 사이에서조차 필요한 전제 같은 것은 전혀 필요가 없게 되었다.

지금에 와서는 알베르가 「어머니, 이젠 돈이 없어요.」라고 말을 해도 어머니의 얼굴은 창백해지지 않게 되었다.

메르세데스는 지금까지는 가난의 참된 고달픔을 맛본 적이 없었다. 젊었을 때 이따금 가난을 입에 담은 적은 있었다. 그러나 그것은 결코 같은 것이 아니었다. 즉 요구와 필요는 동의어 같은 것이기는 했으나 그 사이에는 사실 큰 차이가 있는 것이다.

카탈로니아 마을에 있을 무렵에는 메르세데스에게는 여러가지 갖고 싶은 것이 있었다. 그러나 그 밖의 것은 아쉬운 것이 없었다. 그물이 든든한 동안에는 물고기가 잡혔다. 그리고 물고기가 팔리기만 하면 그물을 수선할 수 있는 실을 살 수 있었다.

게다가 친구도 없고 자질구레한 생활의 문제와는 아무 관계도 없는 애정 밖에는 품고 있지 않았던 그녀는 다만 자기의 일만을 생각하고 있었다. 자기의 일밖에는 생각하고 있지 않았다.

그 무렵의 메르세데스는 가지고 있는 것이 얼마 되지 않았으나 그것을 최대한 시원스럽게 사용할 수가 있었다. 그러나 현재의 그녀는 두 사람분을

107. 분　　배　　389

조달하지 않으면 안 되었다. 더욱이 마치 무일푼 상태에서 그것을 하지 않으면 안 되었다.

　겨울이 다가오고 있었다. 장식 같은 것은 전혀 없는, 이미 추워지기 시작하고 있는 이 방안에는 불기운조차 전혀 없었다. 한때는 많은 송기관(送氣管)을 갖춘 난방 장치가 대합실에서 부인의 거실에까지 열을 보내고 있었는데 말이다. 지금은 방안에 빈약한 꽃 한 송이 없었다. 한때는 집 전체가 값비싼 꽃으로 충만된 온실 같았는데!

　그러나 그녀에게는 아들이 있다…….

　지금까지는 그들 모자는 어쩌면 과장되어 있는 의무 관념에 흥분되어서 높은 세계 속에 받쳐지고 있었던 것이다.

　흥분은 거의 열광에 가까운 것이다. 그리고 열광은 인간을 지상의 일에 무관심하게 만든다.

　그러나 그러한 열광도 지금은 가라앉아 있었다. 그리고 꿈의 나라에서 서서히 현실의 세계로 내려가지 않으면 안 되었다.

　「어머니」하고 알베르가 마침 저 당그랄 부인이 층계를 내려가고 있을 무렵에 어머니를 향해서 말했다. 「우리의 전재산을 잠깐 조사해 보지 않겠어요? 제 계획을 세우기 위해 전체의 액수를 알 필요가 있어서요.」

　「전체 액수라고 하지만 한푼도 없는걸.」하고 메르세데스는 서글픈 미소를 띠면서 말했다.

　「아니, 있어요, 어머니. 우선 모두 삼천 프랑이 있어요. 그 삼천 프랑으로 둘이서 멋진 생활을 해나갈 자신이 있어요.」

　「어쩜!」하고 메르세데스는 한숨을 쉬었다.

　「아아! 어머니」하고 청년은 말했다. 「어머니께는 미안하지만 꽤 많은 돈을 써버리고 말았습니다. 하지만 그 덕분에 돈의 값어치를 알게 되었습니다……. 삼천 프랑이라고 하면 큰돈입니다. 그래서 저는 그 돈을 토대로 해서 영원히 안전한 생활을 할 수 있는 기적적인 미래의 계획을 세울 것입니다.」

　「그런 말을 하고는 있지만」하고 어머니는 말했다. 「그 삼천 프랑은 받아도 되는걸까?」하고 메르세데스는 얼굴을 붉히면서 말했다.

　「하지만 그것은 그렇게 결정된 일이에요.」하고 알베르는 확신이 있는 어조로 말했다.「우리는 돈이 없기 때문에 받아도 되는 거예요. 아시는 바와 같이 그것은 마르세이유 메이랑 거리의 그 조그만 집의 뜰에 묻힌 채로 있는 것이니까요……. 이백 프랑만 있으면 둘이서 마르세이유까지 갈 수 있습니다.」

「이백 프랑으로?」하고 메르세데스는 말했다.「그런 일이 가능하다고 생각하고 있니, 알베르?」

「오오! 그 점에 대해서 저는 이미 승합마차와 기선에 문의를 했어요. 그리고 그 계산도 되어 있어요……. 어머니는 샤롱으로 가는 마차를 타시는 거예요. 아시겠어요, 저는 어머니를 여왕님처럼 모시고 있는 거예요. 그 비용이 삼십오 프랑.」

알베르는 펜을 들고 종이에 썼다.

  마차……………………………삼십오 프랑
  샤롱에서 리용까지 기선……………육 프랑
  리용에서 아비뇽까지 기선…………십육 프랑
  아비뇽에서 마르세이유까지…………칠 프랑
  도중의 잡비……………………오십 프랑
         합계 백십사 프랑

「백이십 프랑이라고 잡아 두지요.」하고 알베르는 미소를 지으면서도 덧붙였다.「어떻습니까, 저는 제법 마음이 넓지요, 어머니?」

「하지만 너는?」

「저 말입니까? 저에게는 나머지 팔십 프랑이 있지 않습니까?…… 어머니, 젊은 사람은 편안할 필요가 없는 것입니다. 게다가 저는 여행이라는 것이 어떤 것인지 분명히 알고 있으니까요.」

「하지만 그것은 역마차에 자리를 차지하고 하인을 데리고 여행할 때의 애기겠지?」

「어떻든 괜찮아요. 어머니.」

「그렇다면 그렇게 하거라!」하고 메르세데스는 말했다.「하지만 그 이백 프랑은?」

107. 분   배

「그 이백 프랑은 여기에 있어요. 그리고 나머지 이백 프랑…… 실은 말예요, 제 시계를 백 프랑, 그 줄을 삼백 프랑 받고 팔았어요……. 정말 고마운 일이지 뭡니까!…… 시곗줄이 시계의 세 배 값에 팔렸으니까요……. 쓸데없는 사치품이라는 것은 언제나 이렇다니까요!…… 우린 이것으로 부자가 되었어요. 여비는 백십사 프랑이면 끝나는데 어머니는 이백오십 프랑을 가지고 계시니까요.」

「하지만 이 호텔에도 얼마쯤 지불해야 할 것 아니니?」

「삼십 프랑입니다. 하지만 그것은 저의 백오십 프랑에서 지불할 겁니다……. 그렇게 결정했습니다. 제 여행에는 팔십 프랑만 있으면 되니까 사치스러운 여행이지요……. 더욱이 그것이 전부는 아니니까요……. 어떻습니까, 이것은?」

그렇게 말하며 알베르는 금 멈춤쇠가 달린 조그만 수첩에서 천 프랑짜리 지폐 한 장을 꺼냈다. 이 수첩은 그의 옛 취미의 흔적인지, 아니면 조그만 문을 두드리고 찾아온, 베일로 얼굴을 가린 수수께끼의 여성들로부터의 다정한 선물인지도 몰랐다.

「그게 뭐니?」하고 메르세데스는 물었다.

「천 프랑짜리예요, 어머니……. 틀림없는 천 프랑짜리 지폐예요.」

「하지만 천 프랑짜리 지폐가 어디에서 생겼니?」

「들어 보세요, 어머니, 하지만 놀라지는 마세요.」

그렇게 말하고 알베르는 일어서서 어머니 옆에 다가가 그 두 볼에 키스를 했다. 그리고는 멈춰 서서 어머니의 얼굴을 빤히 들여다보았다.

「저, 어머니, 제가 얼마나 어머니를 아름답다고 생각하고 있는지 어머니는 모르실 거예요!」하고 알베르는 아들로서의 깊은 애정을 담고 말했다. 「정말로 어머니는 제가 지금까지 본 여성 중에서 가장 고상하고 가장 아름다운 여성이에요!」

「어머, 얘는!」하고 메르세데스는 눈꺼풀에 치밀어오르는 눈물을 억제하지 못하고 말했다.

「정말이에요, 그리고 어머니가 불행해지셨기 때문에 제 애정은 숭배로까지 변하고 말았어요.」

「내게는 아들이 있잖니, 불행할 까닭이 없어.」하고 메르세데스는 말했다.

「아들이 있는 한은 불행해질 까닭이 없어.」

「아아! 정말 그래요.」하고 알베르는 말했다.「하지만 이제부터 시련이 시작되는 거예요, 어머니! 우리가 이제부터 어떻게 되는 건지 알고 계세요?」

「그럼 뭔가가 결정된 거니?」하고 메르세데스가 물었다.

「그래요. 어머니는 마르세이유에 가서 사시게 되고 저는 아프리카로 가게 되었어요. 아프리카에 가서 지금까지의 이름을 버리고 새로운 이름으로 행세할 거예요.」

메르세데스는 한숨을 쉬었다.

「그래요, 어머니! 저는 어제 알제리아 기병대에 지원했어요.」하고 청년은 뭔가 부끄러운 듯이 눈을 내리깔면서 말했다. 왜냐하면 이런 식으로 몸을 낮추는 것이 얼마나 숭고한 일인지 그 자신 모르고 있었기 때문이었다. 「기병대에 지원했다기보다는 자기의 몸은 자기의 것이다, 따라서 그것을 팔아도 좋다고 생각한 것입니다. 저는 어제부터 어떤 사람의 대역이 된 것입니다……. 속된 말로 하면 몸을 판 것입니다. 더욱이」하고 그는 애써 미소를 띠려고 노력하면서 덧붙였다.「생각보다 비싸게 말입니다. 즉 이천 프랑으로.」

「그래서 이렇게 많은 돈을 가지고 있구나…….」하고 메르세데스는 몸을 떨면서 말했다.

「이것이 그 절반입니다, 어머니. 그리고 나머지 절반은 1년 뒤에 받게 되어 있습니다.」

메르세데스는 뭐라고 형용해야 좋을지 모를 표정으로 눈을 하늘로 돌렸다. 눈꺼풀 아래에 괴어 있던 두 방울의 눈물이 마음속의 감동으로 넘쳐나와 조용히 볼을 타고 흘러내렸다.

「피를 담보로 해서 말이지!」하고 그녀는 중얼거렸다.

「그래요. 만일 살해되지 않는다면」하고 알베르는 웃으면서 말했다.「하지만 안심하세요, 어머니. 저는 어떤 일이 있어도 죽지 않을 생각이니까요. 저는 지금만큼 살고 싶다고 생각한 적은 없어요.」

「부탁이다! 제발 부탁이다!」하고 메르세데스는 말했다.

「그런데 어째서 제가 죽게 되리라고 생각하시는 겁니까?…… 남프랑스의

107. 분　배

네 장군(나폴레옹 휘하의 용장)이라고 일컬어진 라모시에르(알제리아에서 무공을 세운 장군)는 과연 죽임을 당했던가요?…… 샹가르니에(역시 알제리아에서 무공을 세운 장군)도 죽임을 당했던가요?…… 부도(역시 알제리아에서 무공을 세운 장군)도 죽임을 당했던가요?…… 우리가 알고 있는 막시밀리안 모렐도 죽임을 당했던가요?…… 어머니, 제가 금줄 달린 군복을 입고 돌아왔을 때의 어머니의 기쁨을 생각해 주세요!…… 저는 어머니에게 분명히 말합니다. 그쪽엘 가면 틀림없이 훌륭한 사나이가 되어 보이겠습니다. 실은 그 연대를 선택한 것은 어떤 종류의 호기가 있었던 겁니다.」

　메르세데스는 미소를 지어 보이려 하면서도 한숨을 쉬었다. 이 성녀(聖女)와도 같은 어머니는 희생의 무거운 짐을 아들에게 전부 지워서는 안 된다고 생각하고 있었다.

　「이것으로!」하고 알베르는 말을 이었다. 「어머니를 위해서 사천 프랑 이상의 돈을 확보했다는 것을 아셨겠지요? 이 사천 프랑이 있으면 2년간은 충분히 생활할 수가 있습니다.」

　「그렇게 생각하니?」하고 메르세데스는 말했다.

　이 말은 무의식중에 메르세데스의 입에서 새어나온 것이었다. 그리고 거기에는 참된 슬픔이 담겨 있었기 때문에 알베르는 이 말의 참뜻을 놓치지 않았다. 그는 가슴이 꽉 죄어드는 것을 느꼈다. 그래서 어머니의 손을 잡고 자기의 손 안에서 다정하게 쥐어 주었다.

　「그렇게 생각하고말고요, 어떻게 해서든지 살아 계셔 주어야 해요!」하고 그는 말했다.

　「그래 살아야지.」하고 메르세데스는 외쳤다. 「그 대신 너도 가지 말아다오, 가지 말아다오, 가지 않고 있어 주겠지?」

　「어머니, 저는 가지 않으면 안 돼요.」하고 알베르는 침착한, 그러면서도 다부진 목소리로 말했다. 「어머니는 저를 사랑하시고 계십니다. 그러니까 어머니 옆에 언제나 저를 끼고 계셔서 저를 쓸모없는 인간으로 만드는 일은 안 하실 것으로 생각합니다. 게다가 저는 이미 서명을 했습니다.」

　「그렇다면 너는 네 의지에 따라 좋을 대로 하거라. 나는 하느님의 뜻에 따를 테니까.」

　「저는 제멋대로 행동하는 것은 아닙니다, 어머니. 이성과 필요에 따라서 행동하는 것입니다. 저희 두 사람은 절망에 빠져 있는 사람이 아닐까요? 산다는 것이 오늘날 어머니에게 있어서 무엇입니까? 아무 의미도 없지 않습니까? 저에게 있어서도 산다는 것이 무엇일까요?

오오! 어머니, 어머니가 계시지 않는다면 산다는 것은 전혀 의미가 없는 일입니다.

이것은 믿어 주세요. 왜냐하면 어머니가 계시지 않는다면 제 목숨은, 이것은 맹세코 말씀드립니다만, 제가 아버지를 의심하고 아버지의 이름을 거부한 날 이미 끊어지고 만 것입니다!

결국, 만일 어머니가 아직도 희망을 계속 가지겠다고 약속해 주신다면 저도 계속 살아 남을 것입니다. 만일 어머니의 미래의 행복을 지키는 것을 저에게 맡겨 주신다면 제 힘은 배가될 것입니다.

그렇게 되면 저는 그곳의 알제리아 총독을 만나러 갈 것입니다. 그 사람은 성실한 마음을 가진 사람이고 특히 진짜 군인입니다. 저는 총독에게 제 슬픈 신상에 대해서 이야기할 것입니다. 그리고 이따금씩은 저에게 눈길을 돌려 달라고 부탁드리겠습니다. 만일 총독이 저에게 약속을 해주시고 제 행동을 지켜봐 주신다면 저는 6개월도 되기 전에 장교가 되거나 혹은 전사를 할 것입니다.

만일 장교가 된다면 어머니의 앞날은 보장될 것입니다. 왜냐하면 우리 두 사람의 생활비는 틀림없이 들어올 테니까요. 게다가 우리는 남에게 자랑할 수 있는 새로운 이름을 내세울 수 있습니다. 그것은 어머니의 진짜 이름이니까요.

하지만 만일 제가 전사를 한다면…… 그렇습니다, 만일 제가 전사를 한다면. 그때는 어머니, 어머니도 죽어 주세요. 즉 우리의 불행이 그 정점에 달했을 때 불행도 없어지고 마는 것입니다.」

「알았다.」 하고 메르세데스는 품위있고 웅변적인 눈길을 알베르에게 주며 말했다. 「네 말이 옳다. 우리를 말똥말똥 쳐다보며 우리가 하는 일에 트집을 잡으려는 사람들에게 우리는 적어도 동정을 받을 만한 사람이라는 것을 보여 주자꾸나.」

「하지만 어두운 생각은 하지 말아 주세요, 어머니!」 하고 청년은 외쳤다. 「저는 맹세코 말씀드립니다. 저는 무척 행복합니다, 적어도 무척 행복한 신분이 될 수 있습니다. 어머니는 현명한 분이고 또 체념할 줄도 알고 계십니다. 저도 단순한 취미를 가진, 열에 들뜨는 사나이는 이미 아니라고 생각합니다. 군대에 지원해서 이렇게 많은 돈이 손에 들어왔습니다. 어머니도 단테스 씨네 집에 가시면 이제 걱정은 없습니다. 자, 해보십시다! 부탁입니다, 어머니, 해보십시다!」

「그래, 해보자. 왜냐하면 너는 살지 않으면 안 되니까, 행복해지지 않으면 안 되니까.」하고 메르세데스는 대답했다.

「자, 어머니, 이것으로 우리의 분배도 끝났습니다.」하고 청년은 어깨의 짐을 벗은 듯한 모습을 취해 보이면서 덧붙였다. 「이것으로 오늘에라도 출발할 수가 있습니다. 자, 아까 말한 것처럼 어머니의 좌석을 정해가지고 오겠습니다.」

「그럼 네 좌석은?」

「어머니, 저는 아직 2, 3일 더 있지 않으면 안 됩니다. 이것이 이별의 시작입니다. 우리는 헤어지는 데에 익숙해지지 않으면 안 됩니다. 저는 소개장을 몇 장 얻고 그리고 아프리카에 대해서 몇 가지 조사를 하지 않으면 안 됩니다. 마르세이유에서 만나기로 하지요.」

「그럼 떠나자꾸나!」하고 메르세데스는 가지고 온 유일한 숄——그것은 우연히도 값비싼 캐시미어의 숄이었지만——을 어깨에 걸치면서 말했다. 「그럼 떠나기로 하자.」

알베르는 급히 서류를 정리하고 초인종을 눌러 호텔 대금 삼십 프랑을 지불했다. 그리고는 어머니에게 팔을 내밀어 끼게 한 뒤 층계를 내려갔다.

누군가 두 사람 앞에서 내려가는 사람이 있었다. 그 사나이가 난간에 닿는 비단 옷자락 스치는 소리에 뒤를 돌아보았다.

「도브레 군!」하고 알베르는 중얼거렸다.

「여어, 알베르 군인가!」하고 장관 비서관은 층계 위에 멈춰 서서 대답했다.

도브레의 마음속에서는 남에게 알려지고 싶지 않다는 기분보다 상대방에 대한 호기심이 앞섰다. 그리고 이미 상대방에게 알려지고 만 것이다.

사실 이렇게 사람들에게 알려져 있지 않은 호텔에서 예의 불행한 사건으로 파리 시중에 소문이 난 청년을 발견하게 되었다는 것은 흥미를 느끼게 하는 일이었다.
「알베르 군!」하고 도브레는 되풀이했다.
 그리고는 어스름 속에서 모르셀 부인의 아직 젊은 몸매와 검은 베일을 발견하고는「여어! 이건 실례!」하고 미소를 지으면서 덧붙였다.「알베르 군, 그럼 먼저 실례하겠네.」
 알베르는 도브레가 무슨 생각을 했는지를 알았다. 그래서「어머니」하고 그는 메르세데스 쪽을 보면서 말했다.「내무장관 비서관인 도브레 군이에요, 제 옛날 친구지요.」
「뭐라고? 옛날의?」하고 도브레는 더듬거리면서 말했다.「그건 어떤 뜻이지?」
「즉, 도브레 군」하고 알베르는 대답했다.「지금의 나에게는 이미 친구는 없기 때문일세. 게다가 가질 필요도 없다고 생각하고 있어. 하지만 나를 잊지 않고 있어 주어서 정말 감사하네.」
 도브레는 두 단쯤 거슬러올라와서 알베르의 손을 힘껏 쥐었다.
「믿어 주게, 알베르 군.」하고 그는 아직도 그의 마음에 남아 있는 감동을 담고 말했다.「나는 자네에게 닥친 그 불행을 마음으로부터 동정했네. 어떤 일이든지 자네를 위해서라면 하겠네.」
「고맙네.」하고 알베르는 미소를 지으면서 말했다.「그러나 불행하기는 하지만 우리에게는 아직 돈도 있고 남의 도움은 안 받아도 돼. 우리는 파리를 떠나네. 게다가 여비를 모두 지불해도 아직 오천 프랑은 남는다네.」
 지갑 속에 백만 프랑을 가지고 있는 도브레는 퍼뜩 얼굴을 붉혔다. 모든 일에 정확한 계산으로 움직이는 이 사나이에게는 시적인 데는 전혀 없었으나 그래도 다음과 같은 감개에는 젖지 않을 수가 없었다.──방금 아까까지도 똑같은 이 호텔에는 두 사람의 여자가 있었는데 그 중의 한 사람은 당연한 치욕이 주어져서 외투 밑에 백오십만 프랑의 돈을 가지고 있으면서도 이제부터 비참한 생활을 하지 않으면 안 되고, 그러나 다른 한 사람은 부당한 타격을 받으면서도 불행 속에서 숭고한 마음을 잃지 않고 약간의 돈 밖에 없는데도 풍요로운 마음으로 살아가고 있다…….
 그는 이런 생각을 하고 있었기 때문에 인사에 대해서는 그만 소홀해지고 말았다. 이러한 실례가 보여 주는 철학이 그를 완전히 압도하고 있었다. 그는 혼해빠진 인사말을 두세 마디 던지고는 허둥지둥 충계를 내려갔다.
　그날 내무성의 하급 관리인 서기들은 그가 울적해 있는 바람에 몹시도 시달렸다.
　그러나 그는 그날 새벽 마드렌 대로에 있는, 오만 프랑의 집세는 받을 수 있다는 멋지고 훌륭한 저택을 샀다.
　그 다음날, 도브레가 그 저택의 매매 계약서에 서명을 하고 있는 시각에, 즉 오후 5시경에 모르셀 부인은 아들에게 다정하게 키스를 하고 자기도 또 아들에게 다정한 키스를 받은 뒤 역마차에 탔고 이윽고 그 문이 닫혀졌다.
　이때 라피트 역마차 발착소의 뜰, 하나하나의 책상 위에 뚫려 있는 중2층의 아치형 창문 밑에 한 사나이가 몸을 숨기고 있었다. 그는 메르세데스가 마차에 타는 것을 보았고 마차가 출발하는 것을 보았고 이어서 알베르가 멀어져 가는 것을 보았다.
　그런 다음 그는, 불안의 그림자가 감돌고 있는 이마에 손을 대고 말했다.
　『아아！ 어떻게 하면 저 죄없는 두 사람에게 내가 빼앗아 버린 행복을 되돌려 줄 수 있을까？…… 하지만 하느님이 도와 주실 테지！』

108. 사자 우리

　라 폴스 형무소 안에서 가장 질이 나쁘고 가장 위험한 수인을 수용하고 있는 지역은 상 베르나르 감옥이라고 불리고 있다.
　수인들은 그들의 거친 말로 거기에 『사자 우리』라는 이름을 붙이고 있었다. 아마도 수인들이 걸핏하면 철격자를 갉아내거나 때로는 간수를 물어뜯는 이빨을 가지고 있기 때문일 것이다.
　여기는 감옥 안의 감옥이다. 벽도 다른 곳에 비해 두 배나 두껍다. 매일 간수가 튼튼한 철격자를 꼼꼼이 조사한다. 그 간수들의 거대한 체구와 차갑고 날카로운 눈을 보면 그들이 상대방에게 주는 공포와 그 두뇌의 작용으로 수인들을 억압하도록 특별히 선택되었음을 알 수 있다.

이 지역의 안뜰은 거대한 벽에 둘러싸여 있어서 태양 광선은 정신적으로도 육체적으로도 추악한 무리들로 가득차 있는 이 우묵땅에 스며들려고 해도 이 벽 위를 비스듬히 비켜가게 되어 있었다.

이 안뜰의 납작돌 위에는 새벽부터 법률로 같은 칼날 밑에 몸을 숙인 사람들이 불안스럽게 무언가를 생각하면서 핏발 선 눈을 하고 창백한 얼굴을 한 채 마치 유령처럼 방황하고 있다.

그들은 빨아들인 열을 될 수 있는 대로 잃지 않으려고 벽에 찰싹 몸을 붙이기도 하고 또는 거기에 기대어 몸을 웅크리고 있었다. 그들은 거기에서 두 사람씩 짝지어 이야기를 하거나 또는 대개의 경우 혼자 있었다. 그리고 그들의 눈은 노상 입구로 쏠려 있었다. 이 문은 이 음울한 집 식구 중 한 사람을 불러내기 위해서거나 또는 사회의 도가니에서 내던져진 새로운 쓰레기를 이 우묵땅 안에 뱉어내기 위해서 열려지곤 하는 것이었다.

상 베르나르 감옥에는 특별 면회실이 있었다. 그것은 장방형으로 된 방으로서 일 미터 가량 간격을 두고 평행으로 되어 있는 이중 철격자에 의해 둘로 간막이가 되어 있었다.

그래서 면회인은 수인의 손을 잡지도 못하고 무언가를 건네 줄 수도 없었다. 이 면회실은 어둑어둑하고 습기로 축축했다. 그리고 지금까지 숱한 무서운 비밀이야기가 그러한 철격자 사이를 통해서 이루어져 쇠막대기를 녹슬게 한 것을 생각하면 언뜻 몸서리치지 않고는 견딜 수가 없었다.

그러나 이 면회실이 몸서리쳐지는 곳이기는 했으나 앞으로 얼마 살아 있지 못할 사람에게는 천국이었다. 그들은 이곳에 와서는 언제나 꿈꾸고 있는 즐거운 바깥 세계의 공기에 파묻히는 것이었다. 그들은 이제 이 사자 우리를 나가면 상 쟁의 처형장이나 도형장, 또는 독방 이외의 곳으로는 좀처럼 갈 수 없는 신세인 것이다!

지금 그 모습을 묘사한 차갑고 축축한 안뜰 안을 한 청년이 연미복 주머니에 두 손을 찔러 넣은 채 왔다갔다하고 있었다. 이 사자 우리의 식구들은 그를 큰 호기심을 가지고 바라보고 있었다.

옷이 갈기갈기 찢어져 있지 않았다면 그 재단 솜씨만으로도 그는 멋쟁이 사나이로 인식되었을지도 모른다. 그런데 그 옷은 닳아서 해진 것이 아니었다. 상한 데가 없는 천은 나긋나긋해서 비단 같은 촉감이 느껴졌고 만일 수인이

108. 사자 우리

 그것을 새로운 것으로 보이려고 조금이라도 손으로 비볐다면 쉽게 본래의 광택을 되찾을 수 있었을 것이다.
 그는 투옥된 이래 완전히 색깔이 변해 버린 마직으로 된 셔츠의 단추를 언제나 반듯하게 잠그고 있었고 문장(紋章) 밑에 머리글자를 자수한 손수건 끝으로 에나멜 장화를 닦고 있었다.
 사자 우리의 어떤 수인들은 그의 이러한 멋부림을 흥미롭게 바라보고 있었다.
 「저것 봐, 왕자님의 치장이 시작되었어.」하고 도둑 하나가 말했다.
 「저놈은 타고난 미남자야.」하고 다른 사나이가 말했다.「빗과 포마드만 있으면 흰 장갑을 낀 나으리 따위는 모두 빛을 잃고 말 텐데.」
 「옷도 틀림없이 좋은 것이었을 거야. 구두도 반짝반짝 빛나고 있어. 우리에게도 저런 멋쟁이 동료가 있다니 반가운 일이군. 거기에 비하면 저 간수들은 비천한걸. 놈들은 샘이 나서 저놈의 옷을 찢어 버릴 거라고.」
 「확실히 대단한 놈인 것 같아.」하고 다른 한 사나이가 말했다.「여러가지 일을 해온 놈이 틀림없어……. 그것도 엄청난 일을 말야……. 게다가 아직 젊지 않아! 응! 확실히 멋있는 놈이 틀림없어!」
 이러한 묘한 찬탄의 표적이 되고 있는 사나이는 찬사를, 아니 그들의 말은 들리지 않으므로 찬사의 냄새를 즐기고 있는 것 같았다.
 치장이 끝나자 그는 매점 문으로 다가갔다. 거기에는 한 사람의 간수가 등을 기대고 서 있었다.
 「여보시오, 나으리」하고 그는 말했다.「이십 프랑만 빌려 주지 않겠소? 곧 돌려 줄 테니까. 상대가 나니까 걱정할 것 없어요. 나는 당신들과는 달라서 몇백만 프랑이라는 돈을 가진 친척이 있어……. 자, 이십 프랑만 부탁해. 내 돈으로 독방에 들어가고 싶고 게다가 실내복을 한 벌 사고 싶거든. 언제나 연미복과 장화로는 견딜 수가 없으니까. 무슨 옷이람, 이것은! 이것이 카바르칸티 공작의 옷이라니!」
 간수는 홱 등을 돌리고 어깨를 움츠렸다. 다른 사람 같았으면 재미있어 할 이러한 말을 듣고도 그는 웃음조차 띠지 않았다. 왜냐하면 그는 이러한 말을 너무 많이 들어왔기 때문이었다. 그것도 언제나 똑같은 이야기였으니까.
 「좋아.」하고 안드레아는 말했다.「당신은 인정머리가 없군. 곧 파면을 시켜 버릴 거요.」

 이 말을 듣자 간수는 뒤돌아보았다. 그리고 이번에는 큰소리로 웃었다.
 그러자 다른 수인들이 다가와서 원을 만들었다.
「알겠소?」하고 안드레아는 말을 이었다.「그 푼돈이 있으면 옷을 살 수 있고 방을 잡을 수 있소. 그리고 머잖아 찾아올 훌륭한 사람을 실례가 되지 않게 맞이할 수 있단 말요.」
「그래, 그래! 이 친구 말이 맞아!……」하고 다른 수인들이 말했다. 「실제로 이놈은 훌륭한 신사라고.」
「그렇다면 너희들이 그 이십 프랑을 빌려 주면 될 것 아냐.」하고 간수는 그때까지 기대고 있던 큰 어깨를 다른 한쪽 어깨로 바꾸면서 말했다.「그게 동료에 대한 의리 아냐?」
「나는 이 친구들의 동료가 아니오.」하고 안드레아는 거만하게 말했다. 「실례의 얘기는 하지 말아요. 당신에게는 그런 말을 할 권리가 없을 거요.」
 도둑들은 낮은 목소리로 뭐라고 투덜거리면서 서로 얼굴을 쳐다보았다. 안드레아의 말보다도 오히려 간수의 선동에 의해서 일어난 폭풍이 이 귀족적인 수인을 향해 불어오기 시작했다.
 간수는 지나치게 소동이 커지면 본때를 보여 줄 자신이 있기 때문에 이 시끄러운 떼거지를 이용하여 지루한 근무 시간의 기분풀이를 하려고 소동이 조금씩 커지는 것을 잠자코 보고 있었다.
 이미 도둑들은 안드레아에게 다가가고 있었다. 그리고 그중의 어떤 자가 소리지르고 있었다.
「낡은 슬리퍼다! 낡은 슬리퍼!」
 그것은 낡은 슬리퍼가 아니라 바닥에 쇠로 된 징이 박혀 있는 구두로서 그들의 비위를 거슬린 동료를 구타하는 잔혹한 처벌이었다.
 다른 무리들은 도리깨 형벌을 가하자고 말했다. 이것은 또 다른 처벌법으로서 손수건에 모래나 자갈, 만일 큰 동전이 있다면 그것을 싸서 꽉 동여매고 그 묶음을 도리깨처럼 휘둘러서 처벌을 받는 자의 어깨나 머리를 내리치는 일종의 기분풀이였다.
「어디 이 미남자를 혼내 줄까.」하고 몇 사람인가가 말했다.「이 잘난 체하는 나으리를 말야!」

108. 사자 우리

 그러나 안드레아는 그들 쪽을 향해 눈을 깜박거리며 혀로 볼을 부풀리고 휘파람을 불었다. 이것은 침묵을 강요당하고 있는 도둑 동료 사이에서는 천 이상의 신호와도 맞먹는 것이었다.
 이것은 그가 일찍이 카도루스에게서 배운 도둑 동료 사이의 신호였다.
 그래서 그들은 그가 자기들의 동료라는 것을 알게 되었다.
 당장 손수건은 밑으로 내려졌다. 바닥에 쇠징이 박힌 구두도 수령격인 사나이의 발로 돌아갔다. 몇몇 사람들의 목소리가 저 친구 얘기는 지당해, 정직하기 때문에 자기 생각을 말했을 뿐야, 자기들도 다만 생각난 일을 하려고 했을 뿐이었다고 지껄이고 있었다.
 소동을 일으키려던 무리는 가버리고 말았다. 깜짝 놀란 간수는 곧 안드레아의 손을 붙잡고 신체 검사를 시작했다. 사자 우리의 식구들이 이런 식으로 갑자기 태도를 바꾼 것은 그에게 현혹된 것 이외에 좀더 특별한 의사 표시가 틀림없이 있었다고 생각했기 때문이었다.
 안드레아는 조금 투덜대기는 했지만 간수가 하는 대로 내버려 두고 있었다.
 갑자기 문 쪽에서 큰소리가 울려왔다.
 「베네데트!」하고 한 감시인이 소리질렀다.
 간수는 손을 놓았다.
 「나를 부른 거요?」하고 안드레아가 말했다.
 「면회실로 와!」하고 그 목소리가 말했다.
 「그것 보라고, 누군가가 찾아왔지 않소. 이봐요! 간수 양반, 이 카바르칸티 님을 보통사람처럼 취급해도 되는지 어떤지 곧 알게 될 거요!」
 그렇게 말하고 안드레아는 감탄하고 있는 무리들과 간수를 뒤에 남긴 채 검은 그림자처럼 안뜰을 달려 빠끔이 열려 있는 문으로 뛰어 들어갔다.
 실제로 그는 면회실에 불려간 것이었다. 이 사실에는 안드레아 자신도 놀랐다. 왜냐하면 이 교활한 청년은 라 폴스 형무소에 넣어진 후 줄곧 다른 사람들처럼 신원 인수인에게 면회를 와달라는 편지를 써도 좋다는 특전 같은 것을 이용하지 않고 고집스럽게 침묵을 지켜왔었기 때문이다.
 「나는」하고 그는 언제나 말했다. 「확실히 누군가 유력한 사람에게 보호받고 있어. 모든 것이 그것을 나에게 실증해 주고 있어. 그렇게 갑자기 행운이 날아들기도 하고 어떤 장애도 쉽게 제거되기도 하고 갑자기 가족이 생기기도

하고 유명한 가문의 이름이 내것이 되기도 하고 돈이 쏟아지듯이 들어오기도 하고 내 야심을 만족시켜 줄 정말 멋진 혼담이 제기되기도 했어.

재수가 없어서 내 행운을 그만 잊어버리기도 하고 보호자가 없거나 해서 실패는 했지만 그것도 완전한 실패, 영원한 실패는 아니다! 보호의 손이 잠깐 움츠러 들었을 뿐인 것이다. 머잖아 틀림없이 다시 뻗쳐올 것이다. 그리고 내가 심연에 빠져들 듯하면 틀림없이 다시 붙잡아 줄 것이다……. 뭣 하러 무모한 짓을 할 필요가 있단 말인가? 그런 짓을 하면 보호자로부터 버림을 받게 될 것이다!

그런데 보호자가 나를 돕는 데에는 두 가지 길이 있다. 하나는 돈으로 간수를 매수해서 비밀리에 도망을 치게 하는 것, 그리고 다른 하나는 재판관에게 압력을 가하여 무죄 선고를 하게 하는 것이다. 완전히 버림을 받았다는 것이 확인될 때까지는 불만을 말하거나 몸부림치지 말아야지. 그런데……」

안드레아는 확실히 교묘한 계획을 세우고 있었다. 그는 공격에도 대담 무쌍했지만 방어에도 완강했다.

그는 잡거 감방의 비참함이나 온갖 종류의 결핍을 꾹 참고 있었다. 그러나 타고난 성질이, 아니 그보다는 습관이, 조금씩 고개를 쳐들고 있었다. 안드레아는 발가벗고 있는 것, 흙투성이가 되어 있는 것, 배고픔을 느끼는 일이 고통스러워져 가고 있었다. 시간이 가는 것이 안타까웠다.

마침 이렇게 따분한 때에 감시인의 목소리가 그를 면회실로 부른 것이었다.

안드레아는 기쁨으로 가슴이 뛰는 것을 느꼈다. 예심판사가 찾아오기에는 시간이 일렀고 형무소 소장이나 의사가 불러내기에는 너무 늦은 시간이었다. 그렇다면 이것은 뜻하지 않았던 방문이 틀림없었다.

안드레아는 호기심에 찬 눈을 크게 뜨고 안내된 면회실의 격자 뒤에 베르투쵸의 우울하고 영리해 보이는 얼굴을 발견했다. 베르투쵸 쪽에서도 비통한 놀라움의 표정을 띠고 격자나 녹슨 문, 그리고 짝지어진 철봉 뒤에서 꿈틀거리고 있는 안드레아의 그림자를 바라보고 있었다.

「아아!」 하고 안드레아는 가슴이 메어서 말했다.

「안녕, 베네데트.」 하고 베르투쵸는 공허하면서도 잘 울리는 목소리로 말했다.

「아아, 당신이었군요!」하고 안드레아는 겁먹은 듯이 주위를 둘러보면서 말했다.
「나를 잊었어?」하고 베르투쵸는 말했다.「정말 한심한 놈이로군!」
「쉿! 조용히!」하고 벽에 귀가 있음을 잘 알고 있는 안드레아는 말했다.「부탁입니다. 그렇게 큰소리를 내지 말아 주십시오.」
「나와 단 둘이서 이야기를 하고 싶은 거지?」하고 베르투쵸가 말했다.
「물론입니다!」
「그렇다면 좋아.」
베르투쵸는 그렇게 말하고 주머니 안을 더듬으면서 입구의 유리창 뒤에 있는 간수에게 신호를 했다.
「이것을 읽어 봐!」하고 베르투쵸가 말했다.
「뭡니까, 이것은?」하고 안드레아가 물었다.
「너를 어딘가의 방으로 데리고 가서 나하고 이야기를 하게 하라는 명령서야.」
「오오!」하고 안드레아는 뛸 듯이 기뻐했다.
그리고 곧 제정신으로 돌아가 마음속으로 이렇게 중얼거렸다.
『그것 봐, 내가 모르는 보호자가 나타났잖아! 역시 나는 잊혀지지는 않았어! 별실에서 얘기하고 싶다는 것을 보니 무슨 비밀을 캐내고 싶다는 거겠지. 좋아, 좋아……. 베르투쵸는 그 보호자가 보낸 것이 틀림없어!』
간수는 상사와 잠깐 의논했다. 그리고 기뻐서 어쩔 줄 모르는 안드레아를 두 개의 격자문을 열어 안뜰에 면하고 있는 이층 방으로 데리고 갔다.
그 방은 어느 감옥에서나 마찬가지이지만 흰 회칠이 되어 있었다. 이곳은 수인에게는 찬란할 만큼 빛나는 즐거운 방이었다. 난로, 침대, 의자, 탁자 등 호화로운 가구가 즐비해 있었다.
베르투쵸는 의자에 앉았다. 안드레아는 침대에 몸을 던졌다. 간수는 나갔다.
「자아」하고 베르투쵸가 말했다.「나에게 어떤 할 얘기가 있지?」
「그보다도 당신 쪽은요?」하고 안드레아가 말했다.
「우선 네 얘기부터 들어 보자…….」
「아니, 이렇게 만나러 왔으니까 당신이야말로 할 얘기가 많을 텐데.」
「좋아! 그럼 그렇게 하지. 너는 여전히 악랄한 짓을 하고 있는 것 같구나.」

도둑질을 하거나 살인을 하거나…….」
 「아니아니, 그런 얘기를 하기 위해 나를 이런 특별실에까지 데리고 왔어요? 그렇다면 굳이 이렇게 수고를 할 필요가 없었는데. 그런 것은 저 자신이 잘 알고 있어요. 그런데 나로서는 알 수 없는 것이 몇 가지 있어요. 그걸 좀 얘기해 주세요. 대체 당신을 여기에 보낸 사람은 누굽니까?」
 「아니, 너는 단도직입적이구나, 베네데트.」
 「그래요, 얘기는 단도직입적으로 해야지요. 특히, 쓸데없는 얘기는 집어치우고. 누가 당신을 여기에 보냈어요?」
 「어느 누구도 아니야.」
 「그럼 내가 감옥에 들어와 있다는 것을 어떻게 알았지요?」
 「벌써 오래 된 이야기지만 샹젤리제에서 고상하게 말을 타고 다니며 멋을 부리는 건방진 사나이가 너라고 알아낸 것은 바로 나였어.」
 「샹젤리제라!…… 아아! 불집게 놀이에서 말하듯이 이건 불이 잘 붙을 것 같은데…… 샹젤리제라!…… 그럼 내 아버지 얘기라도 좀 할까요?」
 「그럼 나는 너의 무엇이 되지?」
 「당신은 내 양아버지이지……. 하지만 나를 위해서 수십만 프랑의 돈을 만들어 준 사람은 아무래도 당신은 아니었던 것 같은데. 하긴 그 돈도 4, 5개월 동안에 모두 써버렸지만 말요.
 그리고 나를 위해서 이탈리아 인 귀족 아버지를 날조해 준 것도 아무래도 당신 같지는 않고.
 그리고 또 나를 사교계에 넣어 주고 오튀유의 만찬에 초대해 준 것도 당신은 아니었고.
 그 요리의 맛은 지금도 기억하고 있어요. 파리 시중의 훌륭한 나으리들이 있었지요. 검찰총장인가 하는 사람도 있었는데 그때 알아 두지 않은 게 유감인 걸. 이런 때에 크게 도움이 되는 건데.
 그런데 재수없게 비밀이 탄로났을 때 백만인가 이백만의 보증금을 대준 것도 당신은 아니었지……. 자, 코르시카의 어르신네, 얘기를 해주세요…….」
 「무슨 얘기를 하라는 건가?」
 「그렇다면 내가 이야기를 끄집어내도록 할까요?…… 네, 아버지. 당신은 아까 샹젤리제 얘기를 했지요?」

「그게 어쨌다는 건가?」

「그 샹젤리제에 무척, 무척 돈이 많은 나으리가 계시단 말예요.」

「그 나으리 집에 네가 숨어들어서 도둑질이나 살인을 했다는 말이구나?」

「그렇다고도 할 수 있죠.」

「너, 몽테 크리스토 백작님 얘기를 하고 있는 거니?」

「라신(17세기의 프랑스 극시인) 님의 문구가 아니지만 자기 입으로 말해 버렸군요……. 어떨까요, 피크세레쿠르(19세기의 프랑스 극작가)처럼 그분의 팔 안에 뛰어들어서 그분을 가슴에 끌어안으면서 『아버지! 아버지!』하고 불러 보도록 할까요?」

「엉뚱한 소리하지 마.」하고 베르투쵸는 진지한 어조로 대답했다.「그런 이름을 이런 곳에서 함부로 입에 담는 게 아니야.」

「헤에?」하고 안드레아는 베르투쵸의 준엄한 태도에 다소 어이없어 하면서 말했다.「어째서 안 된다는 거죠?」

「그 이름을 가지신 분은 하느님의 총애가 깊으신 분으로서 너 같은 건달의 아버지가 되실 분이 아니야.」

「허어! 크게 나오시는군요…….」

「입 조심하지 않으면 큰코 다치는 줄 알아!」

「겁을 주는 건가요?…… 겁을 준다고 해도 무서울 것 없어요……. 버젓이 말할 테니까요…….」

「상대를 너 같은 시시한 사람이라고 생각하고 있는 거니?」하고 베르투쵸가 그야말로 침착한 태도와 확신이 있는 듯한 눈빛으로 말했기 때문에 안드레아는 마음속으로 깜짝 놀랐다.「너는 상대를 감옥에나 드나드는 전과자거나 얼빠진 바보쯤으로 생각하고 있는 거니?…… 베네데트, 네 운명은 무서운 손 안에 쥐어져 있어. 그 손은 너를 위해서 지금 늦추어지려 하고 있어. 그것을 이용하는 거야. 천둥 번개를 장난감으로 삼아서는 안돼. 그 손은 지금은 잠시 천둥을 쉬게 하고 있지만 방해라도 해봐, 당장 벼락을 내리고 말 테니까.」

「아버지를 알고 싶단 말예요……. 누가 아버지인지를 알고 싶단 말예요!……」하고 안드레아는 여전히 고집을 부렸다.「여차하면 나는 죽어도 상관없어요. 하지만 알고 싶어요. 나는 나쁜 소문이 나도 상관없어요. 오히려 그렇게 되는 것이 좋아요……. 널리 알려질 테니까…… 신문기자인 보샹이 말하는 것처럼 『광고』가 될 테니까. 그런데 상류 사회의 무리들은 설사 아무리 돈이 많더라도, 또 아무리 가문이 좋더라도 한 번 나쁜 소문이 나게 되면 손해를 볼 것이 뻔하니까……. 그나저나 내 아버지는 누구지요?」

「실은 그것을 가르쳐 주려고 왔어…….」

「아아!」하고 베네데트는 기쁨으로 눈을 빛내면서 소리질렀다.

이때 문이 열리고 문지기가 베르투쵸에게 말했다.

「실례입니다만 예심 판사님이 이 수인을 기다리고 계시기 때문에.」

「그럼 이것으로 내 질문도 끝이게?…… 제길! 방해꾼이 들어오다니!」하고 안드레아는 말했다.

「내일 또 올게.」하고 베르투쵸가 말했다.

「좋아요!」하고 안드레아가 말했다.「자, 헌병님들, 어디에라도 동행을 하지요……. 그런데 아버지, 서기과에 십 에큐만 놓고 가지 않겠어요? 그렇게 하면 필요한 것을 가질 수 있는데.」

「그렇게 하지.」하고 베르투쵸가 대답했다.

안드레아가 손을 내밀었다. 그러나 베르투쵸는 손을 주머니에 찔러 넣은 채 은화의 소리를 들려 주기만 했다.

「실은 그 얘기를 하고 싶었던 거라고요.」하고 안드레아는 말하고 얼굴을 찡그리면서 웃었다. 그러나 그는 베르투쵸의 이상할 정도로 침착한 태도에 완전히 압도되어 있었다.

『내가 잘못 생각한 것이었을까?』하고 안드레아는 샐러드 바구니라고 불리고 있는 갸름하고 격자가 달린 호송마차에 올라타면서 생각했다. 그리고는「그럼 내일 또 만나요!」하고 베르투쵸 쪽을 돌아보면서 말했다.

「그럼 내일!」하고 베르투쵸가 대답했다.

109. 재판관

 부조니 신부와 노와르티에 노인 두 사람만이 죽은 사람의 방에 남아서 젊은 아가씨의 유해를 지키고 있었다는 것은 독자들도 기억할 것이다.
 아마 신부의 종교적인 격려와 다정한 위안, 그리고 설득력 있는 말이 노인에게 기력을 되찾게 해준 것이 틀림없다. 왜냐하면 신부와 이야기를 하고 나서부터는 처음에 노인을 사로잡고 있던 절망 대신에 그의 마음에는 큰 체념의 기분과 지금까지 노인이 얼마나 깊이 바랑티느를 사랑하고 있었는가를 기억하는 사람이라면 그에게서 정말 놀라울 정도의 침착을 엿볼 수 있게 되었기 때문이다.
 빌포르 씨는 바랑티느가 죽은 아침부터 내내 노인을 만나지 않았다. 집안에서 일하는 사람은 모두 새로 들어왔다. 방을 담당한 새 하인이 빌포르 씨를 위해 고용되었고 또 노와르티에 노인을 위해서도 새 하인이 고용되었다. 빌포르 부인을 위해서도 두 사람의 하녀가 고용되었다.
 문지기에서 마부에 이르기까지 모두 새 얼굴이었고 그들은 이 저주받은 집안에서 이를테면 각기 자기의 주인을 섬기고 있었다. 그래서 지금까지도 이미 냉랭했던 가족들의 사이는 더욱 산산조각 나 있었다.
 게다가 중죄 재판소의 공판이 2, 3일 뒤에 열리기 때문에 빌포르는 자기의 서재에 들어앉아 카도루스 살해 범인에 대한 소송 준비에 몰두하고 있었다.
 이 사건은 몽테 크리스토 백작과 관계된 모든 다른 사건과 마찬가지로 파리 사교계에서 큰 소문으로 떠돌고 있었다. 이 사건의 증거는 확실하다고는 할 수 없었다. 왜냐하면 죽어가는 피해자가 자기와 같은 죄수였던 동료를 고발한 말에 기초한 것이었기 때문이다. 피해자는 자기의 동료를 증오나 또는 복수 때문에 고발한 것인지도 몰랐다. 그러나 빌포르만은 자신만만했다. 그는 베네데트가 범인이라는 움직일 수 없는 확신을 가지고 있었다. 그리고 그는 이러한 어려운 승리를 얻은 것으로 해서 얼어붙은 마음을 약간이라도 고무시켜 주는 자존심의 기쁨을 느낀 것이 틀림없었다.
 이 사건을 곧 열리게 될 중죄 재판의 개막으로 삼고 싶어하는 빌포르는 끊임없는 노력으로 소송 준비를 착착 진행시키고 있었다. 그래서 그는 꼭 방청권을 얻고 싶다는 많은 사람들의 요구에 대답하는 것을 피하기 위해서 지금까지보다도 더 몸을 피하지 않으면 안 되었다.

게다가 불쌍한 바랑티느가 매장된 지 아직 얼마 되지 않았고 가족의 슬픔도 아직까지 생생했기 때문에 부친인 그가 자기 의무에 이렇게까지 외곬으로 몰두하고 있다는 것, 즉 슬픔을 잊을 수 있는 단 한 가지 일에 몰두하고 있는 것을 보고도 누구 한 사람 이상하게 생각하지 않았다.

빌포르는 딱 한 번 노와르티에 노인의 모습을 발견했다. 그것은 베네데트가 베르투쵸의 두 번째 방문을 받아 자기 아버지의 이름을 들은 그 다음날, 그러니까 일요일의 일이었다.

그것은 빌포르가 지칠 대로 지쳐서 저택 뜰로 내려갔을 때의 일이었다. 그는 음울한 표정을 짓고 끊임없이 엄습하는 생각에 등을 굽히면서 옛날 타르키니우스(로마의 폭군)가 지팡이를 휘둘러 키 큰 앵속을 마구 두들겨팼듯이 그도 지팡이를 휘둘러대면서 조금 전까지 샛길을 따라 아름답게 피어 있던 키 큰 접시꽃 줄기를 꽃의 유령이기라도 하듯이 줄기를 두들겨 꺾으면서 걷고 있었다.

이미 그는 몇 번이나 뜰의 구석까지 가보곤 했다. 즉 황폐한 정원에 면해 있는 철문께까지 걸어갔다가는 똑같은 걸음걸이와 똑같은 동작으로 같은 길을 되돌아오곤 하는 것이었다.

마침 그때 그의 눈이 기계적으로 집 쪽으로 향했다. 일요일과 월요일을 어머니 옆에서 지내려고 돌아온 아들이 떠들썩하게 놀고 있는 소리가 들려오는 것이었다.

이때 열린 창문 하나에 그곳까지 팔걸이의자를 밀어 달래가지고 석양의 마지막 빛을 바라보고 있는 노와르티에 노인의 모습이 그의 눈에 들어왔다. 아직도 따뜻한 저녁해는 발코니를 가득 메우고 있는 나팔꽃의 시든 꽃잎이나 개머루의 빨개진 잎을 비추고 있었다.

노인의 눈은 빌포르로서는 분명히 알 수 없는 한 점에 마치 못 박힌 듯이 집중되어 있었다. 그 눈은 격렬한 증오와 흉폭하다고 할 수 있을 정도의 노여움을 띠고 있었고 안타깝게 불타고 있었으므로 이 얼굴의 표정을 잘 알고 있고 그 이유를 포착하는 일에 익숙해져 있던 빌포르는 이 답답한

109. 재판관

눈길이 누구에게 집중되어 있는가를 보려고 걸어가던 샛길에서 바깥으로 나가 보았다.

그러자 그의 눈에 이미 거의 잎이 진 보리수 숲 그늘에 있는 빌포르 부인의 모습이 들어왔다. 부인은 한 권의 책을 들고 벤치에 앉아 때때로 읽기를 중단하고는 아들 쪽으로 미소를 보내기도 하고 아들이 끈질기게 객실에서 뜰로 던져 보내는 고무공을 되던져 보내고 있었다.

빌포르의 얼굴이 순간 새파래졌다. 그것은 노인이 무슨 생각을 하고 있는지 알 수 있었기 때문이었다.

노와르티에 노인은 내내 같은 것을 바라보고 있었다. 그러나 갑자기 노인의 눈이 부인에게서 빌포르 쪽으로 향해졌다. 지금은 빌포르 자신이 이 격렬한 시선의 공격을 받고 있었다. 대상이 달라졌기 때문에 그 눈이 이야기하는 말도 달라져 있었다. 그러나 위협하는 듯한 그 표정은 달라지지 않았다.

빌포르 부인은 자기의 머리 위에서 이러한 정열의 불꽃이 튕겨지고 있다는 것은 전혀 깨닫지 못하고 이때 아들이 집어던진 공을 손에 들고 키스를 해줄 테니까 그것을 받으러 오라는 신호를 보내고 있었다.

그러나 에두아르는 좀처럼 오지 않았다. 어머니의 애무 따위는 아마도 일부러 받으러 갈 정도의 포상으로는 생각되지 않았던 것이리라.

그러나 그러다가 마침내 결심한 듯이 창문에서 헬리오트로프나 과꽃이 우거져 있는 한가운데로 뛰어내렸다. 그리고 이마에 땀을 흠뻑 흘리면서 부인에게로 달려갔다. 부인은 그 이마를 닦아 주고 축축한 상아 같은 이마에 키스를 했다. 그리고 어린애의 한쪽 손에는 공을, 그리고 다른 한쪽 손에는 한줌의 봉봉을 쥐어 주고는 돌려 보냈다. 빌포르는 뱀의 노림을 받은 새처럼 억제하기 어려운 힘에 이끌려 집 쪽으로 다가갔다. 그가 집으로 다가감에 따라 노인의 눈도 그를 쫓으면서 따라 내려왔다.

그리고 그 눈동자의 불꽃은 마치 백열하는 듯했고 빌포르는 마음 밑바닥까지 불태워지는 듯한 기분이었다. 실제로 그 눈빛 속에서는 격렬한 비난과 무서운 위협을 읽을 수 있었다. 그때 노인의 눈꺼풀과 눈이 아들에게 잊고 있던 맹세를 깨우쳐 주려는 듯이 하늘을 우러렀다.

「알았습니다!」하고 빌포르는 뜰에서 대답했다. 「알았습니다! 하루만 더 참아 주십시오. 약속은 반드시 지킬 테니까요.」

노와르티에 노인은 이러한 말을 듣고 안심한 것 같았다. 그리고 그 눈은 그야말로 무덤덤하게 딴 곳으로 향해졌다.

빌포르는 답답해진 프록코트의 단추를 난폭하게 끄르고 창백한 손으로 이마를 닦으면서 서재로 돌아왔다.

차가운 밤은 조용히 깊어갔다. 저택 안에서는 모든 사람들이 잠자리에 들어 여느 때와 마찬가지로 깊이 잠들어 있었다.

그러나 빌포르만은 여느 때와 마찬가지로 다른 사람들과 함께 잠자리에 들려고 하지는 않고 아침 5시까지 전날에 예심 판사가 만든 마지막 심문서를 다시 읽어 보고 증인의 진술서를 조사한 뒤 자기가 지금까지 쓴 기소장 중에서도 가장 철저한, 그리고 가장 잘 되었다고 생각되는 것을 더욱 명확한 것으로 하려는 듯이 일을 계속하고 있었다.

중죄 재판의 제1회 공판은 오늘 월요일에 열리게 되어 있었다. 빌포르는 이 날이 창백하게, 어쩐지 기분나쁘게 밝아오는 것을 보았다. 아침의 푸르스름한 빛이 종이 위에 빨간 잉크로 그어진 줄을 떠오르게 했다. 램프가 마지막 숨을 쉬고 있을 때 그는 잠시 잠이 들었다. 그리고 손가락을 마치 피 속에 담근 것처럼 붉게 물들인 그는 마지막 불꽃을 탁탁 튀기는 램프 소리에 눈을 떴다.

그는 창문을 열었다. 오렌지 빛의 넓은 띠가 먼 하늘에 흐르고 지평선에 검은 그림자를 드리우고 있는 가느다란 포플라 가로수를 둘로 가르고 있었다. 마로니에 울타리 저편에 있는 클로버 밭에서는 한 마리의 종다리가 맑은 소리로 아침 노래를 울리면서 하늘로 날아 올라갔다.

새벽의 축축한 공기가 빌포르의 머리에 스며들어 그의 기억을 되살려 주었다.

『드디어 오늘이로군.』 하고 그는 애써 말했다. 『오늘이야말로 법의 칼을 가진 사나이가 죄인이 있는 곳곳을 휩쓸지 않으면 안 된다.』

그때 그의 시선은 저도 모르게 노와르티에 노인의 창문으로 갔다. 아니, 창문 쪽에서 그의 눈으로 뛰어들었다. 그것은 전날에 노인의 모습을 발견했던 그 창문이었다.

창문의 커튼은 닫혀져 있었다.

그러나 그는 아버지의 모습이 거기에 또렷이 보이는 듯한 느낌이 들어 마치 닫혀 있는 그 창문이 열려 있고 거기에서 무서운 노인의 모습이 아직도 보이는 것처럼『네, 알았습니다. 안심하십시오!』하고 그 창문을 향해서 중얼거렸다.

그의 고개는 다시 그의 가슴 위로 떨구어졌다. 그리고 그런 식으로 고개를 떨군 채 두세 번 서재 안을 돌아다녔다. 그리고는 마침내 옷을 입은 채 소파 위에 몸을 던졌다. 그것은 잠을 자기 위해서가 아니었다. 일 때문에 뼈 속까지 스며든 추위와 피로로 경직된 손발을 풀기 위해서였다.

그러는 동안에 차츰 집안 사람들이 깨어나 나왔다. 빌포르는 서재에서 집의 생명이라고 할 수도 있는 것을 이루고 있는 연속적인 소리를 듣고 있었다. 문을 여닫는 소리, 몸종을 부르는 빌포르 부인의 초인종 소리, 그 나이 또래의 어린애가 일어날 때는 언제나 그러한, 즐겁게 눈을 뜬 에두아르의 떠들썩한 고함 소리 따위를.

이번에는 빌포르가 초인종을 눌렀다. 새로 고용된 하인이 들어와서 그에게 신문을 건네 주었다.

그리고 신문과 함께 한 잔의 초콜릿을 가지고 왔다.

「무엇을 가지고 왔지?」하고 빌포르가 물었다.

「초콜릿입니다.」

「내가 부탁한 적 없는데. 대체 누가 시켰지?」

「마님입니다. 주인님은 오늘 살인 사건으로 틀림없이 긴 변론을 하셔야 하기 때문에 기운을 차리셔야 한다고 하시면서.」

그렇게 말하면서 하인은 소파 옆의, 다른 탁자와 마찬가지로 서류가 쌓여 있는 탁자 위에 도금한 은찻잔을 올려 놓았다.

그리고서 하인은 나갔다.

빌포르는 울적한 얼굴을 하고 잠시 그 찻잔을 바라보고 있었다. 그리고는 별안간 신경질적인 동작으로 그것을 들어올려 마실 것을 단숨에 들이켰다. 그 모습은, 그 음료가 목숨을 빼앗는 독물이라서 죽기보다도 좀더 괴로운 일을 하지 않으면 안 되는 의무에서 자기를 해방시켜 주었으면, 하고 생각하는 것 같았다.

그런 다음에 그는 일어나서 서재 안을 어슬렁거리기 시작했다. 만일 누가 보았다면 오싹 하고 몸부림치지 않을 수 없을 만큼 무서운 미소 같은 것을 얼굴에 띠고서.
 초콜릿에는 독이 들어 있지 않았기 때문에 빌포르는 아무런 반응도 느끼지 않았다.
 아침 식사 시간이 되었는데도 빌포르 씨는 식탁에 모습을 나타내지 않았다. 하인이 서재로 들어왔다.
「마님으로부터의 전갈입니다.」하고 하인은 말했다.「지금 11시가 울렸습니다. 공판은 정오부터입니다.」
「알고 있다! 그래서?」하고 빌포르는 말했다.
「마님은 화장을 끝내셨습니다. 준비는 완전히 되셨습니다. 그러니 동행을 하실 것인지 어떤지 여쭤 보고 오라고 하셨습니다.」
「어디에 말인가」
「재판소에 말입니다.」
「무엇하러 말인가?」
「마님은 꼭 이 공판을 보고 싶다고 하십니다.」
「뭐라고?」하고 빌포르는 상대가 거의 몸서리칠 정도의 어조로 말했다.「그런 말을 했어?」
 하인은 한 걸음 뒤로 물러서며 말했다.
「만일 혼자 가시기를 원하신다면 마님께 그렇게 말씀드리겠습니다.」
 빌포르는 한순간 입을 다물고 새까만 수염과 뚜렷한 대조를 이루고 있는 창백한 볼을 손톱으로 긁고 있었다.
「마님께 가서 전해.」하고 그는 가까스로 대답했다.「하고 싶은 말이 있으니까 자기 방에서 기다리고 있으라고.」
「알겠습니다, 주인님.」
「그렇게 전하고서 다시 와줘. 수염을 깎는 일과 옷 갈아입는 일을 도와 주었으면 하니까.」
「곧 돌아오겠습니다.」
 하인은 말 그대로 나갔는가 했더니 곧 돌아왔다. 그리고는 빌포르의 수염을 깎고 그가 근엄한 검정옷으로 갈아입는 것을 도와 주었다.
 거들어 주는 일을 끝내자 하인은 말했다.
「준비가 끝나는 대로 와주십사 하고 마님은 말씀하셨습니다.」

109. 재판관

「지금 갈 거네.」

그렇게 말하고 빌포르는 소송 서류를 옆에 끼고 모자를 손에 든 뒤 아내의 방 쪽으로 걸어갔다.

문 앞에서 그는 한순간 멈춰 섰다. 그리고는 창백한 이마에서 흐르는 땀을 손수건으로 닦았다.

그런 다음 그는 문을 밀었다.

빌포르 부인은 동양풍의 소파에 앉아 그녀가 다 읽기도 전에 에두아르가 장난삼아 찢어 버린 신문이나 잡지를 초조한 모습으로 뒤적거리고 있었다.

그녀는 이미 완전한 외출 복장을 갖추고 있었다. 모자는 의자 위에서 그녀를 기다리고 있었다. 그녀는 벌써 장갑까지 끼고 있었다.

「어머! 겨우 오셨군요.」하고 그녀는 예에 따라 그야말로 자연스럽고 침착한 목소리로 말했다.「저런! 안색이 나쁘군요! 또 밤을 새웠어요? 어째서 우리하고 같이 아침을 안 드셨지요? 자, 함께 갈까요? 아니면 에두아르를 데리고 나 혼자서 따로 갈까요?」

빌포르 부인은 단 한 가지 대답을 얻기 위해 이것저것 많은 질문을 했다. 그러나 이러한 질문에 대해 빌포르 씨는 마치 석상처럼 냉랭하게 침묵하고 있었다.

「에두아르」하고 빌포르는 딴소리를 허용치 않겠다는 눈초리로 아들을 뚫어지게 바라보면서 말했다.「객실에 가서 놀고 있거라. 아버지는 어머니하고 할 얘기가 있으니까.」

빌포르 부인은 이러한 냉랭한 태도, 이러한 단호한 어조, 이러한 이상한 전제에 저도 모르게 몸을 떨었다.

에두아르는 고개를 들고 어머니의 얼굴을 보고 있었다. 그리고 어머니가 아버지의 명령에 따르지 않는 것을 보고는 다시 납으로 된 군인의 목을 비틀기 시작했다.

「에두아르!」하고 빌포르 씨가 준엄한 어조로 소리를 치는 바람에 어린애는 융단 위에서 소스라쳤다.「내가 하는 말 알아듣지 못하겠니? 저쪽에 가 있으라니까!」

어린애는 이렇게 여느 때와는 다른 취급을 받고 새파래져서 일어섰다. 그는 자기가 화가 나 있는 건지 아니면 무서워하고 있는 건지 잘 알 수가 없었다.

아버지는 아들 옆으로 가서 팔을 붙들고 이마에 키스를 했다.
「자, 착한 애니까 어서 가거라.」하고 아버지는 말했다.
에두아르는 방에서 나갔다.
빌포르 씨는 문에까지 따라가서 빗장을 걸었다.
「어머! 어쩌자고 그래요!」하고 젊은 아내는 상대의 가슴을 꿰뚫어보는 듯한 눈초리로 남편을 보면서 말했다. 그리고 미소를 지으려고 했으나 그것은 남편의 냉랭한 태도 앞에서 얼어붙고 말았다.
「대체, 무슨 일이에요, 이것은?」
「당신이 언제나 사용하고 있는 독약은 어디에 있소?」하고 빌포르는 아내와 문 사이에 우뚝 버티고 선 채 아무런 전제도 없이 뚜렷한 어조로 말했다.
빌포르 부인은, 종다리가 자기 머리 위에서 소리개의 원이 차츰 작아지는 것을 보고 있는 듯한 기분이었다.
빌포르 부인의 가슴에서 절규인지 한숨인지 모를, 목쉰, 찌부러든 듯한 소리가 새어나왔다. 그리고 창백했던 부인의 얼굴은 납빛으로 변했다.
「여보」하고 그녀는 말했다. 「나는…… 무슨 얘기인지 알 수가 없군요.」
부인은 공포의 발작 때문에 일어서 있었으나 아마도 더 격렬한 두 번째 발작에 사로잡혔음이 틀림없다. 소파 쿠션 위에 털썩 하고 쓰러졌다.
「나는 당신에게 묻고 있는 거요.」하고 빌포르는 여전히 침착한 목소리로 계속했다. 「내 장인 장모인 상 메랑 후작 내외와 발루아, 그리고 딸 바랑티느를 살해하는 데 사용한 독약은 어디에 숨겨 놓았지?」
「아아! 여보」하고 빌포르 부인은 두 손을 모두고 소리질렀다. 「무슨 말씀을 하시는 거예요?」
「당신에게 질문할 권리는 없소. 당신은 대답만 하면 되는 것이오.」
「남편에게 대해서 말인가요? 재판관에 대해서 말인가요?」하고 빌포르 부인은 더듬거리면서 말했다.
「재판관에 대해서요! 그렇소, 재판관에 대해서요!」
부인의 창백한 얼굴, 고뇌에 찬 눈길, 전신의 떨림, 그것은 보기에도 무서울 정도였다.
「어쩜! 여보」하고 그녀는 중얼거렸다. 「어쩜! 여보!……」부인의 입에서 나오는 말은 단지 그것뿐이었다.
「당신은 대답을 못 하는군!」하고 무서운 질문자는 소리질렀다. 그리고는 노여움보다도 좀더 무서운 미소를 띠고 덧붙였다.「당신은 아니라고 하지 못하는군!」
그녀는 퍼뜩 몸을 움직였다.
「당신은 부인하지 못하는 거지?」하고 빌포르는 법의 이름으로써 그녀를 체포하기라도 하려는 듯이 그녀에게로 손을 내밀면서 덧붙였다.「당신은 부끄러움을 모르는 교묘한 방법으로 그러한 몇 가지 죄를 저질렀소. 하지만 아무리 교묘하게 한다고 해도 당신에 대한 애정 때문에 눈이 먼 사람들밖에는 속일 수가 없었소.
나는 상 메랑 부인이 돌아가셨을 때부터 우리 집안에 독살자가 있다는 것을 알고 있었소. 다브리니 씨가 나에게 가르쳐 준 거요. 발루아가 죽었을 때, 하느님이여 용서하소서! 나는 어떤 사람에게, 천사 같은 사람에게 혐의를 걸었소!
나라는 사나이는 설사 범죄가 없을 때도 마음속에서는 언제나 혐의의 눈을 번뜩이고 있는 거요.
그러나 바랑티느가 죽었을 때는 이미 의문의 여지는 없게 되었소. 그것은 나에게 있어서뿐 아니라 다른 사람들에게 있어서도 마찬가지요. 당신의 범죄를 알고 있는 사람은 아직까지는 다브리니 씨와 나뿐이고 다른 사람들은 의심을 하고 있을 뿐이지만 이제 곧 일반에게도 알려지게 될 것이오. 아까도 말한 것처럼 이것은 남편으로서 하는 말이 아니라 사법관으로서 하는 말이오!」
젊은 부인은 두 손으로 얼굴을 가렸다.
「오오! 여보!」하고 그녀는 더듬거리면서 말했다.「제발 부탁이에요, 겉으로 드러난 일만 가지고 판단하지 말아 주세요!」
「당신은 비겁자가 되겠다는 거요?」하고 빌포르는 경멸하는 듯한 목소리로 말했다.
「하긴 언제나 보아왔듯이 독살 따위를 하는 놈은 영락없이 비겁자이지. 당신의 마수에 걸려서 세 노인과 한 딸이 죽어가는 것을 태연히 보고 있을 만큼 무서운 용기가 있던 당신이 지금은 비겁자가 되겠다는 거요!」

「여보! 여보!」
「지금에 와서는 비겁자가 되겠다는 거요?」하고 빌포르는 점점 더 흥분하면서 계속했다. 「네 사람의 단말마를 일 분 일 분 헤아릴 수 있었던 당신이! 그토록 잔인한 계획을 세우고 놀랄 만큼 교묘하게, 또 정확하게 그 끔찍한 음료를 조제한 당신이! 모든 것을 그토록 잘 꾸미고 있던 당신이 단 한 가지, 자기의 죄가 발각되었을 때 자기가 어떻게 된다는 계산만은 잊고 있었단 말인가?

오오! 그런 것은 생각할 수가 없소. 당신은 당연히 받아야 할 형벌을 피하기 위해 다른 어떤 독약보다도 훨씬 마시기 쉽고 훨씬 효과 있고 확실하게 죽음을 가져다 주는 독약을 자기를 위해서 준비해 두었을 것이 틀림없소……. 당신은 그것을 만들어 두었을 테지? 나는 그래 주었기를 바라고 있소.」

빌포르 부인은 모아 쥔 두 손을 비비꼬면서 무릎을 꿇었다.

「잘 알고 있소!…… 잘 알고 있소!……」하고 빌포르는 말했다. 「당신은 자백했소. 하지만 재판관에 대한 자백, 마지막 순간에 와서 한 자백, 이미 부정할 수 없게 된 지경에서 한 자백은 범인에게 과해질 형벌을 조금도 가볍게 해주지는 않는단 말요.」

「형벌이라고요!」하고 빌포르 부인은 소리질렀다. 「형벌이라고요! 여보? 당신은 이 말을 이것으로 두 번 하셨지요?」

「그렇소. 네 번이나 죄를 저지른 주제에 적당히 피할 수 있다고 생각했단 말이오? 형을 집행하는 자의 아내이기 때문에 형벌을 면할 수 있으리라고 생각했단 말이오?

그런 것은 불가능한 일이오! 설사 어떤 신분에 있는 사람이든 단두대는 독살한 여인을 기다리고 있소. 특히 아까도 말한 것처럼 그 여자가 가장 효험이 있는 독약 몇 방울을 자기를 위해서 준비해 두지 않았다면 말이오.」

빌포르 부인은 짐승과도 같은 고함을 질렀다. 그리고 추악하고 억제할 수 없는 공포의 빛이 마비된 얼굴 위로 번져갔다.

「그래, 당신은 단두대의 일을 걱정할 필요는 없소.」하고 빌포르는 말했다. 「나는 당신 얼굴에 흙탕을 칠할 생각은 없소. 그것은 곧 내 얼굴에 흙탕을 칠하는 것이 되니까 말요. 그래, 내 말을 잘 알아듣는다면 당신은 단두대

위에서 죽지는 않을 거요.」
 「아니예요, 말씀하시는 것을 잘 모르겠어요. 대체 무슨 말씀을 하시는 거예요?」하고 불행한 부인은 철저히 주눅이 들어서 더듬거리면서 말했다.
 「즉 수도 지역의 최고 사법관 아내는 그 파렴치한 행동에 의해 깨끗한 가문을 더럽히거나 남편이나 자식의 얼굴에 흙탕칠을 해서는 안 된다 그 말이오.」
 「오오! 그런 일은 하지 않겠어요!」
 「좋아! 그건 훌륭한 각오요. 그런 각오를 해준 데 대해 나는 당신에게 감사하지.」
 「감사한다고요? 네? 무엇에 대한 감사예요?」
 「당신이 지금 한 말에 대한 감사요.」
 「내가 무슨 말을 했는데요? 나는 머리가 멍해 있었어요. 나는 이제 아무 것도 알 수가 없어요. 아아! 아아!」
 그렇게 말하면서 부인은 일어섰다. 머리카락은 흐트러지고 입술엔 거품을 물고 있었다.
 「내가 여기에 들어오면서 말한 『당신이 언제나 사용하고 있는 독약은 어디에 두었소.』라는 질문에 당신은 분명히 대답을 한 거요.」
 빌포르 부인은 두 팔을 하늘을 향해 쳐들고 두 손을 경련을 일으킨 듯이 움켜쥐었다.
 「아니예요, 아니예요.」하고 부인은 울부짖었다.「당신은 사실은 그런 것을 바라고 있지 않아요.」
 「나는 당신을 단두대 위에서 죽게 하고 싶지는 않아요, 알겠소?」하고 빌포르는 대답했다.
 「오오! 여보, 살려 주세요!」
 「내 희망은 정의가 행해지는 것이오. 내가 이 세상에 있는 것은 악을 징벌하기 위해서요.」하고 그는 불 같은 시선으로 덧붙였다.「만약에 다른 여자였다면 그것이 설사 왕비라 하더라도 나는 사형 집행인을 보냈을 것이오. 하지만 나는 당신에게 자비를 베풀고 싶소. 그래서 나는 당신에게 이렇게 말하는 거요.『당신은 가장 마시기 좋고 가장 효험이 빠른, 가장 확실한 독약 몇 방울을 자기를 위해 준비해 두고 있지 않소?』하고 말요.」

「오오! 용서해 주세요, 여보. 제발 이대로 살려 주세요!」
「이런 비겁자였군!」하고 빌포르는 말했다.
「당신의 아내라는 사람을 생각해 주세요!」
「당신은 사람을 독살한 여자요!」
「오오, 제발……」
「안돼.」
「당신이 나에게 가져 주셨던 애정을 위해서!……」
「안돼! 안돼!」
「우리 아들을 위해서! 아아! 우리 아들을 위해서 나를 살려 주세요!」
「안돼! 안돼! 안돼! 이대로 당신을 살려 둔다면 다른 사람을 죽였듯이 언젠간 아마 그애도 죽이고 말 거요!」
「내가! 내 아들을 죽인다고요!」하고 험악한 형상을 한 부인은 빌포르에게 달려들면서 소리질렀다.「내가! 내 아들 에두아르를 죽인다고요! 오오! 오오!」

이 말은 마지막에는 무서운 웃음, 악마 같은 웃음, 미친 여자 같은 웃음이 되고 그 웃음은 무언가 처참한 느낌을 가진 허덕임이 되어서 사라져갔다.

빌포르 부인은 남편의 발 밑에 쓰러졌다.

빌포르는 부인에게로 다가갔다.

「잘 기억해 두라고.」하고 그는 말했다.「만일 내가 돌아왔을 때에 심판이 아직도 행해져 있지 않으면 나는 내 입으로 당신을 고발하겠소. 그리고 나의 이 손으로 당신을 체포하겠소.」

부인은 허덕이면서 타격을 받은 듯이 축 늘어져서 이 말을 듣고 있었다. 그녀 속에서 살아 있는 것은 눈뿐이었다. 그것은 무서운 불을 내뿜고 있었다.

「내 말을 알아들었을 테지?」하고 빌포르는 말했다.「나는 이제부터 살인범에게 사형을 구형하러 갔다 오겠소……. 만일 내가 돌아와서 아직도 살아 있는 당신을 보게 된다면 당신은 오늘밤 콩세르쥘리(프랑스 혁명 때 사형수를 수용한 재판소에 딸린 감옥)에서 자게 될 거요.」

빌포르 부인은 한숨을 쉬었다. 전신에서 힘이 빠졌다. 그리고는 풀썩 융단 위에 쓰러졌다.

빌포르도 한순간 연민의 정을 느낀 것 같았다. 지금까지보다는 부드러운 눈으로 아내를 바라보며 약간 몸을 수그리고「그럼, 잘 있어요, 안녕!」하고 천천히 말했다.
 이 안녕이라는 말은 마지막 쐐기처럼 빌포르 부인의 가슴을 찔렀다.
 그녀는 정신을 잃었다.
 빌포르는 방에서 나왔다. 그리고 나간 뒤 문의 자물쇠를 이중으로 잠갔다.

110. 중죄 재판

 당시 재판소와 사교계에서 베네데트 사건이라고 불리고 있던 사건은 세상에 큰 홍분을 일으키고 있었다. 카페 드 파리나 강 거리, 부로뉴 숲의 단골이었던 가짜 카바르칸티는 파리에 묵으면서 호사와 영화를 누리고 있던 2, 3개월 동안 많은 사람들과 친구가 되어 있었다.
 신문은 피고의 지난날의 우아한 생활과 옥중의 생활을 여러 가지로 쓰고 있었다. 그 결과 안드레아 카바르칸티 공작을 개인적으로 알고 있던 사람들은 특히 비상한 호기심을 느꼈다.
 그래서 그러한 사람들은 특히 어떤 일이 있어도 같은 수인 동료를 살해했다고 하는 베네데트가 피고석에 앉아 있는 모습을 꼭 보러 가리라고 생각하고 있었다.
 많은 사람들은 베네데트가 사법 당국의 희생자라고까지는 할 수 없어도 적어도 당국의 빗나간 예상으로 체포된 자라고 생각하고 있었다.
 사람들은 아버지인 카바르칸티 씨가 파리에 온 것을 알고 있었다. 따라서 또다시 그가 훌륭한 아들을 인수하러 틀림없이 파리에 모습을 나타낼 것이라고 기대하고 있었다. 그가 맨 처음 몽테 크리스토 백작에게 찾아왔을 때의 기묘한 프록코트 얘기를 들어 보지 못한 많은 사람들은 이 늙은 귀족이 보여 준 위엄있는 풍채나 신사다운 거동, 그리고 사교계의 처세술에 능한 데에 놀라고 있었다. 실상 그가 말을 하지 않는 한, 돈 계산을 하지 않는 한 그야말로 완전한 귀족으로 보였던 것이다.

피고 자신도 무척 상냥하고 얼굴도 아름다우며 또 돈에 인색하지 않았던 것을 기억하고 있는 많은 사람들은, 이것도 세상에서 흔히 볼 수 있는 현상이지만, 이 사건은 틀림없이 그의 적이 꾸민 음모일 것이라고 생각하고 싶어했다. 어쨌든 이 세상에서는 돈만 많으면 좋은 일을 해도 나쁜 일을 해도 사람들은 경탄의 눈으로 보기를 좋아하고 따라서 이제까지 들은 적이 없는 힘을 발휘할 수 있는 것이다.

그래서 어떤 사람들은 구경하는 기분으로, 또 어떤 사람들은 이야기거리로 삼으려고 중죄 재판소로 달려갔다. 그래서 아침 7시부터 재판소의 철문 앞에는 장사진이 생기고 개정 1시간 전에는 방청석은 특별한 배려로 입장한 사람들로 이미 만원을 이루고 있었다.

재판이 시작되기 전, 또 흔히는 그것이 시작된 뒤에도, 큰 재판이 있는 날의 방청석은 살롱과 매우 흡사하다. 많은 사람들은 친지의 얼굴을 발견하고는 서로의 자리가 가까워서 남에게 빼앗길 우려가 없을 때에는 옆으로 다가가서 서로 인사를 나누었고 만일 많은 사람들이나 변호사, 또는 헌병들로 격리되어 있을 때는 신호로 인사를 나누었다.

그날은 여름같지 않은 여름, 또는 짧았던 여름을 벌충이라도 하려는 듯한 아주 기막힌 가을 날씨였다.

그날 아침 빌포르 씨가 본, 태양을 가로막고 있던 구름도 지금은 마치 마법에 걸린 듯이 사라져 버리고 없었다. 그리고 9월의 가장 아름다운 마지막 하루가 맑고 찬란하게 개어 있었다.

신문계의 왕자의 한 사람으로 도처에 옥좌를 가지고 있는 보샹은 오른쪽 왼쪽을 두루 돌아보고 있었다. 그리고 샤토 루노와 도브레의 모습을 발견했다. 두 사람은 마침 그때 경찰관 한 사람에게 부탁하여 그 호의로 좌석을 구한 참이었다. 그 경찰관은 당연한 권리로서 두 사람 앞에 서도 괜찮았지만 두 사람 뒤에 서주었다. 이 훌륭한 경찰관은 한 사람이 장관 비서이며 다른 한 사람이 부자라는 것을 눈치챈 것이다. 경찰관은 이 두 귀인에게 최대한 경의를 표하며 자리는 자기가 지켜 줄 테니까 보샹에게 갔다오라고까지 말했다.

「여어!」 하고 보샹이 말했다. 「우리 친구의 얼굴을 보러 왔군그래!」

「그렇다네!」 하고 도브레가 말했다. 「그 훌륭한 공작님을 말이지! 이탈리아 공작 같은 건 정말 똥이나 처먹으라지!」
「단테(14세기 이탈리아의 시인으로 《신곡》의 작자)로 하여금 가계(家系)를 쓰게 한 가문으로서 조상은 멀리 《신곡》에까지 이르는 인물이라고 했겠다!」
「포승에 묶인 귀족이군!」하고 샤토 루노가 냉랭한 어조로 말했다.
「유죄 선고를 받게 될 테지?」하고 도브레가 보샹에게 물었다.
「그건 오히려」하고 신문기자인 보샹은 대답했다.「자네에게 물어 봐야 하겠지. 관청의 분위기는 우리들보다 잘 알고 있을 테니까. 그런데 지난번 자네는 장관네 야회에서 재판장을 만났지?」
「응, 만났어.」
「무슨 말 없든가?」
「자네를 놀라게 할 말을 한마디 하더군.」
「허어! 그럼 빨리 이야기해 주게. 요즈음은 그런 얘기와는 통 인연이 없으니까.」
「실은 말이지, 재판장은 이런 말을 하더군. 베네데트는 세상에 다시 없는 간사한 지혜에 뛰어난 사나이라든가 교활한 괴물처럼 여겨지고 있지만 실은 아주 형편없는, 머리가 나쁜 사기꾼에 지나지 않는다, 따라서 처형한 뒤에 뇌조직의 조사 같은 것을 할 가치는 전혀 없다고 말야.」
「그래?」하고 보샹이 말했다.「하지만 어떻든 제법 공작답게 행동을 했잖나.」
「자네의 눈으로 볼 때는 그랬을 테지. 자네는 공작 따위는 딱 질색이어서 공작들이 무슨 실수라도 하면 크게 기뻐할 친구니까. 하지만 나는 달라. 나는 본능적으로 귀족을 가려낼 줄 알거든. 문장(紋章)을 구별하는 데는 그야말로 명견(名犬)으로서 어떤 가문이라도 알아맞힐 수 있지.」
「그럼 자네는 그의 공작령에 대해서는 전혀 믿지 않았단 말인가?」
「그의 공작령? 그것은 믿고 있었지……. 하지만 그의 공작이라는 작위는 믿지 않았어.」
「뭐, 좋겠지.」하고 보샹이 말했다.「하지만 자네 이외의 사람에게 그는 공작으로 통하고 있었거든……. 누구누구 장관 집에서도 그의 모습을 볼 수 있었고 말야.」
「그렇군!」하고 샤토 루노가 말했다.「그래가지고도 장관들이 공작들에 대해서 잘 안다고 할 수 있을까?」

「그건 참 재미있는 말이로군, 샤토 루노.」하고 보샹이 웃음을 터뜨리면서 말했다.「그 말은 아주 간결하면서도 통쾌해. 내 《어록》 안에 이용해도 되겠나?」

「마음대로 하게, 보샹 군.」하고 샤토 루노가 말했다.「단지 그런 뜻에서만이라면 얼마든지 이용하게.」

「그런데 말야.」하고 도브레가 보샹에게 말했다.「나는 재판장과 얘기를 했지만 자네는 검찰총장과 얘기했을 것 아닌가?」

「그게 그렇게 안 됐어. 일주일 전부터 빌포르 씨는 노상 들어앉아 있었어. 그것도 무리는 아니지. 집안에서 잇따라 불행한 일이 일어나더니 끝내는 딸까지도 알 수 없는 죽음을 당했으니 말야.」

「알 수 없는 죽음이라니 그건 대체 무슨 얘긴가, 보샹?」

「아니! 마치 아무것도 모르는 것처럼 말하고 있군그래. 사법관의 집안에서 일어난 사건이라고 해서.」하고 보샹은 코안경을 열심히 끼려고 하면서 말했다.

「미안하네만」하고 샤토 루노가 말했다.「코안경을 끼는 기술에 있어서는 자네는 도브레 군을 못 당할 것 같군. 도브레, 보샹군에게 좀 가르쳐 주게.」

「저런」하고 보샹이 말했다.「내 눈에는 틀림없어.」

「무슨 얘기야?」

「확실히 그 여자라고.」

「그 여자라니?」

「가출을 했다고 하던데.」

「으제니 양 말인가?」하고 샤토 루노가 물었다.「그럼 이젠 돌아왔다는 말인가?」

「그게 아니야. 그녀의 어머니라고.」

「그럼 당그랄 부인 말인가?」

「무슨 소릴 하는 거야.」하고 샤토 루노가 말했다.「그런 일이 있을 까닭이 있나. 딸이 가출한 지 겨우 10일밖에 안되었고 게다가 남편이 파산한 지 아직 사흘 밖에 안 되었는데!」

도브레가 얼굴을 발그레하게 물들였다. 그리고는 보샹의 시선을 쫓아갔다.

「무슨 소릴 하는 거야!」하고 그는 말했다.「단지 베일로 얼굴을 가리고 있는 여자야. 모르는 여자라고. 어느 외국의 공작 부인일 테지. 또는 카바르칸티 공작의 어머니일지도 모르지. 그런데 보샹, 아까 매우 흥미있는 말을 하던데, 아니 말을 하려고 했던 것 같은데.」

「내가 말인가?」

「그래. 바랑티느의 알 수 없는 죽음에 대해서 얘기하고 있었잖아.」

「아아! 그랬었지. 그런데 빌포르 부인은 어째서 안 올까?」

「불쌍한 사람이지!」하고 도브레가 말했다.「아마 여기저기 병원을 위해서 메리사 물(각성제)를 만들거나 자기 친구를 위해서 미발용(美髮用) 코즈메틱이라도 만들고 있을 테지. 소문에 의하면 그런 도락을 위해서 일 년에 이, 삼천 에큐는 쓰고 있다고 하더군. 그런데 자네의 말대로 어째서 오지 않을까? 부인을 만나면 아주 반가운데 말야. 나는 그 부인을 좋아하거든.」

「그런데 나는」하고 샤토 루노가 말했다.「그 사람은 아주 질색이야.」

「어째서지?」

「어째서 그런지는 모르지만 말야. 어째서 좋은가? 어째서 싫은가? 여하튼 까닭 없이 싫어.」

「그것도 아까처럼 본능적이라는 건가?」

「그럴지도 모르지……. 그런데 보샹, 아까 자네가 하던 얘기로 되돌아가자고.」

「그러자고!」하고 보샹은 얘기를 되돌렸다.「이것 봐, 친구들, 저 빌포르 가에서 어째서 그렇게 빈번히 사람이 죽는지 알고 싶지 않나?」

「빈번히라는 말은 재미있는걸.」하고 샤토 루노가 말했다.

「뭐, 생 시몽(18세기의 프랑스 작가,《회상록》의 저자)이 쓰던 말이라고.」

「어떻든 빌포르 가에서 일어난 사건이야. 자, 본줄기로 돌아가자고.」

「사실!」하고 도브레가 말했다.「솔직히 말하지만 나는 3개월 전부터 그 상사에 휩싸인 집을 유심히 관찰해왔어. 그리고 엊그제 바랑티느 양의 일로 부인으로부터 이야기가 있었어.」

「부인이라니 어느 집 부인 말인가?」하고 샤토 루노가 물었다.

「물론 장관 부인이지!」

「여어! 이거 실례했네.」하고 샤토 루노가 말했다.「나는 장관네 집에는 드나들지 않아서 말야. 나는 그러한 일을 공작님들에게 맡기고 있어서 말이지.」

「아까의 문구는 재미만 있었지만 이번 것은 불꽃처럼 상대를 불태우는 말이로군. 살살 다뤄 주게. 주피터(로마 신화에서 최고신으로 천둥 번개를 관장한다)처럼 우리를 불태울지도 모르니까 말일세.」

「그렇다면 그런 얘기는 그만두자고.」 하고 샤토 루노가 말했다. 「그런데 내쪽에서도 잘 부탁하고 싶네. 즉각적인 보복은 사양하고 싶단 말일세.」

「어떻든 보샹, 우리 얘기에 결말을 짓는 게 어때? 엊그제 부인으로부터 그 사건에 대해서 여러 가지 얘기를 들었다고? 어떤가, 얘기해 주지 않겠나? 그러면 여자들에게 얘기를 해줄 수 있을 텐데.」

「자, 이보게들, 빌포르 가에서 그렇게 빈번히, 그렇다네, 나는 역시 이 말을 사용하겠네, 그렇게 빈번히 죽는 사람이 나오는 것은 집안에 범인이 있기 때문이라네.」

두 상대방 청년은 부르르 몸을 떨었다. 왜냐하면 그들 역시 이미 한두번이 넘게 똑같은 생각을 했었기 때문이다.

「그렇다면 그 범인은?」 하고 두 사람이 이구동성으로 물었다.

「에두아르 소년이지.」

두 사람은 웃음을 터뜨렸으나 이야기를 하는 사람은 그런 데에는 아랑곳하지 않고 말을 계속했다.

「그렇다니까, 그 에두아르 소년이라고. 그는 실로 놀라운 어린애로서 어른과 마찬가지로 사람을 죽일 수 있단 말일세.」

「농담이겠지?」

「그런데 그렇지가 않아. 나는 어제 전에 빌포르 가에 있던 하인을 한 사람 고용했어. 다음 얘기를 잘 들어 줘.」

「어디 얘기해 보게.」

「실은 나는 이 하인을 내일 해고할 생각이라네. 왜냐하면, 빌포르 가에서는 무서워서 식사가 목구멍을 넘어가지 않았다면서 그것을 벌충하기 위해 무척 많이 먹는단 말일세.

그런데 그 소년은 독약을 한 병 훔쳐 가지고 있어서 이따금 그것을 마음에 안 드는 사람들에게 사용하고 있다는 거야. 우선 상 메랑 내외가 마음에 들지 않았기 때문에 영약(靈藥) 세 방울을 마시게 했지. 세 방울이면 충분하니까.

 다음은 노와르티에 노인의 충실한 노복인 발루아 차례였지. 그 노복은 자네도 잘 아다시피 그 개구쟁이 아들에게 이따금 호통을 치곤 했거든. 그래서 그 개구쟁이 아들은 영약 세 방울을 마시게 했지.

 불쌍한 바랑티느 양도 똑같이 당한 거지. 물론 그녀는 그에게 호통 같은 것은 치지 않았지. 하지만 그는 그녀를 질투했어. 그래서 예에 따라 영약 세 방울을 마시게 했지. 그래서 그녀도 다른 사람들과 마찬가지로 저 세상으로 가게 된 거지.」

 「하지만 자네의 이야기는 마치 동화 같은걸!」 하고 샤토 루노가 말했다.

 「그렇다니까.」 하고 보샹이 말했다. 「마치 딴 세계의 동화와도 같은 얘기지.」

 「당치 않은 얘기야.」 하고 도브레가 말했다.

 「보라고!」 하고 보샹이 말했다. 「벌써 자네들은 내 얘기를 부정하려 들고 있어. 알겠나! 그렇다면 내가 고용한, 그렇다고는 해도 내일이면 벌써 우리집에는 없게 되겠지만, 그 하인에게 물어 봐주게. 빌포르 가에서는 그렇게들 수근거리고 있었다는 거야.」

 「하지만 그 영약이라는 것은 어디에 있지? 어떤 약이지?」

 「그런데 어린애가 그걸 숨겨 놓고 있거든.」

 「어린애는 그걸 어디에서 가져왔지?」

 「어머니의 실험실에서지.」

 「그럼 어머니가 독약을 실험실에 놓아 두고 있었다는 건가?」

 「그런 거야 내가 모르지. 자네는 마치 검사 같은 질문을 하는군. 나는 들은 얘기를 하고 있을 뿐이야. 그것뿐이라고. 내게 그 얘기를 들려 준 사나이의 이름을 자네에게 가르쳐 줄 수도 있네. 하지만 그 이상의 일은 할 수가 없어. 불쌍하게도 그 사나이는 무서워서 아무것도 목구멍을 넘기지 못했다는 거야.」

 「그런 얘기는 믿어지지 않는걸!」

 「그런데 그게 아니야. 자네도 알고 있을 테지? 작년에 리셜리외 거리의 소년이 장난삼아 잠들어 있는 형제 자매의 귀에 바늘을 찔러서 죽인 사건이 있었잖나! 우리들 다음 세대의 소년들은 무척 조숙하다네.」

「하지만 나는」 하고 샤토 루노가 말했다. 「분명히 말하지만 자네는 자네가 말하고 있는 것을 실은 전혀 믿고 있지 않아……. 그런데 몬테 크리스토 백작의 모습이 보이지 않는군. 어째서 오지 않는걸까?」

「아마 지쳤을 테지.」 하고 도브레가 말했다. 「게다가 카바르칸티 부자에게 속았으니까 사람 앞에 나서기가 쑥스럽겠지. 카바르칸티 부자가 가짜 신용장을 가지고 왔던 모양이야. 그리고 공작령을 저당으로 해서 십만 프랑 가까이를 사기했다는 거야.」

「그런데 샤토 루노 군. 막시밀리안은 어떻게 됐지?」 하고 보샹이 물었다.

「실은」 하고 샤토 루노가 대답했다. 「벌써 세 번이나 찾아가 보았어. 하지만 전혀 모습을 볼 수 없었어. 그런데 누이동생은 전혀 걱정하고 있는 것 같지 않았어. 밝은 얼굴로 자기도 최근 2, 3일 동안 만나지 못했지만 건강하게 잘 있는 것만은 틀림없다고 말하더군.」

「아아! 그래! 몽테 크리스토 백작은 이 공판에는 올 수가 없어!」 하고 보샹이 말했다.

「어째서지?」

「백작 자신이 이 연극 속에서 일역을 담당했기 때문이지.」

「그럼 백작도 누군가 사람을 죽였나?」 하고 도브레가 물었다.

「그렇지는 않아. 반대로 백작 자신이 살해될 뻔했지. 알잖아, 카도루스는 백작의 집에서 나가다가 친구인 베네데트에게 살해된 거라고. 그리고 결혼 계약의 서명을 무효라고 한 편지가 들어 있었던 저 조끼도 백작네 집에서 발견되었다고. 보라고. 저 조끼가 보이지? 저 책상 위에 피투성이가 된 조끼가 증거품으로서 놓여 있잖아.」

「응! 과연 그렇군!」

「여러분, 조용히 해주시기 바랍니다! 이제부터 개정하겠습니다. 여러분, 자리에 앉아 주십시오!」

실제로 법정 안은 꽤 술렁거리고 있었다. 아까의 경찰관이 큰소리로 두 사람을 불렀다. 이때 정리(廷吏) 한 사람이 법정 입구에 나타나서 보마르셰(18세기의 프랑스 극작가) 시대부터 귀에 익은 예의 쇠된 목소리로 고함을 질렀다.

「여러분, 개정하겠습니다!」

111. 기소장

　물을 끼얹은 듯이 조용한 가운데 재판관들이 착석했다. 배심원들도 자리에 앉았다. 주목의 대상, 아니 그보다도 모든 사람들의 존경의 대상이라고 하는 것이 좋을 듯한 빌포르 씨는 모자를 쓴 채 팔걸이의자에 앉아 천천히 주위를 둘러보고 있었다.
　아버지로서 갖는 슬픔의 흔적조차 보이지 않는, 침착하고 근엄하며, 엄숙한 얼굴을 사람들은 놀라움을 띤 눈으로 보고 있었다. 그리고 인간다운 감정과는 관계가 없는 이 사람을 뭔가 무서운 기분으로 보고 있었다.
　「헌병!」하고 재판장이 말했다. 「피고를 불러와요.」
　이 말을 듣자 사람들의 주의는 한층 더 긴장했다. 그리고 모든 눈이 베네데트가 들어오는 문 쪽으로 일제히 쏠렸다.
　이윽고 그 문이 열렸다. 그리고 피고가 모습을 나타냈다.
　사람들이 받은 인상은 똑같았다. 그리고 아무도 그의 얼굴 표정을 잘못 보지 않았다.
　그의 표정에는 피를 심장으로 역행시키거나 이마와 볼을 창백하게 만들 만한 깊은 감동의 흔적은 전혀 보이지 않았다. 한쪽 손은 모자 위에, 다른 한쪽 손은 열려 있는 하얀 피케 천으로 된 조끼에 그야말로 우아하게 얹혀져 있었고 조금도 떨고 있지 않았다.
　눈은 부드럽고 빛나기조차 했다. 법정에 들어서자마자 그의 눈은 주른히 앉아 있는 재판관과 사람들을 둘러보았고 그리고 재판장과 특히 검찰총장을 오랫동안 유심히 바라보았다.
　안드레아 옆에 그의 변호사가 착석했다. 그는 관선 변호사로서(왜냐하면 안드레아는 그러한 자질구레한 일에는 전혀 관심이 없었고 전혀 문제삼고 있지 않는 것 같았으므로) 희끄므레한 금발을 가진 청년이었다. 그가 오히려 피고보다도 흥분해서 새빨간 얼굴을 하고 있었다.
　재판장은 예의 익숙한, 그리고 조금도 가차없는 필체로 씌어진 빌포르의 기소장을 읽도록 명했다.

이 길고 긴, 다른 사람 같았으면 참을 수 없었을 낭독이 행해지는 동안 안드레아는 시종 법정에 가득 모인 사람들의 주목을 받으면서도 마치 스파르타 인처럼 명랑하게 그 무거운 짐을 견디어내고 있었다.

빌포르가 이만큼 간결하고 이만큼 웅변적인 논고를 한 일은 아마 그때까지 없었을 것이다. 범죄는 생생하게 묘사되고 있었다. 피고의 경력, 그가 변화한 과정, 어렸을 때부터의 모든 행적, 인생 경험이나 인간 심리의 이해가 이 검찰총장 같은 뛰어난 사람에게 부여된 비범한 재능으로 잘 서술되고 있었다.

베네데트는 법률로써 실제로 처벌되기 전에 이러한 논고만으로 이미 세상으로부터 영구히 매장되고 말았다.

그러나 안드레아는 잇따라 제기되어 자기 머리 위에 씌워지는 고발에 대해 전혀 무관심했다. 빌포르 씨는 이따금 그를 똑바로 쳐다보며 물론 지금까지 많은 피고들에게 한 것과 똑같은 심리 연구를 계속했다. 그러나 빌포르 씨가 아무리 무섭게 노려보아도 안드레아는 단 한 번도 눈을 내리깔지 않았다.

마침내 기소장 낭독이 끝났다.

「피고」 하고 재판장이 말했다. 「이름은?」

안드레아는 일어섰다.

「실례입니다만 재판장님」 하고 그는 아주 맑은 목소리로 말했다. 「당신이 하시려고 하는 질문의 순서로는 저는 대답할 수가 없습니다. 나중에 분명히 말씀드리겠습니다만 저는 보통 피고와는 다릅니다. 그러니까 모쪼록 다른 순서로 질문해 주시기 바랍니다. 물론 어떤 질문에도 대답을 할 생각입니다.」

재판장은 깜짝 놀라서 배심원들 쪽을 바라보았다. 그러자 배심원들은 검찰총장 쪽을 보았다.

법정 안에 큰 놀라움의 술렁임이 일어났다.

그러나 안드레아에게는 조금도 동요한 모습이 없었다.

「나이는?」 하고 재판장이 물었다. 「이 질문에는 대답할 수 있나?」

「다른 질문과 마찬가지로 이 질문에도 대답하겠습니다. 하지만 그 때가 왔을 때 대답하겠습니다.」

「나이는?」 하고 재판장은 되풀이했다.

「21세. 좀더 정확하게 말씀드리면 이제 며칠 뒤면 21세가 됩니다. 저는 1817년 9월 27일부터 28일에 걸친 밤에 태어났습니다.」

공책에 기록하고 있던 빌포르 씨는 이 날짜를 듣고 얼굴을 들었다.
「어디서 태어났지?」하고 재판장은 계속했다.
「파리 교외인 오튀유에서입니다.」하고 베네데트는 대답했다.
빌포르 씨는 다시 얼굴을 들어 마치 메두사(그리스 신화에 나오는 뱀머리 칼을 가진 마녀로서 자신을 쳐다보는 사람을 돌로 만들었다고 한다)의 얼굴이라도 보듯이 베네데트를 보았다. 그리고 홱 안색을 달리했다.
베네데트 쪽은 그야말로 우아한 손놀림으로 고급 마직 손수건의 자수가 되어 있는 한쪽 가장자리로 입술을 닦고 있었다.
「직업은?」하고 재판장이 물었다.
「처음에는 가짜돈을 만들었습니다.」하고 안드레아는 그야말로 차분하게 대답했다.「그러다가 도둑질을 했습니다. 그리고 아주 최근에는 살인을 했습니다.」
술렁임이, 아니 술렁임이라기보다는 노여움과 놀라움의 태풍이 법정 안 곳곳에서 일어났다. 판사들도 어이가 없다는 듯이 서로 얼굴을 쳐다보았다. 배심원들은 품위있었던 사나이의 뜻하지 않은 뻔뻔스러움에 극도의 증오를 나타냈다.
빌포르 씨는 이마에 손을 댔다. 처음에는 파르스름했던 이마가 지금은 타는 듯이 빨개져 있었다. 갑자기 그는 일어서서 이성을 잃은 사나이처럼 주위를 둘러보았다. 공기가 적어서 호흡을 하기가 어렵기라도 한 것 같았다.
「검찰총장님은 무언가를 찾고 계십니까?」하고 베네데트가 그야말로 은근한 미소를 지으면서 물었다.
빌포르 씨는 거기에는 한마디도 대답하지 않았다. 그리고는 팔걸이의자에 앉았다. 아니, 앉았다기보다는 털썩 주저앉았다.
「그럼 이번에는 피고는 이름을 말할 수 있겠나?」하고 재판장이 물었다.
「지금까지 저지른 갖가지 범죄를 마치 직업을 주워섬기듯이 말하는, 사람을 깔보는 듯한, 그리고 그것을 그야말로 자랑하는 듯한 태도는, 법정이 인간에 대한 존경과 도덕의 이름으로 엄중하게 책망하지 않으면 안될 것이지만, 피고는 어쩌면 그러한 태도를 보여 주고 싶어서 이름을 밝히는 것을 늦추었을 테지. 즉, 미리 그러한 자격을 과시함으로써 자기의 이름을 한층 더 돋보이게 하려는 생각이었을 테지.」

「황송합니다, 재판장님」하고 베네데트는 더할 나위 없이 얌전한 목소리와 정중한 태도로 말했다.「재판장님은 저의 마음속까지 꿰뚫어보고 계십니다. 질문의 순서를 바꾸어 달라고 부탁드린 것도 실은 그러한 목적이 있었기 때문입니다.」

사람들의 놀라움은 극도에 달하고 있었다. 피고의 말에는 이제 허세도 뻔뻔스러움도 없었다. 흥분한 방청객들은 이러한 어두운 구름 속에서 금세라도 번개가 내리치는 것은 아닐까 하고 예감하고 있었다.

「좋아요!」하고 재판장은 말했다.「그럼 피고의 이름은?」

「저는 제 이름을 말씀드릴 수가 없습니다. 왜냐하면 그것을 모르기 때문입니다. 그러나 제 아버지의 이름은 알고 있습니다. 그래서 그것은 말씀드릴 수가 있습니다.」

심한 현기증이 일어나서 빌포르는 눈앞이 캄캄해졌다. 흐트러진, 경련하는 손으로 움직이고 있는 서류 위로 쓰디쓴 땀방울이 볼에서 뚝뚝 떨어지고 있는 것이 보였다.

「그럼 아버지의 이름을 말해 봐요.」하고 재판장이 말했다.

이 넓은 법정 안은 순간 조용해져서 숨소리 하나 들리지 않았다. 모두들 숨을 죽이고 기다리고 있었다.

「제 아버지는 검찰총장을 하고 있습니다.」하고 안드레아는 조용한 어조로 말했다.

「검찰총장!?」하고 재판장은 어이가 없어서 빌포르의 얼굴 위에 나타난 놀라움의 빛도 깨닫지 못하고 말했다.「검찰총장이라고!」

「그렇습니다. 재판장님이 아버지의 이름을 알고 싶다고 하시니까 말씀드립니다. 아버지의 이름은 빌포르라고 합니다!」

지금까지 개정중인 재판소에 대한 존경 때문에 오랫동안 억제되고 있던 감정이 마치 천둥처럼 모든 사람들의 가슴속에서 폭발했다. 법정도 이러한 군중의 소란을 제지하는 것을 잊고 있었다.

태연히 앉아 있는 베네데트에 대한 고함과 욕설, 사람들의 성난 몸짓, 헌병들의 움직임, 많은 사람들의 집단 속에서 무슨 혼란이나 추문이 일어났을 때 반드시 겉으로 나타나는 비천한 무리들의 비웃음, 그러한 것을 판사나 정리들이 가라앉히는 데는 약 5분이 걸렸다.

그렇게 어수선한 술렁임 속에서 재판장의 고함 소리가 들렸다.
「피고는 법정을 모욕할 생각인가? 이 점에 관해서는 그야말로 완벽한, 오늘날까지 유례 없는 부패의 실례를 감히 시민 앞에 드러내 보이려는 것인가?」
약 열 명 가량의 사람이 의자 위에 반쯤 쓰러져 있는 검찰총장 옆으로 급히 달려갔다. 그리고는 위로를 하기도 하고 격려를 하기도 하며 열의와 동정이 담긴 말로 피고에 대한 항의를 늘어놓기도 했다.
법정은 다시 조용해졌다. 단 한군데만 꽤 많은 사람들이 술렁이며 뭐라고 수근거리고들 있었다.
한 부인이 기절했다는 것이었다. 각성제를 주었기 때문에 부인은 정신을 되찾았다.
이러한 소란이 벌어지고 있는 동안 안드레아는 히죽히죽 웃는 얼굴을 방청석 쪽으로 돌리고 있었다. 그러다가 마침내 그는 앉아 있던 벤치의 떡갈나무 등받이에 한손을 짚고 더없이 정중한 태도로 말했다.
「여러분, 나는 결코 법정을 모욕하거나 존경하는 방청객 여러분 앞에서 공연한 소란을 일으키려는 생각은 없습니다.
나는 다만 몇 살이냐는, 어디에서 태어났느냐는 질문을 받았기 때문에 그것을 말씀드렸습니다. 내 이름을 질문 받았지만 나는 여기에는 대답할 수 없었습니다. 왜냐하면 내 양친은 나를 버렸기 때문입니다. 그러나 내 이름은 본래부터 없으니까 말씀드릴 수 없지만 내 아버지 이름은 말씀드릴 수 있습니다.
그래서 다시 한 번 되풀이 말씀드립니다만 내 아버지 이름은 빌포르 씨라고 합니다. 그 증거는 언제든지 보여 드릴 수 있습니다.」
청년의 말투에 확신과 자신이 넘쳐 있었기 때문에 정내의 술렁임은 가라앉았다. 사람들의 시선은 일순 검찰총장에게 쏠렸다. 검찰총장은 마치 벼락에라도 맞아 죽은 사람처럼 의자 위에 꼼짝도 하지 않고 있었다.
「여러분」하고 안드레아는 몸짓과 목소리로 모든 사람에게 침묵을 강요하듯이 계속했다.「나는 여러분에게 내 말을 증명하고 또 설명하지 않으면 안 됩니다.」
「하지만」하고 재판장이 초조해하면서 소리질렀다.「피고는 예심 때 자신의 이름은 베네데트이고 고아라고 진술하지 않았는가! 그리고 태어난 곳은 코르시카라고 말하지 않았는가!」

「예심에서는 예심에 알맞게 진술했습니다. 왜냐하면 내가 내 말에 부여하고자 생각하고 있던 엄숙한 울림이 타인에 의해 약화되거나 방해를 받는 것이 싫었기 때문입니다. 실제로 그러한 우려가 있었습니다……. 그럼 되풀이 말씀드립니다. 나는 오튀유에서 1817년 9월 27일에서 28일 사이에 걸친 밤에 태어났습니다. 그리고 검찰총장 빌포르 씨의 아들입니다. 더 자세히 말씀드려야 하나요? 지금 그것을 말씀드리지요……. 나는 라 퐁텐 거리 28번지 집 이층, 붉은 단자의 벽포가 발라져 있는 방에서 태어났습니다. 아버지는 어머니에게 내가 죽어서 태어났다고 속인 뒤 나를 안아들고 H와 N의 머리글자가 새겨진 타월에 감싸가지고 뜰로 나가서 거기에 나를 산 채로 매장했습니다.」

빌포르 씨의 공포가 깊어짐에 따라 피고가 점점 더 자신만만해지는 것을 보고 모든 사람의 몸에 전율이 치달았다.

「하지만 피고는 어떻게 해서 그런 이야기를 자세히 알고 있지?」하고 재판장이 물었다.

「그렇다면 말씀드리지요. 아버지가 나를 파묻은 그 뜰에 마침 그날 밤 아버지를 극도로 원망하여 훨씬 오래 전부터 코르시카 식의 복수를 하려고 노리고 있던 사나이가 잠입했습니다. 사나이는 나무 뒤에 몸을 숨기고 있었습니다. 사나이는 아버지가 손에 든 것을 땅에 파묻는 것을 보고 그 일을 하고 있는 동안에 아버지를 찔렀습니다. 그리고 파묻은 것이 무슨 보물이라고 생각하고 구덩이를 다시 파일구어서 아직도 살아 있던 나를 발견한 것입니다.

그 사나이는 나를 고아원으로 데리고 갔습니다. 나는 거기에서 57호로서 등록되었습니다. 3개월 뒤에 사나이의 누님이 롤리아노에서 파리로 나를 인수하러 와서 자기 아들이라고 말하고 나를 데리고 갔습니다……. 이런 연유로 나는 오튀유에서 태어났지만 코르시카에서 자란 것입니다.」

일순 정내가 쥐죽은 듯이 조용해졌다. 그것은 너무나도 깊은 침묵이었으므로 만일 수천 명의 사람들 가슴에서 발산하고 있는 불안의 기색만 없었다면 정내에는 사람이 하나도 없는 것처럼 느껴졌을 것이다.

111. 기소장

「계속하시오.」하고 재판장의 목소리가 말했다.

「확실히 나는」하고 베네데트는 계속했다.「나를 귀여워해 준 이들 성실한 사람들 밑에서 행복해질 수 있었습니다. 그러나 타고난 비뚤어진 성격이 양모가 내 마음속에 심어 주려고 한 모든 훌륭한 생각을 짓뭉개고 말았습니다. 나는 점점 더 나쁜 사람이 되어서 마침내 죄를 저지르기에 이르렀습니다. 어느 날, 나를 이렇게 나쁜 사람으로 만들고 나에게 이런 지겨운 운명을 떠안겨 주신 하느님을 내가 저주하고 있는 것을 듣고 내 양부는 이렇게 말했습니다.『바보 같은 놈, 하느님을 저주해서는 안돼! 왜냐하면 하느님은 너에게 천벌을 주기 위해 너를 이 세상에 보내신 것은 아니니까! 죄는 너의 아버지에게서 나온 것이지 너에게서 나온 것이 아니야. 만일 네가 죽어 있었다면 너를 지옥에 떨어뜨리고 만일 기적적으로 목숨이 살아나면 비참한 꼴을 당하게 하려 한 너의 아버지에게서 나온 것이다!』라고.

그때부터 나는 하느님을 저주하는 것을 그만두었습니다. 그 대신 아버지를 저주하게 되었습니다. 그런 이유로 재판장님, 아까 꾸지람을 들은 것 같은 말을 하게 된 것입니다. 그런 이유로 여기에 계신 여러분을 몸서리치게 한 언어도단의 말을 입에 담게 된 것입니다.

만일 그것이 또 하나의 죄를 더하게 되었다면 달게 처벌을 받겠습니다. 하지만 태어난 그날부터 내 운명은 불행하고 슬프고 괴로운, 그리고 불쌍한 것이었다는 것을 아셨다면 아무쪼록 가엾은 놈이라고 여겨 주십시오!」

「그런데 피고의 어머니는?」하고 재판장이 물었다.

「나의 어머니는 내가 죽은 것으로 생각하고 있었습니다. 어머니에게는 아무 죄도 없습니다. 나는 어머니의 이름은 알려고 하지 않았습니다. 나는 어머니를 모릅니다.」

이때 하나의 날카로운 외마디 소리가 아까도 말한 한 여성을 둘러싸고 있던 무리 속에서 울려나왔고 이윽고 그것은 흐느낌으로 바뀌었다.

그 여성은 심한 신경의 발작을 일으켜 그 자리에 쓰러졌다. 그리고 법정에서 실려 나갔다. 실려 나갈 때 그녀의 얼굴을 가리고 있던 두꺼운 베일이 벗겨졌다. 그래서 사람들은 그녀가 당그랄 부인이라는 것을 알았다.

빌포르는 견딜 수 없을 만큼 초조하고 심한 이명(耳鳴)이 일어나고 머리는 미친 것처럼 흐트러져 있기는 했지만 당그랄 부인이라는 것을 알았다. 그리고는 일어섰다.
「그 증거는? 그 증거는?」하고 재판장은 말했다.「피고는 그러한 일련의 무서운 일을 증명하는 데는 더없이 명백한 증거가 필요하다는 것을 잊어서는 안 돼요.」
「증거라고요?」하고 베네데트는 웃으면서 말했다.「재판장님은 증거를 원하십니까?」
「그렇소.」
「그렇다면! 저 빌포르 씨를 보십시오. 그리고도 아직 필요하다면 증거를 요구해 주십시오.」
사람들은 모두 검찰총장 쪽을 보았다. 그는 자기에게 쏠려 있는 무수한 시선의 무게를 느끼면서 머리칼을 흐트러뜨리고 얼굴에 손톱으로 할퀸 자국을 보이면서 비틀비틀 판사석 쪽으로 걸어나갔다.
법정 안의 사람들은 모두 놀라서 뭐라고 저마다 중얼거렸다.
「아버지, 재판장은 나에게 증거를 요구하고 계신데요.」하고 베네데트는 말했다.「그것을 제출해도 괜찮을까요?」
「아니, 아니.」하고 빌포르 씨는 목을 죄인 듯한 목소리로 더듬거렸다.「아니, 그럴 필요는 없어.」
「뭐요! 필요가 없다고요?」하고 재판장이 소리질렀다.「그건 어떤 뜻입니까?」
「그것은 즉」하고 검찰총장은 소리질렀다.「나를 짓부수려고 죄어들고 있는 무서운 힘 밑에서는 내가 아무리 몸부림쳐도 소용이 없다는 이야기입니다. 여러분, 나는 인정합니다, 내가 복수의 신에 사로잡혀 있다는 것을.
증거 같은 것은 필요없습니다! 그런 것은 필요없습니다. 이 청년이 지금 말한 것은 모두 사실입니다.」
자연계의 큰 이변을 암시하는 침묵같이 무겁고 무시무시한 침묵이 그 납덩이리 같은 외투 속에 정내에 있는 모든 사람들을 감쌌다. 사람들의 머리카락은 두려움으로 곤두섰다.
「뭐라고요! 빌포르 씨」하고 재판장이 소리질렀다.「당신은 환각에라도 사로잡혀 있는 게 아닙니까? 네? 정신은 말짱합니까? 이런 기괴하기 짝이 없는, 터무니없고 무서운 비난으로 정신이 이상해진 것 아닙니까? 자, 정신

차리세요.」

 검찰총장은 고개를 가로저었다. 이빨은 고열에 들뜬 사나이의 그것처럼 달그락달그락 소리를 내고 있었다. 그런데도 얼굴은 죽은 사람처럼 창백해져 있었다.

「정신은 말짱합니다.」하고 그는 말했다.「고통을 겪고 있는 것은 육체뿐입니다. 나 자신도 그것은 분명히 알고 있습니다. 나는 이 청년이 나에 대해 진술한 모든 것에 대해 유죄라는 것을 인정합니다. 그리고 지금부터 집에 돌아가서 후임 검찰총장의 조처를 기다리기로 하겠습니다.」

 침통하고 거의 숨죽인 목소리로 이렇게 말하면서 빌포르 씨는 위태로운 걸음걸이로 문 쪽으로 걸어갔다. 정리가 그 문을 기계적인 동작으로 열어 주었다.

 2주일 전부터 파리의 상류 사회를 떠들썩하게 만들었던 갖가지 알 수 없는 사건이 이러한 폭로와 자백에 의해 무서운 결말을 본 데 대해 정내에 있는 모든 사람들은 소리도 없이 그저 멍하니 앉아 있었다.

「어떤가?」하고 보샹이 말했다.「이렇게 되면 현실의 인생에는 연극이 없다는 말은 할 수 없겠지?」

「정말 그래.」하고 샤토 루노가 말했다.「나 같으면 모르셀 씨 같은 죽음을 택하겠는걸. 권총 알을 머리에 쏘아 넣는 편이 이런 종말보다는 낫지.」

「게다가 확실하게 죽을 수 있고 말이지.」하고 보샹이 말했다.

「그런데 나는 한때 그의 딸과 결혼하려고 생각한 적이 있단 말일세!」하고 도브레가 말했다.「불쌍하지만 그 딸은 죽은 게 다행이야!」

「이것으로 폐정하겠습니다.」하고 재판장이 말했다.「본건의 재판은 다음 공판까지 연기합니다. 그리고 본건은 예심을 다시 하고 새로운 재판장에게 맡겨지겠습니다.」

 한편 안드레아는 여전히 침착하게, 지금까지보다도 더욱 흥미에 찬 시선을 받으면서 헌병들의 호위를 받으며 법정에서 나갔다. 헌병들은 부지불식간에 그에게 경의를 표하고 있었다.

「어떻습니까, 이 사건의 결말은 어떻게 되리라고 생각합니까?」하고 도브레는 아까의 경찰관에게 일 루이짜리 금화를 쥐어 주면서 물었다.

「아마도 정상 참작이라는 결말이 나지 않을까요!」 경찰관은 대답했다.

112. 속   죄

빌포르 씨는 그토록 밀집해 있던 사람들의 무리가 자기를 위해 길을 열어 주는 것을 보았다. 큰 고뇌는 사람들에게 존경심을 일으키는 법이다. 따라서 어떤 말세에서도 민중이 큰 비극에 대해서 최초로 느끼는 것은 예외없이 동정심이다. 미움을 받고 있던 인간이 폭동에 즈음하여 살해된 예는 많이 있다. 그러나 불행한 인간이 설사 아무리 죄를 저질렀다고 하더라도 그 사형 선고에 입회한 사람들로부터 모욕을 당한 예는 좀처럼 없다.

그래서 빌포르도 구경꾼이나 수위 또는 재판소 사람들 사이를 헤쳐 설사 자백에 의해 유죄가 분명해지기는 했지만 그 비통한 고뇌 때문에 정중하게 떠나갈 수 있었다.

인생의 여러가지 사정은 본능으로 파악할 수는 있어도 이성으로는 도저히 해석할 수 없는 것들이 있다. 그런 경우에 가장 열렬하고 가장 자연스러운 고함을 지르는 자는 가장 위대한 시인이다.

민중은 그러한 절규를 모든 사정을 감싼 이야기라고 생각한다. 민중이 거기에 만족하는 것은 당연한 일이다. 그리고 그 이야기가 진실한 것일 때 그것을 숭고한 것으로 생각하는 것은 더더욱 당연한 일이다.

그러나 재판소를 나설 때의 빌포르가 방심한 상태를 그린다는 것, 그의 동맥을 격렬히 맥박치게 하고 그의 신경 섬유를 경직시키고 혈관 하나하나를 찢어질 듯이 팽창시키고 육체의 각 부분을 무수한 고통으로 분해시키는 이러한 열병의 상태를 그린다는 것은 매우 어려운 일일 것이다.

빌포르는 다만 지금까지의 습관에 이끌려 복도를 더듬어갔다. 그는 법복을 어깨에서부터 벗었다. 그것은 법복을 벗는 것이 어울린다고 생각했기 때문이 아니라 어깨에서 법복이 못 견디게 무겁게 느껴졌기 때문이었다. 많은 고뇌로 충만되어 있는 네수스의 속옷(네수스는 그리스 신화에 나오는 인마(人馬). 네수스의 속옷이란 벗어날 수 없는 불행을 가리킨다)처럼 느껴졌기 때문이었다.

그는 비틀거리면서 도피스 광장에까지 당도했고 거기에서 자기의 마차를 발견했다. 그는 자기가 직접 마차의 문을 열고 잠들어 있는 마부를 깨웠다.

그리고는 쿠션 위에 맥없이 쓰러져서 손가락으로 포블 상 토노레 쪽을 가리켰다.
 마부는 마차를 몰았다.
 무너진 그의 운명의 모든 무게가 머리 위에 떨어져 내렸다. 이 무게는 그를 여지없이 내리눌렀다. 그로서는 그 결과가 어떻게 될지 전혀 알 수가 없었다. 그는 그 결과를 생각해 보려고 하지도 않았다. 다만 그것을 느끼고 있을 뿐이었다. 그는 이미 자기가 잘 알고 있는 조문을 여러가지로 해석하는 냉정한 사형 구형자처럼 법전을 이것저것 음미할 수는 없게 되어 있었다.
 그는 마음속 깊은 곳에서 신의 모습을 확인했다.
 『하느님!』하고 그는 자기가 무슨 소리를 하는지도 모르는 채 중얼거렸다. 『하느님! 하느님!』
 그는 지금 막 경험한 붕괴 뒤에서 하느님을 볼 수밖에 없었다.
 마차는 속력을 내어 달리고 있었다. 빌포르는 쿠션 위에서 흔들리면서 무언가 거추장스러운 것을 느꼈다.
 그는 거기에 손을 댔다. 그것은 빌포르 부인이 쿠션과 등받이 사이에 놓고 내린 부채였다. 이 부채는 그에게 한 가지 일을 상기시켰다. 그 기억은 어둠 속에서 번뜩인 번개였다.
 빌포르는 아내의 일을 생각했다.
 『오오!』하고 그는 빨갛게 단 무쇠에 심장을 찔린 것처럼 소리질렀다.
 실제로 지금까지 한 시간 동안 그는 자기의 비참한 한 쪽밖에는 보지를 않았던 것이다. 그러나 지금 갑자기 다른 한 쪽이 생각난 것이다. 그리고 이것은 자신의 일보다 한층 더 무서운 것이었다.
 그는 아까 아내에게 준엄한 재판관 같은 태도로 사형 선고를 내린 참이었다. 그래서 아내는 공포에 떨고 회한에 못 이기며 완벽한 미덕을 역설하는 웅변에 망신을 당하고 절대 지상의 권력에 대해 자기를 지킬 방도도 없는 불쌍한 여자로서 아마 지금쯤은 틀림없이 죽으려 하고 있을 것이다.
 그가 유죄 판결을 내린 지 이미 한 시간이 지나 있었다. 아마도 지금쯤은 자기가 저지른 숱한 죄를 되새기며 하느님에게 틀림없이 자비를 청하고 있을 것이다. 덕을 갖춘 남편에게 무릎을 꿇고 용서를 빌기 위해, 죽음으로써 용서를 구하기 위해 글자 몇 자를 적고 있을 것이 틀림없었다.

빌포르는 또다시 분노와 고뇌의 신음 소리를 내뱉었다.
『아아!』하고 그는 마차의 공단 쿠션 위를 뒹굴면서 소리질렀다.『그 여자는 나와 함께 살게 되었기 때문에 죄를 저지르게 된 것이다. 나는 죄를 퍼뜨리는 사나이인 것이다! 그 여자는 사람이 장티푸스나 콜레라, 페스트에 감염되듯이 죄에 감염된 것이다. 그런데도 나는 그녀를 벌했다!⋯⋯ 나는 그녀에게『회개하라, 그리고 죽으라.』라고까지 말했다⋯⋯. 아아! 나는 얼마나 한심한 놈인가! 안돼! 안돼! 죽어서는 안돼⋯⋯, 내 뒤를 따라 와야 해⋯⋯. 우리는 도망치자. 프랑스를 떠나자. 대지가 계속되는 한 어디까지라도 가는 거다.
나는 그녀에게 단두대 얘기를 했다!⋯⋯ 아아! 어쩌자고 그런 말을 한 것일까! 나까지도 단두대를 기다려야 하는데!⋯⋯ 우리는 도망치자고⋯⋯, 그래, 나는 그녀에게 고백해야지. 그래, 매일처럼 나는 나를 비하하고 그녀에게 말해야지, 나도 죄를 저지른 사람이라고⋯⋯. 아아! 호랑이와 뱀의 부부이다! 오오! 나 같은 남편에게 어울리는 아내다!⋯⋯ 그녀가 살아 있도록 해야 한다! 내 오욕으로 그녀의 오욕을 감싸 주지 않으면 안 된다!』
그리고 빌포르는 마부석과의 간막이 유리창을 내린다기보다는 아래에 끼우듯이 하고 마부가 마부석 위에서 깜짝 놀라 소스라쳤을 만큼 큰 목소리로 소리질렀다.
「빨리, 좀더 빨리 달려!」
말은 공포에 내몰려 집에까지 날아가듯이 달렸다.
『그렇다! 그렇다!』하고 빌포르는 집이 가까워짐에 따라 되풀이했다.『그녀는 살아 있지 않으면 안 된다! 회개하고 내 아들을, 저 불쌍한 아들을, 멸망한 내 집에서 불사신의 노인과 함께 단지 혼자서 살아 남은 아들을 길러 주지 않으면 안 된다.
그녀는 아들을 사랑하고 있었다. 그녀가 그러한 짓을 한 것은 모두 아들 때문이었던 것이다. 자기의 자식을 사랑하는 어머니의 마음이라는 것은 저 버려서는 안된다.
그녀는 회개할 것이 틀림없다. 아무도 그녀가 죄를 저질렀다는 것을 아는 사람은 없을 것이다. 내 집안에서 저질러진 그 범죄는 세상이 이미 어렴풋이 알기는 해도 시간과 함께 잊혀지고 말 것이다. 만일 몇몇 적이 그것을 생각해낸다면 그때에는 내가 저지른 것으로 하면 되는 것이다. 내가 저지른 죄가 한 가지, 두 가지, 세 가지 늘어나 보았자 그게 무슨 대수인가!

 그녀는 돈을 가지고, 특히 아들을 데리고 도망치면 되는 것이다! 세계가 나와 함께 빠져들 것 같은 심연에서 되도록 멀리말이다!

 그녀는 살아갈 수 있을 테지. 그리고 행복해지겠지. 왜냐하면 그녀는 모든 사랑을 아들에게 쏟고 있고 아들은 결코 그녀 옆을 떠나지 않을 테니까. 그렇게 되면 나도 좋은 일을 한 것이 되겠지. 그것은 내 마음을 가볍게 해줄 테지.』

 그렇게 생각하자 검찰총장은 겨우 편안한 숨을 쉴 수 있었다.

 마차는 저택의 앞뜰에서 멎었다.

 빌포르는 마차의 발판에서 입구의 돌층계 위로 뛰어내렸다. 그는 너무 일찍 자신이 일을 끝내고 돌아온 데에 하인들이 놀라고 있는 것을 알아차렸다. 그는 그들의 얼굴 위에서 그것 이외의 것을 발견할 수는 없었다. 아무도 그에게 말을 걸어오는 사람은 없었다. 하인들은 언제나처럼 그의 앞에 우뚝 서서 그를 지나가게 했다. 단지 그것뿐이었다.

 그는 노와르티에 노인의 방 앞을 지났다. 반쯤 열린 문 틈으로 두 사람의 그림자를 보았다. 그러나 아버지와 함께 있는 사람이 누구인지 전혀 신경조차 쓰지 않았다. 불안한 심정이 그를 다른 장소로 데리고 간 것이었다.

 『좋아.』하고 그는 아내의 방과 지금은 비어 있는 바랑티느의 방이 있는 층계참으로 통하는 작은 층계를 오르면서 말했다. 『좋아, 여기는 아무것도 달라진 것이 없는걸.』

 그는 우선 층계참의 문을 닫았다.

 『아무의 방해도 받고 싶지 않으니까.』하고 그는 말했다. 『그녀와 오붓하게 얘기하지 않으면 안 된다. 그녀 앞에서 참회하고 모든 것을 고백하지 않으면 안 된다……』

 그는 문으로 다가갔다. 그리고 유리 손잡이에 손을 얹었다. 그러자 문은 자연스럽게 열렸다.

 『닫혀지지 않았었군! 좋았어! 좋았어!』하고 그는 중얼거렸다.

 그리고 그는 매일밤 에두아르를 위해서 잠자리가 만들어지는 작은 객실로 들어갔다. 에두아르는 기숙사에 들어가 있었으나 매일밤 돌아오곤 했다.

어머니가 잠시도 그의 옆에서 떠나고 싶어하지 않았기 때문이었다.
 그는 한눈에 작은 객실 안을 둘러보았다.
 『아무도 없군.』하고 그는 말했다.『그녀는 아마 자기 침실에 있는 모양이지.』
 그는 침실 문쪽으로 달려갔다.
 그러나 거기에는 자물쇠가 걸려 있었다.
 그는 불현듯 몸을 떨며 거기에 멈춰 섰다.
 「에로이즈!」하고 그는 소리질렀다.
 무언가 가구 같은 것이 움직인 소리가 들린 것 같았다.
 「에로이즈!」하고 그는 다시 한 번 되풀이했다.
 「누구세요?」하고 그가 찾고 있는 아내의 목소리가 되물었다.
 그에게는 그 목소리가 여느 때보다 가냘픈 것처럼 생각되었다.
 「열어 줘, 열어 줘!」하고 빌포르는 소리질렀다.「나야, 나라고!」
 그러나 이러한 명령에도 불구하고, 더욱이 극도의 불안이 담긴 어조로 말했음에도 불구하고 문은 열리지 않았다.
 빌포르는 문짝을 발로 걷어찼다.
 부인의 거실로 통하는 방 입구에 빌포르 부인이 창백하고 마비된 표정으로 우뚝 서 있었다. 그리고 불현듯 몸서리쳤을 만큼 험악한 눈으로 그를 노려보았다.
 「에로이즈! 에로이즈!」하고 그는 말했다.「어떻게 된 거야? 얘기를 해줘!」
 젊은 아내는 그에게로 납빛으로 변한 경직된 손을 내밀었다.
 「이제 끝났어요, 여보.」하고 그녀는 목이 찢어질 만큼 괴로운 숨을 할딱거리면서 말했다.「더 이상 어떻게 하라는 거예요?」
 그렇게 말했는가 싶더니 그녀는 융단 위에 풀썩 쓰러졌다.
 빌포르는 달려가서 아내의 손을 잡았다. 그 손은 바들바들 경련을 일으키면서 황금 마개가 달린 크리스탈글라스의 작은 병을 쥐고 있었다.
 빌포르 부인의 숨은 끊어져 있었다.
 빌포르는 두려운 나머지 멍해져서 방 입구까지 뒷걸음질쳐서 시체를 뚫어지게 바라보았다.

112. 속 죄

「애는!」하고 갑자기 그는 소리질렀다.「그애는 어디에 있지? 에두아르!
에두아르!」

그는「에두아르! 에두아르!」하고 소리치면서 방에서 뛰쳐나갔다.

너무나도 불안스러운 그 고함 소리에 하인들이 달려왔다.

「그애는? 그애는 어디에 있지?」하고 빌포르는 물었다.「그애를 집에서
데리고 나가야 해. 그애에게는 보여서는 안돼……」

「주인님, 에두아르 님은 아래에는 안 계십니다.」하고 하인이 말했다.

「그럼 틀림없이 뜰에서 놀고 있을 거다. 가서 찾아봐 줘! 찾아봐 줘!」

「아닙니다, 주인님, 마님이 벌써 반 시간쯤 전에 불러들이셨습니다. 에두
아르 님은 마님의 방에 들어가신 채 내려오지 않았습니다.」

얼음처럼 차가운 땀이 빌포르의 이마에서 흘렀다. 발은 바닥 위에서 휘
청거렸다. 그의 생각은 머릿속에서 망가진 시계의 고장난 톱니바퀴처럼 회
전하기 시작했다.

「마님의 방이라고?」하고 그는 중얼거렸다.「마님의 방이라고?」

그는 한쪽 손으로 이마의 땀을 닦고 한쪽 손으로 벽을 더듬으면서 천천히
되돌아갔다.

방안에 들어서자 그는 불쌍한 아내의 시체를 또다시 보지 않으면 안 되었다.

에두아르의 이름을 부르기 위해서는 지금은 관으로 변한 이 방의 메아리를
불러일으키지 않으면 안 되었다. 그러나 소리를 낸다는 것은 묘지의 침묵을
어지럽히는 일이었다.

빌포르는 혀가 목구멍 속에서 마비된 것처럼 느꼈다.

「에두아르! 에두아르!」하고 그는 더듬거리면서 불렀다.

애는 대답이 없었다. 하인들은 어머니의 방에 들어간 채 나오지 않았다고
했는데 그렇다면 대체 어디에 간 것일까?

빌포르는 한 걸음 앞으로 나갔다.

시체가 된 빌포르 부인은 자신의 거실 입구에 누워 있었다. 에두아르는
틀림없이 이 거실 안에 있을 것이다. 부인의 시체는 움직이지 않는 눈을
똑바로 뜨고 입술에 무서운 수수께끼 같은 표정을 띠고 이 입구의 문지방
위에서 감시라도 하고 있는 것 같았다.

입구의 커튼이 올려져 있었으므로 시체 저편에는 거실의 일부와 세로형

피아노, 그리고 푸른 공단을 입힌 소파의 한쪽 끝이 보이고 있었다.
　빌포르는 서너 걸음 앞으로 나갔다. 그리고 소파 위에 어린이가 누워 있는 것을 보았다.
　애는 아마 틀림없이 자고 있을 것이다.
　불쌍한 빌포르는 뭐라 말할 수 없는 기쁨으로 가슴을 설레었다. 자기가 몸부림치고 있는 지옥 속에 한 줄기의 밝은 빛이 스며든 것 같은 기분이었다.
　이렇게 된 이상 시체를 넘어서 거실로 들어가 어린애를 팔에 안고 어린애와 함께 멀리, 아주 멀리 도망치는 수밖에 없었다.
　빌포르는 이미 세련된 단정함으로 문명인의 전형이 되어 있는 인간은 아니었다. 부서진 이빨을, 자기의 마지막 상처에 쑤셔박은 채 죽어가고 있는 중상을 입은 호랑이였다.
　그는 이미 사람들의 비판 따위는 두려워하고 있지 않았다. 그가 두려워하는 것은 망령이었다. 그는 탄력을 이용하여 마치 타오르는 불 위를 뛰어넘듯이 시체 위를 건너뛰었다.
　그는 어린애를 안아올려 끌어안고 흔들며 이름을 불렀다. 그러나 어린애는 대답하지 않았다. 그는 미친 듯이 어린애의 볼에 입술을 대었다. 그러나 그 볼은 납빛으로 변해 있었고 얼음처럼 차가웠다. 그는 굳어 있는 어린애의 손발을 만져 보았다. 그는 어린애의 심장에 손을 대었다. 그러나 심장은 이미 뛰고 있지 않았다.
　어린애는 죽어 있었다.
　네 겹으로 접은 종이 쪽지가 에두아르의 가슴에서 떨어졌다.
　빌포르는 벼락에라도 맞은 듯이 그 자리에 무릎을 꿇었다. 어린애는 힘이 빠진 그의 팔에서 떨어져 어머니 옆으로 굴렀다.
　빌포르는 종이 쪽지를 집어들었다. 그것은 아내가 쓴 것임을 알 수 있었다. 그래서 정신없이 읽었다.
　거기에는 이런 얘기가 씌어 있었다.

　　내가 좋은 어머니였는지 아니였는지는 당신이 잘 알고 있습니다. 왜냐하면 나는 내 아들을 위해서 죄를 저질렀으니까요!
　　좋은 어머니는 애를 남겨 두고 가지는 않습니다.

112. 속 죄

　빌포르는 자기의 눈을 믿을 수가 없었다. 빌포르는 자기의 이성을 믿을 수가 없었다. 그는 에두아르의 시체 쪽에 다가가서 암사자가 죽은 새끼사자를 들여다보듯이 다시 한 번 주의깊게 바라보았다.
　이윽고 그의 가슴에서 비통한 외마디 소리가 새어나왔다.
　「하느님이다!」하고 그는 중얼거렸다.「역시 하느님이다!」
　이 두 희생은 그를 몸서리치게 했다.
　그는 이 두 개의 시체 외에는 아무도 없는 적막한 무서움이 가슴속에 치밀어오르는 것을 느꼈다.
　아까까지도 그는 강자의 큰 힘인 노여움과 죽음을 앞둔 자의 마지막 힘인 자포자기에 의해 지탱되고 있었다. 이러한 것은 티탄(하늘과 땅의 신의 아들로서 하늘에 오르려다 제우스의 노여움을 사게 되어 벼락에 맞아 죽었다)에게 하늘에 오르려고 하게 한 것이며 아재크스(트로이 전쟁에서 돌아오던 배가 난파하자 사람들이 바위 위에 서서 신들을 저주했다)에게 신들을 향해 주먹을 휘두르게 만든 것이었다.
　빌포르는 슬픔의 무게에 고개를 떨구고 무릎을 짚고서 다시 일어서는 땀에 젖고 공포에 곤두선 머리카락을 좌우로 흔들었다. 그리고는 지금까지 누구에 대해서도 연민의 정을 품은 적이 없는 그가 늙은 아버지를 만나러 갈 생각을 했다. 마음이 약해져서 누구에겐가 자기의 불행을 호소하며 그 옆에서 울고 싶어졌던 것이다.
　그는 우리가 이미 알고 있는 그 층계를 내려가서 노인의 방으로 들어갔다.
　빌포르가 들어갔을 때 노와르티에 노인은 움직일 수 없는 몸으로 되도록 친숙한 정을 나타내면서 부조니 신부의 이야기에 주의깊게 귀를 기울이고 있는 모습이었다. 신부는 여전히 다른 때와 마찬가지로 침착하고 냉정한 태도로 이야기를 하고 있었다.
　빌포르는 사제의 모습이 눈에 띄자 저도 모르게 이마에 손을 가져갔다. 지난날의 기억이, 마치 격렬한 파도가 다른 파도보다도 한층 더 거품을 물고 되밀려오듯이 그의 마음에 선명하게 떠올랐다.
　그는 오튀유의 만찬회 다음다음날에 사제를 방문했던 일, 바랑티느가 죽은 날 사제가 자기를 찾아왔던 일을 생각해낸 것이었다.

「여기에 계셨군요!」하고 그는 말했다.「마치 언제나 사신(死神)을 따라다니고 계신 것 같군요.」
 부조니 신부는 일어섰다. 신부는 빌포르의 표정이 달라져 있다는 것, 그 눈이 번들번들 빛나고 있는 것으로써 중죄 재판소의 일이 끝났다는 것을 알 수 있었다. 아니, 알 수 있을 것 같은 느낌이 들었다. 신부는 그 뒤의 일은 아무것도 몰랐다.
「그때는 따님의 유해에 기도를 하기 위해 왔었습니다.」하고 부조니 신부는 대답했다.
「그럼 오늘은 무엇을 하러 오셨나요?」
「이것으로 당신은 내게 부채를 완전히 갚았다는 것, 그리고 나는 이제부터는 하느님도 나와 마찬가지로 만족해 주십사 하고 기도하려고 생각하고 있다는 것, 그런 것을 알려 드리려고 왔습니다.」
「아아!」하고 빌포르는 이마에 공포의 빛을 띠고 뒷걸음질치면서 말했다.「그 목소리는, 그것은 부조니 신부의 목소리가 아니다!」
「그렇습니다.」
 사제는 머리에 쓴 가발을 잡아 떼고 머리를 세게 흔들었다. 그러자 지금까지 묶고 있던 긴 머리카락이 어깨 위로 늘어져 그의 사내다운 얼굴을 에워쌌다.
「몬테 크리스토 백작의 얼굴이다!」하고 빌포르는 무서운 눈초리를 하며 소리질렀다.
「아직도 맞지 않았습니다. 검찰총장, 좀더 자세히, 좀더 옛날 일을 생각해 보세요.」
「그 목소리! 그 목소리! 그 목소리는 어디에서 처음 들었을까?」
「맨 처음 마르세이유에서 들었을 것입니다. 23년 전, 당신이 상 메랑 양과 결혼한 날에 말입니다. 당신의 기록을 조사해 보세요.」
「당신은 부조니 신부도 몬테 크리스토 백작도 아니다? 아아, 그렇다면 당신은 숨어 있는, 끈질기고 극악한 적이다! 내가 마르세이유에서 당신에게 무슨 몹쓸 짓이라도 했다는 거요? 아아! 이게 무슨 재난이람!」
「그렇습니다, 당신의 말이 맞습니다. 바로 그렇습니다.」하고 백작은 넓은 가슴 위에서 팔장을 끼면서 말했다.「잘 생각해 보세요! 잘 생각해 보라니까요!」

「하지만 내가 당신에게 무엇을 했다는 건가?」하고 빌포르는 소리질렀다. 그의 정신은 이미 이성과 광기가 어지러이 뒤섞이는 경지에, 이미 꿈도 아니고 현실도 아닌 안개 속에서 방황하기 시작했다.「내가 당신에게 무엇을 했다는 건가? 말해 봐! 들어 보자고!」

「당신은 내 목을 천천히 풀솜으로 죄는 듯한 가혹한 사형을 선고했소. 당신은 내 아버지를 죽였소. 당신은 나에게서 자유와 함께 사랑까지도 빼앗았소. 그리고 사랑과 함께 행복까지도 빼앗고 말았소!」

「너는 대체 누구냐? 너는 누구냐?」

「나는 당신이 이프 성의 지하 감옥 속에 매장한 불행한 사나이의 망령이오. 그 망령은 가까스로 무덤에서 빠져나왔고 하느님은 그 망령에게 몬테 크리스토 백작의 가면을 부여해 주셨소. 그리고 지금까지 당신에게 눈치채이지 않게끔 다이아몬드와 황금으로 나를 감싸 주신 것이오.」

「아아! 알았다, 알았어!」하고 검찰총장은 말했다.「너는……」

「에드몽 단테스다!」

「너는 에드몽 단테스였구나!」하고 검찰총장은 백작의 손목을 붙잡으면서 외쳤다.「그럼, 따라와 봐!」

그렇게 말하고 그는 백작을 층계로 끌고 갔다. 깜짝 놀란 백작은 그가 끄는 대로 따라갔다. 검찰총장이 자기를 어디로 데려가려는 것인지는 몰랐지만 무언가 새로운 비극이 있었다는 것은 예감했다.

「보라고! 에드몽 단테스」하고 그는 백작에게 죽은 아내와 아들을 가리키면서 말했다.「자아! 보라고! 이것으로 충분히 앙갚음은 되었을 테지!……」

몬테 크리스토는 이러한 무서운 광경을 보고 안색이 달라졌다. 그는 복수의 권리를 훨씬 넘어서고 말았음을 깨달았다. 자기는 이미『하느님은 나의 편이며 나와 함께 계시다.』라고 말할 수 없게 되었음을 깨달았다.

뭐라고 말할 수 없는 고뇌를 느낀 그는 느닷없이 어린애의 시체로 달려가 눈꺼풀을 뒤집어 보고 맥을 짚어 보았다. 그리고는 어린애를 안고 바랑티느의 방으로 뛰어가 자물쇠를 이중으로 걸었다.

「내 아들을 어쩌려는 건가?」하고 빌포르는 소리질렀다.「저놈이 아들의 시체를 빼앗아갔다! 고약한 놈 같으니! 죽이고 말 테다!」

그는 몽테 크리스토를 쫓아가려고 했다. 그러나 꿈속에서처럼 발에 뿌리가 돋은 것 같은 느낌이었다. 눈은 눈구멍이 찢어질 만큼 커지고 가슴의 살을 움켜쥔 손가락은 차츰 깊이 살속에 박혀 마침내 피가 나오고 손톱을 붉게 물들였다. 관자놀이의 혈관은 끓어오르는 듯한 정기로 부풀어오르고 그 정기는 지나칠 만큼 작은 두개(頭蓋)를 들어올려 넘치는 불길 속에 그 뇌수를 잠기게 했다.

이렇게 꼼짝도 하지 않는 상태가 몇 분인가 계속되었다. 그리고 마침내 이성이 무섭게 무너져내렸다.

그는 한 번 크게 부르짖었는가 싶더니 언제까지나 큰소리를 내어 웃고 있었다. 그리고는 층계를 뛰어 내려갔다.

15분쯤 지나서 바랑티느의 방 문이 다시 열리고 몽테 크리스토 백작이 모습을 나타냈다.

얼굴은 창백해지고 눈은 흐리멍덩해지고 가슴은 죄어들어서 평소에는 그렇게 침착하고 기품 있던 표정이 고뇌 때문에 일그러져 있었다.

그는 두 팔에 어린애를 안고 있었다. 어떤 조치로도 어린애를 소생시킬 수는 없었다.

그는 한쪽 무릎을 짚고 살그머니 어린애를 어머니 옆에 내려놓았다. 그 머리가 어머니의 가슴에 기대인 모습으로.

그리고는 일어서서 방에서 나왔다. 층계 위에서 한 하인을 만나자 「빌포르 씨는 어디에 계시지?」 하고 물었다.

하인은 거기에는 대답하지 않고 손으로 뜰을 가리켰다.

몽테 크리스토는 돌층계를 내려가 하인이 가리킨 곳으로 갔다. 그러자 하인들이 주위를 빙 둘러싼 한가운데서 가래를 손에 들고 열심히 땅을 파헤치고 있는 빌포르의 모습이 보였다.

「여기도 아니군.」 하고 빌포르는 말하고 있었다. 「여기도 아니군.」

그리고는 다시 먼 데를 파헤치기 시작했다.

몽테 크리스토는 그에게로 다가갔다. 그리고는 목소리를 낮추어 「빌포르 씨」 하고 거의 겸손에 가까운 어조로 말을 걸었다. 「당신은 아드님을 잃으셨습니다. 하지만……」

빌포르는 그를 가로막았다. 그에게는 들을 마음도 없었고 들리지도 않았다.

「오오! 찾아내고야 말 테다.」하고 그는 말했다.「아무리 여기에는 없다고 우겨도 소용이 없어. 설사 마지막 심판의 날까지 찾지 않으면 안 된다고 하더라도 반드시 찾아내고야 말 테니까.」

몽테 크리스토는 몸서리치며 뒤로 물러섰다.

「오오!」하고 그는 말했다.「미치고 말았군!」

그리고 이 저주받은 집의 벽이 자기 위에 무너져 내릴까 두려워하는 것처럼 그는 급히 거리로 뛰쳐나갔다. 그리고 이때 비로소 이런 일까지 할 권리가 과연 자기에게 있었을까 하고 생각했다.

『그렇다! 이것으로 이제 충분하다!』하고 그는 말했다.『마지막 사람을 도와 주어야지.』

샹젤리제의 저택으로 돌아온 몽테 크리스토는 막시밀리안을 만났다. 청년은 하느님으로부터 무덤 속으로 돌아가도록 정해진 시간을 기다리고 있는 망령처럼 입을 다문 채 저택 안을 서성거리고 있었다.

「막시밀리안 군, 준비를 하세요.」하고 그는 미소를 지으면서 말했다.「내일 파리를 떠납시다.」

「이제 파리에는 볼일이 없는가요?」하고 막시밀리안이 물었다.

「없습니다.」하고 몽테 크리스토는 대답했다.「이제 더 이상 하고 싶지 않습니다.」

113. 출   발

최근의 이러한 사건들은 파리 시내의 화제를 온통 독점하고 있었다. 임마누엘과 그 아내도 메레 거리의 조그만 객실에서 이러한 사건들을, 물론 놀라면서, 이야기하고 있었다. 두 사람은 모르셀, 당그랄, 빌포르의 세 가정에 별안간 뜻하지 않게 엄습한 이 세 개의 비극을 서로 연결시켜가면서 이야기하고 있었다.

두 사람을 찾아온 막시밀리안은 그러한 두 사람의 얘기를 듣고 있었다.

아니, 듣고 있다기보다 여느 때와 같은 무관심한 기분에 잠겨서 두 사람의 대화를 무심히 흘려 듣고 있었다.

「정말」하고 줄리가 말했다. 「저, 임마누엘, 그 사람들은 어제까지 그렇게 돈이 많고 그렇게 행복했었는데, 자기들의 재산이나 행복, 그리고 존경을 만들어내는 계산을 하면서 그 가운데 악마를 위한 몫을 떼어 놓지 않았기 때문에 그 악마가 혼례나 세례식에 초청받지 못한 페로(17세기 프랑스의 동화 작가)의 동화에 나오는 심술궂은 선녀처럼 자기가 잊혀진 데 대한 화풀이를 하기 위해 갑자기 나타난 격이지 뭐예요.」

「정말 불쌍한 일이야!」하고 임마누엘은 모르셀과 당그랄의 일을 생각하면서 말했다.

「얼마나 괴로웠을까요!」하고 줄리는 바랑티느의 일을 생각했으나 여성의 본능으로 그 이름을 오빠 앞에서는 말하지 않았다.

「만일 하느님이 그 사람들에게 벌을 내리신 것이라면」하고 임마누엘은 말했다. 「최고의 자비를 가지신 하느님이 그 사람들이 한 과거의 행동에서 무엇 하나 벌을 가볍게 해줄 만한 것을 인정하시지 않았기 때문이에요. 즉, 그 사람들은 저주받은 사람들이었지.」

「저, 임마누엘, 그렇게 단정해 버리는 것은 너무 가혹하지 않아요?」하고 줄리가 말했다. 「아버님이 권총으로 머리를 쏘려고 하셨을 때 만일 누군가가 지금의 당신처럼 자업자득이라고 했다면 그것은 그 사람의 착각이 아닐까요?」

「그야 그렇지. 하지만 하느님은 아브라함(이스라엘 인의 조상)에게 그 아들을 희생시키는 것을 용서하시지 않은 것처럼 아버님에게도 죽는 것을 용서하시지 않았던 거요. 하느님은 아브라함의 경우와 마찬가지로 우리 집에도 천사를 보내 주셔서 죽음의 날개를 도중에 꺾어 주신 거요.」

그가 그 말을 끝냈을까 말까 할 때 종소리가 들렸다.

그것은 누군가 방문객이 왔음을 알리는 문지기의 신호였다.

그와 거의 동시에 객실 문이 열리며 몽테 크리스토 백작이 문지방 위에 모습을 나타냈다.

젊은 부부는 동시에 기쁨의 환성을 질렀다.

막시밀리안은 고개를 들었으나 곧 다시 밑으로 숙이고 말았다.

「막시밀리안 군」하고 몽테 크리스토 백작은 자기의 방문이 그 가족에게 각각 다른 기분을 안겨 준 것을 짐짓 깨닫지 못한 체하면서 말했다.「당신을 부르러 왔어요.」

「저를 부르러요?」하고 막시밀리안은 꿈에서 깨어난 듯이 말했다.

「그래요.」하고 몽테 크리스토는 말했다.「당신을 데리고 가기로 하지 않았던가요? 어제 준비를 하고 기다려 달라고 말씀드리지 않았던가요?」

「보시다시피」하고 몽테 크리스토 백작은 말했다.「두 사람에게 작별을 고하려고 이렇게 왔답니다.」

「아니, 백작님, 어디로 떠나시나요?」하고 줄리가 물었다.

「우선 마르세이유로 갑니다.」

「마르세이유로!」하고 젊은 부부는 동시에 되풀이했다.

「그렇습니다. 그리고 오빠를 데리고 갑니다.」

「아아! 백작님」하고 줄리는 말했다.「오빠를 건강하게 만들어서 돌려 보내 주세요!」

막시밀리안은 얼굴이 빨개진 것을 감추기 위해 고개를 돌렸다.

「그럼, 오빠가 괴로워하고 계시는 것을 알고 있었군요?」하고 백작이 말했다.

「네.」하고 줄리가 대답했다.「그리고 우리들과 함께 있어서는 점점 더 우울해지지 않을까 걱정이 되어요.」

「괜찮아요, 기분전환을 시켜 드릴 테니까요.」하고 백작은 말했다.

「언제라도 떠날 준비는 되어 있습니다.」하고 막시밀리안이 말했다.「그럼 잘 있어요, 임마누엘 군. 잘 있어요, 줄리!」

「어머! 잘 있어요라니요?」하고 줄리가 소리질렀다.「그럼 아무런 준비도 없이, 여권도 없이 이대로 곧장 떠나는 거예요?」

「우물쭈물하면 오히려 이별이 괴로워져요.」하고 몽테 크리스토가 말했다.「막시밀리안 군은 완전히 준비가 되어 있을 겁니다. 벌써부터 부탁을 해놓았으니까요.」

「여권도 있습니다. 짐도 다 꾸려 놓았습니다.」하고 막시밀리안은 단조롭고 침착한 어조로 말했다.

「아주 좋아요.」하고 몽테 크리스토는 미소를 지으면서 말했다.「그야말로 훌륭한 군인다운 정확성입니다.」

「하지만 이런 식으로 가버리고 마실 거예요?」하고 줄리가 말했다.「지금 당장요? 하루만이라도 더 계시다가 가시면 안 될까요? 하다못해 한 시간만이라도?」

「내 마차가 문 앞에서 기다리고 있습니다. 나는 닷새 뒤에는 로마에 가 있지 않으면 안 됩니다.」

「하지만 형님은 로마에는 가지 않을 것 아녜요?」하고 임마누엘이 말했다.

「나는 백작님이 나를 데리고 가고 싶다는 데는 어디라도 갈 거다.」하고 막시밀리안은 쓸쓸한 미소를 지으면서 말했다.「이제부터 한 달 동안은 백작에게 전부 맡기고 있으니까.」

「어머! 오빠는 무슨 말을 하는 걸까요, 백작님?」

「막시밀리안 군은 언제나 나와 함께 있을 겁니다.」하고 백작은 예의 사람을 설득하지 않고는 그냥 두지 않는 부드러운 태도로 말했다.「그러니까 오빠의 일에 관해서는 아무쪼록 안심하십시오.」

「그럼, 잘 있거라, 줄리!」하고 막시밀리안은 되풀이했다.「잘 있어요, 임마누엘.」

「어쩐지 자포자기적이에요. 걱정이 돼요.」하고 줄리가 말했다.「오빠, 오빠는 뭔가를 우리에게 숨기고 있지요?」

「그런 것은 없습니다!」하고 몽테 크리스토가 말했다.「머잖아 명랑해져 가지고 웃으면서 반갑게 되돌아올 것입니다.」

막시밀리안은 몽테 크리스토에게 거의 경멸하는 듯한, 거의 화가 난 듯한 시선을 던졌다.

「그럼 출발합시다!」하고 백작이 말했다.

「떠나시기 전에 백작님」하고 줄리가 말했다.「떠나시기 전에 말씀드리고 싶습니다만, 언젠가는……」

「부인」하고 백작은 그녀의 두 손을 잡으면서 대답했다.「당신이 말씀하시는 것보다도 내가 당신의 눈 속에서 읽은 것, 당신의 마음이 생각하고 계시는 것, 그리고 내 마음이 느끼고 있는 것이 훨씬 더 값어치가 있다고 생각합니다.

실은 소설 속의 자선가처럼, 두 분을 뵙지 않고 떠났어야 했습니다. 그런데 그렇게 할 만한 힘이 없었던 것입니다. 그것은 내가 마음이 약하고 허영심이 강한 사람이기 때문입니다. 타인의 기쁜 눈물에 젖은 다정한 눈을 보고 있으면 그만 나도 모르게 기분이 좋아지기 때문입니다.

 자, 그럼 떠나겠습니다. 내 멋대로 소원을 감히 말씀드리지만 아무쪼록 나를 잊지 말아 주십시오. 이런 말씀을 드리는 것은 아마 두 번 다시 나를 만나실 수는 없을 것이기 때문입니다.」

「두 번 다시 만나 뵐 수가 없다고요!」하고 임마누엘이 소리질렀다. 동시에 줄리의 볼에서 큰 눈물이 두 방울 흘러내렸다.「이제는 두 번 다시 뵐 수가 없다고요! 아아, 우리에게서 떠나시고 마는 당신은 인간이 아니십니다. 하느님이십니다. 그리고 그 하느님은 이 지상에 모습을 나타내어 거기에 은혜를 베푸신 뒤에 다시 하늘로 올라가시고 마는 것입니다!」

「그런 말씀을 해서는 안 됩니다.」하고 몽테 크리스토는 격렬한 어조로 상대를 억제했다.「결코 그런 말씀을 해서는 안 됩니다. 하느님은 결코 나쁜 일은 하시지 않습니다. 하느님은 머물고 싶으신 곳에 머무십니다. 우연은 결코 하느님보다 강하지는 못하고 반대로 하느님이 우연을 지배하시는 것입니다.

 그렇습니다, 임마누엘 씨, 나는 인간입니다. 내가 당신에게서 칭찬을 받는다는 것은 부당하고 당신의 말은 하느님에 대한 모독입니다.」

 그렇게 말하고 그는 자기의 팔 안으로 뛰어들어온 줄리의 손을 자기의 입술에 갖다대고 한쪽 손을 임마누엘 쪽으로 내밀었다.

 그리고 나서 행복의 따뜻한 보금자리 같은 이 집에서 뒷머리가 끌어당겨지는 듯한 느낌으로 나가면서 바랑티느가 죽은 이래 매사에 의욕을 잃고 기운이 빠져서 멍해 있는 막시밀리안에게 따라오라고 신호했다.

「아무쪼록 오빠에게 기쁨을 되찾게 해주세요!」하고 줄리가 몽테 크리스토의 귓가에 속삭였다.

 몽테 크리스토는 11년 전에 모렐 씨의 서재로 통하는 층계 위에서 했던 것처럼 줄리의 손을 단단히 움켜쥐었다.

「당신은 뱃사람 신드바드의 일을 지금도 믿고 있습니까?」하고 백작은 미소를 지으면서 물었다.

「오오! 물론이에요!」
「그렇다면 하느님을 믿고 안심하고 계세요.」
 이미 말한 것처럼 역마차가 기다리고 있었다. 네 필의 기운찬 말이 갈기를 곤두세운 채 초조한 듯이 바닥돌을 내리차고 있었다.
 돌층계 밑에서 알리가 땀으로 얼굴을 번들번들 빛내면서 기다리고 있었다. 먼 곳에서 달려온 것이 분명했다.
「어땠는가?」 하고 백작이 아라비아 말로 물었다. 「노인한테는 갔다 왔나?」
 알리는 갔다 왔다는 시늉을 했다.
「그래 내가 명령한 대로 편지를 눈앞에 펼쳐서 보여 드렸나?」
「네.」 하고 노예는 공손하게 대답했다.
「그래 노인은 뭐라고 하셨나? 아니, 어떤 모습을 해보였나?」
 알리는 주인에게 자기의 모습이 잘 보이도록 등불 밑으로 가서 섰다. 그리고는 열심히 지혜를 짜서 노인의 표정을 흉내내고 노인이 『그렇다.』는 뜻을 나타낼 때에 하듯이 두 눈을 감아 보였다.
「좋아, 그럼 양해를 하신 거다.」 하고 몽테 크리스토는 말했다. 「자, 출발이다!」
 이 말이 떨어지기가 무섭게 마차는 어느새 달리기 시작하여 네 필의 말 발굽은 돌바닥 위에 불꽃을 튕기고 있었다.
 막시밀리안은 구석에 있는 자기 자리에 앉아서 입을 다물고 있었다.
 30분이 지났다. 마차가 갑자기 멎었다. 백작이 알리의 손가락에 매어 놓은 비단 끈을 잡아당긴 것이었다.
 알리가 마차에서 내려 문을 열었다.
 밤하늘에는 별이 반짝이고 있었다. 이곳은 빌쥐프의 언덕을 다 올라온 지점이어서 이 언덕에서 내려다보이는 파리는 마치 어두운 바다처럼 인광(燐光)의 파도 같은 무수한 등불을 가물거리게 하고 있었다. 그것은 그야말로 파도였다. 미쳐 날뛰는 대양의 파도보다도 더 시끄럽고 더 격렬한, 그리고 더 세차게 요동치고 더 사나운, 더 지칠 줄 모르는 파도였다. 큰 바다의 파도처럼 가라앉을 줄 모르는 파도, 항상 부딪치고 항상 거품을 물고 술렁이며 항상 모든 것을 삼켜 버리는 파도였다!……

113. 출 발

　백작은 혼자서 거기에 우뚝 서 있었다. 그가 손으로 신호를 하자 마차는 조금 앞으로 나왔다.
　이렇게 백작은 팔장을 끼고 이 큰 도가니를 오랫동안 보고 있었다. 거기에서는 비등하는 심연에서 뛰어올라 이윽고 세계를 진동시키는 온갖 사상이 용해되고 뒤얽히고 또 그리고 모습을 형성시켜 나가는 것이다.
　이윽고 그는 종교 시인들을 꿈꾸게도 하고 냉소적인 물질주의자들에게도 꿈을 안겨 주는 이 바빌론(고대 바빌로니아의 수도이지만 여기에서는 파리를 말한다)을 힘찬 시선으로 한참 바라본 뒤에『오오 위대한 도시여!』하고 고개를 숙이고 두 손을 모두고는 기도하듯이 중얼거렸다.『내가 너의 시문을 넘고서 아직 6개월도 되지 않았다. 나를 여기로 인도하신 것은 하느님의 뜻이라고 믿고 있다. 그리고 지금 또 하느님의 뜻이 승리에 도취한 나를 여기에서 물러나게 하고 있다.
　내가 너의 시문 안에 모습을 나타낸 비밀은 내 마음속을 읽을 수 있는 유일한 분인 하느님에게 고백했다. 하느님만이 내가 지금 증오심도, 오만한 마음도 갖지 않고 다만 뒷덜미를 잡히는 느낌으로 이곳에서 물러난다는 것을 알고 계신다. 하느님만이 내가 하느님에게서 위탁받은 힘을 자기 자신을 위해서도, 또 무익한 일을 위해서도 사용하지 않았다는 것을 알고 계신다.
　오오! 위대한 도시여! 나는 너의 고동치는 가슴속에서 내가 찾고 있던 것을 발견할 수가 있었다. 나는 참을성 있는 광부처럼 너의 내부를 파헤쳐서 거기에서 악을 추방했다. 이제 나의 일은 끝나고 내 사명은 완수되었다. 이제는 이미 너는 어떤 기쁨도 또 어떤 괴로움도 나에게 제공할 수는 없다. 잘 있거라, 파리여! 잘 있거라, 파리여!』
　그의 눈은 그리고도 한참 동안 밤의 정령이 지배하고 있는 것 같은 이 넓고 넓은 평야 위를 헤매고 있었다. 이윽고 그는 손으로 이마를 누르면서 마차에 올라탔다. 문이 닫혀졌다. 그리고 마차는 이윽고 먼지와 울림의 와중을 뚫고 언덕 너머로 사라져갔다.
　두 사람은 한마디도 나누지 않고 사십 킬로의 길을 계속 달렸다. 막시밀리안은 무엇인가를 골똘히 생각하고 있었다. 몽테 크리스토는 그러한 그를 지그시 바라보고 있었다.
　「막시밀리안 군」하고 백작은 말했다.「나를 따라 온 것을 후회하고 있소?」

「아닙니다. 하지만 파리를 떠난다는 것은……」
「파리에서 행복이 당신을 기다리고 있다는 것을 알았다면 당신을 남겨 두고 왔을 것입니다.」
「하지만 파리에는 바랑티느가 잠들어 있습니다. 파리를 떠난다는 것은 다시 한 번 그 사람을 잃게 되는 것입니다.」
「막시밀리안 군」 하고 백작은 말했다. 「우리가 잃은 친구들은 지하에서 잠들어 있는 것이 아닙니다. 그들은 우리의 마음속에 매장되어 있습니다. 하느님은 우리가 언제나 함께 있을 수 있도록 그렇게 해주신 것입니다. 나에게도 언제나 그런 식으로 내 옆에 있어 주는 두 사람이 있습니다. 그 한 사람은 나에게 생명을 부여해 준 사람이고 다른 한 사람은 나에게 지혜를 준 사람입니다. 이 두 사람의 정신은 언제나 내 속에서 살아 있습니다. 나는 뭔가 생각이 막히는 일이 있으면 그 두 사람과 의논을 합니다. 만일 내가 지금까지 뭔가 좋은 일을 했다면 그것은 그 두 사람의 의견에 따른 덕분입니다.
막시밀리안 군, 자신의 마음의 목소리와 의논하세요. 그리고 그런 찡그린 얼굴을 앞으로 계속 나에게 보여 주어서 좋을 것인지 어떤지 마음의 목소리와 의논해 보세요.」
「백작」 하고 막시밀리안이 말했다. 「내 마음의 목소리는 아주 슬퍼하고 있습니다. 그리고 앞으로도 불행밖에는 약속해 주지 않고 있습니다.」
「모든 것을 베일을 통해서만 보는 것은 약한 마음을 가진 사람에게 흔히 있는 일입니다. 즉 영혼이 자기 자신에게 한계를 짓고 있는 것입니다. 당신의 영혼은 지금 우울에 잠겨 있습니다. 그래서 하늘이 어둡고 거칠게 보이는 것입니다.」
「어쩌면 그럴는지도 모르겠군요.」 하고 막시밀리안은 말했다.
그리고 나서 또다시 그는 생각에 잠겼다.
여행은 백작이 가진 힘의 하나인 저 기막힌 속도로 이루어졌다. 마을들은 길 위를 마치 그림자처럼 스쳐 지나갔다. 나무들은 어느새 불기 시작한 가을바람에 흔들려 마치 머리카락을 흐트러뜨린 거인이 두 사람을 맞이하고 있는 것 같았다. 그리고 두 사람이 그곳까지 가면 갑자기 휙 뒤로 도망쳤다.
다음날 아침 두 사람은 샤롱에 도착했다. 거기에서는 백작의 증기선이

113. 출　　발

그들을 기다리고 있었다. 잠시도 지체하지 않고 마차는 배에 실렸다. 그리고 두 사람도 이미 배에 올라타고 있었다.

이 배는 경주용으로 만들어져 있었다. 마치 인도의 통나무배 같았다. 양현의 차륜은 마치 두 개의 날개 같아서 그 힘으로 배는 마치 철새처럼 수면을 스치며 달렸다. 막시밀리안조차도 쾌속으로 인한 일종의 도취감을 느끼고 있었다. 그리고 이따금씩 그의 머리카락을 날리게 하는 바람은 그의 이마에서 우수의 구름을 잠시나마 거두어 주는 것 같았다.

한편 파리에서 멀어짐에 따라 거의 인간의 것이라고는 생각되지 않는 쾌활함이 마치 원광처럼 백작을 감싸고 있는 듯했다. 마치 추방되었던 사람이 조국으로 되돌아가고 있는 듯한 모습이었다.

이윽고 마르세이유가 보이기 시작했다. 희고 따뜻하고 생기에 넘친 마르세이유. 티루스(고대 페니키아의 항구), 카르타고(페니키아 인이 북아프리카에 만든 항구)와 자매 항구격이며 나중에는 지중해 제국에서 그것들과 대체된 마르세이유. 나이를 먹음에 따라 한층 더 젊어지고 있는 마르세이유가 그들의 눈앞에 모습을 나타냈다.

저 원탑도, 상 니콜라의 요새도, 퓌제(17세기 마르세이유 태생의 조각가)의 조각으로 장식된 시청도, 두 사람이 각각 어렸을 때 가지고 놀던 벽돌로 만든 부두가 있는 항구도 두 사람에게는 추억에 넘친 전망이었다.

그래서 상륙하자 두 사람 모두 말할 것도 없이 라 카누비에르(마르세이유의 해안가에 있는 번화가)에서 걸음을 멈추었다.

그때 배 한 척이 알제리를 향해 출범하려 하고 있었다. 하물, 갑판을 메운 선객, 작별을 고하면서 소리를 지르거나 울고 있는 친척과 친구들. 이것은 매일 보고 있는 사람에게도 감동적인 장면이지만 이러한 소란도 부두의 큰 바닥돌에 발을 올려 놓은 순간에 막시밀리안을 사로잡은 하나의 생각에서 그의 마음을 돌려 놓을 수는 없었다.

「보십시오.」하고 그는 몽테 크리스토 백작의 팔을 붙잡으면서 말했다. 「여기는 파라온 호가 들어왔을 때 아버지가 서 계시던 장소입니다. 당신의 힘으로 죽음과 불명예에서 구조된 성실한 아버지는 이곳에서 제 팔 안에 몸을 던지셨습니다. 그때 제 얼굴 위로 흘러내린 아버지의 눈물을 저는 지금도 분명히 느끼고 있습니다. 하지만 울고 있는 것은 아버지뿐만이 아니었습니다.

우리를 쳐다보고 있던 많은 사람들도 역시 울고 있었습니다.」
 몽테 크리스토는 미소를 떠올렸다.
「그때 나는 저기에 있었답니다.」 하고 그는 막시밀리안에게 하나의 거리 모퉁이를 가리키면서 말했다.
 그가 그렇게 말했을 때, 그가 가리킨 방향에서 비통한 울음소리가 들려왔다. 그리고 출범하려는 배의 한 승객을 향해 손을 흔들고 있는 여인의 모습이 거기에 보였다. 그 여인은 베일로 얼굴을 가리고 있었다. 몽테 크리스토는 퍼뜩 놀라며 그녀의 움직임을 유심히 바라보고 있었다. 막시밀리안은 백작과는 반대로 배 쪽에만 시선을 주고 있었는데 만일 그렇지 않았다면 이러한 몽테 크리스토를 쉽게 눈치챘을 것이 틀림없다.
「저런!」 하고 막시밀리안이 소리질렀다. 「내가 잘못 본 것이 아니야! 모자를 흔들면서 인사를 보내고 있는 저 청년은, 군복 차림의 저 청년은 확실히 알베르 모르셀이다!」
「그렇군요.」 하고 몽테 크리스토는 말했다. 「나도 그렇다고 생각하고 있었답니다.」
「뭐라고요? 하지만 당신은 반대 방향만 보고 계시지 않았어요?」
 백작은 대답을 하고 싶지 않을 때의 버릇으로 그저 빙그레 웃기만 했다.
 그리고 그의 눈은 또다시 베일을 쓴 여인 쪽으로 돌려졌다. 여인은 거리 모퉁이로 자취를 감추었다.
 그래서 그는 고개를 돌렸다.
「막시밀리안 군」 하고 백작은 말했다. 「당신은 이 거리에서 무슨 볼일이 없습니까?」
「아버지의 무덤에 가서 울고 왔으면 합니다만.」 하고 막시밀리안은 침통한 목소리로 대답했다.
「그것은 좋은 일입니다. 다녀오세요. 그리고 저곳에서 나를 기다려 주세요. 나도 나중에 갈 테니까.」
「그럼 여기에서 헤어지는 겁니까?」
「그래요……. 나에게도 자식으로서 찾아가지 않으면 안될 곳이 있으니까요.」
 막시밀리안은 백작이 내민 손 안에 힘없이 자기 손을 놓았다. 그리고 머리를

113. 출 발   457

 조금 움직여──그 쓸쓸해 보이는 모습은 어떤 말로도 표현할 수가 없을 것이다──백작과 헤어져서 도시의 동쪽으로 사라졌다.
 몽테 크리스토는 멀어져가는 막시밀리안의 모습이 보이지 않게 될 때까지 같은 장소에 그대로 서 있었다. 그런 다음 이 소설의 첫머리에서 이미 독자 제군이 잘 알게 된 그 조그만 집을 찾아가기 위해 메이랑 거리 쪽으로 걸어갔다.
 그 집은 마르세이유의 한가한 사람들을 위한 산책로가 되어 있는 보리수의 큰 가로수 길 뒤에 지금도 남아 있었다. 집은 포도덩굴의 장막에 완전히 덮여 있었다. 그 포도덩굴은 남국의 강렬한 태양 광선에 의해 노래진 석벽 위에 늙어서 거무칙칙해지고 금이 간 팔을 휘감고 있었다.
 발에 밟혀서 닳아빠진 돌층계를 두 개 올라서면 거기에 입구의 문이 있었다. 문은 석 장의 판자로 되어 있었는데 해마다 벌어지는 틈새는 퍼티로도 채워지지 않고 페인트도 칠해지지 않는 채 습기로 다시 메워지기를 참을성 있게 기다리고 있었다.
 낡기는 했지만 기분이 좋은 이 집, 보기에는 초라하지만 즐거운 이 집은 옛날 단테스 노인이 살고 있었던 집이었다. 단, 노인은 이 집의 다락방에 살고 있었다. 백작은 지금 이 집 전체를 메르세데스에게 자유롭게 쓰게 하고 있었다.
 출범한 배에 작별을 고하고 돌아가는 것을 백작이 본 그 긴 베일을 쓴 여성은 이 집으로 들어갔다. 그가 거리 모퉁이에 모습을 나타냈을 때 그녀는 마침 문을 닫고 있었다. 따라서 백작이 그녀의 모습을 발견했다고 생각한 순간에 그녀는 자취를 감춘 것이었다.
 백작에게 닳아빠진 돌층계는 옛날부터 친숙했던 것이다. 그는 누구보다도 이 낡은 문을 여는 방법을 잘 알고 있었다. 즉 그곳에 있는 대가리가 큰 못으로 안쪽의 걸쇠를 들어올리는 것이다.
 그래서 그는 노크도 하지 않고, 또 안내도 부탁하지 않고, 마치 친구나 이 집의 주인처럼 안으로 들어갔다.
 벽돌을 전면에 깐 샛길 언저리에 열과 태양 그리고 광선이 가득 넘쳐 있는 작은 뜰이 펼쳐져 있었다. 이 뜰에서 메르세데스는 백작이 세밀한 배려를 하여 24년 전에 묻어 놓은 돈을 그가 알려 준 대로 파낼 수 있었다. 한길을 향한 문 쪽에서는 이 뜰의 구석에 있는 몇 그루의 나무가 보였다.
 문 옆에 선 몽테 크리스토의 귀에 흐느낌과도 같은 한숨 소리가 들렸다. 그 한숨에 이끌려서 그는 그쪽으로 눈을 돌렸다. 그러자 우거진 나뭇잎 그늘에 빨갛고 긴 꽃을 단 버지니아 재스민의 시렁 밑에 앉아서 고개를 숙인 채 울고 있는 메르세데스의 모습이 보였다.
 그녀는 지금은 베일을 위로 올리고 있었다. 그리고 혼자서 하늘을 우러르며 두 손으로 얼굴을 가리고 지금까지 아들 앞에서 오랫동안 참아온 한숨과 흐느낌에 마음껏 빠져들어 있었다.
 몽테 크리스토는 몇 걸음 앞으로 나갔다. 그의 발 밑에서 모래 밟히는 소리가 났다.
 메르세데스가 고개를 들었다. 그리고 자기 앞에 사나이가 서 있는 것을 보고는 앗 하고 공포의 외마디 소리를 질렀다.
 「부인」 하고 백작은 말했다. 「나는 이미 당신에게 행복을 가져다 줄 수는 없습니다. 하지만 어떻게 해서든지 당신을 위로해 드리려고 생각하고 있습니다. 그것을 친구의 호의로서 받아 주실 수는 없겠습니까?」
 「나는 정말 불행한 여자예요.」 하고 메르세데스는 대답했다. 「이 세상에서 완전히 외톨박이인걸요……. 나에게는 그애밖에는 없었어요. 그런데 그애가 그런 식으로 나를 두고 가버린 거예요.」
 「아드님이 하신 일은 훌륭합니다, 부인.」 하고 백작은 대답했다. 「정말 훌륭한 분입니다. 아드님은 모든 인간이 어떤 사람은 재능으로, 어떤 사람은 기술로, 어떤 사람은 밤을 새우는 작업으로, 어떤 사람은 생명을 던져서 조국을 위해 헌신하지 않으면 안 된다는 것을 잘 이해하고 계십니다.
 당신 옆에 언제까지나 있었더라면 어쩌면 쓸모없는 목숨을 헛되이 연장시키는 것이 되었을 것입니다. 당신의 슬픔에도 익숙해질 수가 없었을 것입니다. 자기의 무기력은 젖혀 두고 남을 원망하는 사람이 되었을 것입니다.
 그러나 지금은 역경과 싸움으로써 위대해지고 강해지고 그리고 그 역경을 행복으로 바꾸어 놓을 수 있을 것입니다.
 아드님으로 하여금 당신들 두 사람의 장래를 구축하게 하는 것입니다, 부인. 나는 감히 약속드리지만 아드님은 확실한 손에 의해 굳건히 지켜지고 있습니다.」

「오오!」하고 불쌍한 메르세데스는 슬픈 듯이 고개를 흔들면서 말했다. 「당신이 말씀하시는 그 행복을 나도 마음속으로 그애에게 베풀어 주십사 하고 하느님에게 기도하고 있지만 나 자신은 그런 은혜를 입을 수 없다고 생각해요. 내 마음속에서도 또 내 주위에서도 많은 것이 부서지고 말아서 이제는 무덤에 들어갈 날도 가까워진 것처럼 느껴져요.

백작님, 내가 옛날에 행복하게 살았던 이곳에 오게 해주셔서 정말 고마워요. 사람은 일찍이 자기가 행복하게 살았던 곳에서 죽는 게 당연하니까요.」

「오오!」하고 몽테 크리스토는 말했다. 「그러한 말씀은 나를 괴롭게 만들고 내 마음을 안타깝게 합니다. 나를 미워하는 것이 당신으로서는 당연한 일인 만큼 한층 더 괴롭게 여겨지고 한층 더 안타까운 생각이 듭니다. 당신의 불행은 전적으로 나에게 원인이 있습니다. 그러한 나를 책망하시지 않고 어째서 동정하시는 겁니까? 그러면 나는 도리어 마음이 괴로워집니다……」

「당신을 미워하라고요? 당신을 책망하라고요? 에드몽! …… 내 아들의 목숨을 살려 준 사람을 미워하거나 책망할 수 있을까요? 모르셀이 자랑하는 아들을 죽인다는 것은 당신의 숙명적인, 피비린내 나는 의지가 아니었을까요? 자! 나를 유심히 보세요, 그러면 내가 당신을 책망하고 있는지 어떤지 아실 것입니다.」

백작은 눈을 들었다. 그리고 반쯤 몸을 일으켜 자기에게로 두 손을 내밀고 있는 메르세데스를 뚫어지게 바라보았다.

「자! 나를 자세히 보세요!」하고 그녀는 애절한 어조로 말을 이었다. 「지금은 이제 빛나던 제 눈을 태연히 바라보시는군요. 지금은 늙으신 아버님이 살고 계시던 저 다락방 창가에서도 기다려 주시던 에드몽 단테스를 내가 웃으면서 찾아오던 무렵과는 이미 완전히 다르니까요……. 그때로부터 길고 긴 고뇌의 세월이 흘렀습니다.

그 세월은 그 무렵의 나와 지금의 나 사이에 깊은 골을 만들고 말았습니다. 에드몽, 당신을 책망한다고요? 당신을 미워한다고요?

아니에요, 그런 일은 있을 수 없어요! 나는 나 자신을 책망하고 미워하고 있어요! 아아! 나는 얼마나 비참한 사람일까요!」하고 그녀는 두 손을 모두고 하늘을 우러르면서 소리질렀다. 「나는 벌을 받은 것이에요!……

옛날의 나는 사람을 천사처럼 만드는 신앙, 순결, 사랑이라는 세 가지 행복을 가지고 있었습니다. 그런데 지금 나는 얼마나 비참한 인간일까요, 나는 하느님을 의심한 것입니다!」

몽테 크리스토는 한 걸음 그녀 쪽으로 다가섰다. 그리고 잠자코 그녀에게 손을 내밀었다.

「이러시면 안 돼요.」하고 그녀는 손을 살며시 움츠리면서 말했다.「안 돼요. 내 몸에 손을 대지 말아 주세요. 당신은 나를 복수에서 제외시켜 주셨어요. 하지만 당신이 복수하신 그 누구보다도 나는 벌을 받아야 할 여자예요. 다른 사람들은 모두 증오나 탐욕, 이기심 때문에 그랬어요. 하지만 나는 비겁한 마음에서 그랬던 거예요. 그 사람들은 원해서 그랬던 거예요. 하지만 나는 겁먹은 마음에서 그랬던 거예요.

안 돼요, 내 손을 만지지 말아 주세요, 에드몽. 당신은 뭔가 다정한 말을 찾고 계시군요. 나는 그것을 알 수 있어요. 하지만 그것을 말씀하지 말아 주세요! 그것은 다른 사람에게 말씀해 주세요. 나에게는 이미 그러한 말씀을 들을 자격이 없어요.

보세요(그렇게 말하면서 그녀는 완전히 베일을 벗었다)······. 보세요. 불행은 내 머리털을 잿빛으로 만들고 말았어요. 너무나도 눈물을 흘렸기 때문에 눈 언저리에는 보랏빛 기미가 생겼어요. 이마는 주름투성이가 되고요. 거기에 비해서 에드몽, 당신은 여전히 젊고 아름답고 늠름하세요. 그것은 당신이 신앙을 가지고 계셨기 때문이에요. 당신이 힘을 가지고 계셨기 때문이에요. 당신이 하느님을 믿고 하느님에게 의지하고 계셨기 때문이에요.

그런데, 나는 비겁했어요. 하느님을 배신했어요. 그래서 하느님도 나를 버리신 거예요. 그리고 이런 내가 되어 버리고 만 거예요.」

메르세데스는 하염없이 울었다. 그녀의 마음은 추억의 아픔으로 천 갈래 만·갈래로 찢겼다.

몽테 크리스토는 그녀의 손을 잡고 거기에 공손하게 키스를 했다. 그러나 그녀에게는 그 키스에 정열이 깃들어 있지 않은 것처럼 느껴졌다. 마치 성녀(聖女)의 대리석 상에라도 키스를 하고 있는 것처럼 느껴졌다.

「이 세상에는」하고 그녀는 계속했다.「최초에 잘못을 저질렀기 때문에 일생을 망쳐 버리는 운명을 지닌 사람이 많이 있습니다. 나는 당신이 돌아가신 것으로만 알고 있었습니다. 나도 그때 죽었더라면 좋았을 것입니다. 언제까지나 당신을 잃은 슬픔을 안고 살아간들 무슨 소용이 있었을까요? 서른아홉 살의 여자가 한달음에 쉰 살이 되는 것뿐이지요.

 모든 사람 가운데서 나만이 당신이라는 것을 간파하고 겨우 아들을 살렸다고 해서 그게 무슨 소용이 있었을까요? 나는 설사 어떤 죄인이라 하더라도 내가 남편으로서 받아들인 사람도 살렸어야 하지 않았을까요?

 그런데 나는 그 사람을 죽이고 말았습니다. 아아, 얼마나 한심한 일인가요! 나는 비겁한 무관심과 경멸의 기분으로 그 사람이 죽어가는 데에 한몫을 하는 꼴이 되고 말았습니다. 그 사람이 맹세를 저버린 배신자가 된 것은 실은 나 때문이었다는 것을 미처 생각하지도 못하고, 아니 일부러 생각해 내려고 하지 않고서!

 아들을 데리고 여기까지 왔다고 한들 결국 그것이 무슨 도움이 되었을까요? 나는 그애를 저버리고 말았고 그애를 혼자서 저 염열의 땅 아프리카로 떠나보내고 말았으니까요! 오오! 정말로 나는 비겁했습니다! 나는 하느님을 배신한 인간처럼 주위의 모든 사람을 불행하게 만들고 말았습니다!」

 「그것은 틀립니다, 메르세데스.」하고 몽테 크리스토는 말했다. 「그것은 틀립니다. 자기 자신을 좀더 바르게 평가하지 않으면 안 됩니다. 당신은 고상하고 깨끗한 사람입니다. 당신의 슬픔을 눈앞에 보면서 내 마음의 무장은 해제되고 말았습니다. 그러나 내 뒤에는 눈에 보이지 않는 미지의, 성난 하느님이 도사리고 계셨습니다. 나는 다만 그 하느님의 대리에 지나지 않았습니다. 그리고 그 하느님은 내가 벼락을 던지는 것을 말리지 않으셨습니다. 오오! 나는 10년 동안 내가 매일처럼 그 발 밑에 엎드려 있던 하느님을 걸고 말씀드립니다.

 나는 당신을 위해서 내 일생을 희생해왔습니다. 그리고 그 일생과 함께 그 일생의 모든 계획도 희생했습니다. 하지만 메르세데스, 나는 긍지를 가지고 말씀드립니다. 하느님은 나를 필요로 하고 있었다는 것을 말입니다. 그것을 위해서 나는 살아왔습니다. 과거를 살펴 보십시오. 현재를 살펴 보십시오. 미래를 헤아려 보십시오. 그리고 내가 하느님의 도구였는지 아닌지를 잘 생각해 보십시오.

 더할 수 없이 무서운 불행을 만나서 더할 수 없이 잔혹한 고통을 받고 나를 사랑하던 사람들로부터는 버림받고 나를 모르던 사람들로부터는 학대받은, 이것이 내 전반생이었습니다.

그리고 옥중 생활과 고독과 비참을 싫도록 맛본 뒤에 갑자기 자유로운 몸이 되어 이번에는 기막힌, 눈이 번쩍 뜨이는 엄청난 재산을 손에 넣을 수가 있었습니다.

장님이 아닌 한, 이것은 하느님에게 뭔가 큰 계획이 있어서 그것을 나에게 주신 것이라고 생각하지 않을 수가 없었습니다.

그 뒤로부터는 이 재산은 하느님으로부터 받은 신성한 것이라고 생각되었습니다. 그 뒤로부터는 당신이 이따금 그 즐거움을 맛보신 이 세상의 생활 같은 것은 내 생각 속에서 사라지고 말았습니다. 나로서는 잠시도 마음이 안정되는 일이 없었습니다. 그야말로 잠시나마.

저주받은 도시를 차례로 불사르기 위해 하늘을 달려가는 불길의 구름처럼 나는 언제나 쫓기고 있었습니다. 위험한 원정을 언제나 생각하며 위험한 여로에 오르는 모험을 좋아하는 선장처럼 나는 식량을 준비하고, 무기를 적재하고 공방을 위한 도구를 수집하고, 어떤 거친 일도 할 수 있도록 몸을 길들이고 아무리 과격한 충격에도 견딜 수 있도록 정신을 길들이고, 내 팔은 사람을 죽일 수 있게, 눈은 어떤 고통도 태연히 바라볼 수 있게, 입은 아무리 무서운 일을 당해도 미소를 띨 수 있게 완전히 단련했습니다.

나는 옛날에는 사람이 좋고 잘 믿고 그리고 무엇이든지 잊어버릴 수 있는 사람이었지만 지금은 복수심이 강한, 음험하고 심술궂은, 아니 그보다도 오히려 귀도 들리지 않고 눈도 보이지 않는 숙명 그 자체 같은, 감동하지 않는 인간이 되고 말았습니다.

그래서 나는 내 앞에 열린 길에 뛰어들었습니다. 나는 하늘을 날아서 목적지에 도달했습니다. 그러한 나의 길에서 나를 만난 사람이야말로 정말 운이 나빴던 것입니다!」

「이제 됐어요!」하고 메르세데스는 말했다. 「이제 됐어요, 에드몽! 다만 한 사람, 당신이라는 것을 간파할 수 있었던 여자는 당신의 마음을 안, 단 한 사람의 여자라는 것을 믿어 주세요. 그런데 에드몽, 당신이라는 것을 간파할 수 있었던 여자, 당신의 마음을 이해할 수 있었던 여자는 설사 당신이 도중에 만나서 유리처럼 깨부수었다 하더라도 여전히 당신을 찬미하지 않을 수 없었을 것입니다!
 지금의 나와 옛날의 나 사이에 큰 간격이 있듯이 당신과 다른 사람들 사이에도 큰 차이가 있습니다. 그리고 내가 더없이 괴롭게 생각하는 것은 분명히 말씀드려서 당신과 다른 사람들을 비교해 보는 일입니다. 왜냐하면 이 세상에는 당신만큼 값어치가 있는 사람, 당신과 비슷한 사람은 하나도 없기 때문입니다.
 자, 에드몽, 작별 인사를 해주세요. 그리고 두 사람은 헤어집시다.」
 「헤어지기 전에 뭔가 원하시는 것은 없습니까, 메르세데스?」하고 몽테크리스토는 물었다.
 「아들이 행복해지는 것, 그것 이외에 바라는 것이 없습니다, 에드몽.」
 「인간의 생명을 손바닥 안에 쥐고 계시는 하느님에게 알베르 군으로부터 죽음을 멀리해 주시도록 기도하세요. 그 나머지 일은 내가 떠맡도록 하지요.」
 「고맙습니다, 에드몽.」
 「하지만 당신 자신의 일은요?」
 「나는 아무것도 필요없어요. 나는 두 개의 무덤 사이에서 살아가고 있는 인간이에요. 그 하나는 벌써 오래 전에 돌아가신 에드몽 단테스의 무덤이에요. 나는 그 사람을 사랑하고 있었어요! 이러한 말도 이제는 퇴색하고 말아서 내 입술에는 어울리지 않지만요. 하지만 내 마음은 지금도 기억하고 있어요. 그리고 어떤 일이 있어도 이 추억만은 잃어버리고 싶지 않아요.
 다른 하나는 에드몽 단테스에게 살해된 사람의 무덤이에요. 나는 그가 살해된 것은 당연하다고 생각하고 있어요. 하지만 그의 죽음을 위해 기도하지 않을 수는 없어요.」
 「당신의 아드님은 행복해집니다.」하고 백작은 되풀이했다.
 「그렇게 되면 나 역시 원하는 한 행복해질 수 있어요.」
 「하지만…… 결국…… 당신은 어떻게 하실 겁니까?」
 메르세데스는 쓸쓸히 웃었다.
 「이 고장에서 옛날의 메르세데스처럼 살겠다, 즉 일하면서 살겠다라고 말씀드려도 믿어 주시지는 않겠지요. 나는 이제 기도하는 일밖에는 할 수가 없어요.
 하지만 나는 이제 일을 할 필요는 없어요. 당신이 파묻어 두신 보물이 말씀하신 장소에서 발견되었으니까요. 사람들은 내가 누구인지 알려고 하겠지요. 내가 무엇을 하고 있는지 물어 보겠지요. 사람들은 어떻게 내가 살아가는지를 모르겠지요. 하지만 그런 것은 상관이 없어요. 하느님과 당신, 그리고 나만의 문제이니까요.」

「메르세데스」하고 백작은 말했다.「당신을 책망하는 것은 아니지만 당신은 모르셀 씨의 재산을 완전히 버림으로써 희생을 너무 크게 만들었습니다. 그 재산의 절반은 당연히 당신이 관리했어야 하는 것입니다.」

「당신이 말씀하시려는 것은 잘 알아요. 하지만 에드몽, 나는 받을 수가 없었어요. 아들이 반대했을 거예요.」

「그럼 나도 알베르 군의 찬성이 없으면 당신에게는 아무 일도 하지 않기로 하겠습니다. 알베르 군의 심정을 듣고 거기에 따르기로 하지요. 하지만 알베르 군이 내가 하려고 하는 일을 승낙해 준다면 당신도 마다하지 않으실 테죠?」

「에드몽, 아시다시피 나는 이제 생각할 수 있는 인간이 아니예요. 나는 이제 결심 같은 것은 할 수가 없어요. 이제 결코 결심 같은 것은 하지 않겠다는 결심 외에는 말이에요. 하느님의 폭풍에 세차게 얻어맞았기 때문에 나에게는 이제 의지 같은 것은 없어졌어요.

나는 독수리 발톱에 사로잡힌 참새처럼 하느님의 손에 사로잡힌 거예요. 내가 이렇게 살아가고 있는 것을 보면 하느님은 아직도 내가 죽는 것을 바라고 계시지 않아요. 만일 하느님이 구원의 손길을 뻗어 주신다면 그것은 하느님의 뜻이니까 나는 거기에 매달릴 것입니다.」

「조심하세요, 부인!」하고 몽테 크리스토는 말했다.「그것은 하느님을 올바로 섬기는 방법이 아닙니다! 하느님은 사람이 하느님의 뜻을 이해하고 그 힘을 탐색해 보기를 원하고 계십니다. 그러기 위해서 하느님은 우리들에게 자유 의지를 부여해 주신 것입니다.」

「어머, 무슨 말씀을!」하고 메르세데스는 소리질렀다.「그런 말씀은 하지 말아 주세요. 하느님이 나에게 자유 의지를 부여해 주셨다고 생각한다면 앞으로 어떻게 절망에서 벗어날 수 있을까요?」

몽테 크리스토의 얼굴이 약간 창백해졌다. 그는 이러한 격심한 고통에 압도되어 고개를 숙였다.

「언젠가 다시 만나자고 말씀해 주시지 않겠습니까?」하고 그는 그녀에게 손을 내밀면서 말했다.
 「그러지요. 언젠가 다시 만나요.」하고 메르세데스는 엄숙하게 하늘을 가리키면서 대답했다. 「그것은 내가 아직도 희망을 가지고 있다는 증거입니다.」
 메르세데스는 떨리는 손으로 백작의 손을 만지고는 층계 쪽으로 뛰어가 백작 앞에서 자취를 감추었다.
 그래서 몽테 크리스토는 천천히 집에서 나왔다. 그리고 항구 쪽으로 걸어갔다.
 메르세데스는 단테스의 아버지가 살고 있던 작은 방의 창가에 있었으나 백작이 멀어져가는 모습을 보고 있지는 않았다. 그녀의 눈은 먼 난바다 쪽을 향해 아들을 대양으로 싣고 간 배의 모습을 찾고 있었다.
 그러나 그녀의 목소리는 마치 무의식인 듯이 희미한 목소리로『에드몽! 에드몽! 에드몽!』하고 중얼거리고 있었다.

114. 과　　거

　백작은 비통한 심정을 안고 이 집에서 나왔다. 어쩌면 두 번 다시 만날 일이 없을 메르세데스를 뒤에 남겨 두고.
　에두아르 소년이 죽은 뒤부터 몽테 크리스토의 마음속에는 큰 변화가 일어나고 있었다. 완만하고 구불구불한 언덕길을 더듬어 가까스로 복수의 정점에 도달한 그는 그 산의 반대쪽에 깊은 의혹의 골짜기를 발견한 것이었다.
　그뿐이 아니었다. 메르세데스와 나눈 이야기는 그의 마음속에 너무나도 많은 추억을 일깨워 주었다. 그래서 이 추억을 어떻게 해서든지 털어 버리지 않으면 안 되었다.
　백작 같은 성질의 사람은 이러한 우울 속에 언제까지나 빠져 있을 수는 없었다. 이러한 우울은 평범한 사람들을 키워서 겉보기만 독창적인 인간으로 만들지도 모르지만 고매한 정신을 가진 사람들을 죽이는 법이다. 백작은 자신이 이렇게까지 자책감을 느끼게 된 것이 자기의 계획 속에 무언가 잘못이 있었기 때문은 아닐까 하고 생각했다.

『나는 과거의 일을 잘 모른다.』하고 그는 말했다.『하지만 잘못이 있었을 까닭이 없다.』

『뭐라고?』하고 그는 계속했다.『지금까지 내가 지향하고 있던 목적이 터무니없는 것이었다고? 뭐라고? 최근 10년 동안 나는 잘못된 길을 걸어왔다고?

건축가가 모든 희망을 걸고 해온 일이 불가능한 것은 아니라고 하더라도 적어도 하느님을 더럽히는 것이라고 그에게 납득시키는 데 겨우 한 시간으로 족하다는 말인가?』

『나는 그러한 것을 생각할 수가 없다. 그런 것을 생각한다면 나는 미치고 말 것이다. 오늘의 내 추론에 결여되어 있는 것은 과거에 대한 정확한 판단이다. 왜냐하면 나는 그 과거를 지평선의 반대쪽 끝에서 보고 있기 때문이다.

실상 사람이 나이를 먹음에 따라 과거는 인간이 그 속을 지나가는 풍경과 마찬가지로 인간이 멀어짐에 따라 차츰 사라지고 만다. 내 경우는 마치 꿈 속에서 상처를 입은 인간과 마찬가지이다. 즉 자기의 상처를 보기도 하고 느끼기도 하지만 어째서 이런 상처를 입었는지를 생각해 볼 수가 없는 것이다.』

『자, 다시 태어난 사나이여. 자, 엄청난 부를 가진 사나이여. 자, 잠에서 깨어난 사나이여. 자, 전능의 몽상가여. 자, 무적의 백만장자여. 자, 잠시 동안 저 비참했던, 굶주림에 시달렸던 불행한 날들을 상기하는 게 좋을 것이다! 숙명이 너를 그곳으로 밀어내고 불행이 그곳으로 너를 인도하고 그리고 절망이 너를 기다리고 있던 그곳에서 그 길을 다시 한 번 더듬어 보는 것이 좋을 것이다!

지금 몽테 크리스토가 거기에서 단테스의 모습을 바라보고 있는 거울 위에는 너무나도 많은 다이아몬드, 황금, 행복 등이 반짝이고 있다. 그러한 다이아몬드를 감추고 그러한 황금의 빛을 흐리게 하고 그러한 반짝임을 지우는 거다. 부자가 된 너는 옛날의 가난했던 자기를 생각해내는 것이다. 자유로운 너는 수인이었던 자기를 생각해내는 것이다. 되살아난 너는 송장이었던 자기를 생각해내는 것이다.』
 몽테 크리스토는 그런 혼잣말을 하면서 라 케슬리 거리를 걸어갔다. 24년 전, 그는 이 거리에서 말없이 밤의 호송대에 끌려갔었다. 지금은 명랑하게 활기를 띠고 있는 이 집들도 그날 밤은 어둡고 인기척도 없고 굳게 닫혀져 있었다.
 『그러나 역시 같은 집이다.』 하고 몽테 크리스토는 중얼거렸다. 『다만 그때는 밤이었지만 지금은 한낮인 것이다. 태양이 이 모든 것을 비추어 주고 그리고 밝게 해주고 있다.』
 그는 상 로랑 거리에서 부두로 내려가 위병소 쪽으로 걸어갔다. 여기는 일찍이 그가 배에 태워진 곳이었다. 바로 그때 무명 포장을 씌운 한 척의 유람선이 지나갔다. 몽테 크리스토는 사공을 불렀다. 이것 참 좋은 손님을 만났다는 듯이 사공은 급히 배를 저어왔다.
 기막히게 좋은 날씨였다. 뱃길은 아주 쾌적했다. 수평선에서는 태양이 빨갛게 타면서 가라앉기 시작했다. 그곳의 물결은 태양이 가까이 감에 따라 붉게 물들어갔다. 거울처럼 반들거리는 해면은 이따금 숨은 적에게 피습당한 물고기가 구원을 요청하여 공중으로 뛰어오를 때마다 잔물결을 일으키고 있었다. 그리고 수평선을, 바다를 건너는 갈매기처럼 마르티그(론 강 하구의 어항)를 향해 돌아가는 어선이나 코르시카 또는 스페인으로 가는 상선이 희고 아름다운 모습을 보이며 달리고 있었다.
 하늘은 이렇게도 아름답게 개이고 여기저기에 떠 있는 배는 이렇게도 아름다운 모습을 보이고 주변의 경치는 이렇게도 황금빛으로 가득차 있었지만 백작은 외투에 몸을 감싸고 그때의 무서웠던 뱃길을 처음부터 끝까지 하나하나 되새기고 있었다.
 카탈로니아 마을에 다만 하나 외롭게 켜져 있던 등불의 일, 이프 성이 보이면서 어디로 끌려가고 있는가를 알게 되었을 때의 일, 바다에 뛰어들려고 헌병들과 격투를 벌였던 일, 끝내 어쩔 수 없다고 느꼈을 때의 그 절망, 관자놀이에 대어진 총구가 마치 얼음의 고리처럼 차갑게 느껴졌던 일 따위를 회상하고 있었다.
 그리고 여름 동안 메말랐던 샘이 가을의 구름이 두둥실 떠서 흐를 때쯤 되면 조금씩 물기를 머금고 한 방울 한 방울 물이 솟아나듯이 몽테 크리스토 백작도 가슴속에 일찍이 에드몽 단테스의 마음을 채워 주고 있던 그 쓴 물이 한 방울 한 방울 솟아오르는 것을 느꼈다.

그에게는 이미 맑게 갠 하늘도, 아름다운 배의 모습도, 타는 듯한 빛도 없었다. 하늘은 미늘옷에 뒤덮여 있었다. 이프 성이라고 불리고 있는 검은 거인의 모습이 마치 숙적의 망령처럼 갑자기 눈앞에 나타나자 그는 부르르 몸을 떨었다.

배가 도착했다.

백작은 본능적으로 배의 끝까지 뒷걸음질쳤다.

사공이 부드러운 목소리로 「나으리, 다 왔습니다.」 하고 말했지만 그의 귀에는 들어오지 않았다.

몽테 크리스토는 바로 이곳을, 이 바위 위를, 헌병들에게 난폭하게 끌려 가며 허리를 총검 끝으로 쿡쿡 찔리면서 이 언덕을 올라가야 했던 일을 회상했다.

그때는 여기로 오기까지의 뱃길이 단테스에게는 꽤 길게 느껴졌다. 그러나 지금의 그에게는 그것은 무척 짧게 느껴졌다. 노가 물을 때릴 때마다 축축한 물보라와 함께 무수한 생각과 추억이 샘솟듯이 일어났다.

7월혁명(1830년 7월, 샤를 10세의 전제 정치에 반대하여 일어난 혁명) 이후 이프 성에는 이미 수인은 없었다. 그곳 위병소에는 밀수를 단속하는 감시병 밖에는 배치되어 있지 않았다. 그리고 한 사람의 수위가 지금은 호기심의 대상이 되어 버린 이 무서운 건물을 보러 오는 구경꾼들을 문 옆에서 기다리고 있었다.

백작은 이곳의 일을 하나에서 열까지 알고 있었으나 둥근 천장 밑에 들어갔을 때, 캄캄한 층계를 내려갔을 때, 지하 감옥을 구경하고 싶다면서 그곳에 안내받았을 때, 이마가 차갑게 창백해지고 이마에 배어 나온 얼음처럼 차가운 땀이 심장으로 역류하는 것 같은 느낌을 받았다.

백작은 왕정 복고 시대(1814년 부르봉 왕조가 다시 일어나 30년 만에 몰락하기까지의 시기)의 낡은 간수가 아직도 있는가고 물었다. 그러나 모두들 퇴직하거나 전직하였다고 했다.

그를 안내해 준 수위는 1830년부터 이곳에 있다고 했다.

수위는 그가 옛날에 유폐되어 있던 지하 감옥으로 안내했다.

그는 좁은 환기창으로 스며드는 그 창백한 광선을 다시 보았다. 지금은 치워 버렸지만 옛날에 침대가 있었던 장소를 보았다. 그리고 그 뒤쪽에, 지금은 막아 놓고 있었지만 새로운 돌의 빛깔로 뚜렷이 알 수 있는, 파리아 신부가 팠던 구멍의 흔적을 보았다.

몽테 크리스토는 다리에서 힘이 빠지는 것을 느꼈다. 그는 나무걸상을 끌어당겨 거기에 앉았다.

「이 감옥에는 미라보(프랑스 혁명에서 활약한 인물)가 유폐되어 있었다는 이외에 무슨 색다른 이야기가 전해지고 있는 것은 없습니까?」하고 백작은 물었다.「인간이 자기와 똑같은 산 인간을 가두고 있었다고는 도저히 믿어지지 않는 이런 음산한 감옥에는 무슨 전설 같은 것이 없습니까?」

「글쎄요」하고 수위는 말했다.「실은 이 지하 감옥에 대해서 간수인 앙투아느에게서 들은 이야기가 있습니다만.」

몽테 크리스토는 자기도 모르게 몸서리쳤다. 그 앙투아느라는 간수는 그의 담당 간수였던 것이다. 그는 지금 그 이름도 그 얼굴도 거의 잊고 있었다. 그러나 그 이름을 듣자 수염에 둘러싸여 있던 얼굴과 갈색의 저고리, 그리고 손에 들고 있던 열쇠 묶음과 함께 그 모습이 생생하게 눈앞에 떠올라왔다. 그리고 그 열쇠 묶음이 절렁거리던 소리가 지금 또다시 귓가에 들려오는 듯한 느낌이 들었다.

백작은 뒤를 돌아보았다. 그러자 수위의 손 안에서 타고 있는 횃불의 불빛 때문에 오히려 더 짙어지고 있는 복도의 어둠 속에서 앙투아느의 모습이 보인 것처럼 생각되었다.

「그것을 말씀드릴까요?」하고 수위가 물었다.

「네, 들려 주십시오.」하고 몽테 크리스토는 말했다.

백작은 자기 자신의 일이 이야기되려는 데에 공포를 느끼고 요란하게 뛰는 심장의 고동을 누르려고 가슴에 손을 가져갔다.

「들려 주십시오.」하고 백작은 되풀이했다.

「이 지하 감옥에는」하고 수위는 이야기를 시작했다.「훨씬 전에 한 수인이 수용되어 있었습니다. 어떻든 몹시 위험한 인물 같았다고 합니다. 매우 재주가 뛰어난 사나이였기 때문에 그만큼 더 위험한 사나이였다고 합니다. 이 감옥에는 그 사나이와 같은 무렵에 또 한 사람의 수인이 있었는데 이 사나이는 별로 나쁜 사나이는 아니었습니다. 그는 미쳐 버린 불쌍한 신부였습니다.」
 「그렇군요! 허어, 미쳐 버린 신부가 있었군요!」하고 몽테 크리스토는 되풀이했다. 「그런데, 어떤 식으로 미쳤나요?」
 「자기를 풀어 주면 수백만의 돈을 주겠다고 했습니다.」
 몽테 크리스토는 하늘을 쳐다보았다. 그러나 하늘은 보이지 않았다. 그와 하늘 사이에는 돌로 된 장막이 있었다. 그는 파리아 신부로부터 돈을 주겠다는 말을 들은 사람들의 눈과 신부가 주겠다고 말한 보물 사이에도 똑같이 두꺼운 장막이 가로막혀 있었다는 것을 생각했다.
 「수인들은 서로 만날 수 있었습니까?」하고 몽테 크리스토가 물었다.
 「어림도 없습니다. 그것은 엄중하게 금지되어 있었습니다. 그런데 그 두 사람은 감시의 눈을 피해서 지하 감옥에서 지하 감옥으로 통하는 굴을 팠던 것입니다.」
 「두 사람 중 누가 그것을 팠을까요?」
 「오오! 그것은 물론 젊은 수인 쪽입니다.」하고 수위는 말했다. 「젊은 수인은 재주가 있었고 힘도 있었으니까요. 불쌍한 신부님은 나이도 들고 힘도 없고 게다가 언제나 머리가 어질어질해서 한 가지 생각을 파고들 수는 도저히 없었으니까요.」
 『멍청한 것들!……』하고 몽테 크리스토는 중얼거렸다.
 「어떻든」하고 수위는 말을 이었다. 「젊은 수인은 그 굴을 팠습니다. 무엇을 사용해서 팠는지 그것은 전혀 알 수가 없습니다. 하지만 어떻든 팠습니다. 그 증거로는 그 흔적이 아직도 남아 있습니다. 저것 보세요. 보이지요?」
 그렇게 말하면서 수위는 횃불을 벽에 가까이 가져갔다.
 「아아! 그렇군요!」하고 백작은 감동 때문에 숨죽인 목소리로 말했다.
 「이렇게 해서 두 사람은 서로 연락을 할 수 있었던 것입니다. 그것이 어느 정도 계속되었는지 그것은 전혀 알 수 없습니다. 그런데 어느 날 나이 든 수인 쪽이 병에 걸려서 죽었습니다. 그때 그 젊은 수인이 어떻게 했으리라고 생각하십니까?」하고 수위는 이야기를 멈추고 백작에게 물었다.
 「어서 말씀을 계속하세요.」
 「젊은 수인은 시체를 옮겨다가 자기 자신의 침대에 얼굴을 벽 쪽으로 향하게 뉘었습니다. 그리고는 빈 지하 감옥으로 돌아가서 구멍을 막고는 시체를 넣었던 자루 속에 들어갔습니다. 정말 기상천외한 발상이 아닙니까?』
 몽테 크리스토는 눈을 감았다. 그리고 시체의 냉기가 아직도 스며 있는 성긴 천이 자기의 얼굴에 닿았을 때의 그 모든 감각이 다시 체내에 되살아나는 것을 느꼈다.
 수위는 말을 이었다.
 「그의 계획은 이러했던 겁니다. 이프 성에서는 틀림없이 시체를 땅에 묻을 것이다, 그리고 수인을 위해서 일부러 돈을 들여서 관을 만들 까닭이 없으니까 매장되고 나면 어깨로 흙을 들어올리면 될 것이라고 생각한 겁니다. 그러나 운수 사납게도 이 감옥의 습관은 달랐기 때문에 그의 계획은 완전히 틀어져 버리고 말았습니다.
 이곳에서는 시체를 땅에 묻지 않았습니다. 다만 두 다리에 누름돌을 달고 바다에 집어던질 뿐이었습니다. 그래서 그대로 시행됐습니다.
 그 사나이는 복도 위에서 바다로 던져진 것입니다.
 다음날 그 사나이의 침대 위에서 진짜 시체가 발견되었습니다. 이것으로 모든 것을 알게 되었습니다. 왜냐하면 그때 비로소 시체를 집어던진 친구들이 그때까지 말 못 하고 있던 사실을 분명히 말했기 때문입니다.
 그들의 이야기에 의하면 시체가 허공에 집어던져졌을 때 무서운 외마디 소리가 들렸지만 그 순간 시체가 물 속에 가라앉아서 더 이상 아무 소리도 들리지 않았다는 것입니다.」
 백작은 괴로운 듯이 숨을 쉬었다. 땀이 이마에서 흐르고 고뇌가 가슴을 죄었다.
 『그렇다!』하고 그는 중얼거렸다. 『그렇다! 아까 나는 의혹에 사로잡혔지만 그것은 망각에의 첫걸음이었던 것이다. 그러나 지금 내 심장은 새삼스럽게 도려내어졌다. 그리고 또다시 격렬한 복수심이 고개를 쳐들었다.』
 「그래서 그 수인에 대해서는」하고 백작은 물었다. 「그 뒤 아무런 이야기도 없습니까?」
 「그렇습니다, 전혀 없습니다. 왜냐하면 두 가지 경우 중의 하나이니까요. 가령 평평한 자세로 떨어졌다고 하면 그야말로 15미터의 높이에서 떨어졌으니까 떨어진 순간에 죽었을 테지요.」
 「두 다리에 누름돌을 매달았다고 했지요? 그렇다면 서 있는 자세로 떨어졌을 텐데요?」
「그래요, 서 있는 자세로 떨어졌다고 하면」 하고 수위는 말을 이었다. 「누름돌 때문에 바다 밑까지 끌려 들어갔을 테죠. 그리고 불쌍하게도 거기에 죽은 채로 서 있었을 테죠!」
「당신은 그를 불쌍하다고 생각합니까?」
「그야, 불쌍하다고 생각하지요. 아무리 자기가 좋아하던 바다에서 죽었다고 하더라도 말입니다.」
「그건 무슨 뜻이지요?」
「사람들의 얘기로는 그 불쌍한 사나이는 당시 선원이었는데 보나파르트 당원이라는 혐의로 체포되었다는 것이었습니다.」
『바로 그렇다고!』 하고 백작은 중얼거렸다. 『하느님은 너를 파도나 불길 위를 타고 넘을 수 있게 만들어 주셨다. 그렇기 때문에 선원에 불과한 네가 지금까지도 이야기를 좋아하는 사람들의 추억 속에 살아 있는 것이다. 사람들은 난롯가에서 그의 무서운 신상 이야기를 한다. 그리고 그가 허공을 가르고 깊은 바다 밑으로 삼켜 들어간 대목에 와서는 사람들은 저도 모르게 몸서리를 치는 것이다.』
「그런데 그 사나이의 이름은 아무도 몰랐던가요?」 하고 백작은 큰소리로 물었다.
「그래요!」 하고 수위는 말했다. 「어떻든 34호라는 이름으로밖에 알려져 있지 않았으니까요.」
『빌포르여! 빌포르여!』 하고 몽테 크리스토는 중얼거렸다. 『너는 내 망령에 시달리면서 잠들지 못하는 밤, 몇 번이나 이 이름을 입에 담았을 것이 틀림없다.』
「좀더 구경을 계속하시겠습니까?」 하고 수위가 물었다.
「네,.특히 그 불쌍한 신부님의 방을 구경하고 싶군요.」
「아아! 27호실 말이군요.」
「그래요. 27호실이요.」 하고 몽테 크리스토는 되풀이했다.
그가 파리아 신부에게 이름을 물은 데 대해 신부가 벽을 통해 이 번호를 외쳤을 때의 목소리가 지금도 귓가에 들리는 것 같은 느낌이 들었다.
「그럼, 따라오세요.」

「잠깐 기다려 주십시오.」하고 몽테 크리스토가 말했다.「이 지하 감옥을 한 번 더 자세히 보고 싶으니까요.」

「그건 마침 잘 되었습니다.」하고 수위가 말했다.「저쪽 지하 감옥의 열쇠를 가지고 오지 않았기 때문에.」

「가서 가져오세요.」

「이 횃불도 맡아 주세요.」

「아니, 필요없어요. 가지고 가세요.」

「하지만 불빛이 없어질 텐데요.」

「나는 어둠 속에서도 눈이 잘 보이니까요.」

「아니! 그렇다면 그 사나이와 똑같군요!」

「그 사나이라니, 누구 말입니까?」

「34호 사나이 말입니다. 사람들의 말에 의하면 그 사나이는 어둠에 완전히 익숙해져서 지하 감옥에서 가장 어두운 곳에서도 바늘을 보았다고 하더군요.」

『그렇게 되기까지에는 10년의 세월이 필요했던 거다.』하고 백작은 중얼거렸다.

수위는 횃불을 가지고 사라져갔다.

백작이 말한 것은 옳았다. 몇 초 동안 어둠 속에 있노라니까 마치 한낮처럼 모든 것이 또렷하게 보이기 시작했다.

그래서 그는 주위를 둘러보았다. 그리고 이곳이 자기가 있던 지하 감옥임을 분명히 확인할 수가 있었다.

『그렇다.』하고 그는 말했다.『저것이 옛날에 걸터앉곤 했던 돌이다! 저것이 어깨 때문에 벽이 닳아빠진 흔적이다! 저것이 언젠가 벽에 부딪쳐서 죽으려 했을 때 이마에서 흘린 핏자국이다! …… 오오 이 숫자…… 그렇다, 나는 기억하고 있다……. 살아 있는 아버지를 다시 만날 수 있을까, 아직도 결혼하지 않은 자유의 몸인 메르세데스를 만날 수 있을까 하고 아버지와 메르세데스의 나이를 세며 이 숫자들을 써놓은 것이다……. 이 계산을 한 뒤 한때는 희망을 가질 수가 있었다……. 굶주림과 배신을 계산에 넣지 않았기 때문에!』

그때 비통한 웃음이 백작의 입에서 새어나왔다. 마치 꿈이라도 꾸고 있듯이 묘지로 보내지는 아버지의 모습과 결혼식의 제단으로 걸어나가는 메르세데스의 모습이 보인 것이다!

다른 벽면에 씌어져 있는 문자가 그의 눈에 들어왔다. 그것은 초록빛을 띤 벽 위에 지금까지도 허옇게 떠올라 보였다.

『신이여』하고 몽테 크리스토는 그것을 읽었다.『나에게서 기억을 빼앗지 마시기를.』

『오오! 그렇다!』하고 그는 소리질렀다.『이것만이 나의 마지막 무렵의 기도였다. 나는 이미 자유로운 몸이 되기를 원치 않고 있었다. 나는 기억만을 요구하고 있었다. 나는 내가 미쳐서 기억을 상실하게 될까 두려워하고 있었다. 하느님! 당신은 나에게서 기억을 빼앗아가지 않으셨습니다. 나는 모든 것을 되새길 수 있었습니다. 하느님, 고맙습니다! 정말 고마웠습니다!』

이때 횃불의 불빛이 벽에 어른거렸다. 수위가 내려온 것이었다.

몽테 크리스토는 그를 맞이하러 갔다.

「그럼, 뒤를 따라 와주세요.」하고 수위는 말했다.

그리고 다시 밝은 쪽으로 올라가지는 않고 또 하나의 입구로 통하는 지하도로 안내했다.

여기에서도 또 몽테 크리스토는 이것저것 여러가지 생각에 마음이 쓰렸다.

우선 그의 눈에 띈 것은 벽에 새겨진 해시계였다. 파리아 신부는 이것으로 시간을 헤아리고 있었던 것이다. 그 다음에 눈에 띈 것은 불쌍한 신부가 그 위에서 죽은 침대의 잔해였다.

그것을 보자 자기의 지하 감옥에서 느낀 것 같은 고뇌가 아니라 온화하고 부드러운 감정이, 그리고 감사의 감정이 그의 마음속에서 부풀어올랐다. 그리고 두 방울의 눈물이 그의 눈에서 떨어졌다.

「여기에」하고 수위가 말했다.「그 미친 신부님이 있었습니다. 그리고 젊은 사나이는 저쪽에 뚫린 구멍으로 해서 신부님을 만나러 오곤 했던 것입니다.」

그렇게 말하고 그는 뚫린 구멍의 입구를 몽테 크리스토에게 가리켜 보였다. 이쪽의 입구는 구멍이 크게 뚫린 채로 있었다.

「어떤 학자는」하고 수위는 말을 이었다.「저쪽의 돌 빛깔로 미루어 보아서 두 사람의 수인은 이럭저럭 10년 가까이는 서로 왕래를 했을 것이 틀림없다고 단정했습니다. 불쌍하게도 두 사람은 10년 동안 무척 지루했겠지요!」

114. 과　　거　　475

　단테스는 주머니에서 금화 몇개를 꺼내어 그것을 수위 쪽으로 내밀었다. 수위는 상대방이 지하 감옥에 유폐되어 있었던 사나이인 줄은 모르고 여전히 그를 불쌍해하고 있었다.
　수위는 잔돈 몇 푼을 받은 정도로 생각하고 그것을 받아 쥐었다. 그리고는 횃불의 불빛으로 받은 돈의 액수를 깨달았다.
「저, 나으리」하고 그는 말했다.「착각을 하신 것으로 생각됩니다만.」
「무엇을 말인가요?」
「제게 주신 것은 금화입니다.」
「알고 있어요.」
「뭐라고요? 알고 계셨단 말입니까?」
「그렇다니까요.」
「그럼, 이 금화를 주실 생각인가요?」
「그렇습니다.」
「그럼, 안심하고 받아도 되겠습니까?」
「물론이지요.」
　수위는 놀란 눈으로 몽테 크리스토의 얼굴을 쳐다보았다.
「이것은 고맙다는 뜻을 가진 깨끗한 돈입니다!」하고 백작은 햄릿을 흉내내어 말했다.
「나으리」하고 수위는 아무래도 자기의 행운이 납득되지 않아서 말했다.「나으리, 어째서 이렇게 선심을 쓰시는지 잘 알 수가 없습니다.」
「아니, 간단히 알 수 있는 일이에요.」하고 백작은 말했다.「나는 옛날에 뱃사람이었어요. 그래서 당신의 이야기에 틀림없이 다른 사람들 이상으로 감동을 받았어요.」
「그렇다면」하고 수위는 말했다.「그렇게 친절을 베풀어 주시니 저도 무엇인가를 드리도록 하지요.」
「무엇을 주실 건가요? 조개 세공입니까? 아니면 밀짚 세공인가요? 뭐, 괜찮아요.」
「아니, 아니, 그런 것이 아니예요. 아까의 이야기와 관계 있는 것이에요.」
「정말입니까?」하고 백작은 다급하게 물었다.「그게 대체 뭔데요?」
「저, 들어 보세요.」하고 수위는 말했다.「실은 이렇습니다. 수인이 15년이나 유폐되어 있던 지하 감옥에는 언제나 무언가가 남아 있게 마련이라고 저는 생각했습니다. 그래서 벽 속을 찾아 보았지요.」

「허어, 과연!」하고 몽테 크리스토는 신부의 이중의 은닉처를 생각해내고 소리질렀다.

「이곳저곳 찾아본 끝에」하고 수위는 계속했다. 「침대의 베개맡과 난로의 불판 밑에서 공허한 소리를 내는 것을 깨달았습니다.」

「그렇군요, 그렇군요.」하고 몽테 크리스토는 말했다.

「그래서 나는 돌을 들어 보았습니다. 그랬더니 발견되었습니다……」

「새끼줄 사다리나 뭐 그런 도구 말인가요?」하고 백작이 소리질렀다.

「어떻게 그걸 아시지요?」하고 수위는 깜짝 놀라서 물었다.

「알고 있는 게 아닙니다. 그럴 것이라고 짐작했을 뿐입니다.」하고 백작은 말했다. 「수인들의 은닉처에서 발견되는 것은 대개 그러한 것들이니까요.」

「바로 그렇습니다.」하고 수위는 말했다. 「새끼줄 사다리하고 그 밖의 연장들입니다.」

「그래, 그것을 지금 가지고 계십니까?」하고 몽테 크리스토가 소리질렀다.

「아닙니다, 나으리. 그런 진기한 것들은 모두 구경오신 분들에게 팔아버리고 말았습니다. 하지만 아직도 한 가지가 남아 있습니다.」

「그게 무엇일까요?」하고 백작은 안타까운 듯이 물었다.

「몇 장인가의 천 위에 쓴 책 같은 것입니다.」

「오오!」하고 몽테 크리스토는 소리질렀다. 「그 책이 남아 있습니까?」

「그것이 책인지 무엇인지는 모릅니다.」하고 수위는 말했다. 「하지만 어떻든 지금 말씀드린 것 같은 것이 남아 있습니다.」

「그것을 찾아와 주지 않겠습니까, 자,」하고 백작은 말했다. 「그것이 내가 생각하고 있는 것과 같은 것이라면 사례는 충분히 하겠습니다.」

「그럼 냉큼 달려가서 가지고 오겠습니다.」

그렇게 말하고 수위는 나갔다.

그래서 백작은 침대의 잔해 앞에 공손히 무릎을 꿇었다. 사제가 마지막 숨을 거둔 이 침대는 그에게는 제단과도 같은 것이었다.

『오오! 나의 제이의 아버지여.』하고 그는 말했다. 『나에게 자유와 학문과 부(富)를 주신 당신. 우리들보다도 훨씬 뛰어난 본질을 가지시고 선악을 구별하는 능력을 가지셨던 당신. 만일 우리들 중의 누군가가 설사 무덤 안에 있더라도 지상에 남아 있는 자의 목소리에 응해서 퍼뜩 놀라는 일이 있다고 한다면, 또 설사 시체는 어떻게 변하더라도 생기 있는 그 무엇이 한때 자기가 깊이 사랑하고 깊이 괴로워한 장소에 헤매어 돌아오는 일이 있다고 한다면 고상한 마음, 최고의 정신, 심원한 영혼의 소유주이신 당신, 일찍이 나에게 주신 아버지로서의 애정에 걸고, 또 내가 당신에게 바친 아들로서의 경의에 걸고 부탁드립니다. 아무쪼록 한 마디의 말이나 하나의 신호, 또는 무슨 계시 같은 것으로 내 마음에 남아 있는 의심스런 생각을 제거해 주십시오. 이 의심스런 생각은 만일 확신으로 변하지 않는다면 회한(悔恨)이 되어 버리고 말 것입니다.』

　백작은 고개를 숙이고 두 손을 모두었다.

「자, 나으리」하고 뒤에서 목소리가 들렸다.

　몽테 크리스토는 퍼뜩 몸서리를 치고 뒤를 돌아보았다.

　수위는 예의 두루말이 천을 그에게 내밀었다. 거기에는 파리아 신부가 자신의 풍부한 지식을 유감없이 정성을 기울여 쏟아 놓고 있었다. 이 수기야말로 이탈리아 왕가에 대한 파리아 신부의 대저작이었다.

　백작은 급히 그것을 손에 들었다. 그리고 그의 눈은 우선 제사(題辭)에 쏠렸다. 그는 그것을 읽었다.

『주는 말씀하셨다. 너는 용의 이빨을 잡아빼고 사자를 발 밑에 깔아 뭉갤지라.』

『아아!』하고 백작은 소리질렀다.『이것이 회답이다! 고맙습니다! 아버지여, 고맙습니다!』

　그리고 나서 그는 주머니에서 천 프랑짜리 지폐가 열 장 들어 있는 조그만 지갑을 꺼내어「자아, 이 지갑을 받아 주세요.」하고 말했다.

「이것을 주시는 겁니까?」

「그렇습니다. 하지만 내가 돌아간 뒤가 아니면 안의 것은 보지 말아 주십시오.」

　그렇게 말하고 방금 손에 들어온, 그에게는 무엇보다도 귀중한 보배인 유물을 단단히 가슴에 안으면서 그는 지하 감옥에서 뛰쳐나왔다. 그리고 배에 돌아오자「마르세이유로!」하고 명령했다.

섬에서 멀어지는 배 위에서 그는 어두운 감옥을 물끄러미 바라보면서 말했다.

『저 어두운 감옥 속에 나를 잡아 가둔 놈들, 그리고 내가 저곳에 갇혀 있었던 것을 잊어버린 놈들에게 저주가 있으라!』

또다시 카탈로니아 마을 앞을 지나갈 때 백작은 얼굴을 돌렸다. 그리고 외투를 머리 위에 푹 뒤집어쓰고 한 여성의 이름을 중얼거렸다.

이것으로 승리는 완전한 것이 되었다. 백작은 또다시 의심스런 생각을 정복했다.

그가 지금 거의 연정이라고도 할 수 있는 애정을 담고 입에 올린 이름은 에데라는 이름이었다.

육지에 오른 몽테 크리스토는 막시밀리안이 가 있을 묘지 쪽으로 걸어갔다 10년 전, 그도 또 이 묘지에서 하나의 무덤을 경건한 마음으로 찾아 헤맨 일이 있었다. 그러나 그것은 끝내 발견되지 않았다. 거대한 부를 가지고 프랑스로 돌아왔으면서도 굶어죽은 아버지의 무덤을 발견할 수가 없었던 것이다.

모렐 씨는 틀림없이 거기에 십자가를 세워 주었다. 그러나 그 십자가는 그 뒤 쓰러져 버리고 말았다. 그러자 무덤파기 인부가 그것을 장작으로 때 버리고 만 것이다. 무덤파기 인부들은 묘지에 쓰러져 있는 낡은 나무는 모두 그렇게 해버렸다.

훌륭한 실업가였던 모렐 씨는 몽테 크리스토의 아버지에 비하면 훨씬 행복했다. 자식들의 팔에 안겨서 숨을 거둔 그는 그들의 손에 의해 2년 전에 죽은 아내 옆에 매장되었다.

저마다의 이름이 새겨져 있는 두 개의 큰 대리석 묘석이 네 그루의 삼나무가 그림자를 드리우고 있는, 철책이 둘러쳐진 땅에 서로 기대듯이 안치되어 있었다.

막시밀리안은 그 삼나무의 하나에 등을 기대고 공허한 눈으로 두 개의 무덤을 물끄러미 바라보고 있었다.

그의 슬픔은 컸다. 거의 미칠 지경이었다.

「막시밀리안 군」하고 백작은 그에게 말을 걸었다.「당신이 보아야 할 곳은 거기가 아닙니다. 저기입니다……」

그렇게 말하고 백작은 하늘을 가리켰다.
「죽은 사람들은 어디에나 있습니다.」하고 막시밀리안은 말했다.「나를 파리에서 끌어냈을 때 당신 자신이 그렇게 말씀하시지 않았습니까?」
「막시밀리안 군」하고 백작은 말했다.「이곳에 오는 도중 당신은 며칠 동안 마르세이유에 머물고 싶다고 하셨지요? 지금도 그러기를 원하십니까?」
「나에게는 이제 어떤 희망도 없습니다. 다만 이 마르세이유라면 다른 곳에서 기다리는 것보다 마음이 괴롭지 않을 것 같은 느낌이 들 뿐입니다.」
「그것 참 잘했군요, 막시밀리안 군. 실은 여기에서 헤어지지 않으면 안 되니까요. 그런데 나는 당신의 약속을 믿어도 되겠습니까?」
「아아! 나는 그것을 잊어버리고 싶습니다.」하고 막시밀리안은 말했다.「잊어버리고 싶단 말입니다!」
「그건 안 됩니다! 그것을 잊어서는 안 됩니다. 왜냐하면 우선 첫째로 당신은 명예를 존중하는 분이기 때문입니다. 막시밀리안 군, 당신은 맹세를 하셨기 때문입니다. 또 앞으로도 맹세를 하지 않으면 안 되기 때문입니다.」
「오오! 백작, 나를 불쌍히 여겨 주십시오! 백작, 나는 정말 불행한 사람입니다!」
「막시밀리안 군, 나는 당신보다도 더 불행한 사람을 알고 있습니다.」
「설마한들」
「하지만 유감스럽게도 알고 있습니다.」하고 몽테 크리스토는 대답했다.「누구나 자기 옆에서 울거나 신음하고 있는 불쌍한 사람보다도 자기가 좀더 불행하다고 생각하기 마련입니다. 이것은 우리들 가련한 인간들의 자격지심의 하나입니다.」
「하지만 이 세상에서 가장 사랑했고 또 열망하고 있던 단 하나의 보배를 잃은 사나이보다 더 불행한 사람이 있을까요?」
「들어 보세요, 막시밀리안 군.」하고 몽테 크리스토는 말했다.「내가 지금부터 하는 얘기를 잠시 동안 정신을 집중해가지고 들어 주세요.
나는 당신과 마찬가지로 행복에의 모든 희망을 한 여인에게 걸고 있던 사나이를 알고 있었습니다. 그 사나이는 나이도 젊고 또 그에게는 사랑하는 늙은 아버지와 약혼녀가 있었습니다. 그러나 그 약혼녀와 결혼을 하려고 했을 때 갑자기 운명의 장난에 말려든 것입니다.

그 운명의 장난은 만일 하느님이 그 뒤 모습을 나타내어 모든 것이 무한한 통일에로 인도하기 위한 수단이었음을 보여 주시지 않았다면 하느님의 선의조차도 의심케 할 정도의 것이었지만, 그러한 운명의 장난에 의해 그는 자유를 빼앗기고 사랑하는 여자를 빼앗기고 그리고 자기가 꿈꾸고 있던 미래, 자기의 것이 되리라고 생각하고 있던 미래(왜냐하면 그는 이미 맹목이 되어서 현재의 일밖에 분별할 수가 없게 되어 있었기 때문입니다)까지도 빼앗긴 채 지하 감옥 속에 던져지고 만 것입니다.」

「하지만」 하고 막시밀리안은 말했다. 「지하 감옥에서는 일주일이나 한 달, 혹은 일 년 뒤에는 나올 수 있지 않습니까?」

「막시밀리안 군, 그 사나이는 14년간을 거기에 갇혀 있었습니다.」 하고 백작은 청년의 어깨 위에 손을 얹고 말했다.

막시밀리안은 저도 모르게 몸을 떨었다.

「14년간!」 하고 그는 중얼거렸다.

「14년간입니다.」 하고 백작은 되풀이했다. 「그 사나이도 그 14년간 그야말로 몇 번이나 절망에 사로잡혔습니다. 그도 역시 막시밀리안 군, 당신과 마찬가지로 자기는 이 세상에서 가장 불행한 사나이라고 생각하고 자살을 하려고 했습니다.」

「그래서요?」 하고 막시밀리안이 물었다.

「그래서 드디어 마지막 순간에 하느님이 어떤 인간을 통해 그의 앞에 모습을 나타내신 겁니다. 그것은 하느님은 이미 기적 같은 것은 보여 주시지 않기 때문입니다.

그 사나이도 처음 한동안은 아마도(눈물에 흐려진 눈이 완전히 분명해지기까지에는 시간을 필요로 하니까요) 하느님의 그러한 무한한 자비심을 몰랐을 것입니다.

그러나 그는 결국 잘 참고 기다렸습니다. 그리고 어느 날 그는 모습을 바꾸고 부와 권력을 손에 넣고 거의 하느님 같은 힘을 가지고 기적적으로 무덤과 같은 지하 감옥에서 나올 수가 있었습니다. 그때 그의 입에서 나온 최초의 부르짖음은 아버지를 찾는 소리였습니다. 그러나 아버지는 이미 돌아가셨습니다.」

「내 경우도 아버지는 돌아가셨습니다.」 하고 막시밀리안이 말했다.

「그렇습니다. 하지만 당신의 아버지는 당신들의 팔에 안겨서 사랑받고 행복한 가운데 돌아가셨습니다. 사람들로부터는 존경을 받고 부를 누리고 천수를 다하셨습니다.
 그러나 그 사나이의 아버지는 가난과 절망 속에서 하느님을 의심하면서 죽었습니다. 죽은 지 10년이 지나서 그 아들이 무덤을 찾았을 때는 그 무덤조차도 없어져 버렸습니다. 그리고 누구 한 사람『당신을 그토록 사랑해 준 사람은 저곳에서 주님의 품에 안겨 편안하게 잠들어 계시다오.』하고 가르쳐 주는 사람도 없었습니다.」
「오오!」하고 막시밀리안이 말했다.
「이봐요, 막시밀리안 군, 그 사람은 당신보다도 훨씬 더 불행한 아들이에요. 자기 아버지의 무덤이 어디에 있는지조차 알 수가 없었으니까요.」
「하지만」하고 막시밀리안이 말했다.「그 사람에게는 적어도 자기가 사랑하던 여자만은 남아 있었던 게 아닙니까?」
「그것은 당신의 착각입니다, 막시밀리안 군. 그 여자는……」
「돌아가셨나요?」히고 막시밀리안은 큰소리로 물었다.
「좀더 혹독하지요. 여자는 그를 배신했습니다. 여자는 자기의 약혼자를 괴롭힌 한 인간과 결혼했습니다. 이것으로 아셨겠지요? 막시밀리안 군, 그 사나이는 당신보다도 더 불행한 연인이었던 것입니다.」
「그래서 그 사람에게」하고 막시밀리안은 물었다.「하느님은 위안을 주셨는가요?」
「적어도 마음의 안정만은 주셨지요.」
「그래 그 사람은 어느 날엔가 다시 행복해질 수 있을까요?」
「그는 그것을 바라고 있겠지요, 막시밀리안 군.」
 청년은 가슴 위에 푹 고개를 떨구었다.
「약속을 지키지요.」하고 잠시 침묵한 뒤 막시밀리안은 말했다. 그리고 몽테 크리스토에게 손을 내밀면서 덧붙였다.「단, 이것만은 기억해 주세요…….」
「막시밀리안 군, 10월 5일에 당신을 몽테 크리스토 섬에서 기다리고 있겠습니다. 4일에 한 척의 요트가 바스티아 항에서 기다리고 있을 겁니다. 그 요트의 이름은 울스 호라고 합니다. 선장에게 이름을 말씀하시면 내가 있는 곳까지 안내해 줄 것입니다. 그럼 막시밀리안 군, 약속할 수 있겠지요?」

「약속하겠습니다, 백작, 약속대로 실행하겠습니다. 단, 기억해 주세요. 10월 5일에는……」

「당신은 정말 어린애로군요. 사나이의 약속이 어떤 것인지 아직 모르시는군요……. 그날이 되어도 아직 꼭 죽어야만 하겠다면 내가 거들어 드리겠다고 벌써 귀에 못이 배기도록 말씀드렸을 텐데요. 막시밀리안 군, 그럼 잘 있어요.」

「벌써 가시는 겁니까?」

「그래요, 이탈리아에 볼일이 있어서요. 나는 당신을 혼자 두고 갑니다. 혼자서 불행과 싸워 볼 수 있게 말입니다. 하느님이, 선택한 사람들을 자기에게로 데려오기 위해서 보내는 강한 날개를 가진 독수리와 대결할 수 있게 말입니다. 가뉘메데스의 이야기(제우스 신이 독수리가 되어서 트로이의 왕자 가뉘메데스를 약탈하여 신들을 위해 술잔을 붓게 했다)는 지어낸 이야기가 아니예요. 막시밀리안 군, 그것은 하나의 우화예요.」

「언제 떠나실 겁니까?」

「지금 곧 떠납니다. 기선이 나를 기다리고 있습니다. 이제 한 시간만 있으면 나는 이미 당신에게서 멀리 떨어져 있을 겁니다. 항구까지 전송해 주지 않겠습니까, 막시밀리안 군?」

「전송해 드리다마다요, 백작.」

「나에게 키스를 해주세요.」

막시밀리안은 항구까지 백작을 전송했다. 이미 검은 굴뚝에서는 큰 깃털 장식 같은 연기가 뿜어져 나와 하늘로 피어오르기 있었다. 배는 이윽고 출항했다. 그리고 한 시간 뒤에는 몽테 크리스토가 말한 것처럼 그 연기의 깃털 장식은 작고 하얘지고 어느새 밤안개가 피어오르기 시작해서 어두워진 동쪽 수평선에 희미하게 그것임을 알 수 있을 정도로 옆으로 길게 흐르고 있었다.

115. 페피노

 백작의 기선이 모르지브 곶 뒤로 모습을 감추었을 무렵 피렌체에서 로마로 가는 가도를 역마차를 타고 달리고 있던 한 사나이가 마침 아쿠아펜덴테의 작은 도시를 지나칠 참이었다.
 그는 길을 재촉하기 위해서 마차를 몹시 빨리 몰고 있었는데 그것은 별로 수상쩍게 생각될 정도는 아니었다.
 그 사나이는 프록코트라기보다는 여행 때문에 몹시 구겨진, 그러나 아직도 새것이어서 화려한 빛깔의 레종 도뇌르 훈장의 약서를 단 외투를 입고 있었다. 그는 또 저고리에까지 이 약장을 달고 있었다. 이러한 이중의 표지뿐만 아니라 마부에게 말을 거는 그 사투리로 보아서도 이 사나이가 프랑스 인이라는 것을 알 수 있었다.
 그가 국제어(프랑스 어를 말함)를 쓰는 나라의 태생이라는 또 하나의 증거는 피가로(프랑스 18세기의 보마르셰 작 《세빌랴의 이발사》《피가로의 결혼》의 등장 인물)가 『갓뎀』(영어에서 온 빌어먹을 놈이라는 뜻의 감탄사)이라는 말밖에 사용하지 않는 것과 마찬가지로 이탈리아 어로서는 그 나라 말의 온갖 미묘한 뜻을 나타내는 다음과 같은 음악어밖에 모른다는 사실이다.
 「알레그로!」(빠르게라는 뜻) 하고 그는 언덕길에 접어들 때마다 마부에게 말했다.
 그리고「모데라토!」(천천히라는 뜻) 하고 내림받이에 접어들면 말했다.
 그런데 아쿠아펜덴테를 지나 피렌체에서 로마로 가기까지에는 오르내리는 언덕은 수없이 많았다!
 어떻든 이 두 개의 낱말은 그것을 듣는 사람들을 크게 웃겼다.
 그는 영원한 도시(로마를 말함)를 눈앞에 두고서도, 즉 로마가 보이기 시작하는 스토르타에 도착하고서도 외국인이라면 으레 자리에서 일어나 무엇보다도 먼저 눈에 들어오는 상 피에트로 사원의 유명한 둥근 지붕을 보려 들기 마련인데도 그러한 열광적인 호기심은 전혀 느끼지 않았다.
 그는 다만 주머니에서 지갑을 꺼내어 그 지갑에서 네 겹으로 접은 종이

쪽지를 꺼냈고 그것을 정중하다고 해도 좋을 정도의 주의를 기울여 펼치고 그런 뒤에 이렇게 말했을 뿐이었다.
『좋아! 이것만 있으면.』
마차는 포폴로 문을 지나 왼쪽으로 꺾어져서 스페인 호텔(32장과 그 밖의 곳에서는 런던 호텔로 되어 있다) 앞에 멎었다.
이미 우리와는 친숙한 주인 파스토리니가 모자를 손에 들고 입구에서 손님을 맞았다.
손님은 마차에서 내리자 고급 식사를 주문했다. 그리고는 톰슨 앤드 프렌치 상회의 번지를 물었다. 그것은 로마에서도 가장 유명한 상회의 하나이므로 곧 알 수 있었다.
그것은 상 피에트로 사원과 가까운 방키 거리에 있었다.
어디에서나 마찬가지이지만 로마에서도 역마차의 도착은 언제나 큰 사건이었다. 마리우스(케사르의 백부)나 그락스 형제(로마의 정치가) 등의 자손인 10여명의 소년이 맨발에 팔꿈치가 드러난 옷을 입고 그 주제에 한쪽 손의 주먹을 허리에 대고 한쪽 팔을 그럴 듯하게 머리 위에 얹으면서 이 여객과 역마차 그리고 말을 둘러보고 있었다.
이렇게, 이 도시에서도 손꼽히는 개구쟁이 소년들에게 다시 법왕령의 구경꾼들이 50명쯤 추가되었다. 이 무리들은 테베레 강(로마를 관통하고 있는 강)에 물이 늘어났을 때는 곳곳에 원을 만들고 상 탄제로의 다리 위에서 강물에 침을 뱉으며 노는 패거리였다.
그런데 로마의 개구쟁이 소년들이나 구경꾼들은 파리의 그러한 무리보다도 훨씬 약아서 온갖 말을, 특히 프랑스 어를 잘 알고 있었기 때문에 여객이 방을 주문하고 식사를 명령하고 나아가서는 톰슨 앤드 프렌치 상회의 번지를 묻는 것을 하나도 **빼놓지** 않고 듣고 말았다.
그래서 새로 온 손님이 안내인과 함께 호텔을 나서자 한 사나이가 구경꾼의 무리에서 **빠져나와** 새로 온 손님에게도 발각되지 않고 또 안내인에게도 들키는 일 없이 그 외국인에게서 약간의 거리를 두고 파리의 경찰관 같은 교묘한 동작으로 뒤를 밟아갔다.
이 프랑스 인은 **빨리** 톰슨 앤드 프렌치 상회에 가고 싶어 마음이 조급했기 때문에 마차에 말을 다는 시간을 기다릴 수가 없었다. 그래서 마차는 도중에 따라와 주거나 또는 은행가의 집 앞에서 기다려 달라고 부탁했다.
 그는 마차가 미처 따라오기 전에 은행에 닿았다.
 프랑스 인은 안내인을 대기실에 남겨 두고 안으로 들어갔다. 그래서 안내인은 곧 로마에서 은행이나 교회, 또는 유적이나 박물관이나 극장 등의 입구 앞에서 어슬렁거리고 있는 별로 이렇다할 직업도 가지고 있지 않은 무리들, 아니, 그보다는 어떤 장사라도 할 수 있는 무리들 두세 명과 이런저런 잡담을 시작했다.
 프랑스 인이 안으로 들어감과 동시에 구경꾼의 무리에서 **빠져나온** 예의 사나이도 마찬가지로 안으로 들어갔다. 프랑스 인은 사무실 창구의 초인종을 눌러 첫 번째 방으로 들어갔다. 그림자처럼 뒤를 따라온 사나이도 그 방으로 들어갔다.
 「여기가 톰슨 앤드 프렌치 상회지요?」하고 프랑스 인은 물었다.
 이 제1의 방의 근엄한 감시인 같은 은행원의 신호로 사환인 듯한 사나이가 일어섰다.
 「누구신가요?」하고 사환은 외국인 앞으로 걸어오면서 물었다.
 「당그랄 남작입니다.」하고 여행자는 대답했다.
 「그럼 이쪽으로 오시지요.」하고 사환이 말했다.
 문. 하나가 열렸다. 사환과 남작은 그 문으로 자취를 감추었다.
 당그랄의 뒤를 따라 들어온 사나이는 대합실 벤치 위에 앉았다.
 은행원은 이럭저럭 5분간쯤 무언가를 쓰고 있었다. 그 5분 동안 벤치에 앉은 사나이는 묵묵히 입을 다문 채 꼼짝도 하지 않았다.
 이윽고 은행원의 펜이 종이 위에서 동작을 멈추었다. 그는 얼굴을 들고 조심스럽게 주위를 둘러보았다. 그리고는 자기들 두 사람뿐이라는 것을 확인하고는「아니, 이건!」하고 말했다.「페피노 아닌가?」
 「그래!」하고 그 사나이는 한 마디로 대답했다.
 「지금 뚱뚱보에게서 뭔가 그럴 듯한 돈벌이 냄새라도 맡았나?」
 「대단한 공로랄 것은 없어. 사전에 통지가 있었으니까.」
 「그럼, 놈이 이곳에 뭣하러 왔는지 알고 있군그래?」
 「물론이지. 놈은 돈을 받으러 왔어. 다만 액수가 문제라고.」
 「조금만 있으면 가르쳐 줄게.」

「고맙네. 하지만 언젠가처럼 거짓말을 해서는 곤란해.」
「그건 무슨 얘기지? 누구 얘기를 하는 건가? 언젠가 여기에서 삼천 에큐를 가지고 나간 영국인 얘기인가?」
「아니, 그놈은 확실히 삼천 에큐를 가지고 있었어. 그리고 틀림없이 우리가 차지했지. 내가 말하는 것은 러시아 공작 얘기라고.」
「그래서?」
「자네는 삼만 리블을 가지고 있다고 했었지? 그런데 이만 이천 리블밖에 발견되지 않았어.」
「찾는 방법이 나빴던 거지.」
「하지만 루이지 반파가 직접 신체 검사를 했는걸.」
「그럼 빚이 있어서 그걸 지불한 뒤였겠지.」
「러시아 인이 빚을 지불한다고?」
「아니면 사용했을 테지.」
「결국 그럴는지도 모르겠군.」
「틀림없이 그렇다고. 그런데, 잠깐 가서 보고 올께. 확실한 금액을 알기 전에 프랑스 인이 일을 끝내면 곤란하니까.」
페피노는 그렇겠다는 신호를 했다. 그리고 주머니에서 염주를 꺼내어 입 속에서 뭐라고 기도를 올리기 시작했다. 그 사이에 은행원은 사환과 남작이 들어간 문으로 자취를 감추었다.
이럭저럭 10분쯤 지나자 은행원이 밝은 얼굴로 되돌아 나왔다.
「어땠어?」하고 페피노가 물었다.
「됐어! 됐어!」하고 은행원이 말했다. 「엄청난 금액이라고.」
「오륙백만이 아닌가?」
「그래, 자네 금액을 알고 있었나?」
「몽테 크리스토 백작의 영수증과 교환하는 거지?」
「아니, 자네 백작을 알고 있나?」
「로마, 베네치아, 빈, 어디에서나 받아 주지.」
「그렇다고.」하고 은행원은 소리질렀다. 「자네, 어떻게 그런 것까지 알고 있나?」
「아까 말했잖나. 사전에 연락이 있었다고.」

115. 페피노

「그럼, 왜 나한테 묻는 거지?」
「저놈이 확실히 그 사나이인지 확인하고 싶었거든」
「확실히 그 사나이일세……. 오백만, 대단한 액수지 뭔가, 안 그래, 페피노?」
「그래.」
「우리는 평생 걸려도 도저히 그만한 돈은 가질 수 없을 걸.」
「하다못해」하고 페피노가 체념어린 얼굴로 말했다. 「그 부스러기라도 차지해?」
「쉿! 그놈이야.」
 은행원은 다시 펜을, 그리고 페피노는 염주를 손에 들었다. 이렇게 해서 문이 열렸을 때 한 사람은 쓰는 일을, 한 사람은 기도를 올리고 있었다.
 당그랄은 밝은 얼굴로 나왔다. 그 뒤로 은행가가 모습을 나타내어 그를 문간까지 배웅했다.
 당그랄의 뒤로 페피노도 따라 나갔다.
 당그랄을 따라잡기로 되어 있던 마차는 약속대로 톰슨 앤드 프렌치 상회 앞에서 기다리고 있었다. 안내인이 마차 문을 열어 놓고 있었다. 안내인이라는 놈은 꽤 친절해서 어떤 일도 척척 해내는 인간이었다.
 당그랄은 스무 살의 청년처럼 날렵하게 마차로 뛰어올랐다.
 안내인은 문을 닫고 마부 옆에 가서 앉았다.
 페피노가 뒷자리에 뛰어올랐다.
「각하는 상 피에트로 사원을 구경하시렵니까?」하고 안내인이 물었다.
「무엇 때문이지?」하고 남작이 말했다.
「무엇 때문이라니요! 구경을 하기 위해서지요!」
「내가 로마에 온 것은 구경을 하기 위해서가 아니야.」하고 당그랄은 큰 소리로 말했다. 그리고는 아주 탐욕스러운 미소를 띠면서 나지막한 소리로 덧붙였다. 「나는 돈을 받으러 온 거라고.」
 그렇게 말하면서 그는 실제로 지금 신용장을 집어넣은 돈지갑에 손을 가져갔다.
「그렇다면 지금부터 각하는 어디로……」
「호텔로 돌아간다.」

「카사 파스토리니(파스토리니 호텔이라는 뜻).」 하고 안내인은 마부를 향해 말했다.

그러자 마차는 마치 자가용 마차처럼 기세좋게 달리기 시작했다.

그로부터 10분 뒤에 남작은 호텔의 자기 방에 돌아와 있었다. 그리고 페피노는 이 장의 처음에 나온 마리우스나 그락스 형제의 자손들 중의 한 사람에게 뭐라고 두세 마디 귓속말을 한 뒤 호텔 벽에 있는 벤치에 가서 앉았다. 귓속말을 들은 소년은 뒤도 돌아보지 않고 칸피도리오의 언덕 쪽으로 달려갔다.

당그랄은 피로와 안심 때문에 졸리기 시작했다. 그는 침대에 벌렁 누워 지갑을 베개 밑에 집어넣었다. 그리고는 그대로 잠들고 말았다.

페피노는 시간이 주체스러웠다. 그래서 인부들과 도박을 해서 삼 에큐 손해를 보았다. 그리고 그 화풀이로 오르비에트 산의 포도주 한 병을 마셔 버렸다.

다음날 당그랄은, 전날 밤 일찍부터 잠을 잤음에도 불구하고 늦게 눈을 떴다. 최근 5, 6일 동안 잠을 자기는 했지만 깊이 잠들지는 못했던 것이다.

그는 배불리 아침식사를 했다. 그리고 자기 입으로도 말했듯이 이 영원한 도시의 명소 따위를 구경할 기분은 들지 않았으므로 역마차를 정오에 보내 달라고 부탁했다.

그런데 당그랄은 경찰 수속의 번거로움과 역마차집 주인의 게으름을 계산에 넣고 있지 않았다.

마차는 겨우 2시에야 왔다. 그리고 안내인이 사증이 끝난 여권을 가지고 온 것은 3시였다.

이러한 여행객을 보려고 파스토리니의 여관 앞에는 구경꾼들이 모여 있었다.

그 가운데는 역시 저 그락스 형제나 마리우스의 자손들이 섞여 있었다.

남작은 그에게서 잔돈을 얻으려고 『각하, 각하』 하고 소리지르는 이러한 무리들 사이를 자랑스럽게 빠져나갔다.

누구나가 알고 있듯이 지극히 평민적이었던 당그랄은 지금까지는 남작이라고 불리는 데에 만족하고 각하 취급을 받은 일은 없었기 때문에 이러한 경칭은 그의 마음을 흡족하게 해주었다. 그래서 동화를 열두 개쯤 모두에게

115. 페피노

던져 주었다. 그런데 그들은 다시 열두 개쯤 받으면 이번에는 그를 전하(殿下) 취급할 그런 무리들이었다.

「어느 길로 갈까요?」하고 마부가 이탈리아 어로 물었다.

「안코나 가도로.」하고 남작은 대답했다. 파스토리니가 이 질문과 대답을 통역했다. 이렇게 해서 마차는 전속력으로 달리기 시작했다.

당그랄은 이제부터 우선 베네치아로 가서 거기에서 자기 재산의 일부분을 받고 다시 베네치아에서 빈으로 가서 거기에서 나머지를 현금으로 바꿀 생각이었다.

로마의 교외에서 십이 킬로도 가기 전에 밤이 다가왔다. 당그랄은 이렇게까지 출발이 늦었다고는 생각하고 있지 않았다. 그렇다는 것을 알았다면 호텔에 남기로 했을 것이다. 그는 마부에게 다음 마을까지 얼마나 되는가고 물었다.

「논 카피스코!」(이탈리아 어. 모른다는 뜻) 하고 마부는 대답했다.

당그랄은 『알았다!』는 듯이 고개를 끄덕여 보였다.

마차는 계속 달렸다.

『최초의 여관에서 자도록 해야지.』하고 당그랄은 생각했다.

당그랄은 아직도 전날 밤의 좋은 기분의 여운에 잠겨 있었다. 전날 밤은 푹 잠들 수 있었던 것이다.

그는 이중 용수철로 된 영국풍 고급 사륜마차 속에 편안하게 누워 있었다. 그리고 준마 두 필의 질주에 실려가는 쾌감을 느끼고 있었다.

말은 이십팔 킬로마다에서 갈아 매게 되어 있었다. 그는 그것을 알고 있었다. 은행가가 이렇게 운좋은 파산을 할 수 있었던 경우에는 이렇게 하는 수밖에 방법이 없을 것이다.

당그랄은 10분쯤 파리에 남기고 온 아내를 생각하고 다음에 또 10분쯤 다르미 양과 함께 여행을 하고 있을 딸을 생각했다. 그리고 또 10분쯤 채권자들의 일과 그들의 돈을 어떻게 사용해 줄까 하는 것을 생각했다. 그리고는 더 이상 아무것도 생각할 것이 없었기 때문에 눈을 감고 꾸벅꾸벅 졸았다.

그러나 때때로 마차의 심한 동요에 흔들려 조금쯤 눈을 뜨곤 했다. 그러나 한참 달리고 있을 때 돌로 화해진 화강암의 거인 같은 수도의 폐허가 산재하고 있는 로마 교외를 여전히 같은 속도로 실려가고 있는 것처럼 느꼈다.

그러나 밤은 차갑고 어둡고 비가 올 낌새였다. 반쯤 졸고 있는 그로서는 차의 문에 얼굴을 대고 『논 카피스코!』라고밖에 대답할 수 없는 마부에게 여기는 어딘가고 묻기보다는 좌석 구석에서 눈을 감고 있는 쪽이 훨씬 더 좋았다.

그래서 당그랄은 말을 바꿔 매는 역에서 깨어나면 되리라고 생각하고 계속 잠을 잤다.

마차가 멎었다. 당그랄은 겨우 기다리고 기다리던 목적지에 도착했군 하고 생각했다. 그는 눈을 뜨고 유리창을 통해 밖을 내다보았다. 그는 어느 도시나 또는 어느 마을의 한가운데에 도착한 것으로 생각하고 있었다. 그러나 거기에는 한 채의 오두막과 마치 그림자처럼 오가고 있는 서너 명의 사람의 모습밖에는 보이지 않았다.

당그랄은 자기의 일을 끝낸 마부가 임금을 받으러 오리라고 생각하고 잠시 기다리고 있었다. 그리고 이 기회에 새 마부에게 여러가지를 물어 보리라고 생각하고 있었다.

그러나 말이 풀려지고 새 말이 매어졌는데도 아무도 돈을 받으러 오지 않았다. 당그랄은 놀라서 마차 문을 열었다. 그러나 억센 손이 그 문을 되밀었다. 그리고 마차는 다시 움직이기 시작했다.

깜짝 놀란 남작은 완전히 잠에서 깼다.

「이봐!」하고 그는 마부에게 소리질렀다. 「이봐! 미오 카로!(이탈리아어. 친근한 자라거나 자네라는 뜻)」

이것도 딸이 카바르칸티 공작과 이중창을 노래한 로만스 속에서 그가 배웠던 이탈리아 어였다.

그러나 『미오 카로』는 쓰다 달다 대답을 하지 않았다.

당그랄은 그래서 유리창을 여는 것만으로 만족했다.

「이봐! 이봐! 대체 어디로 가는 거지?」하고 그는 창문에서 머리를 내밀고 소리질렀다.

「덴트로 라 테스타!」하고 위협적인 몸짓과 함께 무겁고 명령하는 듯한 목소리가 울려왔다.

당그랄은 이 『덴트로 라 테스타!』가 머리를 도로 집어 넣으라는 뜻임을 알 수 있었다. 이렇게 그의 이탈리아 어는 급속한 향상을 보이고 있었다.

그는 불안한 기분이 없지는 않았지만 어떻든 하라는 대로 했다. 그리고 이 불안은 시간이 흐름에 따라 더욱 고조되어서 잠시 후에는 그의 출발 때 말한 것 같은, 졸음이 오는 멍한 기분은 날라가 버리고 그의 마음은 한결같이 나그네의 마음을, 특히 당그랄 같은 처지에 있는 나그네의 관심을 끌지 않고는 가만히 있지 않을 많은 생각으로 가득 차고 말았다.

그의 눈의 작용은 어둠을 통해서 날카로워졌다. 강한 감동을 느낀 최초의 순간은 그렇게 되기 마련이지만 그것이 너무 길어지면 그 작용은 도리어 점점 약해지기 마련이다. 공포를 느끼기 전에는 무엇이든지 바르게 보인다. 그러나 공포를 느끼고 있는 동안에는 사물이 이중으로 보인다. 그리고 공포를 느낀 뒤에는 눈앞이 흐릿해져서 뭐가 뭔지 모르게 된다.

당그랄의 눈에 마차의 오른쪽 문 가까이에서 외투를 입은 한 사나이가 말을 달리고 있는 것이 보였다.

「헌병이로군.」하고 그는 말했다. 「프랑스에서 법왕령 당국에 전신으로 지명 수배를 했을까?」

그는 이러한 불안에서 벗어나고 싶었다.

「어디로 데리고 가려는 거지?」하고 그는 물었다.

「덴트로 라 테스타!」하고 똑같은 목소리가 똑같은 위협적인 투로 되풀이되었다.

당그랄은 왼쪽 문 밖을 보았다.

그러자 그 왼쪽 문 가까이에도 다른 한 사나이가 말을 달리고 있었다.

『확실히 그렇군.』하고 당그랄은 이마에 땀을 흠뻑 흘리면서 말했다. 『확실히 나는 체포되고 만 거야.』

그는 또다시 마차 구석에 쓰러지듯이 등을 기대었다. 이번에는 잠을 자기 위해서가 아니라 생각해 보기 위해서였다.

이윽고 달이 떠올랐다.

그는 마차의 구석에서 들판을 물끄러미 바라보았다. 그러자 또다시 아까 지나오면서 본 그 돌의 유령 같은 큰 로마 수도의 유적이 보였다. 다만 오른쪽이 아니라 이번에는 왼쪽에 보이고 있었다.

이것으로 마차가 빙그르 방향을 바꾸어 로마로 되돌아가고 있다는 것을 알 수 있었다.

『쳇! 재수가 없군.』하고 그는 중얼거렸다.『이것으로 나는 검찰에게 인도 당하게 되는 건가.』

마차는 무서운 속력으로 계속 달리고 있었다. 무서운 한 시간이 지나갔다. 왜냐하면 지나는 길에 보이는 안표로 자기가 되끌려가고 있다는 것을 분명히 알 수 있었기 때문이었다.

이윽고 크고 검은 덩어리 같은 것이 보이고 마차가 거기에 부딪칠 것처럼 생각되었다. 그러나 마차는 후딱 방향을 바꾸어 그 검은 덩어리 같은 것을 옆에 끼고 달렸다. 그것은 자세히 보니까 로마 시를 에워싸고 있는 성벽이었다.

『이게 뭐야!』하고 당그랄은 중얼거렸다.『이것은 도시로 돌아가는 것이 아닌걸. 그렇다면 나를 붙잡은 것은 경찰이 아니잖아. 아마, 그렇다면……』

그의 머리카락이 오싹 하고 곤두섰다.

그는 로마의 산적에 대한 흥미있는 이야기를 생각해냈다. 그것은 파리에서는 거의 믿어지지 않는 이야기였지만 알베르 드 모르셀이 당그랄 가의 사위가 될 것이라는 이야기가 있었을 때 그가 당그랄 부인과 으제니에게 들려 준 이야기였다.

『산적일지도 모르겠는걸!』하고 그는 중얼거렸다.

갑자기 마차가 모래땅이 아니라 좀더 딱딱한 것 위를 달리기 시작했다. 당그랄은 용기를 내어 길 양쪽을 보았다. 그러자 이상한 형태의 건물이 보였다. 그래서 모르셀의 이야기가 마음에 걸려 여러가지 그때의 자세한 내용을 회상하고 있던 그는 여기가 아피아 가도임이 틀림없다고 생각했다.

마차 왼쪽의 골짜기처럼 된 곳에 원형으로 된 동굴이 보였다.

그것은 카라카라 황제(3세기의 로마 황제)가 만든 원형 경기장이었다.

마차의 오른쪽에서 말을 달리고 있던 사나이가 뭐라고 한 마디 하자 마차가 멎었다.

그와 동시에 왼쪽 문이 열렸다.

「센디! (이탈리아 어. 내리라는 뜻)」하고 하나의 목소리가 명령했다.

당그랄은 곧 마차에서 내렸다. 그는 이탈리아 어를 할 수는 없었으나 이미 이해는 할 수 있게 되어 있었다.

남작은 이제 살아 있다는 생각도 없이 주위를 둘러보았다.

115. 페피노

마부를 제외하고 네 명의 사나이가 그를 에워싸고 있었다.

「디 쿠와(이탈리아 어. 여기로라는 뜻).」하고 네 명 중의 한 사나이가 아피아 가도에서 로마 교외의 들판으로 불규칙적인 기복을 그리고 있는 구릉 지대 안으로 통하는 작은 길을 내려가면서 말했다.

당그랄은 거역하지 않고 그 안내인 뒤를 따라갔다. 다른 세 사람이 자기의 뒤를 따라오고 있다는 것은 뒤를 돌아다보지 않고서도 알 수 있었다.

그러나 이 세 사람은 마치 보초처럼 거의 일정한 간격을 두고 도중에 남은 것 같았다.

당그랄은 안내인과 한 마디도 나누지 않고 약 10분쯤 걸어서 언덕 한 개와 키가 큰 풀이 돋아 있는 덤불 사이에 나왔다. 거기에는 또 세 사람의 사나이가 서 있다가 말없이 그를 중심으로 삼각형을 만들었다.

그는 말을 하려고 했다. 그러나 혀가 꼬였다.

「아방티(이탈리아 어. 앞으로라는 뜻).」하고 아까와 똑같은 목소리가 무뚝뚝하고 명령적인 어조로 말했다.

당그랄은 이번에는 이중으로 이해를 강요당했다. 말과 동작에 의해 이해하게 된 것이다. 즉 뒤를 걸어오고 있는 사나이에게 난폭하게 떠밀려 안내인과 부딪쳤다.

이 안내인은 예의 페피노였다. 그는 담비나 도마뱀이 아니고는 길이라고 생각하지 않을 듯한 꼬불꼬불한 좁은 길을 걸어서 키가 큰 풀 속으로 들어갔다.

페피노는 위에 두꺼운 풀숲이 덮인 바위 앞에서 멈춰 섰다. 그러자 그 바위가 마치 눈꺼풀처럼 조금 열려서 그를 통과시켰다. 그는 요정극(妖精劇)의 악마가 들어열개 속으로 모습을 감추듯이 그 속으로 사라졌다.

당그랄의 뒤를 따라오고 있는 사나이의 목소리와 몸짓이 그에게 똑같이 하라고 명령했다. 이제 의문의 여지는 없었다. 프랑스 인 파산자는 로마의 산적들에게 말려든 것이었다.

당그랄은 두 가지 무서운 위험에 낀 사나이처럼 행동했다. 즉 공포 때문에 오히려 대담해졌다. 그의 배는 로마 평야의 바위틈 사이로 비집고 들어가기에는 너무 불룩하게 나와 있었으나 그는 페피노의 뒤를 따라서 기어들어갔다. 그리고는 눈을 감고 미끄러졌다. 그러자 발이 땅에 닿았다.

발이 지면에 닿자 그는 눈을 떴다.
 길은 넓었으나 어두웠다. 자기 집으로 돌아온 페피노는 이제 신분을 숨길 필요가 없었으므로 부싯돌을 쳐서 횃불에 불을 당겼다.
 다른 두 사나이도 후위(後衛) 같은 모습으로 당그랄을 따라서 내려왔다. 그리고 당그랄이 우연히 멈추어 서기라도 하면 뒤에서 떠밀어 완만한 언덕길을 무시무시한 느낌이 드는 십자로의 한가운데까지 걷게 했다.
 실제로 그곳의 암벽은 하나하나 겹쳐 쌓여진 관처럼 파여져 있었다. 그리고 둘레가 하얀 돌이기 때문에 그것은 마치 해골의 검고 깊은 눈이 뻥 뚫려져 있는 것 같은 느낌이었다.
 한 사람의 감시자가 기총의 고리를 왼손으로 두들겨 소리를 냈다.
 「누구냐?」하고 그 감시자가 말했다.
 「동료요! 동료!」하고 페피노가 말했다. 「두목은 어디 계시오?」
 「저쪽에.」하고 감시자는 바위 속에 파여진 큰 방 같은 곳을 어깨 너머로 가리키면서 말했다. 그 방에서는 여러 개의 큰 아치형 구멍을 통해 불빛이 복도에까지 새어나오고 있었다.
 「기막힌 놈을 잡았습니다, 두목, 기막힌 놈을 잡았어요.」하고 페피노가 이탈리아 어로 말했다.
 페피노는 당그랄의 프록코트 깃을 붙들고 방의 출입문 같은 구멍 쪽으로 당그랄을 끌고 갔다. 그 출입문으로 해서 수령이 살고 있는 듯한 방으로 들어갔다.
 「이놈이 그 사나이인가?」하고 플루타크의 《알렉산드로스 대왕전》을 열심히 읽고 있던 수령이 물었다.
 「틀림없이 그렇습니다, 두목.」
 「좋아, 얼굴을 보여 줘.」
 이렇게 꽤 거만한 명령에 따라 페피노는 손에 들고 있던 횃불을 느닷없이 당그랄의 얼굴에 갖다댔다. 당그랄은 눈썹이 타지 않도록 황급히 뒤로 물러섰다.
 그 깜짝 놀란 얼굴 위에는 창백하고 추악한 공포의 표정이 떠올라 있었다.
 「이놈은 지친 것 같군.」하고 수령이 말했다. 「잠자리로 데리고 가.」
 『오오!』하고 당그랄은 중얼거렸다. 『잠자리라는 것은 보나마나 벽에 파여진 관을 말할 테지. 잠이라는 것은 어둠 속에서 번뜩이는 단도가 나에게 가져다 줄 죽음을 뜻하는 것이 틀림없어.』

실제로 이 큰 방의 구석 쪽에서 전에 알베르 드 모르셀이 만났을 때는 케사르의《갈리아 전기》를, 그리고 지금 당그랄이 보았을 때는《알렉산드로스 대왕전》을 읽고 있던 사나이의 동료들이 말린 풀이나 늑대 모포를 깐 바닥 위에서 일어나기 시작했다.

당그랄은 낮은 신음 소리를 내고 안내자의 뒤를 따라갔다. 그는 기도를 하려고도, 소리를 지르려고도 하지 않았다. 이제는 이미 힘도, 의지도, 기력도, 감정도 없어져 버렸다. 잡아 끄니까 걸어가고 있을 뿐이었다.

그는 계단 하나에 걸려 비틀거렸다. 그래서 자기 앞에 층계가 있다는 것을 깨달은 그는 본능적으로 머리를 부딪치지 않도록 몸을 숙였다. 그리고 바위를 도려내어서 만든 한 개의 작은 방으로 나갔다.

이 작은 방에는 아무런 장식도 없었으나 깨끗했다. 헤아릴 수 없을 만큼 깊은 지하에 있었으나 습기는 없었다.

이 작은 방의 한쪽 구석에 마른 풀로 만들고 산양의 가죽으로 덮어 놓은 잠자리가 놓여 있다기보다는 깔려 있었다.

당그랄은 그것을 보고 이것은 목숨을 건지게 될 반가운 징조라고 생각했다.

『오오! 하느님, 고맙습니다!』하고 그는 중얼거렸다.『이것은 영락없는 잠자리이다!』

지금까지의 한 시간 동안에 그가 하느님의 이름을 입에 담은 것은 이것이 두 번째였다. 이런 일은 과거 10년 동안에 일찍이 없었던 일이었다.

「에코(이탈리아 어. 여기다라는 뜻)」하고 안내인이 말했다.

그리고 당그랄을 방안에 밀어 넣고는 그는 문을 닫았다.

빗장 걸리는 소리가 들렸다. 당그랄은 이제 사로잡힌 몸이 된 것이다.

그러나 설사 빗장이 걸리지 않았더라도 상 세바스티아노의 지하 묘지를 점령하여 수령을 중심으로 진을 치고 있는 이 일당의 한가운데를 빠져나 간다는 것은 성 베드로가 아닌 한, 그리고 천사의 인도라도 받지 않는 한 가능한 일이 아니었다. 더욱이 그 수령이 예의 유명한 루이지 반파라는 것을 독자 여러분도 이미 깨달았을 것이다.

일찍이 알베르 드 모르셀이 이 산적의 이름을 프랑스에 퍼뜨리려고 했을 때 당그랄은 그 존재조차도 믿으려고 하지 않았었으나 지금에 와서는 그도 이 산적이 루이지 밤파라는 것을 인정하고 있었다. 단지 그라는 것을 인정했을 뿐만 아니라 이 방이 알베르가 갇혀 있었던 방이며 아무래도 외국인 전용의 방인 듯하다는 것도 인정했다.

그런데 그러한 추억을 더듬고 있으려니까 당그랄은 어쩐지 즐거워지고 마음이 차츰 안정되었다. 즉시 자기를 죽이지 않은 것은 자기를 죽일 의사가 전혀 없기 때문이라고 생각했다.

그들은 돈을 **빼앗**을 생각으로 자기를 체포한 것이다. 그런데 자기는 현금으로는 몇 루이밖에 가지고 있지 않으니까 자기를 인질로 삼아서 몸값을 요구하겠지.

그는 알베르가 사천 에큐 정도 요구받았던 일을 생각했다. 자기는 알베르보다는 훨씬 허우대가 좋으니까 팔천 에큐 정도는 요구받게 되겠지 하고 혼자서 작정하고 있었다.

팔천 에큐라면 사만 팔천 프랑이다.

그에게는 아직도 오백오만 프랑의 돈이 남아 있다.

이만한 돈만 있으면 어디에 가더라도 이럭저럭 헤쳐나갈 수 있다.

그런데 지금까지 오백오만 프랑의 몸값을 요구받았다는 말은 들어 보지 못했고 따라서 어떻게든 **빠**져나갈 길이 있을 것 같다고 생각한 당그랄은 잠자리 위에 몸을 뉘었다. 그리고 두세 번 몸을 뒤척이고는 루이지 밤파가 그 일대기를 연구하고 있는 책 속의 영웅처럼 편안하게 잠을 잤다.

116. 루이지 밤파의 식단표

당그랄이 두려워하고 있는 잠이 아니라면 어떤 잠에도 깨어날 때가 있다. 당그랄은 눈을 떴다.

비단으로 된 커튼, 비로도를 입힌 벽, 난로 속에서 하얗게 되어가고 있는 향나무에서 피어올라 공단을 입힌 천장에서 내려오는 향 등에 익숙해져 있는 파리 사람에게 석회암 동굴 속에서의 깨어남은 그야말로 악몽과도 같은 것이었다.

침대 주위의 산양 가죽으로 만든 커튼에 손이 닿은 당그랄은 사모이에드 인이나 라프란도 인의 꿈이라도 꾸고 있는 것처럼 생각했음에 틀림없었다.

그러나 이러한 처지였기 때문에 아무리 심한 의심도 분명한 현실로 돌아오는 데는 단 일 초로 충분했다.

『그렇지, 그래.』하고 그는 중얼거렸다. 『나는 알베르 드 모르셀이 이야기했던 그 산적들에게 붙잡힌 거야.』

그는 우선 자기가 부상당하지 않았음을 확인하기 위해 심호흡을 해보았다. 이것은 그가 《돈키호테》안에서 알게 된 방법이었다. 그는 이 책밖에 읽지 않은 것은 아니었으나 기억하고 있는 것은 이 책뿐이었다.

『그렇지.』하고 그는 말했다. 『놈들은 나를 죽이지도 않았고 상처를 입히지도 않았어. 하지만 돈은 꽤 빼앗겼을 것이 틀림없다.』

그는 급히 주머니에 손을 넣었다. 그러나 주머니 안엔 아무 이상이 없었다. 로마에서 베네치아까지의 여비로서 따로 넣어 둔 백 루이는 그대로 바지 주머니 안에 들어 있었다. 그리고 오백오만 프랑의 신용장을 넣어 둔 돈지갑도 프록코트의 주머니 안에 들어 있었다.

『이상한 산적들이군!』하고 그는 혼잣말을 했다. 『지갑도 돈주머니도 그대로 두고 있다니! 어제도 잘 때에 생각한 것처럼 나를 인질로 삼아서 몸값을 받아낼 생각이 분명해! 아니! 시계도 있는걸! 몇 시지?』

당그랄은 브레게(유명한 시계 제조인)가 만든 걸작 시계를 전날 출발할 때 정성껏 태엽을 감아 두었는데 그것이 정확히 아침 5시 반을 가리키고 있었다. 이 시계가 없었다면 방 안에는 해가 들지 않았으므로 시간은 완전히 알 수 없었을 것이다.

산적들에게 설명을 요구해야 할까? 아니면 상대방이 말을 꺼낼 때까지 끈기있게 기다려야 할까? 아무래도 후자 쪽이 신중한 방법인 것처럼 생각되었다. 그래서 기다리기로 했다.

그는 정오까지 기다렸다.

그러는 동안 줄곧 감시자 하나가 출입구에서 파수를 서고 있었다. 이 감시자는 아침 8시에 교대했다.

그때 당그랄은 어떤 사나이가 파수를 서고 있는지 보고 싶어졌다.
그는 딱 들어맞지 않은 문의 판자 틈으로 햇볕이 아니라 램프의 불빛이 새어 들어오고 있음을 깨달았다. 그 틈새의 하나에 다가가 보자 마침 산적 하나가 브랜디를 홀짝홀짝 마시고 있는 참이었다. 그것은 가죽 자루에 들어 있었기 때문에 그 역한 냄새가 당그랄의 코를 찔렀다.
『오오! 못 참겠는걸!』하고 그는 방의 구석에까지 뒷걸음치면서 말했다.
정오가 되자 브랜디를 마시고 있던 사나이는 다른 감시자와 교대를 했다. 당그랄은 새로운 파수꾼을 보고 싶었다. 그래서 다시 틈새로 다가갔다.
이번 감시자는 체격이 다부진 산적으로서 큰 눈과 두꺼운 입술, 찌부러진 코를 가진 골리앗(구약 성서에 나오는 거인. 다윗에게 살해된다) 같은 모습을 하고 있었다. 붉은 빛을 띤 머리카락이 뱀처럼 뒤틀린 술이 되어 어깨 위에 늘어뜨러져 있었다.
『아니! 저건!』하고 당그랄은 말했다.『이놈은 사람이라기보다는 식인귀(食人鬼)를 닮았는걸. 어떻든 나는 이제 늙어서 고기가 굳어져 있어. 이런 뚱뚱한 노인은 먹어 보았자 맛이 없을 테지.』
이 말에서도 알 수 있듯이 당그랄에게는 아직도 농담을 할 만한 마음의 여유가 있었다.
바로 이때 자기가 식인귀가 아닌 증거를 당그랄에게 보이려는 듯이 그 감시자는 방 문의 바로 정면에 앉아 배낭에서 흑빵과 양파 그리고 치즈를 꺼내어 우적우적 씹기 시작했다.
『저런저런!』하고 당그랄은 문의 틈새로 산적이 식사하는 모습을 보면서 말했다.『어떻게 저런 더러운 것을 먹을 수 있을까?』
그리고 그는 산양의 가죽 위에 앉았다. 그러자 가죽 냄새가 최초의 감시자가 마시고 있던 브랜디 냄새를 연상시켰다.
그러나 아무래도 소용없었다. 자연의 비밀은 정말 알 수 없는 것이었다. 설사 아무리 허술한 음식이라도 그것이 허기진 배에 호소하는 물질적인 유혹에는 저항할 수 없는 힘이 있었다.
당그랄은 갑자기 자기의 배가 지금 텅 비어 있다는 것을 느꼈다. 그에게는 그 감시자가 지금까지처럼 추하게 보이지 않았다. 빵도 지금까지처럼 까맣지 않았고 치즈도 훨씬 더 신선한 것으로 생각되었다.

마침내 야만인이 먹는 소름 끼치는 날양파까지 그에게 로벨 소스라든가 자기 집 요리인에게 『도니조, 오늘은 뭣 좀 맛있는 것을 먹여 주지 않겠어?』 하고 추켜 세우면 그가 정성을 다해 만들어 주는 밀로톤(쇠고기와 양파로 만든 스튜)을 연상케 했다.

그는 일어서서 문을 두드렸다.

산적이 고개를 들었다.

당그랄은 그에게 문 두드리는 소리가 들렸음을 알았기 때문에 더욱 세게 두드렸다.

「케 코사? (이탈리아 어. 『뭐냐?』라는 뜻)」하고 산적이 물었다.

「이봐! 이것 봐!」하고 당그랄은 손가락으로 문을 톡톡 두드리면서 말했다. 「나에게도 뭔가 먹을 것을 주어도 괜찮을 시간이라고 생각되는데!」

그러나 그의 말을 알아듣지 못하는지, 또는 그의 식사에 대해서는 아무런 명령도 받은 것이 없는지 그 거인은 또다시 먹기 시작했다.

당그랄은 자존심을 손상당한 것 같은 기분이 들었다. 게다가 이런 야만인과 더 이상 상대하고 싶지 않았기 때문에 다시 산양 가죽 위에 벌렁 누워 더는 말을 하지 않았다.

4시간이 지났다. 거인 같은 감시자는 다른 산적과 교대했다. 밥주머니(위)가 몹시 경련하는 것을 느낀 당그랄은 슬며시 일어나 다시 문틈에 눈을 갖다댔다. 그러자 그를 안내한, 영리해 보이는 사나이의 얼굴이 눈에 띄었다.

아니나다를까 그 사나이는 페피노였다. 그는 문의 정면에 앉아 베이컨과 이집트 콩이 든 따뜻한 스튜가 구수한 냄새를 풍기고 있는 냄비를 두 다리 사이에 놓고 될 수 있는 대로 느긋하게 감시하려고 채비를 시작하고 있었다.

페피노는 그 이집트 콩 스튜 옆에 다시 벨레토리 산의 포도가 든 작고 예쁜 바구니와 오르비에트 산 포도주 병을 놓았다.

이것만 보아도 페피노는 확실히 식도락가였다.

이러한 맛있어 보이는 음식을 보자 저도 모르게 당그랄의 입에 군침이 돌았다.

『좋아, 좋아!』하고 당그랄은 말했다. 『이놈은 앞서의 그놈보다 다루기 쉬운지 어떤지 시험해 보아야지.』

그리고 그는 문을 살며시 두드렸다.

「지금 갈게요.」하고 산적이 말했다. 그는 파스토리니의 여관에 노상 드나들면서 프랑스 어를, 그 특별한 어법에 이르기까지 배우게 된 것이다.

그리고 그 말 그대로 그는 문을 열어 왔다.

당그랄은 그 무서운 어조로 『머리를 내밀지 마.』하고 소리지른 사람이 바로 이 사나이라는 것을 알았다. 그러나 지금은 그런 것을 따지고 있을 때가 아니었다. 뿐만 아니라 그는 더할 수 없이 부드러운 표정으로 상냥한 웃음까지 지어보이면서 말했다.

「실례지만 나한테도 식사를 줄 수 없을까요?」

「뭐라고요?」하고 페피노가 소리질렀다.「그렇다면 각하도 혹시 배가 고프시단 말입니까?」

「혹시라니 엉뚱한 인사로군.」하고 당그랄은 중얼거렸다.「꼭 24시간 동안 아무것도 먹지 못했단 말야.」

그리고 나서 이번에는 목소리를 높여서 말했다.

「그래, 배가 고프다고. 그것도 몹시 고프다고.」

「그럼 각하는 뭔가를 먹고 싶다는 말씀입니까?……」

「될 수만 있으면 지금 당장.」

「그야 쉬운 일이지요.」하고 페피노가 말했다.「여기에서는 원하는 것은 뭐든지 손에 넣을 수가 있어요. 물론 대금은 지불해야 하지만요. 정직한 그리스도 교도들 사이에서 하고 있는 것과 똑같이 말예요.」

「그야 물론이지!」하고 당그랄은 소리질렀다.「실제로는 사람을 잡아다 가두었으면 최소한 먹을 것은 주는 것이 당연하지만 말은.」

「하지만 각하!」하고 페피노는 대답했다.「여기에서는 그런 관습은 없어서요.」

「그건 별로 신통한 이유가 아닌데.」하고 당그랄은 말했다. 그는 되도록 상냥하게 굴어 감시자의 비위를 맞추려고 했다.「어떻든 그건 참기로 하지. 그럼 뭔가 먹을 것을 갖다 주었으면 좋겠군.」

「곧 가지고 오지요. 각하, 무엇을 원하시는지요?」

그렇게 말하면서 페피노는 냄비를 땅에 내려놓아 김이 직접 당그랄의 코밑으로 올라오게 했다.

「아무쪼록 주문을 하십시오.」하고 그는 말했다.

「그럼 이곳에 요리장이 있단 말인가?」하고 남작이 물었다.
「뭐라고요? 요리장이 있느냐고요? 완전히 설비가 갖추어진 요리장이 있지요!」
「그럼 요리인은?」
「기막힌 솜씨를 지닌 사람들뿐이지요!」
「그렇다면! 닭이든 생선이든 고기든 무엇이든지 좋아. 먹을 수만 있는 것이라면.」
「뭐든지 각하가 원하시는 것을 주문하십시오. 그럼 닭을 주문할까요?」
「그렇군, 닭으로 하지.」
페피노는 일어서더니 큰소리로 고함을 질렀다.
「각하에게 닭 한 마리!」
페피노의 목소리가 아직도 천장에 울리고 있는 동안에 어느새 고대의 생선장수처럼 반쯤 발가벗은 키가 큰 한 미청년이 모습을 나타냈다. 청년은 머리 위에 닭요리를 담은 은접시를 얹어 놓고 접시에 손도 대지 않은 채 가지고 왔다.
『이건 마치 카페 드 파리에라도 와 있는 것 같군.』하고 당그랄은 중얼거렸다.
「자, 가지고 왔습니다! 각하」하고 페피노는 젊은 산적의 손에서 닭요리를 받아들고 온통 벌레먹은 자리뿐인 테이블 위에 그것을 놓으면서 말했다. 이 탁자와 나무걸상, 그리고 산양 가죽으로 된 잠자리가 이 방에 있는 가구의 전부였다.
당그랄은 나이프와 포크가 필요하다고 했다.
「여기에 있습니다. 각하」하고 페피노는 끝이 닳아빠진 조그만 나이프와 회양목 나무로 만든 포크를 내밀면서 말했다.
당그랄은 한쪽 손에 나이프를, 다른 한쪽 손에 포크를 쥐고 닭을 자르려고 했다.
「실례이지만 각하」하고 페피노는 은행가의 어깨에 손을 얹으면서 말했다. 「여기에서는 선금을 받기로 되어 있습니다. 나중에 가서 맛이 없었다든가 하면 곤란하기 때문에……」
『무슨 일이람!』하고 당그랄은 혼잣말을 했다.『아마 바가지를 씌울 테지만 그것은 차치하고 이것은 이미 파리하고 같지 않은걸. 하지만 뭐 기분 좋게 내주지. 참, 이탈리아에서는 생활비가 싸게 든다고 했으니까 로마에서는 영계 한 마리에 십이 수 정도나 할까?」

「자, 받아 주게.」하고 그는 말하고 일 루이 짜리 금화를 페피노에게 던져 주었다.

페피노는 그 금화를 주웠고 당그랄은 나이프를 닭에게 가져갔다.

「잠깐, 각하」하고 페피노가 일어서면서 말했다.「잠깐 기다려 주세요, 각하, 좀더 주시지 않으면 안 됩니다.」

『예상했던 대로로군, 이놈들 바가지를 씌우러 드는군!』하고 당그랄은 중얼거렸다.

그리고는 바가지를 써도 하는 수 없다고 체념하고 물었다.

「이런 비쩍 마른 닭에게 얼마를 더 지불하면 되겠나?」

「각하는 계약금으로 1루이를 주셨습니다.」

「닭 한 마리에 계약금이 1루이나 필요한가?」

「그렇습니다. 그것은 계약금입니다.」

「하는 수 없군……. 그럼! 나머지는!」

「나머지는 사천구백구십구 루이를 받으면 되겠습니다.」

당그랄은 이런 터무니없는 농담을 듣고 눈을 크게 떴다.

『그런 맹랑한 소리를!』하고 그는 중얼거렸다.『정말 어처구니가 없군!』

그리고 그는 또다시 닭을 자르려 들었다. 그러나 페피노가 왼손으로 그의 오른손을 누르고 다른 한쪽 손을 내밀었다.

「자, 어서 주시지요.」하고 페피노는 말했다.

「아니! 그럼 농담이 아니었단 말인가?」하고 당그랄은 말했다.

「각하, 우리는 절대로 농담 같은 것은 하지 않습니다.」하고 페피노는 마치 퀘이커 교도 같은 근엄한 얼굴로 대답했다.

「뭐라고? 이 닭이 10만 프랑이란 말인가?」

「각하, 이런 동굴 속에서 닭을 기른다는 것은 믿어지지 않을 만큼 고생스러운 일입니다.」

「이것 봐!」하고 당그랄은 말했다.「자네의 이야기는 그야말로 우스꽝스럽고 재미있군. 하지만 나는 배가 고파. 우선 먹게 해줘. 자, 일 루이를 더 줄 테니까.」

「그럼 나머지는 사천구백구십팔 루이가 됩니다.」하고 페피노는 여전히 점잖을 빼며 말했다. 「어떻든 끈질기게 기다려서 받기로 하겠습니다.」

「그래? 그렇다면」하고 당그랄은 자기를 깔보는 듯한 이러한 집요함에 분개하면서 말했다. 「그렇다면 그런 돈은 줄 수가 없어! 냉큼 꺼져! 상대가 누군 줄 알고.」

페피노가 조금 신호를 했다. 그러자 예의 청년이 두 손을 뻗쳐 느닷없이 닭을 거두어들였다. 당그랄은 산양 가죽의 잠자리 위에 몸을 던졌다. 페피노는 문을 닫고 다시 베이컨이 든 이집트 콩을 먹기 시작했다.

당그랄에게는 페피노가 무엇을 하고 있는지 보이지 않았다. 그러나 그 이빨 소리를 듣자 그가 무엇을 하고 있는지 조금도 의심의 여지가 없었다.

그가 음식을 먹고 있는 것은 확실했다. 더욱이 버릇없이 자란 사람처럼 시끄러운 소리를 내면서 먹고 있었다.

『제기랄!』하고 당그랄은 말했다.

페피노는 못 들은 척하고 있었다. 그리고 돌아보지도 않은 채 천천히, 아주 천천히 먹고 있었다.

당그랄에게는 자기의 밥주머니가 마치 다나오스의 왕녀들(그리스 신화에 나오는 여성들. 남편을 죽인 죄로 지옥에서 밑빠진 독에 물 붓는 일을 명령받았다)의 항아리처럼 밑이 빠져 버린 것처럼 느껴졌다. 언제쯤 되면 그것을 채울 수 있을는지 전혀 기약할 수가 없었다.

그래도 그는 30분간을 참았다. 그러나 그 30분은 그에게는 그야말로 1세기 만큼이나 길게 느껴졌다.

그는 일어나서 다시 문 쪽으로 다가갔다.

「이봐요.」하고 그는 말했다. 「더 이상 나를 학대하지 말아요. 나를 어떻게 하려는 건지 즉시 말해 줘요.」

「하지만 각하, 그보다도 우선 각하의 소원을 들어 보기로 하지요……. 말씀만 하시면 당장에 실행할 테니까요.」

「그렇다면 우선 여기를 열어 줘요.」

페피노는 문을 열었다.

「나는」 하고 당그랄은 말했다. 「그래, 뭔가 먹고 싶어요!」
「배가 고프십니까?」
「잘 알고 있을 텐데.」
「그럼 각하, 무엇을 드시고 싶으신지?」
「아무것도 바르지 않은 빵 한 조각이면 돼. 이 동굴 안에서는 닭은 엄청나게 비싸니까.」
「빵이요! 알았습니다.」 하고 페피노가 말했다.
「이봐! 빵을 가지고 와!」 하고 그가 소리질렀다.
예의 청년이 조그만 빵 하나를 가지고 왔다.
「자, 왔습니다!」 하고 페피노가 말했다.
「얼마지?」 하고 당그랄이 물었다.
「사천구백구십팔 루이입니다. 계약금으로서 이 루이를 받았으니까요.」
「뭐라고? 빵 하나가 십만 프랑이라고?」
「네, 십만 프랑입니다!」 하고 페피노가 대답했다.
「하지만 닭도 십만 프랑이지 않았나?」
「이곳에서는 값은 요리의 종류에 따른 것이 아니라 균일 가격으로 되어 있습니다. 조금 드시던 많이 드시던 열 접시를 드시던 한 접시를 드시던 값은 마찬가지입니다.」
「또 농담을 하는 건가? 전혀 이치에 닿지 않는 엉터리 같은 얘기라고! 자, 당장 말해 줘, 나를 굶겨 죽일 생각인가? 그렇다면 당장 죽어 보일 테니까.」
「천만에요, 각하, 그렇다면 각하가 자살을 하고 싶다는 거나 마찬가지입니다. 돈을 내고 드시면 되는 겁니다.」
「무엇으로 지불하란 말인가? 빌어먹을!」 하고 당그랄은 속이 타서 말했다. 「내 주머니에 십만 프랑이 들어 있기라도 하다는 건가?」
「그렇습니다, 당신 주머니에는 오백오만 프랑이 들어 있습니다, 각하.」 하고 페피노가 말했다. 「십만 프랑의 닭 오십 마리와 그리고 오만 프랑으로 반 마리를 드실 수가 있습니다.」
당그랄은 저도 모르게 몸서리쳤다. 눈가리개가 눈에서 떨어져 나간 느낌이었다. 그것은 그야말로 농담이었으나 그 농담의 뜻을 그제서야 분명히 알 수 있었다.
　게다가 이 농담은 방금 전에 생각하고 있었던 것만큼 간단한 것이 아니라는 것도 알 수 있었다.
　「그렇다면」하고 그는 말했다.「그렇다면 십만 프랑을 지불하면 적어도 지금은 문제가 없다는 얘기인가 ? 그리고 무엇이든지 원하는 것을 먹을 수 있다는 말인가 ? 」
　「물론입니다.」하고 페피노가 말했다.
　「하지만 그 돈은 어떻게 하면 지불할 수 있지 ? 」하고 당그랄은 호흡하기가 무척 편해져서 말했다.
　「그런 것은 문제가 없습니다. 당신은 로마 방키 거리에 있는 톰슨 앤드 프렌치 상회에 무조건 신용이 있습니다. 그러니까 그 상회 앞으로 사천구백구십팔 루이의 어음을 끊어서 나에게 주세요. 그렇게 하면 우리의 은행이 그 금액을 우리에게 줍니다.」
　당그랄은 이 경우에는 적어도 성의를 표시해 두는 것이 좋겠다고 생각했다. 그래서 페피노가 내민 펜과 종이를 손에 들고 어음을 쓰고 서명을 했다.
　「자아」하고 당그랄은 말했다.「지참인 지불 어음이오.」
　「그럼, 이것이 각하의 닭입니다.」
　당그랄은 한숨을 쉬면서 닭을 자르기 시작했다. 그런 큰 돈을 주고 산 것치고는 몹시 야윈 닭처럼 생각되었다.
　페피노 쪽은 어음을 자세히 읽어 보고 그것을 주머니에 집어넣었다. 그리고는 다시 이집트 콩을 먹기 시작했다.

117. 사　　면

　다음날 당그랄은 다시 배가 고파왔다. 이 동굴 안의 공기는 몹시 식욕을 자극했다. 당그랄은 오늘이야말로 돈을 쓰지 않아도 될 것으로 생각했다. 왜냐하면 절약가인 그는 닭 절반과 빵 한 조각을 방안 구석에 숨겨 두고 있었기 때문이다.
 그러나 그것을 먹자마자 몹시 목이 말라왔다. 이것은 예기치 못했던 일이었다.
 바싹 마른 혀가 입천장에 달라붙을 때까지 그는 갈증과 계속 싸웠다.
 그러나 타는 듯한 갈증에 마침내 저항할 수가 없게 되어서 그는 사람을 불렀다.
 감시하던 사나이가 문을 열었다. 그것은 처음 보는 얼굴이었다.
 그는 낯익은 사나이와 교섭하는 것이 유리하리라고 생각했다. 그래서 페피노를 불렀다.
「각하, 왔습니다만」하고 페피노는 이것은 재수가 좋군 하고 당그랄이 생각했을 만큼 냉큼 달려와 주었다.「무엇을 원하시는지요?」
「마실 것이 필요해서 그래.」하고 당그랄은 말했다.
「각하」하고 페피노는 말했다.「아시다시피 로마 근처에서는 포도주가 무척 비싸서 말입니다.」
「그럼 물을 주게.」하고 당그랄은 상대의 겨냥을 피하려고 말했다.
「하지만 각하, 물은 포도주보다도 더 구하기가 어렵습니다. 워낙 지독한 가뭄이라서 말입니다!」
『제길』하고 당그랄은 말했다.『아무래도 어제와 같은 꼴이 될 것 같군!』
 그는 그야말로 농담처럼 보이려고 애써 미소를 지었으나 가련하게도 관자놀이에 땀이 배어나오는 것을 느꼈다.
「그렇다면」하고 당그랄은 페피노가 이쪽의 기분을 전혀 헤아려 주지 않는 것을 보고 마침내 말했다.「포도주를 한 잔 마시고 싶은데 줄 수 있겠나?」
「전에도 말씀드렸지만, 각하,」하고 페피노는 짐짓 의젓한 표정을 지으면서 말했다.「한 잔이라는 그런 인색한 판매는 하지 않습니다.」
「그럼 한 병을 주게.」
「어떤 것으로 하시겠습니까?」
「가장 싼 것.」
「어느 것이나 값은 똑같습니다.」
「그래, 값이 얼만데?」
「한 병에 이만 오천 프랑입니다.」

「이봐, 이봐.」하고 당그랄은 아르파 공(몰리에르 작.《수전노》의 주인공)이 아니고는 낼 수 없을 것 같은 비통한 목소리로 말했다. 「분명하게 나를 발가벗길 셈이라고 말해 주게. 그러는 편이 한 장 한 장 벗기는 것보다도 빠르고 쉬울 테니까.」

「어쩌면」하고 페피노가 말했다. 「수령님도 그럴 셈일 것으로 생각됩니다만.」

「수령이라니, 대체 누구지?」

「그저께 당신을 그분 앞에 데리고 갔을 텐데요.」

「그래, 그 사람은 어디에 있소?」

「여기에 있습니다.」

「그럼, 만나게 해줘.」

「그야 어렵지 않지요.」

말이 끝나기가 무섭게 루이지 반파가 당그랄 앞에 서 있었다.

「나를 부르셨나요?」하고 그는 당그랄에게 물었다.

「당신이 나를 이곳에 데리고 온 사람들의 두목이오?」

「그렇습니다, 각하, 그래서요?」

「내 몸값으로 얼마를 희망하십니까? 말씀해 보세요.」

「당신이 지금 가지고 계시는 오백만 프랑만으로 충분합니다.」

당그랄은 무서운 경련으로 심장이 터질 것 같은 느낌을 받았다.

「나에게는 이제 이것밖에 남아 있지 않습니다. 이것이 그 많던 재산의 잔여분입니다. 이것을 빼앗을 생각이면 차라리 내 목숨을 빼앗아가십시오.」

「하지만 각하, 우리에게는 당신의 피를 흘리게 하는 일은 금지되어 있습니다.」

「누구에 의해서 금지되고 있지요?」

「우리가 복종하고 있는 분에 의해서입니다.」

「그럼 당신들은 누군가에게 복종하고 있는 겁니까?」

「어떤 수령님에게이지요.」

「나는 당신이 두목인 줄 알고 있었는데요?」

「나는 이곳에 있는 무리들의 두목입니다. 하지만 내 수령은 따로 계십니다.」

「그리고 그 두목은 또 누군가에게 복종을 하고 있나요?」
「그렇습니다.」
「누구에게요?」
「하느님에게요.」
당그랄은 순간 생각에 잠겼다.
「아무래도 잘 모르겠는걸.」하고 그는 말했다.
「아마 그럴 테지요.」
「그럼 나를 이런 식으로 다루라고 명령한 것은 그 수령이군요?」
「그렇습니다.」
「어떤 목적으로 그러는 거죠?」
「나로서는 알 수가 없습니다.」
「하지만 내 돈지갑은 빈털터리가 되고 만단 말요.」
「그럴 테지요.」
「어떻겠소?」하고 당그랄이 말했다.「백만 프랑을 드리면.」
「거절하겠습니다.」
「그럼 이백만 프랑이면 어떻소?」
「거절하겠습니다.」
「삼백만 프랑이면?…… 사백만 프랑이면?…… 어떨까요, 사백만 프랑을 드리면? 나를 자유로운 몸으로 해준다면 그만큼 드리겠소.」
「오백만 프랑으로 자유로운 몸이 될 수 있다는데 어째서 사백만 프랑밖에 내놓지 않겠다고 하시는 거죠?」하고 반파가 말했다.「은행가 나으리, 그것은 고리대금업자의 근성이라는 거요. 그렇지 않다면 아무래도 이해가 안 되는 걸요.」
「모두 빼앗아요! 모두 빼앗아!」하고 당그랄이 소리질렀다.「그리고 나를 죽여 줘요!」
「자, 자, 각하, 진정하세요. 너무 흥분하시면 배가 고파져서 하루에 백만 프랑어치는 먹어야 할 거요. 좀더 절약을 하셔야지!」
「하지만 지불할 돈이 더 없게 되면 어떻게 되는 거지?」하고 당그랄은 흥분해서 소리질렀다.
「그렇게 되면 허기진 배를 움켜쥐고 견뎌야 하겠지요.」

117. 사 면

「허기진 배를 움켜쥐고?」하고 당그랄은 파랗게 질려가지고 말했다.
「아마 그래야만 하겠지요.」하고 반파는 침착한 어조로 말했다.
「하지만 나를 죽일 생각은 없다고 말했잖소?」
「그렇습니다.」
「그러면서 굶어 죽는 것을 가만히 보고 있겠다는 얘기요?」
「그것과 이것은 다릅니다.」
「제길! 악랄하기 그지없는 놈들이로군!」하고 당그랄은 소리질렀다. 「나는 당신들이 세운 비열한 계획의 의표를 찌르고야 말겠소. 죽이기로 결정했으면 빨리 결말을 내시오. 자, 나를 괴롭히시오. 고통을 주시오, 죽이시오. 하지만 나는 이제 절대로 서명은 하지 않을 테니까 그리 아시오.」
「좋으실 대로 하세요, 각하.」하고 반파는 말했다.

그리고 그는 방에서 나갔다.
당그랄은 큰소리로 울부짖으면서 산양 가죽 위에 쓰러졌다.
이놈들은 대체 어떤 패거리일까? 지금 모습을 보인 수령은 대체 어떤 사나이일까? 그리고 아직껏 모습을 보이지 않은 수령은 과연 누구일까? 이놈들은 나에 대해서 어떤 계획을 가지고 있는 것일까? 누구나 몸값만 치르면 살아났는데 어째서 나에게는 그것이 허용되지 않는 것일까?

오오! 그렇다! 죽어 버리고 말자! 갑자기 변사한다는 것은 이유를 알 수 없는 복수를 기도하고 있는, 집념에 사로잡힌 적을 골탕먹이는 가장 좋은 방법이다.

그렇다, 죽어 버리고 말자! 하지만 죽는다는 것은!
당그랄은 그 긴 생애에 어쩌면 이때 처음으로 원망(願望)과 동시에 공포를 가지고 죽음이라는 것을 생각해 본 것이었다. 그러나 온갖 인간 속에 있으면서 심장이 고동칠 때마다 『너는 죽지 않으면 안 된다!』라고 속삭이는 저 가차없는 망령을 뚫어지게 바라보지 않으면 안 되는 시기가 그에게도 찾아온 것이다.

지금 당그랄은 사냥에 몰리기 때문에 흥분하고, 다음에 절망하고, 그리고 절망한 덕분에 때로는 도망치는 데에 성공하는 야수와도 같았다.

당그랄은 도망칠 것을 생각했다.
그러나 주위의 벽은 바위 그 자체였다. 그리고 방 밖으로 나갈 수 있는 유일한 문 옆에서는 한 사나이가 책을 읽고 있었다. 그리고 그 사나이 뒤에서는 총으로 무장한 사람들이 끊임없이 왔다갔다하는 것이 보이고 있었다.

서명하지 않는다는 결심은 이틀 동안 계속되었다. 그러나 그 뒤에는 식사를 요구했다. 그리고 백만 프랑을 주기로 했다.

훌륭한 만찬이 나왔다. 그리고 백만 프랑을 지불해야 했다.

이때부터 불행한 당그랄의 생활은 연속적인 착란 상태가 되었다. 지금까지도 몹시 고통을 겪었으므로 더 이상 고통을 겪고 싶지 않았다. 그래서 상대의 모든 요구를 감수했다.

그러나 12일쯤 지나서 그의 전성 시대에 먹은 것과 같은 식사를 한 어느날 오후, 그는 잔금을 계산해 보았다. 그리고 지참인 지불의 어음을 남발했기 때문에 지금은 이미 오만 프랑밖에 남아 있지 않다는 것을 깨달았다.

그때 그의 마음에 불가사의한 반작용이 일어났다. 오백만 프랑을 버린 그가 남아 있는 오만 프랑을 어떻게 해서든지 살리고 싶어진 것이다. 이 오만 프랑을 줄 바에는 차라리 마시지도 먹지도 않는 생활을 다시 시작하는 편이 좋겠다고 생각했다.

이때 광기에 가까운 희망의 빛이 번뜩였다. 오랫동안 신을 잊고 있던 그가 신을 생각했다. 신은 때로 기적을 보여 준다, 따라서 이 동굴이 무너지고 법왕청의 헌병이 이 저주스러운 산적의 소굴을 발견하여 자기를 살려 줄지도 모른다, 그러면 오만 프랑은 자기의 손에 남게 된다, 오만 프랑만 있으면 자기도 사나이다, 굶어 죽지 않아도 된다. 그런 생각을 하면서 그는 오만 프랑을 건지게 해달라고 신에게 기도했고 기도하면서 울었다.

이렇게 해서 사흘이 지났다. 그 동안 신의 이름이 노상, 가슴에서는 어떤지 모르지만 적어도 입술 위에는 떠올랐다. 그리고 때때로 정신이 몽롱해졌다. 그러한 때 창너머로 비참한 방의 허술한 침대 위에 죽어가는 노인의 모습이 보이는 것 같은 느낌이 들었다.

그 노인도 또 굶주림으로 죽어가고 있었다.

나흘 째가 되자 당그랄은 이미 인간이 아니었다. 살아 있는 송장이었다. 그는 전에 먹은 빵 부스러기가 땅바닥에 떨어져 있는 것까지 주워서 먹었다. 그리고 땅바닥에 깔아 놓은 멍석까지 뜯어먹기 시작했다.

그리고 그는 자기를 수호해 주는 천사에게 탄원하듯이 페피노를 향해 뭐든

먹을 것을 달라고 탄원했다. 한입의 빵에 천 프랑을 내겠다고 말했다.
 그러나 페피노는 대답하지 않았다.
 닷새째에 당그랄은 방문까지 기어서 갔다.
「그럼 당신은 그리스도 교도가 아니오?」하고 그는 무릎을 짚고 몸을 일으키면서 말했다.
「당신은 신 앞에서 당신의 형제인 한 인간을 죽이려는 거요?」
「오오! 옛날의 친구들이여, 옛날의 친구들이여.」하고 그는 중얼거렸다. 그리고 풀썩 앞으로 쓰러졌다.
 이윽고 절망에 강타당한 듯이 가까스로 몸을 일으키고는「두목을! 두목을!」하고 소리질렀다.
「여기에 있습니다.」하고 불쑥 나타난 반파가 말했다.「아직도 무슨 용건이 있는가요?」
「이 마지막 돈을 받아 주세요.」하고 당그랄은 지갑을 내밀면서 중얼거렸다.「여기에서, 이 동굴 안에서, 나를 살아만 있게 해주세요. 나는 이미 자유는 원치 않습니다. 사는 것밖에는 바라지 않습니다.」
「그럼 충분히 고생을 했다는 얘기군요?」하고 반파가 물었다.
「그렇습니다! 나는 고통을 겪었습니다. 지독한 고통을 겪었습니다!」
「하지만 당신보다 더 고통을 겪은 사람도 있답니다.」
「그런 것은 믿을 수가 없습니다.」
「그런데 있단 말입니다! 굶어 죽은 사람들이 있단 말입니다.」
 당그랄은 환각에 사로잡혔을 때 그의 쓸쓸한 방의 창너머로 보인 침대 위에서 신음하고 있는 노인의 모습을 생각했다.
 그는 신음 소리를 내면서 이마를 땅바닥에 내리쳤다.
「그렇습니다. 그 말이 맞습니다. 나보다도 좀더 고통을 겪은 사람이 있습니다. 하지만 적어도 그런 사람들은 순교자였습니다.」
「당신은 적어도 후회만은 하고 계시겠지요?」하고 이때 음침하면서도 엄숙한 목소리가 들렸다. 그 목소리를 듣자 당그랄의 머리카락은 빳빳하게 곤두섰다.
 그의 약해진 시력은 주위의 것을 똑똑히 분간하려고 애썼다. 그리고 반파의 등 뒤에 외투를 입은 사나이가 돌기둥의 그림자 속에 서 있는 것이 보였다.

「무엇을 후회하지 않으면 안 된다는 겁니까?」하고 당그랄은 중얼거렸다.
「자기가 저지른 몹쓸 일을 말입니다.」하고 같은 목소리가 말했다.
「오오! 물론 후회하고 있습니다! 후회하고 있고말고요!」하고 당그랄은 큰소리로 말했다.

그리고는 야위어서 작아진 주먹으로 자기의 가슴을 두드렸다.
「그렇다면 용서해 드리지요.」하고 사나이는 말하고 외투를 벗더니 한 걸음 앞으로 나와 불빛 속에 모습을 나타냈다.
「몽테 크리스토 백작!」하고 당그랄은 소리질렀다. 지금까지 굶주림과 비참함 때문에 창백해져 있었던 얼굴빛이 공포 때문에 더욱 새파래졌다.
「아닙니다. 나는 몽테 크리스토 백작이 아닙니다.」
「그럼 누구십니까?」
「나는 당신에 의해 팔려져서 검찰에게 인도되어 치욕을 당한 사나이입니다. 당신 덕분에 내 약혼자는 정조를 더럽히게 되었습니다. 당신은 출세하기 위해서 나를 발판으로 삼았습니다. 당신 때문에 내 아버지는 굶어 죽었습니다. 그래서 나는 당신을 굶어 죽게 만들려고 했습니다. 그러나 지금은 당신을 용서해 주려고 하고 있습니다. 왜냐하면 이러는 나 자신이 용서받지 않으면 안 되는 사람이기 때문입니다. 나는 에드몽 단테스입니다!」

당그랄은 앗! 하고 소리지르고 땅에 엎드렸다.
「일어서세요.」하고 백작은 말했다. 「당신의 목숨은 살아났어요. 당신의 두 공범자는 당신과 같은 행운을 누리지는 못했습니다. 한 사람은 미치광이가 되고 한 사람은 죽었습니다! 여기에 남아 있는 오만 프랑은 가지고 가도 좋습니다. 내가 주는 선물로 생각하십시오. 당신이 양육원에서 사취한 오백만 프랑은 익명의 사람의 손으로 이미 양육원에 되돌려 주었습니다……. 자, 먹고 마시십시오. 오늘 밤은 손님으로서 대접하지요……. 반파, 이 사람이 배불리 먹거든 자유로운 몸으로 해드려요.」

백작이 멀어져가는 동안 당그랄은 그냥 엎드려 있었다. 그가 얼굴을 들었을 때는 고개를 숙이고 있는 산적들 앞을 지나 복도 저쪽으로 그림자 같은 것이 사라져가는 모습이 보였을 뿐이었다.

백작의 명령대로 당그랄은 반파의 대접을 받았다. 반파는 그의 앞에 이탈리아 최고의 포도주와 훌륭한 과일을 가져오게 했다. 그리고 식사가 끝나자 반파는 그가 타고온 역마차에 다시 그를 태우고 길가의 나무 한 그루에 그의 몸을 기대어 세운 채 그냥 두고 가버렸다.

그는 자기가 어디에 있는지도 몰라서 밤이 샐 때까지 그 자리에 그냥 꼼짝도 않고 있었다.

날이 밝자 그는 자기가 개울가에 있다는 것을 깨달았다. 목이 몹시 말라 있었기 때문에 개울까지 벌벌 기어서 갔다.

그리고 물을 마시려고 몸을 구부렸을 때 자기의 머리카락이 새하얗게 되어 있는 것을 깨달았다.

118. 10월 5일

저녁 6시쯤이었다. 아름다운 가을 태양의 금빛 광선이 스며들고 있는 오팔빛의 밝음이 하늘에서 푸르스름한 바다 위에 쏟아지고 있었다.

한낮의 더위는 조금씩 사라지고 있었다. 그리고 남국의 무더운 낮잠에서 깨어난 자연의 숨결 같은 미풍이 느껴져왔다. 지중해의 해안을 서늘하게 하고 바다의 씁쓸한 향기가 섞인 나무들의 향긋한 내음을 기슭에서 기슭으로 실어나르는 저 상쾌한 바람이 느껴져왔다.

지브롤터에서 다다넬스, 튀니지에서 베네치아에 걸쳐서 펼쳐져 있는 이 큰 호수(지중해를 말함) 위를 청초하고 우아한 모양을 한 한 척의 경쾌한 요트가 어느새 드리워지기 시작한 저녁 안개 속을 미끄러져 나가고 있었다. 그 움직임은 바람에 날개를 펼치고 물 위를 미끄러지고 있는 듯한 백조의 그것과 똑같았다. 배는 **빠르고** 게다가 우아한 모습으로 달렸고 인광처럼 반짝이는 뱃자국을 뒤에 남기고 있었다.

방금 아까까지도 마지막 광선을 보이고 있던 태양도 지금은 천천히 서쪽 수평선으로 가라앉고 있었다. 그러나 그 격렬한 불꽃은 신화의 아름다운 꿈이 정당하다는 것을 증명하듯이 하나하나의 파도 머리 위에 다시 나타나 안피토리테(바다의 신 포세이돈의 아내)가 자기의 품안에 숨은 애인인 불꽃의 신을 감청색의 옷자락 속에 숨기려고 하면서도 숨기지 못하고 있는 모습을 말해 주고 있는 것 같았다.

소녀의 머리카락을 살랑거리게 할 정도의 바람밖에 없다고 생각되는데도 요트는 화살처럼 달리고 있었다.

뱃머리에 서 있던 키가 큰 청동색의 사나이가 눈을 크게 뜨고 원추형의 어두운 덩어리 같은 섬이 자기 쪽으로 다가오고 있는 것을 보고 있었다. 그것은 마치 카탈로니아 인의 큰 모자 같은 모양을 하고 파도 사이로 모습을 드러냈다.

「저것이 몽테 크리스토 섬인가?」하고 그 사나이가 깊은 슬픔을 담은 침통한 목소리로 물었다. 이 작은 요트는 지금은 이 사나이의 명령하에 놓여 있는 것 같았다.

「그렇습니다, 각하.」하고 선장이 대답했다.「곧 도착하게 됩니다.」

「곧 도착하게 된다!」하고 사나이는 뭐라 말할 수 없는 우울한 어조로 중얼거렸다.

그리고는 나지막한 목소리로 덧붙였다.

「그렇군, 저기가 항구로군.」

그리고 그는 다시 생각에 잠겼다. 그가 생각에 잠겼다는 것은 눈물보다도 더 슬픈 그 미소로 알 수 있었다.

몇 분 뒤, 육지에서 번쩍 하고 불빛이 빛났다. 그러나 그것은 곧 사라졌다. 그리고 한 방의 총소리가 요트에까지 들려왔다.

「각하」하고 선장이 말했다.「육지에서 신호를 보내오고 있습니다. 각하가 회답을 보내시겠습니까?」

「어떤 신호이지?」하고 사나이는 물었다.

선장은 손으로 섬을 가리켰다. 섬의 중턱에 큰 솜뭉치 같은 하얀 연기가 한가닥 피어올라 그것이 흩어지면서 퍼져 나가고 있었다.

「아! 그렇지.」하고 사나이는 꿈에서 깨어난 듯이 말했다.「빌려 주게.」

선장은 탄환을 잰 기총을 사나이에게 건네 주었다. 사나이는 그것을 받아들고 천천히 위로 올려 하늘을 향해 발사했다.

10분 뒤에 선원들은 돛을 감아 올리고 조그만 항구에서 오백 보쯤 떨어진 곳에 닻을 내렸다.

보트가 네 명의 노저이와 한 사람의 타수를 태우고 이미 바다에 내려져 있었다.

사나이는 보트로 옮겼다. 그러나 그를 위해서 푸른 융단을 깔아 놓은 고물에는 앉지 않고 팔장을 낀 채 우뚝 서 있었다.

노저이들은 날개를 말리고 있는 새처럼 노를 반쯤 들어올린 채 기다리고 있었다.

「그럼, 떠나 주게!」하고 사나이가 말했다.

여덟 개의 노는 일제히 한 방울의 물도 튕기지 않고 수면에 내려졌다. 그리고 보트는 힘차게 화살처럼 달리기 시작했다.

눈 깜짝할 사이에 보트는 해안선이 자연스럽게 패어 들어간 조그만 후미 속으로 들어갔다. 뱃바닥이 모래땅에 닿았다.

「각하」하고 타수가 말했다.「동료 두 사람의 어깨에 매달리십시오. 그들이 육지까지 옮겨 드릴 것입니다.」

청년은 그러한 권고에 대해 전혀 무관심한 태도로 대답했다. 그는 보트에서 다리를 내놓고 물 속으로 미끄러져 내렸다. 물은 그의 허리 근처까지 찼다.

「오오! 각하」하고 타수가 중얼거렸다. 「그러시면 곤란합니다. 저희가 주인으로부터 꾸중을 듣습니다.」

청년은 확실한 발판을 골라 주는 두 선원의 뒤를 따라 기슭 쪽으로 전진했다.

삼십 보쯤 가자 기슭에 닿았다. 청년은 마른 땅 위에서 발의 물기를 없앴다. 그리고 선원들이 안내해 줄 길은 어디일까 하고 주위를 둘러보았다. 왜냐하면 벌써 해가 완전히 지고 있었기 때문이다.

그가 뒤를 돌아보았을 때 손 하나가 그의 어깨 위에 얹혀졌다. 그리고 목소리 하나가 그를 부르르 떨게 했다.

「잘 오셨습니다, 막시밀리안 군.」하고 그 목소리는 말했다.「정확하게 오셨군요. 감사합니다!」

「당신이었군요, 백작!」하고 청년은 반가운 몸짓으로 몽테 크리스토의 손을 두 손으로 움켜쥐면서 소리질렀다.

「그렇습니다, 보시다시피 나도 당신에 못잖게 정확하게 왔습니다. 그런데 흠뻑 젖었군요. 카뤼프소(이오니아 해에 있는 섬의 여신으로서 텔레마코스를 섬에 붙들어 두려고 했다)가 텔레마코스에게 한 대사는 아니지만 자, 옷을 갈아입어야 하겠군요. 자, 오세요. 여기로 가면 당신을 위해서 완전히 준비가 되어 있는 집이 있습니다. 거기에서 쉬시면 피로도 추위도 잊게 될 것입니다.」

몽테 크리스토는 막시밀리안이 뒤를 돌아보고 있는 것을 깨달았다. 그래서 잠시 기다렸다.

청년은 자기를 데리고 온 선원들이 한 마디 말도 하지 않고, 돈도 받지 않고 가버린 것을 깜짝 놀라면서 보고 있었던 것이다. 이미 그 조그만 배 쪽으로 돌아가고 있는 노젓는 소리조차 들려오고 있었다.

「아아! 그랬군요.」 하고 백작은 말했다. 「저 선원들을 기다리고 계셨군요?」

「그렇습니다. 내가 사례도 하기 전에 그대로 돌아가고 말았습니다.」

「그런 걱정은 하실 필요가 없습니다, 막시밀리안 군.」 하고 몽테 크리스토는 웃으면서 말했다. 「선원들은 어엿하게 계약이 되어 있어서 내 섬에 올 때에는 하물 수송료도 선임도 모두 무료입니다. 문명국의 말로 하자면 예약제로 되어 있는 것입니다.」

막시밀리안은 놀란 얼굴로 백작을 바라보았다.

「백작」 하고 막시밀리안은 말했다. 「당신은 파리에 계실 때와는 완전히 달라지셨군요.」

「어떻게 달라졌지요?」

「여기에서의 당신은 웃는 얼굴을 보이고 계시니까요.」

몽테 크리스토의 얼굴이 갑자기 흐려졌다.

「막시밀리안 군, 참 용케도 나를 평소의 나로 되돌아가게 해주셨습니다.」 하고 그는 말했다. 「정말이지 당신을 다시 만나게 되어서 나는 아주 기쁘게 생각했습니다. 그래서 모든 행복은 순식간이라는 사실을 완전히 잊고 있었던 것입니다.」

「오오! 그렇게 생각하셔서는 안 됩니다, 백작.」 하고 막시밀리안은 다시 백작의 두 손을 붙잡고 말했다. 「그보다는 아무쪼록 웃어 주세요. 행복한 모습을 보여 주세요. 당신의 그 대범한 무관심으로 인생은 다만 고생하고 있는 사람에게밖에는 괴로운 것이 아니라는 것을 나에게 보여 주세요. 오오! 당신은 인정이 많으신 분입니다. 선량하고 위대한 분입니다. 당신은 나에게 기운을 북돋아 주려고 그런 쾌활함을 가장하고 계신 겁니다.」
「그건 당신의 지나친 생각입니다, 막시밀리안 군.」하고 몽테 크리스토는 말했다.「실제로 나는 즐거웠던 것입니다.」
「그렇다면 당신은 내 처지를 잊어버리고 만 것이지요. 하긴 그것도 괜찮습니다만！」
「그건 또 무슨 뜻이지요？」
「그렇지 않습니까？ 아시다시피 나는 지금 당신에게 옛날의 투사가 경기장(고대 로마에서 투사가 맹수를 상대로 싸우던 장소)에 들어갈 때 황제에게 말한 것처럼『바야흐로 죽으려는 자가 인사를 드립니다.』하고 말씀드리지 않으면 안 되기 때문입니다.」
「그렇다면 아직도 슬픔은 사라지지 않은 겁니까？」하고 몽테 크리스토는 이상한 눈을 하고 그에게 물었다.
「물론입니다！」하고 막시밀리안은 비통한 눈빛으로 대답했다.「내가 정말로 슬픔을 잊을 수 있다고 생각하셨던 겁니까？」
「이것 보세요.」하고 백작은 말했다.「막시밀리안 군, 당신은 내 말을 제대로 이해해 주시겠지요？ 당신은 나를 시시한 속된 인간이라든가 뜻없는 막연한 말을 지껄이는 사람이라고는 생각하고 계시지 않겠지요？
내가 당신에게 슬픔을 잊으셨는가 어떤가 물을 때는 인간이 가진 마음의 비밀을 샅샅이 알고 있는 사람으로서 하는 이야기예요. 자, 그러면 막시밀리안 군, 함께 당신의 마음속에까지 들어가서 그것을 탐색해 보는 것이 어떻겠습니까？ 거기에는 지금도 아직 모기에 물린 사자가 펄쩍 뛰듯이 당신의 육체를 펄쩍 뛰게 하는, 고통이 심한 안타까움이 있을까요？ 지금도 아직 무덤에 들어가지 않고서는 사라지지 않을 것 같은 그 몸을 태우는 욕망이 있을까요？ 지금도 아직 죽은 사람을 따라가기 위해 산 인간에게 목숨을 버리게 할 그렇게 아름다운 애석한 마음이 있을까요？
아니면 거기에 있는 것은 단지 찬란하게 뿜어나오려는 희망의 빛을 지우려고 하는 권태나 의기소침에 지나지 않는 것이 아닐까요？ 기억이 없어졌기 때문에 눈물도 나오지 않게 되었다는 것이 아닐까요？
오오！ 만일 그렇다면, 만일 이제는 울 수도 없게 된 것이라면, 무감각해진 당신의 마음이 이미 사라지고 만 것이라면, 그리고 이제는 하느님에게 의

존하는 수밖에 없을 만큼 힘이 없어졌다, 하늘밖에는 눈을 돌릴 데가 없어졌다고 한다면, 막시밀리안 군, 서로의 마음을 전하기 위해서는 너무나도 의미가 협소한 말은 이제 과감하게 옆에 버리는 것이 어떻습니까?

 막시밀리안 군. 당신의 마음에는 이제 슬픔은 사라지고 없습니다. 이제는 더 이상 탄식하지 말아 주십시오.」

「백작」 하고 막시밀리안은 부드러우면서도 다부진 목소리로 말했다.「백작, 손가락으로 지상을 가리키고 눈은 하늘을 우러르고 있는 사나이가 말한다고 생각하시고 내 얘기를 들어 주시기 바랍니다. 나는 한 친구의 팔에 안겨 죽기 위해서 당신 옆으로 온 것입니다. 물론 나에게도 사랑하고 있는 사람들은 있습니다. 나는 누이동생 줄리를 사랑하고 있고 그 남편인 임마누엘도 사랑하고 있습니다. 그러나 나에게는 최후의 순간에 억센 팔로 안아 주고 미소지어 줄 사람이 필요합니다. 누이동생은 울며 쓰러져서 정신을 잃고 말 것입니다. 나는 그녀가 괴로워하는 것을 보지 않으면 안될 것입니다. 그런데 나는 이미 지금까지도 충분히 고통을 겪어왔습니다.

 또 임마누엘은 내 손에서 무기를 빼앗고 온 집안을 고함 소리로 메울 것입니다.

 하지만 백작, 당신은, 나에게 확실하게 약속을 하신 당신은, 인간 이상의 분이신 당신은, 만일 영원히 죽지 않는 사람이라면 하느님이라고도 부르고 싶은 당신은, 나를 차분하고 부드럽게 죽음의 문에까지 인도해 주실 것이 아닌가요?」

「막시밀리안 군」 하고 백작이 말했다.「나에게는 또 한 가지 의문이 남아 있습니다. 당신은 자기의 슬픔을 내비쳐 보일 만큼 기운을 잃고 계신가요?」

「그것은 아닙니다. 보십시오, 나는 단순한 사나이입니다.」 하고 막시밀리안은 백작에게 손을 내밀면서 말했다.「내 맥박은 평소보다 빠르지도 느리지도 않습니다. 그렇습니다, 나는 인생 역정의 끝에까지 왔다는 느낌입니다. 그렇습니다, 나는 이제 더 이상 가지 않을 겁니다.

 당신은 나에게『기다려라, 그리고 희망을 가져라.』하고 말씀하셨습니다. 불행한 현자인 당신은 당신이 하신 말씀이 어떤 뜻을 가지고 있었는지 아십니까? 나는 일 개월을 기다렸습니다. 즉 일 개월 동안 괴로워한 것입니다!

 나는 희망을 가졌습니다(인간이란 얼마나 불쌍하고 비참한 것일까요!).

나는 희망을 가졌습니다. 그럼 어떤 희망을 가졌다는 걸까요? 그것은 나로서는 모릅니다. 어쩐지 분명히 알 수 없는, 엉뚱하고 바보스러운 것! 기적과도 같은 것…… 하지만 그것은 어떤 기적일까요?

그것은 내 이성 속에 사람들이 희망이라고 부르고 있는 저 광기를 불어넣은 하느님만이 알고 계십니다. 그렇습니다, 나는 기다렸습니다. 그렇습니다, 백작, 나는 희망을 가졌습니다. 그러나 우리가 이야기를 시작하고 나서 15분 동안, 당신은 자신도 모르는 가운데 몇 번이나 내 마음을 때려부수고 괴롭혔습니다. 왜냐하면 당신의 말씀 하나하나에서 나에게는 이미 아무런 희망도 남아 있지 않다는 것을 잘 알게 되었기 때문입니다.

오오! 백작, 아무쪼록 나를 조용하고 편안하게 죽게 해주십시오!」

막시밀리안은 이 마지막 말을 정력이 폭발하는 것 같은 격렬한 어조로 말했다. 그래서 백작은 자기도 모르게 몸을 떨었다.

「백작」하고 막시밀리안은 백작이 아무 말도 하지 않자 말을 이었다. 「당신은 내가 그때까지는 살아 있지 않으면 안될 날짜로서 10월 5일을 정하셨습니다……. 백작, 오늘이 그 10월 5일입니다…….」

막시밀리안은 시계를 꺼냈다.

「지금 꼭 9시입니다. 아직도 세 시간을 더 살아 있지 않으면 안 됩니다.」

「좋아요!」하고 몽테 크리스토가 대답했다.「이쪽으로 오세요.」

막시밀리안은 기계적으로 백작의 뒤를 따라갔다. 두 사람은 이미 동굴 안에 들어와 있었다. 그러나 막시밀리안은 아직도 그것을 깨닫고 있지 못했다.

그는 발 밑에 융단이 깔려 있는 것을 깨달았다. 문이 하나 열렸다. 향기로운 냄새가 그를 감싸고 강한 빛이 그의 눈을 쏘았다.

막시밀리안은 걸음을 멈추고 앞으로 나가기를 주저했다. 그는 자기 주위에 감돌고 있는, 뭔가 마음을 녹이는 것 같은 기분 좋은 것을 경계했다.

몽테 크리스토는 살며시 그를 끌어당겼다.

「어떻습니까?」하고 그는 말했다.「자기들의 황제이며 이윽고 자기들의 재산을 몰수할 네로(기원 1세기의 로마의 폭군)로부터 사형 선고를 받은 옛날의 로마 인들처럼 꽃으로 장식된 식탁에 앉아서 헬리오트로프나 장미향기와 함께 죽음의 냄새를 맡으면서 남은 세 시간을 보내는 것도 나쁜 것은 아니라고 생각하는데 어떻습니까?」

막시밀리안은 미소지었다.
「당신 좋으실 대로 하세요.」하고 그는 말했다.「죽음은 항상 죽음입니다. 즉 그것은 망각이며 휴식이며 생명이 없어지는 것이며 따라서 고통이 없어지는 것을 뜻합니다.」

그는 자리에 앉았다. 몽테 크리스토는 그의 맞은편에 자리잡았다.

여기는 전에도 서술했듯이 기막히게 훌륭한 식당으로서 꽃이나 과일을 푸짐하게 담은 바구니를 머리에 인 대리석 상이 몇 개인가 서 있었다.

막시밀리안은 모든 것을 멍하니 바라보고 있었다. 아마도 그에게는 아무 것도 보이지 않는 것이 틀림없다.

「사나이끼리로서 이야기합시다.」하고 그는 백작을 물끄러미 바라보면서 말했다.

「어서 말씀을 하세요!」하고 백작은 대답했다.

「백작」하고 막시밀리안은 말을 이었다.「당신은 인간의 지식을 한몸에 지니고 계십니다. 나에게는 당신이 우리의 세계보다도 훨씬 앞선, 훨씬 지적인 세계에서 오신 분처럼 생각됩니다.」

「어느 정도 그런 면이 있을런지도 모르지요, 막시밀리안 군.」하고 백작은 그의 얼굴을 아름답게 보이게 하는 우울한 미소를 띠면서 말했다.「나는 고뇌라고 불리는 별에서 온 사나이입니다.」

「나는 당신이 하시는 말씀이라면 모두 그 뜻을 깊이 생각해 보려고도 하지 않고 믿고 있습니다. 그 증거로는 당신이 살아 있으라고 하셨기 때문에 지금까지 살아왔습니다. 또 희망을 가지라고 하셨기 때문에 희망을 계속 가져왔습니다.

그런데 백작, 당신이 이미 한 번 죽은 일이 있는 분으로서 감히 묻고 싶습니다만 죽음은 매우 고통스러운 것인가요?」

몽테 크리스토는 뭐라 말할 수 없는 다정한 표정을 띠고 막시밀리안을 지그시 바라보았다.

「그렇습니다.」하고 백작은 말했다.「물론 그렇습니다. 만일 당신이 어떻게 해서라도 살고 싶어하는 육체를 난폭하게 부수려고 한다면 그것은 몹시 괴로운 일입니다. 만일 당신이 단도의 눈에도 보이지 않는 이빨로 육체를 들볶는다면, 혹은 또 어디로 날아갈지도 모르는, 마냥 표적에서 빗나가는 탄환으로 조그만 충격에도 아픔을 느끼는 뇌수를 관통시키려고 한다면 확실히 괴로울 것입니다. 그리고 당신은 절망적인 마지막 고통 속에서 이렇게까지 하지 않고서는 휴식을 얻을 수 없을 바에는 살아 있는 편이 얼마나 나았을지 모른다고 생각하면서 마지못해 이 세상을 떠나게 되겠지요.」

「그것은 나도 알고 있습니다.」 하고 막시밀리안은 말했다. 「죽음에도 삶과 마찬가지로 괴로움과 즐거움의 비밀이 있습니다. 문제는 그것들 모두를 아는 것입니다.」

「바로 그렇습니다, 막시밀리안 군. 당신은 지금 꽤 좋은 말씀을 하셨습니다. 죽음은 우리가 거기에 대해 바로 대응하는가 잘못 대응하는가에 따라 혹은 유모처럼 우리를 다정하게 흔들어 주는 친구가 되어 주기도 하고 혹은 우리의 영혼을 육체로부터 난폭하게 잡아뜯는 적이 되기도 하는 것입니다.

앞으로 천 년쯤 뒤, 우리가 자연의 모든 파괴력을 정복해서 그것을 인류의 전체적인 행복을 위해 이용할 수 있게 된다면, 즉 인간이 지금 당신이 말씀하셨듯이 죽음의 비밀을 알게 된다면, 죽음은 사랑하는 사람의 팔에 안겨서 맛보는 잠과도 같은, 다정하고 또 못 견디게 즐거운 것이 되겠지요.」

「그렇다면 백작, 만일 그러한 때 당신이 죽고 싶다고 생각하신다면 당신은 죽을 수 있습니까?」

「물론 죽을 수 있지요.」

막시밀리안은 백작에게 손을 내밀었다.

「지금 나는 알게 되었습니다.」 하고 그는 말했다. 「어째서 당신이 이곳에서, 대양의 한가운데에 있는 이 고도에서, 고대 이집트의 왕도 부러워할 만한 이 분묘, 이 지하 궁전 속에서 나를 만나려고 하셨는지를 알았습니다. 그것은 당신이 나를 사랑하고 계시기 때문입니다. 백작, 그렇지 않습니까? 나를 사랑하고 계시기 때문에 아까 말씀하신 것 같은 죽음의 방식, 즉 임종의 고통이 없는 죽음의 방식, 바랑티느 양의 이름을 부르면서 당신의 손을 잡고 숨을 거둘 수 있는 죽음의 방식을 나에게 주시려고 생각하기 때문이 아닌가요?」

「그렇습니다, 당신의 짐작이 맞습니다, 막시밀리안 씨.」 하고 백작은 선뜻 대답했다. 「나는 그렇게 하고 싶은 생각입니다.」

「고맙습니다. 내일은 이미 괴로워하지 않아도 되리라고 생각하니까 내

비참한 마음도 한결 편안해집니다.」
「그럼, 아무런 미련도 없는 거지요?」하고 몽테 크리스토가 물었다.
「없습니다.」하고 막시밀리안은 대답했다.
「나에 대해서도 말입니까?」하고 백작은 깊은 감동을 담고 물었다.
막시밀리안은 아차 하고 말이 막혔다. 맑고 초롱초롱하던 눈이 갑자기 흐려졌다. 그리고는 야릇하게 빛났다. 그러자 한 방울의 큰 눈물이 쏟아져 나와 뺨 위로 흘러내렸다.
「뭐요!」하고 백작은 말했다.「아직도 이 세상에 미련을 갖고 계시군요. 그러면서 죽으려고 하는 겁니까?」
「오오! 부탁입니다.」하고 막시밀리안은 힘 없는 소리로 외쳤다.「백작, 이제는 아무 말씀도 말아 주세요. 내 고통을 더 이상 오래 끌게 하지는 말아 주세요!」
백작은 막시밀리안의 기력이 약해지기 시작했다는 것을 알았다.
그렇게 생각하는 순간, 저 이프 성에서 한번은 극복한 그 무서운 의심스런 생각이 다시 고개를 쳐들었다.
『나는 지금』하고 그는 생각했다.『이 사나이에게 행복을 되찾아 주려고 노력하고 있다. 나는 이러한 속죄를 지금까지 불행을 얻은 저울과의 평형을 유지하는 분동으로 삼으려고 생각하고 있다. 하지만 만일 내 생각이 잘못된 것이라면? 만일 이 사나이가 행복을 부여받을 만한 불행한 사람이 아니라면? 만일 그렇다면 선(善)을 생각하는 것으로밖에 악(惡)을 잊을 수가 없는 나는 대체 어떻게 되는 것일까?』
「알겠어요? 막시밀리안 군.」하고 백작은 말했다.「당신의 고통은 한없이 큽니다. 그것은 나도 알고 있습니다. 하지만 당신은 하느님을 믿고 계십니다. 그러니까 스스로 영혼의 구원을 해볼 생각은 없을 테지요?」
막시밀리안은 슬픈 미소를 지었다.
「백작」하고 그는 말했다.「아시다시피 나는 참된 감동도 없으면서 시(詩)를 짓는 따위의 일은 하지 않습니다. 분명히 말씀드리지만 내 영혼은 이미 내 것이 아닙니다.」
「이봐요, 막시밀리안 군.」하고 몽테 크리스토는 말했다.「아시다시피 나에게는 한 사람의 피붙이도 없습니다. 나는 지금까지 줄곧 당신을 내 아들처럼 생각해왔습니다. 그렇습니다! 자기의 아들을 구제하기 위해서라면 자기의 목숨도, 하물며 재산 따위는 말할 것도 없이 희생할 것입니다.」
「그것은 무슨 뜻인가요?」
「즉 막시밀리안 군, 이런 이야기입니다. 당신은 지금 자기의 목숨을 버리려고 생각하고 있습니다. 그것은 막대한 재산에 의해 얻어지는 온갖 즐거움을 모르시기 때문입니다.
막시밀리안 군, 나는 지금 일억 프랑에 가까운 재산을 가지고 있습니다. 그것을 당신에게 드리지요. 그만한 재산만 있으면 어떤 일이라도 마음대로 할 수가 있습니다. 당신은 무언가 큰 희망을 가지고 있습니까? 어떤 길이라도 당신 앞에 열릴 것입니다. 세계를 뒤흔들어 보세요. 세계의 얼굴을 바꿔 놓아 보세요. 엄청난 일을 해보세요. 만일 필요하다면 죄를 저질러도 좋을 것입니다. 하지만 어떻든 살아야 합니다.」
「백작. 당신은 나에게 약속하셨습니다.」 하고 막시밀리안은 냉정한 어조로 말했다. 그리고 시계를 꺼내 보면서 덧붙였다. 「지금 11시 반입니다.」
「막시밀리안 군! 당신은 내 집에서, 내 눈앞에서 그것을 실행하려고 생각하고 계십니까?」
「그럼 나를 돌아가게 해주세요.」 하고 막시밀리안은 어두운 얼굴이 되면서 말했다. 「그렇지 않다면 당신이 나를 사랑해 주시는 것은 나를 위해서가 아니라 당신 자신을 위해서라고 생각할 것입니다.」
그렇게 말하면서 그는 자리에서 일어났다.
「좋겠지요.」 하고 몽테 크리스토는 말했다. 그의 얼굴은 이러한 말을 듣고 밝아졌다. 「막시밀리안 군, 당신은 죽음을 원하고 있습니다. 당신은 일단 마음을 정하면 어떤 일이 있어도 결심을 바꾸지 않는 분입니다. 그렇습니다! 당신은 정말로 불행한 분입니다. 당신 자신도 말씀하셨듯이 당신을 재기시킬 수 있는 것은 다만 기적뿐입니다. 막시밀리안 군, 아무쪼록 자리에 앉으세요. 그리고 조금만 기다려 주세요.」
막시밀리안은 시키는 대로 자리에 앉았다. 몽테 크리스토는 일어섰다. 그리고는 주의깊게 닫혀진 찬장으로 가서 쇠사슬 끝에 매달려 있는 열쇠로 그것을 열고 안에서 기막히게 조각한 조그마한 은상자를 꺼냈다. 상자의 네 귀퉁이에는 비탄에 젖어 있는 사람의 기둥처럼 몸을 젖히고 있는 네 사람의 여인이 하늘을 동경하고 있는 천사와 같은 상징적인 모습으로 새겨져 있었다.
 백작은 그 작은 상자를 탁자 위에 놓았다.
 그런 다음 그것을 열더니 그 안에서 다시 좀더 작은 상자를 꺼냈다. 이 상자의 뚜껑은 비밀스런 용수철 장치로 열리게 되어 있었다.
 이 작은 상자 안에는 반쯤 고형인 유지(油脂)가 들어 있었다. 그 빛깔은 상자에 박혀 있는 윤기있는 금, 사파이어, 루비, 에메랄드 등의 반사를 받아 뭐라고 말할 수 없이 아름다웠다.
 그것은 감청색과 홍색, 그리고 금빛이 뒤섞인 비단벌레 빛 같은 느낌이었다.
 백작은 도금이 된 숟가락으로 그것을 조금 떠서는 막시밀리안의 얼굴을 지그시 바라보면서 그것을 주었다.
 이때 비로소 이 물질이 녹색을 띤 것임을 알 수 있었다.
 「이것이 당신이 요구하신 것입니다.」하고 백작이 말했다.「이것이 당신에게 약속한 것입니다.」
 「아직 목숨이 붙어 있는 동안에」하고 청년은 몽테 크리스토의 손에서 숟가락을 받아들면서 말했다.「진심으로 감사드립니다.」
 백작은 두 번째로 숟가락을 손에 들고 다시 한 번 금상자 안의 것을 떴다.
 「무엇을 하시는 겁니까?」하고 막시밀리안은 백작의 손을 붙들면서 말했다.
 「실은 막시밀리안 군」하고 백작은 웃으면서 말했다.「하느님도 용서해 주시리라고 생각하지만 나도 당신과 마찬가지로 인생에 지친 것처럼 생각됩니다. 그래서 마침 좋은 기회 같아서……」
 「이러시면 안 됩니다!」하고 청년이 소리질렀다.「오오! 당신은 사람을 사랑하고 사람들로부터도 사랑을 받고 희망을 믿고 계십니다! 오오! 내 흉내를 내지 말아 주세요! 당신의 경우에는 그것은 하나의 죄악입니다. 안녕히 계세요. 고상하고 넓은 마음을 가지신 백작님. 당신이 나에게 해주신 일은 그대로 모두 바랑티느 양에게 전하겠습니다.」
 그리고 왼손을 뻗쳐 백작과 악수를 한 이외에는 아무런 망설임도 보이지 않고 몽테 크리스토에게서 받은 그 알 수 없는 것을 천천히 삼켰다. 아니 삼켰다기보다도 천천히 맛을 보고 있었다.
 그리고 두 사람은 입을 다물었다. 알리가 말없이 조심스러운 몸가짐으로 담배와 물곰방대를 가지고 들어와서 커피를 따르고 나갔다.
　대리석의 입상이 손에 들고 있는 램프의 불빛이 차츰 희미해져갔다. 그리고 향로(香炉)의 냄새가 막시밀리안에게는 이제는 강하게 느껴지지 않게 되었다.
　그의 맞은편에 앉아 있는 몽테 크리스토는 그러한 그를 어두운 그늘 안쪽에서 유심히 바라보고 있었다. 막시밀리안에게는 백작의 눈이 반짝반짝 빛나고 있는 것밖에는 보이지 않았다.
　격렬한 고통이 막시밀리안을 사로잡았다. 그는 물곰방대가 자기 손에서 떨어지는 것을 느꼈다. 주위의 것이 차츰차츰 형태와 빛깔을 잃어갔다. 그의 멍한 눈은 벽에 있는 여러 개의 문과 커튼 같은 것이 열리는 것을 보았다.
　「백작」하고 그는 말했다. 「이것으로 죽을 수 있을 것 같은 느낌이 듭니다. 고맙습니다.」
　그는 마지막으로 다시 한 번 백작 쪽으로 손을 내밀려고 애썼다. 그러나 그 손은 힘없이 떨어지고 말았다.
　그때 그에게는 몽테 크리스토가 미소를 짓고 있는 것처럼 생각되었다. 그것은 이미 그에게 몇 번이나 백작의 깊은 영혼의 비밀을 내비친 야릇하고 무서운 미소가 아니라 아버지가 떼를 쓰는 아들에게 보이는 다정한 애정이 깃든 미소였다.
　동시에 막시밀리안의 눈에는 백작의 모습이 점점 커져가는 것처럼 보였다. 거의 두 배의 키로 늘어난 백작의 몸은 붉은 벽지 위에 선명하게 떠올라 있었다. 검은 머리카락은 뒤쪽으로 그려올려져 있었다. 그리고 최후의 심판의 날에 악인들을 위협하는 천사의 한 사람처럼 의연하게 서 있는 것처럼 보였다.
　막시밀리안은 얻어맞은 사람처럼 축 늘어져서 팔걸이의자 위에 벌렁 쓰러져 누웠다. 기분 좋은 마비가 혈관 하나하나에 스며들었다. 머릿속에서는 마치 만화경 속에 갖가지 새로운 모양이 생겨나듯이 갖가지 생각이 꼬리에서 꼬리를 물고 이어져갔다.
　누워서 힘없이 허덕이고 있는 막시밀리안에게 있어서 자기 속에서 생생하게 움직이고 있는 것은 이제 이러한 꿈밖에는 없었다. 자기는 지금 죽음이라고 불리고 있는 미지의 세계에 들어가기 직전의 막연한 혼수 상태 속으로 돛에 가득히 바람을 안고 들어가고 있는 것처럼 생각되었다.
　그는 다시 한 번 백작 쪽으로 손을 뻗으려고 했다. 그러나 이번에는 손이 움직이지 않았다. 그는 마지막 작별을 고하려고 했다. 그러나 그의 혀는 마치 무덤을 막고 있는 돌처럼 목구멍 속에서 무겁게 움직일 뿐이었다.
 나른한 눈은 저절로 감겨졌다. 그런데도 눈꺼풀 뒤에서는 무언가 한 개의 그림자가 움직이고 있었다. 자기의 주위는 깊은 어둠에 잠겨 있는 것 같은데 그것만은 똑똑히 보였다.
 그것은 지금 문을 연 백작의 모습이었다.
 그러자 당장 옆방에서 기막힌 궁전에서 빛나고 있던 엄청난 빛의 물결이 일시에 막시밀리안이 기분 좋게 죽음에 몸을 맡기고 있는 이 방으로 흘러 들어왔다.
 그때 그의 눈에, 이 방의 입구, 두 방의 경계선 부분에 기막힌 한 미인이 걸어 들어오고 있는 모습이 보였다.
 창백한 얼굴에 다정한 미소를 띠운 이 여성은 복수의 천사를 몰아내는 자비의 천사처럼 보였다.
 『벌써 나를 위해서 천국의 문이 열린 것일까?』하고 죽어가는 막시밀리안은 생각했다. 『저 천사는 내가 잃어버린 그 천사와 매우 흡사하다.』
 몽테 크리스토는 그 젊은 여성에게 손가락으로 막시밀리안이 누워 있는 소파를 가리켰다.
 그녀는 두 손을 모두어 쥔 채 입가에 미소를 짓고 그에게로 다가왔다.
 『바랑티느 양! 바랑티느 양!』하고 막시밀리안은 가슴 밑바닥에서 힘껏 불러 보았다.
 그러나 그의 입에서는 단 하나의 목소리도 나오지 않았다. 그리고 전신의 힘이 이 마음속의 감동에 몰린 것처럼 깊은 한숨이 하나 새어나왔을 뿐이었다. 그리고 그는 눈을 감았다.
 막시밀리안의 입술이 다시 한 번 움직였다.
 바랑티느는 그에게로 달려갔다.
 「당신을 부르고 계십니다.」하고 백작이 말했다.「깊은 잠 속에서 당신을 부르고 계십니다. 당신이 운명을 맡긴 분이 말입니다! 죽음은 두 사람을 떼어 놓으려 했습니다! 그러나 다행히도 내가 거기에서 죽음을 쓰러뜨리고 말았습니다! 바랑티느 양, 이제부터 두 사람은 이제 이 지상에서는 서로 헤어지는 일이 없습니다. 저 사람은 당신과 재회하기 위해서 무덤 속으로 뛰어들려고 했었으니까요. 내가 없었다면 두 분 모두 죽고 없었을 것입니다. 나는 두 분을 서로에게 되돌려 드렸습니다. 내가 두 분을 살려 드린 것을 아무쪼록 하느님도 기억해 주시기를!」

바랑티느는 몽테 크리스토의 손을 꼭 움켜쥐었다. 그리고 기쁨의 충동을 끝내 억제하지 못하고 그 손을 자기의 입술로 가져갔다.

「오오! 나에게 감사해 주십시오.」하고 백작은 말했다.「오오! 내가 두 사람을 행복하게 해드렸다는 것을 되풀이 말씀해 주십시오, 아무쪼록 몇 번이라도 거듭 되풀이해 주십시오. 당신은 모르실 테지만 나에게는 그러한 확신이 필요합니다.」

「오오! 물론 말씀드리겠어요. 저는 진심으로 감사하고 있어요.」하고 바랑티느는 말했다.「제 감사가 진심에서 우러난 것이 아니라고 의심하신다면, 그렇군요! 에데 씨에게 물어 보세요, 제가 좋아하는 에데 언니에게 물어 보세요. 그분이야말로 우리가 프랑스를 떠난 이래 언제나 당신 얘기를 하시면서 오늘이라는 이 행복한 날을 참을성 있게 기다리도록 저에게 힘을 불어넣어 주셨어요.」

「그럼 당신은 에데를 사랑하고 계시군요?」하고 몽테 크리스토는 마음속의 감동을 숨기려고 애쓰면서도 숨기지 못하고 물었다.

「네, 진심으로요!」

「그렇다면! 들어 보세요, 바랑티느 양!」하고 백작이 말했다.「한 가지 당신에게 부탁이 있습니다.」

「어머, 저에게요! 분에 넘치는 영광이에요……」

「그래요, 당신은 지금 에데를 가리켜 언니라고 하셨지요? 바랑티느 양, 에데를 정말 당신의 언니로 삼지 않겠습니까? 당신이 나에게 뭔가 은혜를 입었다고 생각하신다면 그것을 고스란히 그녀에게 돌려 주시지 않겠습니까? 막시밀리안 군과 당신이 함께 그녀를 보살펴 주세요. 왜냐하면(이때 백작의 목소리가 목구멍 속으로 꺼져 들어갔다), 왜냐하면 이제부터 그녀는 이 세상에서 외톨박이가 되니까요……」

「외톨박이가 되다니요?」하고 이때 백작의 뒤에서 목소리가 들렸다. 「어째서지요?」

몽테 크리스토는 뒤를 돌아보았다.

에데가 거기에 서 있었다. 창백하게 얼어붙은 듯한 얼굴을 하고 멍하니 백작을 바라보고 있었다.

「왜냐하면 너는 내일 자유의 몸이 되기 때문이다.」하고 백작은 대답했다. 「이 세상에서 마땅히 네가 받아야 할 지위를 너는 되찾게 되기 때문이다. 나는 내 운명으로 너의 운명을 어둡게 하고 싶지 않다. 왕자의 딸이여! 나는 너에게 네 아버지의 부와 이름을 되돌려 주고 싶은 것이다.」

에데의 얼굴이 순간 새파래졌다. 그녀는 신에게 기도하는 소녀처럼 가느다란 손을 벌리고 눈물어린 목소리로 말했다.

「그럼 당신은 저를 버리고 마시는군요?」

「에데! 에데! 너는 아직도 젊고 예뻐. 내 이름까지도 잊어버려야 해. 그리고 행복해져야 해.」

「알겠어요.」하고 에데는 말했다. 「분부대로 하겠어요. 이름까지도 잊어버리고 행복해지겠어요.」

그렇게 말하고 그녀는 거기에서 나가려고 한 걸음 뒤로 물러섰다.

「어머!」하고 바랑티느는 막시밀리안의 축 늘어진 머리를 어깨로 받친 채 소리질렀다. 「어머! 모르시겠어요? 에데 씨의 얼굴이 새파랗게 질렸어요, 몹시 괴로운 모양이에요.」

에데는 비통한 어조로 그녀에게 말했다.

「어떻게 이분이 내 마음을 이해해 주시리라고 생각하시지요? 이분은 내 주인이에요. 나는 이분의 노예이고요. 이분에게는 나에 대한 것은 아무것도 몰라도 되는 권리가 있어요.」

백작은 이 목소리의 어조에 부르르 몸을 떨었다. 그것은 그의 마음을 밑바닥까지 뒤흔들었다. 그의 눈이 그녀의 눈과 마주쳤다. 그의 눈은 상대방의 눈빛을 당할 수가 없었다.

「오오!」하고 몽테 크리스토는 말했다. 「그럼 네가 나에게 내비치고 있던 것이 사실이었단 말인가! 에데, 그럼 너는 나하고 헤어지지 않는 것이 행복하단 말이지?」

「저는 젊은 여자예요.」하고 그녀는 부드러운 어조로 말했다. 「저는 당신이 언제나 즐거운 것으로 만들어 주신 생활을 사랑하고 있어요. 죽기는 싫어요.」

「그 얘기는 곧 내가 너하고 헤어지기라도 한다면……」

「그때는 전 죽어 버리고 말 거예요!」
「그럼 나를 사랑하고 있는 거니?」
「어머! 바랑티느 양, 이분이 나에게 사랑하고 있는가고 물으셔요! 그렇다면 바랑티느 양, 당신이 막시밀리안 씨를 사랑하고 계시는지 어떤지를 이분에게 들려 드리세요.」

백작은 가슴이 크게 벌어지고 마음이 상쾌해지는 것을 느꼈다. 그는 두 팔을 벌렸다. 그러자 에데가 기쁨의 고함을 지르면서 그 팔 안에 뛰어들었다.

「오오! 저는 당신을 사랑하고 있어요!」하고 그녀는 말했다.「사람들이 아버지나 형제, 또는 남편을 사랑하듯이 당신을 사랑하고 있어요! 사람들이 자기의 목숨이나 하느님을 사랑하듯이 당신을 사랑하고 있어요. 왜냐하면 당신은 저에게는 이 세상에서 가장 아름답고 가장 훌륭한, 그리고 가장 위대한 분이니까요.」

「귀여운 너, 그렇다면 네가 원하는 대로 하자구나!」하고 백작은 말했다.「나를 적에 대해 일어서게 하고 나를 승리자로 해주신 하느님은, 그렇지, 내가 승리한 끝에 후회하는 일이 없도록 해주신 거다.

나는 나 자신을 벌하려고 했어. 그러나 하느님은 나를 용서해 주시려는 거다. 에데! 나를 사랑해 줘! 아마도 너의 사랑은 내가 잊지 않으면 안될 것을 잊게 해주겠지.」

「하지만 그것은 무슨 뜻이지요?」하고 에데가 물었다.

「즉 너의 한마디 한마디가 내가 20년 동안 천천히 기르고 축적한 지식 이상으로 내 눈을 분명히 뜨게 해주었어. 에데, 나에게는 이제 이 세상에 너밖에는 없어. 네가 있기 때문에 나는 또다시 살아갈 마음이 생기고 고생할 수가 있고 행복해질 수가 있는 거야.」

「들으셨어요? 바랑티느 양!」하고 에데가 소리질렀다.「내가 있기 때문에 고생할 수가 있대요! 이분을 위해서는 목숨을 버려도 좋다고 생각하는 내가 있기 때문에 말예요!」

백작은 조금 생각에 잠겼다.

『내가 살짝 엿본 것은 과연 진실일까?』하고 그는 말했다.「오오! 그런 것은 아무래도 좋아! 칭찬이든 벌이든 나는 내 운명을 받아들여야지. 이리 와요, 에데, 이리 와요……」

그렇게 말하고 그는 에데의 허리에 팔을 돌리고 바랑티느에게 악수를 한 뒤 거기에서 나갔다.

이럭저럭 한 시간이 지났다. 그 동안 바랑티느는 숨을 몰아쉬며 입을 다문 채 막시밀리안 옆에서 지그시 그를 바라보며 지키고 있었다. 이윽고 그녀는 그의 심장이 다시 고동치기 시작한 것을 느꼈다. 가냘픈 숨이 새어나오고 그의 입술이 벌어졌다. 그리고 생명이 되살아난 것을 알리는 가벼운 전율이 청년의 전신을 휩쓸었다.

마침내 그의 눈이 다시 떠졌다. 그러나 처음 한동안은 마치 미친 사람의 눈처럼 꼼짝도 하지 않았다. 그런 다음에 분명한 진짜 시력이 되살아났다. 그리고 시력과 함께 감정이, 감정과 함께 고통이 되살아났다.

「오오!」하고 그는 절망적인 어조로 소리질렀다. 「나는 아직도 살아 있다는 말인가? 백작은 나를 속였구나!」

그렇게 말하고 그는 탁자 쪽으로 손을 내밀어 거기에 있던 단도를 집어 들었다.

「당신」하고 바랑티느가 언제나와 같은 사랑스런 미소를 띠면서 말했다. 「눈을 뜨세요. 그리고 나를 자세히 보세요.」

막시밀리안은 큰소리로 고함을 질렀다. 그리고는 깜짝 놀라 자기의 눈을 의심하면서 천상의 환영(幻影)이라도 본 듯이 눈이 멀고 풀썩 두 무릎을 짚었다…….

다음날, 새벽녘의 어스름 속에서 막시밀리안과 바랑티느는 서로의 팔을 끼고 해안을 산책하고 있었다. 바랑티느는 막시밀리안에게 몽테 크리스토가 일찍이 자기의 방에 모습을 나타낸 일, 모든 비밀을 폭로해 보인 일, 범죄의 사실을 분명하게 지적해 준 일, 또 마지막에는 그녀를 죽은 것처럼 꾸며서 기적적으로 죽음에서 구출해 준 일 등을 이야기했다.

두 사람은 동굴의 문이 열려 있는 것을 보고 거기에서 나온 것이었다. 새벽녘의 감청색 하늘에는 꺼지지 않은 별이 아직도 깜빡거리고 있었다.

그때 막시밀리안은 바위들의 그늘에서 이쪽의 신호를 기다렸다가 오려고 하는 한 사나이의 모습을 발견했다. 그는 그것을 바랑티느에게 가르쳐 주었다.

「어머! 야코포!」하고 그녀는 말했다. 「요트의 선장이에요.」

그리고 그녀는 자기와 막시밀리안 쪽으로 오라고 신호했다.
「우리에게 무슨 할 말이 있소?」 하고 막시밀리안이 물었다.
「백작님으로부터 이 편지를 당신에게 드리라는 분부를 받았습니다.」
「백작으로부터?」 하고 두 사람은 동시에 중얼거렸다.
「그렇습니다. 읽어 주시기 바랍니다.」
막시밀리안은 편지를 펼쳐 들고 읽기 시작했다.

친애하는 막시밀리안 군.
 두 사람을 위해 조그만 돛배가 준비되어 있습니다. 야코포가 두 분을 비보르노까지 데려다 줄 것입니다. 그곳에서는 노와르티에 씨가 손녀인 바랑티느 양을 기다리고 계십니다. 그분은 두 사람이 결혼식을 올리기 전에 손녀를 축복해 주고 싶다고 하십니다.
 이 동굴 안에 있는 모든 것, 샹젤리제의 저택, 트레포르의 조그만 별장은 에드몽 단테스가 옛 주인인 모렐 씨의 아드님에게 드리는 결혼 선물입니다. 바랑티느 양은 그 절반을 받으십시오. 왜냐하면 광인이 되신 아버지와 지난 9월에 어머님과 함께 죽은 동생으로부터 받는 재산은 모두 파리의 가난한 사람들에게 베풀어 주십사 하고 부탁드리고 싶기 때문입니다.
 막시밀리안 군, 지금 이 시간 이후 당신의 생활을 지켜 주실 천사에게 말씀해 주십시오. 한때는 사탄처럼 자신이 하느님과 어깨를 견줄 수 있는 사람이라고 생각하기도 했으나 이윽고 그리스도 교도로서의 겸허한 마음으로 하느님의 손에만 지고(至高)의 힘과 무한한 지혜가 있다는 것을 깨달은 사나이를 위해서 때때로 기도를 해달라고 말입니다. 그 기도는 아마도 그가 마음속 깊이 지니고 있는 회한을 달래 줄 것입니다.
 그런데 막시밀리안 군, 내가 당신에 대해서 취한 태도의 진짜 이유를 말씀드리지요. 이 세상에는 행복도 불행도 없는 것입니다. 있는 것은 하나의 상태와 다른 상태와의 비교뿐입니다. 극도의 불행을 경험한 사람만이 극도의 행복을 맛볼 수가 있는 법입니다. 막시밀리안 군, 산다는 것이 얼마나 즐거운 것인가를 알기 위해서는 한 번쯤 죽음을 생각해 볼 필요가 있는 것입니다.
 그럼 내가 진심으로 사랑하고 있는 두 사람이 부디 행복하게 살 것을 기도드립니다. 그리고 하느님이 인간에게 미래를 밝혀 주시는 그날까지는 인간의 지혜는 다음과 같은 말로 요약된다는 것을 잊지 말아 주십시오.
『기다려라, 그리고 희망을 가져라!』
     당신의 친구인 에드몽 단테스 몽테 크리스토 백작.

아버지의 발광과 동생의 죽음, 즉 지금까지 자기가 모르고 있었던 그러한 사실이 서술되어 있는 이 편지가 읽혀지는 것을 듣고 바랑티느의 얼굴은 창백해지고 가슴에서는 괴로운 한숨이 새어나왔다. 그리고 소리가 되어 나오지는 않았지만 가슴을 도려내는 듯한 슬픈 눈물이 뺨을 타고 흘러내렸다. 그녀의 행복도 무척 큰 희생에 의해 얻어진 셈이었다.
막시밀리안은 진정되지 않는듯이 주위를 둘러보았다.
「그나저나」하고 그는 말했다.「정말이지 백작은 너무나도 인심이 좋아. 바랑티느 양은 내 조촐한 재산만으로도 만족해 줄 텐데. 백작은 어디 계시지요? 백작에게로 안내해 줘요.」
야코포는 손을 들어 수평선 쪽을 가리켰다.
「어머! 무슨 뜻이지요?」하고 바랑티느가 물었다.「백작님은 어디에 계세요? 그리고 에데 씨는요?」
「저기를 보십시오.」하고 야코포는 말했다.
젊은 두 사람의 눈은 선원이 가리키는 선 위에 집중되었다. 아득한 시야의 저편, 하늘과 지중해를 가르고 있는 짙은 감청색 수평선 위에 갈매기의 날개만한 크기의 흰 돛이 바라보였다.
「가버리고 마셨군!」하고 막시밀리안이 소리질렀다.「가버리고 마셨어! 안녕, 나의 친구여, 나의 아버지여!」
「가버리고 마셨군요!」하고 바랑티느는 중얼거렸다.「안녕히 가세요. 나의 친구! 안녕히 가세요, 나의 언니!」
「언제 또 만나뵐 수 있을까?」하고 막시밀리안이 눈물을 닦으면서 말했다.
「여보」하고 바랑티느가 말했다.「백작님이 말씀하셨잖아요? 인간의 지혜는『기다려라, 그리고 희망을 가져라!』라는 말로 요약된다고 말예요.」

                    〈끝〉

■ 감상과 해설 ──────────────────── 편집부

뒤마의 생애

　알렉상드르 뒤마(페르 대(大) 뒤마)(Alexandre Dumas·Pére)는 1802년 7월 24일 파리 동북쪽에 위치하고 있는, 주위가 울창한 숲으로 둘러싸인 조그만 도시 비렐 코트레에서 태어났다.
　아버지는 노르망디 출신의 귀족 군인이었으며, 한편으로는 나폴레옹 휘하의 장군으로서 디아블 노다르(검은 마왕)라는 별명이 붙을 정도로 용맹한 군인이기도 했다.
　그가 이러한 별명이 붙게 된 것은 단지 피부 빛깔이 검기 때문이 아니라 그의 어머니가 서인도 제도 세인트 도밍고의 흑인 노예였다는 것에 그 근거를 두었던 것이다.
　뒤마 장군에 대해서는 갖가지 일화가 전해지고 있다. 예를 들면, 어느 날 병사들이 힘자를 겨루던 중 한 병사가 총구에 손가락을 집어넣고 한 손가락 힘으로 총을 들어 올려 보였더니 장군은 네 개의 손가락에 총을 한 자루씩 각각 끼워 넣고 가볍게 들어 올려 보였다는 이야기며, 말 허리를 사타구니에 낀 채 마구간 대들보에 매달리는 묘기를 보였다는 이야기 등이다.
　후자 같은 경우는 상식적으로 믿어지지 않는 얘기지만 어떻든 대단한 괴력의 소유자였던 것만은 틀림없는 사실인 것 같다.
　그러나 본래 공화주의자였던 뒤마 장군은 나폴레옹의 미움을 사게 되어 군직에서 물러나 비렐 코트레에서 은거하게 되었다. 그 뒤 병마에 시달리다 1806년, 마흔네 살의 젊은 나이로 세상을 떠나고 말았다.
　이때 뒤마는 겨우 네 살이었다. 아버지의 요양생활이 길었기 때문에 집안 형편은 거의 바닥이 드러났고, 혼자가 된 어머니는 어린 남매를 키우느라 살림을 힘겹게 꾸려나가지 않으면 안 되었다.
　이를 딱하게 여긴 가까운 친척이 뒤마의 가족을 위해 연금 혜택을 받을 수 있게 해주려고 힘썼으나, 황제의 총애를 잃은 사람의 유족에 대해 당국은 냉정하기만 했다.

어린 뒤마는 영리하기는 했으나 공부에는 그다지 흥미를 갖지 않았다. 더군다나 선천적으로 다부진 체격과 건강을 타고 나서인지 집에 틀어박혀 책을 읽기보다는 숲속을 뛰어다니며 새나 토끼를 사냥하거나, 모험가를 흉내내기를 좋아했고 밀렵꾼과 친하게 지내기도 했다.

한편 나폴레옹이 뒤마의 가족에게 냉정한 태도로 일관했음에도 불구하고 뒤마 가족은 뒤마 장군이 평생 품고 있던 존경심을 나폴레옹에 대해서 여전히 간직하고 있었다.

1815년, 나폴레옹이 엘바 섬에서 탈출 기회를 호시탐탐 노리고 있을 무렵, 라르망이라는 형제 장군이 루이 18세에 대한 음모 혐의로 비렐 코트레의 경찰대에 체포되었다. 그때 뒤마의 어머니는 아들 뒤마에게 체포된 두 장군에게 권총과 돈을 전하고 오라는 심부름을 시켰다. 열세 살의 어린 이 소년은 용감하게 이 심부름을 훌륭하게 해치웠다(물론 두 장군은 나폴레옹이 엘바 섬을 탈출하면 곧 자기들이 석방될 것이라고 믿고 있었기 때문에 뒤마가 가지고 간 것을 끝내 받지 않았다).

뒤마는 놀기 좋아하는 소년이긴 했으나 《천일 야화》나 《로빈슨 크루소》 같은 책을 애독했기 때문에 장차 문학가가 될 소질은 어느 정도 길러지고 있었다.

1816년, 뒤마의 어머니가 담배 소매점의 권리를 얻어 라파르쥐라는 주물 가게의 점포를 빌었는데, 파리의 공증인 사무소에서 서기로 일하고 있는 주인집 아들이 이따금 뒤마의 가게로 찾아오곤 했다.

이 주인집 아들은 샹송 같은 것을 쓰는 문학 청년이어서 곧잘 뒤마에게 파리의 문단이나 극단에 관한 이야기를 해주었으므로, 언젠가는 뒤마 역시 자신도 그러한 화려한 무대에 등장하리라는 꿈을 가졌다.

1817년, 뒤마는 생활비를 벌기 위해 비렐 코트레의 공증인 사무소에 말단 서기로 고용되었는데, 당시 근교의 별장에 머물고 있던 청년 귀족 아돌프 드 루방(이 청년은 얼마 후에 극작가가 되었고 나중에는 오페라 코미크 좌의 지배인이 되었다)이나 빌레르 코트레 연대의 교양있는 청년 사관 아메데 드 라 퐁스와 알게 되어 그들의 영향을 받았다.

특히 아메데 드 라 퐁스로부터는 독일이나 이탈리아 소설을 읽도록 권고받았는데 그 중에서도 괴테의 《젊은 베르테르의 슬픔》은 그에게 깊은 감동을 주었다.

이렇게 해서 문학가가 되려는 그의 의지는 마침내 싹트게 되었고 그의 이러한 문학에의 꿈은 셰익스피어의 《햄릿》을 봄으로써 더욱 발전하였다. 그 당시 비렐 코트레 근처의 소와슨에 순회 공연을 하러 온 한 극단이 장 프랑수아 뒤시가 각색한 《햄릿》을 상연하고 있었다.

이것은 루투르누르의 무미건조한 번역을 바탕으로 한 것이기는 했으나 지금까지의 답답한 프랑스 연극에서는 볼 수 없었던 자유분방한 멜로드라마적 구성에 접한 청년 뒤마는 넋을 빼앗기는 황홀감을 맛보았다.

뒤마가 극작가가 되려고 파리에 나간 것은 1823년의 일이었다. 그는 우선 생활비를 벌기 위해 옛날 아버지의 친구였던 막시밀리안 세바스티안 포와 장군의 소개로 오를레앙 공의 집에서 서기로 일을 하게 되었다.

이 사무소는 팔레 로와이얄에 있었는데 같은 지붕 밑에 프랑세즈좌가 있었던 것은 그로 하여금 극작에 정진케 하는 자극제가 되었다.

이때부터 뒤마는 등한시했던 독서에 치중하였는데 침식을 잊어가며 닥치는 대로 동서고금의 희곡 탐독에 열중했다. 아이스퀼로스, 소포크레스의 그리스 비극으로부터 17세기 프랑스의 코르네이유, 몰리에르, 독일의 괴테, 실러, 다시 스페인의 카르데롱까지 걸신 들린 듯이 읽었다. 또한 희곡뿐만 아니라 월터 스코트나 바이런의 작품까지 읽었다.

정력가이고 호색가이기도 했던 청년 뒤마는 파리에 오자 곧 자신과 같은 층에 살고 있던 그보다 나이가 아홉 살이나 위인 카토리느 라베라는 재봉사 여인과 사귀게 되었다.

교양은 없지만 성실하고 매력적인 이 여성에게 뒤마는 애정과 존경심을 가지긴 했으나 장차 사교계의 총아가 되려는 자신의 꿈을 위해서 그녀를 정식 아내로 맞이하는 것을 주저하였다. 그래서 1824년 7월 27일 그녀가 낳은 아이는 사생아로 이 세상에 태어나게 되었고 이 사생아가 곧 그 유명한 《춘희》를 쓴 소(小)뒤마이다.

1825년, 뒤마는 아돌프 드 루방과 합작으로 《사냥과 사랑》이라는 1막짜리 희극을 썼고 이 작품이 앙비귀좌에서 상연되었다.

이어서 다음해인 1826년에는 신드바드의 모험에서 착상을 얻은 《혼례와 매장》이 포르트 상 마르탕 좌에서 상연되어 큰 호평을 받았다. 이것으로 뒤마는 극작가로서 행운의 출발을 하게 되었다.

1829년에는 《앙리 3세와 그 궁정》이 그가 늘 그리던 코메디 프랑세즈 좌에서 상연되었고 이 공연이 성공함으로써 극단에서의 그의 지위는 확고부동한 것이 되었다.

다음해인 1830년, 오데온좌에서 상연된 《크리스티느》는 전작만큼 가치있는 작품은 아니었지만 당시 신구 양파로 대립되어 있던 관객의 흥분은 같은 해 위고의 《에르나니》 상연 때의 그것에 못지않은 것이었다고 한다.

1831년에 상연된 《앙토니》도 《에르나니》의 초연 때와 비슷한 성공을 거두어 파리에서는 백삼십 회나 상연되었다. 다시 1832년의 《네일의 탑》도 크게 인기를 끌어 뒤마는 마침내 극단의 중진이 되었다.

그런데 1832년에 《망명 귀족의 아들》의 상연이 비참한 실패로 끝나는 바람에 뜻하지 않은 타격을 받았다.

그러나 뒤마에게 이 실패는 오히려 다행이었다고 할 수 있다. 왜냐하면 이를 계기로 역사 소설을 쓰자는 생각을 하게 되었기 때문이다.

즉 뒤마는 지금까지의 역사 소설이 너무나 사실(史實)이나 고증에만 치우쳐 지루하다는 점을 생각하고 좀더 상상력을 살려 흥미진진하게 써보려고 생각했던 것이다.

『역사란 내 소설을 걸어 두는 못이다.』라고 말했다고 전해지고 있으나 그에게 역사란 특출하게 표현되지는 않았다. 그러나 그가 이렇게 역사 소설의 창작에 마음이 끌리고 있기는 했으나 극작 활동을 그만둔 것은 아니며 여전히 희곡은 계속 쓰고 있었다. 그 예로 1836년 문제작 《킹》을 상연하여 큰 성공을 거두었던 것이다.

뒤마는 1838년경부터 소설을 쓰기 시작했는데 소설가로서 그가 주목받게 된 것은 1844년에 발표한 《삼총사》부터이다.

이 작품은 쿠르티르 드 상드라스의 《달타냥 씨 회고록》(1709)을 바탕으로 해서 씌어진 것인데 뒤마 특유의 자유 분방한 상상력을 충분히 활용함으로써 재미있고 파란만장한 모험담이 되었다.

이 소설은 명랑하고 남성적인 의협 소설로서 발표와 동시에 폭발적인 인기를 얻었고 그 속편으로 《20년 후》(1845) 《브라쥐롱느 자작》(1848~50)이 쓰어지게 되었다.

특히 《삼총사》의 성공에 힘입어 쓰어진 것이 《몽테 크리스토 백작》(1844~45)인데 이것은 역사 소설은 아니지만 이 소설 역시 파리 시민을 열광의 소용돌이에 휘몰아 넣었다.

《몽테 크리스토 백작》에 대해서는 다시 뒤에 언급하겠지만, 뒤마의 신조라 할 수 있는 정열과 행동의 두 가지 측면이 가장 이상적으로 나타나 있는 소설이라 하겠다.

뒤마는 계속해서 《왕비 마르고》(1845) 《붉은 성관의 기사》(1846) 등 수많은 소설을 썼다.

이러한 많은 작품을 만들어내기 위해서는 필연적으로 몇 사람의 하청인이 필요했고 급기야는 그를 시기하는 사람들로부터 『소설 공장, 알렉상드르 뒤마 회사』의 사장이라고 불릴 정도가 되었다.

이런 험담을 들을 만큼 수입이 막대했으나, 그는 본래가 사소한 일에 구애받기 싫어하고 배짱 또한 두둑하였기 때문에 들어오는 돈을 저축하는 일은 하지 않았다.

그는 상 제르망 앙 레 근처에 호화 별장을 짓고(이것은 나중에 몽테 크리스토 관이라고 명명되었다) 찾아오는 사람은 누구도 거절하지 않는 너그러운 태도로 일관했다.

다시 1847년에는 자기 작품을 상연할 이상적인 극장으로서 역사극장을 건립했는데 이것은 수입보다도 지출이 더 많은 상태였고 또, 스위스, 독일, 이탈리아, 스페인, 러시아, 핀란드, 나아가 아프리카의 알제리에까지 취재여행을 겸한 호화판 여행을 일삼으며 돈을 물쓰듯 했다. 게다가 복잡한 여성관계도 이 낭비벽에 박차를 가했다.

이렇게 하여 전성시대에는 파리의 제왕이라고 일컬어질 만큼 호화로운 생활을 보낸 뒤마도 마침내 재정적으로 파탄하여 1870년 가난속에서 세상을 떠나지 않으면 안 되었다.

뒤마의 임종에 대해서는 재미있는 일화가 남아 있다. 뒤마는 숨을 거두기 직전에 아들에게 『내가 파리에 나왔을 때 내 호주머니 안에는 루이 금화(20프랑) 한 개밖에 남아 있지 않았다. 그 금화는 저기 그대로 보관하고 있다.』

하면서 난로 위에 놓아 두었던 마지막 한 개의 금화를 쳐다보면서 말했다고 한다.

　대(大)뒤마는 1870년 12월 5일, 북프랑스의 작은 마을인 퓌에 있던 소(小)뒤마의 별장에서 죽었다. 당시 보불(普佛) 전쟁이 계속되고 있었으므로 그의 유해는 프·러시아군이 철수한 뒤인 1872년 4월 16일 고향인 비렐 코트레의 묘지에 유해가 이장되었다.

　이장식 때 아들인 소(小)뒤마는 다음과 같이 인사말을 했다.

　『아버지는 조국 프랑스가 해방될 때까지는 이 고향에 돌아오고 싶지 않다, 그리고 가능하다면 봄볕을 받으면서 매장되고 싶다고 말씀하셨습니다. 그래서 나는 이 이장식이 슬픔의 의식이 아니라 기쁨의 의식이기를 바랍니다.』

　파리에서 동북쪽으로 약 팔십 킬로 거리인 비렐 코트레의 공동묘지에는 그가 양친과 나란히 누워 있다. 그리고 마을 한쪽에는 그의 석상(石像)도 세워졌다.

　생가는 그가 태어난 삼층 지붕 밑 방만 손을 안댄 채 나머지는 개축을 해서 딴 사람이 살고 있고, 이 집에 있던 유물들은 비렐 코트레 시(市)가 1953년 새로 큰 건물을 사서 꾸민 뒤마 기념관으로 옮겨졌다. 기념관에는 뒤마가 많은 작품을 집필했던 책상과 함께 《몽테 크리스토 백작》의 원고 일부가 놓여 있다. 눈 보호에 좋다고 뒤마는 항상 하늘색 종이에 글을 썼다. 그 하늘색이 빛바래 지금은 흰 종이가 되었다.

　대(大)뒤마의 동상은 높은 좌대 위에 펜을 손에 든 작가가 앉아 있고 그 아래에 남녀 세 명이 그의 책을 탐독하고 있는 모습을 새겼다. 조각가 구스타브 도레는 대(大)뒤마가 언젠가 소(小)뒤마에게『나는 내 책들 한 장씩이 돌이 되고 그 돌이 산을 이루어 그 꼭대기에 내가 서 있는 꿈을 꾸었다.』고 말한 것에서 힌트를 얻었다. 소(小)뒤마는 집에 가며오며 아버지의 동상 앞을 지나칠 적마다『안녕하세요, 아버지.』하고 인사를 했다고 한다. 그 소(小)뒤마가 이제 아버지를 밤낮으로 마주하여 대리석상(像)으로 굳어 있다.

'몽테 크리스토 백작'

　뒤마는 소설, 희곡, 여행기, 회상록 등 길고 짧은 글을 합하여 삼백 편 남짓한 작품을 썼는데 그 진면목은 역시 《삼총사》와 《몽테 크리스토 백작》에 나타나 있다고 해도 과언이 아닐 것이다. 특히 《몽테 크리스토 백작》은 우리 나라에서 김래성(金來成)의 번안인 《진주탑(眞珠塔)》으로 널리 소개되었고 소년, 소녀들에게는 《암굴왕》으로 애독되고 있다.
　1955년, 비평가 앙리 쿠르아르는 《알렉상드르 뒤마》에 대해 썼는데 그는 이 글에서 자칫 프랑스 문단에서 소홀하게 취급될 것을 우려하여 뒤마의 정당한 복권을 시도했다. 다시 1957년에는 뛰어난 전기를 숱하게 쓰고 있는 주지파(主知派)의 앙드레 말로가 부자 3대에 걸친 《세 사람의 뒤마》라는 흥미있는 작품을 발표하였다. 이 글에서 말로는 뒤마에 비해 발자크, 디킨즈, 톨스토이 등이 뛰어난 작가들인 것은 인정하지만 자기에게 청년 시절의 즐거움을 가지게 해준 뒤마에 대해서 감탄의 마음을 금치 못하고 있음을 술회하고 있다.
　이렇게 현대의 뛰어난 문학자들에 의해 그가 주목의 대상이 되고 있다는 것은 이미 뒤마 문학이 영원히 잊혀지지 않을 명작임이 실증된 것이라고 말할 수 있다.

　뒤마가 남긴 세계적으로 유명한 《몽테 크리스토 백작》(1844～1845)은 뒤마가 파리 경시청의 기록 담당자였던 잭 푸셰가 쓴 범죄 수사 기록 속에서 《다이아몬드와 복수》를 읽고 이 작품의 힌트를 얻었다. 그것은 1807년 파리의 어느 구둣방 청년에게 들씌워진 사건으로서 청년이 애인과 결혼하기 직전에 질투심 많은 친구들의 간계에 의해 영국의 스파이라는 누명이 씌워져 투옥되었다. 그런데 옥중에서 알게 된 이탈리아의 노승에게서 밀라노에 숨겨 둔 보물의 소재지를 듣게 되어 출옥하자 곧 그 보물을 찾아내어 부자가 되었고 그 재산의 힘으로 전에 자기를 모함한 친구들을 차례로 죽여 복수를 했다는 것이다.
　이 사건은 그 자체가 꽤 기묘한 줄거리를 가진 것이지만 선천적으로 공상력이 풍부한 뒤마는 다시 기상 천외한 구상으로 이것을 각색하여 세계의 문학 사상 그 유례가 없는 방대한 스케일을 가진 로맨틱한 소설을 써냈다.

그러나 이 작품이 오늘날까지 계속 읽히고 있는 것은 단지 줄거리에 대한 흥미 때문만은 아니다. 아무리 부패하고 혼탁한 사회에서도 정의는 결코 죽지 않는다는 뒤마의 이상이 전편을 통해 맥맥히 흐르고 있기 때문이다.

또한 이 작품의 무대가 되고 있는 이프 성은 마르세이유 항 바깥의 한 작은 섬으로 여기에는 바위를 뚫은 감옥이 만들어져 있어서 한때는 정치범이나 흉악범이 수용되어 있었다.

마르세이유라면 한때 세계의 마도로스들에겐 듣기만 해도 가슴이 설레이는 항구의 이름이었다. 지중해 연안 제일의 항구로서 또 유럽의 문호(門戶)로서뿐 아니라 그 뛰어난 해항 풍정은 마르세이유를 만국선의 모항(母港)이게 했고 유명한 라 카느비에르 대로는 선원들의 대다수가 동경하는 꿈의 부둣가였다. 마르세이유가 이름을 떨친 것은 이 항구로 들어서는 배는 반드시 이프 성채 앞을 지나가야 했기 때문이다. 이 섬이 전하는 《몽테 크리스토 백작》의 이야기는 사해(四海) 구석구석에 퍼져 있었다. 알렉상드르 뒤마(페르)의 소설은 어느새 전설로 화하여 마르세이유를 떠나는 배에 실려 나갔던 것이다.

지금 마르세이유에는 배들이 새로 생긴 항구에 정박하고 왕년의 라 카느비에르 대로 앞 구항(舊港)은 샤토 이프로 가는 유람선들의 선착장이 되었다.

유람선은 15분마다 떠난다. 마르세이유 앞바다는 관광객들을 가득 태우고 뻔질나게 내왕하는 이 배들로 물길이 어지럽다.

육지에서 1.5킬로 떨어진 샤토 이프는 전체가 성벽으로 둘러싸인 길이 200미터 가량의 바위섬이다. 16세기 때 항구를 지키는 요새로 세워져 한동안 감옥으로 쓰여오다가 1926년부터는 사적(史蹟)으로 지정되었다. 프랑스 혁명 때의 웅변가 미라보도 한때 여기 갇혀 있었다.

섬의 한쪽 끝 절벽 가까이의 바위에 선 감옥 건물은 중정(中庭)을 둘러싸고 감방들이 층층이 나 있다. 맨 아래층 정면이 『에드몽 단테스의 방』, 그 왼쪽이 『파리아 신부의 방』. 에드몽 단테스는 소설 《몽테 크리스토 백작》의 주인공이요, 파리아 신부는 이 소설에서 에드몽 단테스에게 보물섬을 가리켜 주고 이 감옥에서 죽는 괴인이다.
 두 방의 입구에는 이들이 실제로 갇혀 있었던 것처럼 각각 문패가 붙어 있다.
 이런 분위기 때문에 샤토 이프를 찾아오는 사람들은 대부분《몽테 크리스토 백작》의 작중 인물을 실재 인물로 착각하게 마련이다. 이것은 비단 어제오늘의 일이 아니라 작가인 알렉상드르 뒤마가 살아 있을 때부터 이미 그랬고 이에 당혹한 것은 누구보다도 뒤마 자신이었다. 그는 이렇게 쓴 적이 있다.
 『때때로 나의 소설의 주인공들은 내가 그들을 심은 땅에서 자라난다. 그래서 어떤 사람들은 이 주인공들이 실제로 있었던 인물인 것처럼 믿는다. 심지어는 그 사람을 직접 안다는 사람까지 나온다. 샤토 이프의 어떤 안내인은 파리아 신부가 감방에서 만든 것이라면서 생선뼈로 된 펜대를 팔고 있었다고 한다. 에드몽 단테스도 파리아 신부도 내 상상의 소산일 뿐이다. 단테스는 이 섬의 절벽에서 바다로 떨어지지도 않았고 파리아 신부는 펜대를 만들지도 않았다.』
 파리아 신부의 펜대를 파는 사람은 없어졌으나 감방 안에 들어가 보면 『에드몽 단테스의 방』과『파리아 신부의 방』사이의 벽은 구멍이 뚫려 있다. 소설에서 파리아 신부가 굴을 파서 단테스의 방과 연결시키는 것을 실제로 느끼게 해주자는 선의(善意)의 고의(故意)다.
 샤토 이프와 마찬가지로 소설에 등장하는 몽테 크리스토 섬 자체는 유령의 섬이 아니라 지리상의 섬이다.
 지중해에서도 이탈리아 땅에 가까운 코르시카 섬이나 엘바 섬은 나폴레옹의 탄생지이자 유배지로서 역사상에 널리 알려져 있다. 이 엘바 섬의 40킬로미터 남쪽에 면적 10평방킬로미터 정도의 이탈리아령(領)인 몽테 크리스토 섬이 실재(實在)한다.
 이 섬에는 13세기 때의 승원(僧院) 터가 남아 있다. 샤토 이프의 안내인 말에 의하면 터키 군이 이 섬에 침공했을 때 승려들이 달아나면서 섬 어딘가에 보물을 감추어 두었다는 전설이 전해 내려온다고 한다. 뒤마가 이 섬을 보물섬으로 만든 것은 이 때문이었다.
 뒤마는《몽테 크리스토 백작》이 나오기 3년 전인 1842년 이탈리아의 피렌체에 망명중이던 나폴레옹의 동생 제롬을 찾아간 일이 있었다. 뒤마는 제롬의 아들과 함께 배를 타고 엘바 섬에 갔다오는 길에 괴상한 바위섬을 목격했다. 뱃사람에게 섬 이름을 물으니 《몽테 크리스토 섬》이라고 했다.

사는 사람은 없고 야생의 염소들만 들끓어 그 섬에 상륙하려면 이탈리아 정부의 특별허가를 받아야 하는 섬이었다[1971년 이탈리아 정부는 이 섬을 특수 보호 지역으로 지정했다]. 뒤마는 제롬의 아들에게 같이 여행한 기념으로 《몽테 크리스토 섬》이라는 제목의 소설을 한 편 꼭 쓰겠다고 다짐했다.

뒤마는 프랑스로 돌아와 약속대로 《몽테 크리스토 백작》을 썼다.

파리 근교의 생 제르맹 앙 레에는 뒤마가 《몽테 크리스토 백작》을 탈고한 『앙리 4세 관(館)』이라는 호텔이 지금도 남아 있는데 19세기 중엽부터 호텔이 되어 당시 이름난 문인, 예술가, 정치가들이 주로 투숙했다. 뒤마도 그 투숙객의 한 사람으로 《춘희》의 작가인 아들 뒤마(피스)를 데리고 1884년 여기 와서 근처의 마를르 르 즈와에 짓기 시작한 집이 완성되기를 기다리며 2년 동안 《몽테 크리스토 백작》을 완성했다.

1982년 이 건물을 입수하여 45개의 방을 가진 고급 호텔로 신장개업한 현재 주인 자메 씨는 뒤마가 묵었던 맨 아래층 《몽테 크리스토 백작》의 산실(産室)은 1930년 건물을 고쳐 지으면서 그때 모습을 잃어버렸다고 말한다.

뒤마는 《몽테 크리스토 백작》에 손을 댈 무렵 파리의 혼잡을 피해 한적한 곳에 글을 쓸 집을 하나 지을 생각을 하고 마땅한 장소를 찾아가 파리에서 20킬로미터 떨어진 마를리 루아 마을에 아늑한 숲을 발견했다.

땅을 한 뼘씩 사들여 1844년 기공한 건물은 갈수록 계획보다 한 간씩 늘어나 1846년에 완공되었다.

착공하기 전 뒤마는 집이 들어설 자리에 친구들을 불러 전축(前祝)의 파티를 열었다. 배우 한 사람이 여기 참석하기 위해 기차로 마을에 내려 삯마차를 불러서는 마부에게 『몽테 크리스토의 집으로!』하고 외쳤다. 집을 짓기 시작도 하기 전인데 마차는 두말 않고 제자리를 찾아와 멎었다. 뒤마는 이 말을 듣고 이 건물을 『몽테 크리스토 관(館)』이라 이름 짓기로 했다. 당시 《몽테 크리스토 백작》은 신문에 연재가 시작되어 그야말로 낙양(洛陽)의 지가(紙價)를 올리던 때였다. 시골의 마부조차 훤히 알 만큼 인기가 대단했던 것이다.

소설의 연재가 끝나면서 완성된 몽테 크리스토 관은 결국 《몽테 크리스토 백작)의 기념비 같은 건물이 되었으나 낭비벽이 심했던 뒤마는 지은 지 2년 만에 팔아 버려야 했다.

 하여간 지금도 마르세이유 구항에는 하루에도 몇 번씩이나 유람선이 출항한다. 안내인이 손님을 향해 『이곳은 에드몽 단테스가 수감되어 있던 곳이고 그 옆이 파리아 신부가 갇혀 있던 곳입니다.』하여 그야말로 그럴 듯하게 설명하고 있다. 우스꽝스러운 얘기이기는 하지만 그만큼 에드몽 단테스가 많은 사람들에게 실존 인물처럼 느껴지고 있다는 얘기이기도 하다.

연　보

1802년
　7월 24일 파리 동북쪽에 있는 조그만 도시 비렐 코트레에서 태어났다. 아버지는 나폴레옹 휘하의 장군으로 살갖이 검기 때문에 『검은 마왕』이라는 별명으로 불렸다. 장군의 어머니가 서인도 제도 세인트 도밍고의 흑인 노예였기 때문이다.

1806년(4세)
　2월에 아버지 병사. 아버지는 나폴레옹의 미움을 사서 비렐 코트레에 은거하고 있었으나 병에 걸려 44세의 젊은 나이로 죽었다. 어머니는 누나와 어린 뒤마를 거느리고 고생스럽게 살지 않으면 안 되었다.

1816년(14세)
　어머니가 담배 소매점에 권리를 얻어 라파르쥐라는 주물상의 점두를 빌렸다. 집의 아들로서 파리 공증인 사무소에서 서기로 일하고 있던 문학 청년이 이따금 와서는 파리의 문단이나 극단의 소문을 뒤마에게 들려 주어 소년 뒤마의 꿈을 키워 주었다.

1817년(15세)
　비렐 코트레의 공증인 사무소에 하급 서기로 고용되었다.

1818~1819년(16~17세)
　근교의 별장에 머무르고 있던 청년 귀족 아돌프 드 루방(이 청년은 이윽고 극작가가 되었고 나중에는 오페라 코미크좌의 지배인이 되었다)이나 비렐 코트레의 연대 소속인 교양 있는 청년 사관 아메데 드 라 퐁스와 알게 되어 그들의 영향을 받는다. 특히 후자로부터는 독일이나 이탈리아의 소설을 읽도록 권고받았는데 그 중에서도 괴테의 《젊은 베르테르의 슬픔》에서 깊은 감동을 받았다.

1820년(18세)
비렐 코트레 근처인 소와슨에 순회 공연차 온 파리의 한 극단이 상연한 《햄릿》을 보았다. 이것은 루투르누르의 무미건조한 번역을 바탕으로 하여 장 프랑수아 뒤시가 각색한 것인데 프랑스의 연극에는 없는 자유분방한 멜로드라마적 구성에 매혹되어『이것이야말로 나에게 깊은 인상을 준 최초의 연극』이라고 감탄했다.

1823년(21세)
파리로 나와 아버지의 옛 친구였던 포와 장군의 소개로 오를레앙 공의 서기가 되었다. 같은 층에 사는 카토리느 라베라는 아홉 살 연상인 재봉사와 연애 관계에 빠졌다.

1824년(22세)
7월 27일, 카토리느가 애를 낳았다. 교양은 없지만 성실한 그녀를 사랑했던 뒤마는 장차 사교계에 나가려는 야심을 가지고 있었기 때문에 그녀를 정식 아내로 삼는 것을 망설였다. 이리하여 이 아이는 사생아로서 세상에 태어났는데 1831년에야 겨우 적자(嫡子)로서 인정되었다. 이것이《춘희(椿姬)》를 쓴 뒤마 피스이다. 이 무렵부터 극작가가 될 결심을 굳히고 동서 고금의 희곡은 말할 것도 없고 소설, 역사류까지 닥치는 대로 읽었다.

1825년(23세)
아돌프 드 루방, 피에르 조제프 루소와 합작하여 희극《사냥과 사랑》(1막)을 써서 앙비귀좌에서 상연.

1826년(24세)
라사뉘, 알퐁스 뷔르피앙과 합작하여 신드바드의 모험에서 착상한 희극《혼례와 매장(埋葬)》(3장)을 써서 포르트 상 마르탱좌에서 상연, 호평을 받았다.

1828년(26세)

《앙리 3세와 그 궁정》(5막)을 썼다. 살롱이나 코메디 프랑세즈좌에서 낭독되어 호평. 《크리스티느》(5막)를 썼다.

1829년(27세)

2월, 《앙리 3세와 그 궁정》이 코메디 프랑세즈좌에서 상연되어 그 성공으로 극단에서의 지위가 확립되었다. 《안토니》(5막)를 썼다.

1830년(28세)

몇 번이나 다시 씌어진 《크리스티느》가 마침내 3월에 오데온좌에서 상연되었다. 이 극은 됨됨이로 보아서는 《앙리 3세와 그 궁정》에 뒤지는 것이었지만 당시 신구 양파로 갈라져 있던 관객의 흥분은 이 해 2월 위고의 《에르나니》 상연 때의 그것에 못잖은 것이었다.

1831년(29세)

1월에 《나폴레옹 보나파르트, 혹은 프랑스 역사 30년》(6막)이 오데온좌에서 상연되어 적잖은 성공을 거두었다. 5월에는 《앙토니》가 포르토 상 마르탕좌에서 상연되어 고티에나 비니 등으로부터 절찬을 받고 백삼십 회 연속 상연이라는 공전의 성공을 거두었다. 8월에는 《샤를르 7세》(5막)를 써서 10월에 오데온좌에서 상연, 꽤 호평을 받았다.

1832년(30세)

2월에 오페라 코미크좌에서 《테레사》(5막)가 상연되어 호평받았다. 5월에는 무명의 청년 작가 프레데릭 가야르데의 《네일의 탑》(5막)을 개작하여 포르토 상 마르탕좌에서 상연. 로맨틱한 멜로드라마로서 크게 성공했다. 그 때문에 가야르데와의 사이에서 이해 문제로 말썽이 생기고 **1834년**에는 결투 소동까지 일어났다. 8월에 《망명 귀족의 아들》(5막)이 포르토 상 마르탕좌에서 상연되었으나 비참한 실패로 끝났다. 이것은 극작가 뒤마로서는 최초의 쓰라린 경험이었다.

연 보   547

1836년(34세)
 《망명 귀족의 아들》 실패 이후 여전히 극작은 계속하고 있었으나 거의 특필할 만한 것은 없다. 그러나 이 해 8월 바리에테좌에서 상연된 《킨》(5막)은 주연인 프레데릭 루메토르의 명연기등으로 오랜만에 큰 성공을 거두었다.

1837년(35세)
 10월, 네르발과의 합작 희가극(喜歌劇) 《피키로》(3막)가 이포리트 몽프의 작곡으로 오페라 코미크좌의 무대에 올랐다. 이 작품은 뒤마의 이름으로 발표되었다. 12월에는 전년에 집필한 《카리귤라》(5막)가 코메디 프랑세즈좌에서 상연되었으나 실패로 끝났다.

1838년(36세)
 이 무렵부터 뒤마는 소설을 쓰기 시작했다. 미국 작가 쿠퍼가 쓴 《해적》을 표절한 소설 《포르 선장》은 적잖은 성공을 거두었다. 9월부터 10월에 걸쳐서 네르발과 《레오 뷔르칼》(6막)을 합작. 이 작품은 이번에는 네르발의 이름으로 발표되었다. 낭만파 극에서 명작의 하나로 꼽히고 있다.

1839년(37세)
 4월에 《벨 이르 양》(5막)이 코메디 프랑세즈좌에서 상연되었다. 이것은 뒤마가 성공시킨 작품 중 하나로서 그 뒤에도 자주 상연되었다. 역시 4월에 네르발과 합작으로 《연금술사》(5막)를 르네상스좌에서 상연하였으나 실패했다.

1840년(38세)
 《검술 사범》《캐피텐 팡필》 등 다섯 편의 장편 소설을 발표.

1842년(40세)
 6월에 엘바 섬, 몽테 크리스토 섬, 코르시카 등을 방문.

1843년(41세)

네 편의 장편 소설을 발표했는데 그 중의 하나인 《기사 달망타르》가 성공하자 뒤마는 역사를 소설화할 것을 생각했다. 이 작품은 오귀스트 마케의 작품을 다시 쓴 것으로서 뒤마는 처음에 마케와 합작하여 발표하려 했으나 게재하는 신문사가 반대했기 때문에 뒤마 한 사람의 이름으로 발표했다. 젊은 마케는 보수가 상당했기 때문에 그것을 양해했다. 그러나 《삼총사》, 《몽테 크리스토 백작》, 그 밖의 많은 작품에 협력이 계속됨에 따라 두 사람 사이에는 이런저런 불화와 분쟁이 생겼다.

1844년(42세)
이 해에 장편 소설을 여섯 편 발표했는데 그 대표적인 것은 《삼총사》이다. 이것은 쿠르티르 드 상드라스의 《달타냥 씨 회상록》을 바탕으로 하여 씌어진 것인데 이 기획을 생각해낸 것은 마케이다. 이 소설은 폭발적인 인기를 끌었다. 이 성공의 여세를 몰아 《몽테 크리스토 백작》(1844~45)이 씌어졌다. 이 작품도 파리 시민을 열광의 도가니에 몰아넣었다.

1845년(43세)
《왕비 마르고》, 《삼총사》의 속편 《20년 후》, 그 밖의 많은 소설을 발표했다.

1846년(44세)
《붉은 관(館)의 기사》를 비롯한 네 편의 장편 소설을 발표.

1847년(45세)
2월에 자기 작품을 상연할 이상적인 역사 극장을 세우고 우선 극화한 《왕비 마르고》(5막)를 상연. 다시 8월에는 《붉은 관의 기사》(5막)를 상연했다. 이 해에 상 제르망 앙 레 근처에 호화로운 별장을 짓고 몽테 크리스토 장(莊)이라고 명명, 7월에 육백 명의 손님을 초대하여 성대한 리셉션을 열었다.

1848년(46세)
《20년 후》의 속편 《브라쥐롱느 자작》을 발표하기 시작했다(1850년 완결). 《몽테 크리스토 백작》을 10막의 극으로 각색하여 2월에 역사극장에서 5막씩

이틀에 나누어 상연했다. 역사극장은 방만한 경영 때문에 계속 수입이 감소하고 있었으나 이 해 중반쯤에 와서는 더욱 격감되었다.

1849년(47세)
　장편 소설 《여왕의 목걸이》를 발표하기 시작했다(1850년 완결). 이 뒤에도 해마다 많은 소설과 희곡을 계속 썼으나 특필할 만한 것이 없다.

1850년(48세)
　10월에 파산을 선고받고 역사극장을 폐쇄했다.

1852년(50세)
　방대한 《회상록》을 발표하기 시작했다(1854년 완결).

1858년(56세)
　6월, 독일을 경유하여 러시아 여행을 떠났다.

1859년(57세)
　3월에 프랑스로 돌아왔다.

1860년(58세)
　봄에 이탈리아의 독립 투사 가리발디를 만나기 위해 이탈리아로 출발. 1864년 4월까지 그곳에 체재. 그 동안 파리에는 두세 번밖에 돌아오지 않았다고 한다.

1870년(68세)
　12월 5일 북프랑스의 디예프 항에서 일 킬로 지점에 있는 퓌의 뒤마 피스 별장에서 죽었다.

몽테 크리스토 백작 Ⅲ

- 저 자 / 알렉상드르 뒤마
- 역 자 / 박 수 현
- 발행자 / 남   용
- 발행소 / 一信書籍出版社

주소 : 121-110 서울 마포구 신수동 177-3
등록 : 1969. 9. 12. NO. 10-70
전화 : 영업부 703-3001~6
　　　편집부 703-3007~8
　　　FAX 703-3009

ⓒ ILSIN PUBLISHING Co.　　값 16,000원